国家社科基金
后期资助项目

后现代语境中的思想者：索尔·贝娄研究

A Thinker in the Postmodern World:
A Study of Saul Bellow

武跃速　著

中国社会科学出版社

图书在版编目（CIP）数据

后现代语境中的思想者：索尔·贝娄研究／武跃速著. —北京：中国社会科学出版社，2018.9
ISBN 978-7-5203-3290-3

Ⅰ.①后… Ⅱ.①武… Ⅲ.①索尔·贝娄—小说研究 Ⅳ.①I712.074

中国版本图书馆 CIP 数据核字（2018）第 232982 号

出 版 人	赵剑英
责任编辑	刘 艳
责任校对	陈 晨
责任印制	王 超

出　　版	中国社会科学出版社
社　　址	北京鼓楼西大街甲 158 号
邮　　编	100720
网　　址	http://www.csspw.cn
发 行 部	010－84083685
门 市 部	010－84029450
经　　销	新华书店及其他书店
印　　刷	北京君升印刷有限公司
装　　订	廊坊市广阳区广增装订厂
版　　次	2018 年 9 月第 1 版
印　　次	2018 年 9 月第 1 次印刷
开　　本	710×1000　1/16
印　　张	20.5
插　　页	2
字　　数	368 千字
定　　价	86.00 元

凡购买中国社会科学出版社图书，如有质量问题请与本社营销中心联系调换
电话：010－84083683
版权所有　侵权必究

国家社科基金后期资助项目

出版说明

　　后期资助项目是国家社科基金设立的一类重要项目，旨在鼓励广大社科研究者潜心治学，支持基础研究多出优秀成果。它是经过严格评审，从接近完成的科研成果中遴选立项的。为扩大后期资助项目的影响，更好地推动学术发展，促进成果转化，全国哲学社会科学工作办公室按照"统一设计、统一标识、统一版式、形成系列"的总体要求，组织出版国家社科基金后期资助项目成果。

全国哲学社会科学工作办公室

序

刘象愚

跃速论索尔·贝娄的书要出版了，约我写序，我乐于为之。

跃速曾经在我的名下攻读比较文学与世界文学的博士学位，她的主攻方向是20世纪的西方现代文学。她曾出版过《西方现代主义文学的个人乌托邦倾向》一书，从书的题目我们不难看出，她探讨的视角是独特的，显示出精神探索的明确价值取向，而且她的探讨也达到了一定的深度，从而在国内的西方现代主义文学研究史上占有了一席之地。在为她那本书所写序言的末尾，我曾表达过某种期许，祝愿她在这一领域的研究中取得更大成绩。记得她说起过对索尔·贝娄的特别兴趣，果然数年之后，她不负众望，又完成了这本论索尔·贝娄的专著。我的欣喜之情是不言而喻的。

索尔·贝娄是20世纪美国文学巨擘，1976年摘取诺贝尔文学奖桂冠之后，进一步奠定了其在世界文学史上的不朽地位。他的创作固然与艾略特、乔伊斯、卡夫卡等典型的现代主义作家不同，但却又始终泳涵在现代主义的大潮中，正因如此，批评家们往往将他与海明威、福克纳并置于广义的现代主义作家前列。他的创作似乎并没有上述经典现代主义作家那种以形式和观念震惊世人的创新，但却不乏反映20世纪美国乃至西方从现代到后现代社会现实的深度；如果说，上述典型的现代主义作家在独特的创新中不乏传统的涵养的话，那么，索尔·贝娄的创作中则可寻绎出更加鲜明的传统线索；如果说，上述典型的现代主义作家在形式的独创中仍然没有忘记精神追求的话，那么，索尔·贝娄则在精神的追求上表现出更加巨大的热情。他在对存在与人性的挖掘方面似乎达到了鲜有人能企及的高度。无论在任何意义上，他都应该是20世纪世界文学史上分量最重的作家之一。

在国人的索尔·贝娄研究中，跃速这本书大约是最近的一本，也是最全面、深刻的一本。依我看，她这本书至少有以下几个特色：

第一，对索尔·贝娄创作的时代和文化大背景做了相当清晰、确当的梳理。我们知道，索尔·贝娄的创作绵延半个多世纪，经历了从现代主义晚期向后现代主义的转变，因此他的创作中既有现代主义因素，又有后现代主义因素，而现代主义和后现代主义是两种复杂、多变的历史、社会、文化思潮，二者相互纠缠又相互分离，既有关联又有差异，如何将这种关联与差异厘清是全面深入研究索尔·贝娄绕不过去的关卡。本书拈出与索尔·贝娄创作关涉较多的批评家贝尔、鲍德里亚、詹姆逊、利奥塔、哈贝马斯等人，明晰地阐述了他们对现代主义或后现代主义的有关论述，并将索尔·贝娄的创作置于这样一个"包含了诸多现代因素"的"后现代语境"中加以讨论，从而为全书奠定了坚实的基础。仅此一点，就足以使本书在此前国人的索尔·贝娄研究中胜出一筹。

第二，全面、详尽地梳理了索尔·贝娄的思想文化资源。我们知道，索尔·贝娄是犹太人，因此，犹太宗教文化对他的影响与生俱来；但他出生在加拿大，成长、受教育于美国，因此西方传统特别是独特的美国精神形塑了他的头脑，此外，他出自移民家庭，祖父辈来自革命时代的苏俄，激进的思潮对他的影响同样不可忽略。本书拈出犹太传统、西方人文主义、美国精神、苏俄激进思想这四股思想流，精准地论述了这些思想资源在形塑索尔·贝娄的人格与世界观、人生观、价值观方面的重要作用。这样，就为进一步理解、探索他的创作个性、主题以及价值取向铺平了道路。

第三，本书有着强烈的问题意识。我们知道，20世纪中后期的美国和西方是一个从现代到后现代转折的历史变迁期，社会、文化以及人性的层面出现了种种问题，物欲横流、金钱拜物教、享乐至上、消费主义、虚无主义、大众文化泛滥、信仰流失、精神迷惘、平面化、碎片化、同质化、城市化等，不一而足。索尔·贝娄把这些问题有机地融入自己的文学创造中，对之进行深刻的反思；而本书则以这些问题贯穿始终，通过细致的文本细读，对索尔·贝娄的创作做了鞭辟入里的评析，从而彰显出较高的学术价值。

索尔·贝娄长期执教于美国大学，是一位学者型作家，他把对社会学的研究、教学与文学创作有机地融合在一起，在文学作品中精准剖析从现代到后现代的西方社会，表达对存在的意义和人性本质的严厉拷问，展示对精神与价值的执着追索，当被问及他自己更像他笔下的哪个文学形象时，他说自己更像那位"雨王"汉德森。汉德森是一位腰缠万贯的富人，毫无物质方面的需求，但他内心却始终喷涌着"我要""我要"（I want）的呐喊，他"要"的是什么？显然不是可视之物，而是心魂之安顿。事实上，索尔·贝娄像他笔下的一系列文学形象一样，始终在追求一种更高的精神境界。纵观古今中外，文人学者、知识分子中追求崇高精神境界的大有人在，而正是这部分人构成了社会的脊梁，成为我们景仰和见贤思齐的榜样。我希望以这样的追求激励自己，也以此与跃速共勉。

2018 年 2 月

目　　录

引　论 ………………………………………………………………（1）

第一章　索尔·贝娄的多维思想资源………………………………（15）
　　第一节　犹太宗教传统的浸润………………………………（15）
　　第二节　西方人文主义思想的渗透…………………………（24）
　　第三节　美国个人主义文化的继承…………………………（30）
　　第四节　苏俄激进政治思想的影响…………………………（38）

第二章　"新世界"里的迷失情状…………………………………（44）
　　第一节　存在的迷茫:《晃来晃去的人》……………………（45）
　　第二节　谁是"受害者":《受害者》…………………………（55）
　　第三节　失败者的反省:《只争朝夕》………………………（66）

第三章　什么是"值得过"的生活…………………………………（74）
　　第一节　生活在别处:《奥吉·玛奇历险记》………………（75）
　　第二节　打破精神的沉睡:《雨王汉德森》…………………（94）

第四章　现代性忧思与人性质询…………………………………（110）
　　第一节　自我审视与现代性批判:《赫索格》………………（111）
　　第二节　虚无主义的审判者:《赛姆勒先生的行星》………（130）
　　第三节　物质喧嚣中的形而上担当:《洪堡的礼物》………（148）

第五章　知识者心灵深处的裂痕…………………………………（172）
　　第一节　"知识分子"的余音回响:《院长的十二月》………（173）
　　第二节　人性沦陷与诗性逃逸:《更多的人死于心碎》……（198）

第六章　永远的奥德赛 ……………………………………………（218）
　　第一节　精神与物质对垒中的价值困境：《银碟》…………（219）
　　第二节　记忆对忘却的审判：《贝拉罗莎暗道》……………（227）
　　第三节　"情感"列车的终点站：《真情》……………………（239）
　　第四节　生·死·爱的颂歌：《拉维尔斯坦》………………（255）

结语　20世纪的浮士德 ……………………………………………（273）

附录　无处置放的乡愁 ……………………………………………（295）

主要参考文献 ………………………………………………………（309）

后　记 ………………………………………………………………（317）

引 论

> 活在你的世纪，
> 但不要成为它的奴隶。
> ——席勒

索尔·贝娄（Saul Bellow，1915—2005），杰出的美国犹太裔作家，1976年的诺贝尔文学奖获得者。他从20世纪40年代开始发表小说，到2000年出版最后一部长篇《拉维尔斯坦》，写作时间跨越20世纪后半期，60余年的写作为世人留下了十部长篇、一批中短篇集子和随笔、散文、剧本以及不计其数的书信、访谈录等，可谓成就斐然，影响遍及世界各地。

贝娄一生获得了诸多奖项，研究者众多，被认为"是当代美国小说家中被评论最多的人"[1]，表明了这个世界对他的高度认可。这里择要录之：

除了诺贝尔文学奖，在美国本土，他还是迄今为止唯一获得过三次美国国家图书奖的作家，另外还有普利策奖、终身成就奖等。学术界设有"索尔·贝娄学会"和《索尔·贝娄学刊》及其网站、研究通讯等。

1968年，贝娄曾被法国政府授予"文学艺术骑士勋章"。

1982年，英国文化界在世界范围内选择出版了一套当代伟大作家的丛书，贝娄在入选前言中被誉为西方"伟大思想和人性关怀的继承人"。

美国著名作家菲利普·罗斯在2005年贝娄去世时曾说过，20世纪美国文学的脊梁是由福克纳和索尔·贝娄支撑起来的。也有评者认为20世纪的美国文学，前半期以海明威和福克纳为核心，后半期则以索尔·贝娄为核心。2007年，由美国笔会中心创办了"美国小说成就索尔·贝娄奖"，为终身成就奖，每两年一次颁发给在世的对小说创作作出杰出贡献

---

[1] 祝平：《国内索尔·贝尔研究综述》，《广西社会科学》2006年第5期。

的美国作家。

在中国，2002 年河北教育出版社出版由已故著名翻译家宋兆霖先生主编的《索尔·贝娄全集》共十四卷，为中国读者走进贝娄的文学世界打开了便捷之门。本书所有涉及贝娄作品的中文引文，除了十四卷本未能收入的作品（如《拉维尔斯坦》），皆出自该全集。2016 年，人民文学出版社又推出《索尔·贝娄作品集》八卷，再次推介了贝娄创作中的主要长篇。学界对贝娄的研究文章、每年的博士硕士论文选题之多，也都在说明其影响之大。且早在 20 世纪 80 年代，学界即有贝娄"是当代美国作家中思想最锐利、知识最渊博的一个"，"多数评论家倾向于承认他在当代美国作家中领袖群伦的地位"[1] 之论。在 21 世纪，由中国社会科学院外国文学所主编的"外国文学学术史研究"系列中，从塞万提斯、歌德到普希金、海明威共 16 位作家，贝娄也名列其中[2]，可见其在中国学术界的重要地位。

2015 年，在贝娄诞辰 100 周年、逝世 10 周年之际，一部新的贝娄传记《索尔·贝娄的一生（一）》（*The Life of Saul Bellow Vol.1*）出版，由热爱贝娄的英国学者扎卡里·利德所著。当年的英国《卫报》在公布"英语文学日历"时，已经预告了五月份即将出版这部新的作家传记，并称该书为"20 世纪美国最伟大的作家之一索尔·贝娄传记的第一部分"[3]，可见贝娄在 21 世纪的持续影响。

一

享誉世界的贝娄是一位思想型作家。他经历了 20 世纪诸多大事件，诸如世界大战、大萧条、纳粹大屠杀、世界范围的反犹现象、20 世纪 60 年代的民主运动等，作为美国犹太人，贝娄自然有其独特角度的历史和人性反思。重要的是，其写作时间恰是美国现代化飞速发展的阶段，贝娄大部分时间居住和工作在芝加哥、纽约、波士顿等大城市，他目睹了现代都

---

[1] 刘象愚：《试论索尔·贝娄的创作》，见汪介之、杨莉馨主编《欧美文学评论选》，北京大学出版社 2011 年版，第 262、273 页。原载《外国文学研究辑刊》第 6 辑，中国社会科学出版社 1982 年版。

[2] 乔国强：《贝娄学术史研究》，译林出版社 2014 年版，见总序第 5 页。该书对国内外贝娄研究成果及其主要观点有详尽的概括。

[3] Zachary Leader, *Life of Saul Bellow: To Fame and Fortune*, 1915 – 1964, Publisher: Knopf, 2015. 作者利德在 2013 年的一篇文章中详细介绍了自己对贝娄的热爱和作为英国人在美国收集贝娄资料的繁杂过程。见 Zachary Leader, "Cultural Nationalism and Modern Manuscripts: Kingsley Amis, Saul Bellow, Franz Kafka", *Critical Inquiry*, Vol. 40, Issue 1, pp. 160 – 193, Sep. 2013。

市的快速发展和变迁、现代化过程中产生的科技理性和效益优先体制、消费社会对人性的侵袭、物质主义的蔓延、大众文化的喧哗等，诸如此类社会现象，以及由此而产生的现代人心灵精神的各种问题和困境，每天都在他身边发生着，同时也成为他持续的人生经验和写作背景。这也正是本书书名中所谓的"后现代语境"。贝娄对周遭世界的观察和表现大多在于此，贝娄的思想基点和思考范围大多在于此，其小说世界中的纷繁人生和思想散射自然也大多根系于此。

由于本书很多时候涉及有关"后现代""现代"的论述，也由于这些概念所包含的现象可谓是贝娄创作的大"语境"，因此这里尝试先对相关理论以及和本书的关系稍作解释，以便厘清本书所言贝娄作为"后现代语境"思想者的维度。

20世纪后半期，随着社会现象和文学艺术的明显变化，理论界出现了"后现代"这一概念。美国及欧陆学者在20世纪七八十年代曾有过大量讨论和争议，不少理论对文化界影响巨大。鉴于诸多学者对"后现代""后现代主义"的一些表述和争议[1]，1976年美国曾连续两次召开题为"后现代性与阐释学"和"后现代的表现"的大型研讨会，1978年由全国性的学术团体"现代语文学会"（MLA）又召开了"后现代主义问题"的专题年会，其间不少欧陆权威学者也参与其中的讨论，一时间在欧美学界形成了有关"后现代"的热点问题意识，出现大量相关的理论文章和著作，甚至在大学文科课程的设置中，都会见到许多"后现代"或者"后现代主义"的内容。正如西格蒙特·鲍曼所说，"后现代"这一思想是20世纪70年代从大西洋两岸文化圈里浮现出来的，有时被用于艺术中的实验性作品阐释，有时用作对社会现象的阐释。由于着眼点不同，由于学者们包括社会学、历史学、美学、文艺评论、知识考古学、语言学等不同学科，各自面临的焦点和介入点不同，也由于许多社会文化现象事实上仍然是正在进行时，因此在"后现代"这一概念的使用上，无论是现象描述还是理论界定，学界众说纷纭时居多，因此也一度使得这个概念显得混乱。但发展到今天，再反观各种论述，在大的趋向上还是具备了一定的共识的。这里尝试对那些和本书有根本性交集的理论作出一点梳理，同时指出本书使用这些概念时的大概指向。

在历史分期方面，美国社会学家丹尼尔·贝尔在其著名的《后工业化

---

[1] 伊哈布·哈桑是美国学界最早使用"后现代"这一术语的学者。见盛宁《人文困惑与反思——西方后现代主义思潮批判》，生活·读书·新知三联书店1997年版，第5页。本书"引论"中有关"后现代"理论的梳理，一些地方直接参考了该书的相关介绍；而且，笔者对"后现代"的最早理解，也来自该书系统有序的专业介绍以及富于情怀的学术观点。

社会的来临》(1973) 和《资本主义文化矛盾》(1976) 两部论著中,都曾明确阐述了他对人类社会历史的大体分类,即前工业社会、工业社会和后工业社会,每种社会都具备其基本属性。前工业社会,属于自然的世界,人类主要是对付大自然;工业社会,属于技术的世界,机器主宰一切,世界变得技术化、理性化;后工业社会,是社会的世界,中心是服务,首要目标是处理人际关系和团体组织。在解释了各种社会的基本运作方式和文化倾向的同时,他也强调了后工业社会和其他两种社会割不断的联系性,"后工业化社会并不'取代'工业化社会,甚至不取代农业社会。食物仍然是所有社会的根本。但是,引进工业意味着社会可以减少从事农业的人数,并且因为使用化肥而增加产量。后工业社会又增添了一个新的方面,特别是资料和信息的管理,它们已成为一个复杂的社会中不可或缺的工具。"应该说,贝尔将"工业社会"(现代)和"后工业社会"(后现代)的基本特征界说得十分清楚,并且在文化角度使用了"现代"和"后现代"的概念,指出两者之间的连续性指向。这一表述可以使人对"现代"和"后现代"有较为清晰的认识。有关这一问题,在 21 世纪,英国学者大卫·克拉克在其《消费社会和后现代城市》一书中,也指出在使用"后现代"这个概念时,不应该被误解为一个划时代的历史概念,正如贝尔所说,"后工业社会"依然有着"工业社会"的因素,因此,无须在时间点和历史阶段上进行清晰的划分。在索尔·贝娄的小说世界中,其实在其描述的各种社会现象中也常常出现这样的交叉情形,因此本书在此节点上,便经常将现代社会、现代性问题、后现代文化等概念,在论述贝娄小说叙事涉及其明确特征处交互用之。

在此基础上,丹尼尔·贝尔描述了美国社会结构的变化,都市的迅速发展,技术革命,家用电器的大规模使用,汽车的廉价出售,电影文化的普及,接连而来的广告、信用赊购、时装、摄影、电视、旅行信息等,指出"大众消费始于本世纪 20 年代",美国快步进入丰裕型"新资本主义"。这个日益强大的技术与经济共同体许愿社会进步的奇迹,提供广泛选择就业和社会流动的自由,广告中公开赞赏纵欲享乐,"在改造过程中摧毁了清教精神",从此享乐主义逐渐盛行。这种及时行乐、挥霍和寻欢作乐的感官诉求常常被上升为个人自由的精神诉求,再由个人自由产生出"反常规冲动",直到 60 年代进入高潮,年青一代喊出"反文化"的口号,对各种道德准则和传统文化大加挞伐。贝尔也谈到了在这种语境中产生的文学艺术,分析了 20 世纪头几十年的现代主义运动给文学艺术带来的活力,试图以美学对生活的证明来替代宗教和道德意义;但同时也促进了反常规思维方式和非理性美学模式，极大地刺激了个人自由的无度发展，以致到了"60年代的后现代主义"，便成了"只有冲动和乐趣才是真实的和肯定的生活……它以解放、色情、冲动自由以及诸如此类的名义，猛烈打击着'正常'行为的价值观和动机模式"。他在书中还谈到知识分子，他认为在后工业知识社会中，技术知识分子是职能化了的，而文学知识分子，逐渐"变得越来越像末日预言家、越来越耽于享乐、越来越陷入虚无主义"。

这是有名的文化保守主义者贝尔对"后工业社会"情状的描绘。这里，贝尔将社会生产方式、运作方式、文化艺术内容等置放在一个维度内，阐释了它们之间的互文功能和表现方式。在此维度上，作家索尔·贝娄对60年代的描绘和社会学家丹尼尔·贝尔如出一辙，本书第四章将对此有较为深入的讨论。而在本书第五章第二节，还将论述贝娄借小说人物之口给出有关"史后社会"和"后人类"的概念，也是其美学表达和社会学理论的契合之处。

在社会文化形态方面，法国的鲍德里亚在《消费社会》（1970）一书中着眼于现代都市生活的研究，对此有明晰的描绘："人口密度本身就十分令人着迷，尤其有关城市的言说（原文加黑）简直就是竞争本身。机动、欲望、刺激、别人的不断判断、不断发展的色情化、信息以及广告的煽动：所有这些在普遍竞争的现实背景中，构成了一种抽象的集体参与的命运。"同时，生产范畴自有其规律，随着生产力的提高，不断满足着生产机制的需要，而不是人的需要。鲍德里亚详细分析了诸多消费符号对人的欲望的引导和支配，电影、体育明星等成为时代话题和各种杂志、电视专栏的中心人物，那种花天酒地、纸醉金迷的生活在各种隐性和显性的夸耀中放射光芒，同时体现着奢侈、无度、无益的消费功能。大众传媒是这种信息的传播者，刺激着大众生活，使大众产生盲目的拜物逻辑，形成消费的意识形态。"我们生活在物的时代：我是说，我们根据它们的节奏和不断替代的现实而生活着"，人们在不断的刺激中产生着心理和神经上的磨损。"总之，消费社会的主要代价，就是它所引起的普遍的不安全感"。这类现象，也正是贝娄小说中描写城市生活时屡见不鲜的情境，也可以说，作家贝娄正是在这样的语境中生活着、思考着、写作着。

鲍德里亚还提出消费社会中物质对人的覆盖方式，比如个性化审美意旨："请您自己对您的居室进行个性化！"而这个加重了的"个性化"所带来的问题是："这一'过分自我指向'的格式（自己对自己进行个性化……亲自等！）透露了此事的底细。这在不可言说中挣扎着的整个修辞想要说的，正是没有任何人。这种具有坚实特征和特殊重量的绝对价值的

'人',这种被整个西方传统锻造成主体组织神话的,具有热情、愿望、性格……或平庸的'人',这个人在我们这个功用宇宙中缺席了,死亡了,被删除了。而要进行'个性化'的正是这个缺席的人,这种丧失的恳请。正是这种丧失了的存在要通过符号的力量抽象地重构;它要在被差异减速了的风扇中、在梅塞德兹中、在那'一小束亮色调'中、在其他上千种被聚集在一起的符号中进行重构以便重新创造出一种综合的个体性,实际上就是要在最具总体性的匿名之中闪耀光芒,因为差异是由那些无名之物限定的。"

十分明确,鲍德里亚的"消费社会"即是贝尔的"后工业化社会",即文化言说中的"后现代社会"。鲍氏强调的是其物质化、符号化的方方面面,深刻精彩的分析让我们看到,从消费社会这些所谓的个性化言说中,其实隐藏着共同的被动,在大众文化的阉割中,个人诉求已经符号化,西方现代文化中曾经十分强盛的主体精神,在消费社会中正在被淹没。有趣的是,鲍德里亚提到的梅塞德兹,会让人想到贝娄的《洪堡的礼物》中,成功的文化名流西特林那辆梅塞德兹名车的各种经历,以及西特林周旋于以梅塞德兹为象征符号的都市汪洋中时的各种苦恼。而且,西特林所崇拜的老师,曾经的著名诗人洪堡也是在这样的汪洋中迷失和毁灭的,而这种迷惑甚或陷落在贝娄中后期小说中可以说比比皆是。

鲍德里亚在书中还谈到丰盛社会的"疲劳",它是消费主人公被动活动之后的消极反应,有时会表现为失眠、偏头痛、病理性肥胖、厌食、抑郁等,都是消费社会的特征。他指出那是一种无法控制的传染性疲劳,是丰盛社会的特权,是后工业社会的集体症候。有意味的是,索尔·贝娄早在其50年代的小说中,便提出了现代人有关"幸福"的问题,在《奥吉·玛奇历险记》中,那个名叫罗贝的富人和奥吉在进行人生幸福的讨论时就说,"当争取面包的斗争结束时,情况会怎么样……财富是解放人呢还是奴役人?"这些问题的讨论在本书第二章中皆有论述。这里想说的是,这位法国社会学家所阐述的消费社会和文化状态,也正是贝娄所生活的美国社会现实,而且,作为经济最为发达的美国,当然在这些方面体现得更为细致纷繁,而作为美国大学的社会学教授和小说家,索尔·贝娄对此类现象也便会有更为敏感和细致的体会。丹尼尔·贝尔在其《资本主义文化矛盾》中曾说过,索尔·贝娄从气质上说是世界的观察者,是确切的,他还引用贝娄《赛姆勒先生的行星》中赛姆勒和印度博士拉尔有关移民月球的讨论:"眼下你是把这个伟大的、蓝色的、白色的、绿色的星球吹走呢,还是让你自己从这个星球上被吹走?"由此来说明贝娄对现代社会关切之广泛。

那么，这个贝尔的"后工业社会"和鲍德里亚的"消费社会"，与"现代"启蒙理念及传统历史文化有着什么样的内在性联系呢？在此维度上，法国的利奥塔，在其著名的《后现代状态：关于知识的报告》(1978)一书中有着直接的论述。他直接命名了"后现代"和"现代"的概念，在"引言"中开宗明义地说明他研究的对象是最发达社会中的知识状态，"我们决定用'后现代'命名这种状态"，指出"我们的工作假设是：随着社会进入被称为后工业的年代以及文化进入被称为后现代的年代"①。他认为"现代"由两大神话所建构，一是"人类的解放"，也叫启蒙叙事（偏重政治），"在这一叙事中，知识英雄为了高尚的伦理政治目的而奋斗，即为了宇宙的安宁而奋斗"，包括创造财富、建构意义、构想乌托邦等。二是黑格尔的思辨传统，即思维领域中知识的合法性，对理性的信念（偏重哲学）。利奥塔将此两大"神话"称作"元叙事"。而对于"后现代"，他说，"简化到极点，正是对'元叙事'的怀疑"。他认为，"元叙事"是人们建构起来的话语，属于启蒙理想和人性理性的信念，和实践事实存在着巨大差异；在当代，这种传统大叙事已经消失，知识只有转译成信息才能进入可操作程序进行流通，否则就会被淘汰，社会已经成为一个功能整体，一切讲究"有效"，包括大学教育也功能化了，培养的是各种系统需要的操作者，各种理想信念已经失效。这是利奥塔在美国威斯康辛大学1976年题为"后现代的表现"学术研讨会上提出的观点，两年后成书出版，影响巨大。他所指出的对"启蒙叙事"的怀疑，对西方近现代人文理性的怀疑，至少在20世纪的欧美文学艺术中早已成为重大主题；而他指出的信息、数据库则已经成为"后现代人的自然"，是每个论述后现代社会的人都会提到的现象。英国的大卫·克拉克在其书中梳理20世纪许多论者对"后现代"问题讨论的同时，也描述了关于后现代城市的问题，在这些各方面都经过了重新配置的物理空间、仿真性、碎片化、人的支离破碎的身份等诸多现象，给很多人带来的是"乡愁、哀歌和警钟"，亦即家园丢失的感觉。关于传统大叙事的消失引发现代人在信仰方面的失落和困惑，这种情状也正是贝娄小说中的重大主题。

在有关"后现代"社会现象方面，美国著名文论家弗雷德里克·詹明信，在其《后现代主义，或晚期资本主义的文化逻辑》(1991)一书中也

---

① 〔法〕利奥塔：《后现代状态：关于知识的报告》，车槿山译，生活·读书·新知三联书店1997年版，第1页。在这里，利奥塔将自己的概念和美国的丹尼尔·贝尔的"后工业社会"概念连接起来了。

有描述，他立足美国20世纪后半期的历史文化现象，阐述了这一时代所面临的新的文化文本，"现代化过程已经大功告成，自然已一去不复返地消失，整个世界已不同以往，成为一个完全人化了的世界。'文化'变成了实实在在的'第二自然'"。他从各个角度描述了这一世界新出现的诸多现象，如信息、媒介、电视、广告、超级市场、电影工业、大众文化、机械复制、平面化、瞬时化等，和鲍德里亚、丹尼尔一样，也指出了这个时代追求娱乐性和商业化的趋向。与此同时，詹明信还详细论述了一些现代和后现代文艺现象之间的本质区别，由于笔者在本书中只是将"后现代"社会文化作为一种"语境"，并不涉及后现代文学的美学问题，因此在此不赘述；这里提到詹明信对后现代主义的描述，只是想进一步强调一下后现代社会中大众文化的娱乐化和商业化现象，以及对"自然"的遮蔽性，因为在贝娄80年代的小说中，和这些理论陈述相类似的叙事非常之细致并充满浓浓的"乡愁"。

那么，对已经是存在着的"后现代"社会及其文化现象，应该取何价值态度呢？上述理论家透露出焦虑和或多或少的批评态度。但也有持乐观态度的，曾经是社会主义者的西格蒙德·鲍曼，这位被称为"后现代性的预言家"的学者，在描述了"后现代"栖息地的居住者那种无根的、碎片化的、不确定的存在状态、试图由物质的象征符号建构身份的焦虑感之后（这点是和鲍德里亚的描述相一致的）[①]，同时也肯定了"后现代"社会提供着更多的自由机会，各种声音都可以发出来，因此他希望"后现代栖息地"的居住者，应该努力去实现启蒙运动的最高标准——公正、自由和平等。这一观点和哈贝马斯颇为相似，哈贝马斯曾经和诸多有名的后现代理论家有过争论，他那句"现代性是一个未完成的方案"，表明了他对启蒙理想的坚守，而后现代社会的各种现象不过是现代性完成中的一个过程。那么这里也想着重强调一下，贝娄在小说创作中，尤其是其大量的随笔散文中，对此也是态度明确的：在后现代社会诸多繁杂现象中，他基本上持有着现代启蒙理念。确切地说，这也正是索尔·贝娄在其60多年的创作中一直坚持的基本理念，这在本书的各章中都有很多论述。

二

上述理论家对"后现代"的诸多描述，虽然难以代表风行一时的"后

[①]〔英〕丹尼斯·斯密斯：《后现代性的预言家：西格蒙特·鲍曼传》，萧韶译，江苏人民出版社2002年版，第176页。

现代"各种论说，但基本上可以视作本书所言"后现代"的维度，即一个包含了"现代"诸多因素的大语境。也就是说，索尔·贝娄的创作，即是在这样一个大的"语境"中进行的。当然，这并不是说贝娄的创作是这些社会学理论的小说演示，贝娄也是社会学教授，所有这些问题也是他所关心和研究的对象，这里的梳理只是为了使本书所使用的"后现代"概念更加明确一些而已。其实，这些理论家所言说的现象、问题，在贝娄的随笔和演讲中也有许多直接讨论。比如，对"工业化"和信息化社会的关注，他在 1977 年的"杰弗逊讲座演说"和 1990 年在牛津大学的讲座"精神涣散的公众"中，就称其生存的环境为卡内基、杜邦、福特们的美国，认为在这一工业化的环境中，并没有"完全用大字写下人类的精神"[①]。他说，城市化和技术主宰了这个星球，信息社会中到处是精神涣散的人群，那些著名的《华盛顿邮报》《华尔街日报》《今日美国》《泰晤士报》，还有80%被广告占去的《芝加哥论坛报》等，用一大批惯用词语轮番轰炸着不置可否的城市公众，使得他们在庞大的信息量中焦虑、迷惘和困惑。还有电视的威力，没完没了的折磨人的讨论，充斥情欲和暴力的影视剧，"它是我们时代特有聒噪的主要来源——这是经过装饰的聒噪"[②]，而且在不断地制造着假象，表面上似乎让分散的孤独个体进入了一种交流状态，似乎参与了整个国家的生活，事实上却是，人们在越来越多的大众话题中，个人意识逐渐萎缩。因此，看上去现代生活满足着人的一切需求，实际上却在现代媒体的聒噪中被动地涣散了精神，在政治、商业、技术、新闻的侵占中，陷入杂乱无章的状态。贝娄还提到现代理性的霸主地位，世界由具体观念构成，科学革命改变着自然万物，到处是人工制品，现代人的任务只是把各种人工制品配置起来。他引用乔治·奥威尔的话说，"我们现在陷进了深渊，在其中，再一次说明那些显而易见的事物，成了文明人的首要义务"，"就我的目的来说，指出这个共同领域是非同寻常的激动和焦虑的所在，就已经足够了"[③]。

这些对现代、后现代社会的论述和上述所提到的欧美理论家如出一辙，而且作为小说家，贝娄也明确说出了自己的职业使命。当然，"指出"和"说明"那些现象不过是贝娄的谦逊，事实上，他是在人性和历史的深度上进行着创造，在深入展开那些纷繁现象的同时，还不断用西方启蒙传

[①] 宋兆霖主编：《索尔·贝娄全集·第十四卷》，李自修等译，河北教育出版社 2002 年版，第 160 页。
[②] 同上书，第 200 页。
[③] 同上书，第 196—197 页。

统中留存心中的理想价值之光照耀现实,不断叩问着人性和人类历史文明的真谛。正如上述社会学理论家所透露出的焦虑和批评态度,对已经是存在着的"后现代"社会及其文化现象,贝娄在嘲讽的语调中思考,在思考中质询,在质询中矛盾,在矛盾中迷失,在迷失中坚守着多维的文化传统。也正因如此,1982 年英国文化界出版的《当代作家》研究系列丛书,以"国际性创造"为准则将索尔·贝娄作为丛书选取对象之一时,认为他是"西方伟大思想和人性关怀的继承人"。而且,在总主编马尔科姆·布拉德伯里和克里斯托弗·比格斯比共同署名的序言中,追溯了战后文学的艰难求索,认为从 50 年代到 80 年代,西方文学积累的成就已经达到一个高度,因此是给出回应和理解的时候了。他们使用了"后现代"(as post-modern)和"当代作家"(contemporary writers)的概念来描述那些当时活跃在世界上的杰出作家。这是马尔科姆·布拉德伯里继他 20 世纪 70 年代编撰的《现代主义》一书之后对世界性文学大师的一个巡礼。而布拉德伯里在其执笔的贝娄研究的分序言中介绍自己对贝娄的阅读和理解时,同时说到他将贝娄的创作纳入自己关于后现代主义讨论(in the post-modernism seminar)的大学研讨课程中[1]。布拉德伯里在《贝娄》一书中分析了 20 世纪的文学创作,认为贝娄在美国领导了战后一代小说,也是战后美国获得诺贝尔文学奖的第一个作家。贝娄的小说主题涉及了 20 世纪的重大问题:现代性、大众文化、虚无主义、冷战、极权主义、纳粹主义等历史文化现象,表现了环境的入侵和周围各种力量的混乱。在机械、大众化的城市中,在传统人文文化陷落的大背景中,贝娄的小说书写着更多的精神坚守,穿透和超越着现代事物和许多的暴力情绪,清晰明确地期待着重建被损害了的基本真理,使得文化、历史、个人在小说世界相遇[2]。

应该说,笔者在贝娄研究的过程中,正是布拉德伯里的论述给予本书在社会文化背景的理解和把握上以大的启发。笔者十分赞同其观点,布氏所着眼的 20 世纪后半期的社会文化特征,正是贝娄创作的大语境。作为美国大学的社会学教授,他以其深刻广博的思想关怀,殚精竭虑,忧心如焚,将 20 世纪诸多领域的大问题融入了自己的创作,或借小说人物思之言之行之,或自己穿插于叙事里外,直接或间接地表达着不尽的思虑,且思如泉涌,连绵不断,使他成为文学世界中当之无愧的思想者。因此,诺贝尔文学奖颁奖词

---

[1] Malcolm Bradbury, *Contemporary Writers*, *Saul Bellow*, *editor's preface*, London and New York: Methuen, 1982.

[2] Ibid., p. 23.

称赞其小说使美国的叙事艺术"发生了倾向性和转换性的变化",具备着"丰富的思想、精湛的嘲弄、深切的同情和喜剧的色彩……"。

自然,贝娄也是一位城市作家。贝娄九岁时随全家从加拿大迁居芝加哥,在那里接受了小学、中学教育,度过了一个人成长过程中尤为重要的少年阶段,在大量、广泛的阅读中,结下了他一辈子和书籍的不解之缘,也在那些他所喜爱的大师经典里逐渐寻找到了自己的心之所向和人生之路。可以说芝加哥养育了贝娄。据美国传记作者阿特拉斯记载,贝娄在60年代获得芝加哥大学的教职,他从纽约回到芝加哥定居,当时他曾接受一家地方报纸记者的采访,说到自己"觉得在这里有一些事情没有完成,我不知道那是什么,但我会尝试着找出来"[①]。在他返回芝加哥接连写下的几部长篇中,大多和芝加哥这座工业城市有着血脉相连的深层联系。而后半个世纪的写作生涯中,其小说、散文、随笔、演讲中的题材、问题也大都和芝加哥有关,因此众所公认他创造了"贝娄的芝加哥",正如"乔伊斯的都柏林""巴尔扎克的巴黎""狄更斯的伦敦"等。这些城市作家们以他们各自的方式重构了属于他们自己的欲望都市,留下了在西方现代化车轮轰隆驶过之后的丰富多彩的人类故事。对贝娄这个犹太移民的儿子来说,芝加哥那些"大声的、原初的、粗鲁的、吵闹的、热烈的"属于工业城市的诸多元素,从一开始就深深地栽种进他的心底了;而他从这些原初的现代化阶段进入信息化的后现代阶段,其写作内容也充满了这些混杂进展元素的气味。而后其写作热情与此相关,小说中起伏不断的情感归属与此相关,作为知识分子的诸多思考自然也与此相关。

三

概括来说,贝娄创作中的思想之流大约指向两大维度。

首先是对现代性的忧思。从50年代开始,贝娄的小说涉及现代化带来的科技体制、消费目标化对人性的侵害、纵欲和虚无主义、大众文化、民主平等和族裔冲突、个体精神的幸存与否等,这些问题在其《雨王汉德森》《赫索格》《赛姆勒先生的行星》《洪堡的礼物》《院长的十二月》《更多的人死于心碎》等长篇小说中,构成了诸多人物的精神困境和不断的人性陷落。作为一个城市作家,贝娄目睹着20世纪科技文明的飞速发展,他不断地感叹,现代化成功了,而人本身的价值却变得微弱且逐渐让

---

① James Atlas, *Bellow: a biography*, Published in the United States by Random House, Inc. New York, 2000, p.320.

位,成为被机械、数字统领的对象,物质牵动着历史车轮,人文思想、文化经典、人的精神心灵等在各种发展数字面前变得无足轻重。而且,在大街上、楼房中活动着的无数个人,在获得自由的同时常常迷失在无边的欲望之海,亲情、友谊、爱情不断沉沦其中。这个维度拓展了作家创作的思想广度。我们从贝娄描写的这些荆棘丛中望向21世纪,在这个全球化时代,现代化风潮正席卷着地球上的各个角落,类似的现代性问题正在很多地方蔓延,作家的反思和叹息声依然绵长而富于警示性。

其次是形而上的沉思,涉及人活着的意义、个人与周遭世界的关系、爱与孤独、生死价值等古老的人类课题。在20世纪几乎是全人类都在质疑传统观念的大语境中,此类思考回应着现代人的种种困惑,也显露出作家从小浸淫犹太宗教文化和西方人文理性传统的价值底蕴。贝娄在诺贝尔文学奖受奖演说中曾经说过,他赞成康拉德的文学理念,"艺术试图在这个世界里,在事物中以及在现实生活中,找出基本的、持久的、本质的东西"[①]。其一生创作,从成名作《晃来晃去的人》中对自我存在位置的探问,到85岁高龄写出的"天鹅之唱"《拉维尔斯坦》中的生死沉思,他一以贯之地关注和讨论着这些根本问题,沉潜其中,可以说书写了作家浓厚的价值乡愁。而这样的问题,对于城市化过程中不断丢失着家园的人们,对于科技体制中不断面目模糊的人们,对于GDP量化中不断被忽略和遮蔽着的个体生命来说,是每天都要面对的重大问题。

两个维度形成了一个横向与纵向相交叉的坐标系:横向方面,展现了对现代和后现代社会、文化的分析与批判,在一个复杂丰赡的世界,以文学的方式参与了20世纪欧美思想界的各种现代性反思,成就了贝娄对历史、现实、文学的当下关怀和知识分子的使命意识;纵向方面,其叙事通向个体生命与人性精神深处,伴随着不断的质询与纠结,在一个个具体情形中,在一次次精神困顿中,叩问着现代人的孤独、挫败、迷失与心灵之漂泊,体现了贝娄和欧洲传统人文理念的藕丝联系及其矛盾心理。事实上,两个维度在时间和空间中本是胶着在一起的,它们在坐标点上形塑了作家创作的智性和思想型特点。

这正是索尔·贝娄的价值所在。作为学者型作家,贝娄所关注的各种问题也许超越了一般公众的视野,但却是蔓延20世纪且延续到21世纪的世界性问题。随着全球化的进程,电脑、互联网的普及,科技体制和信息化日益渗透百姓生活,每个生命个体都被缠绕其中,即使正在现代化路上

---

① 宋兆霖主编:《索尔·贝娄全集·第十四卷》,第123页。

蹒跚向前的人们，也已逐渐地品尝到物质的欢乐喷泉中涌动着的苦涩。因此，贝娄作品中展开的现代人的各种困境，正是今天包括以后很长阶段人们要面对的现实处境。相比而言，贝娄并不像20世纪中期的萨特和加缪那样，颇具信心地给战后处于迷茫情状的一代人提供一种生存方式，将"自由选择""西西弗斯"哲学化成青年人的精神引导；他也未曾能够像现代主义文学那样，用艺术的秘仪代替宗教对人的灵魂以救助；在获得诺贝尔文学奖之前，贝娄和《纽约时报》有一次对话，其中谈到20世纪现代主义作家在审美层面上的小众性（传播难以广泛），19世纪经典人道主义作家对社会正义和人性关怀的大众性，他明确说明自己的文学理想介乎中间：在人物心理意识层面展现着社会问题，在对现代社会的反思中繁复精微地去表达现代人的各种个人性处境。基于如此明晰的创作理念，我们便在贝娄的种种深层掘进中，听到了现代人思想和心智的吁求、探讨、质询之声，伴随着作家智慧的嘲讽，使得人生的磕绊不断成为高屋建瓴的喜剧性审视，将一种家园缺失的现代乡愁表达得淋漓尽致，使现代读者获得心灵的共鸣。

因此，贝娄的小说人物，几乎就是现代人的象征。在工业化、城市化、信息化过程中，在不断拔根的现代人生活中，在满大街涌动着的无根的陌生人世界里，在大众文化的喧哗霸权中，贝娄的小说言说着无数人难以言说的苦恼。在1999年的一次访谈中，贝娄谈到大众文化对人的思想和感受力的破坏：沉思能力遭到肢解，致使人们阅读索福克勒斯和莎士比亚的能力衰落了，即人的精神趋向虚浮。尼采也曾指出过类似的情形，说报纸取代了现代资产阶级生活中的祷告，这意味着忙乱、廉价和短暂之物替代了日常生活中沉积下来的永恒之物。贝娄接着说，如今电视又取代了报纸，"人类所支配的技术，是世界奇迹，但驾驭技术的心灵，却远远落后于计算机和人造卫星"。而今天，互联网正在覆盖一切，无数的终端接收器占领了人们的思考时空，汹涌澎湃的信息潮流正裹挟着人们茫然的生命旅途。因此，困顿在"后现代语境"中的贝娄的小说人物，便成为我们今天反照自我的一面面镜子。

重要的是，贝娄面对此情此景有其坚实的积极态度，他在作品中借人物之口说，"我们正试着和把我们打翻在地的事实共处"，"价值标准王国和事实王国并不是永远隔绝的"（《赫索格》）。在以上所有的场境中，贝娄骨子里依然持有着传统的道德价值观念，其核心是传统犹太宗教文化的正义性、人性、博爱，西方传统文化中的人道主义精神和启蒙价值理念。这些理念散落在小说的方方面面，成为其故事与人物的基本精神支撑（所谓沦陷就是这些元素的被淹没，所谓存活就是这些元素的存活）。这样的理念游走于故事的夹缝里，明确的表达便是：我们是在不断地失败着，但我们在这个过程中已经"学到了一点东西"；人类确实制造了一片一片的荒原，但并不能说明人类即将毁灭，在这些失败与痛苦中饱含了对历史的反思，我们可以怀抱希望，在批判中不断努力去寻求和重新建构人性道德。同时，贝娄也十分看重文学艺术，认为艺术中珍藏着人性，"文学之所以存在，是因为作家相信个性和人性的精神力量"。因此，在他 90 岁高龄之际，还和朋友一起创办纯文学刊物《文坛》，当时被读者称为"医治我们每个人都患有的人类萎缩症的一剂良药"。

这是贝娄的努力。他以自己 60 多年的创作，践行着自己的理念，也留给了后世有关人性、艺术的无限启示。

第一章　索尔·贝娄的多维思想资源

> 维系你生命的大绳有两股的、三股的，还有多股的。
> ——索尔·贝娄《半生尘缘》

20世纪90年代，75岁的索尔·贝娄接受了《波士顿人》杂志基恩·博茨福德的两次访谈，后以《半生尘缘》为题发表在该杂志上。当贝娄谈到自己在思想和文学上所接受的影响时，说了本章题记中的那句话，明确表明自己思想的多维来源。

作为生活在美国现代社会的犹太裔作家，贝娄创作中确实表现了其纠结在一起的"多股"的思想，犹太传统文化和道德观念，美国个人主义理念，西方传统的人文理性，后现代角度的现代性反思，再加上俄国激进的革命思想等，使得贝娄的文学世界极其丰厚芜杂。在那些充满全书的意义求索中，在那些个体与社会的疏离中，在那些人性遭遇陷落的纠葛中，在那些对物质主义崇拜和社会机制的批判中，在那些对心灵完整的诉求中，在那些自我放逐与返回的矛盾之途中，我们都能听到上述各种声音或者轮换登场或者交缠在一起的回响。加之作家是社会学学者、大学教授，兴趣广泛，博览群书，使多股之源泉融会贯通，形成了其特有的思想风格。

第一节　犹太宗教传统的浸润

在各种介绍贝娄的书籍或文章中，大都会冠以"美国犹太裔作家"这样的称号，以表明他的族裔身份。其实，贝娄对这样的称谓颇不以为然，对于他来说，写作就是写作，和自己的族裔挂钩没什么确切含义；而且，其大多作品中所显示出的价值态度，基本上也属于人类的普世性角度，这点是贝娄自己喜欢强调的。但同时毋庸置疑的是，贝娄的价值态度中多有犹太文化的渗透，这是他家庭影响难以忽略的结果，因此，梳理其犹太传统的丝丝脉络,应该是理解其"多股"思想的一个重要渠道。

一 意第绪语的最初习得

在得克萨斯州大学图书馆,珍藏着贝娄1978年写给当年诺贝尔文学奖获得者辛格的一封贺信手稿,因为辛格是典型的犹太小说家,毕生用意第绪语写作,因此简单的贺信也夹杂了几个意第绪语词句①。信件末尾有一句附言,提到自己有一位老姑母,曾描绘过贝娄的意第绪语信件像根"拨火棍"一样。没头没脑的附言有点诙谐,似乎隐含着贝娄对辛格的些许歉意,因为相比较沉浸犹太文化的辛格来说,贝娄是一位美国化了的作家;老姑母似乎也打趣过一般不用意第绪语写东西的贝娄,显露了贝娄家庭成员之间有关犹太习俗方面的某些联系。

意第绪语(Yiddish)产生于犹太人漫长的流散历史中,由希伯来字母和日耳曼方言结合而成,主要是东欧、中欧和美洲犹太人使用的语言。"二战"以后,意第绪语使用人数锐减,美国犹太人在同化进程中,能够熟练运用的人也在逐渐减少,能够用以写作的人更少。语言承载着文化传统和民族习俗,为了保持自己的文化不被湮没,犹太社区的犹太学校、犹太会堂都会用意第绪语或者希伯来语传授犹太经书典籍,以期使传统文化得以传承。

贝娄的意第绪语就是在这样的环境中学习的,他的犹太生活经验和犹太文化因子也主要来源于他的童年和少年生活。贝娄一家是俄国犹太人,据贝娄传记记载,在20世纪初的移民潮中,有一首意第绪语歌谣在东欧流行:"走,小小的犹太人,到广阔的世界去;在加拿大,你将会获得生存。"② 在东欧大规模的反犹主义迫害中,父亲亚伯拉罕带领全家于1913年离开俄国,乘船到加拿大魁北克省的蒙特利尔,投靠其1908年定居于那里的姐妹罗莎,这位罗莎很可能就是贝娄信件中提到的那位老姑母。1915年,亚伯拉罕和妻子在那里有了他们的第四个孩子,即后来的索尔·贝娄。蒙特利尔是一座典型的英法双语城市,仅有300个犹太人,但他们建有自己的犹太会堂,贝娄的父亲和亲戚们都读意第绪语报纸,孩子们在

---

① 该信曾请得克萨斯大学奥斯汀分校比较文学系 Seth Wolitz 教授翻译了其中的意第绪语,请奥斯汀退休工程师也是笔者的英文老师 Chuck Peek 先生校对了其手写体的英语部分。2010 年出版的贝娄书信集,收集此信时不知为什么有删节,没有了"附言"。见 Edited by Benjamin Taylor, *Saul Bellow Letters*, Viking Penguin Group (USA) Inc., 2010, p. 363。

② James Atlas, *Bellow*: *a biography*, Published in the United States by Random House, Inc. New York, 2000, p. 9.

家里说意第绪语,在街上说法语,在公共学校说英语,这种混杂的语言环境也许一开始就刺激了小贝娄接受各种文化的潜能。而父亲亚伯拉罕是一个健谈的人,经常在饭桌上讲故事,贝娄小说中的许多犹太习语大多来自这些童年记忆。

1990 年,贝娄在《波士顿人》杂志的访谈中说到他的童年教育,他回忆说,自己四岁的时候开始学习希伯来语,读《旧约》,那时觉得上帝很亲切,是一个真实的人,似乎"是最初的父亲"[①];五六岁时,读十二先人的故事,觉得他们也是自己的家人。他说,在自己童年的头脑里,父亲和《旧约》中的亚伯拉罕、以撒、雅各等犹太人的英雄祖先们,在感觉上模糊不清。他和家人一起参加犹太集会,那时也没想过除此之外还有其他别的东西。犹太教有其世俗意义,他们反对把上帝抽象化和观念化,认为上帝是一个人格化的存在,和每个信仰者都有密切关联,他们通过爱与执行戒律与上帝相遇,成为上帝家中人。小贝娄生长在这种语境中,自然而然地和上帝、先知、家人一起生活,不自觉地将信仰生活化了。母亲希望她的小儿子长大后当一个拉比,继续在犹太社区传经授道,这是许多犹太家庭对儿女的最高期待。当然,也可以当一名小提琴家,虽然家里一直比较穷困,但贝娄父母还是让大女儿从小学钢琴,贝娄八岁时生病住院,出院后还得到了一把小提琴作为礼物。后来在纪念莫扎特逝世 200 周年的演讲中,贝娄谈到自己对音乐的最早体会来自他的老姐姐在家里弹钢琴的情景,也足以见得当时犹太家庭对文化教育的看重。

1924 年,在芝加哥表姐的帮助下,他们一家再度启程,他们抛下了球状的俄国茶壶、杂乱的亚麻桌布和长手套,以及家庭照片和有关"旧世界"的记忆,移民到芝加哥。20 世纪 20 年代,美国城市的贫民窟大都是欧洲移民的居住区域,贝娄一家按照在加拿大的习惯,对孩子们保持着双重教育,一边上美国公立学校,玩棒球;一边到希伯来语学校学习《旧约》,学习意第绪语。但对逐渐长大的贝娄来说,街区生活影响逐渐加大,促使他在内心作出主导倾向性的选择。

有关类似问题,"耶路撒冷文学计划"在 1999 年录制的《索尔·贝娄访谈录》时,贝娄在和访谈他的朋友、罗马尼亚作家马内阿的对话中,曾不断谈到他小时候受到的犹太文化教育以及习俗的影响。作为犹太男孩,在青春期之前去犹太教堂是一件必须做的事,同时家里也一直保持着犹太人的生活习惯,比如吃饭上的各种禁忌。贝娄对此没有多大反感,不像他

---

① 宋兆霖主编:《索尔·贝娄全集·第十四卷》,第 354 页。

的大哥那样在迅速的美国化中有过反叛行为。在说到一些从东欧陆续来到美国的犹太人吃非犹太食品时，青少年时期的贝娄是十分惊奇的，因为他"从未见过在家里打破规矩，完全将之置之脑后"①这样的事。尽管他后来在上学、读书过程中也逐渐地美国化了，但小时候的习惯给他积累了记忆，所以在马内阿提到贝娄在1976年飞往耶路撒冷的飞机上巧遇哈西德犹太教徒、被他们要求吃犹太食物时的状况，贝娄便较为详细地回忆了小时候在家里吃犹太食物的习惯，因此他表达了对哈西德教徒们的理解以及当时自己的尴尬心理②。

在与马内阿的对话中，贝娄还重复和强调了1990年《波士顿人》对他访谈时谈及童年时期对《旧约》故事的理解：

> 它是本圣书，用希伯来语写成，而你知道那必定是事实，因为它说上帝创造了世界——这里就是世界！这就是证据。窗户外面就是你的证据——亚伯拉罕是我们的第一位犹太人，是上帝本人指派的，而我的父亲是亚伯拉罕，于是有了我们：这是个持续的事件。一个八岁的孩子不可能做出所有必要的区分，而我甚至没有试图去进行任何区分，因为我是如此着迷于整个事情：它是条直线，上端是上帝之所在，而底端，是我之所在！③

从物质性的日常生活，到读经在精神上留下的对世界的最初认识，奠定了这些颇为犹太化的文化底子，贝娄一辈子也不可能磨灭这样的记忆痕迹。在那次访谈中，马内阿还和贝娄说到同样是犹太裔作家的菲利普·罗斯，对犹太人"散居"世界各地这样的说法曾表达过不解，曾质问说"什么样的散居之地？我不是在任何散居之地。我是在自己的国家，我在这里，我是自由的，我可以成为任何我想成为的人"云云；而贝娄对此解释说，他比菲利普年长，自己的父母是作为已经成熟的欧洲人来到美国的，因此带着早已养成的习惯和思维方式，自己也受其影响，不像菲利普这样生长在美国的犹太人，对族裔和美国没有清晰的区别意识，"他确实有成为美国人的另类选择"，而自己则不同，虽然也有取舍，但有很多的

---

① 〔罗马尼亚〕诺曼·马内阿：《索尔·贝娄访谈录》，邵文实译，中信出版社2015年版，第37页。
② 〔美〕索尔·贝娄：《耶路撒冷去来》，见宋兆霖主编《索尔·贝娄全集·第十三卷》，王誉公译，第11页。
③ 〔罗马尼亚〕诺曼·马内阿：《索尔·贝娄访谈录》，第57、58页。

族类痕迹留在身心上了。

因此,这种童年和少年的教育方式给贝娄留下了深厚的犹太文化生活的心理积淀。在他后来成功的美国化路上,犹太文化习俗一直是记忆中一圈温馨的光晕。在他著名的小说《赫索格》中,同名主人公在批评现代人的虚无特性时就说,当年在芝加哥犹太社区破烂的街上,大家念着古老的祷文,无论多么穷困、苦难,人们都顽强、努力,从不会失去希望,"他在这儿所体验过的人类感情,以后再也没有碰到过"[1]。赫索格的回忆传达出了作家贝娄的心声,是他对儿童时光犹太社区生活经验的深情回望。而贝娄从小使用的意第绪语则成为家庭和族裔关系的纽带,确如老姑母所说,成了一个撩拨往昔生活的"拨火棍"。20世纪60年代贝娄从纽约回到芝加哥,和犹太亲戚们在一起吃晚饭,他们都还唱意第绪语歌曲。不料这种犹太人习俗引起了新婚妻子苏珊的不满,因为苏珊虽然也出身犹太家庭,但虚荣心很强,喜欢纽约生活,自己还想成为名人,不喜欢贝娄的土亲戚和那些过时的风俗,而贝娄却在这样的风俗中其乐融融。夫妻之间不同的趣味成为他们的不和谐音,也是他们后来离异的重要因素。1990年,贝娄的最后一任妻子简尼斯为他举办75岁生日晚会,邀请了众多朋友、亲戚,其外甥用意第绪语致辞,贝娄还兴趣盎然地唱起了意第绪语歌曲。在那个幸福的晚上,环流其中的依然是家庭与种族源远流长的叮咚泉水。

二　犹太人和周遭世界的关系

据贝娄回忆,使他开始清晰地意识到自己是犹太人并和周遭世界存在着很多纠葛的契机是一次住院经历。那是1923年,贝娄一家还在加拿大,8岁的贝娄在阑尾切除手术后患了腹膜炎,住在蒙特利尔的维多利亚皇家医院的儿童病房,由于身体状况一直不好,在医院一住就是半年多。这是家新教医院,规定父母每周探望一次,主要靠医院照顾。一位基督徒妇女常来看望他,给他带来儿童用的《新约全书》。这是离开家庭的贝娄第一次接触到耶稣故事,他记得自己"被耶稣的经历深深感动"了[2]。对一个只有8岁的孩子来说,他首先看到的是另一个忍受苦难的小孩子来到世上,为了拯救世人,被钉在十字架上牺牲了自己,为所有人赎罪,这使他震撼;接着而来的是自己的犹太感情受到伤害,因为福音书上说犹太人喜

---

[1] 宋兆霖主编:《索尔·贝娄全集·第四卷·赫索格》,宋兆霖译,河北教育出版社2002年版,第188页。

[2] James Atlas, *Bellow: a biography*, Published in the United States by Random House, Inc. New York, 2000, p.16.

欢巴拉巴①，法利赛人是耶稣的仇敌等。他觉得这些故事对犹太人非常不友好，或者就是反对犹太人，因为这样的说法是把陷害耶稣的罪责推到了犹太人身上，他觉得整个福音书都在敌视犹太人，而他，就是一个犹太人，他委屈地想："我做错了什么？"

这是他最早有关犹太人和周遭世界的模糊认识，在医院把他和父母、亲人以及他的街道都隔离开的情况下，他在福音书中看到了除了《旧约》以外的另一种对人类和世界的解释，而且敏感地认识到这个世界对犹太民族的不友好后，他感到孤独和惶恐不安。在贝娄后来的创作中，其小说主人公大都是犹太人，经常的状况是经受着生存与精神上的各种磨难，也许正是萌芽于他在医院里有关犹太人和世界关系的最初感受。另外，在这次住院的经历中他还第一次懂得了什么叫"死"，病房里，他看到过好多孩子在忙乱的夜里死去，护士打着手电筒跑着，到早晨是一张空床，大家都清楚发生了什么事情。他一直看着挂在床脚上的体温记录，确信自己没有生的希望。后来康复出院，便有了"幸存者"的感觉，大喜过望，似乎是在死亡线上重返世界。贝娄从小受到"末世论"的影响，那时认为自己在死神面前的逃脱是受到了恩典，还觉得自己对某个看不到的存在者由于赦免了自己的生命而欠下了账。这种"幸存者"体验，在他后来对犹太民族历史遭遇的自我理解中变得突出起来，并扩展到现代人的精神领域，成为他许多小说人物重要的心灵特征。这也是他为什么多少年过去了还对当年住院的感受记忆犹新的重要原因。

关于犹太民族问题，贝娄在1990年的访谈中，说到他当时阅读福音书后，在惶惑中认为必须对指责犹太人之事进行斗争。实际上，当他瞥见一个世界对犹太人投去的不友好目光时，8岁的孩子应该还不知道历史上的反犹主义和宗族迫害，不清楚自己的同胞经磨历劫的灾难，因之"斗争"之说不见得是童年的想法，很可能是老年贝娄在回忆中表达的某种态度。重要的是，这种态度在他后来成功的"美国化"路上，也并没有成为他人生或者创作中的主旋律，成熟后的贝娄一直追求的是普世化写作，他没有像其他一些犹太作家那样，专门为了犹太民族的文化传播和犹太人所遭受的苦难而书写，这也是他为什么不喜欢给他贴"犹太作家"标签的原因；但是，在他长大成人彻底明白了"苦难是我们整个部族的标志"②之后，他确实用行动参与过这样的"斗争"，并且也不断渗透进自己的小说

---

① 《圣经·新约》中因为耶稣替他死而被释放的人。
② 宋兆霖主编：《索尔·贝娄全集·第十四卷》，第365页。

和各种随笔散文中。比如，在其生平中发生过的这几件事情：

1956年美国文坛发生有关庞德的争议，是因为庞德"二战"期间的亲纳粹行为被起诉，后因为病情住在精神病院。当时以福克纳为首的一批美国作家站出来为庞德说情，以文学的名义呼吁对诗人宽大，释放庞德。对此贝娄十分愤怒，情绪激烈地抨击说，战争期间庞德投靠法西斯的行为，发表犹太人该杀的言论，已经逾越了一个诗人的界限，是不可饶恕的，而且美国对庞德已经很仁慈了，如果在法国早就被枪毙了；而福克纳等以"美国作家的代表"要求释放庞德，就是对这个世界上曾经发生过的灭绝灾难的故意忽略，几乎可以说成为那些可怕灾难的共谋①。在这样一个关乎诗人和政治、历史和人性的大是大非问题面前，贝娄的声音充满了义愤，在谴责中表达了一个犹太人的立场和强烈的感情态度。

1967年中东发生"六天战争"，他认为犹太人在1/4世纪里第二次遭到灭绝威胁，他作为犹太人不应该袖手旁观，因此跑到中东报道战况，回去后发表《以色列：六日战争》长篇报道，充分表达了自己对族类的关怀；后来还将这一事件写到其长篇小说《赛姆勒先生的行星》中，借小说人物回顾了大屠杀及其后续事件，并且立足犹太传统道德立场俯瞰和批评美国60年代的社会混乱。中东问题是贝娄的心底之痛，自己的民族千百年来无家无国，"二战"后联合国通过建立以色列国的决议，尝试给这个历经磨难到处流浪的民族以安身之地。但在那块历来宗教争议激烈的土地上，阿拉伯人和以色列人从此陷入战争泥沼，大大小小的冲突不断、炮火不断、死人不断。在此维度，值得一提的是贝娄1976年发表的长篇散文《耶路撒冷去来》（详细评论见书后附录），其中不仅渗透他对犹太民族命运的忧心忡忡，不失时机地实地调研阿以冲突，还付诸行动，回国后去拜见当时的美国国务卿基辛格，希望美国政府能对犹太人有更大的关注与支持。

1970年12月，他在华盛顿参加苏联犹太人会议，和一些犹太作家如米勒、卡津等人，为民族自由而声讨苏联的反犹迫害。

1979年4月1日，埃及和以色列在白宫签订了和平条约，贝娄后来专门写了《签约的日子》②，文章满怀悲悯，写下了那些签约者本人和亲属在中东战争和希特勒的集中营中遭受的生死创伤，参与签约的每个人几乎都

---

① James Atlas, *Bellow: a biography*, Published in the United States by Random House, Inc. New York, 2000, p. 249.

② 宋兆霖主编：《索尔·贝娄全集·第十四卷》，第274页。

是断臂残肢的幸存者,让人唏嘘。因此,贝娄极力赞赏着和平条约及其重大意义,祝福条约能够给深陷不幸的人们带来一缕和平的阳光。

1980年在散文《我的巴黎》中,当回忆自己40年代在巴黎做研究的情况时,也不忘写下当年巴黎官员如何地配合纳粹驱逐犹太人,全然不顾正义与人性被践踏,表达了他穿越40年的愤慨之情。

1989年,他发表著名中篇小说《贝拉罗莎暗道》,第一次将大屠杀作为小说主题。小说从历史记忆与忘却的隐喻角度,讲述了纳粹大屠杀中的犹太幸存者及其后代在美国的种种遭际,涉及美国犹太人后裔面对民族历史的态度、"美国化"中的文化传统延续、关于人类大屠杀的哲学思考等。而在两年前,即1987年,他曾就自己没有在小说中表现大屠杀而给朋友辛西娅·奥齐克的长信中有过检讨,说到自己四五十年代的兴趣点,作为美国文艺青年的阅读面,比如对现代主义作品、马克思主义、美国新批评的阅读,对自己写作才能的鉴别,当时身心涌流着汹涌澎湃的美国意识,几乎没怎么去关注在波兰发生的可怕事件,让奥斯维辛在自己的写作中滑过去了[1],言辞之中充满愧疚。而《贝拉罗莎暗道》的写作,可以看作对这种愧疚的一次补偿。1990年年底,贝娄在接受《波士顿人》杂志访谈时再次提起自己作为犹太人的愧疚,说到1959年他曾去过奥斯维辛,应该说那时已经了解并意识到那场浩劫的分量,也似乎觉得自己在创作中没怎么去写大屠杀有点问题;他说,直到1989年写出中篇《贝拉罗莎暗道》,才算是在作品中抓住"一些大事的重要意义"[2],感到些许安慰。

2000年,贝娄发表最后一部长篇《拉维尔斯坦》,小说中有很多关于犹太人身份、大屠杀事件分析、警惕纳粹遗留分子等直接的对话和故事,比如"活着的犹太人都是幸存者""一定要时常想一想那些吊在肉钩子上的人""人不可能抛弃自己的血统,犹太人也不可能改变自己的身份"等,这些话几乎就是老年贝娄自我身份的一再强调,借此贝娄也告诫世人要时时警惕人类悲惨历史的重演。

美国贝娄研究专家戈德曼在其专著《索尔·贝娄的道德观:犹太经验的批评研究》中,曾经详细分析了贝娄创作中体现出来的犹太文化传统;后来在其重要的论文《索尔·贝娄和犹太哲学》中又特别指出,犹太教的核心是伦理一神教,犹太哲学覆盖了贝娄的创作领域,道德伦理问题是其创作的核心。这一看法建立在作者对贝娄小说文本细读基础上,作者又精

---

[1] Edited by Benjamin Taylor, *Saul Bellow Letters*, Viking Penguin (USA) Inc., 2010, p.439.
[2] 宋兆霖主编:《索尔·贝娄全集·第十四卷》,第387—388页。

通犹太历史和哲学,自然有其道理,但如果给一个限制,比如说在贝娄中后期创作中道德问题成为其主人公评判世界的重要维度,可能更为确切些。1970年贝娄在希伯来大学英语系演讲时也谈到这点,他说自己作为移民二代,在美国化过程中接受了"新世界"和美国价值观念,有些无节制地走向自由,享受着各种自由生活,但60年代的混乱使他悲观,同时也激起了他身上的犹太元素[1],重新认识到道德和秩序的价值。我们也许可以这样理解,由于童年和少年阶段犹太文化教育的积淀,作家一生写作都经意不经意间会有犹太文化的折射,不少研究者早已指出了这点;但在作家清楚的理性追求中,对犹太价值理念的肯定,应该还是在60年代之后。那时,由于作家对现代社会的了解和思考逐步深化,更由于美国60年代的反文化潮流,再加上西方思想界对现代性批判的影响,贝娄开始思考现代社会的弊病,诸如个性欲望之膨胀、虚无主义盛行、物质主义崇拜、性混乱、人伦崩解等蔓延社会各个角落的问题,这在其代表性长篇《赫索格》(1964)、《赛姆勒先生的行星》(1970)、《院长的十二月》(1980)、《更多的人死于心碎》(1987)等作品中,有着十分精彩的表现,其中对精神意义、人性道德、人伦秩序的强调,应该说确实和犹太文化具有密切关系。反过来讲,之所以产生这样尖锐的感受和批判,很大程度上即来源于他从小所受的犹太教中伦理道德文化的熏陶,所以也才有赫索格在他千疮百孔的遭际中对少年时代的回忆,说出"他在这儿体验过的人类感情,以后再也没有碰到过"云云,涌流不息的旧时留恋正是他治愈当下破碎生活的一贴精神膏药。1981年的一次访谈中,贝娄说到他70年代之后对政治和社会的高度关注,对现代虚无主义的拒斥,写作的最为重要的目的,是将道德问题当作当下的重大问题提出来,也是其写作中后期问题关注方向的一个重要注释。

其实,从大的方面来看,犹太文化传统对贝娄的影响应该是多方面的。犹太哲学家里奥·拜克在《犹太教的本质》中指出,犹太人"是一个被迫去思想的少数民族。命运赐予犹太人以思想……这种内在活动成为犹太教的中心。总而言之,犹太宗教学说是争取自我永存努力的产物"[2]。那么贝娄的创作特征,正在于他是作为一个思想者,在不断地思考着个人、世界以及个人与世界的意义,思考人如何寻找自己生存的位置;同时,犹

---

[1] James Atlas, *Bellow: a biography*, Published in the United States by Random House, Inc. New York, 2000, p. 401.

[2] 〔德〕里奥·拜克:《犹太教的本质》,傅永军、于健译,山东大学出版社2002年版,第5页。

太人渴望寻求自己特殊命运的意义,"这个观念的含义就是,它知道自己是一个从超越产生出来的民族,是一个形而上生存的民族,是一个由上帝的启示带入生存并且代表上帝启示的民族"①。拜克的概括解释了犹太教中对上帝创世的认识,人类通过伦理行动与上帝相遇,善,是历史与文化的目标,在宗教维度发现日常生活的意义,人在自己的生活中把握这个世界的意义等。因此,人类生存成为上帝指派的一个任务,通过实现上帝戒律,一个民族成为它自身。他们认为,人和自然的本质区别在于拥有善和伦理。那么,贝娄小说整体上的思想者特征,主人公的犹太身份,经常出现的道德主义,形而上思考,不断地寻找意义人生,可以说和拜克对犹太教的概括同出一辙。在贝娄的小说世界,那些颠颠倒倒的主人公无论身份如何,身处如何境遇之中,大都具有着某种形而上的思索意味,或者追寻人生意义,或者不断探问着生与死、人性与世界的秘密。

作为 20 世纪后半期的著名作家,贝娄是一直反对将他归于犹太作家行列的,他崇尚写作的普遍性意义,在多种场合提到过自己不属于真正意义上的犹太作家,也不会单单将犹太人的命运作为主要描写对象。从写作事实来看,贝娄的大多小说主人公尽管是犹太知识分子,但直接关注犹太人族类问题的描写确实很少。然而,他从小生活在犹太人的文化圈子,传统文化浸润之深厚,当他描绘周遭世界的文化现象时,犹太传统价值其实一直在左右着他的评判。

第二节　西方人文主义思想的渗透

英国学者阿伦·布洛克在《西方人文主义传统》一书中提出,"西方思想分三种不同模式看待人和宇宙。第一种模式是超越自然的,即超越宇宙的模式,集焦点于上帝,把人看成神创造的一部分。第二种模式是自然的,即科学的模式,集焦点于自然,把人看成自然秩序的一部分,像其他有机体一样。第三种模式是人文主义的模式,集焦点于人,以人的经验作为人对自己、对上帝,对自然了解的出发点"②。然后作者将人文主义作为一条主线,贯穿起了文艺复兴、启蒙运动、19 世纪和 20 世纪的历史文化

---

① 〔德〕里奥·拜克:《犹太教的本质》,第 19 页。
② 〔英〕阿伦·布洛克:《西方人文主义传统》,董乐山译,生活·读书·新知三联书店 1997 年版,第 12 页。

发展。尽管每个时代有每个时代的主要问题和讨论问题的方式，也有对人文主义内涵的不同理解和命名，如 18 世纪的德国看重的是人的自我修养，即克服内心冲突达到和谐境界，但在对布克哈特的"发现世界和发现人"[①]这个基本命题上却是一致的：人的价值和自我认识，人的尊严与自信，人在与世界的关系中的主导性地位，人性的确定性含义等。这种思想在文艺复兴时期借助对古典文化的发掘而兴盛，逐渐成为西方近代以来历史文化发展的一种文化传统。

贝娄的思想资源中具有这样一个传统，和他具有犹太文化传统一样是自然而然的，而他接受的方式，主要是美国的中小学校、大学和在公共图书馆的自发阅读。1990 年贝娄在牛津大学的一个讲座中回忆了他小时候在芝加哥读书的情况，他说老师像是传教士，诚恳地教化移民的孩子，用美国人的祖先文化如英国历史、法律、文学教育他们，包括要记诵莎士比亚戏剧《裘里斯·恺撒》《哈姆雷特》《麦克白》中的独白，还有柯勒律治、华兹华斯、雪莱等 19 世纪英国浪漫主义诗人的诗作。贝娄说他当时就记住了华兹华斯告诫人们不要由于索取和挥霍浪费精力、应在静谧中回忆过往情绪以丰富心灵的观点。那种专注的审美心态让贝娄印象深刻。他说，和这种诗歌教育恰恰相反，他所居住的芝加哥就是一个充满了索取和物质挥霍的工商业城市，而自己就生长在那样的大街上，但脑袋里塞满了英国浪漫主义诗歌。

贝娄从小就是个书虫，随家庭移民到芝加哥的时候是 9 岁，上学之余，除了在犹太社区继续自己的民族文化教育，其余时间便一头扎进公共图书馆，后来他在形容自己阅读之多之广时曾形象地说，他从图书馆的童年书籍部分进去，从成年人书籍部分出来，于是他在这里毕业了。他几乎穿越了图书馆所有的藏书宝库，其中包括了文学、哲学、历史、社会学、时事杂志，他后来创作中非常明显的思想性特点和广博的知识，应该都和从小开始的广泛阅读有极大关系，而这些书籍中蕴藏着的自由、平等、正义的价值观，对人的乐观信念，对社会批判的使命感，深刻的见解，和他小时的犹太道德观互相渗透着，都为他后来进一步的思考奠定了基础。

贝娄的读书嗜好一直持续到他接受大学教育。中学毕业后他注册了芝加哥大学的社会学专业。芝加哥大学当时实行的是哈特金斯的通识教育，学生的中心课程即是经典阅读，承袭了西方古典文科教育的内容，那是西

---

① 〔英〕阿伦·布洛克：《西方人文主义传统》，第 50 页。

方人文传统文化的渊源所在。在那些常青藤覆盖的哥特式塔楼丛中，人的自由与独立精神是最高价值。后来贝娄因不喜欢芝加哥大学那种几百人的上课方式而转入西北大学，在那些小班研讨课上继续着自己的人文教育。

而文学经典的阅读，从贝娄经常提及的读书情况来看，应该是其接受西方传统文化的重要渠道。从文艺复兴时期莎士比亚戏剧、薄伽丘和塞万提斯的小说，到十八九世纪英国的浪漫主义诗歌，席勒的戏剧，歌德的诗剧，卢梭"返回自然"的著述，英国、法国、俄国的现实主义小说，如狄更斯、巴尔扎克、福楼拜、果戈理、陀思妥耶夫斯基、托尔斯泰等，一大批文学经典大师尽入眼底。正是在这样的阅读中，他一方面积累了深厚的文学功底，那些经典在一个高度成为他后来写作的美学参照；另一方面则在大师笔下润物细无声地接收到了欧洲人文主义思想的精髓，不断启发着他对人、人性的认识和体会，而且认为在现代社会，也只有在文学艺术中才珍藏着古老的人性，人的精神在那些经典中得以延续。对此贝娄在其随笔《尘封的珍宝》中曾有过专门的表述。那是在20世纪60年代，他到伊利诺伊州为一篇文章收集资料，他走了很多地方，为自己只看到了一些浮表的物质生活而怅惘。后来他到了公共图书馆，看到一些妇女在借阅托尔斯泰、普鲁斯特、莎士比亚、但丁等经典书籍，他诧异的是，这些女人的阅读逸出了他所看到的主流生活，和她们周围的日常生存无关，应该是她们一己私密的精神需求。贝娄认为，正是这样的内在需求静静地在心中流淌，滋润着人的精神，丰富着人性，使得这个世界尚存希望。他无限感慨地说：

> 翻开十九和二十世纪最优秀小说家的作品，很快就能发现，他们利用种种方法，是想替人性确立一种定义，替生活的继续和小说创作，来进行辩护。陀思妥耶夫斯基说，无论喜欢与否，获得自由，以及在痛苦的刺痛下作出善与恶的抉择，是我们的天性。托尔斯泰在谈到人性时说，它包括了对于真理的需求，而不论什么时候，真理都不会允许人性永远处于谬误和非现实当中。[①]

布洛克在《西方人文主义传统》一书中也明确指出了文学经典是人文主义思想的重要承载体，他在论述文艺复兴时期的人文主义内容时，在描述了当时的社会文化现象之后，用很大篇幅谈及文学艺术，他说，莎士比

---

① 宋兆霖主编：《索尔·贝娄全集·第十四卷》，第75页。

亚的剧本和十四行诗是人文主义传统中最宝贵的财富,"全面地表现了人的状态"[1],尊贵与滑稽,明亮和阴暗,勇气、野心与难以逃脱的失败命运,田园诗、罗曼史和生死承受等,都在那一个个闪闪发光的戏剧人物身上表现出来,使莎士比亚居于人文主义文学传统的"中心地位"。这种传统经由启蒙运动的勃勃雄心延续到19世纪,文学的背景改变了,革命、工业化、城市发展、进步观、达尔文主义、科学冲动等,在此大语境中,文学则继续揭示人性和人的命运。该书也提到了英国的浪漫主义诗人们,他们"重视个人自由和个性意识,认为这是人的关于真理和道德知识的来源"[2],雪莱曾经宣称"我们都是希腊人",直接和古典文化相通。小说是19世纪欧洲的大成就,在这一文学类型中,作家们对人性的认识和描写达到细致入微的地步,人与人之间的关系,人与家庭的关系,人与社会环境的关系,幻想,情欲,善恶较量,遍布以巴尔扎克为代表的小说家所创造的文学世界。布洛克认为,在文学艺术中,一方面是人类经验的令人丧气的普遍情况,欲望横溢,追求现世成功与物质享乐态度;另一方面又是人类在自信心、承受力、高尚、爱情、智慧、同情、勇气方面能够到达的非凡高度,"这两者的对比一直是人文主义传统的核心"[3]。他说,早在文艺复兴时期的意大利人,就在满怀热情地谈论人的尊严和创造能力时,也同样知道在自己生活的每一条街道上,都可以和邪恶、苦难、精神的贫乏劈面相遇,重要的是人具有克服命运的持续冲动,正如在19世纪质问着许多社会问题的戏剧家易卜生一样,"他相信个人的人格,个人从苦难中学习和摆脱环境的力量,还因为他对自由所怀抱的热情"[4]。

贝娄也作如是观。他在接受诺贝尔文学奖的演讲中引用了康拉德对艺术的认识:艺术家所感动的"是我们生命的天赋部分,而不是后天获得的部分,是我们欢快和惊愕的本能……我们的怜悯心和痛苦感,是我们与万物的潜在情谊,还有那难以捉摸而又不可征服的与他人休戚与共的信念,正是这一信念使无数孤寂的心灵交织在一起……使全人类结合在一起——死去的与活着的,活着的与将出世的"[5]。他认同这样的观点,并在此基础上批评了罗布-格里耶的"实物主义"观念,格里耶是文学领域中反对人文主义传统的作家之一,他反对在小说中塑造人物及其个性的写作方法,

---

[1] 〔英〕阿伦·布洛克:《西方人文主义传统》,第60页。
[2] 同上书,第155页。
[3] 同上书,第165页。
[4] 同上书,第198页。
[5] 宋兆霖主编:《索尔·贝娄全集·第十四卷》,第112页。

他认为 20 世纪的小说应该走出以人为中心的格局,在更大的范围中表现物性世界。贝娄对此持嘲讽态度,他希望从艺术世界看到"人类究竟是什么,我们是谁,活着为什么等问题"的表现。这一理念既是他坚定的艺术观,也是他对人性的深刻体认。

与此类似,古典音乐也是贝娄人文文化渊源的一个积淀。在纪念莫扎特诞辰 200 周年的大会上,他谈到在自己生涯中的一些角落,一开头是由莫扎特布置起来的,因为他有一个学钢琴的老姐姐,他自己也被母亲当作未来的音乐家培养着,因此音乐自然成为他生活中的重要角色。他说,在现代社会科技和物质主义对人性戕害的语境中,莫扎特的意义在于:一是"在他的音乐里,我们识别出了启蒙运动、理智和普遍性的踪影——同时,也认出了启蒙运动的局限性"[1]。贝娄的意思是,启蒙运动开启了人的解放之路,莫扎特的音乐世界有一种"欣欣然的光明现世性",但同时伴随着某种黑暗,那种伴随着自由而来的悲伤和忧郁,启示着今天的现代性反思问题。二是"他是一个个人",一个"只能依赖自我的人",这样的个人为我们诠释着生命个体的尊荣和悲伤,在这种体会逐渐被大众社会的喧哗所遮蔽的时候,只有在艺术王国尚存有一片可以呼吸的绿草地。

这里涉及贝娄对现代社会和传统文化的看法问题。在贝娄创作的中后期,现代性批判成为一个重要的主旨,从《赫索格》(1964)开始,《赛姆勒先生的行星》(1970)、《院长的十二月》(1982)、《更多的人死于心碎》(1987),这些重量级长篇都涉及对后现代消费社会的批判,科技体制、大众文化、虚无主义、个性欲望膨胀、相对主义盛行,都是他不断为之焦虑的社会现象,本书将在后面章节具体的文本分析中突出这样的主题。这里主要想指出,贝娄在对现代社会持批判态度的同时,他并不是一个悲观主义者,他继承了传统人文主义对人本身的乐观信念,认为人虽然有很多问题,人类社会出现很多弊病,但人在不断地追求光明,不断改进,人类是有希望的。《赫索格》中同名主人公随口说出的那句话,"事实王国和价值标准王国不是永远隔绝的",可以看作贝娄的心声;诺贝尔授奖词中也专门提及这句话,并补充说,"意识到价值标准的存在,人们就能获得自由,从而负起做人的责任,产生出行动的愿望,树立起对未来的信念。因此,一向不过分乐观地看待事物的贝娄,实际上是个乐观主义者。正是这句话里的信念之火,使他的作品闪闪发光"[2]。也可以说,这是

---

[1] 宋兆霖主编:《索尔·贝娄全集·第十四卷》,第 16 页。
[2] 宋兆霖主编:《索尔·贝娄全集·第十三卷》,第 255—256 页。

他对传统人文信念持续的深情和一种基本守持。

贝娄对西方传统文化的感情还体现在他对斯宾格勒《西方的没落》一书的评价。《西方的没落》是20世纪西方思想界文化反思的力作,该书将主宰了西方文明几百年的那种进取、开拓的精神,命名为"浮士德精神",认为其在征服世界、占有世界的冲动中已然成为一种破坏性力量,是西方文化中的自毁性因素。贝娄是在20年代读到该书的,当时他们移民美国不久,面临的最大问题是如何融入主流文化,青少年时期的贝娄也知道自己是犹太人,没有资格隶属于西方文明,因而正在努力使自己成为西方文明的一部分,却恰恰遇到了斯宾格勒对西方文明的批判和否定,因此他对其理论十分困惑,有种深深的受伤感。① 后来在其小说《赫索格》中,还不忘对《西方的没落》批评一番,把斯宾格勒的观点归为20世纪"荒原观"的陈词滥调,是用来吓唬人的。1976年在其长篇散文《耶路撒冷去来》中表达了同样的意思,在批评法国左翼作家对苏联集权国家的支持时,还说到他们无视西方几百年来的民主成果等,皆可视作贝娄对西方传统文化的深情厚意。也正因如此,他才不断提及承载了传统文化的文学经典的重要性,甚至将文学艺术视为现代人心灵拯救的可贵药方。

贝娄对西方传统人文主义文化的接受,不仅仅是他作为犹太人着急美国化的心理因素,其实,犹太传统文化和西方文化在其内在深处也存在着契合点:西方人文主义文化中的现世精神、对人性的认识、正义观念,启蒙思想中对世界的责任,犹太一神教的伦理精神,对生活的信心、生存的意义等,两者之间有很多相通之处。贝娄一边在犹太社区承继着族类传统观念,一边在公共学校和公共图书馆接受西方传统文化,在大的价值取向上他没有遇到阻力,因此他的读书经验是惬意的,那些观念渗透在其心灵深处,滋长着他以后评判世界的价值取向。

贝娄曾说:"或许文明会死亡,但它现在依然存在着。我们也有我们的选择:我们可以对它发起更猛烈的攻击,也可以拯救它。"② 在彰显西方传统人文主义文化和犹太价值理念的基础上,拯救文明,显然是贝娄的明确选择,也是他普世化理念的不尽源泉。

---

① James Atlas, *Bellow: a biography*, Published in the United States by Random House, Inc. New York, 2000, p. 25.
② Editer by Glorial Cronin and Ben Siegel, *Conversations with Saul Bellow*, University Press of Mississippi Jackson, 1994, p. 78.

第三节 美国个人主义文化的继承

贝娄是20世纪40年代开始发表作品的,但他真正找到自己的写作风格,应该是从1953年出版《奥吉·玛奇历险记》开始的。这部小说一开头即用颇为自信的口气说,"我是个美国人,出生在芝加哥",然后开始了他丰沛的年轻生命之旅。小说结尾也意味深长地提到了哥伦布发现美洲大陆之事,显然有着为主人公的美国身份张目的含义。应该说,这部作品的精神特征,同时也是贝娄作为美国作家始终涌流着的美国精神的代表性特征[①]。

一 关于美国精神

在美国这块新大陆上,个人主义是其主要文化核心。《简明不列颠百科全书》关于"个人主义"的解释是:"一种政治和社会哲学,高度重视个人自由,广泛强调自我支配、自我控制、不受外来约束的个人或自我……作为一种哲学,个人主义包含一种价值体系,一种人性理论,一种对于某些政治、经济、社会和宗教行为的总的态度。"[②]

在美国,这种价值观念首先来源于欧洲清教移民的宗教底色,在欧洲宗教改革中,路德新教的特点就是"全体信徒分享教职"[③],是对教会中专门教职垄断作用的贬斥,并认为信仰是一己的事情,每个人都有领悟上帝的权利和能力。这种教义带来的是对每个教徒个人的重视,可以说突出了

[①] 英国《贝娄传记》作者利德在其文章中也曾称贝娄虽然出生在魁北克,但他成长于芝加哥,因此他像奥吉·玛奇一样是一个美国人、芝加哥人,并用自己的诸多作品很好地表现了美国这个国家。见 Zachary Leader, "Cultural Nationalism and Modern Manuscripts: Kingsley Amis, Saul Bellow, Franz Kafka", *Critical Inquiry*, Vol. 40, Issue 1, pp. 160 - 193, Sep. 2013. 有意思的是,英国一本心理学杂志上的文章,在谈到社会学中民族之"多数"和"少数"的概念时,引用了两个美国作家的话作为其概念之代表,一个是贝娄,为"美国白人作家",为之焦虑的是种族主义、厌女主义、帝国主义、法西斯主义等;另一个是 Earl G Graves, 为"美国黑人作家",为之焦虑的是如何自强以对抗被压迫。其中是把贝娄作为"多数"的美国白人的象征的。见 Fiona Kate Barlow, Chris G Sibley and Matthew J Hornsey, "Rejection as a call to arms: Inter - racial hostility and support for political action as outcomes of race - based rejection in majority and minority groups", *British Journal of Social Psychology* (2012), 51, 167 -177. @ 2011 The British Psychological Society.

[②] 《简明不列颠百科全书·第3卷》,中国大百科全书出版社1985年中文版,第406页。

[③] 〔美〕帕灵顿:《美国思想史》,陈永国等译,吉林出版社2002年版,第9页。

基督教中"每个人都是上帝的孩子"的平等思想,给个体权利以尊重。当清教徒移民带着这样的文化经过千辛万苦在新大陆扎根之后,其中的个人主义因素通过宗教传播也随之被普及开来。

其次是新大陆的"美国梦"。根据清教观点,新大陆是上帝给予它的选民的最后一块福地,每个移民也就是上帝选定的去实现其意志的人,因此在他们开拓疆土、顽强生存的过程中,也就产生了富兰克林的著名个例——一个出身贫困的普通美国人,靠个人奋斗取得成功,即后来广泛传播的"美国梦"原版。富兰克林在《自传》中娓娓而谈,用通俗易懂的语言,向美国读者展示了他个人奋斗的榜样经验:凭自己的踏实、勤奋、节俭、刻苦,如何从社会较低层上升到最高层,"获得了相当的财富、力量和名声"[1]。《自传》出版后成为畅销书,在欧洲和美国本土获得巨大声誉,成为"美国梦"的最佳样板,将依靠个人自我奋斗获得成功的可靠信息散发到美国乃至全世界,给怀抱理想、梦想、幻想的没有显赫家族背景的年轻人以极大鼓励。

最后是超验主义思想。这一思想团体也产生于美国清教的大本营新英格兰,著名的有爱默生、梭罗等,他们抛弃了有关人类堕落的观念,认为人作为上帝的造物,具有其神圣性,主要表现在人的理智和良心上,每个人的心灵都具有内在的神性,在内省中,神性和个人的天性能够相互融合,发现真理。因此,他们质疑宗教和世俗权威,认为外界力量没有权力规定个人的思想和行为,人们不应该盲目地服从各种权威,应该相信自己,爱默生曾有过"写你自己的《圣经》"之说,突出了个人的能力和权利。

大体来说,清教教义、"美国梦"和超验主义思想在几百年的美国历史发展中,一起奠定了思想文化的基础,铸造了追求自由、平等的个人主义文化主流。而美国《独立宣言》也开宗明义地确立了美国人的个人权利:"我们认为下述真理是不言而喻的:人人生而平等,造物主赋予他们若干不可让与的权利,其中包括生存权、自由权和追求幸福的权利",而政府的建立正是为了保障这样的权利得以贯彻。在此路径上,美国人培养了实现个人意志的自由精神、冒险精神以及对个人尊严、地位和权利的看重。托克维尔在《论美国的民主》中说,"随着身份日趋平等,大量的个人便出现了。这些人的财富和权利虽然不足以对其同胞的命运发生重大影

---

[1] 刘海平、王守仁主编:《新编美国文学史·第一卷》,张冲主撰,上海外语教育出版社2000年版,第158页。

响……却可以满足自己的需要。这些无所负于人,也可以说无所求于人。他们习惯于独立思考,认为自己的整个命运只操于自己的手里"①。托克维尔是法国的政治思想家,曾于1831年和朋友一起到美国考察9个月,回国后写成《论美国的民主》,分别于1835年和1840年出版了上下卷。该书在法国出版过13版,有十余种翻译文字,仅英国和美国就有60多个英文版本,可谓畅销,也透露出该书在审视美国民主方面的权威性。在这本书中,托克维尔使用了"个人主义"这一概念,并分析了"个人主义"在美国的产生和基本含义,同时结合对美国政治制度的详细阐述,分析了自由、平等、民主之间的关系。该书在美国也引起广泛反响,尤其是其对个人主义精神的论述获得了广泛肯定,从一定程度上成为美国个人主义文化的理论支持。

正是在这样的文化土壤中,少年贝娄阅读、思考、成长。美国是一个移民国家,移民"美国化"一直是一个自然和自觉过程,即接受和赞成这个国家的文化理念、政治历史和民主传统。1897年,由 Abraham Cahan 创办的一份意第绪语报纸中曾经恳求读者:"我们不得不成为美国人,我们应该热爱美国和建设美国。"②"一战"之后美国政府提出了"百分之百美国化"的口号,更加明确地推动了移民美国化进程。当然,犹太人在"美国化"方面是比较困难的,他们一方面尽力开始新的生活,但也很难洗净"旧欧洲的记忆"③,也因此才有同胞报纸上的互相激励之语。有关两种文化的相遇、碰撞等在20世纪以来的美国犹太文学、戏剧中有大量表现,记载了犹太移民在新大陆的艰难经历。贝娄一家是1924年到芝加哥的,那时贝娄9岁,父亲经常在饭桌上告诉孩子们,这里充满机会,你是自由的,只要不违背法律,就可以主宰自己的命运。他们既然选择了美国,就需要在这个国家生存并站稳脚跟,用贝娄的话说,"这个国家俘获了我们"④。1990年贝娄在《半生尘缘》中也提到,他们家到美国后,最大的事情是"美国化",父亲是一个崇美者,大哥是最积极的拥护者,不但赞成完全美国化,且还会为移民身份觉得羞耻。他们居住在欧洲移民区,到处是波兰人、乌克兰人、意大利人、德国人、爱尔兰人和希腊人,这些移民家庭的小孩子在大街上一起玩,大多孩子和犹太后代一样,在上公立学

---

① [法]托克维尔:《论美国的民主·下卷》,董果良译,商务印书馆1988年版,第627页。
② Donald Weber, *Haunted in the New World: Jewish American Culture From Cahan to Goldbergs*, Indiana University Press, 2005, p. 3.
③ Randolph Bourne, "Trans‐National Ameica", *Atlantic Monthly* 118 (1916): 86 - 89.
④ 宋兆霖主编:《索尔·贝娄全集·第十四卷》,第125页。

校的同时也上自己的民族学校。到芝加哥时大哥念高中最后一年,贝娄上三年级,学校里也是崇美主义盛行,有一门文学课叫爱国主义基础课,是很重要的课程。大哥不喜欢让同学知道自己住在移民区,贝娄由于太小对此没有什么看法,但崇拜比他大八岁的大哥,因为他长得高大、结实、聪明、好动,从骨子里相信"美国梦"。

到高中时,贝娄开始读美国作家德莱赛、舍伍德·安德森和门肯的书,感受到那种美国式的"生机勃勃,很有活力,写的是当时的事,很时新",能够理解德莱赛小说《美国的悲剧》中的主人公克莱德和那种充满渴望与追求的心理状态。贝娄说,那时到处是社会达尔文主义,社会存在本身为人的贪婪和欲望辩护,还有杰克·伦敦、辛克莱这样的作家,"这两位社会主义鼓吹者同时又是达尔文主义者,他们教人们为生存而斗争,胜利属于强者"[①]。这是贝娄当时的阅读体会,对那些他所阅读的作家来说,这种评价也许并不全面,但作为接受者来说,则是明显的美国化个性教育。那些自我改善、自我发展的故事,那些开拓者、自由人的概念,贝娄囫囵吞枣地咽下了。

贝娄和那些出身下层社会喜欢读书的孩子们一样,在公共图书馆大量阅读,"他们热情洋溢地觉察到,他们正处于一个真正属于自己的崭新天地的岸边,发现了自己的生存权利,从宏伟的文明世界那里,听到了叫人无法相信的消息,相互讨论着心灵、社会、艺术、宗教和认识论"[②]。当时的贝娄雄心勃勃又局促不安,被家庭认为可以上大学,并为他辛苦攒学费,但贝娄和他的伙伴们对学校课程都不怎么用功,他们更喜欢高谈阔论欧洲文学中的年轻主人公们,比如巴尔扎克笔下生活在巴黎的那些心怀炎炎欲火的青年,如何地丢弃良知进军上流社会,比如陀思妥耶夫斯基笔下的大学生拉斯科尔尼科夫,如何地拿着斧子检验自己是否具有拿破仑的素质,比如纪德笔下那些坏男孩子的善恶动机等,这些文学形象都是让年轻人激动的对象,他们一边阅读,一边已经暗暗萌动着写作的野心,要让自我在创作中获得这个世界的价值认可。

二 作家之路的自我选择

贝娄的写作始于上高级中学时候,他在报纸上发表了几篇不署名文章,那时他有一个小女友认为他很杰出,贝娄受到鼓舞,也觉得自己将来

---

① 宋兆霖主编:《索尔·贝娄全集·第十四卷》,第364页。
② 同上书,第151页。

会成为一个伟大的作家。20世纪初的20年,西方现代主义正是风起云涌,贝娄和最好的同学艾萨克·罗斯菲尔德一起讨论达达主义和超现实主义,互相评价各自写的东西,读休姆、康德、叔本华,在俱乐部讨论《作为意志和表象的世界》。在芝加哥克雷拉图书馆,还能读到登载现代主义作品的《日暮》杂志合订本;在漫长的下午,在研读艾略特、里尔克、肯明斯的作品中获得充实。他们的校外生活也很丰富,有几个俱乐部,其中有俄国人的文学团体。艾萨克一家人都是文学迷,他们读俄国小说,意第绪语诗歌,自己也写故事和诗歌。艾萨克和贝娄都梦想成为美国的伟大作家,是典型的"文艺青年"。

1933年1月,贝娄中学毕业,注册芝加哥大学,并且选择人类学作为自己的专业。这个专业选择是有一定意味的,贝娄认为人类学的本质源自一种十分民主的思想,那就是每个人都是平等的,都应该有均等的机会,虽然每个民族有各自的文化,但不应该被种族中心主义所束缚,他说,"真正的文化是让人失去判断力的,因为你完全被它支配了"[1]。这里他是指褊狭的民族主义文化,他倾向于在互相尊重的同时,在普世化价值中发展自己。这种看法也解释了他作为一个"文艺青年"学习人类学的最初动机,至少他认为该专业可以从人的位置上——或者说自我个人的位置——去考量各民族的文化偏见和文化特征。当然,这里面也有其他原因,那就是英语不是他的母语,上英语系不是犹太人后代的最佳选择。

1934年春天,母亲刚去世不久,父亲再婚后贝娄觉得获得了自由,身上带着三美元和一个同伴一起出门旅行,一边扒车,一边乞讨,似乎要去拥有整个世界。贝娄回忆说,母亲是家庭的黏合剂,最疼他这个小儿子,但自己在青春和自由中激动着,虽然对母亲之死也很伤心,但似乎顾不了那么多,感觉更多的是自己行动的自由感:"自由而不知所措,仿佛在一场爆炸中幸存下来但还没有明白发生了什么事儿的人一样。我什么都不明白。"[2] 但他们知道20世纪20年代,芝加哥北区有一个波西米亚讨论会,叫迪尔皮克尔俱乐部,由一些行为古怪的多彩多姿的诗人、画家、狂热者组成,斯宾塞一向是中西部自修哲学的青年最喜欢的哲学家,他们思考社会法则,讨论历史和正义等问题,但艺术家们后来大都去了纽约和好莱坞,斯宾塞也被扫进了垃圾堆。但那些艺术家的传说给"文艺青年"们以浪漫的遐想和刺激。有趣的是,贝娄在回忆中从未说起他们那次扒车"出

---

[1] 宋兆霖主编:《索尔·贝娄全集·第十四卷》,第370页。
[2] 同上书,第33页。

行"遇到的不少麻烦,还被警察当成了偷盗者关进拘留所一天。最后他们到了加拿大边境,同伴返回了纽约,贝娄对冒险刺激尚未过瘾,一个人进入过去生活的地方,还拜望了几个亲戚。因为手中没钱,最后还是给大哥发了电报,大哥帮他买了回家的票。这些颇为美国化的冒险经历后来被写进了他的成名作《奥吉·玛奇历险记》中,那句有名的开头句:"我是个美国人,出生在芝加哥",以及主人公我行我素的那种饱满个性和性情,也许正来自作家青少年时期的不羁精神和莫名的渴望。

贝娄1933年在芝加哥大学上学一年后转学西北大学,于1937年毕业,获得社会学和人类学学士学位,然后在芝加哥公共事业振兴署做过联邦作家计划的工作,做过《经典名著丛书》的注释工作,也在某教育学院做过短期教书工作。这段时期,正值大萧条,他大部分时间住在租赁的廉价小房子里继续他的文学阅读,做着作家梦。他生活的环境是一个粗糙的工业社会,芝加哥轰隆作响的汽车生产线、高架火车、农业机械工厂,贝娄说,在这些林立的机械里找不到莎士比亚、弥尔顿、华兹华斯、叶芝等所描写的自然美;人们在建造城市的过程中造就了少数富人,扩大了贫民区,同时,很多爱好艺术的人离开了,他们到了纽约、伦敦等地。这些事实给他刺激和遐想,他在蜂拥的劳动、交易、商品的交叉网络中读书,立志当作家,严酷的生存竞争就在身边进行着,他得不断经受贫穷的考验。贝娄曾描绘过他那三块钱的廉租房,电梯得拉动一根粗绳子才能启动,他每天起床后身边爬满臭虫,房间发霉,壁纸起伏不平,干燥的糨糊从后面剥落下来,咬啮木头的虫子几十年来一直啃着椅子腿儿,还不知疲倦地一直咬啮着贝娄刚刚写下的手稿。但他不无乐趣。他常常思考的是,很多同学拿到学位后去纽约、加利福尼亚或者非洲找到了工作,他们属于某个团队和机构,拥有了一定的安全感,而自己独自留在这里,写一些不被人接纳的小说,与社会格格不入,就像生活在月球之上,是一个单数。那时,他对自己和社会的关系尚感朦胧,游移不定,但自我感觉"肩负着一种神秘的使命"①,正在执行着特别的行动。这种想法会让年轻的贝娄感到激动。

关于这样的决意,贝娄在20世纪70年代回忆说,那时浪漫主义还很盛行,认为人在凭借自己的努力从社会活动和集体幻想中分离出来后,就能发现生活和自己独一存在的真实意义。这倒颇有梭罗的品质。那时,一批精力充沛的年轻人认为自己会在各种职业中让生活变得有意义,而贝

---

① 宋兆霖主编:《索尔·贝娄全集·第十四卷》,第156页。

娄，决心在文学中寻求这种有意义的生活。这是他青年时期难以告白的朦朦胧胧的价值所向，不大像巴尔扎克那种"拿破仑用剑未竟的事业，我要用笔来完成它"之类的雄心，也许和犹太文化的意义期许有一定联系，他不经意间将其和美国个性黏合在一起了。

贝娄思考这些问题、寻找个性之路的阶段是20世纪30年代，已经不是惠特曼"大地是丰裕的，人本身就是好的命运"时候的美国了；相反，在城市各个角落困顿着的是失业的人群。有时贝娄也会疑惑自己选择的工作是否正确，对自己的资质没有确切的把握，他阅读莎士比亚、弗洛伊德、马克思、尼采，希望获得激情的鼓舞，试图在这些作出重大贡献的大人物的思想线索中，找到和证实自己的选择和思考的价值。他断言没有艺术的世界是无法接受的，因此拒绝了父亲和哥哥们商业之路的物质诱惑，同时也不断领受着父亲对他的责备和经济援助，要知道，这样的经济援助一直持续到贝娄40多岁，压力可想而知。携带着这样的行囊，他为自由意志而奋斗，在自己简陋的住所挂上一些画，尽力遮住那些破陋之处，克服自己对环境的厌恶和恐惧心理。

只有在20世纪70年代，贝娄已经获得诺贝尔文学奖，他才敢于说，他当时追求的是美国的精神。因为在那个工业化的新大陆，人们忙于创造物质，缺失了人类精神，因此才有那么多的青年男女顽强执拗地追求艺术，他们是要在轰隆隆的物质列车上镌刻出人性，在物性的巨大国度中注入精神，因此那时具有一种朦胧的使命感。

但更为确切的感受恐怕还是有一种无根感，他们这批"文艺青年"找不到"文艺"生根开花的土壤。美国第一位获得诺贝尔文学奖（1930年）的作家刘易斯对这种无根状态甚为欣赏，他认为真正的美国人就不应该去寻根，因为他不必活在一个民族之内，他拥有的感觉就是活在世界上，这是作为美国人和旧欧洲的差别。而在芝加哥的贝娄，对当时流行于巴黎的现代主义文化极为向往，颓废派艺术家、虚无主义、超现实主义、立体派画家、毕加索，那些成为国际性文化标志的流派中蕴含着一种强烈的个人色彩，是从传统的、民族的、家庭的笼子中超脱出来的孤独个人，这些个人互相支持，给个性以力量。正是在这个角度上，成为巴黎照射到芝加哥的一线希望。欧洲现代主义对贝娄的影响也正如是，他作为工业社会的一个"单数"，也是孤独的现代人中的一个个人，这种文化契合感是对贝娄的极大安慰。这也是当时文艺青年的普遍情形。

贝娄曾提到美国理论家哈罗德·卢森堡的文章《巴黎的陷落》，该文是对那个时代巴黎作为世界文化中心所产生的现代主义运动的一个概括，并着重指出了其中的个人主义因素和那批作家们的文艺实验热情,他们摆脱了民族性、传统文化、家庭束缚,作为个人和"世界公民"互相支撑,在一种极度自由中张扬自我,但同时也陷于空虚。一个一无所有的个人就是空虚的个人,一种空虚的存在。贝娄曾坐在芝加哥公园的凳子上阅读卢森堡的文章,想象和定义着自己的状况:他,不是工人,不是职员,不是大夫,不是罪犯,而是口袋里装着一卷《党派评论》的个人,坐在杰克逊公园,超然于家庭和社团之外,思考着关于人类的重大问题,品尝着自己的孤独和自由,感到自己和卢森堡所说的那些巴黎青年一样,在空虚的存在中,正朝着奇迹飞奔。

所有这些状态、思虑,都是贝娄作为"文艺青年"的生活内容和思想格调,而和这种格调最为匹配的事件,应该是他在40年代去纽约格林尼治村朝圣之事。格林尼治村,这个在19世纪中期从法国传到世界各地的文艺人聚居方式之地,在美国纽约第五大道和十四街交会处的一个不起眼的街区,成为举世闻名的艺术家集聚之地,同时也是波西米亚主义的流行地,才华横溢的流浪者的收留所,手头拮据的穷艺术家们的避难所。村民们抗拒世俗社会和主流价值观念,和传统清教精神作对,他们雄心勃勃,恃才自傲,个性张扬,行为乖张,追求绝对的自由。这里在20年代收留过海明威、考利一代从战场上归来的作家们,使之成为美国现代主义艺术的中心。40年代,在贝娄去朝圣的时候,人们评论着海明威的风格,劳伦斯的名气,但那一切已成过去。贝娄崇拜的偶像是施瓦茨,那位被他后来写进《洪堡的礼物》中的落寞诗人,那时曾经是一名成功诗人和小说家,闪闪发光,其"主题始终是孤立的自我和无法解答却又无法避开的自我本质的奥秘"和"中产阶级对艺术家的异化"[1],这种格林尼治的人生体验风格很对青年贝娄的胃口。在格林尼治村,那个美国文艺青年和巴黎现代文化在纽约的接轨之地,贝娄像一个小学徒,寻找到了和他十分契合的现代个性和艺术精神,成为他以后漫长写作生涯的一个奠基性的洗礼。

1984年,贝娄接到加拿大魁北克拉辛镇长的电话,魁北克是贝娄出生的地方,镇长通知贝娄市里决定把那里的公共图书馆命名为"索尔·贝娄市政图书馆",问他能否去参加开馆仪式。贝娄当时69岁,听到这个消息竟然哭了,怀旧感情充溢身心。他和妻子、姐姐和外甥等一起去参加庆祝会,在会上的法语发言中,他回忆了自己的出生,他说,在这里,印证了

---

[1] 〔美〕莫里斯·迪克斯坦:《伊甸园之门》,方晓光译,上海外语教育出版社1985年版,第37页。

这样的事实可能性,对于一个孩子来说,自己能够做什么,听从自己内心的召唤,因为人类灵魂有自己的路,有发展它自己的方式,每个人都应该忠诚于它。应该说,这个演讲内容为贝娄的成功做了注释和事实见证,而字里行间也渗透了美国超验主义的个体价值理念。

第四节　苏俄激进政治思想的影响

从家庭出身来看,贝娄是俄国犹太人,20 世纪的俄国革命风云翻卷,贝娄祖父经历过俄国革命,子孙移民加拿大、美国后,在生存的艰难挣扎中,家乡背景的巨大阴影依然跟随着他们的脚步,洒下浓浓的政治气息。1993 年贝娄在一篇题为《作家·文人·政治》的文章中谈到,1913 年父母从圣彼得堡移民到加拿大的蒙特利尔,俄国的诸多事件依然萦绕心头,饭桌上经常的话题是沙皇、战争、前线、列宁和托洛茨基,"就像提到故国的父辈和兄弟姐妹一样"①。1917 年他两岁,布尔什维克取得政权,老一代犹太人心存疑惑,觉得布尔什维克是暴发户,很快会被赶跑的,但新一代年轻人却急于参加那场轰轰烈烈的革命。这种激情持续了很长一段时间。贝娄清楚记得,父亲和一位希伯来导师的儿子利奥瓦在大街上争论,利奥瓦说自己已经买好了船票准备启程回国,要为新政权效劳。父亲反对他,说新政权靠不住,不值得他去卖命,但利奥瓦虽然毕恭毕敬地听着作为长者的父亲说话,但实质上坚定不移,后来他信心百倍地去了苏联,希望在列宁和托洛茨基的领导下建立新的国家。但他从此销声匿迹了。在 1990 年的谈话《半生尘缘》中,贝娄也谈起过此事,可见他印象深刻。

从学校读书经历来看,1932 年的芝加哥中学,移民的孩子身上很多都携带着俄国气息,一边研究《麦克白》和弥尔顿《快乐的人》,一边阅读托尔斯泰和陀思妥耶夫斯基,然后就是钻研列宁的《国家与革命》、托洛茨基的《俄国革命史》,在俱乐部讨论《共产党宣言》。当时学校有托洛茨基派的青年社会主义同盟组织,贝娄虽没有参加,但他爱上了该组织中的一个激进女孩雅塔,她给他讲列宁主义、集体主义、民主集中制、斯大林的错误、托洛茨基的信念,她在毕业典礼上慷慨发言,让贝娄大开眼界,羡慕她富有力量感的风度。后来因雅塔更喜欢另一个左翼同学而分手,让贝娄甚是嫉妒。1996 年雅塔去世,贝娄还写了悼文纪念他们 65 年

---

① 宋兆霖主编:《索尔·贝娄全集·第十四卷》,第 124 页。

前的感情。① 贝娄后来也加入了托洛茨基运动，雅塔自然是重要的因素。在那个年龄，恋爱和革命是最为耀眼的青春火焰。

贝娄在与其好友马内阿的交谈中曾经承认，"在高中，我是个社会主义者。我们有个社会主义俱乐部，我们阅读、讨论、争吵，有些跟我们一起上学的人变成了共产党领导人和著名的托洛茨基分子"②。但他的父亲一开始就反对他的这种政治倾向，对贝娄带回家里的朋友不友好，贝娄还为父亲如此地反动而觉得惭愧。

在芝加哥大学，政治气氛依然很浓厚。学生们经常讨论斯大林主义、希特勒的行为、莫斯科审讯、西班牙内战、托派等世界政治问题，年轻人思考和关心世界秩序的变化，热衷追求自由，且言论激烈。贝娄和美国托派运动的创始人格罗特泽关系密切，因为后者也是俄国犹太人，因支持托洛茨基被苏共开除，1929 年到美国后在芝加哥成立了美国托派共产党，贝娄和他一直保持着通信联系直到格罗特泽逝世，在贝娄 1998 年寄出的最后一封信中，他感慨岁月和生命的流逝，还用了意第绪短语③。

其实，当时十月革命对全世界的年轻人来说都是大事件，人们根据报纸了解世界政治，都为那种流淌着自由和正义的声音而激动。很多人认为俄国革命给人类带来了巨大希望，在共产党领导下捣毁所有受压迫的制度和腐朽的资本帝国主义，这种前景多么鼓舞人心。在加利福尼亚的一所教堂论坛上，社会主义者、共产主义者、无政府主义者之间辩论着，吸引着很多听众。芝加哥移民知识分子站在肥皂箱上演讲，是贝娄激进教育的肇始，他很早就在读马克思和恩格斯的著作，在父亲货运场的办公室大声念着价值、价格和利润的章节。包括在纽约格林尼治村这样十分文艺的地方，人们的讨论也夹杂了很多政治话题，他们热切希望弄明白很多东西，历史、哲学、科学、冷战、群体社会、大众文艺、高雅艺术、精神分析、存在主义、俄国问题、犹太问题等。可以说，30 年代的"粉红色"在西方世界到处涂抹出光亮，自然也照进了这一特殊的天高地远的美国角落。

20 世纪 30 年代后期，共产主义青年团想吸引贝娄入团，但贝娄这时已经对托洛茨基论德国问题的思想有了了解，深信斯大林的错误导致了希特勒的执政，也因此而倾向了托派。晚年的贝娄回忆说，"我们属于那场

---

① Edited by Benjamin Taylor, *Saul Bellow Letters*, Viking Penguin (USA) Inc., 2010, p. 527.
② 〔罗马尼亚〕诺曼·马内阿：《索尔·贝娄访谈录》，第 48 页。
③ Edited by Benjamin Taylor, *Saul Bellow Letters*, Viking Penguin (USA) Inc., 2010, p. 542.

运动，忠于列宁主义，能够阐释它的历史教训，描述斯大林的罪行"①。当时，激进刊物《党派评论》成了他们这些年轻人的理论旗帜，这个刊物的主要撰稿人大都是马克思主义者，如门肯、夏皮罗等，正是这些人，成了贝娄后来的小说《赫索格》（1964）中主人公不断写信的主要收信人，贝娄把与他们的讨论在小说中延续到了60年代。激进派成员艾德蒙·威尔逊还到莫斯科红场列宁墓朝圣，然后写了一篇颂词告诉读者，在苏联，你会觉得自己到了"世界的道德顶峰，那里的光线当真不会熄灭"，他把列宁说成是人性的一种最高产物——是个"卓尔不群的人，他打破阶级界限，涌现了出来，拥有人们为了整个人类的精进而作出的一切卓越贡献"②。他们还在《党派评论》上引进和介绍许多欧洲的激进作家，把欧洲知识分子的生活传播给有文化的美国公众。但他们的立场跟随着俄国形势的变化而变化，莫斯科审判时，《党派评论》的知识分子站在下台的托派一边，并且认为美国政府根本不知道托派的命运多么糟糕，而且也不了解共产主义。但他们也知道自己能力有限，西班牙内战时期，为了民主正义，文人们心有余而力不足，为自己捐不出钱而愧疚。

贝娄有很长一段时间崇拜列宁和托洛茨基。他不可能忘记小时候听来的故事，是托洛茨基缔造了苏联红军，不断打胜仗，重要的是他还在前线读法国小说（这才是他们真正的连结点呢），发表掷地有声的演讲，这是多么富有魅力的记忆！这种崇拜之情，直到苏联红军入侵芬兰后开始落潮，当时托洛茨基说一个工人国家不可能发动帝国主义战争，入侵是进步的，会帮助他们财产国有化，是走向社会主义的一个步骤。这种观点使年轻的美国追随者感到困惑，贝娄也开始怀疑托洛茨基的信念。

但这并不妨碍他去参见这位神一样的人物。那是1940年夏，贝娄意外得到母亲留下的500美金，便决定到墨西哥游历。那时他已经结婚，正对劳伦斯的原始主义和本能理论兴趣盎然，便和妻子在6月出发，途经纽约、巴黎、新奥尔良进入墨西哥，并在劳伦斯曾经住过的那个小旅馆住下。③当时托洛茨基正在墨西哥避难，贝娄经过朋友介绍去拜见他久仰的大人物。但就在约见的那天早晨托洛茨基被谋杀。贝娄后来说，那时他在惊骇之余懂得了极度延伸的权力杀死一个人多么容易，凭借我们的历史哲学、思想、纲领、目标和意志，在保护自己生命时是多么微不足道。

---

① 宋兆霖主编：《索尔·贝娄全集·第十四卷》，第126页。
② 同上书，第34页。
③ James Atlas, *Bellow: a biography*, Published in the United States by Random House, Inc. New York, 2000, p.67.

而后来在和马内阿的交谈中,贝娄认为自己那次去墨西哥是个错误。因为当时父亲急需母亲留下的钱,自己却非常顽固地因为要去墨西哥拒绝了父亲。他还说他去墨西哥见托洛茨基并不仅仅是出于崇拜,而是为了要和他讨论芬兰问题。托洛茨基支持苏联入侵芬兰,美国的托派分子因此而受打击,因为他们不理解社会主义国家怎么可以发动类似帝国主义的侵略战争。贝娄天真地要去和托洛茨基讨论这件事,要和他崇拜的人就关键问题有个了断。他分明知道自己这个小人物去见那样的大人物,还要和他争论那么大的世界性问题,本身是多么的荒唐,但最后还是觉得去见一个面应该是可以的。因为在美国,由于托洛茨基对芬兰的态度,崇拜者们已经分裂成两个阵营了!贝娄试图让这个伟大的人物相信,"他在芬兰战争的问题上是错误的"!当然,这只是贝娄心里的想法,他见到的是被刺杀的结果,但他参加了葬礼,这也成为他后来的小说《奥吉·玛奇历险记》的题材,重要的是表明了贝娄曾经具有的激进思想和政治热情。

"二战"爆发时,贝娄还积极应召参军,但因为疝气而被拒绝,做手术后耽误了时间,一年半以后才康复,他参加了一艘商船队,在训练的时候广岛事件发生,战争结束了。之后他才对"二战"有了较为全面的了解,知道斯大林和希特勒签订过和平条约,认识到自己那些犹太马克思主义朋友们的错误,为自己的立场惶恐不安。

后来,苏联革命的神话在美国激进青年心中终于破灭,贝娄指出是"斯大林本人做了大量败坏它的事情"[1],很多人知道了大清洗的情况,从此义无反顾地改变了曾经的政治立场。也正因此,当贝娄在 40 年代末到 50 年代初获得一笔研究基金到了巴黎,在《现代》杂志上读萨特的文章时,他感慨这本杂志"对马克思主义与左翼政治的了解,还比不上我上中学时了解得多"[2]。他弄不懂为什么萨特们对苏联的大清洗佯装不知,他觉得萨特对资产阶级的仇恨那么过分,对斯大林的罪行却等闲视之。在正常的智力范围内,他只好怀疑那些法国左翼知识分子是为了在其中得到什么好处,因为那是冷战初期,法国夹在苏联和美国之间,也许共产主义会在法国取胜。他怀疑萨特可能是一个"马基雅维利主义"者,为了观念目标而不择手段。由于萨特的名声之大,几乎是 20 世纪知识分子的代表性人物,贝娄由此而反感和轻蔑"知识分子",他觉得知识分子很容易被美丽的宣传观念所迷惑,在现实中分不清是非。在 1976 年发表的长篇散文

---

[1] 宋兆霖主编:《索尔·贝娄全集·第十四卷》,第 382 页。
[2] 同上书,第 383 页。

《耶路撒冷去来》中，谈到萨特一边倒地支持阿拉伯人，对犹太人的苦难却态度暧昧，加上明确的反美姿态，贝娄就不失时机地再次提起萨特在50年代的亲苏行为，言辞锋利地批评了萨特一贯的政治"介入"行为，并且毫不掩饰自己的厌恶。1992年在一篇文章中还接着挖苦萨特是"世界上最后一个智力巨人……他对和平所作出的贡献之一，就是激励第三世界的被压迫者不分青红皂白地屠杀白人"①，等等。

贝娄对萨特的批评犀利而偏激，一方面出于他对法国左翼知识分子的反感，他曾提到过法国知识界曾有过反犹倾向，而萨特在后来的阿以冲突中确实站在阿拉伯一边反对以色列，偏离了知识分子应有的人性中立立场；另一方面，透过这种批评，也可以看出贝娄对自己早年的激进思想的反思。他后来感叹道，欧洲的激进理论漏洞百出，花费了那么多的聪明才智，结果大家不断在荒唐的现实中迷路、转向，叫人泄气；而且，还无视西方几百年来追求自由民主所取得的成果，在理想维度指责现实时总是走歪了路，被高扬的观念旗帜所迷惑。他说，那些在铁幕后边直接经历着集权主义的人们，他们的方向倒是十分清楚的，他对那些立场坚定地反对集权主义的作家和艺术家非常尊重和敬重，那些俄国人、波兰人、犹太人，他们熬过了斯大林的监禁，希特勒的死亡集中营，写出了为世纪立传的伟大作品，这是他十分敬佩的，他想象不出这些人是如何地经受非人的压迫和恐惧而活下来，还保留了人性。而他们这些生活在民主体制中的文人，说到底只是对观念的某种消费，在特殊的时刻觉得应该思考这些问题而已。曾经的托派、实用马克思主义学者锡德尼·胡克，在自传中说到当年《党派评论》的文人时，也认为他们不过是些清谈者，对于真正的政治没什么鉴别力，是一种混淆不清的马克思主义。不过贝娄后来对此大抵持宽和之心，他说当时年轻人对世界满怀热情，关注政治是必然的，而到头来没有意义也是必然的，他引用一个作家的话说，我们"只不过是世界观点的迷恋者而已"②，回忆中不无伤感。

"二战"后，贝娄和一些朋友一起，把政治激情扔到了一边，专心于艺术与文学这一创造性领域。政治在纽约知识分子中褪色。但20世纪30年代的苏俄革命思想及其各种活动给他留下了绵延不绝的回忆，镌刻了他的青春底色。《党派评论》、激烈的论辩、朋友们的各种言行，包括法国左翼知识分子的事件，后来不断出现在他的小说中，成为他进行历史再思考的审美对象。重要的是，早年的激情转化为对现代社会的一份拳拳之心，

---

① 宋兆霖主编：《索尔·贝娄全集·第十四卷》，第218页。
② 同上书，第137页。

激进年代留下的痕迹，伴随着贝娄一生的创作，他已经不可能抛却那份对社会的关怀了。尤其是在20世纪60年代以后，其创作中持续出现大量的现代性批判内容，不能说和其早年的政治兴趣和正义冲动没有联系。另外，也许正是有了年轻时的迷失经历，促使贝娄后来一直对政治持温和态度，对激进思想和活动持警惕心理，但这并不妨碍他在具体明确的政治事件面前保持鲜明的立场。1965年美国爆发席卷全国的越南问题讨论，贝娄当时因为《赫索格》的成功成为名流，他公开反对当局禁止有关越南战争道德性的讨论，支持合法集会表达的"不合作主义"，包括游行示威；同时，他也坚决反对失控的非理性方式，他认为那会毁坏集会的目的。作为作家，他会在许多场合依循知识分子的良知表明态度，包括他60年代作为记者跑到中东报道战况，70年代在耶路撒冷访问阿拉伯人和犹太官员等，都可以寻索到其不能无视世界重大政治事件的内心理路。1993年春天贝娄接到波士顿大学的offer（提议），从此成为波士顿居民后，依然经常涉足地方政治，比如一些新的法规出台，如果发现问题他都会发声。他还说，不能忘记斯大林的清洗，不能忘记希特勒对犹太人的残害，不能忘记肯尼迪遇刺等。[①] 从他一生创作来看，贝娄从来也不曾是一个唯美主义者。

贝娄传记中还提到一件有趣的事。贝娄和当年《党派评论》时期的好友卡津同岁，他们70岁那年，麦克阿瑟基金会主任在自己的纽约寓所为两个老朋友举行生日庆祝会，卡津依然一如既往的是一个激进主义者，喜欢说自己出身劳工阶级什么的，而贝娄早已倾向于保守思想，他们为以色列问题争吵，涉及《纽约时报》上的政治文章。两个老头最后居然吵翻，贝娄没说再见就早早离去了，他们的友谊也随之结束了。后来卡津也承认那是一个"丑陋的场景"[②]，但事情已经不可挽回。可见30年代的政治争论还会在特定时刻再现，刹那间都成了老小孩。

综上所述，概括之，贝娄的思想渊源即是：在犹太文化传统和西方人文主义方面有其坚守态度，自然也有取舍，基本上形塑了他的肯定性价值理念；在个人主义和苏俄政治思想方面有其超越之处，自然也有反思，是谓他的个性底色。这些文化和历史的资源糅合在贝娄的文学才华之中，成为他一生创作中沉甸甸的思想果实。

[①] James Atlas, *Bellow: a biography*, Published in the United States by Random House, Inc. New York, 2000, p. 552.
[②] Ibid., p. 518.

第二章 "新世界"里的迷失情状

> 它是那些心不在焉地穿过城市，
> 迷失在思绪和忧虑中的人们的作品。
> ——本雅明《发达资本主义时代的抒情诗人》

索尔·贝娄在20世纪40年代开始发表小说，当时除了在激进政治氛围中思考和参与一些诸如苏俄革命、法国左翼的话题讨论外，作为一个即将成为小说界翘楚的年轻作家，其主要精力用在寻找和尝试自己的写作方向。"二战"后美国小说的萧条，一批老作家去世，一批早已成名的作家在40年代进入尾声，时代正在等待着新的作家问世。

按照贝娄研究界的大致看法，20世纪40年代应该是他写作的练习期，法国存在主义哲学影响的痕迹较为明显，20世纪40年代的《党派评论》曾翻译介绍萨特和加缪的存在主义文学，贝娄和许多美国知识分子一样对其熟知，因此受其影响也很自然。而开端的写作在叙事上也尚显拘谨，到50年代则基本上找到了自己挥洒自如的叙事风格。[①] 在这两个十年的创作中，贝娄写下四部长篇：《晃来晃去的人》（1944）、《受害者》（1947）、《奥吉·玛奇历险记》（1953）、《雨王汉德森》（1959），另外还有许多中短篇小说，如《寻找格林先生》（1951）、《离别黄屋》（1958）、《只争朝夕》（1956）等。这些作品的主人公有青年、有中年、有无职业的流浪者、有百万富翁的探险者，无论他们是什么样的社会身份，什么样的性格和遭遇，他们都为一个中心问题所困惑：自己是谁，生命有什么意义，自我和世界的关系如何，什么样的生活是"值得过"的？为了这样的问题他们殚精竭虑，内心丰富而举步维艰，思虑万千磕磕绊绊，在各个维度演绎了贝娄早期创作中忧心忡忡的形而上问题，一开始即表现了作家忧生伤怀的思想者品格。如理论家哈桑所说，贝娄"是一个观念小说家"，"属于第一批

---

① http://www.Saul Bellow Society. The Official Saul Bellow Website.

使新文学大有希望的战后作家"①。在后来的《剑桥美国文学史》中,也认为其开创了"二战"后小说内向、自省的方向,从以前小说界对社会的关注层面转向对个人和心智层面的掘进。应该说,这是贝娄早期小说的显著特征。

第一节 存在的迷茫:《晃来晃去的人》

《晃来晃去的人》(*Dangling Man*,1944)是贝娄的第一部长篇小说,虽然不被作家自己所重视,但无论哪方面都可以说是其奠基之作:内容上,对人生意义的思考,犹太家庭中的价值观矛盾,个人与社会之间无休止的纠葛;形式上的自省式,这些都成为他后来创作的基本方向和特点。

一 小说缘起

1941年,贝娄曾在《党派评论》上发表短篇《两个早晨的独白》,那是他第一次发表虚构性作品,当时还是和艾略特著名的《四个四重奏》一起刊发的。在那个没什么影响的短篇中,年轻主人公在芝加哥大街上游荡着,一边思考着哲学问题,主要是当时风行世界的存在主义思想内容,他试图寻找和确定自己的生之位置,一边等待一份没有太大希望的工作。虽然这篇涂鸦之作不怎么成功,但塑造的人物是典型的贝娄式人物,即内向沉思型主人公,用贝娄传记作者的话说,是一个贝娄小说的"通报人"(noticer)②,预示了作家以后写作的基本模式。

在此基础上,贝娄不久写成日记体长篇小说《晃来晃去的人》,1943年在《党派评论》上发表了部分章节,1944年出版全文,这是他的长篇处女作。

这部长篇小说可以说是贝娄当时人生经历的一个再现。20世纪40年代前半期,贝娄先是在纽约格林尼治村寻找自己的文学之路,后又回到芝加哥,这期间无论生活还是写作都处于不稳定和没把握的阶段。在芝加哥,他发现很多朋友都已参军去了欧洲战场,当时"二战"正进入一个转

---

① 〔美〕伊哈布·哈桑:《当代美国文学》,陆凡译,山东人民出版社1982年版,第30页。
② James Atlas, *Bellow: a biography*, Published in the United States by Random House, Inc. New York, 2000, p.73.

折点，年轻人到战场去似乎是一个必然，贝娄也在等待征兵入伍。在这个有点漫长的等待过程中，他还写了以托洛茨基为原型的《墨西哥将军》，表达了他对苏俄问题和托派的一些看法；还写了反映种族偏见的《非常黑的树》，也只是一些涂鸦之作。为了生计，还在朋友推荐下去《时代》杂志谋求一个职员的工作，主编面试时，因为谈论英国诗歌见解不同而被否定。后又被推荐到《纽约时报》，也被拒绝了。求职经历使贝娄感到羞辱，很长一段时间是妻子工作养家，他读书，做家务，写东西，为自己的人生状态焦虑。他站在自己创作的开端，面对着当时文坛上海明威那批成功耀眼的大腕并不怎么自信，他还在寻找着自己的形式和切入点，且不断自我发问："到底在一个什么样的点上去描写人物？"[1] 后来在芝加哥社会科学委员会总算得到一份工作，是编写 Great Books of the Western World，要求从亚里士多德到托尔斯泰，从休谟到马克思编写下来。这对阅读广泛的贝娄来说应该是一件没什么难度的事，他开始在地下室辛苦工作，一小时两块钱，算是长期拮据中的一个解套。在这困难重重和等待被征召的过程中，贝娄开始写《晃来晃去的人》的笔记，自然融进了很多自己的经验。贝娄自己也说过，《晃来晃去的人》是一部"半自传的小说"[2]。

这是贝娄的第一部长篇小说，开篇没有讲述自己的故事，却以小说人物的口吻说到"这是一个崇尚硬汉精神的时代"，行动是他们的主要特征，而他在这里却要用日记方式描述自己的内心世界，并说那些沉默的硬汉英雄们"不懂得反省"，以"坐飞机、斗牛、抓鱼"的外在行动补偿自己对思考的穷于应付等，显然是在挖苦海明威那些脍炙人口的"硬汉"人物。小说主人公是以第一人称出现的，未叙说一己故事之前先褒贬一番海明威小说主人公的风格，明显是在表达潜在的作家立场，一出场即清楚地交代了自己作为新手和文坛的距离，开宗明义地声明了自己内向沉思的叙事方式。

可以把这样的开头看作一个小小的宣言。确实，这部日记体小说所记录的基本上是一个青年不绝如缕的所思所想，也正是海明威小说"冰山"

---

[1] James Atlas, *Bellow: a biography*, p. 80.

[2] Zachary Leader, *Life of Saul Bellow: To Fame and Fortune*, 1915 – 1964, Publisher: Knopf New York, 2015, p. 244. 这部新的自传描述了很多贝娄当时和第一任妻子安妮塔的实际生活，还将这部分冠以 *Anita/Dangling* 之名。其实，贝娄作品中很多人物原型来自现实生活，其传记作者之一露丝·米勒也说过，贝娄搜索着自己的记忆和经历，在小说中转化为叙事人物，见 Ruth Miller, *Saul Bellow: A Biography of the Imagination*, New York: St. Martin's Press, 1991, xix。

风格中那一片不冒出海面的无声区域。小说的声明口气显然比现实中的作家自信许多,俨然一副决心开创写作新路子的架势。有趣的是,后来成为20世纪后半期美国文学代表性人物的索尔·贝娄,在他开端成名作中对自己所较劲的对象居然找得那么准确:海明威1954年获得诺贝尔文学奖,贝娄1976年获得诺贝尔文学奖,他们都是20世纪美国文学史上界标性的大作家,确实在写作风格上一开始即趋向两个完全不同的方向,海明威外向,倾向于行动,将心理过程藏于"冰山"之下;后来的贝娄则源源不断地让叙述流淌在思想和心理层面,两个作家都成功地使自己的方式高耸成界碑。50年代之后,海明威逐渐衰落,美国小说实验风气渐浓,贝娄以其既不脱离现实社会也非常注重人的心理意识的写作逐渐崛起,正如莫里斯·迪克斯坦在《剑桥美国文学史》中所说,他"预示了战后小说中更加注重私人世界的特点",这种内省方式逐渐代替了从19世纪到20世纪40年代美国文学中占据显著位置的自然主义社会小说,"日后成为美国小说的主流"①。

应该说,这种内在沉思方式是符合贝娄那种敏感好思的个性的,同时也是他青年时期寻思自我和探询世界的文学见证。从这部处女作的大概情节来看,主人公约瑟夫是一个应招参军的青年,他辞掉了美洲旅游局工作进入被审查程序,但因为诸多原因,入伍的时间一拖再拖,等待七个多月了依然杳无音信。于是,他大部分时间"足不出户",枯坐室内,在等待和煎熬中开始写日记,在琐碎散乱的思虑中,和自己讨论着许多人生和哲学问题,感到自己成了一个"局外人"。也因此David Galloway在自己的著作中将该小说和加缪的《局外人》相提并论了②。

二 "我"是谁,来自哪里

小说主人公约瑟夫最为关注的问题首先是身份问题。从外在来看,他27岁,美洲旅游局职员,大学历史系毕业,已婚,是一个明确的社会身份,具有生存维度的分量和价值。从内在来看,离开学校后他一直以学者自居,研究启蒙时代的哲学家,正在收集资料准备写他们的传记。这种明确的学术兴趣是其精神世界的专业"身份",具有内核性价值。在这两个方面的工作中,他需要不断协调"自愿"和"被迫"的心理接受度,也就是刚迈进社会的

---

① 〔美〕萨克文·伯科维奇主编:《剑桥美国文学史·第七卷》,孙宏主译,中央编译出版社2005年版,第143页。

② David Galloway, *The Absurd Hero in American Fiction*, University of Texas Press, Austin, 1970, p. 129.

青年在社会化和自我精神需求中的协调，他正在努力调整至统一的地步，应该说还算平衡。但是应召入伍这件事启动后，他即陷入了一个"摇晃"的情景中了：为了随时可以入伍，他辞掉了工作，靠妻子的薪水生活，没有了生计上的稳定感；但入伍的事情迟迟未来，于是心烦气躁，虽然有大量由自己支配的时间，却不能继续自己的阅读和研究，心理上没有了支柱。外在内在都失去了重心，他被抛到了一个无所依傍的时空中。

其实，在约瑟夫原来的个人生活中，很多事情原本就缺少一定程度的确定性。比如征兵一事，开始的延宕即来自其社会身份问题，因为他是加拿大移民，虽然到美国 18 年了，但要经过重新调查和确证，在此之前仍不能征用。这件事延迟五个星期后一切又从头来过，然后又是新的条款规定，新的调查和确证，使他一直"被"拖延下去。这是一个移民在美国这个"新世界"的遭遇，看似合理，但给约瑟夫的感觉是自己遭受质疑："我在这里生活了 18 个年头，但我仍然是一个加拿大人，一个不列颠臣民。虽然是个友邦的臣民，但未经调查，我还是不能入伍。"① 言谈之间不无委屈和怨艾，并显出根基不牢的迹象。

还有他在美洲旅游局的工作，当他由于一直的等待而无聊，重要的是生计无着试图再回去暂时工作一段时间时，却被告知现在生意萧条，多年的老职员都被解雇，他既已离开就不可能再回来了。可见约瑟夫即使没有因为征兵辞职，他也很有可能失业。这里也折射了贝娄在工作问题上的几番挫折以及失落的心情。按照常理来说，这种情况正好给他提供了时间，可以进行自己有兴趣的研究工作，但事实上这个方面也没有太多的确定性，对他来说仅仅是工作之余的精神性补充，也刚刚开始，尚未和学界有任何联系，一旦心情不顺遂便可搁浅，可见这也不是他有力可靠的生命支柱，或者说，在这条路上也还仅仅是个愿望，有点小小的尝试，尚不能撑起人生价值的大厦。

这里透露出作家贝娄心理深处的隐忧，他曾在一篇随笔中写道，"我们是进行探索而又受到挫折的移民的子孙，他们想弄清楚，自己在美国变成了什么样子"②。他将这样的疑惑和缺乏坚硬性的身份感付诸了约瑟夫，那些约瑟夫似乎原本拥有的东西，能够证明他身份给他安定感的东西，一旦遇上阻碍便哐当碎裂了，这时他就不是曾经的"谁"了，于是陷入了一

---

① 宋兆霖主编：《索尔·贝娄全集·第九卷》，蒲隆译，河北教育出版社 2002 年版，第 4 页。
② 宋兆霖主编：《索尔·贝娄全集·第十四卷》，第 92 页。

种内在散乱的危机之中。而他偏偏有种执拗的性格，虽然每天晃荡着，为不能把握自己的命运而深感卑微，但心底深处却根深蒂固地有一股尊傲之气，不容别人有丝毫的怠慢和轻侮。小说中有两个十分耀眼的细节，是他顽强地要证明自己"是谁"、不容别人忽视真正的自己的极端性举动：

一是他和朋友麦伦在"箭"记餐厅会晤，这位老朋友关心他的现时状况，希望给他介绍一个临时工作以渡难关。据小说描述，这个餐厅似乎很有政治氛围，人们经常讨论一些类似"社会主义""精神病理学"或者"欧洲人的命运"的话题。这里应该是约瑟夫以前常来的地方，人们谈论的那些政治问题应该也是约瑟夫曾经的兴趣所在，因此他才选择这个地方来和麦伦见面。重要的是，似乎他还曾是某政党的成员，但他后来对政治有了不同的看法，便告别激进思想退党，在10年前就和以前的"同志"分手了。就是在这个颇有政治标记的地方，他突然看到以前的政治好友（毋宁说同志）彭斯，便理所当然地和彭斯打招呼，没想到彭斯对他态度冷然。这使约瑟夫勃然大怒，认为彭斯这位旧友依然极端地信仰革命，随时准备着投入巷战从而去改变世界面貌，生活在这样的思想"境界"的人自然看不起约瑟夫这样的"叛徒"，因此视他如无物。约瑟夫一方面在心里蔑视着彭斯少年般的幼稚信念，另一方面又不能忍受彭斯对他置之不理，便跳起来去公然挑衅彭斯，直到彭斯说出"我知道你"才罢休。

这样的行为应该说也是小青年的幼稚冲动之举，但也有其深意在。小说中，约瑟夫对麦伦详细解释了他原本信任的政治理念，以及他后来的反思和否定，并加上了对彭斯的挖苦。从表面上看是约瑟夫对过去朋友对他的忽略深感愤愤不平，感到自己竟如此地被一个世界抹去了，于是恼羞成怒；而跳出小说情节，可以看到那里边实际潜藏着作家贝娄对自己曾经热衷过的"革命"信念的回顾，40年代的贝娄先是倾向马列主义，接着信奉托洛茨基主义，然后是对法国左派的认识和反思，开始"告别革命"。"二战"期间，也觉得自己应该做点什么，但事实上也没做成什么。他用小说人物的特写镜头强调了自己思想意识的变化，应该是一次简短而清晰的清理。

而就小说情节和整体上来看，即是约瑟夫对自我身份的一次暴跳如雷般的确定化行动。这种方式使讲究实际的朋友麦伦十分惊诧，约瑟夫为了自尊，也为了不给这位真诚的朋友添麻烦（居然为了人家没有招呼他差点打起来！），便自动退出了找工作的努力，继续他的晃荡日子。

二是约瑟夫在哥哥阿摩斯家和侄女艾塔的冲突。阿摩斯是个成功商人，一直不赞成弟弟的生活方式并想方设法资助他，而约瑟夫则一直用谎言掩饰着自己的困窘，不断拒绝着哥哥的好意。一次在哥哥家的聚会中，约瑟夫为了避免和哥哥讨论战争啊、人生啊这类他们永远话不投机的问题，便一人躲到了阁楼上，放着自己喜欢的唱片，和着那种庄重、内省的曲调，思索着人应该如何对待痛苦和屈辱，如何寻求力量面对沮丧和混乱的哲学性问题。正在他沉浸乐曲中时，艾塔出现了，这个年龄不大却总喜欢和这个穷困而个性鲜明的叔叔作对的富家骄横女孩，挑衅性地声明唱机是她的现在自己要用云云，口角之中居然说出了"要饭的还想挑肥拣瘦"这样的轻侮之语，于是约瑟夫恼怒之下竟将这个小侄女动手教训了一顿，最后惊动了全家人从而不欢而散。

约瑟夫对这次冲突的潜在思路是，阿摩斯哥哥无疑是一个看重亲情并有责任感的人，恨不得把弟弟的生活包在自己身上，和他一起享受富足。但他的价值观念却与约瑟夫有很大的问题，起初不同意弟弟对写作的追求和政治上的激进思想，然后又希望弟弟能像自己一样娶一个有钱人家的老婆，再在自己的公司给弟弟安排一个体面位置。这些总是围绕金钱物质的期望应该说是哥哥的好意，约瑟夫也心存感激，毕竟每个人都有自己的生活方式；使他十分反感且难以谅解的是哥哥对女儿艾塔的教育，在阿摩斯对自己奋斗史的经常讲述中，过去父母家庭的穷困"与其说是丑恶，不如说是低贱"[①]，在这些讲述中不断培养着艾塔对那些身居陋室、没有仆从、穿着廉价的人们的蔑视，以使她明确自己和那些人的天壤之别。

这就不同了。约瑟夫觉得这是根本性的问题，人可以穷但不等于没有尊严，这种观念逾越了做人的底线。因此他也想尽一下叔叔的责任，每年会给艾塔买成套的具有精神内涵的唱片作为生日礼物，还给她补习法语以拓宽她的精神世界和眼界，等等，可以说是尽了叔叔的心意的。当然，正像哥哥对自己的期望落空一样，约瑟夫对侄女的精神补救也落空了。而且不但是落空，这个从小在物质主义圈子里成长的孩子还逐渐对这个叔叔产生了敌意，得空就喜欢把叔叔踩踏一番以取乐。

在贝娄文学创作的路上，很多年一直经济困窘，在商业上取得成功的父兄都希望他放弃穷酸文人的梦想参与家庭事业，而且多少年来一直在经济上接济他。这使贝娄总感不安且心存芥蒂，有关成功商人父兄和怀揣梦想的作家那种有温情有冲突的情节也一直出现在他的小说中。在这篇开端作中，贝娄已经将此主题演绎到一个极端状态，而且淋漓尽致地表达了穷富两个阵营中的价值观对垒，把脉脉血缘关系中的打斗插曲写得惊心动魄，和在"箭"记餐厅的大发雷霆一样，这次家庭中的"大打出手"，应

---

① 宋兆霖主编：《索尔·贝娄全集·第九卷》，第46页。

该也是触及约瑟夫在这个世界上一己自我的精神归属问题,是他极为看重的内在支柱。有趣的是,那个一直默默关心着他的阿摩斯哥哥,到他即将进入军队的时候,还把他带到自己的俱乐部,介绍给他的朋友,依然希望改变弟弟的生活方式使之成为自己圈子内的人。

问题在于,两场够分量的"纠纷"中,除了显露着约瑟夫受到轻蔑后的愤怒反击外,是否能够证明他在世界上的自我属性呢?而且,这样的"纠纷"是值得的吗?小说写到他火气消除之后的懊恼,妻子艾娃在夫兄家的亲情礼遇中也倍感羞愧,因此这种火气发作大约也仅仅表明了约瑟夫对自我得不到他人承认的那种尖锐感觉。

三 世界是什么样的

弄不清自己是谁,为自己是谁而屡屡发火,那么,他是否对自己身处其中的世界有所知呢?这也是一个问题。首先,当他在窗户上观察着大街,那些房屋、仓库、广告牌、阴沟、霓虹灯、汽车、树木等,当这样的观察进入出神入化之时,他总是想到一个永恒的问题:这些杂乱无章的事物,跟人的内心生活有什么样的联系呢?城市中的人创造出这些事物,是人生的模拟吗?物与人之间有着必然的联系呢,还是各行其是呢?进一步来看,人与自己的行为之间,是否就有着确定的关系?再望向社会层面,在每天发生的事件中,包括经济、政治和日常生活中的各种事件,是否都体现着人所共有的人性?而自己,是否也和这些事件有着紧密的联系?因为,"不管我愿不愿意,他们是我的同时代人,我的世界,我的社会,我们就像同一情节中的角色"[1]。那么,如果这个时代像车轮一样转下去,自己自然也随之转到车轮底下化为虚无,而在自己生命通向未来的起点上,未来的时代又有无数芸芸众生如此湮没于尘世。如此反复轮回的世界万物,如此芸芸人世,如此难以把握的浮世绘,就这样不断地在他脑子里回旋,使他感慨万分:"我们所追求的世界,永远不是我们所看到的世界;我们所期望的世界,永远不是我们所得到的世界。"[2]

其次,约瑟夫曾给过自己一个界定"方案迷约瑟夫",意思是,他曾严肃地对"一个善良的人应当怎样生活?他应当干什么"这样的问题经过认真研究之后提出自己的方案[3],即建立一种"精神群体",这个群体可以

---

[1] 宋兆霖主编:《索尔·贝娄全集·第九卷》,第15页。
[2] 同上书,第16页。
[3] 同上书,第27页。

协同一致地去制止怨恨、流血和残酷行为,应该说这也是他早期热衷政治的内在缘由。但他在现实中屡受挫折,他的方案别说有什么实际意义,连自己的个性都难以保全,在接二连三的受挫中,他已经知道自己的迂腐,他逐渐意识到人生来也许是邪恶的,是"需要驯服的动物"。小说写了一伙朋友为了友谊而聚会,结果是约瑟夫的妻子喝得烂醉,有的朋友为了刺激搞起了催眠,还有过去的情人互相伤害,大家似乎在无聊和恶意中度过了原本应该充满情谊的聚会时间。在这些类似刺丛般的朋友群里,约瑟夫突然醒悟,人类的聚会只不过是为了发泄郁积的烦闷而已,发发酒疯而已,掘开表面,他只见到"龌龊、野蛮、短暂……"① 他感到这种东西不仅发生在精神群体中,也发生在人们自身之中,和每个人结合在一起。因此,约瑟夫的所谓"方案"根本上就是痴人说梦。

最后,人如此无力且腐烂,世界如此荒诞,那么,是否能够得救呢?这是个悬而未决的问题。约瑟夫在哥哥阿摩斯家的阁楼上,十分认真地听一张唱片,那是他送给侄女的生日礼物。唱片开头是庄重的,一段近乎内省的表白,苦难、屈辱的人世,谁也别想例外,人没有避开它的特权。但该怎样迎接它呢?第二段似乎是一个答案:慈悲。约瑟夫被这个答案深深地感动了,但又觉得自己如此软弱,没有援助,去哪里寻找坚持的力量?乐曲缓缓地道出力量的源泉是上帝,上帝会给人力量,给人援助。但这种回答对约瑟夫来说很难接受,虽然他并没有骄傲自大到坚决不承认某些比他伟大的东西的存在,但他似乎更信任理性,他不愿投降,他有点寂寞地徘徊在理性和宗教未能融合的空旷地,独自悲伤。

这一段富有意味的感悟,来自作家贝娄童年时期的犹太宗教熏陶和少年、青年时期在宗教上的怀疑,以及在对西方近代文学和哲学的阅读中所培养起来的人文理性理念,作家在小说中用音乐表达了他曾经的迷惘,也表达了他的款款深情,同时清理出了也许更为坚定的理性立场。

为了凸显约瑟夫的内在性品质,小说中还设构了一个名为"替身精灵"的玄幻思性话语形象,经常和约瑟夫讨论哲学性问题。在约瑟夫深感迷茫的时候,两者有一场意味深长的对话,大概内容是,约瑟夫整日忧心忡忡,看到一个很坏的世界,又觉得"人力太微小,不足以同无法解决的事物相抗衡",思想和性格又十分软弱,找不到"我们曾经使自己出类拔萃的那种能力在什么地方"②。在这种情况下,"怎么办"的问题凸显出

---

① 宋兆霖主编:《索尔·贝娄全集·第九卷》,第41页。
② 同上书,第111页。

来，约瑟夫试图借助一种计划，或一个理想结构来帮助自己活下去，但遍寻历史，智慧方面的、战争方面的、艺术方面的、上帝方面的等，方方面面都失败了，理想结构和现实世界的距离依然存在，对理想的迷恋却耗尽了人的精力。他们的对话以没有答案告结，只不过是在对话中梳理了约瑟夫迷惘的内容而已。约瑟夫意识到，他这样不断思索和追求，已经将他带到了一个"精神火山口"，他在此备受煎熬。他甚至对春天里正在长出的小草和鸢尾花说，"回去吧，你们并不知道自己正在进入一个怎样的世界"①。这种话语方式像极了哈姆雷特在突然看到世界真相时的无奈腔调。

于是像哈姆雷特一样，他也开始了由己及人的思索：在这世界上，"我们被迫接受种种虐待：在炎炎烈日下排队等待，在喧闹的海滩奔跑，当哨兵，当侦探，当工人，火车爆炸时不能脱身，访问他人时被拒之门外；显得无足轻重，或者去送死……"② 几乎涉及人生的全部内容。那么他，约瑟夫，就是这遍布人世间的苦难者中的一个。和17世纪的哈姆雷特要承担改变乾坤的重负不同，20世纪中期的约瑟夫没有了那样的宏大抱负，他需要思考的是"我自己到底是什么"。小说接着描述了他的两个梦境：一个梦和纳粹屠杀犹太人有关，在一个陋室，一排排儿童床上躺着大屠杀后的罹难者，他奉命去为一个家庭认尸，向导告诫他为了安全要保持中立，他看着那些被铁卫队杀害的痛苦不堪、伤痕累累的脸，被刺穿的四肢，恐怖的情景历历在目。另一个梦，他成了驻扎北非部队中的扫雷工兵，任务是排除楼房的手榴弹网，他爬进窗台，看着那导线和门的连接点，估算着该如何拆线和先拆哪根线，他浑身冒汗，开枪射击，然后去拆导线。

这两个梦大有深意在。前者是他的犹太出身和种族灾难记忆，属于前身；后者是他正在等待的未来工作，属于后事。前身后事通向一个情绪方向：恐惧。这里涉及这篇小说的整体背景：战争。约瑟夫是在等待上战场，在他晃来晃去等待的过程中，事实上战争无处不在，有同学战死的消息，有大街上偶尔经过的军用卡车和士兵，有报纸上连篇累牍的战事报道，有各种场合人们对战争的议论，有约瑟夫自己和自己对战争的想象和讨论，这些事实无不在宣布着战争的存在。这是一个巨大阴影，自始至终笼罩着那个等待的人，所以他才会说出"我不能要求避免战争。我必须冒险求生"的话。正是在这种背景下，他思维散乱地求证自己是谁，这个世

---

① 宋兆霖主编：《索尔·贝娄全集·第九卷》，第138页。
② 同上书，第94页。

界到底是怎样的，他是否有尊严，他是否有能力使这个世界变得好些，他和这个他说不清楚的世界的种种纠葛。所有这些，都是他没有能力把握的东西，桩桩件件渗透在他的内心深处，在某个连接的点上形成恐惧，进入梦境。因此当小说发表后，当时有这是"最好的战争小说"[1]的评论，《时代》杂志还认为约瑟夫是一个困难的、不幸的、充满恐惧的成长者等，都是有道理的。

以上所述内容，应该说是约瑟夫这位喜欢思考人生意义的年轻人的一场场青涩的思考，投入热情，发现真相，反叛理想，重整灵魂，在此过程中他窥见了人世的虚无和荒诞，找不到意义，独自在自己坚守的那方角落倍感屈辱。他也在自己的阅读资源中寻找答案，他记得歌德曾经说过人活着是"循环往复的欢乐、硕果、鲜花"，可歌德似乎不知道约瑟夫在20世纪40年代的苦恼，他设想歌德如果面对此情此景会怎么想、怎么说。时间就这样在雷同中一天天流逝，找不到可以支撑活着的东西。

那么，对于小说最后约瑟夫终于得到通知入伍后的欢呼，那种和先前背道而驰的"我不再对自己负责了；我为此而喜悦。我掌握在别人手中"的心情，甚至还有"兵团组织万岁"的口号等，充其量更像是一个诅咒，几乎就是对自己思虑重重却始终没有结果的一个报复。同时，从心理学上来看，对他长期紧张的神经来说也是一个放松，也算是一个心理层面上的暂时解脱。用弗洛姆《逃避自由》中的观点来说，即是自由的沉重使人难以承担时，便会有意无意地逃到类似集体、体制、国家荣誉这种用不着自己选择的团体命令之中，以逃避承担自我之重负，而不是像有些学者所说的是对集体利益的回归。对像约瑟夫这样有些哲学思想者意味的青年来说，当他的自我思考难以解决他的人生意义问题时，当他殚精竭虑也不能安放好自己的灵魂的时候，也许"被"终止思考即是解放，尽管其中不乏苦涩和自我嘲弄，自然也掺杂了许多的无奈，如迪克斯坦所说"这些字句中包含着大量的自嘲"[2]。这种口气和整部小说的精神极不协调，自然也和约瑟夫的性情相违背，因此说"自嘲"是合适的，可以说是约瑟夫在重重思考中感觉到疲倦之后的一种情绪发泄。

总之，这部小说中充满思想的闪光点，有传统启蒙思想家的传承意识，还有青年人对世界的观察和感受、极端性的观点、走火入魔的敏感和

---

[1] James Atlas, Bellow: a biography, Published in the United States by Random House, Inc. New York, 2000, p. 99.

[2] 〔美〕莫里斯·迪克斯坦：《伊甸园之门》，第40页。

火气之大，伴随着不自信和容易受伤的自尊，表现了一个年轻人在现实状况和精神追求中的各种情状。1943年贝娄先期在《党派评论》上发表了一部分《晃来晃去的人》之后，就有评论说到是压抑的一代在关怀自己的自由问题。半个多世纪以后，其传记作者也认为那是芝加哥下层社会中知识分子寻找自己的路，在一个不友好的环境中的痛切经历。

小说发表后，纽约时报书刊出现一些评论，有的认可了小说的生动性，有的认为作家表现了其"节制、尊严和洞察"的风格，有的看出了加缪《局外人》的影踪等。有意味的是，评论界指出了小说中那些人生荒诞、人生意义何在的诸如此类有关存在主义的命题，而贝娄却正好对那个将存在主义思想广为传播的萨特其人充满不认可的火气，后来在一些场合都对萨特的左翼倾向进行过不客气的抨击。其实，约瑟夫独自听音乐一段的描写，还像极了萨特《厌恶》中洛根丁对音乐的欣赏，都有某种人生感悟和精神治愈意味，虽然不能说这是来自萨特小说的启示，贝娄本人也喜欢音乐，还曾发表过有关莫扎特的长篇随笔，但当时受到存在主义影响是肯定的。成名后的贝娄始终对自己这部处女作持一种不大在意的态度并置于练笔的位置上，不能不说和其中充斥着他后来扬弃了的存在主义气息有一定关系。

第二节 谁是"受害者"：《受害者》

如果说《晃来晃去的人》对移民身份问题稍有提及，那么贝娄在三年之后发表的小型长篇《受害者》（*The Victim*，1947）中，则对犹太移民的心理处境有了一次深入的铺展。据迪克斯坦在《伊甸园之门》中介绍，美国从1946年开始，清除30年代的红色影响，冷战时与俄国的关系，这样的风气逐渐在美国社会中普遍传开。要命的是，犹太人不仅仅是"二战"中大屠杀的受害者，还曾卷入30年代激进主义和红色左派同路人运动，使之有了"颜色"的嫌疑。一方面，大屠杀使犹太人的命运变成了人类处境的寓言故事，是一出可怕的受难剧；另一方面，战争结束后的美国政府"对共产主义踪迹的残酷搜索"，自然会再次使犹太人感到恐慌。迪克斯坦说："50年代的人们为家庭，赚钱和消费，以及培植自己的花园而终日忙碌。这一切都反映在当时的作品中。但是这一时期的代言人也称之为一个焦虑的时代；在它的物质发展后面回旋着一种无声的绝望感，其象征就是核弹和人们记忆犹新的死亡营，以及一种甚至在考夫曼法官之流骇人听闻的言辞中都不失其真实感的对世界末日的恐惧。"[①] 而贝娄作为俄裔犹太人，早年曾是托洛茨基的崇拜者，曾在感情上倾向于激进主义，又时值找工作屡屡碰钉子，心理上有些阴影也是正常反应。《受害者》所表现的，正是这种大背景下隐约可见的心理状况。同时，也隐约可以察觉到其后来小说中常见的对现代性的批判意味，当然还只是一点不多的感慨。

一 "受害"与"迫害"

《受害者》中，中心事件是小说人物的"受害"和"迫害"，但谁是受害者和谁是迫害者却不是明晰的，毋宁说，作者是想借这样两种极端性的情状表达犹太移民在新大陆的生存忧虑，和由此扩展开来的人的普遍命运问题。因此，这两种性质完全不同的情况本是通向两个方向的，但在发展过程中却互相交缠扭结在一起，围绕着"找工作"事件在一条长线上展开，又在中途无意识地留下绊索，产生了始料未及的转换，结果是在没有"迫害"意识的情况下产生了两个"受害者"：利文撒尔和阿尔比，而在"受害"的同时两个人又随即变身为"迫害者"。

这样一个有点"绕"且荒诞的过程的起点，是主人公利文撒尔早年的不幸遭遇。他出身犹太移民家庭，8岁时母亲死在一所疯人院，没有念完中学便去了纽约，在舅舅的朋友哈卡维的拍卖公司做工。但哈卡维不久死去，公司也在哈卡维儿子手里很快倒闭，利文撒尔从此失去了安定。他到处漂泊，到处找工作，常常碰壁，应聘时，有的是一口回绝，有的是填写申请表之后便没了音信。为了谋生，他摆过小摊卖鞋，当过毛皮染色工，在一家流浪者旅馆做过职员，时来运转时候做过海关职员，倒霉时候在饥饿中流浪，露宿街头。在这段不断遭拒绝的找工作经历中，由于如此的不顺利，他一直隐隐地感觉自己上了黑名单，有一种看不见的势力在"迫害"他，还和小哈卡维讨论黑名单和有关"迫害"的事实。

鉴于这种倒霉心境，久而久之，利文撒尔这位感觉着一贯被"迫害"的小人物，为了自尊和疏泄怨气一度变得咄咄逼人，在一些应聘之地横冲直撞，遇到有头有脸的人就傲慢地走上去做自我介绍，遭到冷淡和屈辱就大吵大闹。也正是在这种情况下，他在哈卡维朋友的一次聚会上认识了阿尔比，这个有点反犹意向的阿尔比对他倒还友好，主动推荐他到自己工作的周报社去谋事。只是没想到那位报社老板鲁迪格脾气相当大，对人极不友好，对利文撒尔极尽挖苦和嘲讽，把利文撒尔的一肚子气都惹出来了，

---

① 〔美〕莫里斯·迪克斯坦：《伊甸园之门》，第51页。

他大闹鲁迪格办公室，尽情发泄了自己的憋屈和气恼。工作没有得到，结果是那个老板鲁迪格把气撒在他早就不满意的推荐人阿尔比身上，一周之内将阿尔比开除了。后来的阿尔比一直没能再找到工作，妻子也离开他且不久去世。阿尔比穷困潦倒之中，便以"受害者"身份找到了不明就里的利文撒尔，告诉这个总感觉被"迫害"的人曾经如何地"迫害"了自己，使自己陷于沦落境地，并千方百计住进其家中，把利文撒尔的生活搅得一团糟，声称要他弥补自己失去的一切。

　　问题在于，利文撒尔是否应该承担责任，这里涉及了找工作以外的事情。从事情原委来看，阿尔比是一个常常酗酒的酒鬼，他的老板早就想找机会将其开掉了，利文撒尔的应聘吵闹只是提供了一个契机。但凑巧的是，也正是在认识阿尔比的那次聚会上，活泼的哈卡维因为高兴便唱起了黑人歌曲，喝醉了的阿尔比阻止他唱下去，他认为哈卡维是犹太人，只能唱犹太人的歌曲，并摆出居高临下的嘲笑姿态。这种对犹太人的不恭行为当时使利文撒尔很生气，差点和阿尔比打闹起来，还是主人出来周旋才使事情平复。但阿尔比认为，利文撒尔是一个小心眼的犹太人，对聚会上发生的不快记恨在心，后来托他引荐应聘又大闹他的老板，完全是一个计谋，就是要报复阿尔比对犹太人的不友好，最终使他失业且家破人亡。因此，在阿尔比的思路中，利文撒尔就是那个成心"迫害"自己的人。

　　这样，他们的角色就在一种奇怪但也算符合逻辑的倒换中互为因果了。利文撒尔后来总算拥有了一份较为稳定的工作，在一家不大但还过得去的商业杂志做编辑，有了相爱的妻子，脾气也随之和顺了许多，过着普通但比较舒心的日子。突然间，在妻子因父亲去世回家的期间，冒出个潦倒的阿尔比，跟踪他，神秘地出没在他的周围，硬性住到他家里，把他的房间弄脏，吃剩的东西到处乱扔，竟然还把和他乱搞的女人领到了利文撒尔的床上！他用这种方式，一边把利文撒尔弄到道德法庭上受审，一边要求现实中的补偿，最后居然还在利文撒尔的厨房开了煤气试图一起同归于尽。

　　小说扉页上有两段引言，一段摘自《一千零一夜》中《商人和魔鬼的故事》，讲一个富商吃枣子时扔了枣核，却招来了挥舞利剑的魔鬼，声言富商的枣核正好击中从这里走过的儿子胸膛，他要报杀子之仇。这个故事正好是利文撒尔命运的注释。一个无意识的动作惹下大祸，使他备受折磨，几近崩溃，蕴含着个人命运不能被把握的感慨。另一段引自德·昆西《鸦片造成的痛苦》："大海好像是由无数的面孔铺成的，全部仰面朝天；形形色色的面孔，有的苦苦哀求，有的怒形于色，有的颓唐绝望；被千千万万的人、被世世代代的人涌上来的面孔……"这段话表述的意思是,各种各样的面孔组成了苦难的人世,犹如大海铺天盖地。也许,这正是利文撒尔和阿尔比的人生大背景。

在利文撒尔被阿尔比缠上后,也曾怀疑过自己是否有过错。他为了印证一些事实,也为了洗刷自己,曾去找过他和阿尔比共同的朋友哈卡维和在社会上较为成功的威利斯顿,后者和阿尔比有着比较近乎的关系,在和他们的谈话过程中,在他诉说如何被阿尔比弄得生不如死的时候,其表现方式,说话方式,对别人的责备意味,那种自己受尽委屈的口气,和说话间流露出朋友们如何有意识和无意识地在与阿尔比的关系中对自己形成了"迫害",都像极了阿尔比的姿态。从这个角度上看,或者说从"受害"和"迫害"这个抽象的情境来看,阿尔比和利文撒尔几乎融合成了一个部分,或者说,"受害者"和"迫害者"本就是一个人,既是他们面对世界的一种态度,也是他们的抱怨和恐惧,更是他们从心理上投射出的一种存在状态。也可以说,小说在此维度延展了《晃来晃去的人》中存在主义的意向。2016 年,在希伯来大学主办的文学刊物 Partial Answer 上,有一组讨论贝娄作品的文章,其中一篇在谈到《受害者》时,也引用和分析了小说扉页上的引言,且认为那种"苦难之海中的面孔"即是贝娄在这部小说中意图表达的"人类困境"①。

二 阿尔比的隐喻意义

因此,从这种"受害"和"迫害"趋向一致的方向来看,阿尔比这个形象就成为一个有关"受害"和"迫害"的象征。在小说人物身上表现在两个方面:

一方面,阿尔比的"迫害"意味和犹太人有关。利文撒尔是犹太人,他和阿尔比的认识以及结下了自己未曾知道的仇怨,就和犹太人出身问题以及社会上的反犹现象密切相关。阿尔比一出场就是一个对犹太人不友好的角色,讽刺哈卡维选唱的歌曲不适合犹太人,在和利文撒尔的谈话中多次指责犹太人的诸多毛病,并认定利文撒尔就是那种爱报复的犹太人等。重要的是,持这种观点的不只是阿尔比,还有他们共同的朋友、对利文撒

---

① Victoria Aarons, "Faces in a of Suffering: The Human Predicament in Saul Bellow's The Victim", *Partial Answers*, Jan. 2016, Vol. 14, Issue 1, pp. 19, 63 – 81. 而同期中另一篇文章则认为"受害"是人物的一种"自我认知",虽然有一定道理,但显然逸出了贝娄之意,见 James W Flath, "Schooling in grief: Effects of Suffering in Saul Bellow's The Victim and Chaim Potok's The Chosen", *Partial Answers*, Jan. 2016, Vol. 14, Issue 1, pp. 16, 83 – 98。

尔有恩的威利斯顿，也隐约显示出对犹太人品行的怀疑。在有利文撒尔参加的朋友聚会上，大家在随便聊天中提到19世纪的一个英国首相迪斯累里①，由于他是出生在伦敦的犹太人，大家便讨论犹太人是否能够当首相，说到迪斯累里当首相过程中面对国民的态度，到底是他处处留心放弃自我以讨好别人以防遭人挑剔呢，还是他确实以自己的能力赢得了作为犹太人的骄傲？等等，都要为之争论一番，可见这是一个问题②。小说中还写到一个过激的细节，那是在电影院中，利文撒尔的妻子玛丽让前排一个女人把帽子摘下来，以免遮挡了后排人的视线，那女人却掉过头骂了一句"犹太讨厌鬼"③。而在利文撒尔家中，弟弟马克斯和一个意大利女人结婚，其岳母因为女婿是犹太种族而一直反对女儿的婚姻，对女婿一家也是满怀恶意。直到阿尔比强硬地住进利文撒尔家里，还说起犹太人对人如何的不友好，以为别人都是酒鬼，并以此指责利文撒尔这个犹太人缺乏同情心等。

小说对这些显而易见的敌意有这样一个总结："他们恨你的笑脸，恨你擤鼻子或用餐巾的方式。什么都可以作为把柄。"④阿尔比的被解雇确实与利文撒尔有一定关系，但重要的是这件事被抓住、被放大从而激发了更深一层的缘由，利文撒尔即是在这个意义上感到被"绊住了""被选中"了，"因为他是个犹太人，那么他一直担心的突变已经到来了，所有的好运都中止了，所有的恩惠都化解了"⑤，他觉得一个巨大的罗网已经张开，他难以逃逸。

走出小说，从当时的美国社会背景来看，在对犹太人的态度方面，尽管相比欧洲友好许多，或者说有本质上的差异，美国毕竟为犹太人提供了许多救助，成为许多欧洲犹太人的避难所，但依然存在着反犹现象。30年代的美国甚至还有不少反犹组织，而在一些民众中对犹太人根深蒂固的偏见也是司空见惯。在贝娄后来的回忆中提到，那时有过一些喜剧漫画，鹰钩鼻子、犹太矮胖子，是惹人讨厌的形象。他曾提到过自己在高中时读

---

① 迪斯累里（1804—1881，Disraeli, Benjamin），英国保守党领袖。生于伦敦的犹太人家庭，1832年投身竞选活动，1835年加入托利党，1837年当选议员。1868年、1874—1880年两度出任首相，对内推行灵活政策，倡导改革，对外极力推行侵略扩张政策。
② 后来在《赫索格》中，同名主人公在法院的等待过程中，想到犹太人的历史命运时，再次提到这个迪斯累里，还说他"自认为他能够了解并领导英国人，但是他完全错了"云云，可见犹太人对自我命运的认识之一斑。见宋兆霖主编《索尔·贝娄全集·第四卷》，第303页。
③ 宋兆霖主编：《索尔·贝娄全集·第九卷》，第294页。
④ 同上书，第229页。
⑤ 同上书，第239页。

《威尼斯商人》，同学们对夏洛克的悲惨遭遇从未有同情之意，因此他觉得"苦难是我们民族的标志"①，别人早已习以为常了。这种社会现象和自身经验在作家的精神世界留下了痕迹。在其82岁高龄发表的中篇《真情》(1997)中，叙述者说到自己的长相时，还庆幸自己因为在远东生活变得更像东亚人，不像犹太人，这点对他来说很有好处，因为"当你给认出是一个犹太人时，你就成了可以取笑的对象。行为的规则改变了；从某种意义上讲，你就成了一个可以牺牲的对象"②。这句话简直就是《受害者》的绵长回音。贝娄也提到过当时不仅仅对犹太人有歧视，对整个欧洲移民，包括意大利人、希腊人、德国人，自然还有黑人，在国家沙文主义观念中都成了歧视的目标。当然，最可怕的还是大屠杀，美国犹太人虽然远离生死危险，但欧洲的恐怖事件还是不断带给他们迫害的威胁。美国华盛顿的犹太大屠杀国家纪念馆中，有一间"二战"期间美国犹太家庭的客厅模拟，在那里，广播中不断传来欧洲战况，餐桌上放着有关战争的报刊，形象地显示了美国犹太人通过媒体注视着希特勒的集中营和大屠杀事件，那种虽然遥远但已是事实的灾难威胁着似乎在安全中生活的美国犹太人，于是他们在想象中和自己的族裔一起成为受害者。

在这样的背景下来理解利文撒尔面对阿尔比的感受，那种侵入生活中的"迫害"意味就显露出其合理性。他面对着阿尔比对犹太人的种种责难说："我们有千千万万同胞都惨遭屠杀。那又怎么讲？"③ 而阿尔比在小说中整体上也像个幽灵，神出鬼没的，开始时是莫名其妙的门铃声，接着是在街头公园里盯梢、跟踪并强行住进利文撒尔家中，最后还试图打开煤气和其同归于尽，这些细节都在叙事中形成一种恐怖效果，如贝娄传记作者阿特拉斯所说，阿尔比到最后实际上有谋杀嫌疑，在利文撒尔家厨房打开煤气几乎就是大屠杀"最后解决"的象征。因此，阿尔比在此维度上成为犹太人利文撒尔的对立面，甚至就是一个"世界"中那些反犹元素的集合体象征。

"二战"中欧洲发生的大屠杀，在美国这块远离战火的土地上，有关大屠杀的细节直到1945年才广被人知。美国犹太人通过新闻影片得知了族类的遭遇，震惊于大屠杀真相，贝娄后来回忆说他看了这些新闻影片后有一种深深的"耻辱感"，惊骇于犹太人成为人类中没有尊严的"余数"，

---

① 宋兆霖主编：《索尔·贝娄全集·第十四卷》，第365—366页。
② 宋兆霖主编：《索尔·贝娄全集·第十二卷》，殷惟本、主万译，河北教育出版社2002年版，第127页。
③ 宋兆霖主编：《索尔·贝娄全集·第九卷》，第292页。

人竟然可以如此的"降格"（demotion）①。他在1947年发表的这部长篇小说没有沿着《晃来晃去的人》的方向走下去，没有继续约瑟夫的人生与存在思路，转而开垦了有关"受害"与"迫害"的领域，这当然与他找工作的挫折感有关，但显而易见，小说中出现的涉及犹太人的故事，是和那样的历史背景有直接关系的。欧洲的大屠杀阴影深化了他们对生存艰难的感受，不经意间延展了"受害"的深度、广度并使之成为"恐惧"的隐喻，形成小说的总体效果。《剑桥美国文学史》也指出过，对马拉默德与贝娄这些犹太作家来说，大屠杀是人类残忍、野蛮的一个极端例证，它使犹太人加深了一种落入陷阱的感觉②。

小说在这一方面有一个和解的结局，这也是贝娄非常在意的：最终阿尔比有了自己的新生活，和利文撒尔在一个剧场偶然相遇并握手言和，还对现代社会和各自的人生道路感慨了一番。剧场亦可视作人生之舞台，两人的对话显示出经历岁月历练之后的豁达。贝娄解释说这个"和解"在于阿尔比意识到自己对利文撒尔的亏欠——他搅扰了一个对他没有敌意的人。贝娄对批评界从未提及"和解"感到失望③。贝娄的强调体现了作家对反犹现实的和平期待，他想借"和解"提醒普通反犹者对犹太人曾经的"亏欠"，在人性角度揭示偏见所造成的伤害的深度广度。同为犹太人的阿瑟·密勒也说过他在"二战"后的纽约遭遇反犹主义者，经常不能安宁，质疑和平什么时候可以真正降临④。不用说这也是所有犹太人发自内心的期望。

另一方面，阿尔比作为一个"迫害"和"受害"者，在小说中还有其形而上的意味。《受害者》的表层故事和生存有关，无论是利文撒尔还是阿尔比，都是大都市里生存艰难的人，贝娄也曾说过这部小说主要是写父母一代移民的困境，以及自己所感受到的生存上的许多限制⑤。小说将这种移民经验和犹太人经验相融合了。小说描写利文撒尔在百老汇一家旅馆中，清楚地看着那些不幸的下层人，是"应付不来局面的人——失落的、

---

① Donald Weber, *Haunted in the New World Jewish American culture from Cahan to Goldbergs*, Indiana University Press, 2005, pp. 98 – 99.

② 〔美〕萨克文·伯科维奇主编：《剑桥美国文学史·第七卷》，第258页。

③ James Atlas, *Bellow: a biography*, Published in the United States by Random House, Inc. New York, 2000, p. 129.

④ Donald Weber, *Haunted in the New World Jewish American culture from Cahan to Goldbergs*, Indiana University Press, 2005, p. 109.

⑤ 见 James Atlas, *Bellow: a biography*, Published in the United States by Random House, Inc. New York, 2000, pp. 126 – 127.

被抛弃的、被压垮的、被抹杀的、被毁灭的"人们,并且深深感慨自己与那些人如何的"气味相投",他找工作的过程即显示着那种失败的被压垮的感受。阿尔比的生存经验也如是。所有这类描写,应该都是贝娄作为移民后代的深刻体验。

但生存艰难不是小说的主题,贝娄从自己和移民家庭经验的角度铺延开来,从进入"新世界"的迷茫中升华到其十分钟情的存在性思考之中。从小说叙述方式来看,主人公利文撒尔和《晃来晃去的人》中的约瑟夫有其相似处,小说描述了那种"紧张的神经,繁忙的想象"的情状,在纽约大街上,"他没有一个明确的目的地,同时还隐隐约约地感到一种恐惧,他害怕自己是这个城市里唯一的一个没有明确目的地的人"①。但他又和约瑟夫那种自始至终的存在迷茫不一样,利文撒尔对自己在世界上的位置似乎很清楚,那就是"受害者",小说表现了那种扎根在人物内心的、无所不在的对"受害"的恐惧。在他找工作遭遇困境和被阿尔比相逼的情境中,他的结论是:自己被一种力量选中了,成为某种怪异和疯狂活动的目标,还一直言之凿凿地指出有一个"黑名单"云云。

确实,小说中这两个主要人物,犹太人利文撒尔和有些反犹倾向的阿尔比,在他们表面上难以说清楚的找工作与被解雇的纠葛中,对犹太人利文撒尔来说,他生命中的关键词一是"被选中",二是"恐惧"。小说中有这样一个细节:当利文撒尔发现阿尔比一直在盯梢自己后,"突然意识到自己被挑选出来成了某种怪异、疯狂活动的目标,刹那之间,他心里充满了恐惧"②。这个表述在小说中的具体事实中是超重量级的,和现实生活显然不大相符,因为阿尔比只不过是在丢失工作后陷于潦倒,想找利文撒尔讨点补偿而已;而利文撒尔的心里深处,却会出现这样的类似面对一种巨大社会力量的"迫害"感受,小说显然将一个日常事件提升到了具有历史意味和哲学意味的高度。

因此总体上,利文撒尔和阿尔比的遭遇,使得全书中充满一种紧张和惶恐的内在节奏。这种情绪一开始就贯穿在主人公利文撒尔的日常生活、工作和他对过去的回忆之中。他性情敏感、脆弱、多疑,童年记忆中,是母亲神情散乱的表情和后来死于精神病院的惊恐,而开着一个小店的父亲性情狂暴"自私而严厉",似乎没有给过他任何帮助和温暖,因此他很早就被抛入社会的汪洋大海。踏入社会后即是工作与失业的一连串碰壁经

---

① 宋兆霖主编:《索尔·贝娄全集·第九卷》,第282页。
② 同上书,第185页。

历，使他深陷绝望，并由此上升到怀疑"黑名单"的整体高度。在这一点上，他已经和给他造成了很大"受害"结果的阿尔比有了共同语言，因为阿尔比丢掉工作后也长时期陷入失业的沦落生涯，在找工作过程中和他有着一样的体会，于是利文撒尔在听完阿尔比的倾诉后即不无疑问地和其交流世界上是否真的有"黑名单"这件事。在这些地方，虽然小说表现了利文撒尔的惊恐是不幸童年和艰难生活的结果，但同时也在表达着一种形而上的"迫害"和"受害"症状。

于是，行为诡异、出没无常并进驻其家中的阿尔比，就成了造成一切恐惧的那种力量的象征。所以利文撒尔在目睹了阿尔比和一个不知名的女人在他家里的尴尬丑状后，他感觉到这种丑陋和贫瘠的场景"从一个迷失、闷死、了结的生活深处向他走来，或者游来，那儿有恐怖，有罪恶，还有他自己避之唯恐不及的一切"①，正在他家中威胁着他。阿尔比作为这种威胁的化身贯穿于小说故事始终：出场之前，是利文撒尔家中突然响起的门铃声又悄无人影；终场时，是利文撒尔那个迷迷糊糊的似梦非梦之境，小说中如此写道：

> 他抬起头，感到一阵气闷，看到浴室令人目眩的墙壁，张着大口的衣服篮子，鳞状篮条上的黑色的鳍边。他想他可以听见管子里的蒸汽声，可是，房子却并不热。他哆嗦着，打开了灯。他几乎吓得心胆爆裂，因为椅子倒在地上，前门也被推开一道缝。厨房里有动静。他披着褶在一起的被单，向前躬着身子，听着，弹簧的钢丝发出声响。他的恐惧，如同冷液，如同卤水，好像冲破他心中的障碍释放出来了。②

然后就是发现阿尔比蜷缩在厨房并打开了煤气。而当他气急败坏地将阿尔比赶出去后，再从窗户上望出去，街上却空无一人。这个情形似真似幻，和梦境相连接，把故事推上了高潮，同时也戛然而止。整个故事中的阿尔比像鬼魂、像空气、像胶水、像毒瘤，盘踞在利文撒尔敏感多疑的神经上，让利文撒尔一刻也不得安宁。就此，阿尔比这个形象便具备了一种形而上的隐喻意味。

而同时，阿尔比作为一个独立的人物形象，也常常不乏对世界的洞察

---

① 宋兆霖主编：《索尔·贝娄全集·第九卷》，第412页。
② 同上书，第416—417页。

且有自知之明，在他的言谈中，稍稍地开启了一扇通向观察现代历史列车的窗户。在他和利文撒尔不断的对话中，说到现代社会的特征，他认为自我奋斗的日子已经过去，现在每个人已经成为机器上的齿轮，是各种集团和组织在拼搏，成功和失败已经不是个人的事了；大都市在影响着每个人，谁都难以把握自己的命运，自己本来出身世家名门，有自己的传统文化和价值观念，但纽约影响了他的人生态度，这是他酗酒的原因，他认为自己本来不是这样一个无能的人。他在描述纽约的感觉时，形容自己是置身于一种黑暗中，类似摩西惩罚压迫他的埃及所降下的那种黑暗。当他说出这些见解和感觉的时候，阿尔比俨然一个理论家，对现代社会和大城市的描述是深刻的。这种观点成为利文撒尔"受害"感的理论注释，使之具有了一种现实深度。而且作为一个大都市的个人，阿尔比也是一个迷失者，他对自己的比喻颇有深意：他说，"我就像一个印第安人看着原先野牛出没的草原上驶过一列火车。唉，既然野牛消失了，我想从马背上跳下来上火车，当一名列车员……年轻时，我的脑子里已经构想好了我的一生。我设想自己出身名门望族，构想了那种生活的情景。我有各种各样的期望，然而成事在天"①。最后的结局里，他又说自己"列车员"也不是，只是一名"乘客"，"昔日的倔强早已灰飞烟灭"了。从这些不连贯的表述中，隐约透露出的意思是，在新大陆有新的规则，旧世界的规则不存在了，他们都是这个新世界中新的居民，要面对各种始料不及的生存难题。这个看似浑浑噩噩的阿尔比，这个不讲理的"入侵者"，却在关于现代社会和历史进程的高度问题上有此阔论，能够高瞻远瞩地看到自己和利文撒尔都需要面对的生存问题，也是其隐喻意味的重要元素。

　　还需要指出，贝娄的写作常常不会就事论事，在关键时刻他总要和人性探寻相结合从而拓宽小说之意蕴：利文撒尔最后模模糊糊感觉到自己和阿尔比的同一性，而且他在找到一些朋友论证自己的清白时，也显出了和阿尔比同样的蛮横和专断。有些批评提到这点时会追溯作家的原罪心理，但笔者觉得，阿尔比和利文撒尔之间那种有意无意而造成的"受害"感，当利文撒尔感觉到两人的一致性时，也许作家着意要显示的是，这种潜存于人类生存中的互相伤害本就来自人性本然，涉及每个人——这是他非常注重的一个历史与人性的视点，联系其后来的《赛姆勒先生的行星》等作品中的大幅度表现，这里应该只是一个初显的端倪。

---

① 宋兆霖主编：《索尔·贝娄全集·第九卷》，第371页。

三 犹太伦理观和"美国化"疑惑

《受害者》篇幅不长,但细节缠绕颇多,各种细节又通向不同的路途,显示出枝蔓丛生的意义。这是其丰富所在。从主人公利文撒尔的所作所为来看,除了自身经历和阿尔比的纠葛之外,还滋生着与弟弟的相关事宜,显示着犹太伦理观念以及犹太人的美国化问题。

这部小说和《晃来晃去的人》一样,在写到两个兄弟和他们的关系时,也是以其不同的生活理念来显示犹太家庭中的分离状况的。《受害者》中,利文撒尔是一个具有家庭责任感的长兄,在他眼里,弟弟马克斯草率结婚,然后就把妻子和两个孩子撇在纽约,自己一个人在外东跑西颠,行踪不定,追求的是新奇、冒险和刺激,"先是诺福克,现在又是得克萨斯",然后又不知去了什么鬼地方,反正"什么都比在家好",是对家庭不负责任的。小说中的马克斯弟弟似乎是"美国化"的一个初级阶段,尚不得要领,将个性人生演绎成了浪荡生涯。因此,马克斯的小儿子生病、住院等繁杂之事,都是利文撒尔帮助弟弟的妻子在操办、拿主意。小说描述了弟弟家里环境脏乱、嘈杂,物质上的窘境伴随着精神上的贫乏,弟媳爱琳娜一副近乎歇斯底里的状况,这些东西交集成一个没有中心的混乱家庭。

利文撒尔为此忧心忡忡,看到侄儿菲利普忧郁的眼神和与其年龄不相称的沉默,便抽时间带他去公园玩了一天,尽力让孩子高兴,担负起了弟弟忽略了的责任。在犹太传统中,看重家庭是一种天然的伦理责任,利文撒尔在这一点上成为一个尽职尽责的犹太人。其实,在照顾生病孩子的过程中,利文撒尔一直在心里批评弟弟,"毕竟,你结了婚有了孩子,你就得承担一系列的后果。刚结婚的时候是无法预料以后会发生些什么事的。也许要你在 40 岁时候对 20 岁时的行为负责,是不公平的……但你得为生活付出代价"[1];而当弟弟风尘仆仆回来后,一边为孩子的夭折而痛苦和愧疚,一边也说"我本该待在这儿",还是符合了利文撒尔对他的期待。

我们知道,无论是基督教还是犹太教,都极其看重一个人对家庭所应该负起的责任。比如反对离婚之类,即体现了有始有终、承担自己选择后果的意味。当利文撒尔和一些朋友在一起讨论人性问题时,他也谈到人都有不可避免的缺点,但"人性"就是要有责任心。正是这种观念使他在和阿尔比的纠葛中也不时产生着自责,这使得小说隐含了道德主题。

---

[1] 宋兆霖主编:《索尔·贝娄全集·第九卷》,第 298 页。

但这只是一个方面。在马克斯身上，应该还有另外的内容。因为他的行为方式并没有引起妻子的不满；相反，妻子爱琳娜一直认为丈夫在挣钱养家，不断给她寄钱，至于常常不在家，那也是不得已而已。到了小说结尾，马克斯确实在自己工作的地方租好了房子，回来接上妻儿一块走了，而且还一定要还清哥哥在小儿子生病时候垫付的钱。马克斯在哥哥面前显得腼腆，但自尊，头脑清楚，似乎也不是哥哥想象中的浪荡子形象，只是和他生活方式不同而已。因此，马克斯应该是走出了犹太旧家庭以后在新世界里寻找新生活的一个若明若暗的远影。

当然，利文撒尔也没有一味地守旧，他对旧传统也是有反省的，这表现在他对爱琳娜的态度上。爱琳娜在孩子生病期间一直固执己见，不相信医院，以老欧洲的迷信和天主教方式，坚持要夫兄请医生到家里医治，不肯把孩子送进医院。利文撒尔认为弟媳"迷信透顶"，一直在努力说服她放弃那种古老的习惯。应该说，即使是守护传统观念的利文撒尔，其实在很多方面也接受了"新世界"里的方式，也在"美国化"中不断地调整和改变着一些观念。小说也还只是在比较表层的意味上涉及了有关犹太传统和"美国化"的一些冲突，隐约投射了犹太人移民新大陆后在各方面的曲折经历。贝娄也曾说过："在我这一代，移民的子女成了美国人。这必须得作出努力，才能使自己自由自在。"①

贝娄开始写作的时候，在精神上照耀着他的是一些俄国和欧洲的作家，像托马斯·曼、福楼拜、陀思妥耶夫斯基、劳伦斯、乔伊斯、卡夫卡、艾略特等，用他的话说，是"高文化的健身房"②。他不喜欢当时一些犹太作家坚持写自己的家庭和犹太移民生活，着力去宣扬犹太民族那种坚韧不拔的精神；他希望自己站在一个高度去关注人性，能够获得自己所阅读的那些经典大师的高度。也许正是这样的期待，使得他在表现有关犹太人的诸多主题时显现出比较复杂的指向。

第三节　失败者的反省：《只争朝夕》

《只争朝夕》（*Seize Day*）发表于1956年，是一个中篇。在此之前，

---

① 宋兆霖主编：《索尔·贝娄全集·第十四卷》，第294页。
② James Atlas, *Bellow: a biography*, Published in the United States by Random House, Inc. New York, 2000, p. 72.

已经发表了给他带来声誉的长篇小说《奥吉·玛奇历险记》（1953），完全是另一种叙事格调了，这点放到下一章论述；而《只争朝夕》依然沿袭《受害者》的路途而来，似乎作家在写小人物生存艰难和尴尬人生方面言犹未尽，利文撒尔毕竟在工作和家庭两个方面都未走到绝路上，且两个曾经的"受害者"最后都有时来运转的意味。但在《只争朝夕》中，主人公威尔赫姆在生存层面却成了一个事事受挫一直到了走投无路地步的失败者，且看不到可以改善的方向；而在《受害者》中有关犹太移民美国化这一模糊方向上，《只争朝夕》中则有了新的内容开展。因此，这部中篇小说不仅继续演绎着生存之艰，同时也稍稍隐含了一点人类形而上的存在之难。

一 处处陷阱的人生

该小说结构非常紧凑，用一天时间叙述了一个人半辈子的遭遇。威尔赫姆40多岁尚一事无成，住在一家几乎全是老年人居住的公寓楼上，被耻辱感笼罩着。这样的描述让人想起贝娄自己的经历，他也是直到40岁还常常接受父兄的经济接济，那种滋味一定常常折磨着他那颗作家之心，这点在《只争朝夕》中表达得淋漓尽致。但小说中的威尔赫姆要比贝娄不幸得多：一天中，在成功父亲那里寻求帮助未果，和一个叫特莫金的江湖医生做投机生意受骗赔本到一无所有，最后莫名其妙地随人流加入了一个陌生人的葬礼并在现场放声大哭一场。

小说在这几个事件之间掺进了人物的回忆，让读者得知，这个到了中年还在挣扎"活着"这件事的威尔赫姆，曾经也非常地有理想、有个性，很有点文艺青年素质，在大学修过诗歌课程，一些诗句成了他生命中重要的力量。在30年代的青春梦想里，他希望成为银幕上的艺术家，于是果断地中断了大学生活去了好莱坞，顽强奋斗7年却以失败而告终。让他感到不胜羞愧的是，那个吸引他到好莱坞的"招聘人"，原本不过是一个给妓女拉皮条的家伙，自己却晕乎乎地飘在幻梦之中上当受骗。而这7年空幻的演员之旅，是他的第一次失败，奠定了他以后做什么事都感到力气不足的虚弱基础。他反思自己那种"不做任何准备而完全凭侥幸和愿望办事"的方式，感到如此的愚蠢，当时父母的劝阻，后来母亲的失望，让威尔赫姆多年之后还产生深深的愧疚之情。

从这样的叙述中，我们也能看到贝娄自己早年的经验，母亲希望他或者做拉比，或者去当小提琴家，父亲一直希望他加入家族生意，但他一意孤行地决心去做作家，且好多年一直陷在穷困中，不断接受着家人的资助，他也是在不断想到母亲的失望、父亲的"威逼利诱"的思绪中不断感觉着愧疚和难堪的。而威尔赫姆对诗歌的倚重，几乎就是贝娄的内心之镜了。虽然作家后来成功了，但曾经的困窘在他心理上留下了创伤，这是显而易见的。这些经历在贝娄获得诺贝尔奖之后的1977年，在面对华盛顿和芝加哥听众的"杰弗逊讲座"的两场演说中有过详细的回顾[①]。

同时显而易见的还有，这一年贝娄和一起生活了15年的妻子安妮塔离婚，其中纷扰也出现在小说之中。贝娄一生为离婚妻子所困，因为赡养问题官司不断，然后不断在创作中将那些女人妖魔化，该小说是第一次对这类情状的描写。其实，贝娄在婚姻、家庭、学生、工作、写作、孩子、父母等因素构成的生活中，处理能力上是有所欠缺的，他总是手忙脚乱，觉得自由被侵犯，自己缺少自由支配的精神空间，这应该是他离婚的主要缘由，同时也感觉到了自己的无奈和无力，在伤害了妻子的同时自己也伤痕累累。

他将这种纷乱的心理诉诸小说人物。在威尔赫姆这里，一桩不幸的婚姻以私奔方式开始，在吵闹不休中生下两个孩子后以离婚作结，而妻子玛格丽特为了让他为自己的自由付出代价便在孩子抚养费用上不断加码，让他深陷经济困境。他感觉自己被打得灵魂出窍，算是他人生道路上的第二次失败。或者说，好莱坞之梦是事业之败，离婚是情感之败，总之里里外外都被挫败了。他反思自己一生做的重要决定几乎都是可笑的，他在懊悔和无奈中说，"再见了，糊糊涂涂浪费掉的美满的时光。我过去真是个大笨蛋——现在也还是完全一样"。说得真对，因为接下来的孤注一掷又是个错误，而且错到丢掉了最后一分钱的地步：

和他有过小生意来往的医生特莫金（其实小说中对其身份的介绍十分模糊，似乎是行骗的江湖医生，夸夸其谈），在他一筹莫展时谆谆告诫他说："过去对我们无益，未来又充满了奢望。只有目前才是真实的——此时此刻，只争朝夕。"[②] 在特莫金滔滔不绝的理论讲解和深刻有趣的人生分析中，威尔赫姆似乎看到了纽约这座大城市升起了希望之星，他抓住了特莫金这根最后的稻草，拿出了最后的钱交给这个特莫金去做投机。结果是，他再也找不到特莫金的影子了。

这就是威尔赫姆大半生的经历和这天最后的努力结果。在这些行为事

[①] 〔美〕索尔·贝娄：《杰弗逊讲座演说》，见《索尔·贝娄全集·十四卷》，第147—192页。

[②] 宋兆霖主编：《索尔·贝娄全集·第十卷》，王誉公译，河北教育出版社2002年版，第80页。

实的背后，是人物对自己各种决断和行动的重重思虑和痛彻心扉的细致感受，显示出他尚具反思能力。他无可奈何地给自己下的结论是："在他断定去好莱坞是一个严重错误之后，他偏偏到那儿去了。在他决意不肯同玛格丽特成亲之后，他却偏偏同她一起外逃而结为新婚夫妇。在他打定主意不再和特莫金医生一同投资做生意之后，他偏偏又送给了那个人一张支票。"①

简直就是果戈理《外套》的笔调了。不同的是，这个威尔赫姆毕竟不是19世纪的小公务员，而是在大城市见过世面的奋斗者，他在绝境中思绪万千，他想到纽约这座现代化都市，它是"世界的尽头，它有光怪陆离的事物和花样繁多的机械、各种各样的砖瓦和管道、类别不同的电缆和石头、形形色色的深谷和绝顶"②。这里的人都如此的不正常，都在侃侃而谈，谁也听不懂谁的话，就像他从一开始就没听懂特莫金的话一样。他望着百老汇大街，"依然是明亮的午后时光，被煤烟污染的空气在沉闷的阳光照耀下纹丝不动，肉铺和菜店的大门前满是木屑般的鞋印子。大批大批的、成千上万的、络绎不绝的各种各样的人群如潮水般涌上街市，四处奔突。他们有老有少，有智有愚，还有胸怀古往今来人间各种奥秘的人。他们当中的每一张面孔上都镂刻着一个具体明确的动机或意图：我劳动，我挥霍，我奋斗，我谋划，我喜爱，我依恋，我拥戴，我退让，我妒忌，我向往，我藐视，我死亡，我躲避，我希望。这一切都非常短暂，短暂得令人难以捕捉"③。真是感慨万千，生死混淆，世界人生在眼前蜂拥而来，又呼啸而去。对威尔赫姆来说，面对这个光怪陆离的大千世界，面对自己局促窘迫的生存无计，到最后其实也就只有一场痛哭了。

也就是在这种情况下，他在街上无目的走着、看着、想着，毫无知觉地被人群裹挟着进入一个教堂，呆呆地参加了一个陌生人的葬礼。而在瞻仰遗容时刻，看着那个死去的人，突然悲痛袭心，禁不住大哭起来。他想起自己所有的经历、所有的失败、所有的希望和绝望，到最后被剥得精光，就剩下一条性命了！在环绕教堂的哀乐声中，威尔赫姆到达痛苦与绝望的顶点，和死亡亲吻之后，他进入了人类共同的终极命运，立足那块生离死别之地，由于加入了一个共同体而似乎受到了一种温软抚摸，并由此瞬间脱离日常生存规律的冷硬模式，那些有关尊严、屈辱、困境等在这里

---

① 宋兆霖主编：《索尔·贝娄全集·第十卷》，第33页。
② 同上书，第98页。
③ 同上书，第133页。

经由一场痛哭得以宣泄。正如印度学者辛格在其《当代美国小说中的幸存者》一书中所言,在这里他面对了死亡,成了不幸者的代表,他的心需要融入一个更大的群体,虽然并不能解决他的物质问题,但有利于帮助他接受现实和自己的命运。①

这个威尔赫姆,有点 20 世纪个人受难的类型意味。作为小说人物,他身上稍稍有些卡夫卡和陀思妥耶夫斯基小说世界的味道:前者那种无论如何努力都难以实现愿望的弱者情形,后者那种在碎裂一地的绝境中咀嚼无意义的绝望情形,在威尔赫姆叙事中都有一些。比如他战战兢兢的一天经历,比如回忆中的大半生有如张开了口的各种陷阱,还有那种无以摆脱的强烈绝望感,从四面八方遮盖过来的捆住了他的不幸绳索,都渗透了无奈、无助、无力的黑灰色;而他还偏偏清醒地看到了这一切,使劲咀嚼着这一切,和着泪吞咽着这一切,因此不仅描述了一种如此糟糕的生存困境,还通篇显示着对这种落到了底的困境的细致感受;尤其是结局的葬礼,几乎就是威尔赫姆自己为自己举行的一个绝望告别的仪式了。这些描写使得一个叙述社会性生计艰难的故事得以深化,在存在角度显现出人类个体那种如影随形的挫折感和无以摆脱的整体上的绝望感。

二 父与子的"美国梦"

当然,《只争朝夕》本质上是一个美国故事,而不是如卡夫卡和陀思妥耶夫斯基那样具有哲学意味的存在和人性之拷问;它只是在存在的边上张望了一下,显现了具象的无奈无助,夹杂着一些随性的感慨万千和心性的思性波浪,尚未到达抽象的整体荒诞之界。在这些描写中,既缺少陀思妥耶夫斯基那种对物质精神困境的痛感普遍性,也没有卡夫卡隐喻的人类荒诞意味,贝娄只是比较充分地展现了一种普通弱者的存在景况和压抑无望。

因此,我们还是回到生存界域,从威尔赫姆父子的经历来看,大抵可以还原为:父亲,一个实现了"美国梦"的老年人,社会精英;儿子,一个为了"美国梦"奔波半生而失败了的中年人,智力一般的迷失者。

先看威尔赫姆的父亲,退休的艾德勒医生,是典型的美国化了的老一代成功人士。小说没有涉及他年轻时的奋斗,只是交代了当下的地位和成功:他是一个诊断专家,教过内科学,纽约最优秀的医生之一,有财产,

---

① Sukhbir Singh, *The Survivor in Contemporary American Fiction*, Delhi: B. R. Publishing Corporation, 1991, p. 34.

高雅，在公寓里的老人群中鹤立鸡群。现在 80 多岁，仍然腰杆笔直，头脑清楚，受到了所有人的尊重。这位老年成功人士在小说中是较为简约的形象。而他对自己的状况和状态也极为满意，他对失败了的儿子说："这是辛勤劳动的结果。我既不放纵，也不懒惰。我父亲在威廉斯堡做绸缎呢绒生意。我们当时的确是一无所有，你懂吗？我从来不白白放过一个可能的机会。"[1]

在贝娄小说中，很多时候出现成功父兄的影子，他们是"美国梦"的实现者，和小说主要人物保持着或远或近的关系。由于贝娄对这类人物的奋斗历史没有兴趣，因此一般出现的都是其结果，即已经高居于物质财富的顶端，《晃来晃去的人》中的阿摩斯哥哥、《奥吉·玛奇历险记》中的西蒙，《赫索格》中的威利哥哥、《赛姆勒先生的行星》中的伊利亚医生，《银碟》中的伍迪、《洪堡的礼物》中西特林的哥哥朱利叶斯等，他们是工程师、技术专家、承包商、房地产大亨等。这些犹太移民成功地进入美国化大潮中，成为拥有财富的典型。他们个个有条不紊、富于理智、自信大方、聪明果断，同时大多保持了犹太人看重家庭的习俗，都不同程度地对家人、亲人给予各种帮助。从这一链条上来看，倒是这位艾德勒医生身上没有了传统犹太人对家庭亲情的看重，威尔赫姆回忆其小时候就没有领受过父亲的慈爱，这个事业型男人只是出诊、办公、讲课，很少关心自己，面对成年儿子的求助，他镇静自若地说："你大声吵着要帮助，当你想到，你不得不供应你一家大小花用的时候，你要我每月给玛格丽特寄一张支票。你作为一个有家累的人可以不尽半点义务，是吧？但这是办不到的！这场战争缺少你是无法进行的，你必须置身其中，做太平洋战场上的勤务兵。所有职员都可能做过你所做过的工作。你自会发现，最好莫如做一个士兵。"[2] 艾德勒的成功经历和这一段话，体现了他典型的美国观念，独立、奋斗、自己担起自己的人生。

相比较，威尔赫姆也并不是不"独立"和不"奋斗"，他也是投入地去实现自己的梦想的，和美国犹太文学中那种父辈对犹太传统的坚守和子辈对美国化的执着不同，父子俩在观念上没有冲突，包括威尔赫姆向父亲求助时的战战兢兢，也说明了他底气之不足和无奈之羞愧。

威尔赫姆的失败似乎在于他的过于感性和一时冲动，缺少理性和计划性。他更多的时候是一个文艺青年，包括试图和特莫金这个骗子做生意的

---

[1] 宋兆霖主编：《索尔·贝娄全集·第十卷》，第 62 页。
[2] 同上书，第 67 页。

时候，心里回响的却是前妻和他读诗的日子。不用说，这里折射出贝娄自己沉浸在文学世界中和做生意的父亲冲突时的刻骨感受。在贝娄写于 1970 年的一篇随笔中曾说道："好几代以来，年轻的美国人都在寻觅着更宽广、更深沉的生活。他们把小城镇丢给了商人和土包子，来到了巴黎或格林尼治村。毕竟美国的伟大目标不在于鼓励画家、哲学家和小说家。要想以画以文为生，就不得不到'别的地方'去，远离底特律、明尼波利斯，或者堪萨斯城。身为放荡不羁的艺术家和外国侨民，这些移民盼望着发现梦想之旅，以及艺术得以繁荣的特殊氛围。"① 他还说到 20 年代格林尼治的优雅，吸引着作家、画家和激进的年轻人，陶醉并鼓舞了一代人，同时还增强了他们对家乡的丑陋和庸俗的抗拒。

这应该是威尔赫姆寻找艺术生活的大背景。十分明确，小说描写了威尔赫姆少年的好莱坞艺术之梦，因为他从小长得漂亮，人到中年时仍然具有"迷人的魅力"，父亲曾说过他能够"把树上的小鸟吸引下来"，因此产生当明星的梦想似乎也是自然的，而且是在大学二年级时中断学业而去的。但在好莱坞——那个人人向往的造梦之地——7 年的顽抗和失败使青年的理想确实变成了一场梦，且极大地打击了他的自信和元气。要知道，正是在那里他改了自己艾德勒的家族姓氏，成为汤米，因为在他看来，艾德勒"是一种分门别类的名称，而'汤米'则是他个人的象征"，一副自我抉择的行为方式，也是建构自我梦想的开端。但成功的从来都是少数，贝娄关注了其中的失败者。

而当这位典型的美国文艺青年梦醒之后，便跌进纽约金钱之梦的汪洋中了。特莫金医生几乎就是一个象征，他的夸夸其谈，他深谙人心和欲望的机巧，他所展现给威尔赫姆的那种轻易发财的灿烂辉煌的前景"天上地下，到处都是钱。大伙都在大量地往家里扒拉钱""你能不动心——当人们都在抢钱的时候，你能稳坐不动吗"② 的说服力量，正是威尔赫姆面前张开的生存诱惑之网，他正缺钱用，生存上出了很多漏洞，因此他肯定得跟着特莫金去"扒拉"钱。但问题是，天生具有文艺细胞的青年连文艺都未能搞定，怎么可能在处处陷阱的大都市搞定"金钱"？如果说威尔赫姆在好莱坞的输掉尚有一定的坏运气（当然遇人不淑也和他的判断力有关系），而在纽约的输掉则是一种必然了。孟加拉国一位学者说，威尔赫姆

---

① 〔美〕索尔·贝娄：《纽约：驰名世界的奇迹》，见宋兆霖主编《索尔·贝娄全集·第十四卷》，第 271 页。
② 宋兆霖主编：《索尔·贝娄全集·第十卷》，第 19 页。

是掉在物质主义的海洋中了,在那里,各种关系,父亲、妻子、孩子等各种情感完全被物质所侵害,最后链接起来成为威尔赫姆心理上的"谋杀者",贝娄在此显然是想强调"美国梦"的物质部分,"二战"后兴盛起来的物质主义对人性的伤害,而威尔赫姆依然怀抱浪漫主义梦想,自然只能沉落深渊。① 其"谋杀"一说很有力度,是对外在物质社会的一个揭露和控诉,对物质主义的危害之说也非常有道理,只是有点忽视了贝娄对威尔赫姆那份浪漫情调也小有讽刺之意,这一点在后来的《赫索格》中将有更大的发挥。而且,贝娄也确实说过,威尔赫姆是一个让人同情的人,但不是一个值得尊敬的人②。

"这一个"威尔赫姆,在按照自己的意趣选择职业和人生道路方面,在为自己的选择承担后果方面,的确是一个自由的现代美国人,和后来的奥吉·玛奇有本质上的相通;他在纽约所感到的精神紧张,又和利文撒尔相通,似有犹太移民初到新大陆后觉得凡事艰难之折射;而他事事失败的惨痛经验,则应该说是作家早年工作事业皆不顺当的人生宣泄了。同时,也可以说是"二战"后美国物质主义破坏人性的一个最初见证;以后,这类主题还将源源不断地以其他方式出现在贝娄中后期的长篇小说中。贝娄好友菲利普·罗斯说,《奥吉·玛奇历险记》和《只争朝夕》都发表于20世纪50年代,前者应该是处于人生高峰的感觉,总在自信地说着"看看我";后者似乎处于低谷,总是说"帮帮我",可能是作家在两种人生情状中的辩证和矫正③,也极有道理。

---

① Joyshree Deb, "Materialism Precedes Murder: Saul Bellow's Seize the Day", *Journal of Humanities And Social Science* (*IOSR - JHSS*), Volume 19, Issue 1, Ver. 1 (Jan. 2014), pp. 59 - 64.
② 见 Faruk Kalay, "A Complecated Personality in *Seize The Day* By Saul Bellow", *Advances in Language and Literary Studies*, Vol. 6, No. 1, February 2015。该文指出,很多评论认为,无论是从社会物质性对其形成的压迫而言,还是从他本身过于感性以致不适应现代社会而言,威尔赫姆是属于"受害者"一族的。这点是共识。
③ 见〔美〕菲利普·罗斯《重读索尔·贝娄》,武月明译,《外国文艺》2001 年第 5 期。

第三章　什么是"值得过"的生活

> 道路与思量，阶梯与言说，在独行中发现。
> 坚忍前行不息，疑问与欠缺，在你独行路上凝聚。
> ——海德格尔《诗人哲学家》

　　在《奥吉·玛奇历险记》中作家曾借小说人物提到过苏格拉底的名言："未经审省的生活不值得过。"事实上，审省自己的生活、寻找生活的意义，是贝娄一开始写作即在关注的重要主题之一。"值得"承载的是某种价值理念，对什么是"值得"的生活方式的询问，是一个存在意义上的大问题。作家在一次访谈中曾经说过，我们不知道为什么在"这里"，也不知道"这里"意味着什么，往昔所有的解释，都在这个问题上失败了[①]，现代人不得不独自面对这样的问题。贝娄20世纪50年代发表的两部长篇小说，《奥吉·玛奇历险记》和《雨王汉德森》，一方面奠定了贝娄作为20世纪后半叶小说大师的基础，同时也开启了贝娄创作中从个体角度探询人生真谛的长途之旅。两部作品都采用了传统流浪汉小说的形式，更加彰显了"寻找"的意味。

　　在此之前，贝娄在"美国化"的道路上踟躅探行，小说主人公约瑟夫、利文撒尔事实上都有些迷失，接着的威尔赫姆也没能找到自己的位置，他们在精神与现实的龃龉中艰难地调和着自己，从各自的角度表达了各自的探求和忧心忡忡。而在50年代的两部长篇小说中，贝娄即比较自如地进入顺畅的美国之道，来表达自己对生活、对人生的初步见解了。

[①] Saul Bellow, *Made in Ameiraca*, Keith Botsford/1990, *Conversations with Saul Bellow*, Edited by Glorial L Cronin and Ben Siegel, Copyright 1994 by the University of Missjissippi, 242.

第一节 生活在别处：《奥吉·玛奇历险记》

《奥吉·玛奇历险记》(*The Adventures of Augie March*, 1953, 以下简称《历险记》) 是贝娄的成名作, 这部具有自传体写作特点的小说为他赢得了巨大声誉, 并于同年获得国家图书奖。之前的作品虽然承担了作家作为犹太移民二代的许多思考和感受, 但在小说写作中依然未能形成自己的书写风格, 用他自己的话说, 只是一些习作。《历险记》的出版标志着他创作风格的成熟, 一方面是主人公对自我精神的持续关注和形而上思考; 另一方面是喧嚣的美国社会生活, 小说在两者的种种纠葛中显现丰富, 夹杂着幽默的喜剧色彩和雅俚共观的语言风格, 奠定了他后来大多长篇小说的基本模式。当时许多评论都认为《历险记》是贝娄最生气蓬勃的当代流浪汉小说[①], 而且, 最重要的是, 这部小说的"美国"意味可谓浓墨重彩, 从开头句"我是个美国人, 出生在芝加哥", 到结尾写到哥伦布发现美洲大陆的隐喻意义, 可以说贝娄的主人公通过前期在"新世界"的迷惘之后, 由《历险记》获得了真正的美国"身份", 那种"生活在别处"的不断追索过程, 也继承和发扬了美国文学传统中不懈的自由追求和冒险精神。1973 年刊于《纽约时报书评》的"约翰·贝里曼"一文, 是贝娄为好友贝里曼的小说《复苏》写的前言, 其中说到贝里曼喜欢奥吉这个人物, 曾经赞赏该小说那种感情充溢的语言和芝加哥街区生活, 贝娄自己也由此说到《历险记》一书中有一种"惠特曼式的底蕴", 那正是贝里曼所喜欢的风格云云, 这应该算是作家对自己作品"美国性"的一种肯定。

《历险记》出版后受到犹太同胞的批评, 认为他在宣扬移民的同化, 也从反面证实了这部小说的美国化意味。后来的《剑桥美国文学史》中提到贝娄的《历险记》时也说, 这是贝娄最刻意美国化的一部小说, 这种以流浪汉方式和一些冒险事迹为题材并采用各种俚俗语言, 是作家的突破。但执笔该章的迪克斯坦不大承认其成功, 认为该书是贝娄所有作品中最有拼凑之嫌、最缺乏可信性的小说[②]。这也是见仁见智的说法了。

50 年代初, 文学界正热衷于讨论美国小说的未来是否乐观, 因为前半

[①] 见 http://www.Saul Bellow Society。The Official Saul Bellow Website。
[②] 〔美〕萨克文·伯科维奇主编:《剑桥美国文学史·第七卷》, 第 287 页。

个世纪的大作家海明威、福克纳等人已经成为过往,后继者尚不见踪影,不少文人逃避现实,沉湎声色,因此评论界普遍抱失望态度。正是这种时候,贝娄的《历险记》开始在《纽约客》《党派评论》等著名刊物上连载,一股清新之气吹到了文坛之中,给大家带来惊喜,立刻受到关注和期待,等到正式出版,接受这部小说自然顺理成章了。许多报刊高度评价它,认为美国迎来了一位出色的作家,代表了文学上的希望等①。另外,一直反对贝娄写作的父亲也终于给了他亲切的祝贺,让他倍感欣慰。

一 "历险"的由来

先从作家生活经历来看"历险"之说。

1948 年,贝娄获得古根海姆基金会的资助,携妻与子到了巴黎。巴黎是许多美国作家的朝圣之地,两次世界大战后在美国都出现过奔赴欧洲的热潮,大有不去欧洲就不能真正登上文学艺术圣殿之趋势。而且,欧洲文化也确实激发了许多作家的创造力,尤其是海明威那一代,在巴黎流浪中发出了自己和时代的迷惘之音,使得海氏冰山风格风靡世界。贝娄当时也有这样的期盼,他说:"我准备参加其伟大的复兴。"② 然而他失望了。他虽然也跟随潮流去了巴黎,但他感到的是古老文化的排外性,房东的语言和表情似乎一直提醒他是个"外国人",让他觉得自己好像是个从广袤野地贸然闯入文明世界的野蛮人,经常受到房东的教训,还由于损坏了东西被带上法庭。而法国文学界,到过美国的巴黎文坛领袖萨特正沉溺在左倾观念中,极力称赞辛克莱和斯坦贝克那种描写工人阶级悲惨生活的作家,而加缪只谈福克纳。贝娄旅法期间在萨特和加缪主办的杂志《现代》和《战斗》上读他们的文章,认为他们都不了解美国,仅仅看到了美国粗糙的一角。重要的是,贝娄对萨特这位巴黎文坛的领袖人物逐渐产生反感,觉得他对苏联的了解还不及自己高中的时候多(见附录文章的详细阐述)。因此,他对法国在整体上有一种陌生感。后来贝娄回忆说,他在巴黎的时候是个流浪者,没有自己的传统,没有自己的语言,没有自己的居所,一种压迫性的感受使他十分不自在。据居住在那里的朋友回忆,那时的贝娄眼睛里流露着伤感,常有一种迷蒙和若有所失的表情。传记作者阿特拉斯

---

① 见周南翼《贝娄》,四川人民出版社 2003 年版,第 120—121 页。
② James Atlas, *Bellow: a biography*, Published in the United States by Random House, Inc. New York, 2000, p.139.

也说到这点，还说他的主要问题是"巴黎人不知道贝娄是谁"①。这些应该都是其深感隔阂和孤独的原因。

其实，贝娄也有自己的矛盾之处。一方面，在那个时代，许多美国作家居住在自己崇拜的巴黎，在那里想象美国并写出了优秀作品，贝娄认为自己不属于那一类，他说："我的目的，是从别人规定并应用的尺度中解放出来。首先，对于任何限定，我都不能表示苟同。只有当我准备好讣告时，才算准备好了接受限定……另外，巴黎并不是自己的定居之地；它只不过是个落脚地而已。"② 因此，他对巴黎不像"迷惘一代"那样着迷，还对他们冷嘲热讽。另一方面，他其实也是在巴黎开始《历险记》的写作并找到了自己的风格的，且边走边写，十分顺利地在异地完成了对真正美国生活的书写。他自己也意识到这点，在多年之后发表的随笔《我的巴黎》中，谈起过自己在巴黎花了很多时间思考芝加哥，却发现"多年以来，我在芝加哥都沉湎于对于巴黎的思念之中"③，因为他长期阅读法国作品，早就熟悉19世纪中后期的巴黎了，高老头被金钱困死的巴黎，拉斯蒂涅挥着拳头发誓要战斗到底的巴黎，左拉那些醉鬼和妓女的巴黎，波德莱尔那些乞丐、穷人和孩子的巴黎，还有里尔克的《马尔特·布里格随笔》中描写的巴黎，还有普鲁斯特的《追忆似水年华》中浓墨重彩地描绘的1915年的巴黎，等等，这个城市早就悄悄进入贝娄的心里了。使贝娄诧异的是，自己如此熟悉的巴黎，却在他终于远涉重洋进入其中目睹其风采时感到了陌生。他明白了自己根本就不是个亲法派，也不是那种希望在这个城市成熟起来的美国人。贝娄慢慢弄明白了其中的问题所在，他自己本身就是个移民，从加拿大到达美国，在犹太人基础上成为美国人是要付出许多努力的，在那样的努力之后自然不会再去努力成为法国人。而且，他也有自己内心的志忑，觉得在巴黎人眼里，他是在犹太人意识之上又加了美国观点的人，也和一般的美国人不同——这就是他在法国时候复杂的心理状况。

但他在巴黎的收获依然很多。他很用心地体味这座过去在书籍中自以为熟悉的城市，了解在纳粹占领下的生活，战后的困难，他抱着观看和领会的态度徜徉在巴黎，思考人类文明的过去与未来，思考这里曾经拥有的文学艺术成就，曾经的骄傲、辉煌和变幻莫测。他依然能够感到古老欧洲

---

① James Atlas, *Bellow: a biography*, Published in the United States by Random House, Inc. New York, 2000, p. 154.
② 宋兆霖主编：《索尔·贝娄全集·第十四卷》，第292—293页。
③ 同上书，第293页。

的丰富和启发力量。在 20 世纪 80 年代那篇《我的巴黎》中，贝娄在回忆中感叹这种影响的时候，旧世界的文化中心早已不复存在了。

正是在这么一种情状下，贝娄开始《历险记》的写作，且开宗明义的第一句话就是"我是个美国人，出生在芝加哥"，明显的是一种自我身份的声明。他解释说，用芝加哥眼光来看，他在欧洲走过的任何地方，自然都是陌生的、异己的，在那些地方，没有自己的话语天地，他要表达自己，更好地认识自我和世界，只好被迫选择一种特殊方式，找到一条特殊的路走进自己的世界，获得自我①：那就是，在自己的叙事世界获得属于自己的时空。听上去很像是，由于他被巴黎这个世界拒绝了，于是开始用语言文字铸造自己的世界。

从准备开始写作，贝娄就想好了要书写自己早年熟悉的芝加哥生活，即在题材上是有充分准备的。由于那种不经意的自传性风格，他写得很顺畅，还体会到住在国外写美国生活简直是一种解放，拉开的空间距离使他获得一个反观和审视的角度。从写作语言上贝娄也有很强的自觉追求，在后来的访谈中他说起当时的写作时，谈到了那之前的创作被英国词典拘束得太过厉害，不能很好地表达自己，到了《历险记》中，"我想发明一种新的美国式的句子，某种类似口语化与典雅的混合"，从过去中规中矩的写作拘束中解放出来。他自感欣慰的是自己终于"摆脱了官腔式的英语，把我个人的腔调注入到语言中去了"，"按自己的想法开了头，紧接着便进入一种热情奔放的状态"②。而在叙事角度上，全篇以第一人称奥吉的口吻讲述自己的经历，但作家常常会站出来，置身于情节之外，在推远的镜头中插进议论，或者对社会，或者对奥吉进行冷嘲热讽。有时作家和奥吉会融为一体，不断地掉书袋子，付诸了奥吉这一普通城市年轻人一种思想意识上的深度。这些方式加强了小说的半自传性意味。

贝娄曾经在《纽约时报》上谈到自己写作该书的情形，几乎像小说主人公的流浪人生一样，他的写作都是在路上完成的：在巴黎动笔，后来不断向南旅行，去过德国、奥地利，再到罗马，最后回到纽约、宾夕法尼亚，全书完结。这部主要写芝加哥生活的小说，写作过程中作家一直没有回过他居住的芝加哥。这是富有意味的，一方面类似乔伊斯的"自我放逐"，在陌生土地上"回望"家国并进行审美重构，在一种距离中获得新的视角；另一方面，对贝娄来说，在被陌生环境排斥的体验中，在跨国写

---

① Saul Bellow, "How I Wrote Augie March's Story", *The New York Times*, January 31, 1954.
② 宋兆霖主编：《索尔·贝娄全集·第十四卷》，第 394 页。

作中不断确证着自我身份,这样一个过程似乎本身即是一场"历险"。

再从小说内容来看"历险"之内质。

在贝娄的早期创作中,相比较的话,《晃来晃去的人》中的约瑟夫更具精神特质,似有不食人间烟火的味道,因此使得小说颇有些哲学意味;后来的《受害者》中的利文撒尔又沉在犹太人的感觉中,拘束、紧张,他们都不是典型的美国人形象。而奥吉一开始便是在城市街区烟火之中生长着的男孩,卖报、发传单、编织谎言、被大人管教、贪玩,等等,一个美国下层男孩的日常生活呼之欲出,而且是实实在在的芝加哥街头生活。这种生活是贝娄从1924年跟随父母移民美国时候即镌刻在心底上的影像,那时他9岁,从比较安静的蒙特利尔来到工业化喧闹的芝加哥,他感到一切都是"大声的、吵闹的、粗鲁的、热烈的"①,这种印象铺垫了贝娄对现代城市的最初认知。而这种喧闹正好成为他抵制巴黎寂寞的某种冲力,也可以承载他作为美国人的自觉意识。

从奥吉的性情来看,小说中的奥吉生长在经济大萧条时代,在物质匮乏的同时,有两个大的精神问题一直高悬头顶:一是从他出生以来,就不断遇到被人"教导""收养""招募"的"命运",别人总以他们自己的生活和思想为轴心线,试图把他拖进去作为一个"帮手"和"衬托",在计划奥吉的人生中去实现他们的人生目标。因此奥吉说,"一切于我有影响的人,都对我集合以待,我一出世,他们便来塑造我"②,这就是奥吉的苦涩体会。二是他需要弄清一个好的充实的命运是什么,自己的人生目标是什么,什么样的生活对于他来说才是有意义的,找到属于自己的路,奥吉将此称为自己"生命的轴线"。在这充满张力的两极中,奥吉从芝加哥到墨西哥,从美国到欧洲,从和平琐碎生活到战争灾难,或者主动或者被动地在一个广阔的世界游荡,有时清晰、有时糊涂,展开一场场有意识和无意识的博弈,小说开头那句"我是个美国人",喜欢"自行其事",一下子打开了一个美国青年富于个性化的人生故事之门。

因此,奥吉的故事注定是个性和命运的古老相遇,他的"历险"自然也就成为其内在"生命轴线"和现实社会的持续碰撞。这样的故事承载了作家贝娄的刻骨经验,在他获得成功之前的许多年,文学之路的艰难,在

---

① James Atlas, *Bellow*: *a biography*, Published in the United States by Random House, Inc. New York, 2000, p.20.
② 宋兆霖主编:《索尔·贝娄全集·第一卷》,宋兆霖译,河北教育出版社2002年版,第66页。

父兄经商成功的压迫中,在经济窘迫不断被家庭接济的状况下,贝娄也在自我怀疑和被亲人及外在世界的质疑之中寻找和坚守着他的"生命轴线"。这应该是小说人物"历险"的深层由来。

二 劳希奶奶:家庭里的"马基雅维利者"

奥吉丰富多彩的身心"历险"开始于童年和少年。他敏感好思、善于观察,父亲很早就不负责任地弃家出走,母亲软弱和缺乏个性,弟兄三个,哥哥西蒙不大理事,最小的弟弟是弱智,因此,家里的"大权"就被劳希奶奶——租住在他家的房客——所掌握。劳希奶奶是奥吉人生历险的第一个关隘,也可以说是出发地,给奥吉及其家人规定了生活的方向。

小说并没有正面描写这位劳希奶奶,她的形象只是在童年奥吉的视野中出现,从奥吉零散的感受和自我倾诉中,她总是无休止地管教着这一家子,从日常琐事到做人方式,都时时处处对他们发号施令,俨然一个霸道的太上皇。小说开头四章,都是对劳希奶奶"治理"奥吉一家的琐细描述。对于奥吉来说,在她身上至少有两种东西给他造成压抑:一种是她自己的身份和由此产生的对奥吉全家的总体要求。劳希奶奶是波兰人,在她自己有些炫耀的叙说中,她出身欧洲的富贵大家,会说几国语言,一直为家族往日的高贵辉煌而骄傲。但这种叙述似乎又不大可靠,奥吉兄弟常常会在暗地里质疑其真实性并嘲弄之,使其自述显示出程度上的夸大之嫌。这位自我感觉十分优越的老太太,还具有欧洲贵族式的"培养"理念,体现在对孩子们日常生活方式的规范和人生总体设计上,希望他们兄弟将来能成为"穿套装的绅士"并有所作为。另一种是市民式的小心机,她认为奥吉一家羸弱无能,太感情用事以致贫穷难挨,便"统领"他们在日常琐事上进行各种算计和计划,比如去免费诊疗所为母亲配眼镜,为达目的教他们一整套说法和谎言并让他们在家里预演一番;比如给他和西蒙哥哥寻找各种各样的工作,在课余时间让他们努力挣钱,并管理着每个细节;比如自作主张给他们办理救济金,等等。最重大的一件事,是不顾家庭亲情把弱智小弟乔治送到福利院,这使得从来沉默顺从的母亲伤透了心。这些事情都是在一种毫无商量余地中作出的裁决,奥吉一家只有听从安排的份儿。因此在奥吉眼中,劳希奶奶天性就是一个"统治"者,而且是那种"马基雅维利式的人物",一切从利益着眼,对奥吉家的大小事情运筹帷幄,使他们成为被"统治"和被"安排"的小人物。

劳希奶奶这个角色具有其现实因素,其中混杂着贝娄家庭移民到芝加哥后的最初经验,他们租住公寓的首位房东就是一个波兰老太太,是贝娄家到美国后的第一个驿站。而且左邻右舍大都是欧洲人,德国人、爱尔兰人、波兰人,这些欧洲移民随身携带着自己的文化传统,一边在美国这块土地上尽力生存下来,一边还总在频频回望自己的民族文化,尤其在教育孩子方面,大都有自己一套做法和价值理念,犹太人的周末学校就很典型。劳希奶奶的"培养"理念应该来源于此。细究的话,应该还夹杂了贝娄母亲的成分,她到美国后也常常抱怨自己在俄国曾经拥有仆人、厨娘,而在芝加哥变成了一个家庭打杂工,还希望小儿子将来能做一个拉比或者小提琴家。正是这各种因素集中到劳希奶奶身上,从而转化成了一种精神上的压制。作家的叙述伴随着幽默的喜剧意味,小孩子的顽皮视角和反抗天性也使劳希奶奶有些漫画化。而奥吉兄弟作为打打闹闹不修边幅的美国街头男孩,在使劳希奶奶失望的同时,从一个侧面描绘出旧欧洲和新世界的冲突,从某种程度上,也是少年贝娄在欧洲移民背景上美国化过程的一个开端。

这一关以劳希奶奶的狗死亡、劳希奶奶在国家选举日雪地里摔伤、乔治被送到福利院作为结束。这些事件似乎都有一点象征意味:那只老狗和劳希奶奶相依为命,暗示着岁月流逝;国家选举日代表了美国的民主自由,专制的劳希奶奶与此并不相合;乔治的离开也是这个家庭解体的开始——眼睛逐渐失明的母亲和老迈的劳希都进了福利院,西蒙和奥吉兄弟俩开始闯世界。奥吉在这里度过了他既浑浑噩噩又善良多情的童年和少年阶段。事实上,劳希奶奶在小说中扮演了严父角色,读者可以发现,劳希奶奶整个的"管教"过程,可以说是严厉的社会理性规则驾驭着温软感性的马拉松长跑,这一过程使奥吉感觉到了人世的残酷。当奥吉和哥哥西蒙长大后,倒也和这位从小严厉管教他们的老奶奶保持了一定的亲情,因为她毕竟都是为了他们一家人能够把日子过好,但作为一个小孩子,奥吉从小的经验,还是感到自己处在一种失去自由的牢笼中。重要的是,劳希奶奶看重的那种理智和功利的处世方式,是和奥吉的心性世界相违背的,后来,随着奥吉的长大,每当他感觉自己具备一点生存能力的时候,他都会想到要把弱智的弟弟领回去,但窘迫的物质条件屡屡让奥吉的希望落空,乔治被送到福利院后的呜咽声,一直在时间深处回响,伴随着奥吉的成长和流浪,这是他温情心底上难以痊愈的第一道伤疤。

三 富人的"收编"诱惑

所谓"收编"之说,是青年奥吉对身边各种强势外力的一个总结,主要意思是指那些强势者在执行自己的人生计划时,总是用各种方式"招募"奥吉,表面上似乎是为了奥吉的幸福,但实质上是让他参与其中去实现这些强势者的愿望。奥吉常常会被诱入其中,在最后关头以逃脱作结。这是他"历险"的第二个关隘,分为三个场景,分别从不同角度描述了现代社会的面貌。

第一个场景属于理论教导和现身说法。这里的"收编"者是地产经纪人艾洪,一个坐在轮椅上的投机商人,成功地指挥着自己家族生意的运转。少年奥吉为了贴补家用被介绍给他做听差,艾洪喜欢这个少年的聪明和真诚,便把奥吉当作学生,循循善诱,因势利导,不断给他讲授许多城市生活的手段和秘诀,展示自己的成功经验,还偶尔让奥吉推着他骗过单纯的太太到妓院作乐,让奥吉大开眼界。这一点十分类似《高老头》中伏脱冷对拉斯蒂涅的教导,当然要比之温情很多,让奥吉感到"艾洪的教导变得和劳希奶奶颇为相似,两人都认为他们能够告诉你怎样来对付这个世界"①。

在这里,艾洪作为残疾人有一定的象征意味,小说详细描写了他在轮椅上的生活细节,描述他对那些曲柄、链条和金属机件的熟练运用。在此维度,作家常常出场插入自己对现代化的认识,感慨现代人的日常生活对器械依赖程度的普遍性,几乎是全人类都爱上了各种各样的器具和设备。相类似的语调在小说第二卷再次出现,奥吉在自己的孤独中,想到世界在文明进化中形成的整一性,科技发明充斥世界,"人造的东西就是笼罩着我们的阴影。桌子上的肉,管道里的暖气,纸上印的文字,空中传播的声音,一切无不如此","我们的安全全交在它们的手中"②。技术规范了人们的生活,所有人行进在一条轨道上,由此形成了秩序,于是每个人都必须在此轨道上培育相适宜的精神心理方式;反之将被抛入历史之外。这类现代性批判在贝娄20世纪60年代的创作中成为主旋律,但他的相关思虑在其早期小说中也已经有所显现,艾洪的残疾就有些对现代人的残缺性的暗示;否则无法解释为什么非要设置一个残疾生意人来给奥吉上"社会学"课程。因此,置身轮椅在一定程度上成了依靠科技生活的现代人的某种隐喻。贝娄借小说情节不断发挥着他的高论,说正是这些人整天"泡在保险和财产、诉讼和败诉、拆伙和赖债以及争夺遗产之类的事情中",上演着人生的喜剧、悲剧、闹剧,构成了喧哗的现代社会。在这一场景中,

---

① 宋兆霖主编:《索尔·贝娄全集·第一卷》,第97页。
② 宋兆霖主编:《索尔·贝娄全集·第二卷》,宋兆霖译,河北教育出版社2002年版,第610页。

奥吉还比较稚嫩，面对五光十色的生意场十分迷茫，既不知道自己能够得到什么，也不知道应该去追求什么，"我知道自己有强烈的渴望，然而不知道自己到底渴望些什么"①。

第二个场景则是真正的"收编"了，表现的是享受和消费之诱惑。奥吉在给体育用品商伦林做零工时被其太太看中，一心想收养他做儿子，先是把他送进新闻学院修各种课程，告诉他要成为一个有学识和修养的人，后来把他打扮成一个花花公子，陪她到休闲的矿泉浴场消遣，还给他设计了一整套的上流社会生活方式。用奥吉的话来说，伦林太太给他编织了一张紧密的网，他尽管弄不清她的强烈愿望到底是什么，但那种好像要"完成大业"的强势姿态和总是一贯正确的确信性，尤其是蔑视奥吉对自己贫穷家庭的亲情和有些独立诉求的成年人特性，视"收养"计划为奥吉的天大福气，这些都使奥吉不堪压抑。这里充分显示了对方的物质自信性，天经地义地认为金钱可以收买自由。就在她的大网"接近竣工"时刻，奥吉当即编了一个谎言走脱了。老实说，和伦林家在一起的时光，奥吉还是很滋润的，富人的生活对他有不小的诱惑力，那种衣装华丽、高级消费也使年轻人的虚荣心得到极大满足，但他深深懂得"做他们的养子会把我闷死"，因此经过再三斟酌，最后他还是选择了精神的自由，从网中逃逸出来。

第三个场景是兄长西蒙的安排，算是成功人生的一种周密设计。西蒙在《历险记》中是一个精明的美貌男子，他读书用功，思维清晰，立志要成为社会上的成功者，是贝娄小说中不断出现的成功兄长形象之一。但西蒙在自己奋斗路上经过一些挫折后，最终还是通过娶富家女改变了命运，打入富人阶层。由此经验出发，他也希望和自己同样美貌和聪明的弟弟步己后尘，用心良苦地给弟弟做了一番切实安排：一面在自己已经是老板的公司里工作，获取做大家族生意的经验，一边去读夜校，修完法学预科，然后再上真正的法学院，把自己打造成有分量的准富家女婿样子。还把自己的豪车借给弟弟，培养其上流社会的奢侈习惯，耐心地传授自己的经验，在细节上进行辅导等。西蒙的规则是，"学会固守住自己必需的东西，不要被那些琐碎的次要的东西所分心"②。奥吉对哥哥的兄弟情谊和好心安排也很领情，而且确实赢得了那个家族中另一个小姐的青睐，自己也喜欢其漂亮风骚，只是心底一直有坚硬的抵触意向，总觉得有点像兄弟俩合伙

---

① 宋兆霖主编：《索尔·贝娄全集·第一卷》，第121页。
② 同上书，第329页。

骗婚，这不符合他的真诚心性，因此总是三心二意。表现在行动上，则是一边真诚地和富家小姐约会，一边还悉心照料着穷朋友的女友去打胎，直到贻误舞会定终身的重大时机，并造成他脚踏两只船的误会，使到手的好运顷刻告吹。

在这一场景中，奥吉应该说是不卑不亢，既不主动也不被动，既不反感也无恶感，一切顺其自然。他的问题是绝不牺牲自己的性情和自由，在明知道会引起误会的情形中依然我行我素。同时也表现了奥吉对友谊的看重，不会辜负朋友信任，以及帮人于危难中的人情味。这是他的一贯品行。

在这三个场景中，艾洪、伦林太太、西蒙，应该说具备着同样的特点，那就是世俗常规和功利原则，也可以说是劳希奶奶的"马基雅维利"原则的顺延。面对这些名利、金钱、地位的诱惑，如果奥吉能够"顺从"一些，在外在世界"规则"中能用点心思，按部就班地做事做人，他也许会得到很多好处甚至"成功"；但他却对此始终保持着戒心，总是害怕被别人牵着鼻子走，失去自我和自尊。艾洪一眼看穿其天性，说奥吉内心深处有一种想说"不"的冲动，"我忽然发觉你身上有一种东西。你有一种反抗性。你并不是真的什么都无所谓。你只是表面上装作这样"①。奥吉也知道自己的"这种感觉就像是令人痛苦的饥饿感"一样，"……我从不接受命中注定的说法，也不会变成别人要把我造就的样子"②。在这些不断被"收编"的诱惑中，在不断地拒绝和逃跑中，为了独立生存，他做过小摊贩，做过各种苦力，还和人合伙偷书、卖书、看书等，应该说，奥吉虽然没有在社会层面取得人们认可的成功，但在精神上算得上是胜利者，在别人不能理解并且有些鄙弃的目光中，他大体上保持了个性自我的主动权。

这是小说的主旋律。1973 年，贝娄为好友约翰·贝里曼的小说《复苏》写的前言中说到奥吉天真幼稚、桀骜不驯，有一种惠特曼式的底蕴③，此言甚确。小说写他破坏了哥哥为他设计好的婚姻计划失去一切后，在圣诞节的早晨遥望天际浮想联翩，想到最初的移民初次看到美洲时的情景，似乎在暗示奥吉和那些历尽辛苦漂洋过海的移民们一样，将在一无所有中去开拓自己的疆土。从这些经历中，可以看出奥吉身上那种美国个人主义文化的因素。

---

① 宋兆霖主编：《索尔·贝娄全集·第一卷》，第 165 页。
② 同上书，第 166 页。
③ 宋兆霖主编：《索尔·贝娄全集·第十四卷》，第 330 页。

四 情场上的偏离

情场经历是奥吉的第三个关隘，是他主动参与的人生事件，也是使一个青年生命趋于完整的重大事件。在这个场景中充分表现了一个青年男子面对美色的欣喜若狂或者说无能为力，正像劳希奶奶所说，奥吉在情感上要"弱智"些；同时也显示了奥吉"生命轴线"受挫和反弹中的明暗光影，使其一直强调的自我个性经受了色彩斑斓的烟熏火烤。这里面既有他先前那种浓厚的个人主义色彩，也有个人难以为继的尴尬。

除了一些小波澜，小说有声有色地描写了奥吉的两场爱情，都是如火如荼般地投入，最后却发现自己居然又成为对方"招募"的人生随员，以悲喜剧作结。

墨西哥的"无忧无虑之家"，是奥吉爱情梦想的第一个驿站。迷恋打猎的西亚是一个有夫之妇，任性的幻想狂，十足的我行我素，对自己的异想天开和各种不寻常念头表现得自然而然且天真无辜。她要去墨西哥和有钱的丈夫离婚并顺便打猎，用不由分说的激情像一阵浪涛似的把奥吉卷了进去，在荷尔蒙的汹涌和自己处境的艰难中，奥吉没有觉察到西亚的"收编"之嫌，瞬间迷失于爱情的汪洋大海。虽然西亚训鹰、猎取蜥蜴的设想让他感到有点匪夷所思，也动摇过，但最后还是在西亚光辉灿烂的安排下开始了轰轰烈烈的墨西哥之行。他们开着旅行汽车，穿着高级骑装，在西亚的墨西哥居所"无忧无虑之家"训练猎鹰，给它起名叫卡利古拉——一个罗马暴君的名字——到深山野林中打猎、捕蛇、摄影，在床上吃芒果，让卡利古拉站在奥吉手臂上招摇过市。在他们活动的背景上，是奇异瑰丽的旷野、瀑布，神秘莫测的密林、死火山口，繁茂的热带丛林和五彩花卉。小说尽情描写了两人墨西哥之旅的兴高采烈和情意缠绵，在那奇异刺激的野性生活中，奥吉心情激荡，自诩为快乐的傻瓜。

奥吉的自我评价相当正确，因为他的墨西哥之行完全沉溺在靓男靓女的激情之中，在风一般性情的西亚面前，奥吉没有来得及思考这种行为内容与自我的关系，对猎取蜥蜴、捉蛇等和自己志趣毫不相关的捕猎事宜根本无所知，对西亚在墨西哥的以往情事也毫无所知，因此接着而来的失望也是自然的，同时在失望中感觉到西亚的霸道也是自然的。奥吉为了爱情克服恐惧训练猎鹰，手臂上被鹰啄得伤痕累累，他给它命名"卡利古拉"时已经意味着对暴君的一种屈服，取名的戏谑性也是潜在的无奈。因此当他们操纵着猎鹰去捕捉蜥蜴，当卡利古拉在凶猛反抗的大蜥蜴面前退缩使得捕猎失败之后，即给他们的野性生活带来了第一道阴影。从不退缩的西亚在愤怒地蔑视卡利古拉的软弱时，这种蔑视也无声地指向了训练卡利古拉的奥吉。这使本就不谙野兽和捕猎的奥吉深受打击，沮丧中瞥见了他和西亚之间的内在不和谐。他隐隐觉到了自己的偏离。后来偶然在住处发现了一堆书，有莫尔的《乌托邦》、康帕内拉的《太阳城》、马基雅威利的《君主论》，还有圣西门、马克思、康德、恩格斯的长篇摘选，他旋即进入很有兴致的阅读中，这一批作者洋洋大观的构想和推论似乎对他有所启示，他称之为"凭着希望和艺术所构思的理想境界"①，使他产生许多有关自然、人类的遐想，同时也是对冒险精神的某种鼓励。作家让奥吉在那种情形中阅读这样的书籍，似乎在影射理想的脆弱性，因为结果是，奥吉在书籍的鼓舞下鼓起勇气再次去狩猎，意欲实现西亚的梦想时，结果却被在山崖上摔倒的马踢裂了脑袋，浑身伤痕躺在医院，瞅着被鹰啄伤的手臂逐渐陷入虚无之中，再也看不出这种原始生活的魅力了。乌托邦的瞬间显现使他一往无前，试图融入自然成就自己，然后一下子沉落深渊。最后在体病心弱中品尝着一败涂地的懊丧，想到"生命必然要终结，其本身并不可怕，可怕的是生命终结时带着那么多的失望"②。

当然，奥吉的生命并未终结，失望对于年轻生命来说也是暂时的。在墨西哥的爱情驿站中，作家还将自己的墨西哥经历赋予了他的小说人物：奥吉在墨西哥和正在流亡的托洛茨基相遇，奥吉还被熟人推荐去做托洛茨基的美国侄子，试图借此掩护托洛茨基渡过被斯大林追杀的难关。本书第一章曾经谈过，贝娄对托洛茨基的崇拜之情由来已久，20世纪40年代在墨西哥游历时的那次拜见，目睹托洛茨基被暗杀的情形，给他心理上留下了不可忘却的阴影，由此体会到了什么是极权政体那无限延伸的权力的天罗地网。在此维度，贝娄借奥吉之口，在小说中再次表达了自己对托洛茨基的敬意："他是一个流亡的伟人，比一个地位已经确立的伟人更伟大，因为我认为，流亡是坚持最高原则的标志。"③作家是在巴黎开始写《历险记》的，他当时就十分反感作为作家领袖的萨特对苏联的奉承态度，惊诧萨特为什么对斯大林的清洗现实如此无知，后来他还在文章中把萨特称作"马基雅维利式"的人④。类似的政治见解贯穿于贝娄一生。小说中，由于青年奥吉不是一个对历史政治有热心的人物，因此在这里并未追叙托洛茨基在墨西哥的相关史实，而是让奥吉在劈面碰到的重大历史事实面前有了

---

① 宋兆霖主编：《索尔·贝娄全集·第二卷》，第491页。
② 同上书，第560页。
③ 同上书，第511页。
④ 宋兆霖主编：《索尔·贝娄全集·第十四卷》，第135页。

一个接触宏大叙事的机会,一方面使他的"历险"生涯丰富而沉实,借思考有关流亡之事延伸到试着去思考流亡的哲学意义;另一方面作家也适时地宣泄了萦绕心底的政治情愫。

奥吉的第二场爱情梦想萌芽于对西亚的失望和西亚自己对奥吉的失望。在墨西哥的野外狩猎生活中,西亚是那种百折不挠的人物类型,训鹰失败了,奥吉受伤并且对狩猎产生了疏离感和厌倦,她便和自己过去的情人重修旧好,没完没了地去山上捉蛇,和奥吉已经属于陌路。奥吉在那里偶遇斯泰拉,一个正想摆脱丈夫的美丽少妇,重要的是,那个叫斯泰拉的女人说出了奥吉的心里话:"你和我都一样,都是别人想要利用来完成他们计划的人。"一下子击中了奥吉最敏感的地方,他当时正为西亚的霸道安排和自己不假思索的随从而懊悔,"我感激她坦率地道出了在我心头萦绕多年而无以名状的真相。我确实落入了别人的计划"[①]。

为这点理解和沟通,同时也为了表示自己对西亚的反抗,他为斯泰拉摆脱丈夫而冒险,深夜把她从其丈夫的宴会上开车送走,导致了和西亚的彻底分手,同时也开启了奥吉爱情的第二个驿站。在小说即将结束时,奥吉和斯泰拉正式结婚,期望一起携手去建立多少年来梦寐以求的家园:在一个名为"玛奇学校"或名为"玛奇农场"中,领养一群孤儿,当一名教师,把早已失明的妈妈和弱智的弟弟接来,把自己最美好的东西献给孩子们,把他半生经历和知道的一切告诉他们。这个设想是他从墨西哥回到芝加哥,当朋友问他,"你那场追求有意义的战斗进行得怎么样了"的时候,从他心底升起的一幅蓝图[②]。这幅简单的蓝图既有西方思想史上的乌托邦影子,也有宗教博爱因素,可以说和奥吉的生命轴线是相符合的,和他一直以来对人对事的价值态度也是吻合的,因此可以说他的蓝图是真诚的。

但事实上,在他貌似找到了知己也找到了自我生命的意义,要和斯泰拉去建立那个终极家园时,战争爆发了,奥吉被卷入战争,参加志愿军上了一艘商船。结果商船被炸沉,他从救生艇上幸存下来,战争结束后,和一个老道的律师合伙贩卖战争剩余物资,那个理想国蓝图终成虚无缥缈的一缕云烟了。讽刺的是,那个美丽动人的斯泰拉,本身即是一个谎言:她从头至尾一直被富人豢养,还不断为了金钱而纠葛于官司之中。她对奥吉的理想蓝图,从一开头也就是应付一下,自己也不怎么相信,仅仅是哄他高兴从而获得一份情感支撑而已。不过,奥吉的蓝图本也只是蓝图,心底

[①] 宋兆霖主编:《索尔·贝娄全集·第二卷》,第 523 页。
[②] 同上书,第 586 页。

真诚不见得真的付诸实践，乌托邦本质上就不是现实的，即使没有斯泰拉的虚谎和战争搅和，奥吉也没有能力建构起那样的"学校"或"农场"，美丽的设想只是丰富了青年奥吉的精神世界而已。

在第二个爱情驿站上，小说还认真描写了奥吉对美国参战的认识和态度。他不仅积极报名志愿入伍，身体不合格做手术也要上战场，还用非常具有想象力的语言到处宣讲，大声疾呼参战的正义性。他说，这是一场和极权敌人的战斗，如果敌人胜利了，会把全世界推进深渊，人类会在一个极权政府统治之下，"人类沙漠中将堆积起许多巨大的权力金字塔。几个世纪后，在这同一地球表面，在同一个太阳和月亮照映下，在这曾经生活着神一样的人的地方，只有这种像虫子一样的人了。他们使地球变得像险恶的外太空一样诡秘可怕，创造出一种像物理定律一般，永恒不变的人类机械规律性。服从是上帝，自由即魔鬼。再也不会有个新摩西出来率领民众大迁移，因为在新金字塔之间养育不出新摩西这样的人来"①。

这样的一通演说尽管有夸张色彩，但其底蕴却表达出了严肃的价值理念：对极权的恐惧和对自由的捍卫。这也是许许多多美国青年志愿兵参战的真诚夙愿。应该说，像其理想蓝图一样，这样的观念是属于奥吉生命轴线上的，尽管他本人并没有在实践中发挥多少作用，但说出的是真心话。而且重要的是，无论是志愿参战、做手术、上商船这些事情，还是有关自由和极权的观点，都是作家贝娄的亲身经历和思想观念。多少年后，他在长篇《院长的十二月》中，切实描绘出了一个极权国家扼杀人性和自由的险恶处境，和他在现实中对亲苏的法国左翼作家的厌恶成为极好的文学呼应。此类思考，也正是贝娄早年激进政治思想的延续和反思，可以说具备了十分明晰的历史现实维度。

奥吉的两场爱情，第一场极富美国色彩，那种蛮荒之地的冒险经历，充满了边疆拓荒气魄，奥吉被这种和自己相似的个性和不寻常的事件所吸引，使他感觉脱离了平庸现实，但事实上不过是一个个感官刺激，其中并没有奥吉所需要的价值意义。第二场，奥吉被一种深刻理解所感动，因为在这个世界上，他的所作所为常被误解，内心有些孤独，而与斯泰拉互相之间的内在"认识"让奥吉顷刻动心，造成表面上的"同道"，使他误以为可以一起去追寻理想，结果却陷入谎言之网，成为逃离社会的孤独个体的一场幻梦，具有某种欧洲浪漫主义的底蕴。

爱情的失败，显现了他的肤浅和轻狂，尚缺少足够的智慧，自然难以

---

① 宋兆霖主编：《索尔·贝娄全集·第二卷》，第 621 页。

穿透人生的迷雾。

五 对现代文明的旁敲侧击

如果说富人的"收编"体现了现代社会许多明里暗里的规则，并且在具体生活内容上显示了那种物质性和消费面貌，而奥吉，虽然本能地拒绝参与其中，但他尚没有能力去做某种理性评判。在此向度上，小说用戏谑和夸张的叙事方式，描写了两个对现代人类存在问题有莫大兴趣的准"理论家"，他们对现代文明作出了某种远距离的"诊治"，恰好和奥吉的经验形成呼应，在一定程度上表达了作家初步的现代性批判。

一个是名叫罗贝的富人，有点呆笨，有钱又闲，常常有感于现代人生活之虚无性，便计划写一本探讨幸福的大书，准备从亚里士多德开始，沿着西方思想发展线索直到现代世界，梳理整个人类的历史和精神史，询问现代人得到面包后该如何，由此找出幸福的源泉。但罗贝自己能力有限，似乎也没读过多少书，脑子还有点糊涂，便雇用了没有工作的奥吉做助手，试图完成该大业。他与奥吉不断讨论的话题大概是：科技创造了富饶，人人都会有足够的一切，"当争取面包的斗争结束时，情况会怎么样……财富是解放人呢还是奴役人？""机器将制造出汪洋大海般的商品。独裁者也阻止不了它。人将接受死亡。过着没有上帝的生活。幻想破灭。可是取而代之的是什么价值观念呢？"[①]

提问者由于其计划的大而无当性使自己显得可笑，但问题本身却有其现实意义，类似这种物质满足后的精神问题，是贝娄的一生关怀，他在20世纪60年代以后的创作和各种讲座、演讲、随笔中都有大量讨论。在写作《历险记》的年代，贝娄尚未正面讨论这些问题，而以《历险记》的小说风格，似乎也不适合去塑造一个真正的思想者和忧虑者，所以让罗贝这样一个呆子稍稍谈及，也由此可以让正在生存中颠颠倒倒的奥吉嘲笑一番，丰富其"历险"内容。而从小说中那些试图"收编"奥吉的"成功者"生活来看，除了物质的富有之外，也确实难得有幸福可言：艾洪是残疾人，家庭生活乱七八糟；伦林一家没有孩子，太太沉溺于消费场中；西蒙在费力取得富人婚姻获得财富后，又在婚外情中搞得焦头烂额等，这些情形便成了那个罗贝探讨幸福理论的现实缘由。

另一个是科学狂人巴斯特肖，奥吉在商船沉没后的救生艇上遇到的生物化学家。这位战争期间被迫在商船上做木匠的家伙，应该是罗贝的细致

[①] 宋兆霖主编：《索尔·贝娄全集·第二卷》，第598页。

化和扩大化,他正在一心一意地研究人的细胞和基因,雄心勃勃地要为现代人解决"厌倦"问题。小说用大量篇幅叙述了他的循序见解,大概结论是:"社会越是强大,它就越希望你随时准备履行你的社会职责;你可供社会利用的利用率越大,你个人的意义就越小。"因此,人们在星期一到星期五靠工作证实自己的存在,而星期日独立自主了,获得了自由,却已经不知道靠什么来证实自己,于是产生了厌倦、无趣的淡漠和麻痹;因此现代人的典型症状就是,"对生活熟视无睹,离群索居,麻木不仁,成为一堵愁眉苦脸、毫无生气的肉墙,成为养尊处优的行尸走肉,对上帝和大自然的奥妙一无所知,对自然界之美也无动于衷"①。那么,要寻求解脱厌倦的方法,让每个男人成为诗人,每个女人成为天使,爱充满全世界,非正义、奴役、屠杀和残暴都一一消失,该怎么办呢?他认定可以在生理学领域得到解决,靠实验找出改造人的新基因,在自己实验的细胞中加进再生机能和生殖机能,即可用以拯救走入邪路的人类。因此,在沉船后的救生艇上,当奥吉与他在生死关头劈面相遇时,他告诉奥吉说,他们最好放弃求救,到一座孤岛上,尽最大努力来完成这个使命,使实验成功,然后做现代社会的红衣主教。

尽管巴斯特肖的叙事和罗贝相似,也只是奥吉经历的一个短暂插曲,也具有喜剧化色彩,和后来风行美国的科幻电影有些相似,但其谈及的问题却十分广泛,且也都有其现实性。比如,社会对个人的类型化塑造、工作和自由的价值关系、社会人和大自然的陌生化、世界的正义问题、人性和诗性之缺失问题、科学技术的功能,等等,几乎是现代世界的所有问题。富有意味的是,这个人物的所作所为,除了那种既冷静超然又异常狂热的姿态让人惊悚之外,其自身还存在着一个价值上的矛盾:一方面,从他描述的现代人和现代社会状况来看,可以说是富人罗贝问题的延展,是作家再次以极端方式进行的现代性分析和批判;另一方面,当巴斯特肖要着手解决这些世界性大问题时,恰恰运用的是现代世界的核心工具——科学技术,他要在实验室代上帝重新改造人类的基因,这种野心和狂妄正好成为现代科技无度发展的一个小小象征。作家托奥吉之口谴责说,你们对胡乱捉弄自然界毫不在意,早晚会有人把我们周围的空气都点着的,或者用一种气体杀死人类。与此相关的思考,贝娄到了 1990 年,在牛津大学讲座上正面指出,"城市化和技术主宰了这个星球……我们正在寻觅与它

---

① 宋兆霖主编:《索尔·贝娄全集·第二卷》,第 692 页。

相处的方法"①。而早在 40 年前，他就在其长篇中推出一个如此冷狂的科学实验者，一边批判现代文明的结果，一边运用现代文明的手段妄图代上帝造世造人，还信心满怀地展望未来，似乎人类世界会在他的实验室中重新找到人性和诗性的体质能量。这一插曲是对现代世界中技术主宰状况的形象性挖苦。

其实，巴斯特肖和罗贝的插曲在小说中只是一个压缩表现，有关现代社会以及现代人的具体问题，小说在其他地方多有提及。比如奥吉在找工作时，即体会到社会的劳动分工越来越细密，到处是专业化，人的类型化，由此逐渐形成一条个性被减弱乃至消灭的生存之路；而个性本是人性的承载体，严酷的生存状况在功利计算中难以承受人性的压力，人性自然会遭到排斥，正如劳希奶奶对弱智小弟的理性安排，显得如此的合理合适但又违背亲情。比如当奥吉爱情失败之后在痛苦中陷入反思，由自己的失守缘由扩大到世界格局的真相，他感慨说，人类的斗争本质上就是"招募别人来拥护你说的真实和真理"，"每一个人都试图以自己的方式招募别人来为他演配角，支持他的假想世界"，国家领袖招募的人最多，所以显得有力量，并总能实现自己的意志，于是产生了城市、工厂、公共建筑、铁路、军队、水坝、监狱、电影院等②；如此庞大厉害、技术性能高超的世界充满逼人的气势，适应这种环境而生存下来的人自己得不到公道，也不能给人创造公道，到处横行的是混乱的野蛮冷酷，因此，"个性是不安全的，安全的是类型"。对此奥吉不是一个适应者，他的个性与人性太丰满了、太丰沛了，天生注定要不断"反抗"，感觉"生活在别处"，自然也就伤痕累累。而且，他不断地行动本就是为了寻求幸福的真义，同时也见证着这样的真义对人类的重要性。在这个方向，小说有其一以贯之的价值态度。

说到个性选择和类型要求，作家是有其切肤之痛的。在他试图做一个作家而未成功的年月里，其父兄已经获得了商业生意上的成功，专心挣钱，传说中的大哥莫里斯高大强壮，总是穿着鲜亮的衣服，胳膊上挎着女孩，认识警官、船长、强盗和好学者，和有钱人家的小姐结婚并有了自己的公司——这便是西蒙的原型。贝娄一直作为一个"个别"游离于家庭之外，过着自己的"精神生活"，是"拒绝"的一个。他也在莫里斯的公司缺少人手时做过一段秤煤员，后来哥哥不能忍受他工作时间读书，吵了一

---

① 宋兆霖主编：《索尔·贝娄全集·第十四卷》，第 197 页。
② 宋兆霖主编：《索尔·贝娄全集·第二卷》，第 546 页。

架而分手，但一直在经济上接济他。① 父亲对他不能参与家族生意很失望，于是我们看到在《历险记》中父亲是缺席的。贝娄在 20 世纪 70 年代的杰弗逊讲座中，谈起他在 30 年代大萧条时候的情形时曾有详细的描绘：作为一个文艺青年，他租住在爬满臭虫的破烂房间，眼看着清醒的人们行进在商业、科学研究、自由职业的队伍中，或者说在生存竞争中奋斗，而自己孤零零一个人，阅读着劳伦斯、莎士比亚、弗洛伊德、马克思、尼采、康拉德的作品，思考着惠特曼《大陆之歌》中的美国，寻找着自己的存在意义。那时他曾经强烈地感觉到自己是一个"单数"，并嘲讽地说到孤独的卢梭似乎能够凭借把自己从社会中分离出来，徜徉在大山中就能找到自己独一存在的真实意义②，以此打趣自己倒霉的情境。奥吉在精神上承载了贝娄早期的追求，当贝娄在萧条的芝加哥"找不到惠特曼的美国"的时候，他塑造了具有美国男孩气质的奥吉，让其在小说中演绎了自己作为移民二代追求自由、求证身份的过程。

奥吉·玛奇，为了寻找一种他认为"值得过"的生涯和"值得"承受的命运，在一种好奇心和自由感中，从一个地方到另一个地方，从一场梦幻到另一场梦幻，抵抗着现实世界的诱惑，不断追索着关于自己和世界的知识。在他投入的各种场景中，积累着生活经验，同时也在消耗着自己。从一开始他就"要做一个独立自主的战士"③，这是他满世界奔波的内在动力，同时也是他基本上对人对事都不大有承诺和担当的缘由。他的主要特点是：富于行动性，在不失去自由的前提下，热衷于对各种事情的尝试，不断追求、不断陷入并不断放弃，在其中努力琢磨生活的意义；在人性上富于同情心，有正义感，但缺乏明确的道德意识。这些特点使他得以横穿美洲大陆，经历各种好好差差的新鲜事物，且没有终点。他说："人生的轴线必须是直的，要不你的一生只是一场丑角的表演，或者是见不得人的悲剧。我一定是从小便有这种在轴线上生存的感觉，所以我像一个执迷不悟的人一样，对所有想要说服我的人都回答一个'不'字。"④ 他一会儿是浮士德，犹如上帝和魔鬼打赌那样，认为人的生命虽然有限，常常会四处流浪，彷徨迷茫，但依然会回到轴线上来；一会儿是哈姆雷特，面对一个世界总要作出自己的解释，在困惑和失望中冷嘲热讽，总也找不到自己

---

① James Atlas, *Bellow: a biography*, Published in the United States by Random House, Inc. New York, 2000, pp. 45–46.
② 宋兆霖主编：《索尔·贝娄全集·第十四卷》，第 157 页。
③ 宋兆霖主编：《索尔·贝娄全集·第一卷》，第 373 页。
④ 宋兆霖主编：《索尔·贝娄全集·第二卷》，第 615 页。

的路。

小说结尾时的生存选择,即贩卖军用物资的行为,有点疲惫不堪后的无奈,他再也无力去追求任何远方了,他无限感慨地说,"人人都会在自己选择的事物中吃到苦头。也许说到底,选择本身就是吃苦头,因为要获取所选择的事物就需要勇气,因为这非常严酷,而严酷是我们软弱的人们所不能忍受持久的"①。也许,正是由于人生的严酷,奥吉才无论如何也不能到达自己的"迦南"地,且常常迷失途中。但是否也可以说,奥吉收获了追求本身,在这样的过程中,投入、憧憬、陷落、彷徨、伤感、自信,都是人生真谛的一部分,这对于他也许更重要。如贝娄传记所说,奥吉是现代文学中敏感的年轻人的原型,《历险记》是美国的"教育小说"②。小说结尾含义深沉,奥吉尽管失败了,但他依然生气蓬勃,信心不灭,他说:

> 我可以说是那些近在眼前的哥伦布式的人物中的一员,并且相信,在这片展现在每个人眼前的未知土地上,你定能遇见他们。也许我的努力付诸东流,成为这条道路上的失败者,当人们把哥伦布戴上镣铐押解回国时,他大概也认为自己是个失败者。但这并不证明没有美洲。③

是的,奥吉从少年到青年,那种不乏温情又自由不羁的生命轴线,的确是回荡着一种美国精神,在他"生活在别处"的跌宕起伏的历险中,留下了一串串青春的足迹,从而铺展出一个丰盈的世界,亦可称作一个美国青年的人生发现之旅。

菲利普·罗斯曾说到贝娄在写作开端阶段的自我质疑,"因为'主要以哈佛培养出来的教授们为代表的我们美国的精英体制',认为犹太移民的儿子不适合用英语进行创作。这些家伙激怒了他,于是他让犹太移民的儿子奥吉直截了当地宣称:'我是美国人,出生于芝加哥'";然后在小说结尾再次宣布"嘿,我就是近在咫尺的哥伦布!"一个明明确确的身份证明。罗斯接着赞扬说,"尽管家庭背景并不利于他运用美国语言从事创作,但是对于像我们这样的移民后裔而言,贝娄是真正意义上的哥伦布,我们

---

① 宋兆霖主编:《索尔·贝娄全集·第二卷》,第 546 页。
② James Atlas, *Bellow: a biography*, Published in the United States by Random House, Inc. New York, 2000, p. 188.
③ 宋兆霖主编:《索尔·贝娄全集·第二卷》,第 728 页。

追随他成为美国作家"①。

立足贝娄小说世界,历险中的美国人奥吉还是个青年,他依然在途中。

第二节　打破精神的沉睡:《雨王汉德森》

无论《奥吉·玛奇历险记》如何内容繁杂,主人公经历如何丰富并且也确曾有"险峻"之境,但确切地说,贝娄于1959年出版的长篇小说《雨王汉德森》(Henderson the Rain King),同名主人公独自在非洲深处的旅行才是真正的"历险记":汉德森延续了奥吉的人生问题,为了弄清自己的命运,向着地图上尚未命名的原始地带进发,在陌生的非洲部落经过了一场场生死历练,最终冒死逃出沙漠。这部传奇性的作品继续沿袭着流浪汉小说的模式,但结构紧凑,不像《历险记》那般松散,也没有那么多的陪衬人物。让人惊异的是小说对非洲的细致描写,那些原始人部落,他们的群落构制和各种仪式,沙漠地貌,主人公匪夷所思的恐怖经历等,不少评论觉得那是贝娄想象中的非洲,小说是一个铺张诡异的浪漫故事,是"汉德森走向自我理解的旅途,也是一个圣杯传奇的拙劣模仿"②,并指出小说的滑稽和闹剧式风格;也有人认为小说内容体现了惊人的"合成技巧",因为贝娄出身于人类学专业,看过19世纪传教士描绘的东非故事和相关的非洲传说,听过德国神秘主义的讲座,这些知识便成为他写作的素材来源③。有关小说写到的原始人生活,贝娄后来有过一些解释,他介绍说自己确实到过非洲,曾经和朋友佩尔兹一起去内罗毕和肯尼亚旅行,在那里认真观察狮子,听人讲狮子对人的影响,在野外看小牛在河边喝水,途中租用货车和向导等。这些经验都是小说的原始资料,虽然也运用了别人的传说和部落记载,但并不是纯粹的想象,他还为曾经历这样的旅程十分得意。

---

① 〔美〕菲利普·罗斯:《重读索尔·贝娄》,武月明译,《外国文艺》2001年第5期。
② James Atlas, *Bellow: a biography*, Published in the United States by Random House, Inc. New York, 2000, p. 271.
③ 见 James Atlas, *Bellow: a biography*, Published in the United States by Random House, Inc. New York, 2000, pp. 272 – 275.

一　"莫拉尼"：活着的问题

那么，《雨王汉德森》的主人公到底遭遇了什么样的问题呢？

《奥吉·玛奇历险记》中，当奥吉总结自己不断被"收编"又不断逃脱的经历时，那个洞察人世秋毫的律师明托奇恩曾对他说过这样的话："有些人，要是不给自己找点苦吃，就会昏昏入睡的。"① 这句话不经意地给《雨王汉德森》埋下了伏线。

汉德森正是这样一个大半生"昏昏入睡"然后去找苦头吃的家伙。55岁的汉德森出身大家族，祖父辈曾涉足政界，父亲是著名学者，他自己也是名牌大学的毕业生，还曾在战争中得过奖章。但他并没有像祖父辈那样成为某方面的大人物，作为百万富翁的继承人，他在物质的丰盛中浑浑噩噩，把一切事情搅得一团糟糕。他对自己有过许多描述，比如"壮实、健康、粗暴、爱打架，小时候就有点像个流氓；进了大学，我戴上金耳环，存心向别人挑衅"②，天生的不安分。为了打发时间，他在自己的田庄上修建养猪场，还带着母猪在人行道上散步，因而和警察发生冲突；他也试图在父亲留下的书中去寻找点有教益的话，但却被父亲夹在书中做书签用的许多钞票所埋没，他在这些陈年钞票的尘灰中只看到了空虚；他也偶尔会念叨着要去医学院学习，给自己的生活一个新的开端，因为他18岁时曾经醉心于英国医生格伦费尔③创建"医院船"帮助渔民的事迹，也十分崇拜在非洲创办医院并获得1952年诺贝尔和平奖的法国医生施韦策，但却一直没有去实现梦想，而今年过半百，梦想给他带来的只是惆怅。他有儿有女，但似乎都和他一样的放纵且没有生活目的，儿子也希望从父亲那里获得生活的真谛，但他却无以相告；面对15岁的女儿悄悄藏着一个弃婴因此被学校开除的事，也是同样的无可奈何。他有自知之明，并为此愤怒和焦躁。因此，在他过着放荡不羁的生活的同时，生命深处却不断冒出来一个"我要""我要"的声音，他弄不懂这个"我要"到底意味着什么，不知道用什么样的东西可以使这个"我要"的声音平息下来，因此他酗酒、叫嚷、和人吵架、虐待妻子、吓唬佣人、无端生事，试图用这些无行

---

① 宋兆霖主编：《索尔·贝娄全集·第二卷》，第699页。
② 宋兆霖主编：《索尔·贝娄全集·第三卷》，毛敏渚译，河北教育出版社2002年版，第32页。
③ 原注：威尔弗雷德·托马森·格伦费尔爵士（1866—1940）为英国医生兼作家，曾率领医疗团赴加拿大东部拉布多为渔民服务，并创建第一条医院船，为北海各渔场服务。参见宋兆霖主编《索尔·贝娄全集·第三卷》，第32页。

行为掩盖心底的呼声，然而呼声却与日俱增地折磨着他。

联系起来看，汉德森的问题正好是《历险记》中富人罗贝一心要研究的"幸福"课题，由于在奥吉的人生路上面包还是大问题，所以罗贝的烦恼就在半戏谑语调中一带而过了；但面包问题一旦解决，奥吉即刻演变成了汉德森，在成堆的多余面包上没有听到应该降临的福音。汉德森活得很不幸福。他一边在现实世界吵吵闹闹，一边倾听着自己内心持续不断的呼叫声，他被弄得迷惑了，觉得既不能很好地把握外在世界，也不能确切地理解自己的内心，更不知道他与世界的实质性关系。因此，在那个他似乎拥有的繁华世界里，自己的精神正走向疯狂边缘。正如批评家斯蒂芬妮所说，汉德森面对一团混乱的现实失去了解释能力，因此他产生了去"拥抱原始"和"更新自己"的渴望①，这就是小说一开始汉德森的情状。

另外，给予汉德森更大困扰的还有死亡问题。当他看到每天在厨房给他们做早点、身体健康的老太太突然倒地而死后，有一段自言自语式的大发挥：

> 可耻啊，可耻！真是大大的可耻！我们怎么能这样干呢？为什么容许自己这样干呢？我们在干什么名堂啊？最后那间小泥屋在等待着你，连扇窗都没有。所以，看在上帝面上，汉德森，采取行动，作出努力吧。你也会死于这种瘟病的。死亡会消灭你。除了一堆垃圾，什么也不会留下来。因为将来无所谓有，也就无所谓留，而还能抓住的是——现在！为了一切，走吧！②

死亡以活灵活现的方式摆在面前，生命的结局突兀显现，它无声地指出了每个人的生之尽头。那么，汉德森，一个55岁的中年人，尚没有安顿好自己的前半生，连生的问题还如此混乱无知，又该如何面对那个专横的定局呢？老太太之死让汉德森感到了恐惧。他意识到时间对于生命如此有限，每天都在缩短这段从生到死的路程，如果他再不有所改变，就什么也抓不住了。

就这样，眼睁睁的事实使得汉德森终于下定决心，抛下他的舒适生活，买了去非洲的单程票，开始了一场非同寻常的历险。因为他认定自己

---

① Stephanie S. Halldorson, *The Hero in Contemporary Ameican Fiction The works of Saul Bellow and Don Delillo*, 2007, p. 51.
② 宋兆霖主编：《索尔·贝娄全集·第三卷》，第50页。

需要远离那个把他"压得透不过气来的世界",彻底抛开那些属于他的、每天从四面八方向他袭来的各种纷扰和早已恶化了的随心所欲,他需要到清净的地方清洗生命,唤醒沉睡的灵魂。因此,他不仅离开了城市和现代世界,还想方设法抛开结伴旅行的朋友,怀着强烈的追寻神秘的愿望,独自在土人向导洛米拉尤的带领下向非洲沙漠纵深处走去。用他的说法,他要去"地理书本上所标明的范围之外"、与文明隔绝的那些真正原始的区域,那里只有山、岩石、水气和晚上的星星,是"真正的古代",而且是人类诞生之前的古代,还希望自己是第一个到达这种地方的文明人。他隐隐觉得在那些原初之地,一定能够寻找到心底呼声的缘由,看清自己的命运,安顿自己的生命。

小说尽情描述了汉德森异常强壮的体魄,身高力大,精力无限,再加上性情粗犷和有钱,是有能力将这样的"历险"进行到底的。可以说,汉德森沿着奥吉的追寻之路,由青年漫不经心的"历险"到中年"专心一致"的冒险,贝娄的主人公依然是为了弄清楚什么是"值得过"的生活,生命的意义是什么。

他到达的第一站是淳朴的阿内维,一个以养牛为生的部落。茅草盖的房屋,炊烟直上明朗的天际,金黄的泥土,赤身露体的女人和小孩,一副人类发源地的形状。面对汉德森这个外面世界的闯入者,阿内维女王维拉塔莉和他见面后的第一个问题就是:

你是谁?
你从哪里来?

这个最原初的问题,在文明世界已经被淡忘的问题,是汉德森进入非洲原始部落后一直要遇到的发问。也许,这对那些简朴的人来说,是非常简单的第一句话,但对汉德森来说,在盘根错节的文明与物质的纠结语境中,却成为最难回答的问题。是啊,他本就是迷惘于类似的本原问题,才会不辞辛劳地跑到这蛮荒之地来寻寻觅觅的。因此,他在女王的问题中结结巴巴,无论如何也回答不出来,脑子里像搅和着一团乱麻,思维陷入困境:

我,我究竟是谁呢?拥有百万家产的流浪汉和漂泊者;被迫到世界上瞎闯的蛮横无理的粗坯;背井离乡、抛弃了祖先家业的人;内心里不断地呼喊"我要,我要!"的人;在绝望中拉奏小提琴、寻求天使佳音的人；必须在精神上猛醒，否则将不堪设想的人。①

这么多的答案，应该说都是正确的，但却无法整合成一个一下子就能让女王明白的说明。他在物质和财富中被浸泡得太久了，无法描绘出自己的本来面貌。但这样的问题却使他异常清醒、心潮澎湃，知道这正是"唤醒沉睡的精神"之时刻，他来到这里，面对面地和本原问题相遇，正是要把这个问题弄弄清楚。他需要启示。他觉得女王手里似乎把握了生与死的奥秘，没有困扰、快活、柔和、安宁，耐心倾听着他有关自己各种虚无念头的诉说，包括深藏的死亡恐惧。当他终于得以倾诉之后，他在女王那里得到的生活智慧是：

"格伦——多——莫拉尼"。活着。

活着？简单，温暖，同时也奥义无穷，汉德森依然迷惘。他首先打量阿内维人的"活着"，他们友好，热情洋溢，对一切充满乐趣，王子伊特罗的见面礼是摔跤，输给他后一点也不怨恨，反倒成了汉德森的好朋友和崇拜者。女王的妹妹由于他摔跤胜利而爱上了他，夜里带了嫁妆和一干随从，到他住的地方载歌载舞表达爱情。他们的生活就这么单纯，充满活力，目标明确，和汉德森混杂的厌倦和苦闷恰好相反。但这个部落也有自己的一系列难题：女王眼睛患白内障，在这个原始之地已是不治之症；天气干旱渴死了他们赖以生存的母牛，仅有的一个蓄水池，不知从哪里来了大群青蛙，破坏了唯一的饮用水。这是阿内维人的"面包问题"，他们的生存正陷入困境。看到这些情形使汉德森十分愧疚：作为一个来自解决了"面包问题"的文明世界的人，他在这里得到了太多的人性温暖，非常想有所回报，女王的眼病使他想到自己的早年梦想，如果自己是一个医生，就能为女王解除眼睛痛苦，大半辈子曾经多次考虑上医学院，但终于也没有变成现实，可见他多么无能；青蛙和蓄水池让他想到如果他是一个科学家，也会用简易的化学办法消灭蛙灾。然而他都不是。他不过是一个百般无用的废物，"我占领了一个本该由更合适的人来占领的生存空间"②。

在无限愧疚中，在女王"活着"的启示下，他认为"我不但要使自己活下去，也要使每个人都活下去"，他搜索了自己从文明世界带来的知识

---

① 宋兆霖主编：《索尔·贝娄全集·第三卷》，第90页。
② 同上书，第91页。

和行装,决心调动自己的一知半解为阿内维人献出一臂之力:用手电筒装上从手枪里倒出的炸药,制造一个简单的炸药包,炸掉蓄水池里的青蛙,清理出饮水源泉。

能够对自己产生这样的期待,应该说已经是汉德森精神新生的一个开始。从要回答自己是谁,把自己带到最本原的点上,带到生命的开端,重新思考作为一个人在这世界上到底是怎么回事;到被对方感染,产生深深的同情,希望自己能做些帮助别人的事情,内心的人性和热情开始荡漾起来,应该说,汉德森的精神正在发生着变化。

但由于对实际事物的错误判断,也由于自己实在是能力有限,结果在帮阿内维人用自己装好的炸药消除青蛙时,却误将水池炸毁,眼睁睁看着池水逐渐流干,使阿内维人陷入丧失掉最后一滴水的境地。这些朴实善良的人们虽然没有责怪他,但没有了水,他们将面临新的迁徙。是他加剧了这个部落的不幸。汉德森在罪过的煎熬中离开阿内维,痛感自己罪孽深重,像一个丧门星。但他在这里得到了启示:无论如何"一个人总得活下去,而既要活下去,就总会碰到好好歹歹的事。这是永远不会停止的,凡是幸存者都明白这一点。如果你能渡过逆境,没有死去,那你多少就会开始把它朝好的方面转变——我的意思是,就会利用它了"[①]。

二 达孚:狮子的意义

因此,汉德森带着依旧的茫然和依旧的渴望,在洛米拉尤的带领下去了更远的部落瓦利利。出现在汉德森眼里的瓦利利是个人际冷漠、体制复杂、似乎还隐藏着一些权术和诡计的部落。年轻国王达孚在文明世界接受过科学和哲学教育,其父去世后回到瓦利利等待继位,尚在试用期,实际权力操纵在狡诈的大祭司手中。瓦利利国王的交替程序听上去十分骇人,每当一个国王步入老迈期后,宫中的几十个妻妾会向大祭司告发他的衰弱情况,然后被祭司们押到树林里绞死。大祭司守在那里直到尸体上长出蛆虫,用一块绸子把蛆包回去给民众展示,并认定是已死国王的灵魂。然后祭司再回到丛林,在那里捉一头幼狮带回去,说是蛆变成的,在其耳朵上打了印记再放回山林,等待下一届国王捕捉到它,才可以正式登上国王宝座。达孚正处在等待捕捉狮子的阶段,因此也是他命运未定的阶段。

瓦利利部落的体制继承模式,很像弗雷泽的人类学名著《金枝》中对远古祭司或者国王接替方式的描述,那种年轻祭司杀死年老前任继任其位

[①] 宋兆霖主编:《索尔·贝娄全集·第三卷》,第128—129页。

的制度,应该是在丛林原则中演绎而成的。贝娄作为社会学专业的学者,应该熟知类似《金枝》这样的著作,加上他的想象性发挥,在此就成为汉德森要面对的险情。他踏上这块土地,注定了要陷入达孚的命运,同时在各种生死临界点上领受考验。

和在阿内维一样,小说再次描写了汉德森首先面临自我介绍一关。先是大祭司布南姆的提问,只是一个例行的简单了解。但汉德森只要和类似"他是谁""做什么"这样的问题遭遇,就会心思汹涌难以表达,这一次又加上了阿内维女王关于"活着"的启示,还伴随着刚刚失败的经验与罪恶感,他觉得比原来多了许多想法,但依然说不出口:

这世界,作为一个整体的世界,也就是整个世界,存心要和生活对立,并且和生活相对抗,就是要跟生活过不去,就是这样,而我不管怎样还是活着,不过总有点和它格格不入。我能这样说吗?

或者说,我心中有着某种东西,我的格伦——多——莫拉尼在作梗,使两者不能相容?不,我不能这样说。

我又不能这样说:检察官先生,你知道,世上的万物都惊人地交织在一起,而我们只不过是世界发展过程中的工具而已。

我又不能这样说:我是这样一种人,休息对我是一种痛苦,我非行动不可。

我又不能这样说:我要在一切离我而去以前,学点东西。①

这些内心活动比起初到阿内维时,应该说上升了一个层面,那时他还沉溺在自己的混乱和痛苦中,不能理清头绪;而在经历了一次初步洗礼后,他已经在"莫拉尼"层面思考问题了,这是老女王的馈赠。活着,世界万物,自己的态度,应该是他新的领悟。

接着是国王达孚的提问。由于达孚见多识广,对文明人到原始地带旅行并不奇怪,他只是想知道汉德森"是个什么样的旅行者","怎么会到这里来",居高临下,一种淡淡的好奇心。而汉德森在阿内维时已经知道了达孚是个智者类型的人,和他摔跤的王子伊特罗曾和达孚同在一所大学受教育,和他讲过有关达孚的故事,他到这里是怀着认识和结交达孚的强烈愿望的,希望能和他交谈,获得新的启示。因此面对达孚提出的问题,他心里升腾起的是直达生存本原的思考:他觉得在这世界上,有一种人满足

---

① 宋兆霖主编:《索尔·贝娄全集·第三卷》,第 150 页。

于"存在",安宁,幸福;有一种人热衷于"变化",惶惶不安:

> 我恳切地认为,大家应该理解关于我的这一点。如果说世界上有所谓求存在的人的话,阿内维女王,这位苦修女人中的翘楚维拉塔莉就是这样的一种人,而今这里还有这位达孚国王。要是我思想确实足够敏捷的话,那我就得承认,"变化"已开始在我耳朵里脱颖而出。够啦!够啦!该是完成"变化"的时候啦!是"存在"的时候啦!打破心灵的沉睡。醒来吧,美国![①]

这段内心思考在理路上稍显混乱。从"存在"一词来看,20世纪中期萨特的存在主义哲学在欧美知识分子中影响很大,后来波及许多国家,包括20世纪80年代的中国知识界,人们动辄会谈到"存在""自由"等概念。贝娄虽然厌恶萨特的政治观念,但他40年代后期在法国时读萨特主编的《现代》杂志,萨特有关自由、存在等概念应该会留下印记。但从这里的"存在"和"变化"的区分来看,"存在"又似乎是海德格尔意义上的:敞开的、绽放的、单纯的、自生的,而求"存在"的人,应该是"存在者",即能够面对存在敞开的,或者说"在场"的澄明。笔者没有找到贝娄对海德格尔有关存在问题如何认识的资料,但小说中的汉德森所思考的人的类型,或者说他所思考和困惑的问题,模糊的应该是海德格尔面对存在的追问。汉德森对女王和达孚的评价,也应该是那种真正的存在者,能够倾听"存在"的声音,接住"存在"的语汇,获得了活着的真谛。而"变化"的人则直指自己的生活状况,正在追寻的途中。因此,当遇到他眼中那个沉静的智者达孚,安宁祥和的女王,他便深深感受到了对方的澄明与承担,与他内心深处的那个"我要"的呼声终于有所对接,生命的遮蔽即将被揭开,于是发出"打破心灵的沉睡"的自我呼唤。

还有,小说在这里突兀地提到"美国",和汉德森有些不接茬。这应该是作家的声音,汉德森的状况和贝娄在散文《尘封的珍宝》(1960)中描写的那种缺乏精神性的生活类似,是贝娄对遮蔽心灵的美国物质生活方式的批评,这是贝娄以后作品中常见的现象。由此,也可以将这里的汉德森看作类似的象征意义:这个粗陋的、吵吵嚷嚷的被埋没在物质财富中的汉子,正是美国现代生活的一个缩影,灵魂沉睡着、物质喧嚣着,这个国家需要认识到这点,在根本上作出改变。也许,这正是作家赋予这部小说

[①] 宋兆霖主编:《索尔·贝娄全集·第三卷》,第177页。

的动机,他要通过小说人物的状况和经历,给予美国文化一个诊断,并开出自己的药方。

因此,汉德森一步一叩问,不断思考着类似活着、存在的大问题,试图使自己超越物质生活,达到灵魂的觉醒。

接下来的事情是小说的高峰。瓦利利和阿内维人一样正陷入干旱,准备祈雨,需要搬动那些巨大的泥塑神像。汉德森从踏上这块土地开始,就一步步陷进本土习俗和国王同祭司的斗争旋涡之中,他凭着自己天生的体力和某种炫耀欲望,居然搬起了别人都搬不动的巨大的云彩女神塑像门玛,在狂热的奔跑和呼喊的祈雨仪式中居然盼来了倾盆大雨,从而被瓦利利人推戴为"雨王"。按照瓦利利人的规则,从此他也成了国王达孚的潜在"接替者"——达孚如果不能在规定的时间内把一头从小打了记号的狮子从森林中捉回来,就要被处死,"雨王"即成为国王。

整个祈雨仪式写得铺张、华丽甚至疯狂,描写了一个巨大奇迹的发生过程,那种剧烈运动产生的人声、地声,似乎真的直达天庭,倾盆大雨直泻大地显得顺理成章,充分显示了贝娄的人类学知识和想象力。那个被卷入其中穿上了雨王的绿裤子的汉德森,在搬动门玛后深深地陷入这种奇迹之中,被感动了:"我伫立在门玛的新位置旁,内心充满了幸福。我对自己的成就感到快乐极了,我的整个身心充满了温柔的暖流,充满了柔和而神圣的光明……我的精神复苏了,它迎来了新生。新的生活来到了!我还活着,而且活得很好,我获得了那古老的格伦——多——莫拉尼。"①

因此,这个铺张华丽的仪式成为汉德森生命觉醒的开始点。从成为瓦利利的雨王开始,汉德森成了国王达孚的好朋友,他们不断地交谈,小说写了汉德森在交谈中心里涌动的各种念头,他想到宇宙的巨大,恒星、原子,无边无际,其主要作用在于打掉人的傲气;还有已经逝去的人,将要诞生的人,人的生生死死,永无止境的时间之流。在这样无尽的空间和不停的时间中,他认识到了自己的渺小。于是,那个问题再次产生:渺小的人该如何生活呢?

达孚智慧过人,会说英语,他专注于人体转化的理论,相信肉体和思想互相影响,是一个能动的转化过程,他给了汉德森新的启发。他说:"大自然是一个奥妙的模仿者。由于人为万物之灵,所有人是适应环境的大师。人是联想的艺术家。他本身就是自己的主要艺术作品,这是用血肉塑成的躯体。多大的奇迹啊!多大的胜利啊!同时,也是一个多大的灾难

---

① 宋兆霖主编:《索尔·贝娄全集·第三卷》,第212页。

啊！……墓穴里填满了失败的残片，尘埃吞食了它的同类，而生命之流仍在流动着。这里有着一种进化。我们必须想想这样的问题。"[1]

达孚在自己的宫廷里驯养了一头母狮，他认为狮子是生命活力的象征，而人类正在萎靡不振，要向狮子学习，用狮子的力量来抗击那些腐朽的规则，用自然之风，吹掉历史落到人类身上的污垢和灰尘。他说："我们人类的历史发展，证明了我们的想象力越来越衰退了。……想象是造化的一种力量。想象，想象，想象！它将转化为现实。它能持续，它能改变，它能解救！"[2] 他和汉德森交流了许多现代哲学、心理学观点，把汉德森带到关狮子的深洞，要他跟着狮子学习怒吼、走路和小跑步，从而吸收狮性。他认为只有阿内维人的"莫拉尼"还是不够的，还需要狮子的精神滋养。

听上去有些怪异的言论，其实并不是纯粹的想象。贝娄在一次访谈中曾经谈及类似的科学问题，他说："维廉斯·詹姆士认为，你可以通过行为来改变自己的性格，把雄性的冲动送到大脑。这将会导致构建新的大脑中枢。……如果你想更像一个狮子，你就得像个狮子一样行动，这是极为合理的。我的朋友迈耶·夏皮罗让我注意到一本神经生理学教授史乃德写的书《人类身体的形象和思想》。国王达弗也看过这本书，这是千真万确的。史乃德也认为大脑可以通过运动神经的活动得到改变。"[3] 无疑，描写达弗试图通过和狮子一起动作而吸收狮性的行为，貌似荒诞，但却出自贝娄对人体科学的信任，贝娄在这里让一颗聪慧的大脑和原始行为结合，试着给那位在文明世界落下不治之症的汉德森进行疗救。

于是，他们一边讨论人类问题，一边在狮子洞里跟随狮子跑步，试图让汉德森在原始生命和文明世界之中达到平衡。汉德森的想法却是，"我永远不会成为一头狮子，这我心里有数。不过，我也许会在作这种努力之中多少有点收获"[4]。

应该说，达孚的期待落空了：汉德森没有像狮子一样威猛，承担起落到他头上的命运——当瓦利利的国王，而是在惊恐万状中，目睹了达孚和另一头狮子在搏斗中受伤致死之后，身心俱焚，趁乱逃出了瓦利利。

汉德森在瓦利利遭遇的其实还有死的问题。第一次是那个奸诈的祭司放到他住处的一具尸体，第二次是一眼便看到达孚宫里供奉的那两个骷髅，第三次是达孚之死。这些死亡都让他惊恐万状，无以面对。汉德森在

---

[1] 宋兆霖主编：《索尔·贝娄全集·第三卷》，第259页。
[2] 同上书，第296页。
[3] 转引自乔国强《美国犹太文学》，商务印书馆2008年版，第367页。
[4] 宋兆霖主编：《索尔·贝娄全集·第三卷》，第325页。

和洛米拉尤闲谈时曾用夸张的口吻说道："你得好好想想白人的新教、宪法、南北战争、资本主义以及开发美国西部等问题。所有这些主要的人物和大规模的征服在我之前都已经完成了。剩下的最大的一个问题，那就是对付死亡。"① 小说对在瓦利利国中那些死亡的平常现象的描述，也许正是汉德森在死亡之旅中的一次次洗礼，他被迫去认识、去见识、去理解、去接受。他在达孚面对死的从容态度中认识了死亡的自然属性，在一次次的惊恐中与死亡并肩而行，以后，他对死这件事应该具有了一些超越意识，至少不再感到突兀和陌生了。

汉德森从一个物质充裕的世界进入一个物资匮乏的世界，这种匮乏和每个人的命运息息相关，也和自然万物息息相关，人、自然、万物，是一张纠结在一起的网。他看到并被迫体验到人与自然的紧密关系，人与人的紧密关系，这个世界以其陌生和奇异性使他感到好奇，进而诱惑他深入其中，不期然而然进入了别人的命运核心。也就是在这核心处，他经历了别人的本质人生，同时窥见了自己生命一段段地展开，在惊险中不经意间嵌入了对方的生存。而那些土人本质上是他理解的对象，从理论上来说，只有通过理解他人，认识世界才变得可能；只有认识了世界，也才能认识自己。他本来是一个在世界中分离出来的自由移动的"我"，进入了一个陌生世界并在其中逐渐显现了自己，认识了他者，一点一点地互相体验了各个生命的秘密。在这个痛苦过程中，他终于感到自己的呼唤得到倾听，他不断审视自己，并且审视自己的国家与文明，在审视中看到世界的复杂与无限，同时深刻地认识到自己的有限。面对达孚的一系列问题，他内心的视线伸向远方，不断在心里说："够啦！够啦！该是完成变化的时候啦！是'存在'的时候啦！打破心灵的沉睡。醒来吧，美国！"②

如前所述，汉德森在小说中本来就有"美国"的象征意味。作家写他的物质丰裕，写他的粗犷和力量，写他精神性的缺失和对死亡的恐惧，写他的个性张扬，这些特点都是有一定程度的"美国"文化特点的，也伴随着丰裕社会信仰缺失之后的社会性疾病。作家托汉德森表达了自己的忧心忡忡。而原始文化靠信仰、习俗生活，视死亡为不可避免的现实，无畏接受一切，这使得汉德森在一系列经验中吸取到其精神。阿内维人的"活着"，达孚从容面对自己了如指掌的命运直到生命最后一刻，让汉德森打开了内在生命的视线。在非洲旅行之前，汉德森只是一个物质的存在，他

---

① 宋兆霖主编：《索尔·贝娄全集·第三卷》，第302页。
② 同上书，第177页。

和世界的交往也只是物质性的，于是他被空虚吞没；而雨王骇人的经历减轻了他对死亡和无意义生活的重负，他终于唤醒了生命，知道了自己的限度和做一点事的可能性，"我已经到了这把年纪，需要人类的声音和智慧。所剩下的也就是这么一点点了。好心和爱意"①。最后，他决定重回自己的世界，去学医，完成早就该完成的夙愿；珍惜爱情和家庭，爱护孩子。他从瓦利利带回了那头象征达孚的小狮子，还在离开非洲的飞机上捡到了一个孩子，这应该是他新生命开始的预示，是他把对人类生活之爱找回来的喻示，于是他说：

> 沉睡已经结束，我完全苏醒了过来。②
> 我心中有个声音在说：我要！我要？我？它应该对我说，她要，他要，他们要。③

从这个维度上说，达孚的狮子期待并未落空，在瓦利利的现实中失败后，却在存在意义上获得了胜利：他从"我"的贫乏之点上张开了眼睛，看到和拥抱了大的世界，以及世界万物中连绵不绝的在在"关系"。

如果说奥吉是一个青年，并没有真正找到自己"有价值的生活"，还继续在生命的路途思考与困惑；那么，汉德森则在返回开端的持续询问和受难中，最终获得启示，认清了自己的问题和自己的能量，终于懂得了什么是"值得过的生活"。走出小说，我们看到这是一场铺张的精神旅行，同时也是一个严酷的洗礼，如印度学者 Quayum 所说，是一次"梭罗的瓦尔登湖之行"④，最后的结果是一个新的开始。

三 "文化诊断"的说法

《雨王汉德森》结构紧凑、设计精巧，是关于流浪汉冒险事迹的幻想小说，一部才智很高的喜剧作品，充满了作者对现代社会中的自我和自我命运的反思，并在很多地方触及人类与天地万物的联系，以及有关生与死的深沉领悟。无论是真实还是虚构，也无论是毁还是誉，这部作品还是扩大了贝娄的名声。但贝娄对许多评论不大满意，尽管他在给朋友的信中也

---

① 宋兆霖主编：《索尔·贝娄全集·第三卷》，第 345 页。
② 同上书，第 359 页。
③ 同上书，第 313 页。
④ M. A. Quayum, *Saul Bellow and American Transcendentalism*, Peter Lang Publishing, Inc. New York, 2004, p. 61.

说《雨王汉德森》是一部喜剧①，但认为大家只看到了热闹和喜剧性的一面，是不能真正读懂作品的，他觉得《雨王汉德森》是"对一种文化的测验和诊断"②，其价值是具有现实意义的。小说写作年代，正是"美国神话"在"二战"后大放光彩的时代，丰富的地理资源、发达的科技创新、富足的物质生活、自由民主的政体等，似乎当年"五月花号"的梦想已经实现。但恰恰在这鼎盛年代，敏感的知识分子早已发现其中混杂着的精神危机，像塞林格、厄普代克等作家，都涉及"丰裕社会的精神问题"，在写作中关注着人性、道德的危机。贝娄是这些作家中的佼佼者。在他写《雨王汉德森》的过程中，还接受一家刊物邀请，去伊利诺伊州收集材料写了《伊利诺伊州之行》和《尘封的珍宝》，分别发表在1957年9月的《假日》和1960年7月的《泰晤士报·文学副刊》上。从这两篇文章中可以看到贝娄对美国社会和生活方式的详细观察和思考，他写到了物质的丰盛和富庶，电气化和机器化中普通人业余生活的无聊等，可以说和小说《雨王汉德森》互为映照，演绎着同样的主题，也是贝娄在50年代作为作家一直在思索的重大问题。

《伊利诺伊州之行》基本上是一种旅行观察，作家先描述了自己由东到西穿越草原、穿行在一望无际的玉米地的情形，他感受着那里起起伏伏的大地，想象印第安人的生存和湮灭，看着这块丰腴厚实的土地上到处是轰隆着的机器、摇晃着的采油机、铿锵响动的收割机和脱粒机，在一些地方和一些人聊天，知道很多人去了纽约和芝加哥，有的人在这里靠社会保险生活，这里发生着摩门教徒的故事，黑人奴隶的故事，等等，对此作家只是描述、回忆，小小的感慨，没有多少评价。但三年之后在此基础上写成的《尘封的珍宝》一文，则是居高临下的批判之作。

散文首先谈到人们现在的富裕生活，到处是现代化的设计，住房和建筑像是一个模子里浇注出来的，农民驾驶着自己的飞机，工人们在有电动装置的球道上玩保龄球，母牛挤奶机，相似的杂志，相似的各种广播公司的节目，一个地方的东西和别的地方的东西几乎都一样，无论到了哪里看上去都似曾相识。贝娄在这样的观察中感到困惑，总觉得缺少了什么。在他不断地询问中，人们的回答和他看到的差不多，人们干活、打扑克、坐在汽车里看露天电影，吵闹着起哄，打保龄球，喝酒，闲逛，摆弄电动玩

---

① Edited by Benjamin Taylor, *Saul Bellow Letters*, Viking Penguin Group (USA) Inc., 2010, p. 165.

② James Atlas, *Bellow: a biography*, Published in the United States by Random House, Inc. New York, 2000, p. 276.

具，等等，还告诉他说这里没什么东西可写。这些五六十年代普通美国人的生活内容使贝娄认识到现代机械的巨大覆盖和对日常生活的改造，那些高超的发明遍布日常时空，似乎吸尽了人们的生气，无论工作还是生活都被湮没其中，同时人们也在抱怨着生活的乏味和无聊。

这就是和奥吉偶然相遇的那个科学狂人要解决的问题，同时也是汉德森的主要问题。汉德森就是在这样的乏味无聊中觉察到了那个沉睡的问题，于是跑到原始荒蛮之地去唤醒生命的。因此可以说，当贝娄被派到那个和别的州没什么区别的州去寻找有关生活的素材时，触及了贝娄一直在关心的人生价值问题，他看到了美国丰盛社会的贫乏之处，这也就是他所说的"文化诊断"。

为了证明自己诊断的必要性，或者说为诊断出的结果开个较为合适的药方，贝娄在散文中深情描写了他在图书馆的发现：

> 在一个公立图书馆，他发现有人借阅柏拉图、托克维尔、普鲁斯特和弗罗斯特的作品。在莫林小镇，一个女推销员会借阅《安娜·卡列尼娜》。但这些借阅者应该没有地方去讨论他们读到的东西，在那些乡村俱乐部，保龄球联合会，后院篱笆旁边，都不是提出柏拉图的"论正义"和普鲁斯特的"追忆似水年华"的地方，贝娄想到"平凡的生活，给他们进行这种讨论的机会简直微乎其微"①。他确信在一个小镇上，一个妇女这方面的才智和修养，一定是她的秘密，"是她十倍封藏起来的珍宝，也是她力量的源泉"②。

贝娄认为，在那些经典中蕴藏着人性的伟大力量，"在我们自己同时代的小说中，这种理解伟大人性的力量似乎消散了，变形了，或者说，给埋葬了。现代大众社会，没有展示这些品性的公开场所，没有表达它们的语汇，也没有使它们公开的仪式（教堂除外）"③。因此，某些人只能通过私人的方式储存这样的因素，来面对精神方面的问题，因为那些同情心、失望、痛苦、欢乐、命运、情感、爱、心绪，这些人性中的花朵，正在那些机械的、功利的、无休止的机器运转、普遍的物质科技常态中干枯着。

贝娄列出一大堆优秀者对此种状况的见解：陀思妥耶夫斯基在《卡拉

---

① 宋兆霖主编：《索尔·贝娄全集·第十四卷》，第73页。
② 同上书，第74页。
③ 同上。

马佐夫兄弟》中说,"最大的危险,存在于人口普遍稠密的地方";劳伦斯说,"我们工业化城市中的普通人,正像是古代帝国里的那一大群奴隶";乔伊斯说,"普通现代人,以及他们的外在生活所出现的情况,并不有趣,用不着记入史册";詹姆斯·斯蒂文斯说,"小说家在用人为的手段,试图让现代世界已经死去的情感和存在状况保持其生命力";诸如此类[1]。贝娄一边审视现代社会与现代人的精神缺乏,是为文化诊断;一边通过描述公共图书馆的借阅表达人性在文学经典中的力量,进而褒扬小说艺术对确立人性的重大意义,是为开药方。

在此,贝娄尽量采取了一种均衡的价值态度,即排除那种非黑即白的偏执心理,由于"在这个世界上,我们能够成为的唯一东西是人性的东西"[2],因此不能去一味地否定,认定人类已经没救了;如果过于焦虑和痛苦,过于反感和恐惧,人就会有损于判断,使我们人类失去前景。

这就是他伊利诺伊州之行后的感慨。先是发现了那里的变迁、机械化和随之而来的富裕生活,接着听到了人们生活中的乏味和苍白,于是在和经典作家的对话中,亮明自己的观点。那么正是这一点,和同时写作的《雨王汉德森》几乎同出一辙。可以说,他让汉德森在那种丰裕的日常物质生活中,夸张性地表现了自己的难以忍受,再编织了他的朝圣之旅,用小说艺术给那个五大三粗的现代人进行了一番洗礼,于是汉德森得到了拯救。

这是现代社会滋生出来的人生问题。其实,这个问题早在贝娄的开端之作《晃来晃去的人》中已经存在着,约瑟夫整天的思虑即为此。后来在奥吉的"历险"场景中不断发生着,又在汉德森的吼叫声中加强了,还注入了现代物质丰裕的因素。在 1977 年贝娄到华盛顿和芝加哥演说,他重提这部作品时说:"我现在明白了当时我追求的是什么了。先驱的美国,移民的美国,政治的美国,卡内基们、杜邦们和亨利·福特们的工业化的美国,并没有在新大陆完全用大字书写下人类的精神。"[3] 因此他当时有一种游离出来的直觉。正是这种直觉成为汉德森费尽艰辛跑到原始部落寻求真理的重要动机。

另外,对于作家贝娄来说,四五十年代的他还存在着关于自己人生道路的问题,写作上正在寻找自己的路,生计常常无着,找工作的不顺利,申请古根海姆基金和洛克菲勒基金一直失败,不断接受着父兄们的经济资

---

[1] 宋兆霖主编:《索尔·贝娄全集·第十四卷》,第75页。
[2] 同上书,第78页。
[3] 同上书,第160页。

助和家庭的不满,等等,这些都给予他难以确定的迷惑感受,生存层面的经验自然也融入了存在的质询。

而在50年代开端,贝娄还发表了一个短篇《寻找格林先生》(1951),似乎可以看作这类问题的一个凝聚式寓言:一个在救济站负责分发救济支票的职员格里布,去给一个叫格林的人送支票本,却总也找不到这个格林。人们告诉他说,"如果你碰不上他,就到附近的商店和做小买卖的那里去试一试。再不行,就找看门的或是街坊打听。不过你会发现,你离要找的人越近,人们愿意告诉你的东西越少。他们什么也不愿告诉你"[1]。确实,格里布走过冷风吹刮的街道,在破败的黑人区穿梭,经过乱七八糟的空地,走过四五个黑漆漆的街区,敲过不少人的门,而手里那张卡片上的门牌号码和人就是对不到一起。那个可能一直在等着用钱的生病的格林,不知隐藏在什么地方,虽然最后有个身份不明的女人说认识格林并签收了支票,但谁能确定她会送到格林先生手里呢?送支票的格里布不能确定。因此,回响在这个短篇中的问题有两个,一个是"寻找",另一个是"目标",后者怎么也找不到,前者倒显出一种坚定性,不屈不挠,用尽心思,不断探寻,还在最后说了一句话:"他是可以找到的。"

寻找的艰难、迷茫的未来、嘈杂丑陋的现实、坚定的决心,这个小故事很有张力地概括了作家在50年代的精神状况,同时也为接着而来的两部"寻找"长篇——《奥吉·玛奇历险记》和《雨王汉德森》——奠定了哲学基础。

完成这两部皆大欢喜的流浪汉式的"历险记"长篇小说之后,贝娄撰写此类题材和体裁作品的尝试便就此结束。

---

[1] 宋兆霖主编:《索尔·贝娄全集·第十卷》,第229页。

第四章 现代性忧思与人性质询

> 穿过天空阴云的裂缝,
> 一束阳光突然掠过草原的朦胧之上……
> 我们从未走向思,
> 思走向我们。
>
> ——海德格尔《诗人哲学家》

20世纪60年代和70年代,贝娄进入创作的高峰阶段:1964年,贝娄发表《赫索格》(*Herzog*),一时间十分轰动[①],作为严肃小说获得了通俗文学的流行性,次年作家第二次获得美国国家图书奖,同时还获得国际文学奖;在英国,该书被选为"二战"后十二部英语创作的最佳小说之一;同时这部长篇小说也开始了贝娄以中年知识分子为主人公的创作之路。1970年发表《赛姆勒先生的行星》(*Mr. Sammler's Planet*),1975年发表《洪堡的礼物》(*Humbold's Gift*),1976年获得普利策奖、诺贝尔文学奖,作家到达他创作的荣誉顶峰。经过40年代的探索,50年代的深入,贝娄在各个方向都进行了尝试之后,如迪克斯坦在《伊甸园之门》中所说,他便成了自己同时代作家的"幸存者","唯一成功的小说家"[②];进入60年代之后,他就要大踏步地在成功的峰峦上展现独特的风姿了。

在这几部几乎可以说是贝娄最为重要的长篇小说中,作家除了一贯的对生命意义的追问之外,开始对现代文明的进程、后现代社会的混乱、虚无主义文化等进行严肃的思考和描写,并涉及大屠杀问题。小说的主要人物都是犹太知识分子,他们或多或少地承载着犹太传统道德理念,在程度不同的坚守中纠葛于当下生活,进行着自我与世界的拷问,体现了作家对

---

① Robert Batey, "Attempt and Reckless Endangerment in Saul Bellow's *Herzog*", *Ohio State Journal of Criminal Law*, Vol. 9:749. 在该文中,一个法律教授拿赫索格持枪在玛德琳房子周围的例子来讨论是否构成犯罪的问题,觉得可以作为一个课堂案例进行讨论,可见流行之广。

② 〔美〕莫里斯·迪克斯坦:《伊甸园之门》,第32页。

个人内在精神更为绵密深切的关注和深刻的社会批判性。

第一节　自我审视与现代性批判:《赫索格》

《赫索格》的主要内容,是同名主人公婚姻失败陷入精神危机,在混乱中一边不能自制地给活着的、死去的人写并不准备寄出的信件,一边来往于芝加哥和纽约之间,滋生了一些使他更加麻烦的事情。从内在结构上看,小说有两个层面:一层是思想世界,由其五花八门的信件和不绝如缕的思想流组成,映射出赫索格的精神阈限和价值理念;一层是行为世界,是他在混乱中主动或被动展开的各种活动,表现了他在现实世界中的天真笨拙和浪漫本性。整体上,小说围绕一种精神"受难"拉开与周遭世界的联系,在两个层面的立体性叙述中形成了一场精神历险,和汉德森的非洲历险有着实质上的相通,用澳大利亚学者 Quayum 的话,即为赫索格的"内部的非洲之行"[1]。

贝娄的小说大多和自己的生活有或多或少的关系,《赫索格》也不例外,而且比其他作品有着更多的自传色彩。其传记作者阿特拉斯也说到《赫索格》是最具有自传性的小说[2]。在贝娄晚年给老友菲利普·罗斯的信中,也承认自己在该小说中没有和小说人物保持距离[3]。的确,在他写《雨王汉德森》时家庭即出现变故,那时贝娄忙于教课、写作,他的第二任妻子在孤独中和贝娄的朋友产生恋情,这使贝娄既难堪又愤怒,在一段时间内还和精神分析学家有过接触。赫索格承载了他当时的精神状况。贝娄的朋友 Tony 曾说过,赫索格写信是自我减轻压力的一种方式[4],那么贝娄写《赫索格》自然地也可看作一种减压方式,如传记作者所说,"复仇点燃了他的叙述"[5]。重要的是,这位自传意味很强的小说人物,在一种特

---

[1] M. A. Quayum, *Saul Bellow and American Transcendentalism*, Peter Lang Publishing, Inc. New York, 2004, p. 85.

[2] James Atlas, *Bellow: a biography*, Published in the United States by Random House, Inc. New York, 2000, p. 146.

[3] Edited by Benjamin Taylor, *Saul Bellow Letters*, Viking Penguin Group (USA) Inc., 2010, p. 540.

[4] M. A. Quayum, *Saul Bellow and American Transcendentalism*, Peter Lang Publishing, Inc. New York, 2004, p. 124.

[5] James Atlas, *Bellow: a biography*, Published in the United States by Random House, Inc. New York, 2000, p. 320.

殊状态下可以十分方便地挥洒作家对当下社会、西方文明和现代西方理论的审视和批判，在很多时候成为作家的代言人，而写信方式则使人物的思想和情绪的表达更为淋漓尽致。同时，贝娄对小说人物持有一种喜剧式叙述态度，也在一种审美距离中体现了作为知识分子和中年男人的自我审视和反思意味。

在这里需要提及一件事，《赫索格》是贝娄题献给纽约维京出版社编辑科维奇先生的。从20世纪50年代开始，维京出版社便一直是贝娄创作的固定出版机构，科维奇不但一直是贝娄作品的编辑，还是少有的知音朋友，并不断给贝娄预支稿费，鼓励他的写作，他们十多年的合作可谓风雨同舟，情深意长。在贝娄眼里，科维奇是"一个伟大的编辑，也是慷慨大方的好朋友"。科维奇曾在1961年给贝娄的信中说过："你是我的愉快和绝望。愉快是我发现了你的创作中让我兴奋的地方，绝望是因为生命太快了，我怕看不到你的下一篇。"[①] 他不幸言中，《赫索格》刚刚出版，63岁的科维奇即患心脏病去世，没有能看到这部小说引起的轰动与影响的广泛性。贝娄一贯不喜欢参加葬礼，这次却例外地在最后时刻赶到现场，并发表了动人的悼词。《贝娄传记》中记载了这个故事和贝娄对科维奇去世的悲伤与不忍离别，作者阿特拉斯动情地说，科维奇活得足够长，因为他在有生之年看到了自己钟情的作者的成功；但他又活得太短了，因为不仅没有看到《赫索格》成功的广度，更没能看到贝娄成功的最高指数——诺贝尔文学奖，以及贝娄后来源源不断的创造成果。也许，这些外在的荣誉和表彰对这样的知己来说已经不重要了，他所看到的成品已经足够满足自己的慧眼和心灵之相通。这是属于贝娄和科维奇的幸福。拉远了看，何尝不是人的精神深处开出的芬芳花朵。

一　现代化拷问

赫索格在小说中的身份是学者、丈夫、父亲、情人、浪漫的复仇者、犹太人，但更重要的他是一个知识分子。这个知识分子在许多社会、文明等问题上见解多多，主要表现在其信件中。其信件大多在持续不断地探讨着主人公一贯关心的问题：政治、民主体制下的个体生命、福利社会的结果、种族和人口问题、科学和宗教、死亡恐惧等。而这些问题，或者是对方的观点和他不同，他需要反驳，或者对方是决策者，他要提出自己的建

[①] James Atlas, *Bellow: a biography*, Published in the United States by Random House, Inc. New York, 2000, p.339.

议，或者只是一种情绪宣泄。信虽然是在精神混乱中随意写下的，没有连贯，常常是碎片式，但还是透露出这位教授对各种形而下、形而上问题的深刻见解。通过其形形色色的信件以及他经常奔涌的思想之流，我们可以看到赫索格基本上是一个对现代化进程及其结果的批判者。

比如，小说中写到赫索格在纽约大街上穿行，所见所闻显然是现代化过程中城市的聒噪"风貌"：

> 出租汽车驶到制衣街时被货车给挡住了。阁楼上，电动缝纫机的声音闹得震天价响，整条街都颤动了。骤听起来，那声音好像在撕布。全条街都为这种隆隆的机器声淹没了。
>
> 人们正在这里拆造房子，街上挤满了搅拌混凝土的工程车，也充满了湿沙和水泥的气味。下面是咣当、咣当的一片打桩声，高处，金属构件无休止地拼命直窜那给人以凉爽娇嫩之感的蓝天。起重机上伸出的橙色吊杆犹如一根根稻草。而街上，那些燃烧廉价燃料的汽车，喷出有毒的废气。各式各样的汽车密密麻麻地塞在一起，令人头昏脑涨，透不过气来。那机器的喧闹声，那为追求自己的目标而拼命奔波的熙熙攘攘的人群——可怕啊可怕！①

非常明确，这就是充斥着机械之声和改造之声的大都市，是作家对都市现代化"风貌"的一个速写。从历史现实来看，这是每个国家现代化过程中的真实经历，现代化的幸福许诺常常会让人们对这样的过程习以为常，或者在无奈中期待新的城市格局和舒适结果。赫索格是大学的思想史教授，正当精神危机时刻，妻子和朋友的背叛使他对人世间的信任度锐减，这时看到的大城市面貌和听到的街头声音，正如他烦乱的心理世界，到处是紊乱甚至恐怖，因此顺手就把这种现象提到历史与思想的高度，作了一个鸟瞰式总结：

> 在一个城市里。在一个世纪里。在转变之中。在一群之中。受到科学的改造。被有组织的力量所压服。臣服在强大的控制之下。处于机械化所产生的环境之中。在基本的希望最后破灭之后。在一个没有共同的责任而同时贬低人的价值的社会里。由于数字增长的力量使自我变得毫无意义。……美好的超级机械为无数的人类展开一个新

---

① 宋兆霖主编：《索尔·贝娄全集·第四卷·赫索格》，第51—52页。

的生活……①

从聒噪的现象直通整体的机械化背景，由紊乱的表象直通科技体制对社会的组织性控制，人本身的价值变得微弱并逐渐让位，成为被机械、数字统领的对象——这就是赫索格感到可怕的现代状况。

作家成长于工业化大城市芝加哥，在现代化过程中，芝加哥由粗糙的生存作坊转化为精细的技术体制，人们尊崇着利益规律的同时渐渐失却了精神内容。无论是在创作中还是各种访谈中，贝娄都曾谈及现代科技对人性和艺术的伤害，现代社会在体制化的技术管理中，个人和心理遭到裂解，这是一个不争的事实。贝娄在一个讲座中曾经说过，在"一个工业化的大众社会，不适合任何独到的天才"，那个"真实的自我，不可知地，隐藏了"②。《赫索格》融进了贝娄自己对都市现代化的观察和评判。当然，贝娄并不是一味地反对现代化，小说中也写到赫索格曾经是法国政治学家托克维尔的信徒，原本对现代体制充满希望，"认为人人平等和民主进步不仅会普及全世界，而且还会持久地发展"③，给人类带来福祉。但他看到世纪性的急剧变化造成了机械化的统治性力量，导致人们只看见数字和物质，那些古老人性价值逐渐被瓦解，敏感的"个人"融入茫然的"一群"，在巨大的机器运转中眉目不清。糟糕的是，这种状况已然成为国家的政治追求目标并且将其推进到道德范畴：

> 国家的目的现在已经和制造那些并非人类生活必需的商品纠缠在一起了，而这种商品的制造对于这个国家政治生命的延续却大为重要，因为现在我们全都被吸引到国民生产总值的奇迹之中……大量的"价值"都被工业技术吸引走了，使一个原始地区电气化，本身就是一种"善行"。文明，甚至于道德，都包含在技术改革之中……④

这封赫索格写给总统艾森豪威尔的信，说的正是丹尼尔·贝尔在《资本主义文化矛盾》中所总结的状况：经济领域已经发展成一个以严密体系、精细分工为特征的自律体系，严格遵照"效益原则"运动，目标是最

---

① 宋兆霖主编：《索尔·贝娄全集·第四卷》，第 262、263 页。
② James Atlas, *Bellow: a biography*, Published in the United States by Random House, Inc. New York, 2000, p. 312.
③ 宋兆霖主编：《索尔·贝娄全集·第四卷》，第 19 页。
④ 同上书，第 218 页。

大限度地获取利润，由此而导引着社会的消费趋向①。而且赫索格还看到该经济方式和政治的利益关系：一方面是奢侈品的制造，因为这是"国家政治生命"的重点；另一方面是科技进步的神话，使得本来是手段的东西变成了文明"善行"本身。也就是说，经济效益在生活中转化成了"道德"之善。也如贝尔所言，这个日益强大的技术与经济共同体宽宏无度地许愿社会进步的奇迹，提供广泛选择就业和社会流动的自由，自然而然地促进了社会享乐与无度消费的倾向。

赫索格在这种种表象中直视内核之"可怕"，指出了社会的物质性特点已经深深地渗透进体制之中，并对人类历史产生了根本性影响。

也许，类似的问题是每个正处于现代化过程中的国家都会遭遇的重大问题，发展经济、科技是为了提高人类生活的品质，也在很大程度上不断改善着人的生活环境，但如果把物质的发展当成终极目标，让物质牵动着历史的车轮，人的精神就会在车轮的滚滚运转中逐渐被碾平，人文思想、文化经典、人的精神心灵等在各种发展数字面前变得无足轻重——这正是赫索格的忧虑。他还举出了非常具体的例子：

> 税务局的规章条例很快要把我们美国人全都训练成会计师了。每个公民的生命正在变成一笔生意。在我看来，这是历史上对人的生命的意义最坏的解释。人的生命不是生意。②

在美国，报税交税是每年的一件大事，每个公民都要做很多的计算，因此出现一些中介公司专门帮个人办理税务，可见其麻烦。赫索格站在生命意义角度审视这种计算，并指出其对生命本体的伤害。但这种方法正是一个社会体制民主化和透明度的体现，因此是很难解决的现实悖论。而这种悖论还表现在民主政体对福利追求欲望的放纵，这本是来自社会公正的美好愿望，久而久之也会转变为一种破坏力，因为人的欲望是无止境的，福利制度在一些时候会变成懒惰和贪心的温床，同时又产生公众与官僚机构间的更大矛盾。

类似的悖论还表现在机械设备与失业的关联上，他给总统写信说：

> 关于加速自动化设备的建造和装备这一点，许多人相信这只会使

---

① 〔美〕丹尼尔·贝尔：《资本主义文化矛盾》，第10页。
② 宋兆霖主编：《索尔·贝娄全集·第四卷》，第25页。

失业问题更加恶化。这意味着，将会有更多不法的青年团伙在大城市警察不足的街道上称王称霸。此外还有人口过剩问题，种族问题……①

赫索格认为这都是现代社会面临的大问题，管理阶层不能只在表面维持秩序，应该去追寻失业者背后的现代化根基，并设法去解决问题。另外，他还不断提到化学杀虫剂、放射性尘埃、地面水污染、导弹发射场的建立场地、芝加哥贫民窟的安全等，几乎就是现代社会需要解决而很难解决的全部问题，连他也说，怎么自己"成了浮士德精神的化身，对现实不满，要实现世界性改革"？②虽然有自我嘲讽意味，但所有这些社会问题、政治问题，确实每天都萦绕在赫索格的脑际，使他不得安宁。

除了这些不断流动的思想，由于赫索格需要找律师，因此他得以在法院里看到了现代世界的另外一面：社会的沙漏之地，即文明背面的阴暗——凶杀、卖淫、抢劫、失业、贫民窟、堕落者、小偷等。小说细致地讲述了一个发生在廉价旅馆里的毛骨悚然的事件：单亲母亲和冷漠的情人一起虐杀了弱智的孩子。赫索格旁听着法官、证人、年轻的单亲母亲，他们冷静地叙述着这个可怕的故事，小孩无助的哭声，那个吸着烟斗躺在床上冷笑的男人，歇斯底里吼叫着的女人，旅馆里污浊的空气，这些画面啃咬着赫索格的身心，面对着这样的人间事实产生巨大的无奈感："他竭尽全力——他的理智和感情——想为那个被谋杀的小孩取得一点东西。可那是什么东西呢？怎么来取得呢？他竭力逼着自己去想，可是'绞尽脑汁'也没能为那已经埋葬的小孩取得任何东西。除了自己的人类感情之外，赫索格什么经验也没有。"③ 赫索格只"觉得一阵绞痛，又一阵绞痛，绞痛，绞痛"。

赫索格知道正义与仁慈不可能消除世间的罪恶，法律只可制裁，科技体制更产生不了同情心。类似这样的问题，贝娄在20世纪80年代发表的《院长的十二月》中，让那位满怀知识分子使命意识的院长身体力行地参与其中，试图用理论和行动去改善社会。但这里的赫索格却不知道该怎么办。因此他和小女儿琼尼在一起时想到了"她会如何地来继承这个充满伟大的工具、物理原理和应用科学的世界"④呢？为自己女儿的未来而忧心

---

① 宋兆霖主编：《索尔·贝娄全集·第四卷》，第73页。
② 同上书，第97页。
③ 同上书，第310页。
④ 同上书，第358页。

忡忡。

二　虚无主义批判和犹太性

正是在这样的现代化背景下，赫索格同时在思考另一个维度的问题：个人的生存意义，赫索格认为：

"现代人的个性是无常的、分裂的、摇摆不定的，缺乏古人那种金石不移的坚忍和确信，也不再存在十七世纪那种坚定的思想，那种明确的原则。"[1] 因为，"二十世纪的革命，群众由于从生产中解放出来而有了时间过个人的生活，但是并没有给予他们填补这一空白的东西。这正是他要努力的地方"[2]。

因此，小说写赫索格住在路德村所做的学术工作，即他对浪漫主义那种极端个人性中所包含的荒谬性的研究，他认为其中一个重要问题就是："人现在可以享受自由了，可自由本身没有什么内容，就像一个空洞的口号。"[3]

有关这一问题，贝娄早在《奥吉·玛奇历险记》中就有过间接的探讨，即那个叫罗贝的富人和战后救生艇上的科学狂人的情节，都是对现代人的精神生活和个性问题的讨论，只不过那时的贝娄还顾不上正面关注这一世纪性大问题，初登文坛的他需要的是找到自己的叙事方式，给奥吉那样的青年一个形式，让自己的小说真正的美国化，因此其相关叙述只是暗藏在戏谑的外表下。但他用戏谑的方式储存下了后来的大问题——个性极度膨胀、科技体制极度发达、物质极度丰富之后人的虚无状况。接着作家创造了汉德森，一开始即被虚无命中的中年人，让他从这个主题中心进入，被意义问题折磨得难以生活下去，终于倾情演绎了一场冒险追寻，对该问题有了一个颇为生动的交代。类似的问题在以后的长篇巨著《洪堡的礼物》（1975）中被主人公命名为"现代世界之莫大厌烦"，也在他反思美国60年代的反文化小说《赛姆勒先生的行星》中有更多的细节表现和思考深度，可以视为作家一以贯之的忧虑，是其60年代到80年代的重量级思想，这留在下两节再详细展开；那么在《赫索格》这里，该问题只是

---

[1] 宋兆霖主编：《索尔·贝娄全集·第四卷》，第145页。
[2] 同上书，第169页。
[3] 同上书，第60页。

赫索格诸多思考中较为重要的一个方面，而且是在一种自我挖苦的语气中道出的——"他相信他现在做的，是有关人类前途的工作……整个人类文明的延续——都要看摩西·赫索格的成败了"①，还说玛德琳抛弃他无疑是在破坏一项伟大规划云云，这种语气如上边所说，是作者对小说人物整体的喜剧性描述，为赫索格半真半假的自嘲性情添加了色彩。只有结合作家前后创作中所体现出来的相关思想，才可以滤出这个见解的严肃性和人物作为作家代言人的合理性，不被那种戏谑口吻所遮蔽。

那么，现代人的自由为什么会是"空洞"呢？他在另一个地方有进一步的解释：

> 这一代人的哲学是什么呢？不是"上帝已经死亡"，这一点早就成为过去了。也许应该说"死亡就是上帝"。这一代人认为——这是这一代人的思想——任何一种信仰都能攻破，都有它的弱点，都不能持久，也没有真正的力量。死亡等待它们，就像水泥地面等待一只掉下来的玻璃灯泡。②

也就是说，信仰地带出现真空。信仰危机是20世纪的老话题了，"上帝已经死亡"曾经是20世纪初现代主义思潮中的精神内核。但不同的是，那时人们在痛感上帝之缺席时还认可信仰的重要意义，于是各种"荒原""荒谬"的写作也可看作对信仰的美学祈求；但贝娄这里言及的是，"这一代人"，即60年代前后的这代人，他们已经对信仰可以在人类历史中存在这样的事实产生了否定的看法，因此也不会再产生祈求的热情。现代社会已经没有任何坚实的信任根基，没有任何可以依靠的支柱，在对人类历史深情一瞥之后，他们看到的是残忍和死亡的过程，人在死亡、精神在死亡，而人们对所有的死亡都无能为力。对此赫索格接着说："你看看这千千万万死去的人。你能可怜他们，同情他们吗？你什么都不能！死的人太多了。我们把他们烧成灰烬，把他们用推土机埋到地下。历史是残忍史，不是爱心史，不像那班软弱的人所想象的那样。我们试验了每种人类的潜能，以探讨哪一些是坚强而值得赞美的，结果发现这种潜能根本就不存在。有的只是实用。"③ 从信仰之脆弱到历史之残忍，从死亡之现象到人类

---

① 宋兆霖主编：《索尔·贝娄全集·第四卷》，第169页。
② 同上书，第373页。
③ 同上。

之根本，一直到达绝望之巅。

赫索格提到的"这一代人"的精神状况，加缪在1957年诺贝尔文学奖授奖仪式上的演讲也曾痛切描述过，在这里可以做一个互文的理解：

> 这些人出生于第一次世界大战之初，在希特勒政权建立以及最初的革命审判出现时，他们20岁，随后又经历了西班牙战争、第二次世界大战、集中营、充满酷刑和监狱的欧洲，完善了他们的教育。今天，他们在一个受到核威胁的世界里教育他们的后代和创作他们的作品。我想任何人都不能要求他们保持乐观主义态度。[①]

这个时间段应该也属于贝娄。贝娄是美国人，他没有经历欧洲战争烟火的洗练，因此不会像加缪那样感同身受，但其犹太种族的血脉使他不能无视希特勒集中营的罪行，因此他会在自己的写作中常常涉及"千千万万死去的人"。在赫索格写给自己的同事夏皮罗的信里，还提出了"在这个时代里，我们都是幸存者"的说法，并且发挥说，"认识到这就是你的命运，你会潸然泪下。死者上路时，你想叫他们一声，可是他们脸色阴沉，灵魂阴郁地离你而去。他们在灭绝人类的焚尸炉烟囱里化为团团烟雾，源源而去"云云，可以说这是他对自己种族灾难的一种心灵纪念，也是作为幸存者一种刻骨噬心的感受。因此，他在描述这个时代信仰缺失的情况时，难免出现一串串各种悲观的言说和思绪。

一方面是历史灾难带来的信仰崩溃，另一方面是现代科技体制对人性的漠视。赫索格在给艾森豪威尔将军的信中和他谈国家目标委员会上提出的报告时说，社会应该有秩序，人类才能很好地发展自身，但国家目标没有考虑国人私下和内心存在的问题、信仰的问题、心灵的问题、精神价值的问题，而大量的"价值"都被工业技术吸引走了，"新技术本身就是好思想，代表的不仅是理性而且是仁慈，这样一来，一大堆好思想被赶进了虚无主义"[②]。

也许，正是这样的原因，才出现赫索格出车祸被带到法院等候时所看到的荒唐一幕：一个很难分清男女性别的卖淫者，用玩具手枪威胁和抢劫一家杂货店，在被审问时一副高兴、轻松的神态，满不在乎地承认了一切，被带走时还用甜蜜的声音道再见。这个细节强化了赫索格对现代人虚

[①] 张容：《加缪》，长春出版社1995年版，第188页。
[②] 宋兆霖主编：《索尔·贝娄全集·第四卷》，第218页。

无主义的确认,他认为这是一出恶劣的游戏,是虚无状态对人世间的报复,"他是以他那种恶劣的梦幻来反抗一个恶劣的现实。他下意识地向法官断言:'你的权威和我的堕落是一码事'"①。这就是信念缺失之后个体的荒唐状况。

应该说,赫索格的思绪和见解由于其散乱性,在某些时候并不一定就是一个结论。而赫索格在对现代西方理论的态度上,应该说也有这样的散乱性:在他对现代社会批判的基点上,他又反对一些西方哲学家和他相类似的观念,比如施本格勒的"荒原文化观",赫索格认为那是陈词滥调,是理论家们"惯于玩弄危机、异化、启示以及绝望等游戏"②,再转化为时髦杂志上的废话和知识分子的口头禅,还说人们互相恐吓等。"我敢说,我没有受苦于一般知识分子所引以为苦的那种主要暧昧情况,那就是文明化了的人仇恨他们赖以为生的文明。他们所爱的只是被他们自己的天才所虚构的那种想象中的人类处境,他们相信这才是唯一的真理和唯一的人类真相。"③ 他一边批判现代性,一边批判现代知识分子对现代性的批判,这就是赫索格这个人物有趣甚或悖论的地方。他的相关说法还有:"那种认为科学思想已使一切以价值为基础的理想陷入混乱状态的论点,我拒绝接受……我深信宇宙空间的扩大绝不会毁灭人类的价值。深信事实王国和价值标准王国不是永远隔绝的。我有一个独特的(犹太人的)想法:我们一定能看到这一点!那时我的生命也能证明一个截然不同的观点了。我对现代史学观点实在太厌倦了,因为这种观点认为,就在当代的文明中,西方的宗教和思想的最美好的希望全部会落空。这就是海德格尔所谓的人类的第二次堕落——堕落于平凡和平庸之中。"④ 他还进一步挖苦说,哲学家并不懂得什么是平凡,因为平凡的生活中是蕴含着道德力量和精神能力的,等等。

千万不要以为赫索格是随便这样说说而已,他的观点实际上承载了作家自己深思熟虑的思想。贝娄在一次访谈中就说到自己确实十分反感现代主义文学和现代哲学对时代的悲观论调,他认为古老文明是不会衰落的,因为自己是犹太人,拥有犹太人救赎意味的文化传统,因此不会赞成艾略

---

① 宋兆霖主编:《索尔·贝娄全集·第四卷》,第297页。
② 同上书,第407页。
③ 同上书,第391页。
④ 同上书,第144页。

特们的"荒原观"①。因此，上述这些矛盾的观点应该都可以在贝娄的一贯思想中找到对应点。那么，其中的逻辑是什么呢？

从表面上来看，这里存在着思想的矛盾：他是既谴责现实，又谴责那些否定现实的人。也许应该从这样的平面思考中站出来，俯视这些矛盾思想，将那些星星点点的散乱见解集中起来，其中似乎蕴含了这样的内在逻辑：我们是在不断地失败着，我们都看到了许多社会纷乱和人性纷乱；但我们在这个过程中应该"学到了一点东西"，因为认识到问题也是一种希望；人类确实制造了一片一片的荒原，但并不能说明人类即将毁灭，在这些失败与痛苦中包含了对历史的反思，我们可以怀抱期冀，在批判中不断努力去寻求和重新建构人性道德。应该说，这样一个逻辑性理念也正是赫索格批判现代社会的价值支点，同时也传达出犹太文化中的"希望"信息。

赫索格思考问题确实是有其传统价值资源背景的，小说中回忆了其俄国犹太移民的出身，少年时代一直生活在犹太人圈子里，犹太文化中源自《圣经》的那种个人对历史的责任感，那种立意要改善地球上人类生活的思想②，是赫索格思考这些问题的道德支撑；而且他对犹太文化传统也一直很依恋，他回忆着当年在芝加哥破烂的街上，人们念着古老的悼文，"他在这儿所体验过的人类感情，以后再也没有碰到过"③，他认为那是一个有信仰有秩序的世界，无论多么穷困、苦难，人们都顽强、努力，从不会失去希望，而这正是现代人所缺乏的最为重要的精神元素。也就是从这样的角度作出了比较，他觉得"现代科学最不关心人性的定义问题，它只知道从事调查研究"④，在摒弃人的个性的同时湮灭了人性、湮灭了精神，因此在科技解放了劳动的一大片自由中，便出现了真空。

也正是小说中这些通向古老信念的信息，使得当时不少评论认为《赫索格》具有宗教传统的影响，认为这是一本犹太人写有关当代犹太人的"最好的小说"⑤，而且是贝娄最具备犹太意味的小说，赫索格身上具有犹太人的命运因素等⑥。这类说法自然有其道理，但也同时忽视了其他方面

---

① 〔罗马尼亚〕诺曼·马内阿：《索尔·贝娄访谈录》，第220页。
② 宋兆霖主编：《索尔·贝娄全集·第四卷》，第173页。
③ 同上书，第188页。
④ 同上书，第174页。
⑤ Rechard Rubenstein, "the Philosophy of Saul Bellow", *The Reconstructionist*, 22 Jan. 1965, pp. 7 – 12.
⑥ L. H. Goldman, "Herzog: A Man in the Wilderness", *Saul Bellow's Moral Vision: A Critical Study of the Jewsh Experience* (New York: Irvington, 1983), pp. 115 – 155.

的因素。

从赫索格本人来看，他在很多时候思考个人、人性等本原问题时，在探讨个体价值与社会秩序存在着的古老对抗时，除了其犹太文化的影响，还有西方近现代人文理性文化的影响。这表现在他对浪漫主义的态度上：虽然他本身携带着相当多的浪漫主义因素，比如他的自我中心、关注内心、对世界满肚子的怨恨、抨击社会等，但他却在思想上趋同于白璧德的新人文主义，反对浪漫主义的极端个人性和激情式，提倡秩序、法则之类。他告诉读者，他正在写的一本书将要阐述这样的道理：

> 个人的生活是靠和宇宙的一切重新联系起来才能存在的。他要推翻浪漫主义学派所持的人的自我有独立性那个最荒谬的见解，还要修正西方那种老的、浮士德式的意识形态；探讨"虚无"的社会意义。①

这是一连串十分深刻的命题，涉及古希腊均衡传统、现代开拓性思维方式，以及后现代的多元价值冲突等。当然，他是不可能完成这些命题的研究的，这里提出的问题不过说明赫索格思维的不着边际而已。但他仍然认真地阐述西方传统中的"良心法则"的重要性，讨论道德感情主义问题，"他深信海涅的话，认为卢梭的言论，到了罗伯斯比尔的手里，就变成了杀人的武器"②。虽然小说中没有提及白璧德，但他与白氏一样反对卢梭的自由理念和人性本善思想，也认为浪漫主义对社会法则的极端厌恶是错误的，废弃法则不会出现诗人的理想国，事实已经证明了法则失效后出现的是人兽。他们的见解如出一辙，和其犹太元素一起，成为赫索格批判虚无主义的价值源泉。因此，作家确实借用赫索格的思考，抨击了现代文明带来的个性解放的极端性和由此带来的心理混乱。

事实上，赫索格本人也是一个在"自由"中迷失了方向的个体，他一边在婚姻的两次破裂中体会痛苦，一边不断地在风流浪漫中和各种情人周旋，还把和他交往的女人大都妖魔化，似乎都成了捕杀他的陷阱等。这从另一个方面也印证了赫索格批判的现实意义：自己便是受害者。这是小说中对人物的重要描写，留待下一节阐述。正是因为赫索格的现代性批判，在美国本土评价中，不少学者认为《赫索格》是一本反对现代主义的书，Daniel Fuchs 甚至认为本书是作家憎恨现代文明本身的典型，克罗宁也认

---

① 宋兆霖主编：《索尔·贝娄全集·第四卷》，第60页。
② 同上书，第161页。

为贝娄在这里试图创造一个"英雄",以反讽的方式摆脱他自己过度的现代主义观念等。显然这些说法有一定的确切性。比较中庸的评论来自 M. A. Quayum 在 2004 年出版的博士论文《索尔·贝娄和美国超验主义》一书,该书指出,贝娄的主要小说既拒绝物质主义和理性主义,也拒绝感性主义和感伤主义;既反对集权也反对自我沉溺;既反对激进主义也反对保守主义;既反对自大的清教主义也反对性混乱,也就是说,贝娄的人物大都徜徉于一个中间地带,渴望建立两极之间的节制与平衡。因此,他认为这种思想来源于美国传统中爱默生、梭罗道德哲学中的"复合意识"(double consciousness)。应该说,这个见解至少在解释赫索格的思想中,颇有其道理。

三 现代浪漫个体

除了思考和思想的展现,《赫索格》的叙述态度也颇有深意。尽管贝娄把赫索格这个历史学教授塑造得思想丰富且不乏洞见,但在小说中作家一直持一种居高临下的喜剧式叙述态度,对他的人物冷嘲热讽,把其置于人生的一个尴尬位置上,让他在现实生活中显得冲动、幼稚且可笑。小说中借一个律师之口,在嘲笑赫索格时还捎带上了高级知识分子群体,"你们这班人,连自己的问题也解决不了",更别说在社会上伸张正义了。在作家眼里,这可能也是现代知识分子的软肋。对此作家本人后来也有过直接的解释。1987 年,贝娄在为好朋友布鲁姆的畅销书《美国精神的封闭》所作的序言中谈到了《赫索格》,直言自己当年的讽刺意图:

> 有时我很喜欢拿有教养的美国人开玩笑。比如,我想把《赫索格》写成喜剧小说:一个毕业于美国一所不错的大学的博士,妻子为了另一个男人离他而去,他变得失魂落魄。他迷上了书信体写作,写一些悲伤的、尖刻、讽刺、放肆的书信,不仅写给自己的朋友和熟人,而且写给一些伟人,那些塑造他的观念的思想巨人。在这种危机时刻,他又能做些什么呢?从书架上取出亚里士多德和斯宾诺莎的著作,怒气冲冲地从字里行间寻找慰藉和建议?这个遭受打击的人,他想让自己重新振作起来,想给自己的遭遇找个解释,让人生重新具有意义,他逐渐清楚地意识到这种努力的荒唐。[①]

[①] 〔美〕艾伦·布鲁姆:《美国精神的封闭》,战旭英译,译林出版社 2007 年版,第 5—6 页。

一般来说，作家对自己创作的说明经常靠不住，但赫索格婚变后颠颠倒倒的行为以及不断写信的方式确实蕴含了荒唐可笑的成分，这应该是作家有意为之。那么，一方面是无论作家还是他人都认可的人物自传性，另一方面作家又公开宣称自己对人物的讽刺意图，这点倒有点和塞万提斯的《堂吉诃德》相像：塞万提斯对骑士小说的讽刺使堂吉诃德具备了喜剧效果，但塞万提斯又借堂吉诃德之口宣扬了自己很多有关社会和人性的理念，超越了其写作意图，使之成为一个理想主义和行动者的艺术典型。贝娄和《赫索格》的关系也大抵如斯：赫索格的现代性批判更多地代表了作家的思想向度，贝娄将他对许多现代科技体制问题的一贯思考借赫索格之口进行了一次集中发言，这可看作小说对作家写作意图的超越之处；而作家的讽刺之意，倒是更多地体现在赫索格本人的性情和行动上面，归结之，主要是他身上的浪漫主义元素：沉溺自我和自恋，和世界不合拍，纠缠在情爱之中。

赫索格是名牌大学的历史学教授，专攻近代思想史，以其专著《浪漫主义和基督教》而成名，有雄心勃勃的研究计划，准备写出浪漫主义研究的第二卷，且已写了八百多页的手稿，所论对象涉及西方传统中"良心法则"的重要性，道德感情主义的起源，有关卢梭、康德、费希特等人的评论等。从其断断续续的自我介绍来看，赫索格对浪漫主义的各种形态和思想，比如对浪漫主义文化中的"伤感"情调、"自我表现""自我陶醉"等个人中心意向都持否定态度。这些观点如上一节所说，和白璧德在《卢梭与浪漫主义》一书中对浪漫主义的批判十分相似，应该说也是作家贝娄的价值取向，属于赫索格思想中现代性批判的一个方面，而且他还由此引申出美国现代中产阶级离群索居的习性，认为这种生存方式在使个人得以自在的同时疏离了社会，"个人的生活是靠和宇宙的一切重新联系起来才能存在的"，因此他要从理论上"推翻浪漫主义学派所持的人的自我独立性那个最荒谬的见解"[1]云云。然而，十分吊诡的是，他极力批评的东西恰恰就是他自己的性情和行为方式，他一边作为学者批评浪漫主义，一边又浑身发散着浪漫主义情调，制造着大大小小的浪漫主义事件，这种矛盾性造就了他喜剧的一面。

首先，从其遭遇婚变以后"发狂地没完没了地写信"这件事来看，即是赫索格做得最具有浪漫特性的一件事：一个人对整个世界开战。小说写

---

[1] 宋兆霖主编：《索尔·贝娄全集·第四卷》，第60页。

他躲在马萨诸塞州乡村那个偏僻的地方，在"他那隐蔽的个性世界"，启动了属于他一个人的战争。他的对手各式各样，有报纸杂志，有知名人士，有社会各种部门，还有亲戚朋友，包括死人和活人。他有时和对方辩论，指出问题的实质，批评人间的许多不公和苦难；有时抒发自己的情绪和人生见解，对现实社会和现代理论进行各种评判；有时为自己的私生活辩护，抨击伤害了自己的前妻和朋友。他在纽约给成年人上课，课程内容是"浪漫主义的由来"，而他自己在课堂上的表现几乎就是浪漫主义的形象演示：莫名的渴望，无端的固执，时而的愤怒，脑子里不断翻腾着诸如生与死、灵魂受辱的诸多事情，一会儿觉得无话可说，一会儿又话语如流。那种神游四方的神态，自己也感觉就像"一座专门制造个人沧桑史的工厂"。

对此情状小说有一段评说，也是赫索格本人的自嘲："他是个什么样子？热切、忧伤、荒唐、危险、疯狂，还有一点到死也难改的，那就是'滑稽可笑'。处于这样的情况之下，实在足以使一个人祈求上苍，让他放弃这种蚀骨啮心的追求自我与自我发展的沉重负担，使他——一个失败者——重新回到人群中去寻找原始性的治疗。"① 几乎就应该像汉德森一样到非洲原始之地去寻求疗救了。就这样他一边表现着浪漫的个性，一边批评着这种个人化形态，显示着他的可爱和可笑。

重要的是，他的信件都没有寄发出去，事实上他也从未想过要寄发出去。所有的"战斗"都在内心中发生，所有的壮怀激烈都是自我的内在想象。这一点和那位传统的浪漫主义典型拜伦勋爵倒是不同，后者将许多本该属于想象的事情都付诸了实施，最终为此付出了生命。赫索格写了那些不准备寄出去的信件，装在旅行箱里，提着它们从芝加哥到纽约，从乡下到城市，从其精神角度来说，也只是被痛苦压倒之后的一种解脱方式，但已经十足表现出了这位大学教授的自我中心和自恋情调了。

其次是他的乡村生活。作家在其1990年写的散文《圣地佛蒙特》中，说到自己50年代时出于对大自然的向往，用一笔遗产买了达切斯县的一栋住宅，在那里住了七八年时间。由于需要粉刷墙壁、割草、种花、维修，也就没时间读书写作，那里还住了几个搞文学的邻居，但也没时间交谈，后来还是离开了。这段经历成为《赫索格》的题材轮廓。

小说中，赫索格也是试图和大自然相融合的，写《浪漫主义与基督教》时，和第一个妻子即住在乡下，苦思冥想卢梭的问题。第二次婚姻

---

① 宋兆霖主编：《索尔·贝娄全集·第四卷》，第129页。

后，为了同样的理由，他在马萨诸塞州西部远离文明的路德村买了房子，自己动手装修，油漆、修补、通阴沟、填洞穴等都是自己动手。作者用同情夹杂着挖苦的音调描述他的劳作："身负人类文明存亡重任的赫索格"，"独自一人，一面给路德村的房子漆着墙壁，在草木青葱、盛夏逼人的伯克夏的夏日里，修建着自己的凡尔赛宫，自己的耶路撒冷"[①]，准备在大自然中驻扎下来，实现他的生活理想：一个心灵优美的丈夫，一个出类拔萃的妻子，天使般的孩子和一些肝胆相照的朋友，一起住在偏僻清净的伯克夏，思考人类的所有事宜。

美好的理想、动人的自期，却由于妻子玛德琳的不甘寂寞，促使他再次返回城市，并品尝了婚变的苦果。而后，小说尽情描写了他一个人在路德村的原始生活情景：清晨听着乌鸦的聒噪，黄昏听着画眉的啼啭，晚上还有猫头鹰的悲鸣。庭院里有玫瑰花、桑树、小鸟，他在杂草丛生的花园里采摘悬钩子，在层层蛛网的厨房啃干面包、罐头豆子，常常裹着大衣睡在花园里的吊床上，在杂草、刺槐、小枫树中入睡，半夜看着点点星光近似鬼火——贝娄为他心爱的主人公搭建了一个远离社会的僻静"乐园"，让他在这里投入地书写着和各色人等争争吵吵的信件。

从内心深处来看，赫索格确实是喜欢大自然的，小说有不少地方有详细的描写。在伍兹霍尔海滨，透过墨绿色的海水，"他最喜欢想起的太阳的力量，光线和海洋的神奇。空气的清新使他大为感动"[②]。天空的广阔、清晰透明的海水、海底的石块、阳光照在上面的闪闪光彩，在让他激动不已的同时，又想到人世间的污浊、死亡的威胁等，这情形倒是像极了游历在大自然中畅想古今生死的拜伦勋爵，也十分接近华兹华斯在《隐士》中所写的"在孤独中沉思，思考人类，思考/自然，思考人间生活"的情形。当然，19世纪英国的浪漫主义诗人是一种积极的选择和正向的沉思，并在沉思中沉淀出一段段盎然诗意，可以说赫索格也具备着这样的素质和真诚向往；但是，20世纪的赫索格又很难返回大自然了，在作家略带讥刺的语调中，他虽然也在大自然中有过喜悦，也"沉思"了许多人类、人间的"大事"，但当他独自在自己精心经营的路德村和大自然相处时，却是一种无奈之举和被抛弃之后的自我放逐。小说中的路德村除了孤寂和荒凉之外，剩下的就只有赫索格本人的茫然和愤怒，并无多少诗意可言，和他最初的向往根本不是一回事。小说还写

---

① 宋兆霖主编：《索尔·贝娄全集·第四卷》，第166页。
② 同上书，第127页。

了路德村两位步履蹒跚的老邻居，在赫索格眼里，他们整天坐在摇椅上摇啊摇，"19世纪就这么平静地慢慢死在这个偏僻的绿色洞穴里了"①，这种情形让他这个现代人难以忍受。他毕竟不是华兹华斯，甚至也不是梭罗，尽管他不断地批评现代化的城市，现代的物质繁荣对人性的湮灭，但他已经不能和大自然平静相处了。他更不能拥有惠特曼那样"在人迹不到的蹊径上，池塘边缘的草木中，避开了那种炫耀自己的生活"的惬意，尽管他也知道，"那种炫耀自己的生活，是一种真正的瘟疫"②，并且苛刻地挖苦之，但还是和哥哥商议着如何卖掉路德村的房子，悻悻地直视着它的破败和无用而手足无措。

因此，赫索格这个热爱大自然的现代人，其乡居生活也实在不成功。可以说那种骨子里对大自然的热爱，在现实中是难以实现了——这是赫索格这个浪漫主义者的现代特色。这方面的描写几乎也是作家的自嘲，同时形塑了小说人物的天真心性。

最后，从其情感世界来看，赫索格几乎就是一个情感和性爱的王子。他一边咀嚼着婚姻的失败滋味，说女人是可怕的动物，他觉得自己"永远搞不清楚女人要的是什么。她们到底要什么？她们吃碧绿的生菜，喝鲜红的人血"③，一边津津有味地回忆和品尝着一大堆风流事。在他愉悦的记忆区域里，出现了波兰情妇旺达、南斯拉夫情人津卡、葡萄园港女友利比、日本情妇园子等，每个人都和他有一段暧昧的罗曼史，一个个都使他心魂飘荡，难以自已。他琢磨着自己经历过的女人，给她们以各种描述和定义，在自己的身心中寻找出各种对应的需求，同时感觉着自己难以逃避的牺牲和快乐的被奴役。和玛德琳离婚后，他一边诅咒着女人的凶猛，一边跑到情人们那里寻求慰藉，诉说自己被欺骗的经过，渴望着她们跨山越水来拯救他："我倒在人生的荆棘上，淌着血。后来呢？我倒在人生的荆棘上，淌着血。后来又怎么样呢？我和一个女人睡了一宿，我度过了一个假日，但是过后不一会儿，我重又倒在那同样的荆棘上，带着痛苦中的喜悦，或者是欢乐中的悲伤——谁知道这只混合物是什么名堂！"④ 说得真对，赫索格最知道赫索格，他就是这样一个可笑可怜可爱可鄙的难以命名

---

① 宋兆霖主编：《索尔·贝娄全集·第四卷》，第414页。
② 同上书，第415页。
③ 同上书，第63页。
④ 同上书，第269页。

的"混合物"！[①]

而最有意味的是他和纽约花店女主人雷蒙娜的关系，这位正一心一意爱着他的聪明、美貌、性感的女性，在他眼里几乎是完美的，他在她那里得到了最大的身心满足，她差不多就是他理想的女人类型了；但这同时也构成了他的最大威胁和陷阱，他感觉到雷蒙娜正颇有心机地试图擒拿住他，让他再次陷入婚姻的牢笼中，因为雷蒙娜在经历了若干男人之后，正处于给自己寻找最后归宿的时期，大学教授赫索格，应该是她最为安全和靠得住的猎物。因此，他每当心情烦躁时就会去找雷蒙娜，在她那里获得慰藉，然后又不断找各种借口躲避着她，生怕失去自由。他常常会想象雷蒙娜各种驾驭男人的伎俩，由此联想到现代城市中男人和女人在情场上发生的各种战争，"在解放了的纽约市，男人和女人，披着华丽的伪装，就像两个敌对部落的野蛮人，面面相对，男人想占点便宜，然后一溜了之，女人的战略是解除男人的武装，要他俯首称臣"[②]。大量的这般描写让读者感觉如此深刻又忍俊不禁，饮食男女之纠缠在贝娄手里可以说表达得淋漓尽致。

这里面自然有贝娄对自己生活的酸涩体验。和第一个妻子15年的生活，让他倍感拘束和压抑，和第二个妻子4年的生活，让他尝到了屈辱。他两次离婚之后，在不断付给两个前妻赡养费后让他重新成了穷人。这些过程使贝娄对女人有了不少偏见，认为女人有掠夺天性，是一种既诱人又可怕的动物。

当然，赫索格也不是一味地只在感觉层面和自己的女人们周旋，他在信件中也检讨了自己的生活，尤其是两次婚姻，觉得自己确实缺少和女人交流、共享生活的能力，自己可能真的不是个好丈夫，也不是好的父亲。从小说整体来看，产生这些问题，也许来源于赫索格过于浓重的自我意识，至少赫索格在批评浪漫主义的时候是这样看的，而玛德琳在说到赫索格时也是这样的评价。在玛德琳的姨妈眼里，他专横、阴沉、成天老爱呆想还苛求别人。而在律师辛金的眼里，赫索格是一个呆头呆脑、不切实际但思想上却雄心勃勃、骄傲自大，事实上没用得连自己的老婆都被人抢走的人。作家的叙述态度让他给不少人提供了娱乐，给玛德琳的情夫格斯贝奇，给律师辛金，包括给他自己，他一想起自己曾经立下的遗嘱执行人就

[①] 本段曾参考张弘《临界的对垒》中"《赫索格》与浪漫主义传统"一节，深受启发。吉林人民出版社2000年版，第96—112页。
[②] 宋兆霖主编：《索尔·贝娄全集·第四卷》，第246页。

是格斯贝奇时都觉得好笑,还自嘲说:"我不适宜于照顾我自己的利益,而且每一天都在证明我的无能。一个愚昧透顶的傻瓜!"① 在这些自嘲自虐的念头中洋溢着一种愉悦的喜剧感。

赫索格这个人物,从根本上来说,是个现代世界里的浪漫主义者。从西方传统文化中的浪漫主义精神来看,主要体现在人的主观性、注重自我个体、厌弃工业文明、倾情大自然等,这些都是大学教授赫索格的性情特征。而且,在他得知自己被妻子背叛之后,怒气冲冲地拿着父亲留下的老枪去找妻子的情夫复仇时,也表现了某种浪漫派诗人决斗的遗风。

那么,小说中给赫索格造成不幸的妻子玛德琳,在作家笔下也差不多是一个浪漫主义性格的副本,她意气风发、有主意,鼓励丈夫辞去大学教职,到乡村买了房子,准备做一番不同凡响的事业,但一年之后自己又改变主意,认为自己要到芝加哥读完斯拉夫语研究生课程。而到芝加哥一年便决定离婚。小说中坦率地说,这是"两个素以自我为中心的人面临摊牌阶段"。当然,玛德琳的形象,用美国评论家莎拉·科恩的说法,更多的是在赫索格眼里出现的一个"剪影"②,并没有给予全面的描绘和性格塑造,包括所有小说中的女人,其实都是赫索格回忆中出现的生活陪衬,由此倒也可以见出赫索格本人的自我中心性格。关于这点③,本书将在第六章第三节论述贝娄小说中的男女情感关系时详细论之。

在20世纪80年代的一篇文章中,贝娄谈到了文明世界以及其中的野蛮因素,也说到文学创作的意义,"有一个渠道可以到达灵魂,但很难找到。中年生活被许多东西淹没了。但存在着渠道,我们的工作就是找到它,把它们集中到一起"④。也许,赫索格的自我揭示、批判社会、纠葛于两性之间的诸多苦情和努力,即是其寻找那条将这些分叉的东西集中在一起的渠道。该小说的半自传性让其具备了作家自我反思的美学功能;而作家收到的那些读者自称自己就是赫索格的诸多来信,也说明了小说对一个现代社会里的中年人方方面面的描写是多么地成功!

---

① 宋兆霖主编:《索尔·贝娄全集·第四卷》,第275页。
② Sarah Blacher Cohen, *Saul Bellow's Enigmatic Laughter*, the Board of Trustees of the University of Illinois, 1974, p. 175.
③ 刘文松: *Saul Bellow's Fiction: Power Relations and Female Representation*。该英文著作曾指出贝娄小说中男女关系中的权利问题,认为玛德琳是从竞争到控制的一个转换过程,并指出60年代女权主义思潮的社会影响等,也是一个富有创意的见解。厦门大学出版社2004年版,第43—51页。
④ Saul Bellow, "The Civilized Barbarian Reader", *The New York Times Book Review*, 1987, p. 38.

第二节　虚无主义的审判者:《赛姆勒先生的行星》

贝娄曾经说过自己在 50 年代末即开始考虑离开东海岸,尽管纽约是文化中心,也是他成功的地方,但由于他不愿意属于任何帮派,并已察觉到了 60 年代的破坏性趋向;后来的事实证明,60 年代确实成为一个疯狂的年代,尤其在纽约这样的大城市表现尤甚。而文学艺术,包括知识分子、大学校园,当时都政治化了,贝娄指出那种疯狂就是一种国家层面上的破坏[1]。

他将这种见解和沉痛反思写进了 1970 年发表的《赛姆勒先生的行星》,众所公认这部长篇是对美国 60 年代反文化运动的道德审判。小说的声誉超出了文学界,成为一份 20 世纪 60 年代的"文化资料"。不仅如此,这部小说还涉及了大屠杀回忆及其对人性伤害之深广。贝娄在一次访谈中说过,他尝试在这部作品中用欧洲的视角看美国,因为自己的双亲、兄姐都是在欧洲出生的,而且他在巴黎、伦敦遇到的老一辈人都像赛姆勒[2]。小说中,这个有些欧洲遗老味道的赛姆勒,是受害的犹太人,大屠杀幸存者,在他的视线中出现了纽约的当下疯狂和过往的大屠杀记忆,小说在这两种历史时空的交叉叙述中,刺探了历史和时代中潜藏着的人性恶欲,是如何在合适的土壤中肆意开放的。作家借赛姆勒的眼睛再次表达了对人类文明的忧心忡忡。

一　大屠杀的创伤见证和人性反思

从大屠杀角度来看,如果说《受害者》尚是一种心理阴影的疏泄,那么在《赛姆勒先生的行星》(以下简称《行星》)中则用大量篇幅直接描写了大屠杀幸存者的命运,并在其命运的演示之间进行了人性、历史与文化的拷问。这部被公认为批判美国 60 年代"反文化"运动的名著,同名主人公赛姆勒的存在本身即是对大屠杀的一个控诉。如小说所写,他像"曼哈顿岛上的一座沉思的岛"[3],小说写了他三天中穿行于纽

---

[1] M. A. Quayum, *Saul Bellow and American Transcendentalism*, Peter Lang Publishing, Inc. New York, 2004, p.131.

[2] 〔罗马尼亚〕诺曼·马内阿:《索尔·贝娄访谈录》,第 219 页。

[3] 宋兆霖主编:《索尔·贝娄全集·第五卷》,汤永宽、主万译,河北教育出版社 2002 年版,第 77 页。

约的种种经历，一边是内心不断闪回自己逃出波兰死亡营的恐怖情景以及相关思考，一边是不断被裹挟进现代都市的各种乱象并发生"遭遇战"。两个世界的故事在交叉叙述中产生了许多有关"幸存者"是否能够真正"幸存"的问题，表达了作家在坚守人性价值的同时对历史现实的悲情审视。

《行星》是用回忆方式重现大屠杀惨景的，那种景象是 70 多岁的赛姆勒先生思考人生不能绕开的出发点，也是种族灾难的一份悲愤倾诉。20 世纪 30 年代，波兰犹太人赛姆勒曾是华沙报刊驻伦敦的记者，一家人一直生活在英国，并和布鲁姆斯伯里那个当年的英国精英团体来往密切，还和知名作家、社会活动家赫伯特·威尔斯是好友，并赞成威尔斯对人类理性、文明的信仰。战争爆发后，赛姆勒为了处理岳父家的财产，一家人回到波兰，不幸劈面和大屠杀撞上，结果妻子被杀，女儿躲在修道院得以幸免，赛姆勒经历重重血雨腥风侥幸逃出。小说强调了赛姆勒在英国养成的绅士风度和生活习惯，在他身上体现了人类的高文化品质，这些铺垫为在波兰的惨害场景呈现了一种对比意义上的忍受度，也提供了人类文明自我讽刺的一个阐释场。在赛姆勒的记忆中，多次出现他与妻子被剥得精光和其他人一起挖坟坑的场面，大家战战兢兢，在一阵枪声扫射中掉进了自己挖好的坑里，接着是成吨的尘土落下，尸体压着尸体。后来他居然在尸体重压下拨开重重泥土爬出了死人坑，只是一只眼睛被纳粹的枪托打瞎了。这个可怕的画面不时闪现在他的纽约生活中，他常常想到那些穿着制服的德国人，在军服和钢盔的装备下成了杀手，毒气室、焚尸炉、一道道关卡，一个民族运用科技手段杀害另一个民族。这样的情景在赛姆勒心理上定格，赛姆勒多少年来一直感觉着飞扬的尘土落在身上、脸上，使他窒息。他的神经系统被损害了，周期性的偏头疼常常发作，他在难以控制的痛苦中会一次次跌落那个被活埋的场景，刺激着他的思绪，他想到不仅仅自己多年养成的文化表征顷刻泯灭，而且在作为西方近代文化培养出来的有尊严的生命个体这个基本点上，无论是实施残害的人还是被残害的人，都已荡然无存。这使他想到后期的威尔斯对人类的理性信念不再坚挺，赛姆勒也如是。

然而，大屠杀只是赛姆勒灾难的开始。幸存的他在扎莫希特森林参加了波兰游击队抗击德国侵略者，但在战争即将结束的时候，居然又受到游击队中反犹者的枪击，因为那时似乎有什么人作出了建设没有犹太人的波兰的决定，使得一些原本就有反犹意向的人趁乱射杀犹太人。因此，战争虽然结束了，但对犹太人来说大屠杀还在继续。赛姆勒只好继续逃跑，在一个好心守墓人的帮助下得以藏身一个大陵墓躲过战乱。富有意味的是，当赛姆勒后来得救去了纽约，那时曾给赛姆勒送水和面包使他活下来的守墓人，在战后的正常日子里，在赛姆勒为了报恩给他寄包裹时，这位守墓人居然也流露出反犹的口气。

小说中这一笔的重要性在于，贝娄沿袭着他在《受害者》中描述过的反犹主义趋向，而且相比阿尔比的象征性，这次是一条战壕里曾经的战友的真枪实弹与和平时期救命恩人的日常态度，这个具有讽刺意味的案例客观上成为希特勒灭绝计划的厚实土壤，是欧洲反犹主义的冰山一角。小说中透露出的愤懑和悲哀成为老年赛姆勒的无言伤疤。这并不是贝娄作为小说家的想象，而是历史事实，波兰战后确实有继续残害犹太人的行为，一方面是反犹的历史遗风，另一方面也有虐待弱者的人性之劣。对此，贝娄在《行星》中也仅仅述及一点而已。

从作家角度来看，贝娄生活在美国，作为犹太移民二代，他没有死亡营的恐怖经历，但对外围世界的态度和反犹情绪的感受则是敏锐的。因此，在贝娄的小说中，"幸存者"这一概念的阈限就有了一个扩大，在《行星》之前的《赫索格》中也曾托小说人物之口悲叹过："我并不以为我的处境安适。在这个时代里，我们都是幸存者，深知我们付出过代价，因此各种关于人类进步的理论不适合我们的身份。认识到你是个幸存者，你会感到震惊；认识到这就是你的命运，你会潸然泪下。死者上路时，你想叫他们一声，可是他们脸色阴沉，灵魂阴郁地离你而去。他们在灭绝人类的焚尸炉烟囱里化为团团烟雾，远远而去，你却留在历史成就——西方历史成就——的光华之中……"[1] 大屠杀在西方近代文明的历史上戳了一个洞，这是小说的意义所指。在这里，"西方历史成就的光华"的表述就像一个凄惨的微笑。《行星》中，作家还借赛姆勒之口谴责沉默的大国，因为当时的丘吉尔和罗斯福都知道奥斯维辛，但他们没有行动，听凭大屠杀发生，小说隐含的意义是：这难道不是人类文明的耻辱！

在以后的小说中贝娄还将继续这个题旨的发挥，同时也会继续对西方文明以及人性本身进行拷问；在《行星》和《赫索格》中，悲愤的表述旨在说明，大屠杀只是犹太人历史灾难中的一页，在种种反犹主义的绊索中，所有的犹太人都是"幸存者"，都必须有意识地面对自己的命运并拷问这样的命运。哈那·纳西尔在1979年写的关于《赛姆勒先生

---

[1] 宋兆霖主编：《索尔·贝娄全集·第四卷》，第106页。

的行星》的评论中认为，这是贝娄迄今为止写犹太故事最多的一部作品，小说中还写到了以色列作为国家的存在，那正是赛姆勒们所需要的安全存身之地。[1]

也正因此，1967年中东爆发"六日战争"[2]后，贝娄义无反顾地跑到中东作战地报道，用他的话说，犹太民族在不到1/4的世纪里遭遇第二次屠杀，他没有理由置身事外。"第二次屠杀"的说法有其历史性的话语背景：20世纪60年代，围绕审判纳粹罪犯艾希曼事件和中东地区的冲突，以色列国父、第一任总理本·古里安在公布逮捕艾希曼的第二天就曾这样说过："埃及和叙利亚像纳粹的学生那样攻击以色列，这是危及我们的最大危险。"参与审判艾希曼的以色列检察长哈乌纳斯在审判艾希曼后也说，耶路撒冷的审判"结果也不能使阿拉伯人停止继承希特勒的事业，他们还是要攻击种族灭绝的幸存者们安身的国家"；而且，曾大力批评萨特之左倾的法国思想家犹太人雷蒙·阿隆，也在"六日战争"前夜用过"奥斯维辛的困境"比喻以色列的当下境况等[3]。那么，贝娄对"六日战争"的说法和此种说法同出一辙，在这个历史关键点上，他与自己的种族一起站在了大屠杀阴影下并表达了自己的坚定立场。而且，他将自己的这次中东经历和思考赋予赛姆勒，赛姆勒以同样的理由，以其72岁残疾之身毅然从纽约飞到中东参与"六日战争"，亮出了他作为"幸存者"义无反顾地道义担当。从这些理路中，可以触摸到贝娄心灵深处的奥斯维辛伤情，以及作为广义"幸存者"的天然担当。

但是，贝娄毕竟不仅仅是犹太人，还是一个以书写普遍人性为己任的作家，1967年以色列的胜利并未使他产生满足感，目睹的战场惨景反而给他强烈的刺激。回到美国后在《每日新闻》上发表的《以色列：六日战争》的报道中，贝娄如实描写了那种到处是死人的景象并为之唏嘘不已。三年之后，贝娄的中东经历出现在赛姆勒身上，赛姆勒面对了尸体、烧毁的车辆，"密密麻麻尽是死人"和腐烂的恶臭气味。小说写道，面对这样的骇人景象赛姆勒有一种想哭的欲望，"这是一场真正的战争。人人都重

---

[1] Hana Wirth-Nesher, "Jewish and Human Survival on Bellow's Planet", *Modern Fiction Studies*, 1979, p. 59.

[2] 1967年5月19日，埃及总统派兵重新占领了加沙地区，23日关闭亚喀巴湾，不准以色列船只通航。6月5日至10日六天中，以色列人发动了一场闪电战争，击败了埃及、叙利亚和约旦等国，然后在联合国安排下实现停火。

[3] 〔美〕汉娜·阿伦特等著：《耶路撒冷的艾希曼》，孙传钊译，吉林人民出版社2011年版，第236页。

视杀戮"①。小说从种族问题的伤口化脓处生发出人类历史中的杀戮图景，并由此伸向人性极限的幽暗处。《行星》中写了这样一个触目惊心的细节：赛姆勒在躲过纳粹屠杀和波兰游击队反犹者的枪弹后，在浑身褴褛和饥寒交迫中遇到一个交枪求生的德国俘虏，俘虏怯弱地申说自己有家有妻儿，求他不要开枪。但那时的塞姆勒已经听不懂有关"家"和"妻儿"的意思了，小说交代说"那是人类的语言"，赛姆勒在那时已然蜕变为一个生物，只剩下生物反射的欲望和动作：一边全心注视着那点自己早已丧失又迫切需求的食物和衣物，一边扣动扳机，面对面开枪射杀了俘虏。小说将这件事刻印在幸存之后的赛姆勒心底，让他在后来的人生中不断地去面对它、掂量它，挖掘自己开枪时刻的所有感觉。他渐次想起，当时的射击应该还不仅仅是为了食物用品，应该还伴随着一种杀戮的快感，简直就是心理上的"喜悦"——那是一种不仅仅是行尸走肉而且还是野兽的瞬间喜悦。这是赛姆勒在和平时代对过往经验的一个深度拷问，同时也是对人性本质的拷问，他想到人性在那样的互相杀戮中的朽坏，他突然发现夺去一条生命原来"可能是一种狂喜"②！这种可怕的发现让他想起一个时尚青年弗菲尔说过，纽约有一个疯狂的保险公司理算员，一时冲动在办公室对着电话簿射击，用一粒子弹打穿了一百万个密密麻麻的姓名，那也是伴随着"狂喜"的杀戮过程。

这场室内游戏和自己曾经近距离射杀那个被解除武装的德国士兵的联系，将"杀戮"本身上升到了哲学高度，赛姆勒从历史灾难的褶皱里发现了人性底部的黑暗，瞥见了人类疯狂的内在基质。小说写赛姆勒躺在床上，有时会感到过去的故事在脑子里"嘶嘶作响"，感到泥土的颗粒撒到脸上，他想到古代的帝王都有随意残杀的豁免权，因而许多革命就是为了夺得生杀大权，人们通过杀戮建立起自己的身份，他们在权力中享受着杀人的乐趣，权力的真正奖品就是"自由自在地享有生杀大权"。这就是人类的历史。

《行星》中几乎恣肆、激愤、不可抑制地谈论杀人问题，从历史伟人到罪人，由法西斯纳粹到幸存者自己，既审问着人类历史中赤裸裸的杀戮，也深入人性本质在极端状况下对杀戮的瞬间反应。这个问题在其1976年发表的长篇随笔《耶路撒冷去来》中得到再次重申（见本书后附录），并把人类间这种互相"杀戮"的历史惨象定义为历史的"低音部"，隐含

---

① 宋兆霖主编：《索尔·贝娄全集·第五卷》，第250页。
② 同上书，第141页。

了人性本然中残杀的"潜在可能性"①。

二 60 年代纽约的烟尘

在人类的文明历史中，20 世纪 60 年代绝对算得上一个特殊年代。从欧洲到美国，从西方到中国，虽然起因、内容、形式、结果各不相同，但从年轻人反文化、造传统的反、社会处于动荡不安这些角度来看，倒有着较为一致的面貌，如美国学者斯泰格沃德所说，"到 1968 年，全世界年轻的激进分子似乎都差不多在利用不满情绪的力量来促成革命的形成"②。可以说，那时人类在不同的国家和不同的文化政治语境中谱写了一曲具有亢奋表征的大合唱。

美国的 60 年代是其中一个音部。无论后来的理论家们有着怎样的评价和原因追溯，动荡与混乱还是显而易见的。政治层面的民权运动、女权主义运动、反战运动、反对核武器和平运动、新左派激进主义革命，这些运动的参与者们或者走上街头游行示威，或者静坐抗议，也有的地方出现付诸暴力的抵抗活动。在文化层面，性解放、同性恋、"垮掉的一代"、"迷幻药之旅"、摇滚乐等③，在生活和文艺创作各个方面大肆冲击着传统理性和道德约束。而大学也被作为传统价值的权威象征遭到攻击，校园里到处在罢课。"在 60 年代，美国各城市一片沸腾，暴力事件、'民主骚乱'层出不穷。"④

这时的贝娄恰好结束了一直为工作居无定所的生活方式，在 1962 年接受了芝加哥大学社会学教授的位置，定居芝加哥。据贝娄传记记载，已经成为文坛名流的贝娄，当时积极参与了许多激动美国公众的问题讨论，在反对核武器和越南战争、争取民权和种族平等的各种政治运动中，他都明确表达了自己的支持意见，将其视为一种知识分子的社会担当。但同时，他也明确反对一些激烈行动和非理性的反叛形式，还写信给芝加哥《太阳报》，谴责那些粗鲁、不理性的示威方式，他认为那样会毁坏集会的

---

① 鲍曼在《现代性和大屠杀》中检验过大屠杀在现代社会中的"潜在可能性"，第 16 页；而贝娄在这里检验的是人性，一个人在遭受连续的大屠杀之后会变成什么，在历史中曾经做了什么，这些事实和人性本然的关系等。
② 〔美〕戴维·斯泰格沃德：《六十年代与现代美国的终结》，周朗、新港译，商务印书馆 2002 年版，第 204 页。
③ 〔美〕戴维·斯泰格沃德：《六十年代与现代美国的终结》，第 259 页。
④ 同上书，第 187 页。亦可参照迪克斯坦《伊甸园之门》的相关描写。

目的①。同样，在大学校园，1968 年正是学生运动高峰，师生辩论会，占领行政楼，攻击授课教授等事件到处发生着。在贝娄的研究生课程"乔伊斯 seminar"上，也有学生提出一系列罢课要求。这种冲击学校正常秩序的行为激怒了贝娄，他在课堂上当场批评挑衅者，坚决反对动辄罢课的反智行为。在他受邀到圣弗朗西斯科州立学院做题目为"在大学，作家做什么"的讲座时，第一次遭遇新左派，当学生问到有关艺术家在种族问题中的态度时，他回应说，20 世纪有太多的党派划线，人们常常非此即彼地给艺术家排队，他认为这种狭隘的看法会伤害艺术，应该以历史的态度去考察艺术家的成就②。但故意挑衅的学生就他塑造的赫索格这个人物形象嘲弄贝娄并进行人身攻击，贝娄不失风雅和幽默应对后匆匆离开。所有这些事件使贝娄忧心忡忡，感到一种青春期的愤怒情绪正席卷校园，他和同事一起批评各种极端的反文化和反智活动，认为这些抗议没什么清白和天真，只是在随意践踏人类的文明成果。他给友人写信说，"大学正在破坏文化"③，知识分子作为高等文化的代表被攻击，时代正在变得疯狂。

正是在这样的背景下，贝娄写出长篇小说《赛姆勒先生的行星》。小说中，具有着大屠杀悲惨遭遇并在不断进行人性反思的幸存者赛姆勒先生，在纽约劈面和一批现代青年发生了"遭遇战"，使他从生命的"幸存"状态转移到文化层面的是否能够"幸存"的危机之中。

小说写了三天时间，第一天是在大学和公交车上的遭遇，70 多岁的赛姆勒一出场便踏进了一个时代的陷坑。一个哥伦比亚大学的学生弗菲尔，知道赛姆勒熟悉英国文化，邀请他到大学做有关 30 年代英国文化的演讲。这个弗菲尔读外交史，有数不清的课外活动和男女情事和性事，全心全意地过着"一种高能量的美国生活"。在赛姆勒眼里，弗菲尔是"一个喧闹的、深情的、急切的、火山喷发般的、有事业心的人物"④，他甚至能听到这个年轻人生命中的燃料在"嘶嘶作响"。弗菲尔把安排讲座的事作为他很多学生活动计划中的一项。对于赛姆勒来说，去学校讲讲过去的文化经验还是愉快的，他曾经给少数对文化和历史有兴趣的学生讲过他在英国的各种工作经历。但弗菲尔给他安排的这次演讲，结果变成了一个群众集会，会场人声嘈杂，那些视知识如粪土一心要革命的学生根本没有兴趣听

---

① James Atlas, *Bellow*: *a biography*, Published in the United States by Random House, Inc. New York, 2000, p. 344.
② Ibid., p. 374.
③ Ibid., p. 376.
④ 宋兆霖主编：《索尔·贝娄全集·第五卷》，第 42 页。

他的演讲内容，一边粗暴地打断他，用侮辱性的词汇否定他提到的那些文化界精英，一边放肆地起哄和羞辱他本人。赛姆勒在一片混乱中匆忙离开会场，而这时的弗菲尔早已不见了踪影。

不用说，这是作家贝娄在大学课堂以及演讲中的亲身经历，他在小说中托赛姆勒表达了自己心理上的震动，赛姆勒被淹没在那种爆发性的辱骂声中，他感觉自己一下子回到了原始丛林，也使他深深地认识到自己和时代的格格不入。接着像是为了证实他的这种感觉，一个他曾经在公交车上数次遭遇的高大英俊的黑人扒手，他好几次眼睁睁地看着对方作案，但报警后却因为警察对偷窃案件的不屑而无果。而这一次，这位具有"英雄"派头的扒手因为盗窃被赛姆勒看见，便一路尾随赛姆勒，无声而强硬地将赛姆勒一步步追逼在一个楼底角落，骄横地向他展示自己的生殖器，以此表达恐吓和警示。小说中，赛姆勒从大学的低级部走向街痞的"优雅部"，他们肆无忌惮、无法无天地用下流的方式给他上了剥夺尊严和优雅的一课。

小说对新生代们的形象、心理和行为方式，描写得真是淋漓尽致、入木三分，真正是呼之欲出了，让人感觉到类似夏天的暴雨，也像溃堤的洪水。接下来的两天，是赛姆勒自己的女儿苏拉和犹太亲戚伊利亚的子女们造成的种种尴尬和混乱。苏拉，大屠杀时躲在一所修道院逃过一劫，到美国后和父亲一样，靠亲戚伊利亚的赡养生活。按照赛姆勒的理解，女儿在精神上处于不健康状态，一方面是大屠杀恐怖损害了神经系统，无法正常生活；另一方面适逢时代嘈杂，沾染了追逐新奇的"嗜好"——每天提着购物袋穿行于城市之间，穿着离奇古怪的服装去听各种演讲，兴奋于各种时尚观点。偶尔也为伊利亚打打字，那是善良的伊利亚为了让苏拉有事做专门为她设立的一个"工作"。她做的一件出格的事是：在印度博士拉尔先生的讲座上偷了博士的讲稿，因为她出于非常"正当"和充分的理由，她到处宣扬父亲正在写作有关威尔斯的著作，这份讲稿正好可以为父亲写书提供参考。于是，为了解决女儿带来的这个麻烦，即把讲稿还给拉尔博士，赛姆勒和女儿展开了类似游击战的"追踪"、迂回战术，费了很大劲才把苏拉藏来藏去的讲稿拿到手，总算让这位无厘头女儿最终没有陷入警察介入的麻烦中。

而伊利亚的一双儿女更是奇葩。女儿安吉拉，活力充沛，自由放浪，加上美丽、健康、富有这些条件，简直为她寻欢作乐配备了一切条件。她最大的特点是要求性爱的无限权利，曾经参与的群交活动是她这类年轻人的华彩乐段，用赛姆勒先生的感受来说，在她身上有一种纵欲放荡的"超级女性气息"。而儿子华莱斯的放浪形骸和随心所欲已经达到几乎可以说是"艺术"的"境界"了,小说写到他时用的词汇是"真是疯了":他曾经飞到摩洛哥,准备骑马游历摩洛哥和突尼斯,说是要研究落后民族的发展阶段,因为他曾在赛姆勒那里看过布克哈特的《力量与自由》,感动之下便付诸实际行动,结果在一个旅馆被抢劫;又继续到土耳其,还真的设法骑马进入俄罗斯,被警方拘留后,靠了有名的父亲伊利亚医生的多方运转才得以回到美国;开父亲的劳斯莱斯像脱缰野马,漫不经心随便停车,结果把车子翻到一个储水库底;他也志愿参加国内和平服务团,想在篮球运动场上给黑人孩子当教练;父亲为了让他有个正经的职业,曾给他租了一间律师事务所,而他整天上班做的事是一边玩字谜游戏,一边玩弄雇来的女速记员的胸部;华莱斯最出彩的行动是和弗菲尔的合作"项目":计划开飞机空中拍摄乡村房屋,洗出照片后再在现场指认各种树木和灌木的学名,并用拉丁语和英语写在漂亮的带子上挂在树梢,设想去诱惑推销员带来各种交易借以发财。为此他需要买一架飞机,用发工资的方式雇用赛姆勒大叔去说服父亲拿出买飞机的钱。被赛姆勒严词拒绝后便一人潜到父亲在新罗切尔的老屋挖地寻找,他认定父亲曾将大笔巨款藏在那里,结果挖断了地下水管水淹房屋,他在别人收拾水灾时急忙跑掉。最终还是和弗菲尔租借了飞机飞上天空,并在一个屋顶上剐掉了飞机轮子,强行着陆,飞机毁掉,华莱斯脸部受伤,还面临被破坏了房顶的住户的起诉。

　　所有这些事件——甚至很难说是事件——几乎就是一种全心全意投入的"玩乐",小说中的表述是"他们全都玩得这么乐"[1]。"他们"自然也包括弗菲尔,还有苏拉的前任家暴丈夫埃森,弗菲尔和埃森还在大街上把赛姆勒遇到的那个黑人扒手打了个半死,他们自己也受了重伤,演绎了一场街头暴力事件。早在《赫索格》中,作家已经说过那些"感情充沛的男孩女孩","把'我的个人生活'这种东西变成竞技表演,变成古罗马武士的格斗,或者变成比较温和的娱乐形式"[2]。而到了《行星》这里,则从正面描绘了一代轻飘、浮夸的现代青年,他们生气昂扬、为所欲为,对人对己都不负责任地漂荡在城市的各个角落,或以话语方式,或以行动方式,书写了一个时代的混乱风气。大屠杀幸存者赛姆勒在这样的时空中就像一座孤岛,他悲壮的族裔经历和现实困境孤零零地耸立在那里,经受着

---

[1] 宋兆霖主编:《索尔·贝娄全集·第五卷》,第291页。
[2] 宋兆霖主编:《索尔·贝娄全集·第四卷》,第395页。

时代的风吹雨打，并常常联想到自己在波兰的遭遇，两者之间奇特的联系让他惊惧万分。面对赛姆勒这位长辈的责问，华莱斯解释说，"我是不同的一代人。首先，我没什么尊严。完全是一系列不同的已知因素。生就没有恭敬的情感……"① 赛姆勒在他头上看到了骚乱的象征，烟、火、飞扬的黑色物体，不由得感叹，"纽约使人想到文明的崩溃，想到索多玛和蛾摩拉，想到世界末日"②。他面对这个"全速奔跑的时代，发疯的街道，淫秽的梦呓，畸形怪异的事物"，发出世纪之问："是我们人类发狂了？"③

小说出版后称赞和指责蜂拥而来，有的说是"倾诉的挽歌""不朽的遗嘱""一个顶点"；有的说赛姆勒扮演着上帝角色，将一种道德愤怒指向了所有的人④，是道德主义的代表；在英国后来出版的《现代美国小说》中，论及这部作品时也指责贝娄是不能接受激进时代的边缘者，小说中的年轻人散发着污垢的气味，只有70多岁的赛姆勒才是文明和安全的，这是一种极端的保守态度等。不少批评指出，赛姆勒是贝娄小说中的第一个父亲形象，以前作家经常写的大都是叛逆的儿子。这让人想到贝娄在60年代的身份：名作家和不断在社会上发出声音的大学教授，赛姆勒在某种意义上确实居高临下地充当了引导和劝诫的角色。一直支持贝娄的批评家卡津也讽刺赛姆勒像一个上帝，自我指定为高超的道德仲裁人，俯瞰芸芸众生。贝娄为此写信和卡津展开激烈争论，坚持自己道德立场的正确，最终导致友谊破裂。但贝娄在信的结尾隐隐提到自己的罪，并谈及某种承担和改正。这种说法有理由让人猜测贝娄也许在一个侧面借小说审视自己的思想和行为问题，因为正是在60年代，贝娄自己经历了两次婚姻失败，且同时游弋于婚外几个女性之间，这也就是他在演讲时被听众问及赫索格是否就是他自己的原因。当作家托小说人物对各种具有破坏性的时代风气进行谴责的同时，潜藏于其中的也许有其自我审视，这是人们极少注意到的一个方面。关于这种心理上的深层渊源，贝娄传记作者阿特拉斯认为《行星》中涉及的一些问题和作家的现实生活确实有一定关系，比如他不断陷入和女人的多重关系及其心理深处的"厌女症"（赫索格曾说"女人吃绿色沙拉，喝人血"），清教的不宽容态度，种族主义问题（《行星》开

---

① 宋兆霖主编：《索尔·贝娄全集·第五卷》，第240页。
② 同上书，第301页。
③ 同上书，第93页。
④ James Atlas, *Bellow: a biography*, Published in the United States by Random House, Inc. New York, 2000, p. 393.

头对黑人扒手的描写）等，是作家面对时代、面对自己的一次集中发泄[1]。哈那·纳西尔在自己那篇评论《行星》的文章中，曾提到贝娄说过自己在这部小说中将自己赤裸裸地剥开了云云，应该包括了对各种极端行为反感至极的情感态度以及自我清理的勇气等。

至于说到"清教的不宽容"，那就涉及贝娄面对60年代的保守态度的深层缘由了。非常明确，作为犹太裔作家，贝娄从小在犹太社区和家庭中所受的教育给了他强烈的伦理道德意识，如上节论述赫索格时所提到的，犹太文化中源出于《圣经》的历史责任感，是贝娄思考时代和文明问题的价值支撑点。他在很多文章中表达了自己对犹太文化传统的依恋，他也托赫索格的回忆表达过类似依恋，如"他在那里所体验过的人类感情，以后再也没有碰到过"云云。1970年他应邀在希伯来大学的演讲中也指出，作为犹太移民的第二代，多年来他一直注重自己的美国化，渴望融入主流，但60年代的反文化运动促使他倾向了犹太性。另外，贝娄的大学教育，对欧洲启蒙文化的崇尚，也使他对西方传统文化心存敬意。因此，赛姆勒作为欧洲高雅文化的遗老，在古稀之年见证了美国社会的疯狂，这一审视角度使得贝娄可以淋漓尽致地表达出他内心一贯坚守的价值理念。如对贝娄褒贬不一的迪克斯坦所言，贝娄就是那种"富于犹太气质和醉心于道德问题"、具有"沉重的道德严肃性"的作家[2]，而且迪克斯坦还不忘在后来的文学史中对贝娄的这种特点进行一番挖苦：贝娄"身披希伯来预言家的外衣，轻蔑地把60年代看作一个异教主义复兴的时代，一个重新对自然顶礼膜拜的时代"[3]。而在各个层面都涌动着叛逆激情和激烈行动的60年代，这种保守态度使他显得有些刺目。

尽管贝娄和60年代格格不入，但和他观点相似的也大有人在，如保守派文人欧文·豪也指出了60年代那批叛逆的年轻人的破坏性，认为他们只不过是想寻求一段时间的"轻松的欢乐浅薄的享受"，是一种肤浅的"新原始主义"，正是他们造成了城市动荡和街头暴行。这种观点也遭到莫里斯·迪克斯坦的讽刺，他在同年出版的《伊甸园之门》中指名道姓地说："1968年的豪，因肩负抵御野蛮、捍卫文化的使命而热血沸腾，或许会把金斯堡与其他不道德分子和吸毒者一起贬为另一个'新原始人'。"[4]

---

[1] James Atlas, *Bellow: a biography*, Published in the United States by Random House, Inc. New York, 2000, p. 388.
[2] 〔美〕莫里斯·迪克斯坦：《伊甸园之门》，第96页。
[3] 〔美〕萨克文·伯科维奇：《美国剑桥文学史》，第273页。
[4] 〔美〕莫里斯·迪克斯坦：《伊甸园之门》，第8—9页。

其实，迪克斯坦对豪的评价也可以用在贝娄身上，贝娄托赛姆勒先生之口，把那些性解放者、热衷于追求奇特文化表现、反叛和破坏欲强烈的一群青年置于人性道德的天平上，细节丰满地表达了自己深深的厌恶之情和价值摒弃立场。

需要注意的是，对60年代作过详细分析并持中立态度的迪克斯坦也在其书中描述了一代年轻人在政治上好斗、生活方式上狂放不羁的现象，将那些到处滋生着的激进派、嬉皮士、颓废派称为社会奇观。但他认为这些极端行为背后有其历史必然的深意，美国20世纪50年代极端右倾的政治秩序、麦卡锡主义的迫害、冷战氛围对自由个性的束缚和争端引来的绝望感，以及西方近代以来科技理性传统对人性的简单化控制和压抑等，都成为60年代那种"解放"的深层原因。也正因此，当时有一些学者对这些反叛行为还在理论上加以肯定，如苏珊·朗格称之为"新情感"，认为在旧时代的废墟上产生了新一代，他们是要从理性文明中把濒死的人性拯救出来；马尔库塞则从这些反文化的年轻人中找到了"革命"的力量，认为只有那样的极端行为才能够冲击日益机械化的社会秩序等。

在这样的纷乱观点中，贝娄在当时的批评言论和抵制性行为是理性清明的、坚定不移的，因此他也在某些场合成了被冲击的对象。但作为一个作家，当他在不无痛苦地审视一代青年乱糟糟的精神状况和生活方式时，在他为此表达着或愤怒或悲哀的情绪时，还是剥茧抽丝般地表现出他对这种现象的深度思考。《行星》中的赛姆勒并不仅仅是一边倒的立足上帝立场进行道德谴责，和迪克斯坦相似，他也理性地反思这场文化反叛的历史缘由，并由此引出了作家创作中的现代性批判。小说中有一大段的思想意识流呈现，可以看作作者的借机发挥：赛姆勒认为，社会只一味地追求现代化和最大利润，却忘了关心人的生活价值，因此致使工作和闲暇同时贬值了，从个人本性来说，每个人都是公众的一分子和城市陷阱的一个居民，只能作为受人强制和操纵的某个体验者和承受者；因此，作为父亲、丈夫、个人，感觉到属于自己本性的这些力量在变得越来越小；几百年来西方追求民主、平等，解放出了新的个人，获得了新式的安闲和自由，却迷失在无边无际的虚假欲望和可能性之中；年青一代在这样的文化背景上找不到自己的价值归宿，便在感官层面制造狂欢，头发、衣服、毒品、化妆品、放荡、性虐待、戏剧性、独创性，都成了表达自己的工具[①]。这是一代人华丽外表下掩藏着的悲哀，同时也是人类历史的悲哀。因为历史现

---

① 宋兆霖主编：《索尔·贝娄全集·第五卷》，第226页。

实因果环扣,某种元素层层累积且没有通风口,日久天长遇到相适应的条件,便是垮塌的时刻,其中文明死亡成为必然。这正是60年代反文化破坏力给予人类发展史的启示。

按照贝娄的说法,伊利亚的后代也属于广义的"幸存者",他们侥幸生在了美国得以活命,却一心一意奔忙在60年代的混乱中,生机蓬勃地亵渎着人性、亲情,和同龄人一起践踏着人类几百年来建立起来的文明、文化传统,"用虚无主义来替代自我实现"[1],对着他们忧伤的父辈耍鬼脸。赛姆勒在那些疯狂的行为中看到他曾经历的灾难,内容相异但性质相通:人类任意发泄着的那种毁灭和杀戮的激情,由此他断定"如今人类正在演出一场普遍死亡的戏"[2]。在赛姆勒凌乱的意识流动中,体现着作家的某种思想逻辑:人类历史中,每个人都在通过某种形式体现自我,包括埋藏在人性深处的那种杀戮倾向;而现代人在各种工具理性和社会秩序的控制和压抑中,将这种倾向演变为颠覆传统的狂热破坏行为,由此而获得自我的存在感,事实上是杀戮的另一种形式。正是在此维度上,赛姆勒将自己遭遇的大屠杀经验和纽约的反文化混乱连接到了一个点上,并从这个点上挖掘出了历史中的毁灭因子和人性底层的黑暗面。因此他觉得所有的"幸存者"侥幸逃过了生命之灾,但却难以逃脱精神之灾。小说中伊利亚最后的死,赛姆勒生存无计的耄耋老年生活将是大屠杀的最后结果。

大屠杀消灭着犹太人,反文化运动消灭着人的精神,这是作家的现代性拷问。60年代的贝娄在大学任教,他在圣弗朗西斯科学院演讲时也遭遇激进学生的各种挑衅,他曾描述过"孩子们在图书馆放火"[3]的情形且持不宽容态度。在一次访谈中贝娄曾针对《行星》的写作态度说过:"我允许自己严肃地去处理一个世界性主题。"[4] 那么,希特勒制度性的计划谋杀和民主社会渗透个人层面的反抗性,贝娄用"幸存者"赛姆勒的遭遇将表面上难以相遇的两种历史场景相贯通并推到人性和文明的审判庭上,层层审视之后居然获得一条相通之道,这也是《行星》中显露出来的思想深度和批判特征。

---

[1] 宋兆霖主编:《索尔·贝娄全集·第十四卷》,第143页。
[2] 宋兆霖主编:《索尔·贝娄全集·第五卷》,第219页。
[3] James Atlas, *Bellow: a biography*, p. 386.
[4] Maggie Simmons, "Free to Feel: Conversation with Saul Bellow," *Quest Feb-Mar*, 1979, pp. 31–35.

三 月球的愿景和人性问题

小说中出现的高文达·拉尔博士，是印度帝国学院的生物物理学教授，哥伦比亚大学客座教授，受美国国家航空和宇宙航行局雇用做研究工作。本来，这样身份的人和赛姆勒是不会有交集点的，但由于苏拉偷书稿的行为，拉尔博士为了寻找自己的研究心血和赛姆勒有了一个会面。于是，两个关心人类存在状况的人物有点"一见钟情"，暂时忘却了他们见面的简单原因，却热烈而深入地讨论起人类是否要搬迁月球的问题。拉尔认为，人是在一种原子链中存在着，无论是细胞还是社会，都是有其规则的，因此研究生物科学，"这种作为生命基础的化学秩序"，是一件十分美好和崇高的事情。也许有很多人在这种研究中衍生出了其他"谋取私利，寻欢作乐"的机会，比如华盛顿辉煌的新闻发布会和轰动性效应，比如娱乐性科学幻想小说，等等，但研究本身确实给人类带来了宏伟的成就，那就是：对月球的了解和把握，给人类开辟了一个新的生存空间。这是人类理性和技术相结合的必然结果。因此，人类应该搬迁到月球上去，享受这样的科技成就，用他的话说，就是"人们有能去的地方而不去，也许会阻碍发展"。[①]

稍稍回首一下历史即会明白，拉尔博士所说的登月计划并不是贝娄的异想天开，美国"阿波罗号"宇宙飞船于1969年7月登上月球，宇航员阿姆斯特朗成为人类第一个登上月球并在月球上行走的人，而且还说出了那句后来常被引用的名言："这是个人迈出的一小步，但却是人类迈出的一大步。"他们在月球度过21小时返回地球后，获得了美国总统颁发的自由勋章。1970年贝娄发表《行星》，在对美国60年代进行种种审视时，也把轰动世界的登月事件放进去了。

不用仔细分析即可看出，拉尔博士基本上属于当时美国当局在现代科技应用上面的立场和态度，同时也应该是现代世界对科学技术的价值态度。那么，几乎代表了作家立场的赛姆勒先生的看法是什么呢？

面对拉尔博士的登月热情，赛姆勒感慨万千，长篇大论。他的回答涉及历史、人性、西方近代人的主体性发展、现代个人的膨胀、反抗行动的激情、死亡奥秘等，并且再次将这些内容和大屠杀暗中链接。或者说，他正是站在大屠杀的废墟上，眺望着人类历史中潜藏的可怕机制进行散点透视，然后再回到登陆月球的问题，将人性和未来紧密相连起来进行讨论。

[①] 宋兆霖主编：《索尔·贝娄全集·第五卷》，第216页。

他回顾了北美大陆的空间扩张，人类的拥挤使得这一扩张变得重要，因此他认为登上月球是基于同样的渴望，地球上已经积存了许多难以解决的问题，人性中潜存一种狂热和极端的东西，这种东西常常会付诸行动去实现自己的渴望，迟早会把地球（或者已经）变成一个监狱。

他反观历史，两个世纪的文明发展解放了个人，而现代个人在获得一定自由的同时加强了不满足感，到处拥挤着无边无际的欲望、可能性和难以实现的要求，这些东西积压到一定程度就会爆炸。20世纪的革命、暴动、大屠杀，在政治观念的参与和运作中，几乎就像是莎士比亚笔下的怪物卡列班在掌握着生杀大权，将人类拖进生生死死的荒唐行动中。大屠杀是其中最为可怕的一页，演示了人类在实现自己欲望时互相憎恨的激情。对此，拉尔博士用自己的经历也加以佐证，他在加尔各答大学读书时，适逢印度教徒和伊斯兰教徒的格斗，他也看到了人类之间搏杀的恐怖性。

那么在和平年代，赛姆勒先生继续回答，又看到了种种煞费苦心的表演，人们用拙劣的方式追求新颖独特，发泄着毁灭的激情。年轻人渴望回到原始状态以释放自己的潜能和欲望，"用头发，用衣服，用毒品和化妆品，用生殖器，用沉湎于邪恶、恶行和放荡的生活，甚至通过淫秽来接近上帝？灵魂处于这种狂暴混乱之中，该是何等恐怖"！[①] 他放眼世界，人们正在用解放了的意识寻找活动的方式，到处是自我主义的张扬，"这是现代个性迅速发扬的初步结果"。

但是，在这些或者华丽或者猥琐的演出中，人类身上还是有一种东西值得保存下来不被毁灭的，那就是：人们觉知着曾经发生的一切，探索着生活下去的可能，并且追索死亡的奥秘。大体上说，这就是追求知识的根本愿望。赛姆勒肯定这一点，这也是赛姆勒大量悲观看法之后唯一剩余的亮点。后来，在贝娄和朋友谈起赛姆勒对人类的看法时，对方便认为赛姆勒不像赫索格那般绝望，而是一个对乌托邦感兴趣的人，比如对威尔斯的持续兴趣，即表明其心里深处对人类理性还是相信的。这一观点应该和小说中赛姆勒明确指出人类固有的求知欲这点有关。但贝娄认为威尔斯最好的书是不再信任乌托邦，而赛姆勒也是读过的，因而赛姆勒也同样不再信任有关乌托邦的愿景。

确实，赛姆勒对飞上月球进行科学考察并设计人类移民的设想是不赞同的，移民月球和莫尔在某个地方进行乌托邦构建其实殊途同归。赛姆勒认为，如果说登上月球是合乎人类理性的正确愿景，那么住在地球上的人

---

① 宋兆霖主编：《索尔·贝娄全集·第五卷》，第228页。

首先应该也是具备理性的；那么，如果地球上真的住满了有理性的人类，就应该理性地规划好自己的生活，又何必飞上月球去呢？

这真是一个悖论！由此可以看到赛姆勒先生在看待人类自身历史时的悲壮心理。正如莎拉·科恩在70年代出版的研究贝娄小说的著作中所言，赛姆勒在对人类的看法上有一定的肯定性，但并未强大和持久到足够有力量去反对其悲观主义思想，不像加缪在《鼠疫》中所表现的那样，里厄医生经历了和死神的搏斗之后，依然觉得对人的赞美要多于轻视。① 确实，加缪的《鼠疫》演绎了一种西西弗斯精神，将一种价值意义置放在小说人物的行为过程中，彰显了加缪超越了乐观和悲观的过程哲学理念②。而赛姆勒则不然，他面对历史和现实一直是一种悲愤心情，在与拉尔的谈话中，虽然散乱但有着一致性的观念内核：对人性与人类历史的激愤批判，而且毫不掩饰对人类未来的暗淡心情。

拉尔和赛姆勒的对话这个插曲，也算是对当时美国人航天热情的一个讽刺。同时，如莎拉·科恩所指出的，让这两个具有清晰思想、智力对等的知识者进行一场深入的对话，也是贝娄过去说过的"让思想成为艺术"方式的应用，他们互相反对、热情表达，都有系统缜密的思路，这种方式避免了作家思想的自我放任。③ 应该说，这个插曲确实将小说中有关人类过去未来的思考付诸了人物与情节之中，稍稍缓解了思想的枯燥和说教性。而且，贝娄一贯重视表现人物的思想，这里的思想交流扩大和丰富了小说内涵。

富有意味的是，这场深入的谈话被华莱斯的荒唐行为打断了：赛姆勒和拉尔博士的谈话地点即是华莱斯寻找父亲藏钱的老屋，华莱斯确定父亲作为医生曾经赚过违法的钱，然后藏在这里。在这里找钱的还有赛姆勒的女儿苏拉，她无意中听到这个信息后也准备从中获得一些钱。于是这个有点荒寂的住宅便成了欲望的集聚地。小说安排了喜剧性的情节：当赛姆勒和拉尔博士在人类的形而上层面大谈有关理性、非理性、命运、未来、人类愿景、生死问题时，华莱斯挖断了地下水管，大水涌

---

① Sarah Blacher Cohen, *Saul Bellow's Enigmatic Laughter*, the Board of Trustees of the University of Illinois, 1974, p. 199.

② 见武跃速《西方现代主义文学的个人乌托邦倾向》，上海社会科学院出版社2004年版，第249—255页。

③ Sarah Blacher Cohen, *Saul Bellow's Enigmatic Laughter*, the Board of Trustees of the University of Illinois, 1974, p. 195. Saul Bellow, *Where Do We Go From Here: The Future of Fiction*, in To the Young Writer. ed. A. L. Bader (Ann Arbor: University of Michigan Press, 1965), p. 146.

流,他们在一片水淹房屋中陷入忙乱救急。这样一个有些象征意味的场面正像赛姆勒对时代的描绘,正是人的情欲在淹没一切,思想漂浮其上,失去了落脚点。他清楚地看到了华莱斯这一代青年对父辈的戏弄,在享受着父亲辛辛苦苦工作换来的物质成果的同时,也在蔑视和毁坏着父辈的价值理念:

> 事情结果总是这样。这是我从下意识的自我传达给世人的信息吗?
> 为什么发出这样的信息?查禁它们。把你下意识的心灵关在牢笼里,就用面包和白水养活它。
> 不成,这不过是指我这凡人的心灵。你不能把它压制下去。它非冒出来不可。我也很不喜欢它。①

这就是赛姆勒和华莱斯十分清明的价值观。同时,水漫老屋的结果也在暗示着赛姆勒和拉尔的思考变得空泛无力。

四 夕阳西下:幸存者的命运

伊利亚·格鲁纳是小说中一个出场不多的人物,但也举足轻重。他是赛姆勒的远房亲戚,纽约医生,1947 年,伊利亚在意第绪语报纸上查看难民名单,发现了赛姆勒父女的名字,便把他们从难民营带到美国,从此赛姆勒父女的生活除了德国的一点战争赔偿外,基本上是靠伊利亚的赡养。赛姆勒认识伊利亚在东欧的父母,他们是东正教徒,一世清正,伊利亚经常的喜好就是和赛姆勒回忆过去的时光、父母的往事、亲戚们的逸事,他渴望这个欧洲叔父成为他在纽约这座国际大都市生存拼搏中的温馨一角,他的精神家园。在面对一双儿女的态度上,属于典型的 60 年代保守中产阶级价值观念,辛苦一生,给儿女提供了丰厚的物质生活条件,又遭遇了儿女一代的忽略、蔑视、背叛,为他们的荒唐行为而心痛、无奈。小说中的三天,伊利亚已经患病住院,作为医生的他早已知道自己不可能战胜疾病,但他性情温和,并未把实际病况告诉任何人,为了保持尊严,在生命的最后一刻,和医院医生一起"共谋"离开病房去楼下做检查,事实上是,他只是不愿将最后的挣扎显露于人,他选择独自面对,从容离开。

---

① 宋兆霖主编:《索尔·贝娄全集·第五卷》,第 241 页。

而和伊利亚有共同价值理念的赛姆勒,可以说是伊利亚的知音。在他被不断的纠葛所缠绊时,一个中心事件便是去医院看望伊利亚,这个比他小不了几岁却口口声声叫他叔叔的医生,他和女儿的赡养人,是想和他在最后有一个临终告别。但事情就是如此的错失,两个人的儿女们造成的荒唐事件延误了赛姆勒的时间,他没有能及时赶到医院为这位温情脉脉的侄儿送行,两个心气相通的老人没能见上最后一面。这样一个结局加强了小说的悲哀气氛:父辈的失败。正像1968年贝娄发表的短篇《往事如烟》中所说,"想到思想、艺术、对伟大传统的信仰都受到如此糟蹋,他感到痛心。崇高?美丽?都被撕成了碎片片,变成了姑娘服装上的带饰"[1]。这也是赛姆勒急忙赶到伊利亚空空如也的病房之后的心底之痛。

贝娄的朋友辛格曾说过,通过赛姆勒,贝娄告诉我们什么是好的人类。但让读者不安的是,尽管赛姆勒在《行星》中是一个品行端正、自律、严肃的形象,表现出道德卫护者和时代批判者的勇气和责任感,但我们不得不说,他本人的生存本身就是一个必须面对的问题。作为劫后余生且年事已高的人,他基本上没有生存能力,主要靠社会救济和远房表侄伊利亚·格鲁纳的赡养生活。随着伊利亚在小说结尾的病逝,赛姆勒未来的生活将会如何,都是悬而未决的。如果说,赛姆勒在小说中承担了一种道德力量,那么是否可以说,这种力量是如此微弱和难以为继?这是否是作家在70年代反观60年代时候的悲观一瞥?包括伊利亚·格鲁纳医生,他对赛姆勒父女的赡养,一方面是因为赛姆勒这个远房叔叔不仅是自己遥远家族根子上的一条线索,可以寄托自己对种族的思念和怀想;另一方面也是在现代社会中,赛姆勒属于和自己价值观念相一致的少数,他们在下一代的滔滔洪水中一直共同构筑着自己的防线,希望用亲情交往的方式为自己的灵魂建造起一叶方舟。然而,这位成功的外科医生,仁慈、向往传统和上帝的老人,却在小说结尾时寂寞地去世了。

所以,平心而论,小说中承担了正向价值的两个老人,尽管他们有思想,有道德责任,但在一个混乱的时代,他们是沉重而失败的一代。小说的结尾悲伤、深沉,赛姆勒送走了伊利亚医生,也可以说是对一个时代的送终。"在他试着想象一个公正的社会秩序的时候,他想象不出来。一个没有腐败的社会?他也想象不出来。就他记忆所及,没有一种革命不是为了正义、自由和尽善尽美而兴起的。然而,它们的最后状态总是一次比一

---

[1] 宋兆霖主编:《索尔·贝娄全集·第十卷》,第187页。

次的更为虚无主义。"①

因此,《行星》是贝娄在思想和道德观念上最为确定的一部,同时也是历史现实意义上最为悲观的一部。

第三节　物质喧嚣中的形而上担当:《洪堡的礼物》

在贝娄的长篇小说中,总是有一个主要人物贯穿始终,其目光所至和行为方式便成为该小说的主要视角。《赫索格》是一个大学教授的视角,《行星》是一个欧洲遗老和大屠杀幸存者的视角,那么,《洪堡的礼物》(以下简称《礼物》)则是一个作家的视角。这几部小说中不同的视角呈现的故事虽然不同,但面对世界的态度却基本上相似,这就是贝娄从20世纪60年代以来面对现代社会的审视和批判。《礼物》中写了新老两代作家,他们穿行于现代社会的名利场,在物质诱惑、欲望享乐和精神求索的诸多磕绊中,不断品尝着大众化和现代社会体制的打击,在各种喧嚣中承受着自己孤独命运的同时,也试图用自己的方式与之抗争。作家在小说中不断为之苦恼的主要问题是:人类曾经在匮乏中创造了伟大的品行,而在丰裕社会中,我们可以期待什么?诗、艺术、天才,这些人类往昔的骄傲,在现代世界中位置何在?如美国评论界所说,这是小说人物的"精神困境"②。

这部作品有一些现实的刺激因素。1972年,贝娄的好友、诗人贝里曼跳河自杀。贝里曼是个整日沉浸在文学世界中的个性鲜明的人,贝娄在为其小说写的前言中详细描述了两人之间的交往,写到他们曾经没完没了地讨论莎士比亚、叶芝、里尔克、弗洛伊德,讨论自己的写作计划和灵魂问题,还合作写诗。即使有时贝娄为了调侃将话题岔到其他有趣的生活事件上,贝里曼总会立即回到原来的话题,其专注精神十分罕见。一次贝里曼不小心摔断了腿,在医生给他上夹板、抬上救护车时他还给朋友们朗诵他新写的诗。他完全生活在诗歌中,在灵感降临时疯狂,在孤独中酗酒,和外在社会格格不入。贝娄写道:"信心之于绝望、爱心之于虚无——一直是他斗争的主题,也是他的诗的主题。他的诗艺所必需的东西都是由他自己的人、自己的心、自己的智慧所供应的,是他从自己生命的机体、自己

---

① 宋兆霖主编:《索尔·贝娄全集·第五卷》,第78页。
② 见 http://www.Saul Bellow Society。The Official Saul Bellow Website.

的皮肤中汲取的。最后,他一无所有了,增援没有到,力量没有联合起来,决心、悔改、复归的轮回变成了难以为继的笑柄。"① 而在贝里曼自杀之前,贝娄的早年好友艾萨克·卢森菲尔德英年而逝,他也是诗人性情,文学上的翘楚,在美国社会中也显得古怪。作家施瓦茨,《礼物》一书中洪堡的原型,早在三四十年代即已成名,后来想象力枯竭,常常酗酒、吃药,精神失常住进医院,在精神病院还不断攻击为他筹钱治疗的贝娄,最后死在一家破旧旅馆。他们都是纯粹的诗人,在各种压力和挫败中成为一个个喜剧式的悲剧。贝里曼自杀当年,贝娄在一个学会上做了题目为"技术时代的文学"的报告,批评机械化和科技体制对人性、想象力的破坏,大众社会对诗性的湮没,为那些早逝的诗人朋友鸣不平。

这些个例和贝娄对美国社会的一贯思考相重合,促使他动笔写作《洪堡的礼物》。相比以往的小说世界,《礼物》显然宏大和深邃得多,小说人物面对一个万花筒似的现代世界,俯视和穿越并行,刻薄与包容相间,思想散发在感觉中,洞悟不时融入现实,欲望的不可控和理性的自嘲在一个幽默的高度上透射着智慧。

小说人物的意识和心灵感受几乎不停歇地涌流,在任何一个外在的点上,都能逗引出不竭的思之源泉,浩浩荡荡,连带着对人性、历史、政治的分析和洞察呼啸而出。小说整体写作炉火纯青,想象力、表达力汪洋恣肆,妙语奇思在滔滔之势中张合自如。周南翼在其中文《贝娄传记》中将该小说定位为"世界文学的巅峰"②,是十分确切的。小说出版后,美国评论界在《纽约时报书评》《纽约客》《评论》上的文章虽然一如往常之见仁见智,但还是名列《时代周刊》所推介的当年十大优秀作品之榜。

一 洪堡悲剧:成功与失败的启示

《礼物》主人公西特林,在和周遭世界纠纠葛葛的同时,其一大部分精力是在与自己死去的恩师洪堡对话,由此显现出两代作家在现代世界里的命运以及伴随着的根本性意义追问——沿袭了作家过往的创作主题。小说在主人公西特林的回忆中展开,20 世纪 30 年代,冯·洪堡出版了他的第一部先锋诗集,立即引起轰动,一个穷移民的儿子获得了当时许多著名诗人包括艾略特等人的肯定和赏识,红遍美国。远在中西部上大学的文艺

---

① 宋兆霖主编:《索尔·贝娄全集·第十四卷》,第 336 页。
② 周南翼:《贝娄》,四川人民出版社 2003 年版,第 229 页。

青年西特林，借钱乘了50小时的公共汽车跑到纽约去朝拜他，在西特林眼里，那时的洪堡简直就是20世纪的俄耳甫斯，会唱出让石头动容的歌谣。这个神一般的人物给西特林大讲现代主义、象征主义，谈叶芝、艾略特、里尔克的创作和成就，谈斯宾诺莎、西尼·胡克、亨利·亚当斯、托克维尔的著作和观点。同时，洪堡也欣赏这个年轻膜拜者的文学热情，鼓励他用诗歌去敲开格林尼治村的房门，让那些《党派评论》《南方评论》等著名刊物都关注他。这些谈话让西特林大开眼界，看到了一个陌生而充满诱惑的新世界，也从此开启了自己的写作之路。洪堡的名声到20世纪40年代便开始衰落，20世纪50年代，西特林声名鹊起，凭着一部戏剧在百老汇的成功名利双收。从此师徒二人人生道路开始反转，洪堡滑向下坡路，在不断的挫败中酗酒、生病、疯狂，被关进精神病院，最后穷困而死；西特林则在成功的路上节节上升，如日中天。西特林不无感慨地说："我一向对他怀着仰慕之心，然而他却满怀激情地奏完了成功的主旋律。他是以一个失败者而告终的。"①

洪堡的命运是嵌入西特林生命中的疼痛，作为学生，他站在洪堡生命的终点，望着恩师的悲剧性命运不能自已，不断地在成功与失败、诗歌与社会、生与死之间展开追问，他希望评论洪堡的功过，阐述他的毁灭和悲惨，探索那种天赋何以不能在现代社会立足。他需要从这样的命运中悟出更多的道理和启示，并由此反思自己的人生。

首先是洪堡的诗歌价值问题。西特林从头检视自己和洪堡曾经有过的文学讨论，从荷马、但丁这样的古典诗人高度看去，两人一致认为现代诗人缺乏"坚定而清醒的理想化精神"，这是很大的缺憾。而洪堡的诗歌，在西特林的回忆中，其成名作《滑稽歌谣》把象征主义同俚语、俗语熔于一炉，博采叶芝、阿波里奈之长，具备了古典审美趣味，诗歌中有关"爱""荒原""历史""精神"等元素，铺展了其对"美"的呼唤，正好弥补了现代诗歌的缺失。而从创作意图上来说，洪堡也有着清醒的意识，他认为在这个科技统领一切的时代，"诗人应当考虑如何明智地对付实用主义的美国"②，他试图寻求诗和科学的共同之处，去证明想象和机械有同等威力，把艺术世界和科技世界作为平等的力量联合起来。因此在西特林眼里，当这个世界需要一种灵魂性的东西时，洪堡恰

---

① 宋兆霖主编：《索尔·贝娄全集·第六卷》，蒲隆译，河北教育出版社2002年版，第20页。
② 同上书，第26页。

恰就是能够提供这种东西的神使,"这种使命或者职责在他的脸上反映出来。他的脸,是一张充满对于新型美的希望的脸,一张展望未来和揭示美的秘密的脸"①。从这些描述中既可知晓洪堡的美学思想,亦可窥见西特林的崇拜之情。

其次是洪堡作为一个诗人的情状。洪堡远不是那种居住在"象牙塔"拒绝现实的古典纯美诗人,他一边批判美国社会的物质化、实用主义,试图提供关于美和灵魂的援助,一边自己也融入其中,生机盎然地追求名利,醉心物质享受和感官娱乐,还参与各种各样的明争暗斗,甚至说过"假如我不在乎钱,那我还算什么美国人呢?……因为金钱就是自由"②。在这个维度,他把自己与美国同等化了,他就是物质化美国的一分子。同时,他还热心政治,天真地寄希望于那位喜欢他诗歌、正在竞选美国总统的斯蒂文森获胜,然后自己去充当新政府的导师,像当年的歌德一样,在华盛顿建立当年的魏玛共和国,在美国复兴文化,打败市侩主义,创造真正的文明。他历数各届总统的大小事宜和文化界的各种人物,最后的结论是:"斯蒂文森政府有一个像我这样通晓世界上各种事态变迁的文化顾问是多么重要啊!"③从这些描述中既可见到洪堡的生活习性,亦可明白其勃勃的政治野心。

这就是洪堡的伟大抱负,也充分显露出一个诗人的天真性情。他和妻子住在远离城市的一所村舍里,和前去拜访他的西特林大谈理想和未来的政治前途,在房子周围的花卉、土地、橘子、树木的背景下,阳光照耀着这个得意扬扬的诗歌之王,那时他正处在成功的顶峰。他明确地告诉西特林,成功已经让他有些晕眩,几乎就是一个革命领袖的感觉。

然而,现实却给他展现出了残酷的一面:斯蒂文森竞选失败,洪堡成为幕僚的理想落空,断了他的政治与文化变革梦想。更为可怕的是,他的想象力和才华在喧哗名利的膨胀中逐渐下滑,终至枯竭,再也写不出动人的诗行,而文坛趣味多变,洪堡的成功很快成为过去。最后给他一击的是,他想在普林斯顿大学设一个诗歌讲座以求谋生,却找不到基金支持,还受尽各种实利机构的奚落。在一系列挫败中洪堡病愁潦倒,逐渐走向疯狂,在几进几出精神病院之后,贫病交加死于一个下等旅馆。

西特林追溯了洪堡的成功与毁灭,挖掘着其中的种种缘由。内在方

---

① 宋兆霖主编:《索尔·贝娄全集·第六卷》,第33页。
② 同上书,第210页。
③ 同上书,第53页。

面，成功带来的自我膨胀，各个层面的欲望、野心都在内心吼叫着登场，洪堡自己也说过，"钱会造成成功与失败之间的差距……你有了钱，你就会变。你必须同内外夹攻的可怕力量进行斗争。在成功中几乎没有人的因素。成功总是钱本身的成功"①。西特林看到个性无限度的张扬而导致的自以为是和人格分裂，曾经辉煌的生命在名利和欲望的折腾中最终走向畸形和毁灭。外在方面，社会机构都是在物质化的支撑中运行，人们不会为一个过气的诗人提供生存位置，无论他曾经为这个社会提供过什么样的精神食粮。洪堡对此心知肚明，因此才会对政治十分热心，想望用政府的力量提高文化在国家中的地位。听上去有些自大的愿望实际上有其合理性，而这一厢情愿的念头，也在一个侧面反映了一个社会甚至一个国家在这方面的制度性匮乏。西特林对此感慨道，商业和技术高度发达的美国，诗人没有立足之地，他想到一系列自杀的美国诗人，克莱恩、爱伦·坡、贾雷尔、约翰·贝里曼，他们都是精神的殉难者，"俄耳甫斯感动了木石，然而诗人们却不会做子宫切除术，也无法把飞船送出太阳系。奇迹和威力不再属于诗人……他们的存在，只是为了反映那无边的纷乱"②。他们在现实荒野上耕耘，自己也被纷乱所困扰，最终难以自拔。在西特林近乎苛刻的审视中，几乎就是一个个人和社会互相影响、互相渗透、互为过程之后的必然结局。

他在不断的回忆中，想到洪堡在普林斯顿大学设立讲座愿望的落空经历，洪堡后来的发狂生涯，虐待妻子导致离婚，恐吓朋友导致报警被关……在这一幕幕惊悚的场景中，西特林清醒地看到洪堡的不合时宜，就像一个俄克拉何马的抢地人，用鞭子赶着骡车，冲进剩余的土地，自己立上界标，想入非非地表明那些土地归己所有。而洪堡被警察穿上拘束衣或者戴上手铐，推搡进警车，关进臭气熏人的地方，正好是艺术在美国的地位象征。诗歌没有物质性能力，在现代世界处于弱势，因此洪堡同意由金钱、政治、法律、理性、技术所垄断的权力来主宰人们的兴趣。这是洪堡的悖论，因此他只能自我裂解。洪堡演出了"美国艺术家之烦恼"③，最终的判决是把他关进疯人院。

洪堡死在一个颓败的小公寓里，他房间里的书有叶芝的诗、黑格尔的《现象学》，还有一些当时流行的报刊。当他心脏病发作猝死之后，警察把

---

① 宋兆霖主编：《索尔·贝娄全集·第六卷》，第472页。
② 同上书，第159页。
③ 同上书，第207页。

孤独的洪堡放在停尸房里，西特林感慨说，那里没有现代诗歌的读者，那里的洪堡名字一文不值，只是一个被遗弃的人。他不无自我嘲讽地对着那个沉浸在物质主义海洋中的情人莱娜达质问说：

> 难道在重要的知识发展时，诗真会落在后面吗？难道思想的想象形式真的属于人类的童年时代吗？一个像洪堡那样的人，充满了激情和想象，或者一种以美好的天边为界的、似有魔法保护的生活，到公共图书馆去，阅读对于人生极有价值的经典著作，满脑子莎士比亚。在那里，每个人周围充满着有意义的空间。在那里，说话算数，就连表情和姿势也是有意义的。啊，多么和谐、多么甜蜜，那是什么样的艺术啊！但是统统完了。有意义的空间缩小了，消失了。这孩子来到这个世界，学会了尘世间害人的卑鄙伎俩。魔力完结了，然而这就是那消除了魔力的世界吗？[①]

这就是他对洪堡最后被毁灭的悲愤质问。诗人沦落在这个世俗世界中，没有救助，直至彻底沦落、毁灭。西特林认为，美国文学艺术空气稀薄，只有像惠特曼那样压抑不住的人，才可以有所作为。洪堡的妻子凯瑟琳也认为洪堡太孤独了，"无法填满他周围的空虚"，于是把才华用于许多无益的私人安排，毁掉了才华。

也正是这样的透视让西特林不可抑制地一次次回到洪堡的命运之中，对照着自己的各种经验和自我审视，推己及人，由人性的弱点到社会机制的特点，他渐次看到物质、金钱在命运中的强大形塑力量，看到所谓成功的虚弱性。现代社会体制和文化风气的无情，金钱世界对诗性的视若无睹，这便是洪堡作为一个诗人在美国的悲剧缘由。小说中的洪堡应该是美国现代主义文学的开拓者，他培养了后起的西特林，但自己却成为现代文化混乱的囚徒和牺牲品，无论在道德人性上，还是在才华个性上，都被淹没在种种撕扯不清的名利和物质喧哗之中。所以，小说的深刻寓意在于，洪堡之死，根本原因在于他无法填满他周围的空虚，也无法填满自我的空虚——现代文明既使"自我"得到更加个性化的发展和张扬，感性个体张狂地需要自己的场域，同时成熟的社会系统又在压抑个性自我，诗性在科技成就面前微弱无力，而诗人个体内在的艺术性还希望用美装饰世界。这样的多极性矛盾本身就是一种分裂状态。因此，诗人最后的疯狂也是必然的。

---

① 宋兆霖主编：《索尔·贝娄全集·第六卷》，第458页。

从小说整体上看，洪堡之疯狂原本就是一个无解的现代性问题。

二　丰裕物质：西特林的套子

从洪堡悲剧命运的思考角度再来审视西特林，几乎是一个讽刺，他这个对文学艺术、对洪堡的诗歌怀抱虔诚态度的青年才俊，这个为洪堡的不幸深深地抱不平并为其沉浸悲哀中的人，其波峰浪谷般的遭遇却大体只和金钱有关：他靠着戏剧《冯·特伦克》在百老汇演出成功声名鹊起，他知道这出剧除了吸引大众的眼球之外并没有"教给他们任何东西"，换句话说，大体上是一个没什么内容的娱乐品，但他获得了巨大的金钱报酬，从此他或者主动或者被动地走上了一条几乎被金钱所裹挟的"艰难"道路。

在这条道路上，一个是前妻、情妇给他造成的烦恼：前妻在法庭上对他进行了破产性的盘剥，以报他不忠之仇；谋其名流地位的情妇莱娜达用豪华享受和各种设想骗取了他的剩余钱财，她们共同把他推进了一个几乎赤贫的境地。在这个有关女人的叙事中，作家一如既往地描写了各种女人的来势汹汹，她们的共同特点是在不同方式上的可恶、可爱和不可战胜，几乎成了他难以逃避的灾星，男人在这个场域中总是扮演一个被算计的可怜角色。其间，也描述了男性对异性身体近乎崇拜的趣味——贝娄主人公的致命陷阱——并且常常和外在强大的物质社会相融合。这一点在《礼物》中主要表现在西特林的情妇莱娜达身上，在西特林眼里，莱娜达几乎就是生命和美在各个方向的无限度延长，在他近乎一种面对古玩的热情注视和赏玩中，莱娜达不仅丰满性感，还具有古希腊和文艺复兴式的形体美，行为举止在人性母胎上发射出来的原始魅力，就像一个过时的幽灵，散发着物质性的魔力光芒。所有这些特点缠绕着他的心智，让他迷惑、放纵，释放着自己与生俱来的邪性和审美狂热。同时，这个属于莱娜达的世界，和他常常的形而上冥想和纯粹的精神求索处于水火不容的对峙状态，莱娜达会用他意想不到的嘲弄手段，最终让他跌入似乎是无意间挖好的陷阱，使他始料不及，只能无语无奈领受，在悲哀之中感叹自己的无能无知。有趣的是，小说在津津有味地描写这些亲密无间的暗中算计时，还在一定程度上将他们这种关系"提升"到金钱、物质、色情的"美国文明（西特林强调现在已经染上了东方帝国的色彩）的喜悦"境界[①]，在自我嘲讽的同时抓住机会抨击一下现代文明的堕落。

另一个是顽主坎特拜尔对他的捉弄和恶作剧。坎特拜尔是个流氓无产

---

① 宋兆霖主编：《索尔·贝娄全集·第六卷》，第23页。

者，出身在一个犯罪家庭，蹲过军事监狱，并以此为傲，从中居然活出了巨大的"尊严感"。他还是花花公子俱乐部成员，装腔作势，到处钻空，是典型的后现代社会的"新原始人"。本来，作为社会名流的西特林和他是没有交集点的，但一个老同学为了拯救西特林的孤僻而邀请他到自己家玩牌时，不幸撞上了这位在牌桌上不断作弊的坎特拜尔，因此引起了几百美元欠款的纠葛，就此被纠缠上，成为西特林和外在"世界"再难割断的特殊"联系"。这个坎特拜尔为了西特林停付支票对他的"尊严"形成的蔑视，先是电话恐吓，然后干脆砸了西特林为情人莱娜达买的豪华汽车梅塞德兹，那是西特林为了配上自己的名人身份和漂亮情人的浪漫的心肝宝贝。这还不算，他还逼着西特林在偿付其现金时，为了自己的所谓"尊严"把西特林带到花花公子俱乐部，让他当众道歉；然后再到一个能传闲话的地方，老戏重演一次；最后把西特林强硬地带到一个五六十层高的楼顶，将50美元一张的票子一张张扔下飘走，既获得了"尊严"的满足也表示了他对金钱的蔑视。

有意思的是，西特林之所以好脾气地配合着做这些事，虽然主要是想息事宁人、消除麻烦，但内在深处却潜藏着对人性的好奇心，他在这个坎特拜尔身上看到了一种让自己既害怕又兴奋的野性顽劣气质，这是他一贯对世界、对社会、对人生的探索癖好。坎特拜尔精神亢奋，易于冲动，破坏成性，刚愎自用，狂乱地发扬着人类的某种恶性法则。小说中曾说到一种具有美国人本质的"芝加哥状态"：无名的空虚，心的扩张，难以忍受的对强烈刺激、不协调、极端事物的渴望，每个人都要求表达自己[①]——这个坎特拜尔恰恰就是这种"状态"的一个代表。

可能也正是具有这样的社会特质，从此以后，西特林和坎特拜尔就再难分开了。无论西特林走到哪里，这个坎特拜尔总会在他最烦心的时候出现，一会儿是敌人，恐吓他，一会儿是朋友，帮助他，因为坎特拜尔觉得把自己和名人绑在一起是十分好玩的事情，还时不时地蹭到点好处。他曾经为了敲诈别人把西特林及其朋友当作黑社会打手强拉硬拽到现场，还被警察带走审问，弄得西特林狼狈不堪；而当西特林深陷物质困境，他和洪堡生前的一次无聊戏作被人盗窃在百老汇演出轰动并获得巨大利润的时候，也是这个坎特拜尔专门找到落魄西班牙的西特林，把信息带给他，并出主意鼓动他去争取版权权益，当然自己也要在里面占有一定的利益份额。在这些连结点上，坎特拜尔成了西特林这个"个体"与外在喧哗"世

[①] 宋兆霖主编：《索尔·贝娄全集·第六卷》，第96页。

界"之间的"联系"者、报信人,传达出了人与世界扯不清的混浊"关系"信息。对此西特林形容说:"他像一股浊流似的来了,仿佛那驱赶他的喷气式飞机的气浪钻进了他的身体。他得意忘形地卖弄着自己。他表现出那种放荡不羁而又危机四伏的心理状态——我把这称为不确定性。"①

因此,在这一意义上,莱娜达和坎特拜尔作为现代社会的某种特质,在内在深处连接成一体,一方面成为西特林的灾星,让他不得安宁;另一方面也从一个极端点上延伸出西特林自我中被遮掩起来的那部分原始冲动力,也是西特林在洪堡悲剧中分辨出来的现代虚无土壤中长出来的蓬蓬乱草。

除了妻子、情妇、无赖的盘剥和纠缠,西特林还有一堆其他的有关金钱的事宜在他周围旋转:和前妻的官司中律师、法官的各种敲诈,他为了莱娜达出国所需要交付的巨额保证金,由于近乎破产而提前支付的几笔稿费等。最不可思议的是和西特林合作办刊的老朋友萨克斯特,在雇用秘书、租借办公室等事务上大幅铺张用光了西特林付出的经费时,刊物尚未有丝毫进展,于是出主意让可怜的西特林去国外做"文化导游手册"赚钱,即把欧洲的各种名人出没地、咖啡馆、博物馆、住地等标注出来,供一些附庸风雅的游客满足自己的虚荣心,在旅游中去寻找和那些名人相遇的机会。西特林办刊初衷本有些乌托邦的意味,是纯粹的精神旨趣,而这位老朋友,不仅用铺张的物质性浪费让刊物难以为继,还出了这个有点下作的赚钱点子,由此而形成对西特林精神意向的极大讽刺。

面对一系列交缠在一起的金钱套子,西特林万分感慨,他理解了洪堡所说的"成功总是钱本身的成功"②,也理解了洪堡如何在成功和失败中精神分裂的深刻缘由。他在汹涌而来的包围着他的各种力量中感叹"万恶之源在于贪欲",这就是他的命运的注解,也是小说中物质喧哗的具象呈现。

在这里需要提一下西特林的哥哥朱利叶斯,和贝娄其他小说中的那些主人公哥哥们一样(当然也和现实中贝娄的哥哥们一样),都是商业上的成功者,美国化的成功典型,一贯用商人的方式在合适的时候帮助弟弟。朱利叶斯认为美国是物质上成功的乐土,不必为它的意识形态忧心忡忡。后来西特林和洪堡的剧本再次获得成功并获利,西特林得以重新迁葬洪堡和摆脱自己的困境时,也确实说明了他苦苦思索的"成功"问题确实总是和金钱紧密相连,而和他所追求的形而上精神事业的发展没有丝毫关系。这些经历正像哥哥朱利叶斯所说,弟弟"生下来为的就是证明今世的生活

---

① 宋兆霖主编:《索尔·贝娄全集·第六卷》,第 564 页。
② 同上书,第 472 页。

是行不通的",这位头脑清晰的哥哥朱利叶斯,以一个物质成功的典型,像一面镜子,在一旁映照出了诗人们存在的尴尬。

三 "厌烦"问题:《方舟》的梦想

那么,面对这样一个繁杂的物质世界,面对洪堡和自己的各种经历,西特林意欲何为?和洪堡试图与政治联姻的抱负不同,西特林付出精力财力想要做的一件大事是办一个刊物:《方舟》。他为刊物定下的主旨是,"采取一切可能的办法去恢复艺术的信誉和权威,恢复思想的严肃、文化的诚实和风尚的尊严"①。即上述和朋友合作办刊之事。

非常明确,这个宗旨依然是针对实用主义的现实社会开出的药方。为了实现这一目标,他先期组织准备发表的一组文章中,主要内容就是探讨现代社会出现的精神病况:在宗教信仰衰落、预言因素消失、整个技术社会对理性体制的过度依赖之后,产生了一种弥漫全社会的"厌烦"现象。西特林在《方舟》创刊号简介中专门对此给出界定,即"现代世界之莫大厌烦"(原文加黑),一个巨大的现代病,需要已解决生存问题的人们付诸努力去面对它,探讨化解的途径。他指出,现代美国不必为匮乏(面包和自由)做斗争,应该担负起这样的职责,系统地阐述人类所遇到的新问题。西特林首先选择芝加哥这个大工业城市作为个案,试图详细地考察与审视厌烦的根本缘由和主要表现症状,让不断流逝的绵绵时间产生启示。他回到芝加哥定居下来,就是怀着写出这样一部重要作品的秘密动机的。因为,"在粗俗的芝加哥,你可以审视工业主义下人的精神状态。如果有人要带着信仰、爱情、希望的一种新的幻觉起来,他就必须懂得他要把这种幻觉交给谁——他就一定要懂得我们称为厌烦的那种深沉的痛苦"②。

这就是《方舟》的使命,也是西特林的伟大抱负。也可以说,是他在洪堡的悲惨命运和自己个人生活遭遇中产生的问题意识。

早在1965年,贝娄在《赫索格》获得国家图书奖的受奖发言中就说过:"我们居住在一个对艺术家有敌意的技术时代,这是不可克服的。在机械主义和官僚主义的威胁下,艺术家必须为自己的生活,为自己的自由、公正和平等而战斗。"③ 十年之后,他殚精竭虑地叙述了两代作家在这个充满敌意的环境中如何被击中而溃败,而抗争,他在西特林叙事中明确

---

① 宋兆霖主编:《索尔·贝娄全集·第六卷》,第319页。
② 同上书,第146—147页。
③ Saul Bellow: Saturday Review 48, 1965, p. 20.

了这样的时代性使命。

　　围绕这个使命，西特林在多方面展开了他的思考。首先从心理学角度入手，他认为"厌烦是由未被利用的力量引起的一种痛苦，是被埋没了的可能性或才华造成的痛苦，而这种痛苦是与人尽其才的期望相辅相成的。凡是在的东西，都不符合纯粹的期望；而期望的纯粹性正是厌烦的主要源泉"[①]。因此，在那些具有较高天赋的人中间最容易产生厌烦。这种"厌烦"会在适当时刻成为社会动乱的基础和革命的导线。其次立足历史角度来看，这个世界忙忙碌碌，史册上留下的只有一系列的日期，比如那些具有标志性的1789年、1914年、1917年、1939年，和这些年代联系在一起的只是那些关键词，革命、战争、大萧条、科学发明等，而属于个人的感受、心绪、精神诉求在这些标志中被耗尽了，个体不见了，具体的心理、境况被隐没了。但那些被忽视和隐没的元素不会消失，它们会在人们的生命中潜存下来，不断积累，再次转换为"厌烦"。

　　在此剖析基础上，西特林的思考还延展到宇宙进化、人类起源、自我发展的各种场域中，"厌烦"成为他俯瞰一切的基本点。在他源源不绝的思想之流中，有关气体啊、热能啊、微粒啊、蛋白化合物啊等，他看到这些基本元素在宇宙中缓慢地演化着，越过多少个世纪，然后是高等动物的进化，咀嚼、争夺、繁殖、组织、器官、肢体，智力和理性的长期酝酿，所有这些因素在他的沉思默想中成为一个生长"厌烦"的漫长过程，也是现代"厌烦"的巨大背景。然后他再从宏观回到微观个体，从自己的生命经验中看到自我与个体在不断增长、膨胀，意识到自己的独特存在，从对信仰和各种依附中解脱出来之后建造了自己的王国。这时，作为主体的自我看见了客体世界的现象，但现代理性将那种客体和自我拉开了距离，因此主体和客体失去了直接联系，于是自我本身便成为"厌烦"的中心：

　　　　人们对目前的生活的确烦得要命。人们正在丧失一切属于个人的生活。千千万万的灵魂正在枯萎。大家都可以理解，在世界上的许多贫穷和专制的国家，由于饥饿和警察而失去了生活的希望；但在这儿，在自由世界里，我们有什么借口呢？在社会危机的压力下，个人的领域正在被迫放弃。[②]

[①] 宋兆霖主编：《索尔·贝娄全集·第六卷》，第259页。
[②] 同上书，第320—321页。

面对一个喧哗的物质世界，诊断了"厌烦"的深层缘由之后，作为思考者，西特林应该何为？洪堡和西特林谈过现代文明对人世的控制，机械、豪华、资本主义、技术、财神等，他曾经设想将这类东西和俄耳甫斯的歌声结合起来，但洪堡失败了。西特林也认为"人类必须恢复它的想象力，恢复活生生的思想和真正的生活，不再接受对灵魂的侮辱"，由此途径方可击败厌烦的袭击。这就是他创办《方舟》的由衷愿望。

西特林认为他是能够组织到这样的稿件的，否则就是对这个国家的侮辱，同时也是对人类的侮辱。这是西特林和赛姆勒不同的地方，赛姆勒批判社会和挖掘人性的结果使他更加绝望，西特林则不然，他总是企图在一片瓦砾中找出潜在小草的生机。而他自己给《方舟》提供的先期文章，则是有关"人智学"的讨论和实验。

什么是"人智学"呢？据贝娄传记中记载，1973 年，贝娄在纽约参加了斯特纳"人智学"小组活动，参加者进行沉思练习，意欲在默思中达成生命与宇宙的互识共融。据贝娄解释，这也是一种信仰，是在以科学为首位的现代世界，为转化人类知识经验的有限性而架起通向精神生命的桥梁。[①] 当时的贝娄也常常被类似西特林的生活遭遇所缠绕，也常常感觉到自我生命的迷惑和虚无，从而也想寻找自我救助的途径。他看过精神分析医生，被催眠过，后来沉迷人智学训练。在 1976 年发表的长篇散文《耶路撒冷去来》中，还写到自己在耶路撒冷圣地的类似感受，那是一种把宗教感情、圣灵想象、自然静谧融合一体的洞悟，曾经使贝娄在一个瞬间脱开了以色列现实中的各种冲突重压，脱开了满世界的动乱，身心敞开，产生了与宇宙自然相融合的安宁感。

这样的经验被付诸了西特林。小说描述了他和人智学教授的多次讨论，其中涉及许多类似宗教的因素，比如"天使"啊、"形态精灵"啊、"人格精灵"啊等，大概意思是现代个人由于下坠得过于低俗，因此失去了和那些"天使""精灵"得以沟通和启示的能力，成为毫无意识的物质性的"以太体"，"伟大的感情和思想都不存在了"。在此思维点上，西特林结合自己的生活，发现自己的野心、婚姻、恋爱事件、商业事宜，都成了一个"白痴的混乱"[②]。在他被情妇欺骗、"落难"西班牙后，在一个僻静地方，他认真严肃地进入了"人智学"的心智修习，修习他曾经浸淫过的有关主体、个人、宇宙之间的神秘联系，试图在顿悟中获得和宇宙万物

---

① James Atlas, *Bellow: a biography*, pp. 436–437.
② 宋兆霖主编：《索尔·贝娄全集·第六卷》，第 222 页。

的交融。他有时自嘲、有时豁达、有时无奈、有时悲伤、有时透视一切,在这些反复的修习中他逐渐沉静,在沉思中看到"灵魂属于一个更加伟大的、无所不包的外在生命。它必然是这样。由于学会了把我的这一存在仅仅看成为暂时的存在——一系列存在中的一个",西特林认为自己"有必要坚定不移,用某种切实可行的方法把形而上学和人生的行为结合起来"①,使自己从人欲之海获得超越,以此中断自己在现实世界中马不停蹄地追逐洪堡的脚步。

这是他在思考洪堡问题时不断自勉的思维指向,散落在小说各处,不断在各种时刻散发开去,神游出一个个形而上的时空。这些思虑和探索也可以说是西特林在洪堡的命运启示下所做的不懈努力,也是诊断现代社会之"厌烦"后的一帖准"药方"。因此他写成文章,希望通过《方舟》传播之,影响更多的人。他依然希望在这个丰裕及混乱的后现代社会中寻求伟大品行的可能性。而《方舟》,一方面是西特林切实地在现实中试图建构的一个基地,并且付出了很多的努力;另一方面,其名字也在象征层面上体现了其拯救性的寓意。

然而,正如小说中的刊物具体执行人萨克斯特的所作所为,这位西特林志同道合的老朋友,除了花光了西特林付出的经费之外刊物毫无进展,最后为了挣钱还怂恿西特林去撰写什么国外旅游的文化指南。因此,此《方舟》不是彼"方舟"了,在现代社会的巨轮中,从本质上讲,《方舟》的宗旨也只能是两代知识分子心底的一个梦想。

四 生死质问:生命的悲伤

和"人智学"修习渗透在一起的还有西特林对生与死的持续质问。

在一次访谈中贝娄曾经谈到《洪堡的礼物》是有关死的主题的喜剧②。虽有偏颇,但小说中涉及死亡的篇幅确实很大,由于所有的故事都是在洪堡死后出现在西特林的回忆中的,其中夹杂着各种各样的情绪浸染,很多情形中,也可以说是活着的西特林和死了的洪堡在一个四维世界中的共存,因此沾染了不少死亡的气息。

最让西特林一生愧疚不能自已的是,当洪堡奄奄一息在街头啃着一块椒盐卷饼时,他穿着考究,恰好和几个大人物去中央公园草坪参加一次政治午餐,他在颓废的洪堡面前惊愕万状,犹豫中终于没有勇气去救助自己

---

① 宋兆霖主编:《索尔·贝娄全集·第六卷》,第450页。
② 〔罗马尼亚〕诺曼·马内阿:《索尔·贝娄访谈录》,第221页。

的恩师。当他看到报纸上洪堡的讣告，看到那副消沉颓唐的黑灰面容之后，他从此惘然若失，再没能从对洪堡的自责和思念中走出来。那个萦绕在他脑际的画面成了定格，他被这个画面缠绕多年，成为他后半生的沉重负担和必须面对的自我审问和生死质问。有关这一点，连他的情妇莱娜达，那个完全感官享受型的女人都知道得非常清楚，经常会告诫来访者千万别提洪堡，否则西特林就会忘却当下遁入另一个世界了。

此话确实。小说描写西特林常在梦中看见洪堡，有一次梦见他们在格林尼治村6号路和8号路的拐角上相遇，他还是当年诗王的模样，年富力强，神志健全：

我流着热泪问他："你一直在哪里来着？我还以为你死了呢！"

他极为和蔼、沉静，又好像格外健康、高兴。他说："现在，我一切全都明白了。"

一切？什么一切？[1]

洪堡居然在梦中告诉西特林自己"一切"都明白了！一切指什么？这是西特林要弄清楚的事情。在西特林的心目中，一直觉得洪堡是负有一种使命的诗人，他的身心中蕴含了对于一种新型美的希望，对于展望未来和揭示美的秘密，"一个没有灵魂的、只有范畴的世界等待着生命的回归"，那么洪堡就是这个生命。可他被现实吞没了。也正是在此维度西特林展开了没完没了的现代性批判，艺术和社会的矛盾被洪堡之死所照亮。这应该是"生"的问题，那么"死"呢？

西特林的梦伴随着死者不能复生的痛苦，也有愧疚再难消除的灵魂撕扯，还有对死亡本身的形而上探问。在他和死去的洪堡的持续对话中，他认为死者比活着的人更加"稳定"，因为死者脱离了物质与肉体，灵魂会变得明智清醒；而生者常常处在"晃动的现实"中，"生前你是从自我的核心向外看，而死后，你是从圈子以外向内看"，是为透彻的洞察，洪堡在梦中说的"我一切都明白了"，应该就是那个洞察的高度。但这样的高度生者是难以攀上去的，这是人类的永恒迷惘。因此，在这种对话中，西特林常常会感觉自己被抛到空中，然后摔下来，一脚踩在死亡的门槛上："也许，当我学会如何回避自己性格中的脆弱与荒唐的时候，这一事实本

---

[1] 宋兆霖主编：《索尔·贝娄全集·第六卷》，第24页。

身就意味着我已经部分地死了。"① 这种体会意味着，回避了自我中切实属于自己个性的那个部分，随生命以外的一种大规则而律动，矛盾消除了，安静、安全、静谧，同时自我也就不复存在，虽生犹死。

这是西特林之所不能。所以他不断在生与死的边界质问，他要在生的世界去探寻死的事情，努力立足死的境地探寻生的本真。他清楚地知道，有关死的问题也是生的问题，洞察死才能理解生。西特林常常想，许多人都死了，包括那些有天分的人，有很大抱负的人，那么，"死，究竟是怎么回事呢？"谁也不知道。他认为正是对死的无知毁灭着人类，各种学科、科学、哲学、宗教、艺术，都没有解决好这个问题。历代哲学家一直在提出自己的见解，但从柏拉图到克尔凯郭尔，无论是认为灵魂不朽还是死后生前都是一片空白，无论是伦理学的形式还是美学的形式，都对死的问题没有多少贡献。而熬到了现代，人类对生的有限似乎有了许多认识，但对死的恐惧也成了最大的"厌烦"。

> 假设在轰轰烈烈的活力和无以名状的光荣之后，遗忘就是我们期待的一切，是一片死亡的大空白，那么，还有什么选择的余地呢？其一是训练自己逐渐进入遗忘状态，以便当你死去的时候不致发生什么明显的变化；其二是增加人生的痛苦，这样死亡便会成为一种令人向往的解脱（在这方面，其他人都会充分地协作的）；其三，这一种就很少有人选择了。这就是让你身上的最神秘的元素揭示出它们最神秘的信息。②

"最神秘的元素"应该是指活着的灵魂的无意识部分，比方说做梦，活着的人只能竭力保存那个无意识境地，艰难地去追问，延展生的每个可能性，并由此解脱死的重负和生的烦恼。这一点，和超现实主义的"精神点"③ 极为相似，或者说也属于超现实主义理论试图超越现代理性对生命之遮蔽的那种努力。西特林倾心的"人智学"应该也属于这个范畴。当他

---

① 宋兆霖主编：《索尔·贝娄全集·第六卷》，第 549 页。
② 同上书，第 450 页。
③ 1924 年，超现实主义的重要人物布勒东发表《第一次超现实主义宣言》，声明"超现实主义，阳性名词：纯粹的精神自发现象……信仰超级现实，这种现实即迄今遭到忽视的某些联想的形式。同时也是信仰梦境的无穷威力，和思想能够不以利害关系为转移的种种变幻……以解决人生的主要问题"。见张秉真等主编《未来主义·超现实主义》，中国人民大学出版社 1994 年版，第 262、263 页。

独自在房间里陷入沉思,默默地与宇宙万物对话的时候,他真诚地期待以后在那个未知的世界与洪堡能够再次相遇,还有他死去的父母,他的初恋,这些他在现实世界失去了的东西,他期望在死亡之国再次相遇,并高瞻远瞩生死之境,达到明辨是非,进而身心澄明。这是他对灵魂不朽的另一种潜意识期待,是他把人和宇宙万物结合起来的一种思维起点。

小说中有很多类似这样的沉思时刻。当他与身心充满生意经的哥哥一起驱车奔跑在海滨大道上,哥哥不断和他谈论如何赚钱时,他耳朵里听着亲人对他财政情况的关心,心理上却进入了另外的世界:

> 灵魂和精神被倾注到我们一般从内心里能够察觉的世界上:群山、云彩、森林、海洋。这一外在世界我们不再看见了,因为我们就是它。这样,外部世界和内在世界就合二而一了。富有洞察力的人啊,你也就在你当初所凝视的空间里。①

然后他长篇大论在这个新的空间里,圆心就是和外在世界相合的自我,精神注视下的物质存在,连思想也是有生命的。这时,"无论生与死,这宇宙的标志都在我们心中"。而且他还认为,洪堡正是因为慑于正统的理性观念才葬送了自己。认可自己不过是宇宙万物中的一个叉状生物体,就会和宇宙保有完善自由的联系。

西特林就这样在生死之点上,注入了他对"人智学"的信任。

然而,"人智学"的救助力量,也许仅仅属于西特林在某些时刻的心理自我调适,并不会成为具有人生指导性的哲学智慧,也不会成为西特林生死质问中的终极解答。甚至,在很多关键时刻,那种思维方式都不可能在场。人世生活之河太汹涌了,生死之问太大了,生命之间的关联太复杂了。在迁葬洪堡的墓地时,那种来自另一个世界的遥远和冰冷,那种两个世界的天地之隔,毫不留情地将西特林带到生死之界碑处,让他与死亡面对面,这时没有了人智学,没有了宇宙深处相连接的那种想象性救助,他在生者情感之水的浩荡流淌中最终难以自已了:

> 有一种巨大的停顿在迫近,好像一场抗拒自然力的大罢工即将开始。万一血液不再循环,食物不能消化,呼吸不能进行,树液不能防止树木的衰退,那将是一种什么样的情景呢?死亡,死亡,死亡,死

---

① 宋兆霖主编:《索尔·贝娄全集·第六卷》,第494页。

亡就会像这么多的杀戮一样，像凶杀一样——刺进肚皮、脊骨、胸膛和心脏。这是我难以忍受的时刻。

棺材放下去后，那台黄色的机器便向前开动，小小的起重机沙哑地呼呼一转，吊起一块水泥板，盖了水泥箱上。这样，棺材就被封上了，不致让泥土直接落到棺木上。**可是，这样一来，人又怎么出来呢？那就出不来了，出不来了，出不来了！**①（黑体为本文所加）

这就是"活生生"的"死亡"！西特林清楚，死亡就是这样，就是"出不来了"，任何理论都不能解决面对这种"出不来了"结局的情感决口。他只能面对此刻，让悲痛抓住自己，没入滚滚泪流。

当然，西特林也非常清楚，在精神的俯视下一切将会消散，包括他面对死亡的巨大悲痛。但有个"十二月"却会留下，因为在这个十二月，他来到一个破旧的养老院寻找洪堡的舅舅，当他凝视着这个逐渐枯萎的老人的时刻，他的感情堤坝开始决口了。这个逐渐衰老的舅舅有一种对死的固定观念，就是他们全家死去的人埋得太分散了，他希望如果可能，把全家人的尸骨收拾到一起，让去世的亲人们"集合起来"；特别是洪堡，他埋在一个荒芜的义冢里，应该给他迁葬一下。西特林承诺了那个"十二月"对死的理解，他感受到了那个"十二月"的冷肃和爱怜，于是用自己的人世间方式庄严践诺，在对"死"的迷惘苦痛中，完成了一次面对生死的悲伤仪式。

可以说，贝娄在这部伟大小说中，将一个终极问题，古往今来诸多哲学家思想家都在讨论的大问题，即人类都要面对的切身现实——死亡，付诸了生命之力的深邃探求，在感觉、思维、领悟等诸多界域做了一次十分投入的寻索和表达。正如一位印度学者所说，贝娄在这部作品中给我们留下了他有关死亡的思考，和他试图用小说传播自己思想的诉求②。而有关死亡的话题，贝娄将在他最后一部长篇《拉维尔斯坦》中再现，而且在那里，《礼物》中的忧伤和迷惘以及刺心的悲痛大抵上消失了，主要人物在其高龄阶段，甚或是生死的边缘点上，应该说和"死亡"是一种"友好"相处了，这点在本书第六章第四节中将阐述之。

---

① 宋兆霖主编：《索尔·贝娄全集·第六卷》，第603—605页。
② Binu George, "Betriending Death: Death, Soul and Eternity in Saul Bellow's Humboldt's Gift", language in India www. Languageinindia.com Vol. 13：9 September 2013. 该文讨论了贝娄在《洪堡的礼物》中对死亡的表现以及和柏拉图、海德格尔、惠特曼、人智学等对死亡问题的相关性认知。

五 世纪性嘱托:"洪堡的礼物"

那么,什么是"洪堡的礼物"呢?这其实是个在思考死的同时追问应该如何活着的问题,在小说中涉及"实"与"虚"两个层面。

针对"礼物"的实体,小说有明确的故事交代:洪堡死后留给西特林几个封闭的信封和一封长信,西特林出国之前在洪堡舅舅那里拿到了这份"礼物"。洪堡在信中说自己正处于虚弱和半清醒的境况,希望死神再给他一些时间,让他完成正在写的一个杰作;还诚恳地解释了自己曾经对西特林的攻击并为此而懊悔,希望留下的礼物能够帮助他,同时期待西特林不要步自己后尘。洪堡还在信中提到济慈在《书简》一书中的观点,感慨文学艺术和现实世界之间难以避免的龃龉,"丰富的想象是怎样在庸俗和有利可图的事物中磨光了它的锐气的。起初美国人被密林包围着,后来就被有利可图的事物包围起来了,而这些事物也是同样的浓密"[①]。长信情谊恳切,西特林悲伤中仿佛看到青年洪堡披着彩虹,念着充满灵感的词句,热情聪慧,以及他最后的沦落。

正是在这种清醒的自嘲、懊悔和万千感慨中,他用剩下的机智和幽默,将自己和西特林在普林斯顿自娱自乐时合作编写的电影脚本和另一个独自构思的电影故事提纲,各自封闭在两个信封中,他相信这两个本子很值钱,因此作为最后的礼物留给西特林。而且,他还动用了生意人的精明,一边将两人合作的脚本通过一个复杂的渠道辗转交付一个有名的英国电影演员,想望能获得演出机会;同时还留下了副本,按照习惯写上自己的名字作为收件人挂号寄出,邮件盖了邮局的印戳之后再回到自己的手里,以此确证自己的版权。而他写给西特林的长信,就成为这两个电影提纲的序言。

洪堡在这里几乎扮演了先知的角色,他和西特林合作的电影脚本后来被人拍成电影《考多夫雷多》,在纽约、巴黎、伦敦上演,人们排队买票,电影果然取得了巨大成功。通过各种曲折通道,由洪堡留给西特林的副本证实了这部电影的版权所属之后,西特林获得了自己应该得到的金钱份额。而且,借此机会,西特林还将洪堡独自撰写的那份电影提纲也"卖"了出去,使其有了上演的机会。这份"礼物"挽救了西特林已然破产的破败局面,不仅使他恢复正常生活,而且还可以继续去做自己想做的事情,比如迁葬洪堡的事宜,比如出钱赎救正被土著绑架的老朋友萨克斯特回来

[①] 宋兆霖主编:《索尔·贝娄全集·第六卷》,第431页。

一起继续《方舟》的工作等。从这个角度来说，这确实是洪堡留给他的巨大礼物。

这是"礼物"的"实体"层面。在此层面，也就是两部电影的内容中，滋生出一些值得深思的问题，可以说是"礼物"和小说整体的连结点。

先看已经上演的《考多夫雷多》。影片同名主人公年轻时曾经在一支探险队里服侍征服北极的探险者，途中飞艇遇难，在那些漂浮在浮冰上的绝望日子里，考多夫雷多吃过人肉。后来在俄国船员的搜救中获救，他无法忍受自己的罪恶，在一种剧烈痛苦中狂奔乱跑，用身子撞击船舱，发狂地叫喊，喝滚烫的水等。随船医生在疑惑中抽空了他的胃，结果发现了人体组织。克里姆林宫方面在红场上展览了这些东西，借题发挥，谴责资本主义的吃人本质。多少年后，考多夫雷多隐居在西西里一个小镇，成了善良质朴的卖冰激凌的快活老头儿，每天摇着铃铛走街串巷，过着平静的晚年生活。但偏偏来了一个查找当年考察工作资料的记者，勾起了当年的不堪往事，考多夫雷多再次经历一番自我折磨，最终自首、忏悔，在一个类似古希腊的庄严法庭中陈述了往昔罪恶，获得公众的宽恕。

两个作家谈笑间编织的故事，似乎是用一些十分激烈的刺激元素引起观众的惊愕，再在滑稽的表演中换取笑声，它的成功应该属于大众文化的一个喜剧泡沫。但在西特林作为观众在观看中的意识流动以及各种感慨中，延伸了电影本身的意义，使得电影故事产生了这样几个信息向度：

第一，考多夫雷多的遭遇让人联想到纳粹余孽和犹太人的不停顿地追捕，电影叙述考多夫雷多老年的善良快乐时，西特林深感不安，"当我听到他嘟嘟地吹着管乐的时候，我感到在他的小喜音和他那可怕身世的现代复杂性之间的矛盾中包含着一些重要的东西。那个只是吹了吹轻快的乐曲之后而不再作声的人真可谓幸运。别处还有那样的人吗？"[①] 在贝娄 2000 年发表的最后一部小说《拉维尔斯坦》中，作家直接写到了曾经是纳粹党卫队队员的一个人物老年时的文质彬彬和学者优雅，而那个人则遭到了小说主人公立足犹太人角度在理论上的历史性清算。而在以色列的 20 世纪后半期历史中，追捕大屠杀罪犯是一个国家的法律性行为，其他国家也站在正义的角度参与着这样的追捕。虽然作家在写作中对这类事件并没有多少兴趣，但他至少由此显示了 20 世纪大屠杀之后的相关历史，如逃避审判，如人性之复杂，如罪恶的隐藏，等等。

---

① 宋兆霖主编：《索尔·贝娄全集·第六卷》，第 577 页。

第二，有关人吃人的行为本身和政治、社会的关系。电影中演出了克里姆林宫一方因为检验出了欧洲人考多夫雷多胃里的人体组织而展开了对资本主义的攻击，"谴责吃人的资本主义"，显然导入了50年代意识形态冷战的因素，而白宫一方的平静和墨索里尼的震怒也是如此，只是一种政治家对自家的政治考量。而电影的演出，所有这些情节和细节只是让观众觉得好笑而已。西特林感慨说，"这也没什么了不起。它在茫茫宇宙里引不起任何反响，对野蛮和不人道触动不了一根毫毛；既不能明辨是非，也不能阻止恶性。当然，它也有可取之处，那便是逗笑了千千万万的观众"[1]。一件可怕的食人事件，电影里和政治的荒诞联系，演出后成为逗乐的笑料，作家对人类历史的批判和感慨显而易见。

第三，考多夫雷多的巨大恐惧心理、当众忏悔以及公众的最终宽恕。小说提到了古希腊悲剧《俄狄浦斯在科罗诺斯》，那是洪堡非常喜欢的剧目，俄狄浦斯所犯的杀父娶母罪在他可怕的自我惩罚和自我流放中得以超脱，那样的结局无疑对贝娄这个成长于宗教文化传统中的犹太人有着很高的契合性，其中人性的罪与罚像一股清流穿越了历史时空，经由宗教和人文主义的倡导，汇成一种人性的自我审视出现在犹太人贝娄的想象中，成为小说中的电影结局，显现了一定的精神救赎性。

第四，西特林的离奇联想。坐在剧院里，看到考多夫雷多得救时的疯狂，那种狂乱和失控状态使他突然想到洪堡被送到精神病院穿上拘束衣时的狂怒以及和警察的搏斗，西特林想象着那个场面，看到了"恳求和愤懑、虚弱和绝望"，这种无可名状的联想让西特林泪流满面。但是，考多夫雷多和洪堡无论如何也是难以找到瓜葛之丝的两种人，两种人生之路，两种结局，可西特林就是看到了同样的疯狂、同样的神态。有些勉强的联想倒也符合西特林多愁善感的性格和对洪堡几乎是难以停止的思念，但也可能是作家对小说情节的一种暗自粘贴：当西特林说"既然洪堡已经上了电影，那么，我也该从中寻找自己"时，即可联系到洪堡独自编撰的另一部电影大纲，因为那确乎就是西特林的化身了。而且，小说本身即是两代作家的故事，最后的两部电影，经由西特林的联想使其和主人公产生联系，隐约显示了一个概括性回顾，也可算作作家小说叙事的巧妙性。

再看另一部电影，即洪堡独自构思的尚未演出的电影大纲，确实是以西特林为原型编撰的故事：

一个叫科科伦的作家，因为现实生活的苦闷曾经和一个年轻姑娘私奔

---

[1] 宋兆霖主编：《索尔·贝娄全集·第六卷》，第576页。

到非洲，经历了十足的浪漫，回国后写成一部小说，但考虑到出版后会伤害妻子和家庭，便和妻子假意进行了一场同样线路的旅行，并贿赂了沿途各个酋长，让他们表演了同样的歌舞，同样的宴会和打猎，同样的繁花丛中沐浴等，也就是说科科伦和妻子一起重复了自己和情人的经历。回到纽约后，科科伦出版了自己的小说并获得巨大成功。妻子看得很清楚，那个女主角不是她，便提出离婚。而情人也发现了科科伦居然和妻子重复了那次对她来说十分神圣的旅行，认为这是背信弃义也和他分手。最终，科科伦在拥有了成功之后失去了情感和家庭，孑然一身，陷入孤独凄凉之境。

洪堡在信中坦称科科伦的原型取自西特林，他认为"这就是艺术家。为了想在人类命运中扮演一个重要角色，他也就变成了无赖和小丑。作为意义和美的自封的代表，他遭到了双重的惩罚"。但在电影中表现这样的艺术家尚不是洪堡的衷愿，洪堡在写给西特林的长信中说，他是试图通过对类似艺术家的描写寻找希望，结合自己的人生经验，他期待他们应该"在磨难之中学会了如何忍受沉沦和毁灭，如何去拥抱失败，如何保持虚无和克制自己的意志，并接受了进入现代真理的地狱的任务的时候，也许他的俄耳甫斯的神力又恢复了。这样，在他演奏时，顽石又会起舞。天地将会合为一体。经过长久的分离，双方是何等快乐啊，查理！何等快乐！"[①]

十分明显，这种深情期待既表达了洪堡自己的终生遗憾，他自己已然承受了已成必然的毁灭；也是他留给西特林的临终祝福，他认为西特林尽管有许多毛病，但还是富于人性，他说，"我的一条腿已经跨过最后的门槛了。我回头瞭望，看见你仍然在那老远的荒谬的田野里苦苦劳作"，因此他沿用一贯的幽默描绘了"想象与梦幻的世界"，给西特林以鼓励，并说"我们应当为我们的同类做一点事情"，他希望类似科科伦这样的作家应该在人性的失败中坚持艺术之路，不断唱出俄耳甫斯之歌，让艺术在人间超越沉沦。这是洪堡作为西特林曾经的导师，在人生箴言方面留给曾经学生的一个悲悯的期冀，几乎可以算作西特林的人生方向了。

这是"礼物"的"实体"生长出来的意义。

那么，关于"虚"的层面，"洪堡的礼物"其实就是整个小说呈现出来的所有问题，也可以概括为：一是洪堡的生与死所引发的沉思；二是西特林面对自己的发现如何作为。

前者，应该属于外在社会和内在个体的问题范畴。西特林对洪堡有过

[①] 宋兆霖主编：《索尔·贝娄全集·第六卷》，第437页。

一个极为深刻的总结，他认为"洪堡的主题之一就是一种永恒的人类感觉，认为有一种失去了的故国旧土。……洪堡把今天的世界看成是昔日故国旧土的一种令人激动的缺乏人性的模仿。他把我们人类说成是乘船遇难的旅客"①。在此维度，即是对这个后现代文明的沉痛反思，对失去的人性家园的伤感思念。小说中的两个创造性个体都在试图回应"今天的世界"，"二战"后的物质主义、大众社会、反智主义，虚无的人们，这个丰富而陌生的环境正在威胁着解放了的每个个体自我。而洪堡没有坚持住自己的人性，对当下社会缺乏认识，对金钱和艺术以及之间的关系没有足够的理解而终被毁灭。贝娄在一次访谈中说，这部小说中，在写洪堡路边啃着饼干时是对洪堡毁灭的一个想象定格，"他在挣扎中丢掉了性命。我多想说他是尊贵之死，但他没有做到"②。死与生同样地被外在力量所操纵和异化了。过往时代那个富于尊严的个人消失了。洪堡的生与死映照出了西特林的本质，也是他进行人智学修行的根本动力。洪堡给予他的礼物即是昭示给他的戒律，标示出了此行路上的终点站。

后者，相比较，西特林虽然在洪堡的路上亦步亦趋，但他直面了洪堡之死，也看清了洪堡留下的遗憾，于是在这个"礼物"的警醒和感召下，尽力地保护自己的生活和创造力，既不出逃也不求助，在最大限度上去做一个有清醒自我意识的形而上思想者和担当者。西特林和哥哥一起看着一块未来可能会发展起来的荒废土地时，就是这样在思考着自己的使命：他要继承洪堡这类诗人的未竟之业，他试图在奋斗中保持清醒状态，睁开眼睛观察闪耀的大地。他在飞机上时，看着大西洋在日光下汹涌澎湃，也是这样思考着自己如何用剩下的光阴去弥补自己错度了的一生。他感到死去的洪堡等待着他的救助，和他一起构成了一个世界，他们将共同把在人世取得的教谕传达给来世。而且，他从芝加哥来到"旧世界"（欧洲），一个意义重大的空间，就是一件特别的事：

> 像洪堡一类人物——他们是在利用时代赋予他们的机会，揭示人生的意义，表达他们对时代的感受，或者发现了意义，或者找到了自然的真理。当这种机会很大的时候，在同行中才会产生爱情和友谊，就像你在海顿对莫扎特的赞词中所看到的那样。当机会较小的时候，

---

① 宋兆霖主编：《索尔·贝娄全集·第六卷》，第43页。
② Michiko Kakutani, *A Talk With Saul Bellow: On His Work and Himself*, http://www.nytimes.com/books 1981.12.13.

就只有怨恨、愤怒，以至于癫狂。我追随洪堡近 40 年。那是一种令人陶醉的关系，孕育诗歌的希望，一种对诗的境界的创造者有所了解的欢乐。你可知道，尚有最高超的闻所未闻的诗，就在美国埋藏着，而没有一种见诸文化的传统手段能够着手采掘它。即使是全世界，总的来说，也概莫能外，用老一套从事艺术事业，那是何等的痛苦和混乱啊！现在我才明白，当托尔斯泰呼吁人类停止这种虚伪不必要的历史喜剧而代之以纯朴无华的生活时，是什么意思。在洪堡的潦倒和疯狂中，我对于这个意思是体会得越来越清楚了。

照一般的假定，生活中屡见不鲜的事只能是荒唐的。信仰也被视为荒唐，而现在，信仰也许将会移动常识性荒唐的群山了。①

这就是西特林伸出双手，泪流满面，接住洪堡的礼物时的庄严使命感。

贝娄曾经谈到过这部小说中的两个人物之不同，他说，"我认为洪堡接受了现代主义的规则，西特林不是，西特林在尾声中奔跑，一个喜剧的尾声……他被包围着，他和许多他不赞成的事情相处"②，他认为现代主义已经变成耗尽了内容的一场混乱因而拒绝它们。"现代主义"本是个复杂的命题，抛开其文学艺术上的革新手法和非理性倾向，单从文化品质上讲也含义多多，其中有对传统的叛逆角度，有个人的全方位异化角度，也有个体和传统文化家园纠葛不断的暗中连接角度③，等等，贝娄所说的"现代主义"也许包含了个体的叛逆和异化，也许是所有的文化品格，也包含了外在世界的各种物质化规则，这些东西把西特林的肉体紧紧地绑缚在一个他自己也弄不清楚的喧嚣世界。小说中，他一边穿行于这些烦琐事物以求脱身，一边在自我的思考中不停地追问，试图用他的《方舟》载着幸存者穿越困厄，努力保持着个人的尊严与人性。最后他重新安葬洪堡，迁葬过程肃穆、有序，小说详细描述了过程的各种细节，每种机械的动作都融入仪式之中，既是为了死者的尊严，也是西特林对人性、对艺术、对自我的一个拯救仪式。小说结尾，在埋葬了洪堡的地方，正是温暖的 4 月，有一朵清新的小花兀然而立，但他们都不知道它的名字。也许，这正是作家给予他的人物的一个未来，一个看不清楚的未来，但却蕴含生机。

---

① 宋兆霖主编：《索尔·贝娄全集·第六卷》，第 594 页。
② Melvyn Bragg, "Off the Couch by Christmas: Saul Bellow on His New Novel", 1975, p. 675.
③ 见武跃速《西方现代主义的个人乌托邦倾向》，见导论部分。

多少年后,在 2001 年,贝娄在一个小餐馆回答某编辑有关美国文化的衰落和他与它的关系有何种看法时说道:"当我决定了自己的生活方式时,我觉得,社会将不容于我。我也知道我会获胜……那将是次小小的胜利。"① 我们有理由认为,这样的思考早在 20 世纪 70 年代的《礼物》中,在西特林的形而上沉思和他的一些行为方式中,已经见出理性清明的萌芽。当 1976 年贝娄在诺贝尔文学奖受奖演说中说道,"我们既为个人生活而不安,又被社会问题所折磨",但"我们正试着和这些把我们打翻在地的事实共处"② 时,贝娄是明确表达了他赞同康拉德的说法,"艺术试图在这个世界里,在事物中以及在现实生活中,找出基本的、持久的、本质的东西"③,联系到作家晚年创办刊物坚守艺术阵地,联系他在 21 世纪开端说到的自己的生活方式等,可以说,《礼物》一书中已经如 4 月的那朵小花,虽然无名,但喻示了作家内心信仰的坚守决心。这既是洪堡留给西特林的"礼物",也是作家用艺术的形式留给他所生活大半生的 20 世纪的"礼物"。

和贝娄之前的小说人物相比,西特林忍受了所有的现代疾患,如印度学者辛格所说,他化合了贝娄此前小说中所有的人物:相比约瑟夫,在更大的程度上忍受着具有控制性的环境;相比威尔赫姆,对金钱在人生成功中的力量更有体会;好似奥吉,试图跳出社会羁绊寻找自己的路;好似汉德森,被死的焦虑所缠绕;又像赫索格,陷于深深的道德危机,在婚姻与情感中崩溃;又像赛姆勒,被时代流行的灵魂腐败所困顿④。他似乎承担了所有的美国社会问题和灵魂问题,在重重叠叠的艰难过程中,成为一个形而上的受难者和担当人。

---

① 〔罗马尼亚〕诺曼·马内阿:《索尔·贝娄访谈录》,第 18 页。
② 宋兆霖主编:《索尔·贝娄全集·第十四卷》,第 116、117 页。
③ 同上书,第 123 页。
④ Sukhbir Singh, *The Survivor in Contemporary American Fiction*, Dilhi: B. R. Publishing Corporation, 1991, p. 69.

第五章　知识者心灵深处的裂痕

　　胖乎乎的列娜舅母脸上透着灵气，黝黑的皮肤上罩着幽香，她是个巴尔扎克迷。她最喜欢清醒时的巴尔扎克，他用喧嚣的众生撞击着德性和罪恶的琴键。

——贝娄《更多的人死于心碎》

　　进入20世纪80年代，在获得诺贝尔文学奖之后，贝娄又写出两部重量级长篇小说《院长的十二月》（*The Dean's Denember*，1982）和《更多的人死于心碎》（*More Die of Hearbreak*，1987）。这两部小说差不多就是作家一生创作中最后的长篇了，内容上延续了他在六七十年代的现代性批判和人性追问，且突出了知识者在价值理念上的坚持和精神守护。两个长篇的主人公，一个是教授、大学学院院长，为了社会公义而主动出击；一个是顶级科学家，为了追求情爱而深陷阴谋旋涡。他们和后现代的物化秩序产生了几乎是白热化的冲突，且伤痕累累，在每个系统几乎都在遵循其规则正常运转的时刻，精神上遭受着层层裂解，最后只能无奈地接受一个残破局面。贝娄在此虽然一如既往地掺杂着嘲讽幽默的叙述态度，但无疑对正义与人性的价值守持是明确的、坚定的，两个主人公在思想和行为上都毫无犹疑地承载了求真、求善的价值理念，这一点非常明确，是和赫索格、西特林、洪堡等在自我行为层面的最大区别。逐渐进入老年的贝娄，无论在文坛还是社会层面都获得了稳固地位，他要在写作中明确自己知识分子身份的道德使命了。因此，这两部长篇的主人公大体上是赛姆勒先生的后继者，由于具有较高的社会地位，因此使得其精神之光能够照亮暗处，而同时，其心灵深处的分裂感和哭泣声也显得格外刺耳。

第一节 "知识分子"的余音回响：《院长的十二月》

出版于1982年的《院长的十二月》（以下简称《院长》），以芝加哥和布加勒斯特两座城市为背景，描述了大学教授、学院院长科尔德和其罗马尼亚妻子米娜一个月的生活和工作经历。应该说，这是贝娄创作以来，第一次在小说中涉及作为知识分子的职责问题。这里所说的知识分子，不仅仅是指小说人物科尔德是大学教授和学院院长的身份，重要的是指科尔德在面对美国社会各种黑暗现实时坚定的道义立场和自觉承担起的批判性责任。这是作家以前的小说人物所没有的特性。这种立场和责任的基点，用鲍曼的语词即是，"体现并实践着真理、道德价值和审美判断这三者的统一"[①]，其思想和道义的源泉，来自启蒙时代那个知识共同体对社会的共识和担当，而其表现方式，在20世纪后半期的美国，则成为失却了知识团体作为"立法者"的现代启蒙高地，在后现代社会各种话语喧哗中孤军一人努力"阐释"真实的个别知识人。即便如此，这样的"个别"和孤独的知识人，依然秉持了直面真实和道德担当的品格，可谓18世纪启蒙之光在20世纪的隔代延续。同时，也是作家第一次集中描绘大都市的底层情状，由于后现代大众媒体的遮蔽性，这种情状显示着模糊与被忽略的残酷性。而且，这也是作家第一次用小说形式对一个集权国家状况的描述，因此在此层面上也体现了作家作为知识分子对人的自由独立状况的深切关注。

塑造这样一个知识分子形象，或者说涉及这样两个完全不同的城市题材，对贝娄来说，起源于两个直接原因：一是在他获得诺贝尔文学奖后，即开始有计划地收集芝加哥的社会生活材料，在一个黑人研究生的引导下，对下层社会、贫民窟的生活状况有了许多了解，尤其关注了那里发生的各种犯罪事件。他准备按照长篇随笔《耶路撒冷去来》的风格编辑一本《芝加哥手册》，记载这座大城市的面貌和变迁事实，描述城市底层的文明漏洞。肯定地讲，这是贝娄作为现代知识分子、诺贝尔奖获得者的一个重要行动，来自他一贯的社会关注和自我价值期待，和其从小浸染的犹太传统文化和西方人文理念是一脉相承的。《院长》中借用了两个当时发生的

[①] 〔英〕齐格蒙·鲍曼：《立法者与阐释者：论现代性、后现代性与知识分子·导论》，洪涛译，上海人民出版社2000年版，第1页。

真实案件,一个是黑人强奸杀人案,一个是芝加哥大学学生被推下楼致死案,贝娄是想用实际发生的案件警告整个社会,原始主义正在袭击美国,却无人关注这些可怕事实[1]。二是实际经历,贝娄曾经伴随其第四任妻子、罗马尼亚裔的亚历珊德拉赴布加勒斯特探视病危的岳母,由此他得以近距离目睹了一个专制国家的种种境况,由此导致"双城记"的连接。

从艺术角度来说,和贝娄以前的长篇相比,《院长》一书在描写布加勒斯特部分有点强打精神讲故事,显然有些苍白和概念化。小说出版之后评论界出现不少批评之声,还有一些极端的说法,如"败笔""劣作""枯燥乏味"之类,似乎成为诺贝尔奖获得者写作水平下滑惯例的又一例证。公平地讲,尽管该书确实有其不足之处,但在描写芝加哥故事时候依然是生动和流畅的,属于贝娄的一贯风格;而且,贝娄在此之后的写作也依然保持了其旺盛的生命力,直到2000年最后一部长篇小说《拉维尔斯坦》出版,依然取得了巨大成功,被誉为"天鹅之唱",因之获得诺贝尔奖便难以为继的说法至少在贝娄这里是没有依据的。该书的瑕疵,也可能是贝娄对类似罗马尼亚这样的国家类型比较陌生的缘故。且有趣的是,越是具有概念化毛病的作品,其中所蕴含的思想性意义越是丰富,《院长》一书便是如此。

一 堂吉诃德的出征

小说主人公科尔德出生和成长于芝加哥,去巴黎《先驱论坛报》当过一段记者且事业有成,后来回到芝加哥,改行在大学做了教授和院长,并不是对学术产生兴趣,而是觉得在自己的故乡芝加哥尚有些事情没有去做,用他的说法,"有一些隐秘而广泛的异想天开的抱负和宏大的构想"[2],等待着他去实行。这种情怀或者说抱负,首先来自他对芝加哥的深厚感情。科尔德家族从100年前就迁移到了芝加哥,一个多世纪以来的城市变迁成为他对现代化认识的生动材料,拔地而起的摩天大楼、忙碌的商业活动、雄伟不朽的银行业、计算机化了的电子联合体,这些颇为光鲜的面貌成就了一个典型的现代化大城市。同时,他记忆中的老邻居,过去的老建筑样式,少年时代的树、土、水以及多变的阳光,那些从小凝聚了他故乡情怀的风景却不见了。其次,科尔德自幼喜欢阅读诗歌和哲学,从苏格拉

---

[1] James Atlas, *Bellow: a biography*, Published in the United States by Random House, Inc. New York, 2000, p. 496.
[2] 宋兆霖主编:《索尔·贝娄全集·第七卷》,陈永国、赵英男译,河北教育出版社2002年版,第153页。

底、柏拉图、莎士比亚到里尔克、海德格尔,这些书籍铺垫了他对存在与人性的认识底色,铸就了他看待人类社会的高度。那么,故乡情和诗情在科尔德的心里持续发酵,逐渐积淀为心中挥之不去的忧思重重,他觉得物质繁荣的表象下掩盖和失却了许多重要的东西。他钟情于美国那些有关"自由、平等、正义、民主、富裕"的传统思想,而在现代化过程中,这些思想元素正陷入混乱的危机之中,人们不自觉地生活在现代科技体制和大众传媒话语空间,忘却了原初的人文理念,人性逐渐萎缩,物质世界的泡沫话语正在隔绝人性与世界之间的真实联系。

因此,科尔德试图"使自己成为一个观察的道德主义者",他带着自己的计划回到芝加哥,准备形象地描绘这座城市,发掘真实,为这片给他以滋养的土地献力,切切实实地实现自己的情感心愿。

不用说,小说中着力介绍的这份情感心愿正是作家自身的真实记录,贝娄将自己获得诺贝尔奖后的心理愿望和实际调查工作原封不动地搬到了小说中,只是增加了许多动人的细节和心理活动,强调了那些被发掘出来的现实情状对现代社会和人性的伤害程度。

小说描述了科尔德在芝加哥进行的广泛调研,他接触到了这座硕大、鲜活的城市中黑暗和腐朽的层面,那里堆积着贫穷、凶杀、吸毒、毁灭、荒芜,一部分人过着根本谈不上有人的尊严的生活,不自觉地活着,不自觉地犯罪,不自觉地受苦和死去。政府基本上不关心这个阶层是如何形成的,更不关心它的走向和必然趋势,当它横空杀出扰乱了城市秩序时,也只是在表层就事论事简单处理,显现出一种漠然的态度。而在涉及某些官员的个人利益时,则会和大众传媒合谋,不动声色地运行着一个个充满计谋和不公不义的冷酷机制,全然不顾及对社会问题的解决方法和途径的有效性。

面对这些情况,科尔德觉得自己有责任和义务揭露之,为此他做了许多功课,在博览群书的基础上,和犯罪学家、经济学家、社会理论家、城市分析家等相关人士有过讨论,然后根据自己的体验和观察,以自己的风格写了一系列文章,发表在芝加哥大报《哈珀氏》上,对当代问题展开质询,决心"行使公民权、看看生养他的城市是如何落实正义的"。

小说比较详细地叙述了这样几个案例,其中渗透着该小说试图张扬的道德理念和公义关怀:

第一个是有关典狱长卢福斯·瑞德帕斯的冤案。瑞德帕斯是一位非常敬业、性格爽直的典狱长,有色人种,在他上任之前,郡监狱里一片混乱,囚犯之间互相殴打、敲诈、行凶、鸡奸,还不断有人自杀。瑞德帕斯对监狱进行了大刀阔斧的改革,他住在办公室,把工作当成了事业,面对各种困难,改善监狱条件,加强管理,尽力控制了监狱里的非人道行为,使监狱在整体上获得一定的人性和文明度。

但他在工作中得罪了两伙人:一伙是商人,涉及金钱渠道,因为郡监狱有一笔财政预算,瑞德帕斯为了省钱,拒绝了原本和监狱有交易的供应商和承包商,许多事情自己动手做,把省下的一百万美元用来改造监狱,这就使得那些商人丢失了生意源头,堵住了其进钱之路;另一伙是政客,涉及仕途,他们觉得瑞德帕斯能够不怕辛劳作出这样的业绩,一定是个有政治野心的家伙,会对自己形成威胁,因此不能任凭他一帆风顺,一定要提前防范。于是两伙人合起来起诉他,罪名是私用财政预算,在监狱对囚犯滥施重刑。瑞德帕斯被迫走上法庭受审,起诉方找到的囚犯证人在得到减刑的许诺后公开做伪证。在此过程中,报界和电视网也推波助澜,倾巢出动追踪案件,高调调查瑞德帕斯的贪污和虐囚行为,用专版报道该案时全文登出了匿名告密者的毁誉之词,还在头版登载了把瑞德帕斯弄得像一头大猩猩的特写照片,致使案件未审之前被告就被污名化了,而且持续而兴奋地传播到了公众的神经末梢。最后虽然由于证据不足而宣布无罪,但瑞德帕斯的名声在不断地调查和取证中已经被败坏,娱乐性的炒作让人们记住了他曾经被起诉有罪,却淡化了最后的无罪宣判。

这就是后现代媒体的话语效果。唯恐天下不乱,他们要的是社会舆论的翻腾运转,提高事件的热闹度和媒体的出名度,却对正义本身没有兴趣。

为此,愤慨的科尔德在《哈珀氏》上详细描写了瑞德帕斯的工作成就和人品性格,将此案真实情况公诸于世,揭出了一帮腐败者结伙害人的真面目,同时谴责那些地方报纸如何以偏见导引大众舆论的恶果。科尔德在文章中说,这是一位唯一有勇气打入最糟糕的社会底层、把监狱从赚钱老板及其黑帮手里夺回并予以管制的监狱官,这个长着黑皮肤的人,是芝加哥少有的那种"不怕麻烦思考正义的问题"的人,但他最终虽然赢了官司,但输了名声,"新闻媒介似乎觉得骗子和无耻之徒更合他们的口味",大写特写那些歪曲材料、失去了新闻真实性的报道过程和媒体的公义之责。科尔德愤怒地指出,正是媒体无原则的报道使得正与邪相混淆,败坏了社会风气。

就这样,科尔德为了一桩冤案将自己和瑞德帕斯绑在了一起,从而开罪了一帮权势者和媒体同行,也给自己埋下了祸根。

第二个案例是"米歇尔案件":受害人是一名年轻的农场妇女,被这个还在法庭上因另外的案件受审的惯犯米歇尔劫持,多次强奸之后杀害。这个案件并不特殊,使科尔德觉得震惊的是他看到害人者那种沉沦到底的黑暗惯性和被害者在有机会时缺少逃跑企图的可疑性,科尔德称之为"两种分离的、无知的智力":一个在受审的间隙还去犯罪,从容,沉着,无法无天,已经堕落为这个世界上灾难的"不自觉的动因"①;一个实际上有好几次逃跑机会,目击者看到了嫌疑犯去酒吧买酒,农妇坐在汽车副驾驶位置上,却没有任何呼救和自救的行为。科尔德认为,判处一个罪犯死刑还是其他什么刑,都是一件个别的事,是不能解决类似问题的;作为一个社会,一座城市,如果仅仅限于侦查案件、判处罪犯,而不是去关注发生类似事件的核心部分,即人的精神的文明度问题、智力问题,他认为是失职和失败的。在和米歇尔辩护律师的讨论中,科尔德不断指出"美国已不知道如何处理这个黑色下层阶级",只好先放任之然后再处置之,将这样一个接近灵魂的大问题和黑暗源头简化为表面上的犯罪行为。

这才是当代的真正问题。像贝娄小说中其他人物一样,科尔德在当下有限的案件中引向了无限的现代问题,引向一种普遍性的人类苦难及其产生苦难的缘由,他准备就此角度写作一系列关于城市生活的评论,找到那些创伤、损害、毁灭性的事件的心理情绪来源,而他似乎听到了这样的召唤:"去解释,同情,挽救!"② 义无反顾地去启动这样的程序。当然,这种面对一个城市甚至是一个国家的道义谴责,将使他无形中立于体制执行者的一片敌意丛中。

第三个案例,即是发生在他学院里的大学生莱斯特坠楼死亡案,该案件成为他的致命伤,作为前边一系列冒犯行为的收官之作,在他承受重重心灵伤害之后,最终丢失了自己的职位。

本案件的两个嫌疑犯都是黑人,一个是有犯罪记录的妓女海因斯,另一个是有过偷盗、窝藏赃物等犯罪记录的流浪汉埃布里。在一个夏日晚上,大学生莱斯特行为反常,赤脚驾车走遍城内酒吧,后来带着埃布里和海因斯回到自己和妻子租住的寝室,不知发生了什么样的冲突,莱斯特被窗帘撕成的布条绑着、嘴被塞着坠楼而死。

这个案件中潜藏的问题是,大学生莱斯特为什么会在夏夜的城市游荡并带回一对显然有犯罪前科的男女,人们的猜测是莱斯特本人也有问题,有性乱交嫌疑;另一个更为重大的问题是涉及种族纠纷,这是经过了60

---

① 宋兆霖主编:《索尔·贝娄全集·第七卷》,第224页。
② 同上书,第225页。

年代民权运动后大学校园里一触即发的爆炸点。因此做事谨慎的教务长希望学院对此采取低调态度。那位被冤案"洗礼"过的前典狱长瑞德帕斯，根据他的经验也好心地告诉科尔德此类案件的一般处理方法，即嫌疑犯是个街头混混，大学生头脑昏热，他们之间的冲突和犯事可以在不断地拖延中不了了之。但科尔德认为他作为院长，自己的学生发生命案，留下了可怜的年轻妻子，是不能袖手旁观的，这是他的职责。因此高调悬赏捉拿凶手，还发表文章明确表示了对这位遇害学生一贯好品质的赞赏，表明为他讨回公道的决心。

所有这些案件，都使科尔德为之愤慨，他一边在报纸上发表文章表明态度，一边在学院里进行演讲，将瑞德帕斯事件丑闻、米歇尔案件、莱斯特坠楼案等上升到理论层面，对市政厅、新闻界、警长、州长等有关方面进行了无所顾忌的质问，其苛刻和冒犯的态度使他几乎惹恼了所有的人。这就把学院放在新闻的风头浪尖上了，很多人受到相关人员的暗中挑拨公开指责学院，各个方面都作出反应，"自由派认为他反动，保守派说他疯狂。职业城市专家说他太急躁"[①]，有的人还挖苦他憎恶城市，讽刺他开出了文学艺术的药方来拯救城市犯罪等，不一而足。

其实，科尔德十分清楚，揭示城市中的阴暗一面，等于把繁荣遮掩起来的疮疤大白于天下，是所有人都不愿看到的。执政者不愿被指责无能，市民们大都喜欢渲染快乐，上下都反感那些被揭露出的丑陋之相。尤其是在瑞德帕斯案件中，是在揭露政治圈套的丑闻，科尔德公开站在受害人一边，即是将自己划分在当地强势者的敌对面。可是，科尔德，一个记者、教授、院长，他从小读了很多书，苏格拉底、柏拉图、孟德斯鸠、维科、马基雅弗利、波德莱尔、里尔克，这些阅读早已铸造了他的精神王国和心灵底蕴，早已默默长成了堂吉诃德的隐蔽长矛，一旦瞥见世界上的不公不义，他就要高举长矛出发了。至于这样的"出发"带来的结果，他自然是了然于心的，因此他也从来没有惊讶、没有畏惧，不听劝阻，一心实现自己的理想正义。

与此同时，科尔德也在芝加哥寻找某种"道德积极性"。他对瑞德帕斯的报道，本来是属于揭示人性阳光之举，却由于涉及遮蔽阳光的黑暗，所以也变成了"暴露"丑恶了。而与瑞德帕斯的交往倒是给他打开了见识"黑暗"与"光明"的颇具职业性的通道，给他提供了更多认识芝加哥真实面貌的材料。让他极为震撼的是一个叫温思罗普的黑人，曾经是一个杀

[①] 宋兆霖主编：《索尔·贝娄全集·第七卷》，第 208 页。

手、吸毒者，曾经在瑞德帕斯管理的监狱里住过，一个偶然的机会在一家医院制服了由于毒瘾发作到处打砸的黑人史密特斯，后来两个人又在那所医院共同戒毒成功，之后成为好友，一起成立了一个"戒毒中心"，在南部一个乱糟糟的居民区的破烂旧仓库里，用自己的戒毒经验帮助别人戒毒，收留一切失去了生活能力的人，让他们在那里一边干活一边治疗。温思罗普告诉科尔德，来到这里的人，有的戒毒成功了，有的出去之后重犯了，还有更多的人不知道这个地方，一旦染毒，即一坠到底，成为没入黑暗深渊的人，再也没有得见阳光的可能性了。

正是在这里，科尔德见到了"人类的曲线陷落到了最底层"① 的样子。在那个黑色大旋涡中隐藏着人性的盲区，旋转着绝望和犯罪的浑水，生活着一群注定毁灭的人。而拯救这些人的本该是国家与政府，现在却被几个个人担当着，这是科尔德的质问。但当他报道了这些事迹，并把温思罗普的故事定义为"谋杀者—拯救者"，描写了这个曾经的犯罪者如何"重新构造"自我的过程并视之为一个高级的"现代案例"，试图引导社会的关注目光和救助方向时，则引起了一片骚动。污蔑他的人有之，被激怒的人有之，重要的问题是，芝加哥大学有一个庞大的学术共同体，而他却没在里面找到一个类似这样拯救社会黑暗的人，却非要去张扬一个罪犯的功绩，因此不仅是给这座城市抹黑，同时也是给同行抹了黑，几乎就是在暗示同行们作为知识分子的失职和无能。

确实，使科尔德不能理解的还有，他看到一家报纸采访了50位名人，律师、建筑师、商业经理、都市学专家、球类俱乐部老板、艺术指导出版商等，这些社会精英人士提出各种规划，试图活跃芝加哥的城市生活，但就是没人提到毒品、凶杀等犯罪问题。他觉得现代社会已经不懂得如何去接近那些黑色层面的人，甚至不去想接近他们会是一个问题，任由黑暗的源泉泛滥流淌，只有在事件爆发之后，才就事论事审理案件。这种状况折磨着科尔德的良知，因此他一边揭露黑暗，一边抨击社会与政府，一边揭示人性与灵魂问题，挥着他堂吉诃德的长矛四面出击。

贝娄在写过《赛姆勒先生的行星》之后，由于小说中写了一个黑人扒手的故事，曾遭遇过有关种族问题的质疑，这里似乎有意识地表达自己的公正性：《院长》写了一系列理想型非裔人物，有美国驻罗马尼亚大使的温文尔雅和高贵教养，有典狱长的公正无私和公共贡献，也有杀人犯和吸毒者转变为戒毒中心主任的造福社会。这样连贯性地写到一批黑人的优秀

---

① 宋兆霖主编：《索尔·贝娄全集·第七卷》，第210页。

品质，应该不是无意识的。贝娄似乎想说明人类的多样性，至于是黑人或者是白人，应该和他们的道德品质没有关系。

二 后现代话语的喧哗

后现代理论家詹姆逊和鲍德里亚，都分别以自己的方式描述了现代社会信息的扩散性和消费性。詹姆逊提出，美国60年代之后即以科学技术和信息为基础，普及了媒介、电视、录像机，爆炸性地发展了广告业，使得人们成为被"他人"引导的分散性元素。鲍德里亚在《消费社会》中也指出了"大众交际中社会新闻所具有的普遍性。所有政治的、历史的和文化的信息，都是以微不足道又无比神奇的相同形式，从不同的社会新闻中获取的。它整个地被加以现实化，也就是说，用戏剧性的方式加以戏剧化——以及整个地加以非现实化，通过交际的中项产生距离，而且缩减为符号"[1]。他们不约而同地看到这种通过新闻报道、爆炸性照片以及证词资料等大众形式出现的东西，其实质目的不过是弥散化的消费，而不是要得到事实的真相。从大众角度来看，驱使其接受的动机在很大程度上是好奇心。

对这种蔓延着的后现代文化现象和泡沫，贝娄自然也有透彻的了解并为之焦虑。他在一次访谈中谈道，"大众媒体参与我们的生活越来越多，几乎是几何式增长着。各种曲解、扭曲的信息在轰动中通过电视进入每个家庭。每个人在噪声中生活着，感到自己被这些声音撕裂。保存自己的完整是非常困难的"[2]。《院长》一书将此种现象迷雾揭示得淋漓尽致，那个对工作尽职尽责的典狱长瑞德帕斯便是这种话语的牺牲者，而大学生的坠楼案件，以及后来科尔德在布加勒斯特与老同学的会晤事件，皆是如此。科尔德在这种喧哗的泡沫话语中面目全非、伤痕累累，可以说和当代理论成为一种绵密的互文阐释，思与诗在同一时空表述了一场后现代话语之殇。

先看莱斯特坠楼一案的重重迷雾纠葛。这是真实发生的事件，也是作家收集到的材料之一，来自1977年的一则新闻：一名芝加哥大学的学生被人从三楼窗户推下丧生，嫌疑犯便是一个妓女和其男友。小说根据原型展开叙述，使得这个故事成为小说中芝加哥城市描写中的重要线索，它连接了和科尔德有关的各种人员，搅动了科尔德周遭世界的层层旋涡，同时揭示出一个后现代社会的诸多问题。

---

[1] 〔法〕让·鲍德里亚：《消费社会》，第10页。
[2] Saul Bellow, Interview in Jerusalem Post Magazine, December, 1974, p.5.

首先是科尔德的外甥梅森。梅森已经在大学辍学,在餐厅打工时认识了那个叫埃布里的黑人洗碗工并成为好友。案件发生后,由于院长科尔德悬赏捉拿犯人,梅森即在校园里带头组织学生示威,指出"学院正在进行一场反对黑人的秘密战争",科尔德院长利用学院的力量攻击黑人,梅森振振有词地说,大学生莱斯特是自己喝醉酒掉下楼去的,根本不存在凶手。一些幼稚、冲动的学生跟随着梅森对科尔德发难,召集会议谴责院长在公开发表的文章中把黑人描绘得"像动物和野人一样",因此要求科尔德向"黑人、波多黎各和墨西哥的劳苦大众"道歉①。还就此追溯到学院里一贯的种族歧视政策,比如限制校园附近的黑人住宅啊、对南非的赞助措施迟迟没有反应啊,等等。

这些说法和措辞对科尔德来讲并不陌生,很多年前他也是学生激进分子,大学校园里那种宣传鼓动的方式、狂热的聚会与活动等,他都参加过并为之激动不已。出乎他意料的是多少年过去了,青年学子依然没有吸取过去的过激教训,居然在如此明确的凶杀案件中还会挑起这样的风波,一如既往地在种族问题上大做文章,这让他觉得既幼稚好笑又很无奈。面对如此局面,彬彬有礼的教务长自然很不高兴,表面上虽然说"这场运动总会逐渐停止的",但内心里实际上认为科尔德惹出了麻烦。从教务长的态度中可以看出美国社会在种族问题上避之唯恐不及的谨慎态度。

重要的是梅森的表现,小说活灵活现地勾勒了一个后现代青年我行我素的表演性品格,以及隐藏在他身上的各种元素的兴奋点。他和舅舅有过一场对话,梅森不顾秘书的阻拦径自闯进院长办公室,作为学生代表公开质问科尔德的种族歧视立场。其实,科尔德再清楚不过,梅森并不是那种立场坚定有信念的政治人物,他只不过对"扮演"这样的人物感兴趣而已。梅森穿着异性服装,梳着马尾辫,挑衅地面对着西装革履的院长舅舅,一副轻松愉快、生气蓬勃的神情,是典型的叛逆青年模样。科尔德了解梅森,而且理解眼前这个年轻人正处于一种不安定时期,聪明、敏捷、粗暴、痛苦,时刻准备对全世界的体面阶层发动攻击,就像哈贝马斯所说的,对"由渎神行为引发的那种惊骇的魅力上了瘾"。而且他早在心里设定了舅舅在上层有一个朋友圈子,他们合伙欺负他的黑人兄弟,那位犯事的埃布里和自己在油污的厨房并肩工作,头上缠着浸透汗水的抹布,结下了生死友情。因此,他要作为街头游民的代表来教训一下体面的知识分子舅舅,提醒他(甚至有威胁意味)不要蔑视那些下层社会的人,他们受尽

---

① 宋兆霖主编:《索尔·贝娄全集·第七卷》,第 182 页。

苦难但不是"老鼠",希望舅舅不要自作聪明给自己找麻烦。这是第一层。

第二层,梅森的父亲,已经去世的老扎赫那是物质主义芝加哥的典型代表,一个在生存丛林中获得成功的达尔文主义者,富有、强壮、粗鲁、冷酷、高傲,深谙社会物质力量之强大,他曾恶意地引用一个著名的恶律师的话,说他只"对穷人和被压迫者感兴趣。如果在我见到他们时他们还没贫穷,那么等我与他们打过交道之后,他们就贫穷了"①。这样的人才是芝加哥的中心和动力,他一贯蔑视书生科尔德以及科尔德所代表的那个文化阶层,认为科尔德这样的学者个个平庸虚假,他们放弃了现实世界,在哲学和艺术中寻找避难所,不过是软弱无能罢了,并称科尔德为"庸才院长"。他认为只有像自己这样的人才是有用的,因为他能够给那些靠工作糊口的人提供工作,能够使城市繁荣、家人生活无忧。从这位粗暴强大的妹夫身上,科尔德看到了芝加哥这座城市的本质,而芝加哥又是美国的"蔑视中心",所有的哲学、艺术、文化、人性、道德,都是该"中心"蔑视的对象。而梅森,在某种程度上继承了父亲那种咄咄逼人的气质和蔑视知识分子时的粗暴态度,科尔德在这位外甥的质问中听出了一种刺耳的嗡嗡声,再掺进美国的平等思想和对种族问题的敏感度(任何人都可以高举这面旗帜对任何事情发难),使得梅森在貌似正义的挑战中变得复杂。

第三层,梅森一贯以来就对舅舅有潜藏的仇恨,原因是从他小时候开始就生活在舅舅的阴影里,尽管父亲蔑视这个知识阶层的舅舅,但在母亲嘴里,舅舅却是一个有名望的大人物,是成功人士的样板,而自己在他面前总是显得那么渺小。这样的心结一直如鲠在喉。埃布里事件成为他和舅舅平等对立的一个机会,在正义旗帜下发泄自己从小到大的委屈情绪,也可以说是梅森自己都不大明确的潜层动机。

正是源于这些表层、深层的缘由,梅森在埃布里案件中找到了自己的绝佳舞台,他高举正义的旗帜作出一系列高调之事,先是发动学生抨击舅舅和学院,接着警告和威胁死者的妻子不要催促破案,最后居然不顾一切地持枪去威胁证人。在他兴致勃勃地作出了这些事情之后,已经由激烈演变为过激、由过激演变为违法了,最后终于兴致勃勃地把自己变成了一名通缉嫌疑犯。

类似这样的题材,贝娄在《赛姆勒先生的行星》中对60年代进行批判时已有表述,梅森是贝娄小说中60年代的文化后代,一方面在感官层面制造狂欢,像他的隔代极左父兄一样,也是用头发、衣服、化妆品、戏

---

① 宋兆霖主编:《索尔·贝娄全集·第七卷》,第99页。

剧性等作为表达自己的工具；另一方面为了某种激情而立足下层，在表明自己立场态度时恨不得将自己的白皮肤也变成黑皮肤，用和传统断裂的方式和对秩序的冒犯来表达自己的瞬间快感。因此，在梅森为杀人嫌疑犯同时也是自己的黑人朋友提供卫护时，在他持枪威胁证人然后在法庭的取保候审中走上逃犯之路时，在他给自己的体面舅舅造成的尴尬中享受着无限的快意时，种族平等理念只不过是一面给自己提供表演的合理性旗帜，在其生命深处洋溢着的实际上是那种恣意放肆的盲目激情。小说中写道，"成了一名逃犯他一定激动万分。对于像梅森这样的孩子，那简直是千载难逢的奢侈"①，他恰到好处地扮演了当时的汤姆·索亚和黑人吉姆的友谊形象，本质上不过是一种"在正义的阳光下激动着的荷尔蒙发作"。小说对此人物的描写可谓细致入微。

与此同时，还有媒体的兴风作浪。芝加哥大小报刊都报道了梅森和埃布里的友谊和激进学生在校园里的活动，暗暗影射科尔德是个种族主义者，正在执行学院的种族主义政策。梅森还为埃布里找来和科尔德有财产恩怨的表兄麦克西律师做辩护，这位热衷于出风头但事业正处于低潮的律师立刻抓住了重新崛起的机会，立即召开记者招待会，宣布为这位贫民窟出身的洗碗工义务辩护，以此来赢得人们的注意力，同时还可以打击一下那位体面成功的表兄弟科尔德。

由于这件案子，学院里变成了一个热闹的地方，如科尔德戏谑地称其"成了一个马戏团"，出演的有院长、院长的外甥、院长的表兄弟，还有激动起来的学生、60年代的左派残余分子、各种报刊，等等。这就是莱斯特案件所牵扯起来的种种暗流，它们的流向通往时代的各种潮流，通向亲情间本就存在的表层不睦和深层暗结，从而形成了科尔德揭示真实的重重阻碍，并在情感层面挫伤着科尔德的心灵。

本来，科尔德写文章揭露芝加哥"达尔文主义"生存现象和体制腐败现象的文章，已经差不多使他几乎成为易卜生意味上的"社会公敌"；校园里的反种族主义风浪在新闻媒介的道德兴奋点上介入后，则使他深陷泥沼。但这些并没有击垮科尔德，因为这都是他有所准备的；而让他感到痛苦的是他觉得自己和亲人之间存在着的那片情感"真空"，他在外甥逼人的对视中，脑海里出现的是往昔他带着这个少年在海边游玩，结果梅森划破了小腿、自己背着他回家的温馨画面，与此交叠出现的还有那个大学生被堵着嘴反绑着扔出窗外的惨景。他感到疲惫、痛苦、无

---

① 宋兆霖主编：《索尔·贝娄全集·第七卷》，第103页。

语，年轻人的生命和生活方式，校园里的喧哗和真实难辨，使他跌进了"自身的最凄凉时刻"。

再看名记者老同学的借刀暗算。与梅森周遭的暗流相仿，在关乎真实、情感、媒体喧哗这些层面的复杂性上，小说还塑造了另一个人物杜威·斯潘格勒，华盛顿成功的专栏作家，制造舆论的大亨，科尔德的老朋友和小学同学。这个杜威有成千上万的读者，访问过国内外一大批政界要人，性情虚荣，喜欢高高在上的地位感。在科尔德偕同妻子探望布加勒斯特病危的老岳母时，杜威正在周游欧洲收集各种信息，准备写一系列共产党国家的文章，恰好在罗马尼亚与老同学相遇，于是两个人有了一次十分友好的聚会。

这次聚会本是一个平常的老同学异乡相见，于科尔德这个多愁善感的人来说，他正被困在一个自己不熟悉的国度，见到40年前的老同学，交谈兴趣完全在怀旧上。他和杜威在少年时代是好朋友，无话不说，为了某球队的胜负争吵，怀揣着诗人和哲学家的作品在林肯公园闲逛，酷爱王尔德、佩特、史文朋、里尔克，一起讨论苏格拉底、魏尔兰、维特根斯坦和尼采。芝加哥的这两个街头小子还合作写过一本书，打闹着抛硬币决定谁去纽约寻找出版社，当杜威真的独自带着书跑到纽约后，科尔德如何地为他在母亲面前编织谎言，科尔德的政客叔叔如何地威胁着要把他们的哲学书和诗歌烧掉等，这些回忆都给人到中年的两人带来无限愉悦。

但对杜威来说，尽管怀旧也使他愉快，但他的心理却要复杂得多。一方面，两人出身不同，在科尔德20岁出道的时候，凭着父亲的关系，在著名的《纽约客》上成功报道了波茨坦会议从而大出风头。而杜威出身下层，缺少这样直接成功的机会，内心其实一直有难以出口的嫉妒心结，他忘不了老同学的富裕家庭给他带来的压力和妒忌，更不忘自己作为底层小人物的奋斗心酸史，因此杜威潜意识中一直存有在老同学面前展示成功的期待。另一方面，两人性情不同，在各自的人生道路上早已分道扬镳，科尔德几乎一直是一个未能脱离少年诗情的人，并立足于这样的基础写出了今天的批判社会现实的文章而且惹祸；而杜威则认为少年诗情虽然可贵但却幼稚，他早就抛却了那些东西，在现实世界夯实了名利基础，按照各种游戏规则进入社会并赢得了社会的功利分成。因此，在杜威眼里老同学多年来没什么长进，依然那般"认真执着、多思多虑、心神交瘁、一脸沧桑，满怀道德愿望，肩负人类的重担"模样。当他知道了科尔德在芝加哥得罪了一大批人的情况时，他居高临下地摆出一副怜悯和惋惜的神情，还捎带着难以觉察的幸灾乐祸。

正是基于这样的复杂心理，作为媒体大亨的杜威在这次聚谈中生出了自己的目的：他要挖掘科尔德批判芝加哥的深层动因并展示给大众，在新闻界掀起科尔德批判文章引起愤怒高潮之后的又一波话语高峰。

于是杜威促使这次老同学聚会变成了一次采访。他诱导着那个依然沉溺在少年诗情中的科尔德院长，表明自己对老同学文章的极度看重，非常想听听他对自己在《哈珀氏》上那些激烈观点的辩解。一旦回到自己付诸努力的事业，科尔德便放开心怀，滔滔不绝地谈论起芝加哥的种种物质性，如何地缺乏精神与人性，如何地只适合制造业、船舶业、建筑业，说这是"灵魂中粗糙的东西"，人如何地难与之共存，作为一座城市如何地缺乏魅力等，还把芝加哥和沦陷的特洛伊并存作出比较。同时还不忘继续抨击媒体，说在这样一个世界上，人们生活在各种话语泡沫中，漂浮在种种概念之上，被"掩埋在错误描写和非经验的废墟之下"，已经很难体验到真正的事实了等。而他自己的任务，就是要拉开那些泡沫似的遮蔽，将真实挖掘出来。

也许杜威确实有对老同学不理解的地方，那种似乎是"我被派来写它"的口气，几乎有些类似上帝的声音了，这让他很不舒服；也许杜威只不过出于职业习惯，觉得老同学所谈及的问题以及那些激烈的见解太有新闻价值了；无论如何，结果是，当科尔德在怀旧情调中为自己那些批判文章的观点辩解之时，他不知道自己实际上是面对着整个媒体敞开了心扉，他更想不到的是，老同学会利用这次见面的谈话资料去博取大众眼球；因此，当他还困在那个寒冷的集权国家首都为去世的老岳母安排后事时，他和老同学情意绵绵的见面新闻已经在美国报刊发表了。

本来，在科尔德眼里，杜威也是自己正在批评的那些话语泡沫的制造者之一，杜威的成功来自数百万计的大众追随者，这些人依赖新闻报道保持平衡，跟着他的思维、音调调整自己的音调，由此杜威可以坐在洲际咖啡厅温暖的大玻璃窗下放松自己，并且还在雄心勃勃地试图再往高处提升自己。在科尔德讲述着要揭穿这种话语体系时，事实上他是知道对面的老同学的立场的。但他依然中计。这个曾经和他一起阅读苏格拉底、里尔克的老同学，把这次怀旧的同学谈话暗中变成一次独家新闻采访诉诸报端，从私人角度提供了科尔德作为"社会公敌"的证词。在那个杜威名曰"双城记"的专栏里，杜威以第一人称的口气，写到了自己和科尔德如何在铁幕后面见面，开篇是怀旧，两个"书生气十足的高中孩子"的友谊；而后写到在科尔德的背后，在老岳母正处于弥留之际的同时，在他的家乡芝加哥和他有关的一起案子正在开庭,其中写到了许多的人际纠葛。最后着重提到了科尔德在《哈珀氏》上的文章,认为这位老同学标举人道主义旗帜描述芝加哥的城市风貌,事实上只不过是一个感情丰富的痛苦的私人观察者,被这座自己从小生活其中的城市吓坏了。他还分析了科尔德的性格,认为其性情脆弱,无法把握世界的变化,也无法处理人类事物发展的新技术、新因素,不能理解后工业社会的含义,因此不断地指控新闻业、大众传媒这种富于想象力的行业,指责信息的欺骗性是养育歇斯底里的温床云云。

这还不算,杜威还雪上加霜地指出,科尔德指责大学教师没能起到导引公众的作用,知识分子没有能力阐明时代问题和描绘民主的本质,传媒业和高等院校都在陷落,美国城市在陷落。最后,杜威对此做了一个总结:

> 科尔德院长一定深深地冒犯了他的同事。他们本是在用人道主义文化照耀着美国社会,但是在院长的著作中他们成了失败者和骗子。这就是他在文章中披露的意思。……城市腐烂了,教授们无法阻止这种现象,但他们可以告诉我们,这种腐烂的人类意义是什么以及它为文明预言了什么。被认为是代表旧时代伟大精神的学者们没有为此而战。他们向强大的空虚投降了。并从这种空虚中产生了疯狂的旋风。①

科尔德在洲际饭店和杜威相晤时,无论如何想不到会有这样的一个后果。杜威不愧是话语浪潮的制造者,为了文章的吸引力,任意夸大了科尔德的指责范围,将其观点歪曲、放大,还把科尔德引用老扎赫那那句"一个有地位的教授和一个有8个孩子享受社会福利的母亲有许多共同之处"的话嫁接到科尔德头上,成为科尔德侮辱同行的语言证据,在伤害了那些为学校付出了精力、为自由教育和学校本身的生存而战斗的同行的同时,妥妥地把科尔德安置到了全体同僚的敌人这个位置上。这样的效果,会使科尔德在教务长的眼里,从被怀疑,到不信任,到讨厌再到轻蔑,直至认为这个科尔德简直就是灾难,这是不容置疑的一个后果。科尔德被这个老同学的功利之心出卖了。友谊被亵渎,像亲情被践踏一样,科尔德再次想起那些温情脉脉的少年故事,那个冬天杜威在纽约写回来的信件中说,科尔德写的那些部分被专家认为根本不适合从事写作,只有杜威写的部分是

---

① 宋兆霖主编:《索尔·贝娄全集·第七卷》,第335页。

杰出的；当傻乎乎的哈罗德叔叔给全家人大声念信时，使得科尔德的母亲万分伤心痛苦。那个冬天的寒冷和妒忌之心，遥遥地和这个冬天相连接，那种一直以来要打败他的潜藏心理在暗处涌流，多少年来阶级地位差别所带来的屈辱在字里行间的自我张扬中终于得以宣泄。

结果是，杜威在描述了这位老同学的诸多不合时宜之后，由此而获得了舆论的极大关注和他所需要的成功，他终于在同一件事上压过了这位曾经让他自卑的同学一头。而科尔德，办完了岳母后事，回国后的第一件事，便是面对自己给学院管理部门带来的麻烦和压力，面对在给他收拾烂摊子的礼貌有加却也万分恼火的教务长，无奈地提出辞职。

堂吉诃德的长矛最终在老同学的"情谊"中被折断了。小说中显示了那种后现代社会中媒介话语力量的强大性，它们喧哗着，沿着各自的功利轨道结合起来，形成了一种真真假假的雾障，不断阻击着科尔德的人性、诗性、正义热情和使命意识，他在心里给不谙世事只懂得星空的天文学家妻子诉说道：

> 有时，我想象如果把人的一生拍成电影，那么任何其他镜头都会是死亡，它流逝得太快了，我们不知道它的存在。毁灭和复活轮流存在，但速度使之看似连续，但是你知道，亲爱的孩子，用普通的意识你甚至无法知道正在发生的是什么。①

三 极权国家的阈限

贝娄作为一个美国作家，其小说内容也大抵一直是美国的生活和社会，《院长》一书则是第一次以"双城记"的方式，较为详细地描述了一个他不是那么熟悉的欧洲城市：布加勒斯特，使之成为小说的另一条线索，并以此为视点，表达了作家有关政治意识形态方面的价值态度。

科尔德陪同妻子米娜回到罗马尼亚探视病危的母亲，随着他这个来自物质繁荣发达国家的知识分子视线，展开的是一个极权国家方方面面的描写。第一是贫穷，罗马尼亚属于苏联卫星国，国家能源短缺，各方面供应都严重不足。科尔德与米娜住在母亲瓦勒丽亚——国家前卫生部长——的一座老式公寓里，冬天的布加勒斯特很冷，夜晚一片漆黑，暖气装置早饭后即停用，水龙头上午8点便干涸了，到晚上再开放。对于这种情况，政

---

① 宋兆霖主编：《索尔·贝娄全集·第七卷》，第294页。

府的解释是由于"降雨量偏低和堤坝水位低",显然把责任推到大自然身上,和政府工作无关。他们使用的手纸粗硬,厕所放着储备水的桶用来冲便池。所有这些都让科尔德感觉回到多少年前的美国底层社会,让他倒吸凉气。

有意思的是,为了这个来自富裕国家的院长,和瓦勒丽亚一起居住的妹妹、70多岁的琪琪指挥着一帮亲戚女人们想尽办法搞吃搞喝,她们是瓦勒丽亚平时互相帮助表达友爱的姐妹们,她们的努力从另一个侧面映衬出了这个国家的物资匮乏。这些上了年岁的妇女早晨4点去排队,就为了买到几个鸡蛋、一小块配给的香肠、三四个花斑梨。商场门前排着一条长队,人们穿着褐色、灰色、黑色、土色的衣服,在队列中耐心地往前移动。在科尔德眼里,这个画面酷似"监狱院子里那种必须参加操练的气氛"。有时她们还可以在黑市上购物,因此科尔德用美元兑换了罗马尼亚币后还可以吃到葡萄、橘子之类的奢侈品,偶尔还能吃到肉。一群老年妇女快乐地供养着这个来自域外"福界"的美国人,感觉他就像天上的龙一样挑剔。但显然她们已经忘了"解放"以前自己是怎么做牛排了,加上现在的食油也不好,厨房里一股焦煳和烟火味,居然还能闻到牛的皮毛味。科尔德知道弄到这些食物多么不易,强忍着难闻的气味,装出吃得很香的样子。这就是那个在芝加哥惹了很多麻烦的院长在布加勒斯特某一个12月所见到的生活模样。

第二是人们精神的无望。瓦勒丽亚出身贵族,在米娜夫妻滞留的日子里,一大堆亲属、表亲、朋友、同事前来拜访,大多是瓦勒丽亚的同辈,衣衫褴褛的老年人,他们都是革命后的失意者,被历史列车所抛弃。他们曾经有过很好的教养且试图有所显示,和科尔德说着多年不用的生硬的法语,然后再绕到更为生硬的英语,为米娜的科学成就而自豪,也非常愿意听科尔德讲有关美国的一切。他们知道科尔德有言论自由,但他们不能随便与外国人讲话,也不大敢去美国图书馆,因为有秘密警察坐在阅览室里监视着。其中一位科学家朋友大半生都在监狱里度过,苍老憔悴,漠然无言。这群人,在科尔德眼里是革命前"旧欧洲"的影子,如今他们渗透在身心深处的只有悲哀和绝望。

和旧欧洲相连接的还有瓦勒丽亚的会客厅,这位国家前卫生部长的住所,也在物质层面诉说着破败和无望,因为米娜的父母从出身上都不属于国家主人的那个阶级,那个主流阶级的官员早已搬迁到豪华的别墅里去了。而这个过去时代留下的旧住宅,放眼看去,是堆满杂物的光秃脱皮的沙发,蒙着灰尘的黄铜灯座,破旧的橙色锦缎和镶嵌珍珠母的框架、小摆设和薄地毯，镀金框的画像，厚厚的百科全书，德文和英文的医学著作等，都算是资产阶级时代的优质家具和老一代生活的遗迹。饭厅里有一台大型的短波收音机，如果拨到外国频道，会出现干扰的嘎吱声。装在木壳里的电视机，屏幕上只能看到领袖的检阅、视察、欢迎贵宾、主持会议，还有伴随着的锣鼓、鲜花、轿车和鼓掌的人群。科尔德心里暗想，如果允许移民，大概一个月内这个国家就会空空如也。

第三是政治氛围的紧张感。米娜夫妻回到祖国探望濒死的母亲，一开始就被各种管制所困扰：瓦勒丽亚寓所内的人都是国家安全部所委派，看门房的、内务主管都是隐身秘密警察，他们会不断向组织汇报主人的情况。而由于米娜生活在美国并带来个美国丈夫，这更加让国家对他们充满戒意，他们的房间被安装了窃听器，他们说话要字斟句酌，不能被抓住把柄。包括医院的管理也是政治化了的，医院院长是秘密警察的一位上校，一个严厉的官员，硬是把探视病危母亲改写成了危险的政治行为。科尔德夫妻乘坐一天一夜飞机到达布加勒斯特，五天里只被允许进医院探视一次，探视时间只有几分钟，当他们夫妻焦虑中通过朋友帮助到医院探视过第二次后，还受到了恼火中的上校的威胁。前卫生部长瓦勒丽亚在自己创立的医院特护病房里，被捆绑在一堆维系她生命的仪器丛中，在这些仪器的嘀嗒声响里，以她作为医生的职业思维，清醒地观察着自己的死亡过程，而且清楚地知道和女儿见面的难度。小说描写了科尔德跟她说话时她手的动作，表示了她意识的清醒。

当然，所有这些监管的严厉性都和瓦勒丽亚的出身、经历有关。瓦勒丽亚的丈夫拉勒什医生在革命前出身上层社会，基督徒，是罗马尼亚最好的外科医生，生活优裕。30年代时热情拥护苏联社会主义，叛逆了自己的阶级，当入住的苏联士兵抢走了他的手表、开走了他的小车之后也毫无怨言。后来他成为国家卫生部长，但一直过着简朴生活，没像其他部长一样搬进别墅，以致引起同僚的防范和白眼。在他担任官员的过程中，过去的朋友一个一个莫名地消失了，他也曾被停职，还被任命为驻美大使，但未上任即去世了。这位头脑简单的外科大夫经历了热闹的革命时代和复杂的政治时代，到死他也不可能明白其中的各种变化到底是怎么回事。拉勒什死后妻子被任命接替他的位置，创立了这家党的医院。瓦勒丽亚因为爱情，跟随丈夫一起成了一名共产主义战士，她也曾手捧鲜花在街上欢迎俄国人进城，但后来亲眼看到了国家监狱之后悔恨不已，私自回到了以前的教规中，还在私人生活中建起了一个女性互助网络。在科尔德眼里，这是她"通过个人的补偿系统来弥补马克思主义，赎回她参与促成一种新政权的罪过"。正是由于这样的行为以及她的贵族出身,瓦勒丽亚比她的丈夫要不幸得多,她在 30 年前的一次党内清洗中被公开批判,痛斥了她的"世界性心理主义"并被开除出党,受到监禁和死亡威胁。那次清洗中,她的一位在纳粹屠刀下幸存的同事在狱中被砍掉了脑袋。

瓦勒丽亚后来虽被平反,但一直处于被秘密监视中。因此米娜夫妻回国后则落入四处都是监视目光的境况中,即使在街上,他们说话也要格外注意,因为周遭到处出现看似闲逛、漫步或闲聊的人,实际上是秘密警察。本来科尔德很想在这座陌生的城市里到处走走、看看,但米娜担心保安人员把他抓起来,给他扣上一个非法倒卖美元的罪名,在这个国家是很随便的事。

小说交代了这个极权国家的各种情况,它从 1945 年以来一直在俄国人的统治之下,为不同政见者设立了精神病院、劳动改造营,设立了严格的图书审查制度。所有这些材料都来自作家贝娄在伴随第四任妻子亚历珊德拉去罗马尼亚探视病危岳母时的真实经历,也是在那里,贝娄才真正感受到极权国家的严峻和可怕,促使他将自己的经历放进了创作中。小说中有一个有趣的细节:科尔德在米娜小时候的房间里艰难地熬着,无聊地扫视着房间里琪琪给他设法弄来的各种植物,一株仙客来引起了他的关注,他听说绿色生灵是在睡眠状态下长叶开花,处于一种绝对的无意识境界,甚是羡慕,于是在这个处处是政治和贫穷的环境中,在他举步维艰深感疲惫不堪之后,便在房间里寻找到了一种童趣:他关起门来,"学着这些仙客来的样儿,放弃了知觉;他死过去了。他对自己的离去并不感到遗憾——听觉,触觉"①,在这种好玩的心理中睡去,逃离了累人无奈的现实世界。这个细节和美国大学院长科尔德那种直率的心性是十分契合的,从小说的艺术性上来看,也是层层递进的紧张节奏中一个延绵抒情的颤音和休止符,在一种情趣中显现了其深深的无奈。

第四是秘密拘禁。在这个国家,由于政治问题人们会被以各种罪名关进监狱。其中写到一个有名的科学家,因为曾经加入过社会民主党而入狱,在单人禁闭室关了十多年。后因为一个英国工党的代表团访问时要求见他,官方为了面子让他洗澡、刮胡子,还把也在监狱里的妻子带来,假装让他们夫妻设宴招待。夫妻之间有十多年不知对方是生是死了,为了外国人的访问他们一起作假,但不能互相交谈,因为帮助他们招待客人的厨师是特务。

---

① 宋兆霖主编:《索尔·贝娄全集·第七卷》,第 73 页。

第五是到处存在的贿赂。科尔德夫妇被允许最后一次探视母亲，是给守门人行贿；需要及时安排葬礼，也得在各处行贿；领取死亡证明、发布告、许可证等，都是一些官方文件和程序，也要行贿。因此，科尔德夫妇在外汇店买了许多香烟以派用场。贿赂方式倒也简单，他们可以在长长的排队中直接走到前边的办公桌旁，把香烟放到桌子上，便可达到目的。在这个国家体制中，一边是严厉的管制，一边是松散无规的漏洞，这是在小说中显示出的极权国家缺少法制管理的特点。

瓦勒丽亚的葬礼是布加勒斯特城市描写的终点。在那个寒冷的12月，瓦勒丽亚过去的老朋友来送葬，米娜已经认不出他们，她离开这个国家已经20多年了。这些朋友知道，把女儿送出国是瓦勒丽亚最大的功劳。现在瓦勒丽亚走了，这些老朋友也很快要走了，因此在一个阴雨天气聚集在一起，是他们的最后一次聚会了。他们穿着欧洲服装，低声说着法语，向他们那一代人的领袖致以敬意。可悲的是，这帮"旧欧洲"的没落代表，在瓦勒丽亚葬礼上的讲话，诸多词汇和风格也早已被意识形态化了，诸如"一位同志""一名战士"，这些都是科尔德感到陌生甚至"可怕"的，他一边惊讶地听着一边庆幸自己对这种语言的无知。应该说，作家用科尔德的感受，生动地显示了一个集权国家的黑暗和那里生活着的人们的不幸与悲哀；并在某种程度上，成为奥维尔《1984》那个幻想国度的现实注解和展开。

四 科学与人文的交叉思虑

早在《赛姆勒先生的行星》中，贝娄曾借用科学家拉尔博士之口，表达了对现代人类世界的忧心忡忡，以及赛姆勒对那种飞上月球的科学设想的质疑，其中渗进了贝娄对现代科技与人类社会之间的关系以及人性本身诸多问题的深刻洞见。那么，时隔十多年，在《院长》中，贝娄又塑造了两位科学家，一个是科尔德的妻子米娜，天文学家，除充当了两个城市之间的连接线索之外，呈现给读者的主要是她不谙世事的性情和星空研究的纯粹性，大抵是一个远离人世间、不食人间烟火的封闭性空间。另一个科学家，则是科尔德在学院里的同事，一位有名望的地质物理学家比契，和米娜相反，这是一个关注现实心忧天下的科学家，和《行星》中的拉尔博士十分相通，而且具备更进一步的"介入"性。如果说米娜是科尔德在人间战争间隙的休憩之地，那么比契，则是科尔德在思想上的"同志"并极愿携手共同对付人类弊端的同行路上的"战士"（尽管这都是科尔德反感的称谓，但用在他们身上倒是很贴切的）。

比契的研究领域是地质学，小说并没有交代比契在本学科的地位，只是概括说到他对地球的年龄、月球上的岩石等都有十分清晰的认识。小说着重描写的是他最为重要的一个研究成果，即铅对地球和人类的可怕影响。比契认为，"三百年的工业化进程增加了铅的采掘和熔化，不可避免地将铅排入空气、水流、土壤中，人们对此却几近无知"①。他们在靠得住的实验室经过检测，对人的骨化石、地球上的淡水咸水等相关实物进行了检验，得出的真实数据十分惊人，在应用科学、工程技术的力量作用下，土地、空气、水流、森林、动物、城市以及人类自己的细胞，已经被铅深深地渗透了。尤其是在人口密集、生活质量低下的地区，慢性铅中毒之后，人的生物机能会失调，出现脑紊乱反应，因此，居住在那些地方的人们表现在日常生活中的情绪不稳、躁动不安、理性能力变得迟钝等现象十分普遍。他指出，在贫民区"成千上万吨难处理的铅残留物毒害着穷人的孩子，他们最脆弱"②，那里堆积着数十年之久的废物以及生出来的废气，被孩子们吸收后进入到正在长成的骨头中，形成慢性铅中毒，最终会导致神经疾病和大脑出现问题。面对这样严重的结果，科学界却一直认为"铅含量是正常的"，其使用程度依然在允许范围内，不会对人的生活造成威胁等。

比契对此深深地感到不安。他由此引申到日益增加的社会问题上，提出这种不知不觉的铅中毒可能间接地造成了社会犯罪和无序状态，如果从心理学、社会学的维度来看，非常可能成为解释恐怖主义、野蛮主义、文化堕落等一系列现代痼疾的一个理论参考。但由于人们对这种情况的无知，便没有人去关注这一重大问题的存在。他觉得自己作为知情者面对整个社会的无知，有责任对现代人发出告诫之声。于是，他找到科尔德寻求帮助，因为他在《哈珀氏》上读到科尔德的系列文章，深感科尔德和他一样是一个对社会有担当的知识分子，是自己的同类，比契觉得他自己无力将这样严重的真相告知大众，自己的科学术语会成为阻隔人们认知的障碍，人们听不懂那些数据啊、科学概念啊之类的词汇，他希望科尔德和他合作，运用自己的人文知识和大众熟悉的表达方式，将他这个地球物理学家的研究结果翻译给人文知识界和公众，由此阻断科学对人类身体和精神的伤害。而且，比契也觉得科尔德的人道主义思想有些贫弱，是不能解决实际问题的，他相信自己的研究会对人类物种的未来有意义，社会、大众都生活在看不见真实的表象中，只有科学才能切下科学造成的恶果。这位

---

① 宋兆霖主编：《索尔·贝娄全集·第七卷》，第158页。
② 同上书，第157页。

科学家动情地说,"人这一种类已经没有能力听到地球之诗或地球现在的抗辩,人将自己退化到低等的人科动物"了,他为此伤心忧怀,觉得他们应该联合起来才能为人类的福祉贡献力量。

科尔德在巴黎《先驱者论坛》做记者时,曾经记起他所钟爱的里尔克曾抱怨说找不到合适的态度对待周围的人和事,当科尔德回到芝加哥,看到"美国的疯狂状态",接着和妻子到达罗马尼亚,又看到集权国家的"疯狂"状态,无论在哪里他都觉得如此地不适合,感到周遭世界都和他不在一个频道上时,便真切地懂得了里尔克这句话的深刻含义,多少年前的大诗人里尔克说出的正是自己的当下状态。而比契的出现,陡然给他提供了一种新的审视角度,那些几近启示录般的科学研究,让他看到了现代科学技术中蕴藏的邪恶,同时也看到了比契和自己一样势单力孤,一样忧心忡忡,这位50多岁、雄心勃勃的科学家,把自己"崇高的价值观保持在一个崇高的位置上",和他科尔德同样地试图挥舞自己的专业长矛,向着现实世界出征,挽救正在溃败的现代科技文明。

但问题是,科尔德能够担负起传播知识的重担吗?让人们懂得自己所看不见的铅中毒问题及其性命攸关性质,让人们清醒地认识科技给日常生活带来的负面影响,这是不容易的。科尔德对现代大众的心理、精神状况比科学家比契要看得清楚些,科尔德认为,对于传播方式而言,这并不仅仅是一个科学术语问题,重要的是,现代公众似乎已经习惯了各种末日恐怖的警示,电影、报刊、电视这些日常渠道几乎不断地演示着未来的恐怖警告,到处是科学狂人、外星球人对人类的威胁演示,人们的神经在此领域几近麻痹,人们甚至将那些末日警示已经当作日常生活的调味品了,"用现在流行的大众传播语言来说,就是什么也传播不了"[①]。大众的需求只是娱乐和消费,包括他自己被裹挟其中的媒介话语,事实上也正是在此情状下被遮蔽着真相的。所以,他科尔德也不见得有能力完成这样的卓绝使命。他深知比契绝不是那种肤浅的环境主义者,而是一个对人类、对地球心怀情感的科学家,但他觉得自己恐怕是心有余而力不足。

同时,科尔德还有另外的思考,他在认真翻检了比契的研究成果和大胆结论后,隐约觉得比契是一个新达尔文主义者,这是他不大喜欢的。这种科学是否过多地着眼了人类的神经元素和环境元素之间的必然联系呢?他有些怀疑比契这种将社会问题归结为化学和物理学的思维方式,到底在多大程度上有合理性,这是科学的疑点所在。作为在哲学和艺术地基上成

---

① 宋兆霖主编:《索尔·贝娄全集·第七卷》,第160页。

长起来的科尔德教授，其实一直思考的是现代世界中人文教养的缺乏对人性的影响度，他更愿意在人文学领域里寻找社会问题的根源和症结。面对相同的现实弊病，科尔德的视点和比契是在不同的区域里进行表述的：

> 在比契看到了有毒的铅的地方我看到了有毒的思想或有毒的理论。我们对物质世界所持的观点可能会使我们陷入一只像铅一样沉重的箱子中，一个无法用艺术把它相应地画出来的石棺。哲学和艺术的终结对"先进"思想的影响就像铅油的剥片和含铅的废气对婴儿的影响一样。①

十分明显，科尔德将比契有关铅的表达方式代入他自己对社会现实的分析中，在不同的"区域"启用了"铅"这个象征性术语作为相同的"因"，到达和比契同样的"果"。那么，这个和铅一样的"因"，在科尔德看来，一方面是"有毒的思想或有毒的理论"，还具体地说到了"先进"的思想并加了引号，使其有了一定的暗讽意蕴，即"先进"不"先进"还难说，是貌似的"先进"还是真实的"先进"，是要看对社会的影响结果是否体现了公平和正义的。结合小说，这些"先进"思想应该指向那种引发了芝加哥大学校园运动的"平等"理念和对"种族歧视"的批判，正是那种几乎是带有终极意味的"政治正确""思想"刺激着梅森这样的青年，使他在一系列的表演性行为中伤害了亲人，重要的是也深深地伤害了自身，使自己无端地成为一名逃犯从而失去了一切。梅森的"铅中毒"状态应该归咎于什么元素？小说的讽刺性在于，人们该如何正确地使用那些"先进"的思想和理论，正如该如何正确地使用比契提到的那些曾经给人类带来福音的科学技术？

这是一个问题，在"思想"确实正确和科学确实有益的大背景下，面对现实的扭曲现状，这真的成为一个哈姆雷特的问题公式。同时，离开现代世界这些现代性问题，在遥远的布加勒斯特，那些为人民谋利益的"先进"思想，则演变为持续高调的意识形态统治，演变为监听系统和特务组织，演变为整个国家的贫穷落后和人权的丧失——这又是多么严重的"铅中毒"？！在科尔德不绝如缕的思考和感慨中，在科尔德无力无奈的辞职结果中，这些纠结缠绕的因因果果，正是他难以面对的却曾经端着长矛果断出征的世界状况。

---

① 宋兆霖主编：《索尔·贝娄全集·第七卷》，第252页。

另外，则是"哲学和艺术的终结"的说法。在这些可笑和可怕的事实背景下，则是那些明明白白的对哲学、对艺术的漠视和蔑视事实。小说中多次写到了科尔德对苏格拉底、里尔克等哲学家和诗人的深切情怀，且和其抱负远大的少年时代相结合，积淀而成他审视现实世界的出发点和价值判断维度。这点最为清晰地体现在科尔德和老同学杜威的那次异乡会晤，一边是科尔德浸润在诗和思的深情脉脉的流淌之水，那里边渗透着人性的温馨、心灵的激荡、精神世界的深邃和宽广，活动着的是亲情和友情的温暖，以及无边岁月之河中的悲悯之情；一边是杜威对其诺大年纪还如此文青情调的调侃和嘲笑，有种居高临下夹杂着嘲讽的理解和对其之所以受到许多攻击的事实的豁然了解，这是杜威的视点和价值点。也正因了这嘲笑的观念根基，使得他们南辕北辙，并最终让一个喧哗的功利世界覆盖了诗情世界。杜威，这位在40年后将老同学的怀旧变为自己成功利器的人，本质上正是由于对苏格拉底和里尔克之世界的背叛，由此而背叛了本该珍惜的人间情谊。在杜威的心底，这种情谊和诗歌一起腐烂了。

在这里，小说要表达的意思是，诗歌、哲学之思才是人类精神世界的泉水，一当泉水干涸，人就成为赤裸裸的功利之器具了，杜威是现成的案例。与此相连接的还有经常提到的老扎赫那的芝加哥式的蔑视，那几乎可以说是科尔德生活其中的整个物质世界的象征了。在那样的场景中相继正式出场的有明确蔑视知识阶层的外甥梅森，有本属知识阶层但墨守现实规则的教务长，自然还有大批媒介的浅薄喧哗，这些都是对诗歌、哲学的主动放弃。而小说中描述的那个黑色的芸芸众生世界，则根本不知道世界上还有哲学和文学这样的文化之果，在生存的底层，与精神世界相隔膜，根本不可能吸收到基本的灵性营养，因此完全沉沦于黑暗的地狱了。

《院长》中有关艺术和哲学的看法，表达了贝娄的一贯态度。他曾在许多随笔和散文中，在各种讲座中，不断地谈起过艺术中珍藏着人性、现代世界艺术之缺乏、美国尤其是芝加哥物质压倒艺术的状况，还在记录着总统在白宫接见名流的一篇小文中，讽刺性地写到了总统和政治大员对艺术家、作家和对银行家的不同态度，那种显然将文化人当作点缀的接见方式深深地刺伤了贝娄，同时也引起了他对类似问题的一系列思考。在诺贝尔文学奖受奖演说中，也几次引用康拉德有关艺术对于人类的重要性的言论[①]。到晚年的时候，他还和朋友一起自筹经费创办纯文学刊物《文坛》，

---

① 宋兆霖主编：《索尔·贝娄全集·第十四卷》，第123页。

可见这是一个萦绕作家心头的大问题。在《院长》中,作家把自己这类思考付诸了知识者科尔德,让他悲情地在一个物质世界守持了类似的价值理念并在与世界的龃龉中不断地付诸"战斗"。古斯塔沃在一篇文章中谈到贝娄的《院长的十二月》中浪漫主义诗歌的影响,认为其人物从奥吉、汉德森、赫索格到科尔德,都受到19世纪英国诗歌如布莱克、雪莱的影响,他们都看重内在精神世界,认为现代城市正在破坏着个人的想象力和内在世界的完整,使人趋向虚无主义[①],是十分确切的。确实,贝娄的小说人物大都有这样的诗性质素,正是这种闪耀在内在世界中的光亮不断成为照向外在世界的价值点,同时也常常成为贝娄试图治愈现代世界毛病的净化剂。

那么,基于这样的思考,科尔德对和比契合作的事一直处于犹疑之中也就顺理成章了。其实,即使科尔德在理论上赞同比契,在行为上选择和他合作,院方也会想办法阻止他们的行为的,因为这样的行为本身和科尔德对芝加哥的批判性质相似,也是一件得罪利益集团的事,因此,教务长已经婉转地告诫他不要再去触碰比契的"铅中毒"问题。试想如果科尔德真的发表了宣扬比契研究结果的文章,严正地提出应该停止铝的开发,限制食品和罐头工业,以此净化空气和水资源等观点,那么,这些企业会有什么样的态度是可以想象的。而对于科尔德和比契所在的大学来说,直接的影响便是那些企业会减少甚至切断对学校的经济支持。教务长的思虑即是鉴于此。

后现代理论家利奥塔在其名著《后现代状况》中曾经提出过高等教育的终极权利问题,指出学校教育的目的到底是职业培训性质还是高尚理想的培育,这种选择事实上由提供办学经费的"系统"所引导,大学已经失去了关于培养方向的选择权利[②]。这就是后工业社会的大学情况。《院长》中出现的情况正是如此,那位颇为文雅的教务长对科尔德的态度,或者说最后的是否舍弃,并不是考虑科尔德的所作所为是否有理有据,而是要考虑学院背后的"权利"系统的支持度。这种功能主义的工作方式,建基于后工业社会的实效原则,应该说是一种常态。这里无涉道德,无涉个人品行,学院需要经费,办学本身便是人的精神需求的体现,谁能说教务长以及院方是错的?生存与发展,个别和整体,当下和

---

① Gustavo Sanchez-Canales, "'Recover the world that is buried the debris of false description': The Influence of Romantic Poetry on Soul Bellow's Dean's December", *Partial Answers*, Jan 2016, Vol. 14, pp. 18, 141 – 158.
② 〔法〕利奥塔:《后现代状态:关于知识的报告》,第106页。

未来，孰轻孰重？也许，这是人类历史永恒的矛盾所在，也是人类理性与智慧的张力所在，同时自然也是一个讽刺性的悖论。小说只是描写了这样两个具有使命意识的知识分子，他们以不同的方式诊断着这个现代世界，并以不同配方试图拯救这个世界，拳拳之心互为映照。他们是《赛姆勒先生的行星》中拉尔博士和赛姆勒的精神继承人，并且发展为行为层面上的付诸实施者。

五　飞向星空

也正是付诸实施的行为方式导致了科尔德的最终失败。早在《洪堡的礼物》中作家就曾有过这样的感慨："所有的场合都产生了思想，而思想又暴露了我。我必将死于这种知识分子的恶习。"① 没想到这个说法最为适合的人竟是80年代的大学教授科尔德了！科尔德身心受创的结果应该是作家对现代社会最重量级的批判。科尔德辞职了，诗、哲学、公义，在现实功利世界中被蒸发了。堂吉诃德从残破的战场回到了家里，还好，作家刚刚和身为著名数学家的亚历珊德拉结婚，正享受着幸福，因此让他的科尔德娶了个天文学家，当他疲惫不堪地回家时，还可以和妻子一起仰望星空，算是有了个精神上的休憩之地。

小说对米娜的塑造，众所公认是贝娄对新婚妻子的献礼。她美丽、优雅，常常像女学生一样拿着书包和铅笔盒，背上一书包科技书籍和论文资料去实验室，成功地避开了颓废的西方和专制的东方。这位天文科学家是科尔德的桃花源，她有超凡的职业责任感，对自己的专业有一种狂热的专注精神，她只研究星球不关心正在堕落的人类。科尔德在苦恼中不乏幽默地想象着，他们共度的时光应该是星系中的时空。小说写了他们在双城中经历了各种"战斗"之后，科尔德陪同米娜去帕罗马山天文台，这是她一年一度对天空的观察时间，是该顶级天文台提供给顶级科学家的研究平台。米娜享有这样的资格和权利。米娜一路上给他闲谈星球如何从气云中诞生，太阳初始的形状，红外线和散发的无线电波，太阳的过去和未来，这些人类社会和科尔德不大了解的天文知识散发着遥远的清净气息。她还提到一种叫FV的流星，米娜要在5000英尺高度的地方用天文台的望远镜观察这颗流星的行踪，那里，有一个空旷无物的圆顶空间，有外部眺望台，米娜会在各种技术仪器闪烁的笼子里被升上去观测宇宙星球的运行。

---

① 宋兆霖主编：《索尔·贝娄全集·第六卷》，第579页。

科尔德陪同米娜升到圆顶空间后,便和米娜的助手使用常规电梯回到地面。一个上去,一个下来,小说在这种情状下结束。

是的,米娜的世界是星空,科尔德的世界是地面。一个科学家,一个人文学家,他们有着不同的使命。而在现代社会,他们也有着不同的命运。人类社会如此喧哗,人性如此复杂,在《院长》中,米娜的星空显现出纯粹与美好的静谧。而在接下来作家创作的《更多的人死于心碎》中,将出现另一位科学家,在他面对了政府体制的腐败和人性腐败之后,也将远离人世间,逃逸到自己的植物学世界中去。那么是否可以说,对于作家来说,这里的米娜,在丈夫和人世的龃龉之后,在他的注视中飞上星空,也算是贝娄内心深处的逃避之地吗?当他也做了同样的事情——用小说激愤地批判芝加哥与布加勒斯特时?

不,应该不是的。小说中写道,尽管科尔德从各个方面对芝加哥进行了深刻的批判,但当他从布加勒斯特回去后,当他在窗户看到广大无边的密歇根湖时,他还是很高兴这个淡水湖的陪伴的。他知道,他的身后便是不安静的城市、贫民区、各种犯罪案子、不安全的环境、袭击、纵火、监狱、死亡等,他便是在背向"腐烂的城市景象而坐";可是,他看着湖水的流动,他还是觉得每一滴水都有属于自己的微光,和他科尔德一样,尽管弱小,但其思考和行为是有价值的。

这也是作家的情状。他属于芝加哥,他的批判是出于爱护。和他的科尔德一样,他认为在这样的现代城市里,"人类苦壮成长,又受苦受难;在这里,他们把灵魂投注到痛苦和欢乐之中,把这些痛苦和欢乐当作现实的证明"[①]。

因此,无论是科尔德,还是作家贝娄,他们无论如何受挫,依然是后现代语境中的思想者,挥舞着堂吉诃德的长矛,在一个理想维度,不断地言说、创造,绵绵不绝地挥斥方遒。而星空,只是疲惫之后一个想象中的微笑和短暂休憩而已。

第二节 人性沦陷与诗性逃逸:《更多的人死于心碎》

1985年,贝娄步入70岁,这是他的亲情伤痛年:3月,其第一任妻子,他早年困顿时期一起生活了18年的发妻安妮塔去世。5月,大哥莫

---

① 宋兆霖主编:《索尔·贝娄全集·第七卷》,第315页。

里斯在把自己一件来不及穿的贵重外套送给他之后在医院病逝。6月，二哥山姆病逝。两个哥哥在贝娄成功之前曾经一直以不同方式在经济上援助他，现在都离去了，父亲的儿子们在这一年只剩下了他一个。他情绪低落，感觉着同辈人离去的孤独，品尝着年岁叠加带来的悲苦况味。这些情形在他最后一部小说《拉维尔斯坦》（2000）中有较为细致的描写，下一章再予以论述。但这一时期最重的打击还在后面。1986年1月，其第四任妻子亚历珊德拉愤然提出离婚。这位作家在《院长的十二月》中大加赞赏的女人米娜的原型，本来是贝娄以及朋友们认为最为适合他的女人，事实上却是，一个是以事业为中心的科学家，一个是以事业为中心的作家，都是著名人物，两人生活在一起后都觉得为对方付出太多，在不断地争吵之后，亚历珊德拉终于以最为决绝的方式，在家里的各种家具物件上贴了各自归属的标签之后，限定贝娄24小时之内搬出他们共同居住的公寓。

作家跌入孤独凄凉的低谷。这是贝娄没有想到的结局，尽管两个人摩擦不断，但分手的事毕竟突兀，70岁重新开始生活也不容易。虽然他和往常一样作为名流依然来往于世界各地，演讲、讲学、会议，但外在的名誉和崇敬并不能代替芝加哥独自居住的冷清。在这种情况下，他用半年多的时间写成长篇《更多的人死于心碎》（以下简称《心碎》），于1987年出版，如其好友露丝所说"是一本悲伤的书"[1]。小说中以一个植物学家为中心人物，一个文学助理教授为叙述者，围绕他们的是一直给男人带来伤害和困惑的女人们，以及贝娄一贯抨击的充斥着物欲喧哗和金钱陷阱的现代社会。作家把自己的感性心情和对世界的理性审视再次糅合到艺术之中。小说出版后获得评论界好评，《纽约时报书评》头版用整整一个版面对其进行了推介宣传，且连续12周登上最畅销小说排行榜。

一 伏脱冷"课程"的变奏实施

贝娄曾在不同的场合多次表述过自己对19世纪现实主义作家的崇尚，他少年和青年阶段的阅读书目中也不时会出现狄更斯、巴尔扎克等作家的名字；因此贝娄创作中对现实社会的批判热情，除了其犹太文化传统的精神指引，欧洲19世纪现实主义文学的痕迹也是显而易见的，不过这也仅仅限于一种价值理念的指向；而在《心碎》的情节设构中，居然出现了巴

---

[1] James Atlas, *Bellow: a biography*, Published in the United States by Random House, Inc. New York, 2000, p. 530.

尔扎克《高老头》中伏脱冷引诱拉斯蒂涅一节的影子且发扬光大，倒是非常有趣的现象。

熟悉《高老头》的读者都会记得，小说中有名的黑社会头目伏脱冷为刚刚来到巴黎的穷大学生拉斯蒂涅上了一节生动的课，内容有二：一是理论性的，他入木三分地指出历史车轮行进的恶性逻辑，言辞凿凿地指证那些冠冕堂皇的正人君子是如何运用大偷大抢的方式聚敛财富进入上流社会、小偷小抢的人们则被关进牢房、不偷不抢的人则会在贫困中受熬煎的现象，并且断定这是道德家永远改变不了的社会本质；二是实践性的，为了在如此社会中立足，他"一个人对付政府，跟上上下下的法院、宪兵、预算作对，把他们一齐搅得落花流水"。面对心怀欲望的拉斯蒂涅，他为其设计了一条进入上流社会的具体途径：以结婚为幌子，去追求正和富豪父亲斗气且离家暂住伏盖公寓的泰伊番小姐，等待她与父亲和解之后，便可以继承财产，然后伏脱冷自己再去杀掉小姐的哥哥，这样伏脱冷和拉斯蒂涅便可以平分泰伊番家族的财产了。

《高老头》中的伏脱冷由于对金钱社会的洞察性批判和个性冷峻的傲气，也由于他的主意并没有被当时人性尚未泯灭的大学生拉斯蒂涅所采纳，没有造成杀人劫财的血腥后果，因此这个人物在审美上获得一种类似恶之花的效果；而这个 19 世纪法国文学中有关财富、婚姻的精密算计程式，也就止于小说角落里说一说的层面了。

然而，到了 20 世纪 80 年代的贝娄手里，在《更多的人死于心碎》中，伏脱冷的算计程式居然得以启动从而进入实施模式，并行进到了几乎就是成功的尾声阶段，只是男女角色对换了。小说主人公贝恩，著名的植物学家，在鳏居 15 年之后仓促结婚，那个华丽的妻子玛蒂尔达小姐，便是拉斯蒂涅在 20 世纪的女性翻版，而单纯的科学家贝恩成为别人获取金钱地位的猎物之后，也就扮演了一次伏盖公寓里泰伊番小姐在 20 世纪的男性翻版。伏脱冷的角色，则转换成了玛蒂尔达小姐的父亲拉亚蒙医生。

当然，20 世纪有 20 世纪的复杂，美国也和法国不同，贝娄自然也不是巴尔扎克。《心碎》中的拉亚蒙医生，作为操纵一切的现代伏脱冷，完全脱开了那种洞察人类历史社会的理论力度和傲视一切的个性气度，是一个赤裸裸利用一切机会搜刮财富的俗人和粗人，言行中还有着一定程度的色情窥视癖好，是贝娄常常嘲弄的那种美国社会基础中的物质性强人。小说中托其他人之口说他"身上长的角比几何书上的角还要多"①，他的医生身份仅仅是其公开的职业，内里他是该市政治、经济、商业错综复杂的网络中的一环，常常和一些政治掮客活跃在各种名利场中趁机捞取好处。他的病人也多半是有用的人物，开发商、银行家、法官，他会不失时机地将这些人际关系织入自己的网络备用。他们一家住在豪华宅邸里，波斯地毯、精美的英国瓷器、贵重的巴克拉特玻璃器皿、家庭饭桌上的谈话内容总和《纽约时报》《华尔街日报》有关，过着典型的富豪生活，明显的是伏脱冷言说的那种在"偷""抢"社会中参与分成的成功人员。

按说玛蒂尔达生长于这样的富豪之家，应该没有拉斯蒂涅的忧虑，不用为金钱地位煞费苦心，但小说中交代"再多的金钱也不够拉亚蒙一家开销"，玛蒂尔达实实在在的需求有三个：第一，她从姑妈处继承了一座名叫雷诺克的中世纪宅邸，是荒芜而巨大的古典别墅，她希望整个翻修装饰之后用来婚后居住。同时，她还在积极运营加入一家经纪人组织的公司，期望获得其中的股权并进入经理班子。这两件事都需要一大笔资金。第二，她曾为了提高自己的文雅身段到巴黎读过博士学位，经人介绍认识了玛格丽特·杜拉斯，但她也像拉斯蒂涅那样没有去费劲念书拿学位，获得一些表面的光彩后便回到美国家中待嫁，希望婚后有一个名流来往的社交圈子，以满足自己的虚荣心。第三，她的性格中有一种控制欲，希望未来的丈夫能够听从自己的一切安排。

那么，什么样的丈夫能满足这样的条件呢？于是便有了父亲拉亚蒙医生复杂精密的婚姻谋划。很快，在拉亚蒙详细调查之后，他们选中了单纯的植物学家、大学教授贝恩。单从表面上来衡量，贝恩即可满足玛蒂尔达的后两条需求：作为著名科学家，自然会给妻子带来精英人物的社交圈子，贝恩自身不喜欢交际，那不重要，他可以自个沉浸实验室的工作，妻子恰好可以毫无拘束地建立一个社交世界，过自己想要的生活；而贝恩性情单纯，对现实生活不甚了了，鳏居15年之后渴望爱情，会对妻子宠爱有加，言听计从。这两点几乎是毫无疑问的。

重要的谋划在第一点上，即解决金钱问题。表面上的贝恩是不富裕的，他依靠年薪生活，一个大学教授也不过几万美金，只是普通的生存而已。那个后现代社会的伏脱冷，无所不知的拉亚蒙医生，很快就窥见了贝

---

① 宋兆霖主编：《索尔·贝娄全集·第八卷》，姚暨荣、林珍珍译，河北教育出版社2002年版，第199页。

恩身后隐藏着的富矿：贝恩家的老房子地产，曾被贝恩的政客舅舅维里茨作为遗嘱执行人卖给一家电子公司，该公司在此地皮上建造了全市最高的摩天大楼。维里茨是该市的政治头面人物，他在提前获悉城市规划信息之后，于倒手转卖中获得巨额财富，但只分给了贝恩姐弟两家很少的钱。后来贝恩姐弟试图维护自己的财富而诉诸法庭，而维里茨用手段买通法官胜诉，贝恩姐弟作为原告还付出了高额的律师费，咽下了亲人在财产上公然掠夺的苦水。重要的是，时过境迁，维里茨所属的党派正面临颓败，自己一贯的贪腐和贿赂行为也在政治争斗中即将被揭露，曾经玩转风云的维里茨很可能被推上审判台。

聪明狡猾的拉亚蒙将这些情况调查得清清楚楚，从中看到了重审贝恩姐弟俩财产旧案的机遇，翻案之后，便可以从那个倒霉的维里茨手里抠出他曾经侵吞的巨额财富，贝恩也就从一个清贫教授一变而为大富翁了！

于是拉亚蒙医生便按部就班、不慌不忙地进行了一环扣一环的安排：首先，暗地收买了曾经判决贝恩家族冤案的法官契尼克做女儿婚礼上的证婚人，这等于向维里茨发出了交战书。因为契尼克是维里茨曾经一手收买了的马前卒，是司法界知法犯法的典型，也是维里茨党派中面临失败的一员，他在即将坐牢的时刻，如果倒戈作为维里茨当年贿赂法官的证人站出来指证，会立功获得轻判。因此，这位契尼克法官站在贝恩和拉亚蒙小姐婚礼上这件事，就是发出了对维里茨倒戈相向的信号。其次，拉亚蒙医生设法为贝恩弄到了记者通行证，派他到维里茨作为假释委员会成员到场的一个听证会，面对面陈述利害，威胁他的舅舅维里茨，从这个面临倒台但"深明事理"的政治家手中以"和平"方式抠出几百万元了事。最后，如果维里茨"不明事理"不拿出钱来，那就痛打落水狗，重新起诉他，将贝恩姐弟失去的几百万元赢回来。在此同时，拉亚蒙还会启用自己的各种关系，包括媒体新闻的推波助澜，确保"战斗"取得胜利。

但是，在这个环环相扣的链子中，贝恩那一环是有漏洞的。无论如何，维里茨是他的舅舅且风烛残年，尽管舅舅不念亲情，但贝恩是个书生，有着一腔的情感情怀，亲情爱情都是他念兹在兹的心灵底色；那么，让他为了钱去如此这般地作为是有难度的。拉亚蒙医生心知肚明，预先即对此采取了攻心术：他专门邀约女婿进行了一次正式会谈，一边说明装修雷诺克宅邸对玛蒂尔达的重要性，告诉未来的女婿，让漂亮的妻子住在她所喜欢的房子里是一个丈夫的职责，而装修这个巨大宅邸的费用问题，则必须在他们夫妻去巴西度蜜月之前解决；一边告诉贝恩，本地区的检察官已经开始追查契尼克法官的贪污受贿情况，维里茨也会受到敌对党派的追究，贝恩即使不出面要钱，维里茨也逃脱不了失败的结局。

这场要解决贝恩心理问题的谈话可谓有理有据。贝恩非常爱玛蒂尔达，爱情分量肯定超过了对那个曾经辜负了亲情的舅舅，这是贝恩的软肋。而且，维里茨舅舅确实是一个贪污腐败的家伙，有过很多劣迹，这也增加了贝恩面对他讨要公道的勇气。

因此，可以说，拉亚蒙医生到此为止的精算是极为成功的，每一步，里里外外，皆构想细腻、清晰、明确。他觉得胜券在握，扬扬得意，居然感到自己有些指点江山的意味了。其实，拉亚蒙医生一直以来就认为自己在医学方面的成就远远比不上在政治谋划方面的造诣，贝恩的案子给了他用武之地，于是他调兵遣将，未雨绸缪，直达目标。他得意扬扬地告诉贝恩：

> 一个精明的起诉人全力以赴出击时，他会操纵大陪审团甚至报界，掌握好发布公告的时机，并及时向电视台的人透露消息。他死死抓住对方，几乎要扭断那可怜虫的脖子。这样他就能当上州参议员，那个做坏事的家伙则以进牢房而告终。所以你可以使维里茨锒铛入狱，同时扫清通向美国参议员宝座的通道。要不你就当州长，甚至被提名为总统候选人。我们的现任州长就是这样上来的。[①]

这番话确实已接近伏脱冷的口气和"气度"了。当然，对贝恩"前程"的期待自然是信口开河，贝恩不是拉斯蒂涅，从未有过登上这个社会中直上云天的梯子的欲望，拉亚蒙也是面对一个单纯的对象图个痛快说说大话而已，是他性格中满嘴跑火车的习惯，但他指出的"上来"方式却颇有些伏脱冷透视社会的意味，也显示了他一贯做事的方式。贝恩抱着"对爱情和善良的憧憬"，稀里糊涂地掉进了一张来自四面八方的欲望之网，其中有行贿受贿的体制腐败和政治阴谋，有未婚妻一家对名利的奢靡需求，他们都在隐蔽的战斗中磨刀霍霍等待猎物的陷落。

遗憾的是，虽然"兵将"们确实都进行了出击，同样无行的契尼克法官为了自己减刑而倒戈，被爱情遮蔽了双眼的贝恩也在痛苦犹疑之后去见了舅舅且说出了自己的意图；但是，80多岁的失势政治家维里茨，在一眼看穿拉亚蒙的诡计之后，在内外夹攻之中，本就衰老的风烛残年转眼中风，一命呜呼了。于是所有的谋划都落了空：面对舅舅的死，贝恩跌入自

[①] 宋兆霖主编：《索尔·贝娄全集·第八卷》，第188页。

责悔恨之中，回顾了几个星期以来自己违背本性的所作所为，也反观了自己这场婚姻的烟火经历，终于明白了其真相和爱情无关，自己扮演的不是情意绵绵的情郎，而是被委派的手持利器去刨金挖银的主将。他最终动用了老实人的所有心眼逃出了这个圈套，在出去度蜜月的中途，迅速结束了可怕的婚姻历程，飞到他的北极研究苔藓去了。伏脱冷献给拉斯蒂涅的计谋虽然得以启动并顺利进行，最后还是功亏一篑，以主人公的缺席而告结束。

这个故事依然延伸了贝娄小说中社会与人性的批判方向，拉亚蒙医生固然是无廉耻的物欲典型，被算计的维里茨自然也不是牺牲者。小说中交代，维里茨经常到学校和市政府的研讨会上就腐败问题做演讲，说联邦政府的款项已经受到严格的监督管理，不可能出现贪腐现象等。而事实上他就是一个贪污的典型，单单是侵吞亲人的财产即可窥见一斑。他们就是贝娄在1983年发表的《芝加哥城的今昔》①一文中所说的那种"把玩贪污腐化"的"真实权力"的巨头，赤裸裸的丛林野兽，只不过多了一颗善于算计人的头脑，由于缺少人心和对正义的关注，即可为了获得自己看中的猎物无所不用其极，比野兽多了毒辣和"效率"性。契尼克法官，属于棋盘上的卒子一类，是一棵为了利益完全无行的墙头草，他的所有诉求都是利益的交易，为了赚钱，为了减刑，什么事都能做出来。玛蒂尔达小姐，小说详细描述了她那大得吓人的欲望，不仅需要装修雷诺克那座有20多个房间的巴洛克建筑，未来还要在那里举办各种大型的社交聚会和私人音乐会，经常性客人将是本城值得结交的各种头面人物等。小说借用叙述者费希尔的分析，说出女人的欲望使得"每个男人都是餐桌上的一盆可口的菜肴"，贝恩自然也不例外，再次显示了作家贝娄对女人的某种恐惧和调侃口气，自然也不乏某种隐隐的恨意。

所有这些描写，都和老巴尔扎克的主题很相似，以金钱、物质为主导的喜剧在20世纪继续上演，只是多了法庭、跨国公司、行贿受贿等现代元素。

二 唯美与怀旧合奏的哀曲

如果说《院长的十二月》中的科尔德面对堕落社会和堕落人性的主动出击，履行着一个知识分子的职责，那么，《心碎》中的科学家贝恩则没有那般明晰的清明理性，他只是在一种生活方式上立足于科尔德那样的价

---

① 宋兆霖主编：《索尔·贝娄全集·第十四卷》，第298页。

值维度,在现代生活的荆棘丛中碰得头破血流之后,选择了逃逸之路。

克拉德·贝恩作为小说的主人公,他如此这般地被操纵与其性情有关,最后拉亚蒙父女没有得逞也与他的性情有关。托尔斯泰在《安娜·卡列尼娜》中写到那个整天思虑人生意义的列文时,托奥布朗斯基之口说列文"有一颗金子般的心";而贝恩,小说则托叙述者肯尼思、贝恩的外甥之口,几次说到他有一颗"缎子"般的心。贝娄描写这样一个人物,大抵是立足于人性与唯美的角度,宣示一种遗世独立的生活方式和价值姿态的。

贝恩是个著名的植物学家,主要研究苔藓、海藻、菌类植物,经常飞到北极考察苔藓的生长形态。在其外甥肯尼思·费希尔眼里,他"一副天真无邪、不知所措甚至呆头呆脑的样子",从小就干净利落地站在杰弗逊大街的一边,躲开社会隆隆发展的重压对灵魂的影响,把自己的最大兴趣转移到植物内部,"在最单调乏味的野草中,隐藏着空气、土壤、阳光、繁殖的奥秘。所以他从城市的街边石转到那些长在空地和货场的沙果草和牛蒡草"①,由此而奠定了他远离人类的终身职业和单纯性情。在美国这个实用主义社会里,贝恩是以前大学里那种"象牙塔"的代表。他的寓所到处是书和植物,还有为植物专门安装的紫外线灯,窗帘遮得严严实实,几乎就是一个面对喧哗世界的防御体系,"就是为了躲避外面的人行道、火车站、餐馆、加油站、医院、教堂、警车、直升飞机",还有城市的大气流,"以及在气流中震颤着的无形的人类的内涵与外延"。

这些描述确立了贝恩纯净的人生"形态"。他先前曾有过一段幸福婚姻,妻子列娜早早去世后过了15年的独居生活。小说对此描写不多,但从贝恩对已故妻子房间的封闭式怀恋中,可以看出他们当初的默契。小说叙述者肯尼思也在回忆中说起过舅妈列娜对巴尔扎克的喜爱,在人生价值观上应该和贝恩属于同一类型。他们曾经拥有自己安静的世界,后来独居的贝恩也一直生活在这样的世界。肯尼思说,当舅舅贝恩孤立地生活在这样的空间里时是自信和充实的,而当他走出自己的孤岛去追赶时代潮流时即变得慌乱直至跌进陷阱。这便是他的第二次婚姻。在肯尼思有些调侃的观察中,贝恩在日本被一些年轻人哄弄着去看了场脱衣舞表演,回国后便果断地结了婚,是无意识中被时代乱哄哄的性炫耀美感蛊惑了那颗鳏夫的心。小说突出了玛蒂尔达的漂亮性感,散发着生气勃勃的时尚魅力,出现在贝恩面前时几乎成为完美的同义词,在贝恩傻乎乎的感性逻辑中,这种

---

① 宋兆霖主编:《索尔·贝娄全集·第八卷》,第314页。

魅力几乎和他的植物世界的美丽连为一体,因此贝恩解释说自己"被吸引着同完美做爱"。

这种"对美的钦慕,对与一位女子相亲相爱的渴望"①,不过是基本的人性需求,本无什么可圈可点之处,糟糕的是被利用了,导致他面对拉亚蒙一家的各种"要求"时难以说出一个不字,还天真地觉得自己是对年轻妻子的勇敢担当。但这种"担当"毕竟违背了他的性情,一步步陷入的过程其实一直伴随着心理上的折磨,毕竟,他渴望爱与美的那个音乐调门,和物质世界中生长着的那些欲望调门从根本上是难以合拍的。

小说开头提到贝恩对一幅漫画的迷恋,画上是一对恋人,两人握着手,坐在墓地的长椅上,解说词很简单:

你不开心吗?亲爱的?
啊,是的,一点也不开心。②

贝恩在一段时间内一直迷恋着这幅画,不断地跟自己的外甥肯尼思进行讨论,从画面含义上升到人生道路上的各种困扰,似乎听到生活中那种"梆梆梆"的催命声,与此捆绑着的还有各种烦恼、疾病、自尊受伤害、不公正的待遇、受欺骗、被出卖,诸如此类,几乎抵达哈姆雷特"死去还是活着"的高度了。用贝恩的语言就是:"一份你自己的痛苦时刻表,没完没了的项目。"沿着这条线索,逐渐到达贝恩之所以然的终极判断:最难填写的生命时刻表"莫过于爱情","几个世纪以来,爱情让我们个个成了傻瓜"。这些有点混乱的感慨,由于肯尼思这位文学助理教授的参与讨论显示了其合理性,因为肯尼思具有着和科学家舅舅不一样的多思多情的文艺性情,同时为小说情节的展开铺垫了底色。

贝恩的感慨,显而易见是作家贝娄创作该小说的初衷。他一边借自己的主人公贝恩诉说着爱情的悲伤,一边深入理论层面不断地发问:既然爱情让人吃尽了苦头,为什么大家不明智地避而远之?然后让那个似乎深谙人性的肯尼思来回答(其实是自我寻思),说这是因为大家都怀着对永恒的向往,或者希望自己是个例外,成为爱情的幸运儿云云。类似这样具有终极意味的男女两性的问题可能一直折磨着贝娄,在他 2000 年出版的最后一部长篇《拉维尔斯坦》中还借用柏拉图有关男女被劈为两半的爱情神

---

① 宋兆霖主编:《索尔·贝娄全集·第八卷》,第 219 页。
② 同上书,第 10 页。

话之说不断讨论着，可见忧伤之深。

但贝恩显然不是幸运儿。小说对贝恩不幸的描写并不仅仅是对其充当了枪手的外在描述，那是小说的社会批判性所在，而就小说艺术方面而言，对贝恩遭遇的心灵路程的深度描写才足见其功力。有这样几个重要细节：当贝恩匆促结婚并搬进岳父的豪华宅邸之后，由于心性与周遭环境的格格不入，他经受了那种无意间走上岔路的心理恍惚。小说浓墨重彩地描写了一株杜鹃花的意象，拉亚蒙太太朝阳的房间里摆着一盆杜鹃花，贝恩常常站在门厅里凝视着它，感受着莫名的慰藉，因为他是植物学家，对植物有那种自然的亲切之感；同时这株花又是作为玛蒂尔达在这个物质家庭里凸出来的美的象征，暗地里与他产生质的联系。当有一天他突然发现了那居然是一株人工做成的假花！这株杜鹃花即一变而成使他误入歧路的美的诱惑。

这里的深意在于，本来，拉亚蒙太太的房间里摆放一盆绢花很正常，只是由于贝恩的情意切切被看成真花，似乎还闻到了花的清香，属于贝恩的一厢情愿，是其意愿所在；重要的是，他在其中掺进了对未来妻子的想象与渴望，在审美层面将其连接到同一根藤上了。而当假象一被发现，意象的内涵就被破坏了，即刻动摇了他和那座宅邸的本质联系。其实，发现假象的过程和他逐渐认识这家人真实企图的过程是重叠的，杜鹃花只不过是一个非常恰当的外在物象而已。这种描写方式包含着高超的匠心，既符合植物学家的职业心理，也恰当地使之延伸了花的内涵，伸向情爱中的女主角：美丽的外表与空荡苍白的内心，同时还表现了贝恩作为男人的唯美心性。

与此相雷同，或者说更复杂一些的，是关于贝恩夫妻一起看电影的经过。杜鹃花真假的被识破，已经表达了贝恩和玛蒂尔达的连结点开始动摇，在这条摇晃的线索上，一部毫不相干的希区柯克的惊悚电影让贝恩顿时陷入恐慌：荧屏上一个凶手的宽阔肩膀居然和玛蒂尔达的肩膀那么相似，还有，贝恩第一次发现玛蒂尔达这双肩膀也和其父亲拉亚蒙医生的肩膀如此相似！于是在幻觉中，电影中那个变态狂、杀人凶手顷刻之间幻化成了同样拥有那副肩膀的玛蒂尔达父女！他毛骨悚然、大汗淋漓，好似与他同床共枕的妻子真的变成了一个杀人凶手。

其实，这样的重叠幻象出自贝恩内心深处对玛蒂尔达的排斥感，是他渐次看到婚姻背后那些物质性因素之后，在无意识间将他本来希求的美和恐怖结合到了一起。派他去和衰老的舅舅索要金钱，无异于索要那个已经深陷失败旋涡中的老人的命，对他的性情来说本质上已经变成了一出恐怖剧，因此从电影屏幕上那个杀人凶手的身影中，他闻出了身边人的杀气。从心理学上来看，那种恐惧来自对现实生活的不安，在一次次陌生氛围中产生的不安逐渐积淀成心结，在一个特殊时刻，即和一种突然出现的恐怖意象合二为一。宽阔高耸的双肩击碎了他的梦想，成为梦之大厦坍塌的缺口。

富有意味的是，贝恩面对自己心理上的这些问题，因了他是一个单纯的植物学家，对人类的各种事宜都太不熟悉，因此他习惯了和自己的外甥肯尼思加以讨论。在那位一边崇拜着舅舅的纯净心性，一边挖苦着舅舅的不谙世事，一边认真地帮舅舅分析着世间纠纷的肯尼思的分析中；贝恩舅舅心里一直存有着一种无名的渴望，深沉而悠长，几近于浪漫主义诗人诺瓦利斯的那朵"蓝花"，应该是一种终极需求，类似人生意义、美与善的结合、真理那种东西。因此，他告诫舅舅："你不能期望如此深沉的渴望会找到任何明确的目标。"① 这种内在的渴望不属于人世间任何具体的东西。但贝恩虽然也不知道自己内心深处到底渴望什么，但他知道自己需要爱情，于是他选择了玛蒂尔达。在一段时间内，他似乎在这位美丽魅人的女人身上看到了自己所需要的慰藉。在肯尼思眼里，舅舅将抽象的需求置放于具体物象上，本来就是一件愚蠢的事，失望是很自然的；而与此对立的，是玛蒂尔达十分明确的物质性需求，按说这样的具体东西是能在这个世界上得到的，但偏偏这样两个本质不同的需求撞在了一起，只能书写一个荒唐无趣的悲喜剧了。肯尼思的"理论"分析角度拓宽了故事边界，也属于作家精妙的艺术手法，使看似明晰的一个婚恋过程，显现出了外在的错综复杂和内在的深邃脆弱，明明白白地宣示了爱与美的决定性失败。

和这种追寻爱情、追寻美的经历缠绕在一起的，还有贝恩不断怀念往事的惆怅。他经常提起自己家过去的房子，院子里长着桑树，枝繁叶茂，结着紫色的桑果，6月的树上有许多鸟叽叽喳喳。在他年幼时，舅舅维里茨曾带他在家里的后院里采摘桑果，那时的维里茨温和、体贴，告诉他哪些能吃，哪些不能吃，还带他一起去看歌舞杂技团的演出，魔术师、训狗、电影院，都是他不能忘怀的往事情景。而现在，院子不见了，旧日地基上耸立起了那座被维里茨舅舅充分利用了的电子大楼，恰好对着玛蒂尔达家的宅邸，"每次我走近窗前，便看到那该死的摩天大楼。我昔日的生活就在它的下面——我母亲的厨房，父亲的书架，还有桑树。很像田纳西河的峡谷中被淹没的村子一样。你若想重温自己的童年时代，就得当一名

---

① 宋兆霖主编：《索尔·贝娄全集·第八卷》，第173页。

潜水员"①。这种忧伤居住在他的心底深处，里面还挖了条维里茨吞吃家族财产的不义渠道，往昔回顾的潺潺溪流也就连带着腐草烂泥，浸润着贝恩的万端心思，让他心碎，他说，"城市表达了人类的经历，自然也包含了个人的全部历史"②。

关于这样的城市变迁，是贝娄在各种场合都不断表达着的一种情怀。1983年10月的《生活》杂志，曾经刊登了他的《芝加哥城的今昔》一文，是其怀旧情怀的一次集中表达。他在文章中详细描述了这座工业大城市百年来的大小变化，写到了芝加哥的建造、改造、毁坏、发展，认为自己是该城市变迁的见证人，还"有点儿像个历史学家"。文章也提到了被政治经济所制约着的人性，说到自己在这种迅速变化中的忧心忡忡等。最为重要的是，那篇文章显示了作为芝加哥人的拳拳之心和热切期待："在我们大伙中间，像我这样从未遗弃过芝加哥的、忠实的人都自言自语地说，它是不会跌跤的。"③ 正因如此，他才满怀感情地不断地对这座城市指指点点。文章结尾写到作家自己在勒姆瓦彦大街上寻找自己家族半个世纪之前的房子，已经是空空荡荡，竟然找不到任何过去的实实在在的东西。于是他说，也许这也不错，它"强迫人们向内心寻觅那持久的东西"。

在《心碎》中，贝娄将这样的怀旧赋予小说主人公贝恩，并借他的婚恋和中计过程，将城市变迁下边隐藏着的人性悲剧给以细致的披露。也正是具备着这样的情怀，《心碎》中的贝恩在确定舅舅维里茨已是垂死之际时，便坚决地要去和他见最后一面，他是他唯一的外甥，他不会再提起钱的事，他要抓住那个亲情告别的时刻，他要告诉舅舅自己没有恶意，他要在最后的时刻让财产问题消失得无影无踪。小说重复了《院长的十二月》中科尔德和外甥梅森的怀旧乐章，让贝恩怀着如此心情最后放弃财产纠纷旧案，飞往舅舅居住的佛罗里达，表达他重拾亲情的努力。

当然，他的努力全部悬空，那个早已在政治和金钱战场博弈了一辈子的政客维里茨，早年的亲情早已飞散如烟，即使临终时依然是铁石心肠。小说还荡开一笔写了维里茨的一个儿子，由于早年的放荡和父亲不睦，最终想和父亲和解，维里茨都没有给他一点机会，何况是外甥呢。维里茨这样的人物，把儿子和外甥都看作想和他要钱的无用之辈，因此早已成为拒绝所有温情的铁面人。小说虽然没有展开维里茨的人生，但从贝恩的回忆

---

① 宋兆霖主编：《索尔·贝娄全集·第八卷》，第221页。
② 同上书，第137页。
③ 宋兆霖主编：《索尔·贝娄全集·第十四卷》，第304页。

和维里茨作为政客的结局可以看出，一个血腥的功利世界是如何把一个曾经温情脉脉的人改造成了铁石名利之器。

叙述者肯尼思把贝恩的这种性情和心思称作"缎子"，是贝恩这样的人心底的一种品质、一种色彩，一个真正的家园。这个地方和电子大厦下边被现代化湮没了的故园相连接，和他的植物学相连接，和他对爱与美的向往相连接。然而，事实上却是，除了他自己的植物世界，其他各个向度都无法连接：童年的美好记忆延伸出了舅舅的贪婪，爱情这一环上延伸出了金钱的枝蔓，在那些延伸出来的世界里，常年回响的是老巴尔扎克在人间喜剧中演奏的交响乐，贝恩迷失于彼，惧怕于彼，手足无措于彼。结果他只能顾此失彼地上演了两场伤心的悲剧。

小说让人痛快的是贝恩最后的了断：他断然放弃和玛蒂尔达去巴西的蜜月旅行，自己一人飞往北极。他告诉外甥肯尼思说，这是他平生唯一的一次"算计"，他自称为"蹩脚的成绩"，他参加了一个国际性科学家小组，去北极核查两极的苔藓了。他给了自己一个颇具诗意的总结："我是一只同纵火犯一起逃跑的凤凰。"① 自己已经被烧死，然后试着在火中涅槃。无论如何他总算是成功逃逸了。可是，他对爱情的渴望也同时夭折了。

小说中写了维里茨的死，他的死和城市名利场上的博弈有关；小说也写了贝恩的陷落，是自己的终极渴望被金钱一圈圈地裹挟住了。小说中说，缺乏爱像核辐射一样可怕，贝恩，这个纯粹的科学家，被他所弄不懂的坚硬的世间人事缠绕得生生死死，他望着许多东西在时间的流逝中不断死去，他感觉着许多东西也在他身上不断挣扎着复活，那复活了的元素，是属于他自己真正的生命，尽管因了它和金钱、技术的无关而常常被物质世界忽略不计，可那是自己的心啊！

《心碎》中对科学家那种纯朴心性的描写，还增加了日本的一个个例：在贝恩访问日本时，接待他的同行小松教授，一位生物学家，本领域里的科学权威，在80多岁时给死去的奶妈写诗并译成英文，将他开始于六七岁直到七八十岁的爱之眷恋付诸诗行。这件事通过贝恩的关注和赞赏，似乎想表明在科学家纯净的世界里，依然有着纯净的爱。贝恩的感慨是，"这样一个人竟写了献给那位作古多年的妇女的田园诗，这足以证明爱情在一些科学家——受过教育，专门阅读大自然那本蕴藏着无限神秘的书的

---

① 宋兆霖主编：《索尔·贝娄全集·第八卷》，第376页。

人——心中占有崇高的地位"[1]。

"社会现代化"和"文化现代性"中出现的诸多问题,是欧美许多思想家和社会学家不断讨论的大问题,贝娄在文学角度对此进行了审美性的表达,社会问题和理论问题转化为人的故事和命运。在这些问题丛生的间隙里,贝娄颇为独特地强调了一个极为重大且甚为拥挤的,但被物质化的社会和喧哗忙碌之声遮蔽了的事实,那就是:"更多的人死于心碎"——一个富于情感意味的小说名字,即人性、心灵、感受、情感、诗性等无意间在被毁灭着,而这些精神性品质本是人之为人的根本,是人类生存于斯的内在意义所在。这个问题早在19世纪就被狄更斯在《艰难时世》中严重警告过,并在一个二元世界(人性和功利)明晰地表现了功利主义价值观念对人类生活的损害[2]。20世纪的问题要复杂得多,现代社会是多元而混杂不清的,现代文化对真实生命和人性的蒙蔽性更为庞大。贝娄在一次访谈中谈到现代社会在飞速的物化发展中,"我们共有的人性在其中混沌不清"[3],因此他认为人的悲剧很多时候不再是社会意义上的失败,更多的是内在心灵上的受伤,人性与精神世界的四分五裂。他在《心碎》中借贝恩之口说:

> 心中的忧伤夺去了许多人的生命……然而,并不存在反对心碎的群众运动,大街上也见不到反对心碎的示威游行。[4]

是啊,谁会在意这样的事呢,谁会对着一个红尘滚滚的社会机制和冷漠的机械运行过程认真地倾诉说,你看,我的心碎了?这正是小说的区域和价值所在。

也正是在此维度,贝娄在他过去的小说中描述了赫索格的神智紊乱,赛姆勒先生穿行于混乱城市中痛苦的面容,洪堡迷失了本性后的精神崩溃,西特林挣扎在虚无和反智海洋中的浮浮沉沉。可以说,贝娄大多小说中的主人公几乎都是这样的"遇难旅客",他们都有一份"心碎"的刻骨

---

[1] 宋兆霖主编:《索尔·贝娄全集·第八卷》,第111页。
[2] 狄更斯的《艰难时世》中,工厂主庞得贝和教育家葛擂硬都是当时盛行的功利主义哲学的信徒,前者基于效益原则导致工厂罢工和工人无辜死亡,后者以该哲学思想教育儿女并安排其婚姻和工作,导致女儿不幸、儿子犯法。
[3] B. Robert, "Moving quickly: an interview with Saul Bellow", *Salmagundi: a quarterly of the humanities and social sciences* (Skidmore College, Saratoga Springs, NY) [Summer 1995], pp. 32–53.
[4] 宋兆霖主编:《索尔·贝娄全集·第八卷》,第223页。

履历。作家在一次访谈中曾谈到类似问题，他认为现代社会对人性和诗性的忽略早已蔓延成疡，"我们是在没有启示、没有音乐和诗歌，没有道德、没有神中生活。我们只是生活在目前的支离破碎的配给意识之中……"①《心碎》中演绎的故事就是他对此情境的一个美学式展开。

三 现代"浮士德"的书生视野

在这部描写深深伤情的长篇小说中，真正作为知识分子形象的人物不是贝恩，而是他的外甥，那个似乎整天无所事事专管闲事的肯尼思，也是本书的叙述者"我"，在很多时候也是作家的代言人。他是俄国犹太人，跟随父母在法国长大和受教育，学习法国文学和政治，但长大后对俄国文学和历史产生巨大兴趣，为了更好地了解俄国来到美国，成为某大学俄罗斯文学的助理教授。他在小说中的作用主要是贝恩故事的见证者、评说者和倾听者，常常会立足理论角度对贝恩故事进行一番升华，而且捎带着悲悯和略微嘲讽的口气，让小说叙述掺杂了一些喜剧意味。而且自己和女人的生活也是一团糟，从另一个角度佐证着男女"交锋"后的惨状。当然，男人基本上是无辜的，除了有点幼稚，主要责任肯定是女方一边匪夷所思的霸道需求，并表现出可笑或者不合常规之状，结果是给男人留下了绵绵无尽的伤痛。

这个肯尼思有一个类似浮士德的书斋，仿哥特式的窗户，暗淡的阳光，灰色的塑料方块地板，地板上蛀虫留下的灰土，一堆堆的书是他赖以了解世界、试图跟上20世纪步伐的工具。他的大部分时间用在研究1913年的彼得堡历史，不断发表一些有关苏联以及世界政治的独特观点。比如对"二战"时各国首脑的观点概述就极为精辟："一个非常熟悉艾森豪威尔将军的人告诉我们，组织和指挥欧洲战场对将军来说是一桩身边的事件，他的内心世界里根本没有欧洲战场的舞台。对丘吉尔来说，为欧洲的生存而进行的战斗和他本人并没有太大的关联；戴高乐也许会认为他本人担当得起这个重任，他的胸怀容得下整个人类文明，也许，他本人正是这个文明特别钟爱的容器。斯大林甚至对这一切都不感兴趣。对他来说，只要能有权力想干掉谁就干掉谁就足够了。"②重要的不是他对这几个叱咤风云的人物有什么稀松平常的看法，觉得他们根本没有面对历史风云的责任感，而是他居高临下、俯瞰一切的气度，尤其是对斯大林的戏谑口气，结

---

① 宋兆霖主编：《索尔·贝娄全集·第十三卷》，第252页。
② 宋兆霖主编：《索尔·贝娄全集·第八卷》，第20—21页。

合他常常谈到的苏联集中营，谈到那些发生在苏联的折磨囚犯的残酷事实，表明了他对苏联政治的基本态度以及他这位俄国文学爱好者的人性价值观。他由此而对比西方，认为美国的物质需求已经实现，而十月革命的胜利者却没有能把这件基本的事情做好。然而，在他眼里，美国有美国的劫难，那便是淹没在丰裕的物质泡沫中所产生的心灵和精神困顿，比如发生在他眼前的舅舅贝恩的莫大苦恼，就是典型的案例。他在这些方面的见解是小说现代性批判的一部分，很多时候和他的专业相联系，用他特有的戏说和自我挖苦的语调表达着某种刻骨的忧伤：

> 至于我自己这一类人，由于朦朦胧胧地相信，我们若不使生存成为一种转折点，那么我们的生存便将毫无价值，于是分别从事人文科学、诗歌、哲学、绘画的研究——人类的托儿班游戏，在科学时代到来之后这些游戏便不得不被抛在后头。在世界末日来临之际，人文科学应召为地下墓穴挑选墙纸。[1]

非常明确，这自然是作家贝娄一贯对现代化美国对文学艺术忽略现象的批评视角，一方面是肯尼思的自我嘲讽，另一方面点出了后现代社会人文学的可悲位置。小说还写了肯尼思在舅舅的寓所里翻看已逝舅妈曾经看过的书页，其中一段直击他们的处境："在这个狂风暴雨的时代，艺术会遭到何等的厄运？难道它们不会像娇嫩的植物，将它们的嫩头徒劳地转向乌云——阳光已经消失在它们背后——而凄惨地凋谢？……自然之子沉迷于懒散无聊的生活中，将大自然奉献给他的最美丽的礼物愚蠢而放肆地踩在脚下……"[2] 至于这段话来自什么书，读的人为什么会在这里停下，都不重要，重要的是肯尼思的重视和引用，这里再次显露出作家对艺术在一个后现代社会中被忽略的沉痛之心。

肯尼思和舅舅贝恩的关系，实质上即建立在他们需要探讨人类生活意义的大问题和舅舅个人生活的小问题的基础上。这两者的说法都有一定的幽默意味，又有一定的现实意义。现实性在于，作为大问题的探讨者，作为科学家的舅舅和作为文学助理教授的外甥，自然都有一定的学养基础和对人生意义的莫大兴味，他们也都具备了自我的高度和深度；而在小问题方面，是由于舅舅这个研究北极苔藓的单纯学者对人情世故的某种幼稚，

---

[1] 宋兆霖主编：《索尔·贝娄全集·第八卷》，第277页。
[2] 同上书，第373页。

导致了关心他的外甥在很多实际事务上的参与意识。幽默之处呢，则是他们在讨论两个问题时的煞有介事和经常性的调侃口吻。对于这两个问题的兴趣成为他们亲情关系之外又是至交好友的重要关联点，而由此延伸出小说主干上的很多枝杈，显现了肯尼思这位沉浸书斋的现代浮士德不甘只局限于书斋的人生志向。当然，他对和政治难解难分的俄罗斯文学的研究兴趣本身，亦即体现了肯尼思本人对社会历史的志趣所在。

在对美国现实的观察和批评方面，小说不止一次地提到，肯尼思从巴黎来到美国，一个重要的原因就是美国充满活力。什么是他提到的"活力"呢？从他和舅舅的各种谈话中，从他涉及历史社会、哲学人生的高论中，我们可以看出，其实他是在说一个后现代社会中人的汹涌不息的"欲望"力量，而且他也不止一次地给以理论性的历史总结，认为美国是一个在欲望中挣扎着的"史后社会"。

这个提法具有一定的前瞻性。走出小说，1988年，美国政治学家弗朗西斯·福山做过一次"历史的终点"的讲座，1989年，在演讲稿基础上写成的论文在美国新保守主义期刊《国家利益》上发表，至此"历史终结论"的观点风行世界。福山的观点，主要是指冷战之后世界历史的线性发展已经到头，现代民主体制取得了决定性胜利，几百年来的历史进程已经进入终点，其中自有对西方民主社会的肯定。有意思的是，《心碎》发表于1987年，其中不断提到的"史后社会"这一概念，虽然和福山的理论界说不在一个价值层面上，但对世界历史的认识方式基本一致。反观贝娄的小说，可以看到这其实是贝娄的一贯看法，或者说此类观念一直在他的思考范围之内。在他50年代的作品《奥吉·玛奇历险记》中就有那位富人和狂人对幸福和人类历史的研究，虽然作家当时使用的是嘲弄的口吻，因为小说中正在发生的是30年代大萧条时的生存困难，但接着发表的《雨王汉德森》则是典型的富裕社会中人的精神状况的某种诊断和夸张性疗救。而到了六七十年代的作品，贝娄不再挖苦那种情状，经常自己站出来对已经解决了自由和民主问题的社会所产生的社会烦乱进行认真的批评性描述，且忧心忡忡地设立了另外的俯视角度，比如《赛姆勒先生的行星》《院长的十二月》等，这些问题在本书前边都有充分的论述。应该说，作家所讨论的这些问题，即是对没有了线性历史发展（革命）后的社会状况，和本书"引论"中所评述的"后现代"社会界说有其相似性。

那么在《心碎》中，贝娄第一次提出"史后社会"这个概念，确是富有意味的，是否可以说，他终于为自己多年不断进行着批评性审视的对象确定了一个明晰的社会学概念？而且，这个概念还恰恰和一年后的政治学理论取得了惊人的一致？这是一个有趣的现象。无论如何都可以说，贝娄确实是对人类历史、社会有其极为深刻的思考和表达力，并且在其犹太精神传统的价值观念基点上生发为一种动力，一种捍卫理想王国的职责，他把这种职责接种到文学上，由此而和19世纪的人道主义作家瞬间取得相通，从而不断张扬着那些传统的价值理念；而同时，他也是西方近代以来自由民主思想的继承者，由此而产生的历史发展观念也是根深蒂固的，因此，西方近代文明线性发展的历史获得了基本胜利的视点也是十分明晰的。因此，和有关"历史终结"之说的暗合，应该具有一定的内在契合。

而且，在肯尼思的思虑中，当舅舅从佛罗里达电告他维里茨死亡的消息时，他还提出了一个"后人类"的概念①，用来指称现代化之后人类精神世界危机四伏的混乱心态，那应该是在"史后社会"中所产生的状况。在他的植物学家舅舅深陷物质欲望的包围而无法突围感觉着自己的沦陷时，他思绪万千、心乱如麻：

> 没有这种精神支柱，我就快活不起来，这个城市就成了一种累赘。美国也是一样。这个决定我们命运的巨大的史后社会就会失去它的能量，塌陷下去，成为稀泥一团。在这一点上，我心中升起一种可怕的预测：美国社会活力的代价比我想象的要大。曾有人警告我敬而远之。我的父母曾说我犯了一个错误，尤其是我父亲。他说我过于雄心勃勃，想通过同整个美国进行较量，对自己经常暴露出来的傲慢情绪进行最后的测试。我能够，事实上也已经为自己充实了其中的一些细节。在这非同一般的国度里，人们早已为你的灵魂安排了它所要做的事。人患了精神方面的头痛症。②

正是在这样的"史后社会"中，除了整体上的观察和评判，他进入细节研究的首先是舅舅的古战场。贝恩，那位在爱情方面极为幼稚的植物学家，那种要死要活的情状和推动其向爱情王国进军的各种内在外在力量，让这位在沉思中生活着的外甥近距离地目睹了个人生活中的人性生机如何地被利用和掠夺，各种欲望如何地演绎着社会的"活力"并消弭了真正的人性价值，舅舅堕落和逃逸的整个过程，那种偶尔的容忍是如何地助长了这种推动力的膨胀，有时还成为这种推力前进的装饰——比如玛蒂尔达对

---

① 宋兆霖主编：《索尔·贝娄全集·第八卷》，第371页。
② 同上书，第338页。

科学家丈夫那种外在光彩的需求。这是肯尼思持续追踪、观察并在需要时出手相帮的美国"事业",他在这场沦陷中一直处于旁观者的位置,在财产纠葛、亲人反目、婚姻谋略中,他看到了那种"后人类"的"忙碌生涯"之混浊和心灵精神之残缺,为之感慨,为之无奈。其次是他本人的生活经历,更是一种直接(没有谋略)的混浊与残缺:他女儿的妈妈(他们没有结婚)离开他独自跑到西雅图,和一个经常给她身体上留下伤痕(如被烟蒂烧伤)的男人同居,当肯尼思千里迢迢为了思念女儿跑去探望她们时,他看到的是母女乱七八糟却貌似满足的生活现状。肯尼思愤怒之余只能接受现实,因为他试图扮演的拯救者事实上却是一个不受欢迎并被嘲笑的幼稚书生形象,本质上显示了和舅舅经历的相似。而更具喜剧意味的是女儿的姥姥,在和几个男人同居又分手之后兴致勃勃地跑到肯尼思家里,用尽心思试图说服甚至逼迫曾经的女婿和自己结婚,还打着为了外甥女儿的缘故,在外甥女儿的父亲、女儿曾经的男人面前搔首弄姿,使得这个文学助理教授只好努力和她保持着远远的距离、在手忙脚乱的斗智斗勇中才没有落网和神经错乱——该是《洪堡的礼物》中西特林和情妇之母在西班牙的喜剧重演。

肯尼思,这位抱着了解美国、了解俄国的宏大动机,目睹着身边这类事件的蓬勃运行,确实感到了其中的"活力",但同时感到的是自己无能为力的自卑。他满身的"傲慢情绪"受到了打击,他满屋的书籍不仅不能解决这些问题,还成了他失败生活的一个嘲弄。这是现代浮士德半生读书的心酸体验。

在肯尼思的实际生活中,小说中还出现了另一个观看和评价世界的维度,即加入了一个志愿医疗小组、在索马里的偏僻之地救助穷人的母亲。母亲本和父亲在巴黎生活多年,过着优雅的富裕日子,但由于父亲是一个好色的天才,基本上算是生活在巴黎的美国式欲望的代表,因此母亲在难以改变现状的无奈和蔑视中选择了远走东方。肯尼思曾经到遥远贫穷的索马里拜访母亲,在他们富有深度的交谈中比较了东西方的问题差别:"在东方,人们经受着贫困的折磨,人类的许多高级功能被抹杀。而在美国则被局限在低级的趣味上——苏联强调消灭高级功能,美国则任凭低级趣味泛滥。"① 通俗地说,就是"东方遭受着贫困的折磨,西方遭受着欲望的折磨"。俄国人的苦难是古老的,被奴役、压迫,在生存困境中;而西方的苦难是物质丰裕、自由满足后的深陷欲望之混浊,在精神混乱中。他说,

---

① 宋兆霖主编:《索尔·贝娄全集·第八卷》,第107页。

斯大林以旧的方式让人死去，西方却以一种新的方式让人死去，"没有什么词语可以形容自由世界的灵魂所发生的事"[①]。

这类观点延续了作家在《院长》中的双城对比性描写。西方和东方，在索马里那个缺乏安全、物资匮乏的国度再次以"苦难"的方式遭遇。

因此，肯尼思，这位现代浮士德在另外的维度丰富了小说的内涵。也可以说，他在一个幽隐的角落，作为贝娄的代言人，用嘲讽的姿态，理论的高度，理性清明地提升和概括了他所目睹的一切。

---

① 宋兆霖主编：《索尔·贝娄全集·第八卷》，第109页。

第六章 永远的奥德赛

告诉我，缪斯，那位聪颖敏睿的凡人的经历，
在攻破神圣的特洛伊城堡后，浪迹四方。
他见过许多种族的城国，领略了他们的见识，
心忍着许多痛苦，挣扎在浩渺的大洋……

——荷马《奥德赛》

贝娄是1976年获得诺贝尔文学奖的，他从20世纪40年代开始发表小说到2000年最后一部长篇小说出版，这个最高奖项的获得时间位于其创作生涯的中段靠后一点。也就是说，人们经常谈到的诺贝尔文学奖对作家的杀伤力在贝娄这里是不存在的，前述80年代面世的两部丰实长篇小说，2000年以85岁高龄发表长篇小说《拉维尔斯坦》，而在这三部长篇小说之间，还持续发表了一些依然很成功的中短篇小说，像《堂表亲戚们》（1984）、《今天过得怎么样》（1984）、《口没遮拦的人》（1984）、《贝拉罗莎暗道》（1989）、《偷窃》（1989）、《记住我这件事》（1990）、《真情》（1997）等，90年代还出版了散文随笔集《集腋成裘集》等，可以见出作家的写作热情在其有生之年从未有过减弱。正如贝娄在1981年的一次访谈中戏谑地提起的一个谚语：一个美国歌手，第一次登台演唱第一支咏叹调，观众一直鼓掌，第四次后，歌手问要唱多少次啊，观众席中一个人回答说：直到你唱好为止。贝娄说，"我的写作也是这样"[1]。

从这些作品的内容来看，晚年的贝娄依然思想活跃，表达从容，一边延续并拓展着多少年的社会历史问题批判、人性繁杂的考量以及人生意义的思索，一边多出了对过往岁月的回顾，这里边包含着对犹太出身的着意强调，对友谊爱情的深情回眸，对生死大题的幽思冥想等。高龄的作家就

---

[1] Michiko Kakutani, *A Talk With Saul Bellow*: *On His Work and Himself*, http://www.nytimes.com/books 1981.12.13.

像那个漂泊在回家路上的俄底修斯①,迎着岁月的风浪不断搏击,留下一波波耀眼浪花,映照出人生世界依然纷繁的图景。本章即选取几部具有代表性意义的小说,以图阐述作家高龄前后的持续性思索。

第一节 精神与物质对垒中的价值困境:《银碟》

在贝娄的小说世界里,精神与物质的对垒问题几乎一直存在着,只是在各种场景中有不同的表现方式和内容。在其前期作品中,《晃来晃去的人》中已经出现对亲族中简单物性崇拜倾向的责备,但尚不是主线;后来的《奥吉·玛奇历险记》,是匮乏的物质背景下生出的青春梦想及其不断的挫折和惶惑,也显示了物质财富对人心的"威逼利诱"性质;到《雨王汉德森》,物质丰裕的生存方式已然成为意义存在的障碍,于是便生出了一场壮丽的非洲之旅。到了中期,即从 60 年代到 80 年代,如本书前两章所述,是作家对现代性弊病集中批判的时期,因此在那些诸如《赫索格》《洪堡的礼物》《院长的十二月》《更多的人死于心碎》等具有代表性的长篇中,一个物质喧哗的社会语境已然渗透现代人的日常生活命运,人的精神内核与此难分难解,作家为此殚精竭虑,进行了不遗余力的批判性审视,由此而展开的芜杂画卷也成为美国 20 世纪后半期文学中的独有风情。

而 1978 年发表的短篇小说《银碟》(*A Siver Dish*),和作家中期创作内容差不多是一致的,也充斥着物质和精神的种种纠葛,但从其总体意旨上看,似乎有些偏离了作家的批判意向,将物质与精神分离在一个十分清晰的对峙两岸,然后在价值理念和道德意义之维展开一场模棱两可的质询。相比上述那些著名的长篇小说,《银碟》中的两岸对峙者都有着明确的选择并且执着,而在故事叙述人的理性视角,则又显得意义模糊,时有传统道德之崇尚,时有当下浑噩之欣赏,同时又夹杂着对两者的略略不满之声。这些渗透着内在矛盾的叙述,似乎隐隐透露出作家在观念上的某种困惑,也许通向贝娄更为深刻的思想层面,也由此而显示出短篇小说《银碟》不可忽视的重要性。

一 两个"世界"的对峙和争夺

《银碟》是贝娄短篇小说中的名篇,写一个 60 岁的成功商人伍迪在给

---

① Abraham Bezanker, "The Odyssey of Saul Bellow", *Yale Review*, 1969, pp. 359–371.

80多岁的父亲送葬之后，陷入对自己一家人以及处世方式的恍惚回顾，并试图给出一个价值评断。应该说，贝娄小说中那些沉浸在思想世界中的人物，除了早期作品中的迷茫青年，大多是学者、作家、科学家等，这些贝娄小说世界的栋梁从来不是物质财富世界的主人，即使像"雨王"汉德森那样有些粗鲁的百万富翁，也只不过是继承了父亲的财产，并非自我造就。而《银碟》的主人公伍迪，则是典型的物质主义成功形象，高大结实，面色红润，坐在自己宽敞的办公室俯瞰一幢幢摩天大楼，一副现代世界动力的模样。这样的角色在贝娄小说中多是衬托形象，或者干脆就是一个简单的被批判对象，而作为叙事主人公和主要的思考者还十分少见，因此有一些特别的意味。

伍迪的追溯开始于父母的矛盾节点，也可以看作他人生之路的分叉处。他出生于一个由移民组成的家庭，在美国历史上，"移民"意味着他们必然要经过"美国化"然后才可能在一个新的国家立足，而"美国化"过程同时体现了移民本身的文化素质和精神面貌，以及对"美国化"本身的体认度。《银碟》中，伍迪的父亲是波兰犹太人的弃儿，历尽艰辛偷渡到美国，其"美国化"过程以极其简单的低层次方式实现，即以各种苟且方法获得底层社会的生存机会，练就一副坦然的无赖性格，虽然贫困却也活得有滋有味；母亲来自英国，和家里的其他成员属于一个基督教小团体中的虔诚教徒，守持着本民族的宗教传统，拒绝被现代化浪潮所同化。在伍迪14岁那年，父亲将家庭扔给了社会救济站，离家和自己的情妇同居，过起了自由自在的生活。原因很简单，父亲平生"最大的爱好是女人、弹子、纸牌和骏马"，自然和母亲的生活格格不入。而伍迪则受母亲影响，从小就加入宗教团体，后获得资助在神学校念书，预备以后当一个牧师。那时的伍迪如海明威在《丧钟为谁而鸣》中所言，就像"沐浴着天恩"，心怀的是这样的信念："一切的目的、目标和宗旨都是，或者说上帝的想法是：这个世界应该是个爱的世界；它迟早会获得新生，成为一个充满了爱的世界。"[1] 他尽管无法解释为什么会这么想，因为一切的现实都和这种想法相反，但这是他的情感立足点。

就这样，在伍迪面前，两个世界已然形成对立的两极，并且互相蔑视。母亲一方无疑代表着传统的信仰原则，在她们眼里，父亲就是一个可耻的无赖，是堕落的象征；父亲一方站在其所谓"美国化"方式的点上，

---

[1] 宋兆霖主编：《索尔·贝娄全集·第十一卷》，聂振雄译，河北教育出版社2002年版，第220页。

在物质和感官享受中不亦乐乎，认为那些整日传道的家伙根本就是一群愚蠢的傻瓜，尽管真诚却活得不真实。他希望伍迪像他一样"成为一个美国人"，并将这个"希望"化作各种行为"教育"。比如，在他离家那一天，他让儿子将打零工赚来的钱交给他去买汽油，这样他才能够开车出走。用伍迪后来回忆时的口气说，就是自己拿钱帮助父亲遗弃自己，父亲的隐含态度是："给你一个教训，看你以后再相信你的父亲不。"充分表现了父亲的无行。这种"教育"，在性质上很像巴尔扎克笔下那位大学生拉斯蒂涅在伏盖公寓受到的"教育"，我们知道是卓有成效的。但在伍迪的少年甚至青年时代，他一直没有意识到父亲和母亲的对立问题，他只是按本性生活，一边接受神学教育，怀抱信念，一边打零工贴补家用，还违背母亲经常去看父亲。他自得地在两个世界中漂流，亲情掩盖着内在的歧异。于是有一天，他被迫走到十字路口：父亲送给他一份重重的重塑人生的"礼物"，使他不得不抛开一方投向另一方。

这份"礼物"说起来很简单：儿子被父亲说服去找资助自己念书并维持着一个慈善机构的斯科格隆太太，希望这位富有且善良的寡妇能够借给父亲一笔钱。父亲当然编造了一套无懈可击的理由，促使儿子能够在不情愿的情况下依然将他带到了斯科格隆太太面前。如果父亲顺利地借上钱走了，如果斯科格隆太太知道父亲的品格干脆就不借钱给他，那么，这对伍迪都没什么影响。但偏偏是，这位虔诚的寡妇听到请求后，需要去楼上做祷告以获得上帝的启示。于是留下了一个空间，一个空隙，只有伍迪和父亲在厅里，父亲十分自然地走到中国式的古董陈列橱前，掏出小刀撬开柜锁，取出一只银碟，不动声色地塞到自己身上。伍迪被这种赤裸裸的偷盗激怒了，在父亲不肯将银碟放回橱里后两人便扭打在地上。这真是一场惊心动魄的扭打，是精神与物质的交战，是虔信、德行和无赖、无行的搏击。还应该说，是道德理想和丑陋现实在人世间的争夺战。最后的结果是，父亲答应将银碟放回去但还未来得及放回去时，斯科格隆太太出现了，答应借钱并让伍迪跟她上楼取支票。一切如愿，在回去的路上，父亲告诉伍迪，他已经将银碟物归原位了。但是，几天之后，斯科格隆太太丢了银碟的事被神学校和救济站知悉，伍迪尽管竭力否认和解释还是被开除了。从此，他被迫离开那个神圣的信仰之岛，漂进了社会的汪洋大海。

这是父亲刻画在儿子身心上的关键性一笔，粗暴地扭转了伍迪的人生方向。小说的精彩处在于，老年伍迪在非洲旅游时目睹了相同的一幕：他站在游艇上，看着白尼罗河岸上有许多长颈鹿、河马等动物，一只小水牛来河边饮水，突然一只蹄子被鳄鱼咬住，随后被拖进了河里。小水牛舞动四蹄苦苦挣扎把河泥搅得一片翻腾的情景，正是伍迪和父亲在斯科格隆太太客厅里那场扭打的翻版。此时的伍迪早已理解其中之深义，这种盛行地球界内的原始生存法则，是父亲用自己的行为方式教给他的。

贝娄在《半生尘缘》中说到他上中学时的阅读，书中"到处充斥着社会达尔文主义"的气息，包括在德莱塞、杰克·伦敦这样的作家笔下。确实，德莱塞塑造的那些推动经济历史发展的"巨人"，是深谙大鱼吞小鱼的法则的，在那个时代，美国人被"美国梦"搅动着种种欲望，投进生命力量以获取物质生存的成功，公然将传统的道德伦理原则踩在脚下。伍迪的父亲并不懂得这些社会达尔文什么的大"道理"，他在这条道上只是个轻量级的小角色，他只是按照本能简单地去实现自己的当下目的而已。但他的"深刻"在于，事后他会告诉儿子说这样做"对你大有好处"，是在教他认识现实生活，是为了培养他，因为他作为父亲不能丢下儿子不管。冠冕堂皇的可恨可气，但里边倒也混进了上述道理，这也算作他的"聪明"。公平地说，父亲做人的方式也是现实原则的馈赠，他是弃儿，是因为眼睛生病被家人抛在迁往美国的中途利物浦的，应该说他率先尝到了物竞天择的初步滋味，这使他一开始就知道了应该如何去满足自己活着的基本需求。偷渡到美国后，他还有本事躲过种种社会法律的牵制，利用一切机会让自己活得舒坦。对他来说，无论头脑还是内心都没有因袭的道德负担。

无论如何，不管伍迪愿意与否，从"银碟"事件后，两个世界对他的争夺战，在一个极富象征性的动作中结束了。至于他是怎样在现实社会中跌打滚爬，怎样依循着物欲法则获得成功，小说都省略了。贝娄不是德莱塞，他不会去铺展一个人如何获取财富的过程，贝娄只是给出了结果，伍迪60岁时作为南芝加哥成功的瓷砖承包商，拥有自己的仓库和诺大的办公室，在埋葬父亲之后，听着一阵阵教堂的钟声陷入沉思。这和他的早期宗教经验有关，钟声的感性记忆在很多时候会一下子触动内心被遮蔽之处。也就是在他的沉思中，我们看到非洲的小水牛被鳄鱼拖下水，看到青年伍迪和父亲在斯科格隆太太的大厅扭打在一起，这两个画面叠合在一起，给了伍迪最初的和最后的人生意象，于是他就此开始他的价值思考：父亲的路和母亲的路，谁是有意义的？

二　如何理解人生的"意义"

应该说，无论伍迪后来成了什么样的人，他的童年和少年阶段所受的宗教教育还是给他铺垫了有关"道德"和"意义"的基本需求。小说介绍说，做了生意的伍迪在夜校学过生态学、犯罪学，读过存在主义哲学，订阅《科学》杂志，还间或很有情调地放下生意去周游世界，到过日本、非洲和墨西哥等地，也可谓见识广泛。因此，老年伍迪面对父亲逝世后蜂拥而至的回忆，那些他曾经历的父母辈全然不同的生活内容，历史地堆积在面前，他感到需要逐一清理并作出价值判断。

首先审视母亲的生活之路。这条路较为简单，或者说很单纯，虔诚地传播上帝的福音，仁慈、善良、真诚，在一个物欲喧哗的世界保持着一方纯净之地，那里的斯科格隆太太、传道士等人，都是爱的使者，他们给予世界以神性光照。这个群体中的成员大都是西欧移民，他们在新的国土上努力保持自己的文化传统，拒绝美国物质生活大潮的同化。可以说，这是与喧嚣的物质主义对立的精神高地，也是贝娄小说中那些散落在各处的传统价值观念的聚光点。这种现象不是纯粹的虚构，是有其现实根源的，早在二三十年代，移民美国的许多犹太家庭对自己的下一代忧心忡忡，确实担心美国生活中那种没有节制的放纵会使子女堕落，因此他们有自己的宗教团体，建立犹太教堂，希望在精神生活中留住自己的根，《银碟》集中地表现了这种现象。

但是，在伍迪的视野里，我们同时看到其母亲和两个妹妹在这种高尚的生活方式中基本抽干了生命之水，她们缺少生存能力，都靠伍迪养活，两个妹妹都是老姑娘，脾气古怪，年过半百还和母亲住在一起，有时还需要送到精神病疗养院住一段时间。伍迪想到她们年轻时活泼美丽，却没有享受人生的丰富多彩，在单一的神性世界里并没能丰富自己的生活世界，身心逐渐干瘪。那么，伍迪的困惑是，该如何评价她们的生活？她们这样走过一生真的有意义吗？对此，伍迪一方面深怀敬意，另一方面心怀疑虑。

再看父亲的生活之路。在这一方向上站立着父亲和老年的伍迪，是实用主义和物质主义的代表。当伍迪反观过去时，一方面有时间上的超越，他会居高临下并善意好奇地和父亲谈起"银碟"事件，觉得好玩；另一方面也有对生活真谛的探求，父亲的行为中是否蕴有深意呢？偷了银碟，将儿子的前途葬送后还说，"那又怎么样呢"，这件事"对我没有一点坏处，但是对你大有好处"。后来的事实恰被父亲说中，伍迪在这条路上走得惬意、成功，而且有能力养活全家，这个家包括母亲、妹妹、情人、已经分居的妻子，还不时地照顾父亲和他的情人。单单看一眼这个"家庭"成员的"成分"即可明白伍迪有多么"胸怀广大"。这里面的亲情包容度是否也包含了某种道德虚无性（社会规则维度）？或者就是更为符合道德本意的（人性亲情维度）？父亲不用说，开始的形象已是无行无德的典范，伍迪呢？小说只写到老年伍迪老于世故、轻浮、爱开玩笑、有责任感，是一个"快活的虚无主义者"。他曾将一包大麻从非洲带回芝加哥，在感恩节的火鸡里塞上享受美味，还试图自己种大麻，但没有成功，十分享受这种触犯秩序的快感，这一点他完全继承了父亲的性情。事实上，伍迪身上从小就有父亲的影子，比如给姨母家干活时，并不是为了饿，却经常在厨房偷东西吃以报复姨母（让他干活），比如他打工拉车时给顾客和妓女拉皮条等。这些琐事虽算不上恶，但和当时神学院的阳光世界准则还是不符的。小说还描写少年伍迪和父亲在一起时常常会感到轻松愉快（当然除了被欺骗的时候），因为父亲只讲究世俗需要，享受一点喜好，自由自在，不必为宗教和那些玄妙的理论操心烦恼。这一方面是孩子喜欢简单轻松的天性，另一方面也说明伍迪的内在质素中和父亲的相通，在开端即有契合之处。然而，正是这样一个人，担起了抚养家庭成员的担子，而亲情、家庭责任感等正是犹太文化传统所看重的。

这样的复杂意味，让我们联想到狄德罗的《拉摩的侄子》，那位"侄子"用自己的卑鄙行为和坦诚的言论显示出世界的真相，黑格尔还以此为例，站在历史角度，分析推动历史前进的原动力问题。但狄德罗显然持有传统的道德观，他笔下的侄子形象有着明确的批判意识，狄德罗是以嘲弄和自嘲的方式批判世界之恶。18世纪的狄德罗自有他的确定性。而贝娄在这里则有些不同，他在面对传统道德观念时并不是那么理直气壮。小说以伍迪和父亲的最后一场搏斗作为结束：在医院病床上，虚弱濒危的父亲非要拔下输液的针头，伍迪按着，劝说着，父亲挣扎着，直到身上的热气逐渐消失。两个人重复了过去的那场格斗，伍迪说："你永远也按不住这个固执的人。如果他想干什么，他就干什么——永远照他的意思干，而且，他总是有他自己的一套鬼办法。"最后的一幕重复了"银碟"事件，父亲的本能再次成为胜利者。伍迪感慨眼前这个执拗粗糙的生命，他总能按照自己的意思实现那些大大小小的目的。这个感慨是否意味着，伍迪眼前这个父亲，这个和伍迪自己有许多相通点的"固执的人"，是否就是现实世界的面貌？是否隐含了物竞天择的残酷一面，虽不美好却十分真实，除非其生命力自行消亡，谁都没奈何？

有关"银碟"的回忆结束，60岁的伍迪需要做意义评价。从他对父亲和母亲两边的回忆中，可以看到他的模棱两可，似乎对两边都没好气，又都满怀宽解，他似乎从中感觉到了某种深刻的东西，这种东西贯穿了他的生活，却无法给出一个理性把握，在意义与价值的点上他跌进一个大大的问号中。

走出小说，我们看到作家是在用艺术之光审视两种人：精神的人和物质的人，他们都有自己的优点，但又千疮百孔。谁的人生更能承担起意义的砝码，小说立场不明。我们试着概括一下伍迪的问题，是否可以解释为：物质主义为什么在历史中如此强硬，牵引着现代世界列车轰隆向前，而在其倾轧下分明是人的心灵上被划下的累累伤痕，我们该如何面对？又该如何给予价值评判？这是贝娄小说中对这类问题最为清晰的一次表现，也是结论最为混沌的一次思考。

需要说明一下，《银碟》发表于1978年，在此之前，贝娄在40年代和50年代的写作也一直在思考人生意义问题，但大抵上不涉及道德之维。到60年代和80年代，从《赛姆勒先生的行星》开始，到《院长的十二月》《更多的人死于心碎》等作品，其中即出现了明确的人性道德审视，尤其在80年代的作品中，物质和精神的对垒问题上涉足非常之深，自然也掺杂了意义价值的思考。由此可见，《银碟》在贝娄自己的"文学史"链条上位于承前启后之点：延续了之前创作中的意义追问，开启了之后物质主义与精神主义的博弈领域。但富有意味的是，贝娄80年代的小说在表现类似问题时是极为德行清明的，意义的承载体十分自然地和人性道德附着在一起，基本上没有本质上的疑惑。而《银碟》这部短篇小说，却在此关节点上陷进了一个难解难分的困境。

那么，我们是否可以这样来看，一方面，伍迪父母的故事，是否恰好表现了20世纪文化的征候，即面对几千年文化传统的不断坍毁，人们一边努力地捡拾过往那些闪光的碎片，试图重建秩序，比如小说中的宗教传道，一边乘坐着现代化列车飞速向前，参与着否定传统的巨大事业，比如伍迪父子的人生轨道。而将两者结合起来审视现代社会现实的话，即会窥察到精神价值观念的美丽与苍白，坚守这种理念的人们在物欲的汪洋中几无立身之地，他们已经被挤压到一个角落，连自己的生存空间都难以保住了。也许这更能体现20世纪的转型特征：现代化在社会层面本就是一个除根的过程，现代人原来的生命依据随着各种迁徙已经失落，为了生存被裹挟在物质目标的滚滚洪流中，没有安顿。美国悲剧大师奥尼尔在20世纪30年代就曾指出："我们想方设法占有灵魂以外的东西，虚掷了灵魂。"[①] 距他40多年之后，贝娄描写了这样一个真的丢

---

① 〔美〕弗吉尼亚·弗洛伊德：《尤金·奥尼尔的剧本——一种新的评价》，陈良廷等译，上海译文出版社1993年版，第3页。

失了"上帝"而真的"得到了一切"并且忧思不安的人。事实上，这样的问题正弥漫于许多蹒跚于现代化路上的国家，尤其是那些缺乏宗教传统的国家，一边是迅速耸起的高楼大厦，一边是正在沦陷的人性底线，人们奔忙于无止境的生存目标，顾不上过问心灵的病痛。也许，在这样的残酷现实面前，只有艺术的亮光，方能照射到那些被遮蔽了的精神弯曲之处。

回到作家，在《银碟》发表之前后，贝娄对"美国化"问题一直有着或直接或间接的审美表现，并将这一问题输送进其一贯的价值询问之链条，因此可以说这是他对传统犹太价值观念在20世纪遭遇美国物质主义的一种持续思考。而他，作为第二代犹太美国人，有其中间性的尴尬，既能看到坚守传统的苍白和没有出路，也能看到"化"之后的弊病；既能认识传统的优长，也能体会"化"的根本意义，正是这样的两极体验将他带进了一个难解难分的伍迪之问："生活究竟是什么呢？"

另外，联系贝娄在20世纪90年代和《波士顿人》杂志基恩·博茨福德的谈话，在说到自己所受各种书籍影响的时候，贝娄曾认真地说，"我想，比我读的任何一本书影响都大的是我内心深处的信念。我认为，我们大家全都靠一个非常奇怪的偶然计划来到世上，我们不知道是怎样来的，或者说，不知道我们在这个世界上真正的意义是什么"[①]；而且，他认为自己的大量阅读，事实上都一直在为解决这样的问题而努力，但"实际上永远不能终止解释你存在于斯"的本质性疑问。而博茨福德则具有总结性地回答，"你的书一本接一本，用不同的字眼儿表达了这同一个问题"[②]。那么，立足此高远之地，和人类文明发展拉开距离，俯视人类历史社会林林总总，伸手接过意义问题，便会产生伍迪最后那个"生活究竟是什么"的发问，这也可以看作贝娄在和博茨福德谈话时所企及的那个"在这个世界上真正的意义是什么"的大问题，也可以说是哈姆雷特的"to be or not to be"的当代之问，简单、痛切、无解。

因此，笔者认为，伍迪这个坐在物质主义成功高峰上的准哲学家，这个探讨着哈姆雷特问题但依然喜滋滋地享受和操纵着物质运转动力的人，这个在物质和精神有时对垒有时融合的状态中被弄得不无迷惑的人，也许是最具索尔·贝娄思考深度的[③]。如他在受奖演说时所说，"探索本质问题

---

① 宋兆霖主编：《索尔·贝娄全集·第十四卷》，第373页。
② 同上。
③ 据新贝娄传记说，和贝娄拥有最长友谊的是大卫·佩尔兹，活了90岁，2011年去世，是《银碟》中伍迪的原型，他们之间应该有许多人生意义的相关讨论。见 Zachary Leader, *Life of Saul Bellow: To Fame and Fortune*, 1915 – 1964, Publisher: Knopf New York, 2015, p. 10.

的愿望随着精神问题的混乱而增强",同时,持续不断的追问又将他带进许多的矛盾和迷惑之中。作家有他理性清明的时候,也有他苦恼困惑的时候,他一方面相信"穿过喧嚣到达宁静的地带还是可能的"(指艺术上),另一方面又总是带着嘲讽的焦虑、微笑和绝望。有关这一点,本书最后的附录文章中,将这种渗透矛盾和混杂性的思虑定义为"无处置放的乡愁"。就这个维度上来说,《银碟》在通向20世纪文明深处的同时,也通向了作家思想最为根本之处。

第二节 记忆对忘却的审判:《贝拉罗莎暗道》

大屠杀事件后,美国文坛产生一种新的文学样式:大屠杀文学和见证文学,主要出自犹太后裔,他们担负了起诉和见证20世纪灭绝人性事件的正义与道德责任,用不同的审美方式为20世纪美国文学增添了沉甸甸的分量。但贝娄显然不属于这一支脉。众所周知,贝娄一直不喜欢人们给他贴"犹太作家"的标签,他是有意识地立足普世化之维度创作的美国作家,除了1947年发表的《受害者》中涉及大屠杀带来的阴影,和1970年发表的《赛姆勒先生的行星》中部分地叙述了幸存者赛姆勒对大屠杀的回忆,他的大部分创作还是证实了这一点,他确实没有太多地去关注自己族裔的历史性灾难。当然,我们也一直能够在其小说世界里缕析出犹太文化传统的浸淫,那种根基般的东西铸造着作家的思想内涵。但这是两回事。

随着年岁增加,族裔感情逐渐增强,作为作家没有能在创作中专意叙写自己族裔历史大事件这件事,几乎成为贝娄的一个心病,这在他给朋友们的信件和一些访谈中都有所提及,本书在第一章即有介绍,本章接着也将专门论述;这里想说的是,他其实一直在寻找着有关大屠杀事件的表达方式和情感出口处,于是在1989年,人们终于看到了他的中篇小说《贝拉罗莎暗道》(*The Bellarosa Connection*),他终于用自己的方式讲述了纳粹大屠杀中犹太幸存者的故事,幸存者后代在美国的故事,当然,他依然一如既往地由此生发开去,在一个记忆与忘却的隐喻角度,思考着人类面对灾难历史的态度问题;同时,也在犹太传统价值观念和美国后现代文化的纠结中,不无沉痛地对自己的历史忘却进行了一场心灵大审判。由于其叙述方式的特别和小说内涵的丰富,以后几年,美国评论界发表很多文章给予关注，好评如潮，甚至有评者认为这是贝娄最好的创作。而对于作家来说，写出了自己魂牵梦绕的东西，还得到了读者和评论家以及很多朋友的青睐，这对70多岁的贝娄来说自然是很大的慰藉。

一　面对忘却：索莱拉的道德忧伤

《贝拉罗莎暗道》的核心故事，是有关大屠杀幸存者方斯坦的叙事，它构筑了整个小说发展的基础，在方斯坦与妻子索莱拉断续的讲述中展开。方斯坦是一个波兰犹太人，"二战"期间，一家人大都被纳粹杀害，他在意大利集中营被一个叫"贝拉罗莎"的秘密救援组织救出。在被救助的过程中，知道了该组织是美国娱乐界大亨犹太人比利·罗斯设立的，因此很自然，当他几经辗转登上新大陆并过上幸福生活后，他想见见这位救命恩人并说声"谢谢"。然而，这个颇为人性化的朴实愿望给他带来一场场精神陷落：寄出的信被一封封原样退回，他怀揣感恩之心去比利办公室被挡驾，又寄去支票请比利把钱转给慈善事业，但支票也原张退回。一次在一家饭店看到比利，他不顾一切地隔着阻挡他的人向比利喊道："我是来告诉您，是您把我从意大利救了出来。"但比利转身面朝包厢的内墙，方斯坦则被赶到街上。

很明显，小说的重点叙事不在大屠杀本身，而是表现大屠杀之后一些相关的人面对它的态度。显然这里面出现历史连接与断裂的纠葛：于方斯坦而言，大屠杀是一段黑云压顶的族类历史和人性灭绝的灾难，是生命中不可忘却的重，因此，他背负着这份沉重的历史和个人经验，站在种族灭绝的废墟上，希望在一种朴实的人性维度去纪念、去感恩，试图表明救助者冒险救下的这个生命，已经真正活下来并懂得救助的人性含义，而且希望用行动（如捐助）把这个意义的链条连接下去。因此，他是以幸存者的身份，在见证历史灾难的同时，也试图去见证人性的不可毁灭性。感恩不仅仅意味着知恩图报，而是生命与人性经历严酷劫难之后的温暖表达，证实着阳光在心里不曾消失。这种行为本身应该属于人类社会人与人之间关系的一种基本道德行为。

正是基于这样的认识，故事的主要讲述者索莱拉才愤然挺身而出，不屈不挠地寻找各种机会，在丈夫"失败"的终点起步，谋求比利和丈夫见面的可能。索莱拉也是犹太人后裔，她不仅是犹太人历史的讲述者，还是犹太幸存者在美国继续生活的参与者，她的存在使小说叙事具备了浓重的人性和道德的审视意味。索莱拉和他们的犹太亲戚（代表着族群）对此事有着一致的认识,认为比利也是犹太后裔,和方斯坦隶属一个群体,在大屠杀历史中曾经写下光辉一笔,说明了他所具有的犹太族类感情,因此没有理由在美国这块土地上悄然消失;而和方斯坦"见面"这件事,已不单单是一方感恩和一方接受的问题,应该是族类历史和人性道德的一种延续方式。而且索莱拉还认识到,人类历史中出现如此恐怖的屠杀事件,人的尊严和生命在大屠杀中如此被糟践,谁还有权利不去正视呢,更何况是犹太人自己?正视大屠杀是一个人的尊严问题,人们不应该因为事件已经过去就该遗忘。正是这样的价值思考奠定了她的顽强态度,促使丈夫与比利的见面在小说中成为一个"历史记忆"的象征。

如此看重民族历史以及族类人员之间的亲近关系,是犹太文化的一个重要组成部分,犹太学者赫茨曾经说过,"任何犹太个体都是犹太群体的一个成员"[①],这来自他们对上帝创造的原初家庭的坚信不移。第一个犹太哲学家亚伯拉罕注重的即是"关系"(relationship),即人与上帝的关系,人与亲人的关系,人与人之间的关系,并努力在其中建立一种爱的道德结构(moral structure)。这是他们人之为人的基本信念。因此,犹太教除了对上帝的信仰,还有它较为世俗的一面,与祖先、邻里的关系成为他们在人世间建立人道结构的重要部分之一。因此,犹太世界的整体性已经成为一种道德根基,是他们的文化价值扎根的地方。另外就是对生命的看重,他们认为人的生命是上帝给予每个人的礼物,是神圣的,应该在人世间过一种道德和尊严的生活,于是生存也成为一份道德责任,这也是这个民族历尽磨难流散世界各地却依然顽强地存活下来,并出现数不胜数的杰出人物,在各个领域为人类作出重大贡献的重要原因。这些信念因素延伸出了犹太文化的人道主义精神,当希特勒处心积虑地试图灭绝这个民族时,曾经有纳粹哲学家首先在哲学上论证旧人道主义精神的过时性,认为那是过去时代的产物,20世纪是新的时代,应该有新的哲学精神云云,作为纳粹反人类行动的哲学基础。

因此,无论是从重视族群关系而言,还是从重视生命角度而言,有关大屠杀的记忆问题,于犹太人都是一份大责任,这也是该小说的价值出发点。而小说中的比利·罗斯,这位作出惊人事迹的人,事实上却与犹太人一贯的道德价值观念相去甚远,他并不是方斯坦想象中的犹太人英雄,在方斯坦夫妇断续地讲述中,和小说中的主要听讲人"我"对美

---

① Rechard C. Hertz, *The American Jew in Search of Himself, A Preface to Jewish Commitment*, New York: Bloch Publishing Company, 1962, p.106.

国社会生活的了解和介绍中，比利·罗斯逐渐显现出的面目让人吃惊：他贪婪、吝啬，既病态又精明，参与过黑帮生意，做过百老汇制片人，投机过房地产，非法倒卖私酒，还雇用了写作班子以他的名义为报纸写"闲话"专栏，私生活也乱七八糟，由于性屈辱和女人有各种纠葛，为了一毛钱也会大喊大叫，等等。无论哪方面，"事业"还是生活，大体和犹太传统道德背道而驰，用"我"的说法，就是一个典型的"浑人"。但有意味的是，正是这个"浑人"，除了做过"贝拉罗莎"式的救助，还曾大张旗鼓地带了设计师、艺术策划、建筑雕塑家一干人，在耶路撒冷以以色列老朋友的身份，给圣地捐赠过一座雕塑公园，将他多年收藏的精品陈列在内。

如何看待比利这些矛盾行为？小说除了粗略地提到这些事情，并没有展现比利的心理层面。小说只是借助叙述者，即一位犹太移民二代、典型美国化的年轻听者"我"对比利的分析，稍稍还原出了一下这位美国大亨的性情趋向："我"认为比利救助同胞的"英雄"行为，既有"出于对犹太同胞的感情"，这点不应怀疑，但作为在后现代文化和生意场上的成功者，比利的所作所为也包含了好莱坞式的戏剧因素，也就是一种美国式的个性表达和"表演"。这个"理解"角度颇能解释比利拒绝与方斯坦见面的深层原因，其中蕴含的意味应该是：比利作为一个"浑人"成功地"运行"在美国化的轨道上，一方面他唯名利是从，没有太多的道德考量，这是和犹太人渴望正义的价值观念相冲突的；另一方面他可能更崇尚个性选择，不愿将自己的个人行为挂到历史的链条上。这两点都和犹太文化相悖逆，所以比利逃避犹太感情。而方斯坦故事则运行在另一条轨道上，承载的恰恰是历史、种族、道德、责任等价值和感情重负，而且他本人就是犹太民族的活的历史和灾难见证人。方斯坦对于比利而言，简直就是一个不和谐音。于是，和犹太文化传统早已分道扬镳的比利要刻意屏蔽方斯坦的存在，他对索莱拉说，他不记得这事。就这么简单的一句话，他"不记得"，在他这里，方斯坦就像轻烟一样随风飘逝了。

这种刻意的"忘却"，激怒了沉在伤心历史深处的索莱拉，最后竟走火入魔地利用一份有关比利各种丑闻的材料要挟比利。用"我"的说法，这位具有"深沉人性"的妇女，与比利开始一场场道德与人性的价值交锋，她说，"在欧洲，犹太人能够经历种种磨难依然活了下来。我是指那些少数幸运儿（lucky remnant）。可是下一场考验来到了——这就是美国。

他们能不能守住传统（ground），还是美国把他们淹没掉？"① 在她的叙事中，比利正是这样一个被"淹没"的个例，而她不屈不挠地要求比利和丈夫见面，就是试图从遗忘的大海中将比利捞出来，哪怕仅仅一次。结果是，比利大发雷霆，大串粗话从他嘴里流淌而出，把索莱拉痛骂一顿。索莱拉终于绝望，将那包材料扔到比利身上，做了一个决绝的手势，方斯坦故事在美国戛然结束。

富于悲剧意味的是，在比利"不记得"的这条非道德线索上，延伸出了吉尔伯特——方斯坦和索莱拉出生在美国的儿子——小时候本是一个数理神童，上大学后研究出了赌博概率，然后沉湎赌城，在抽象的概率计算中发疯；而父母在去救助儿子的途中出车祸而死。这就是从"贝拉罗莎暗道"中被救助出来的犹太人的终点站。方斯坦像一尊被遗忘的活化石，在美国风化了。索莱拉的忧虑在生前身后成为事实。

小说描写了索莱拉深重的历史与人性忧虑，记录了她对历史记忆的坚定要求与彻底失败。事实上，在她试图将记忆延续下去的一系列行为中，也是方斯坦与比利持续遥远的潜对话，两个人都处于缺席状态，一方是犹太人绵绵不绝的族类历史情感与道德诉求，另一方则是后现代个人化的碎片式行为。在他们的背后，是汹涌澎湃的美国当代文化。比如听讲者"我"的人生经历和言说方式（下面一段分析），比如小说对拉斯维加斯的性质定位："在这里，以金钱而言可能是纽约，以权力而言是华盛顿，而以能吸引千百万人出现来说只能是拉斯维加斯。在全世界的历史上也找不到可以与之相比的事物。"② 更不用说比利·罗斯本人作为娱乐界大亨的喧哗色调了。这类零零散散的带有些许嘲讽语调的叙述铺陈了方斯坦故事的宏大背景。而到小说结尾，作家还不忘以这种大背景的方式给方斯坦故事画上残酷的句号：方斯坦夫妇死亡的消息得以确证，是在和"我"通电话的一个替方斯坦看房子的小伙子那里得到的，那是一个典型的虚无主义者，说话冷嘲热讽，聪明中透露出对电话另一头老一辈怀旧情绪的蔑视和讥讽。就是这样一个青年作为方斯坦一家在美国社会生活中的接替者，可笑之处见出可悲，表达了贝娄在这方面的忧思之重。小说中写道："像他这样的小妖魔会从社会的每一个毛孔里流出"，"他们这批人太多了，仿佛

---

① 宋兆霖主编：《索尔·贝娄全集·第十二卷》，殷惟本译，河北教育出版社 2002 年版，第 229 页。

② 同上书，第 257 页。

你面对的是一座无垠无边的巨大城市"①。这个结尾意味深长地打开了通向比利和吉尔伯特的通道,比利的生存成功和历史遗忘属于这里,吉尔伯特的失败也属于这里,他们都是这座"无垠无边的巨大城市"里的原子,他们被淹没着,同时也参与着淹没他人的行为。在此之中,在方斯坦和比利难以产生切点的平行线上,"记忆"站在道德法庭上对"忘却"展开了一场场控诉,内在的含义应该是,也正是这种"忘却"导致比利那些"丑闻",导致吉尔伯特深陷欲望的疯狂难以自拔,并将从死亡营中成功逃出的父辈再次拉进死亡的深渊。由车祸而死于是也成为一个象征:人性在"忘却"中堕落,人的伤疤在"忘却"中转化为溃疡,忘记灾难导致了新的灾难。从索莱拉的道德忧伤中,我们仿佛听到贝娄那深沉的来自人类历史深处的警告。

二 "记忆"专家的伦理与道德自审

关于记忆问题,哲学伦理学家马格利特有深入的研究。他认为,在一个亲近的关系域中,记忆负有伦理责任,而在一个普通的也更为广大的关系域中,记忆是一种道德责任。他说:"深厚的关系有父母子女、朋友、爱人、同一国人等特点,这种关系扎根于共同的过去和共同的记忆。浅淡的关系则基于同为人类,或者同为人类的某一方面,如同为女人,或同为病人。"② 在马格利特的论述中,记忆不仅仅是记住什么,而是涉及人类伦理和道德的责任问题。

从这个角度审视索莱拉的叙事,她所面对的实际上是伦理和道德两个界域的混合面:比利和方斯坦既属于一个族类,即"同一国人",存在着"共同的记忆",因此把灾难中的历史联结起来,属于是否担负起"伦理"责任的问题;而由于索莱拉思考的深沉和广泛性,她不仅站在族类灾难的立场,更是站在人类生命尊严的高度,将大屠杀置于20世纪人性灭绝历史现实之一环,那么,对幸存者的刻意"忘却"同时也就延伸为道德责任的缺失。

小说中的"记忆专家",即小说的第一人称叙事者"我",在相同的维度和价值基点上,作为小说的另一条线索,面对相同的事件进行了一场有关伦理和道德的自我审判。

---

① 宋兆霖主编:《索尔·贝娄全集·第十二卷》,第259页。
② 转引自徐贲《人以什么理由来记忆——马格利特的〈记忆与伦理〉》,http://www. 徐贲专栏,2007/3/24。

"我"作为贯穿始终的叙事者,在作为"听者"显现方斯坦故事的同时,站在局外,用自己的故事在方斯坦故事之上扩展开来,使之具有了普遍性的意味。作家极具匠心的地方在于:"我"的社会角色是记忆专家,发明了一种记忆科学,并创建费城记忆力训练学院;然而,这位信奉"记忆就是生命"的训练专家,在小说开头就处于一种"失忆"状态,痛苦难堪,而随着故事的展开,他的生平几乎就是一部"忘却"的连续剧。

小说很多部分是"我"的自述,回忆过去,反思自我,展现出有关历史和社会的沉寂与喧闹。"我"的文化身份是第二代美国犹太人,从一开始就已经"美国化",先是在格林尼治村闲荡,后发明了记忆力训练并且发财,成功进入富人阶层,"涉世不深,待人和善然而大大咧咧:在文明史上是人类类型的新型"——这是"我"的自我认识。和方斯坦故事相遇,是由于喜欢犹太人历史的父亲的竭力推介和促成,或者干脆就是"强迫"——父辈对子辈的教育。因此,"我"在断续听讲中,对方斯坦的劫后余生虽然同情,但也淡漠,而且还感觉像看"一部好莱坞的连续剧",揶揄地将此视作"又一次在严父法庭受审,罪名是美国式幼稚"。这种被动态度说明了他在身份认同上与父亲、方斯坦夫妇的根本性差别,甚至完全站在了两端:一边是父辈身负历史灾难的沉痛、沉重,是族类历史文化的坚守者;一边是子辈滑行于当下喧哗的漠然、轻浮,置族类历史于脑后。在这里,"我"俨然就是一个"在场"的比利和吉尔伯特,还暗含了美国犹太人父与子在价值观念和行为方式上的经常性矛盾。因此,年轻时的"我"对大屠杀之类完全是旁观者角色,不单不会认为这和他本人有联系,还觉得父辈们沉浸于历史有些好笑,对索莱拉不断地讲述很厌倦,觉得"这些滔天罪行——什么屠宰场、焚尸炉——所提出的历史及心理问题我可不愿意去思考。星星也是核反应炉嘛。这类事我毫不理解,是毫无意义的浪费精力",① 云云。

面对灾难如此的轻松姿态,正好成为比利拒绝与方斯坦见面的那种庞大的社会文化背景,可以和吉尔伯特、方斯坦家最后的看房子小青年一起,将美国的物质主义和娱乐文化连接而成喧闹有趣的情景剧。因此顺理成章,在听过索莱拉故事之后,"我"很容易地就把这个故事及其当事人抛掷脑后了。直到30年后,功成名就退休在家,因了一个耶路撒冷的拉比打电话寻找方斯坦,他才突然意识到,过去了的整整30年,他们之间联系完全中断,方斯坦夫妇在"我"的人生记忆中居然如此无声无息地被

---

① 宋兆霖主编:《索尔·贝娄全集·第十二卷》,第198页。

遗忘了。老年的"我"对此感到吃惊，被强烈的不安笼罩，于是开始对这件"遗忘事件"进行反思和自审。

小说是倒叙手法，我的"记忆"事业的成功与人生经历的"忘却"同时在老年"我"的脑海中呈现，而上述对索莱拉故事的态度，便是在不断地回忆中展现出来的，是一个过去时。因此，这个"倒叙"本身就是一场自我有意识的"历史性审判"。用马格利特的观点看，"我"的忘却属于"伦理"范畴，他们不仅是"同一国人"（犹太人），还是亲戚（尽管是远房），是肩负"伦理"记忆责任的，因此应该担负比那个遥远的比利更多的责任。但年轻时的"我"在思想上却比比利更极端，比利只是说"不记得"，只是刻意规避，而"我"明确地表示反感、不能理解，甚至觉得如此酷烈的事很可能就不存在，都是上辈人怀旧生出的无聊"伤感"。在他眼里，大屠杀要么只是一种自然存在（人类历史本就充满血腥），没什么了不起；要么只是一种叙述，供人欣赏。这种态度连起码的道德义愤都没有了。因此，从比利始，经过"我"，最后到达吉尔伯特便形成一条必然的线索，在这条线上，能够听见犹太人的历史之链在美国咔嚓嚓断裂，清晰地显示出新一代对历史灾难的漠然态度。

如果说索莱拉用显性方式立足正面审视了忘却的非道德性以及由此铺开的人性灾难，而记忆专家则在隐性角度，从讽喻层面铺陈了忘却在历史中扮演的非道德角色。多少年过去，当他再怎么努力也找不到方斯坦的时刻，却逐渐认识到方斯坦的价值意义，在不再"训练记忆"的时候才真正拥有了"记忆"。小说用一个含义深厚的梦显示"我"对往事的再度认识："我"睡在费城自己的豪宅里，梦见在漆黑的夜晚掉到一个洞里，双腿似乎被绳子或根须缠住了，"我"拼命往外爬，用手扒土，想抓住什么，但已经筋疲力尽；洞是人工挖成的陷阱，似乎是一个对他非常了解的人挖的，而他一开始就料到"我"会掉进去，正在冷眼旁观，旁边似乎还有一条类似的沟，也有一个人在死命挣扎，也没有成功的希望：

> 我主要的感受不是绝望，也不是对死亡的恐惧。这个梦之所以可怕是因为我确信我犯了错误……这不仅仅是个梦，这是一次信息交流。我被告知——在梦中我就意识到这点——我犯了个错误，一个抱憾终身的错误：什么地方错了，不对头，这点如今已经充分展示。①

---

① 宋兆霖主编：《索尔·贝娄全集·第十二卷》，第247页。

梦充满喻示,"我"清楚明了而痛心疾首:自己身陷"场面宏伟的假面舞会"中不能超越,以致丢失了从身边走过的方斯坦夫妇——犹太人历史灾难的象征,而丢失本身已经铸成自己的终身道德缺陷;而旁边沟里的挣扎者,可能是比利,也可能是方斯坦的儿子,他们和他一样都是陷落者。从梦中醒来,他渐次看到"犹太历史的闪光小点正在向我逼近",自己出生在新泽西犹太人移民区,在华盛顿受的教育,在费城取得巨大成功,这个拥有"美国身份"的犹太人后裔,从未能正视和理解那件发生在欧洲的暴行,从未能看到方斯坦这个幸存者身上体现出来的人类历史启示。于是他重温方斯坦的遭遇,重新感受和思考20世纪灾难的严峻性,想到"在这儿你不会被处死,而在那儿犹太人没能逃脱被处死的劫难",这只是一个偶然。其中蕴含的必然性是,如果人类对这样灭绝人性的历史大灾难没有足够的认识和反思,不能理解大屠杀中深刻的反人类含义,灾难就有再度发生的可能(事实上,德国纳粹主义一度死灰复燃),就可能降临到任何人头上。于是他重新审视人类历史,看见残酷、谋杀本就是人类音乐的低音部,几千年来没有间断,犹太人属于低音部里一段又一段的悲伤音符。而"我","低音部"种族的后裔,多少年来沉醉繁华世界,用所谓的成功做"盾牌",挡住了来自本族以及人类的灾难真相,推延开来,也就是以自己的方式默许了屠杀,默许了历史的残酷存在,默许了诸多的野蛮行为,就像亲验灾难却失去对灾难的感觉,在忘却与麻木中跟随着灾难的步伐,不知不觉成为灾难的隐含赞同者。

这种反思相当沉痛和沉重。小说中的"我"羞愧难当,在最终得到领悟后,"一夜之间脸上出现了皱纹",是"多年的结构正在解体的征兆"。从小说结构来看,"我"和索莱拉实质上形成了另一场潜对话[1]:索莱拉背负历史蹒跚向前,不断向一个浮华世界发出忧心忡忡的警告;"我"听而不闻,在其身边扬长走过,言说和行动着非道德的话语,以漠视和忘却作为回应。直到所有当事人逝去,他才看到自己从事"记忆力训练"生涯的失败:他本来相信学习是十分简单的一条记忆之路,从无知到知识,记忆复记忆;而他良好的记忆能力和训练能力却没有能抓住应该记住的东西。他的记忆专家身份于此受到深刻的质疑。有关这方面的论述,佛罗里达大学大屠杀研究中心创办者阿兰·勃格教授曾评论说,记忆理论如果没有灵

---

[1] "潜对话"一说请参考 Jamal Assadi, *Acting, Phetoric, and interpretation in selected novels by F. Scott Fitzgerald and Saul Bellow*, New York, peter lang Publishing, Inc., 2006, p.178. 作者认为索莱拉在教导叙述者找到自己内心想要的东西,即犹太人的传统等。

魂，就只是一个 body。① 那么，小说中这位记忆专家所谓成功的辉煌事业，实质上就是这样一个无知无觉的 body。他只精通了技术，却忘了技术服务的对象是人。他完成了电脑的任务，失却了人的精神。因此"我"在不断回到和索莱拉对话的过程中，逐渐发现了自己的问题和答案，理解了自己和自己生活的真实目的，最终为 body 找回了灵魂。

三 沉痛反思：作家的审美补偿

走出小说，我们可以明确地看到记忆专家身上的作家自传成分。事实上，"我"即是作家的替身和言说者，无论是"我"作为记忆专家的"失忆"历史还是对忘却的自我审判，都能听到贝娄对自我犹太身份和作家身份的严厉审视之声，同时，他也通过这样一种方式，针脚绵密地在自己的精神世界里做了一次审美补偿。

1987年，贝娄在写给辛西娅·奥齐克的信中，说到自己身为犹太族裔和美国作家的困难。这封信几乎是长篇大论，回忆了自己在40年代准备走创作之路时的心情，说那时忙于文学、语言表达的重重思虑，对自己的才能也犹疑不定，不知道适合自己的路子在哪里。而在文化领域关心的是党派评论、新批评、现代主义、马克思主义，阅读着那些如雷贯耳的艾略特们、庞德们、叶芝们、普鲁斯特们，唯独没有关心同一时期发生在波兰以及欧洲各地的可怕事件②。也就是说，当他的种族被大肆屠杀的时刻，他基本上是充耳不闻的。这使晚年的贝娄十分内疚，正像记忆专家"我"青年时代对方斯坦故事的漠然和晚年失忆的痛苦情形。而且，也是在1987年，贝娄和自己尚未结婚的最后一任妻子简一起去过以色列，在那里的见闻也一定加深了他对犹太人问题的思虑，给了他构思小说的现实动力。而在1989年《贝拉罗莎暗道》发表之后，还有一封给辛西娅的长篇回信，应该是辛西娅对其作品的肯定之后而表达的感谢，不过大部分内容还是在谈犹太人的事情，大屠杀，虚无主义，西方文明的衰落，大学里对阿以冲突的左倾情绪，某些人在评判态度上总是简单粗暴化，动辄阿拉伯是好的、以色列是坏的等，也由此而说到犹太人对自己历史灾难的虚无主义倾向③。可见

---

① Alan, Berger, "Remembering and Forgetting: The Holocaust and Jewish - American culture in Saul Bellow's *The Bellarosa Connection*, *Small planets*: *Saul Bellow and the Art of Short Fiction*", *East Lansing*, MI: Michigan State UP (2000) 315-328.
② Edited by Benjamin Talor, *Saul Bellow Letters*, Viking Penjuin (USA) Inc., 2010, pp. 437, 439.
③ Ibid., pp. 455, 456.

贝娄似乎言犹未尽，在创作之外依然和朋友讨论犹太族裔对历史灾难的记忆问题，以及对当下和未来的担忧。同时，也见出晚年贝娄和青壮年时期情感取向上之不同。

确实，贝娄作为一个作家，一般来说，一直比较崇尚写作的普遍性意义，这在本书第一章追溯其犹太传统时曾论及，其审美视野更多地集中在探讨存在的意义问题和对当代文化生活的批判分析方面。当然，毋庸置疑，他从小生活在犹太人的文化圈子中，受到很深的道德浸润，这种价值观念的积淀会在某种时刻转换成身份意识，使他重新思考自己的写作视野问题。1990年年底，贝娄接受《波士托尼亚》杂志的采访，曾经谈到自己作为一个犹太裔作家，在欧洲大屠杀事件的边上走过而没有去关注和表现，是一件颇为遗憾的事。他说，自己整个青年时期沉醉"美国化"的生活，围绕着自我的感受阅读和写作，一直没有关注犹太人在"二战"中的历史苦难，1959年他去了奥斯维辛，才"充分意识到那场浩劫的分量"，已经感觉到自己在美国化的路子上是否走得太远了，一直到他1989年发表《贝拉罗莎暗道》，他说，他总算是在作品中抓住"一些大事的重要意义"。①

稍稍注意一下贝娄提到的时间是有意味的：1959年去奥斯维辛，1989年写出《贝拉罗莎暗道》，其间整整30年，正好是《贝拉罗莎暗道》中的"我"丢失方斯坦夫妇的时间。这应该不是一个偶然，联系贝娄对这两件相隔30年的事件的说法，还有小说中"我"的出身和经历，很显然，"我"在很大程度上成了作家自我补偿的替身。小说尽力描写了"我"年轻时美国化方式的"新人类"性情，对成功孜孜不倦的追求和获得，豪华住宅的惬意和孤独，老年退休之后对如潮往事的在心在意，以及对已逝旧友的戚戚之情。这些描写应该是老年贝娄的切身经验。小说开头便写到这位发明记忆强力专家的晚年生活，在一个早晨突然陷于"失忆"状态，他先是忘了和牙医的约会，然后在开车中脑海中出现一段熟悉的曲调：

　　在遥远的……
　　在遥远的……
　　……河面上……②

可就是忘了河的名字。小说介绍说，这是他从小喜欢唱的歌，是"心

---

① 宋兆霖主编：《索尔·贝娄全集·第十四卷》，第387—388页。
② 宋兆霖主编：《索尔·贝娄全集·第十二卷》，第232页。

灵基础的一部分",如果他不能记起,他的生命将从此断裂。他走过橱窗,走过停车场,他想起了其余的歌词:

> 我的心飞往那里,
> 那里是老人逗留的所在。
> 全世界（我是?）愁绪满怀,
> 我处处徘徊。
> 啊,黑皮肤,我的心如此悲哀……①

可河的名字还是隐藏在岁月的尘垢下面,不能复出。那么,小说中这个"失忆"情状自然是和方斯坦夫妇失去联系的一个诗意简化和象征,因为"我"追想河的名字过程中也牵引出了方斯坦的叙事;而小说之外,则是作家反观半辈子缺少族类关怀的写作的那种缺憾感,站在岁月尽头回望不到出生地的茫然若失。小说中,"我"一边在记忆中寻索河的名字,一边开始满世界寻找方斯坦和索莱拉。当那条河的名字在他的悲伤中突然跳出来的时刻,他看到一座桥架了起来,而方斯坦夫妇的故事也在记忆中浮现出来,并经过了岁月的淘洗,显现出清晰的道德人性含义,并由此检测出自己曾经的轻浮和错误。小说之外,作家从访问奥斯维辛到写出《贝拉罗莎暗道》,30 年后终于感到一种释怀,他用自己的审美方式,设置了记忆对忘却层层递进的连环审判,将自己深厚的历史感情和他一贯对存在意义的叩问相连接,终于完成一次审美中的精神补偿。

当然,作家远远不是那个全面沉在"忘却"之河的"记忆"专家,他在这 30 年之间,依然有几次"回到"真实的"历史记忆":1967 年中东爆发"六日战争",他曾冒着生命危险飞到中东,写了《以色列:六日战争》的战地报道,在客观报道中显露他对一个民族存亡的沉痛关切;中东经验还写进了 1970 年出版的长篇小说《赛姆勒先生的行星》中,那位犹太主人公赛姆勒也是大屠杀的幸存者,曾在花甲之年从美国跑到中东参加了"六日战争"。应该说,这部小说已经在很大程度上显现了犹太人的历史灾难和幸存者在美国的遭遇,当然小说的主要题旨是借用了那种与时代格格不入的"他者"目光,审视与批判 20 世纪 60 年代的美国反文化潮流。1976 年,还写出长篇散文《耶路撒冷去来》,用大量直观的战地事实和历史政治事件表达了自己对那块土地的沉痛关怀。其实,如本书第一章

---

① 宋兆霖主编:《索尔·贝娄全集·第十二卷》,第 233 页。

中介绍,贝娄作为犹太裔作家,其实是一直在关心着自己族裔的历史遭遇的,或者参与一些行动,或者在写作中涉及一些相关问题,只是他不同于类似罗斯、辛西娅等作家那样以书写本族裔的故事为主,自然也区别于那些直接写作见证文学的作家的历史性担当,也正因此致使老年贝娄产生持续的内疚。如作家自己所说,去过奥斯维辛后,"我了解发生了什么,可不知为什么,我无法从我的美国生活中挣脱出来"①,去正面表现和审视有关犹太人的问题。从其表述中看出贝娄内心深处的不安。这种不安和他的"美国化"个性态度一起,内化而成文化价值纠结,经过多年的无意识酝酿,终于在中篇《贝拉罗莎暗道》中借用"记忆"对"忘却"的审视,得到一次淋漓尽致的表达与宣泄。

伯格森认为,时间是一种绵延,现实只有在与过去的连接中才能得以显示,由此而成过去、现在和未来,并产生意义。贝娄这位思想型作家,作为犹太民族的一员,在面对伤痕累累的种族历史时刻,是充分认识到"绵延"中的深刻含义的;而对自己在美国化语境中的无意识"遗忘",也经历了刻骨铭心的痛苦,便由此延伸到人类历史的哲学思考。他曾经在其长篇小说《赫索格》中托主人公之口说:"历史记忆——那是使我们成为人类的东西。"② 而忘却,切断了时间的绵延,只活在当下片刻,会忽视人类曾经的智慧积累,以及各种灾难的沉痛教训。在《贝拉罗莎暗道》中,贝娄用其特有的文学方式提醒读者,只沉溺于眼前的欲望,将是毁灭的前奏。

这篇小说涉及的问题并不仅仅属于犹太人和美国人,20世纪人类历史发生了太多的灾难,有的是国际间发生的,如世界大战,如大屠杀;有的是在一个国家内部发生的,如苏联的大清洗,如中国的"文革",如柬埔寨的红色高棉等。面对历史中发生的人类灾难持何态度,在什么样的层面上去认知,去吸取教训,如何审美地表达,是每个民族都会面临的问题。贝娄在一个虚构的叙事中对此给予了深刻关注,其中蕴含的普遍性意义,无论如何对后世都具有十分深刻的启迪意义。

第三节 "情感"列车的终点站:《真情》

1993年春天,贝娄接受了波士顿大学校长的offer(提议),正式进入

---

① 宋兆霖主编:《索尔·贝娄全集·第十四卷》,第387—388页。
② Bellow, *Herzog*, New York: Viking, 1964, p.162.

波士顿大学工作,从此离开了他生活多年的芝加哥。在此期间,芝加哥的一些老朋友相继去世,尤其是那些年一直是他的邻居和座上客的挚友布鲁姆在1992年的去世,使他深感悲痛,孤独感加强。离开芝加哥之际,他曾经就读过的图雷中学同学第60次聚会,原来125个姓氏的班级只剩下了33个,贝娄在聚会中看到了自己的一生。聚会一结束他即打车离去,前往波士顿。随着80岁生日的接近,他逐渐清楚地看到现在占据舞台中心的是年青一代,感受着和时代的渐行渐远。在进入20世纪90年代之后和朋友们的通信中,也常常会谈及一些朋友的死亡,回忆和他们在一起时的友谊,还说自己逐渐衰老,是个幸存者,身体和记忆在弱化等[1]。1996年,前妻苏珊去世,尽管和她打了几乎半辈子的官司,但当他们共同的儿子电话告诉他消息时,贝娄还是流下眼泪并让儿子转达自己对前妻的歉意。这几年曾发表过中短篇小说集《记住我这件事》(1991),散文随笔集《集腋成裘集》(1994),也都渗透了回忆的味道。

在此背景下,1997年,82岁的贝娄发表中篇小说《真情》(The Actual),主旨也是立足晚年对青年时代的一些往事回忆。重要的是,在男女情感这个层面上,作家写了一辈子的男女"战争",这个中篇终于出现了一份历经40年依然刻骨铭心的真情故事,让一份"初恋"在人生的弯弯曲曲历程中终成正果,也算是作家对人间男女之爱的一份献礼了!伴随着这份情感历程的是美国60年代的解放风潮以及延续性的发展,其中虽然不乏嘲讽和批评,但小说整体上的格调并不尖锐,语气节制中和,没有了作家从60年代到80年代创作中讲述类似社会问题时的那种悲愤和激动,增加了从容和温情。贝娄的老朋友卡津总结说,在贝娄的小说世界里,美国犹太人从奥吉·玛奇开始,到《真情》中的哈里·特雷尔曼,已经从焦虑中取得了平衡。这也是岁月的积淀。从篇章结构来看,《真情》和贝娄其他作品相似,有一个主要的叙述者,即"我"——哈里·特雷尔曼,一个具有丰富人生经验且博闻强记的高文化商人,在他当下发生的故事和回忆出现的故事交叉中,发展出了表面分散内里纠缠的其他人物和故事,呈放射状,枝蔓丛生,在隐隐的人生慨叹基调中,铺设出情感变化的主线和时代批判的辅线,依然显现着作家一贯的思想深度和价值向度。

---

[1] Edited by Benjamin Talor, *Saul Bellow Letters*, Viking Penjuin (USA) Inc., 2010, pp. 465, 530, 533, 535.

一 "解放的时代"之笑靥

《真情》虽然以写情感为主线,但由于情感关系中流进了60年代的文化潮流且改变和影响了几个人的人生历程,因此还是先缕析一下这条线索上发生的一些事,以期对主人公的感情故事有个背景式铺垫,并和作家的过去此类描写作些对接。

"解放的时代"出自小说人物杰伊之口,指他们几个同学在少年、青年阶段曾经历过的"反文化"潮流。他们是那个过去了的时代的产儿,和《赛姆勒先生的行星》中的年青一代、《院长的十二月》中的梅森及大学里的青年学生都属于一个类型。在这个中篇中,具有"解放的时代"特征的人物主要指已经去世的律师杰伊,成功的玩具商人博多·海辛格和其妻子马奇·海辛格,他们都有自己十分得意和亮眼的"代表作",在社会一角唱出了60年代的节奏和强音,在喧闹了自己生活的同时还硬生生地嵌入了他们周围的人和事之中。

杰伊这个人物是在其前妻艾米和小说叙述者"我"——哈里·特雷尔曼的回忆中渐次浮现出来的。杰伊、艾米、"我"是中学同学,艾米在学校时曾经是"我"的女朋友,有过一些甜蜜约会;而"我"和杰伊也是好朋友,在学校生活之外一块儿朗诵诗歌,关心社会、艺术、政治,他们在那个喧哗的60年代一起度过了青春期。在"我"的回忆中,杰伊受性解放时代的刺激,老道于勾引女性,经常给他炫耀自己和各种女人媾和的"事迹",因此很快就把艾米从"我"手里抢走了。后来他们结婚,据晚年的艾米回忆,杰伊确乎是性解放的得道者,一生中从未中断在女人堆里厮混,他的大手笔是:每年除夕都会邀请他所有的女朋友和她们的丈夫们到自己家里赴宴,还非常得意地把这样的事实真相告诉艾米。但不可思议的是,当艾米报复性地也和一个纽约男人私会时,杰伊却在其床下安装了录音装置,然后作为有力证据诉诸法庭离婚,让艾米丢人现眼之后净身出户。艾米在回忆这些往事时对"我"说,多亏了杰伊,她才懂得了什么叫被"消灭"了,然后她为生活而战斗,"成为一个顽强的战士"。至于视男女性事如儿戏的杰伊为什么会为此离婚,小说并没有交代,杰伊已死,早已时过境迁的往事在回忆中没有情绪和价值判断的波澜,岁月的磨蚀弱化了曾经的伤害。然而,在两个中年人淡淡的回忆中,艾米所承受的沉重后果是存在着的,平淡的叙述中见出这种所谓"解放"行为所导致的后果的严酷性。

有趣的是,杰伊一生出色的杰作还远不只这些,他留给前妻和老同学的"礼物"还有两大件:第一件是在青年时代,杰伊和艾米正是男女朋友的时候,他安排了一次有"我"参与的三人浴。那时应该是性解放的高峰,人人都想尝试各种禁果,于是在"我"的记忆长河中永远地刻下了那个共浴的画面,既有他对如此放荡情景的隐隐不快和不安,也有自己和艾米如此亲密相处的模糊怀念,因此这个有点丑陋也有点甜蜜的画面就一直折磨着"我"的记忆。第二件发生在杰伊和艾米的父亲之间,多年前,艾米父母在公墓里买下一处墓穴,母亲去世安葬在那里后,81岁有点糊涂的父亲突然又不想要那个墓穴了,还匪夷所思地坚持要女婿杰伊买下它。杰伊天性喜欢这样不靠谱的思路,竟然在玩笑中真的买了下来,还一边打趣岳父说"要是我躺在她身旁,您不会嫉妒吗"一边就成交了。这桩与老岳父买卖坟地的真实意义,应该是增加了杰伊在俱乐部里和朋友们的有趣谈资,别无他意。重要的是他真的达到了目的,和艾米离婚后没几年就死在了岳父的前边,孩子们在他的保险箱中发现了那张墓地的地契,便顺理成章地将他埋葬在岳母身旁了。而这个"杰作"导致的后果是,当艾米的老父亲行将就木时,艾米需要为他清理出最终的休憩地,于是只得费劲地把杰伊重新挖掘出来,再埋到杰伊早已去世的老母身边。帮她迁葬的"我"似乎听到了杰伊咻咻的笑声,他不仅在活着的时候引人注目,给老同学和妻子留下不可磨灭的记忆,而在死后也能够将他们活生生地拉到自己身边,为他留在身后的喜剧充当观众。

这就是杰伊的天性。一方面是性解放,按照他的说法,他是"解放了的现代的一个先驱人物";另一方面是迷恋表演,他在中学时就喜欢演戏、跳舞,工作之后对世界上离奇古怪的事情都有着特殊爱好,总是想方设法吸引别人的注意。据艾米回忆,杰伊勾引女孩子的方法之一就是朗诵诗句,结婚后艾米发现那些句子都出现在某本书的第一章里,原来杰伊从没有完整地读完一本书!杰伊将这两方面的能量结合到一起,快乐地蹦跳着,肆意地表达着自己的各种创意,丝毫不管不顾是否踩在别人的脚上。在他的词典里,只有"自我"和"快乐"的概念。从他这里我们可以隐约听见《赛姆勒先生的行星》中伊利亚的一双儿女的快活声音,在第四章中我们也分析过那个时代的文化含义,这里不再赘述。

和杰伊异曲同工、相映成趣的是海辛格夫妇,不同的是他们的"事迹"出现在当下,即已经过了那个"解放的时代"了,应该是过往时代的回音在一个新时代的"创新"旋律。具有商业天赋的海辛格公开声称自己是一个虚无主义者,是"反正统文化"的颠覆性成员。他们夫妇的"杰作"是由其前妻马奇首先着笔的:她策划与雇用和自己鬼混的无业者汤姆去停车场刺杀前夫,结果被海辛格当场夺枪,汤姆逃跑,被抓后供出自己是受海辛格夫人指使所为,于是马奇和汤姆都被判了三年。然后海辛格出场续写了这幅"作品"的后半部分,他撤销对马奇的控诉,还大张旗鼓地接她出狱,宣布他们立即举行复婚婚礼,且为拥有这样一个雇人刺杀他的妻子而自豪。

当然,这幅"作品"相当吸引人,表演者也相当抢镜头,相比杰伊的"作品"是有过之而无不及。但这还不算完,马奇这个雇人杀夫的女人,还要在自己的"传奇"中既扎扎实实又轰轰烈烈地演下去,于是便多出一个又赖皮又多情的尾声:她在把自己的一套房子卖给一个富豪时,恰好艾米被富豪雇来做家具鉴定师。为了提高家具的价格以补偿那个为她坐牢的汤姆,她不动声色地在细节上做了一系列的安排,要在精神上打败艾米以达到和她讨价还价的目的:比如谈条件时故意岔开话题逗引艾米扯出前夫杰伊的过去,因为这个马奇曾经是杰伊当律师时的客户,她暗示艾米知道她的幽会录音带;比如故意把热茶倒到艾米的腿上,由此将艾米引到浴室涂药,强行制造了单独谈话的时间和空间,要求艾米抬高价格,搬出了录音带事件"温柔"地羞辱艾米,顺手把艾米和她这个企图杀人犯归并到了一起——她们都是干过丑事的女人,艾米不必装正义使者。这都是一连串的颇具心理暗示的细节性表演,应该说无耻中也包含了相当的聪明。而且,她想多要的这份钱,是计划开办一家离婚公司,为那些遭到遗弃、失去亲人的离婚者提供生活物品上的服务,同时为以后出狱的汤姆提供工作,既体现了她的私人情义担当又为不幸者提供了便利服务。小说的画外音,即艾米讲述的听者"我"眼前即刻有一幅画面升起在眼前:马奇,一场暗杀阴谋的主角;艾米,一场声名狼藉的离婚官司的主角;汤姆,刚刚出狱的暗杀凶手,在马奇开张的离婚公司里,三个怪诞的人凑在一起,整个就是一幅高级的反正统文化的生活画面,它会产生奇特的效果,招徕众多专栏作家、记者,制造出一场场的热闹和欢乐。

这就是马奇的思路,她所希冀的喜剧效果图。小说评价说,"她坚定地维护着自己的重要性。她绝不准备让你忘记。她把自己的重要性摊开,分散到四处,洒向各方"[1]。这种具备刺激性的表演欲完全和杰伊一样,喜欢摄像机一直对着自己,在消费自己的同时也捎带上别人。

在当下和回忆的场景中,小说中这几个人物形象,海辛格夫妇和杰伊,显然是贝娄在20世纪60年代作品中曾经严厉审视过的那一代的余音,反文化、虚无、追求刺激、嬉戏生活,应该是《赛姆勒先生的行星》

---

[1] 宋兆霖主编:《索尔·贝娄全集·第十二卷》,第130页。

中赛姆勒和伊利亚的后代们,《院长的十二月》中院长科尔德的外甥梅森的后继者。在20世纪60年代到20世纪80年代的作品中,这一代反文化者还是青年,我行我素,任情任性,对着整个社会和自己的父辈耍鬼脸,有的时候还高举着反种族歧视、个性解放的正义旗帜;而在这里,在老年作家的笔下,这些人从青年到中年,结婚,有了自己的下一代,他们生活的社会也不是那个需要反抗的传统文化环境和父辈统治环境了(如赛姆勒、伊利亚、科尔德等组成的主流文化),《真情》中隐约已经是一个消费社会,一切都是娱乐,身体、性、各种行为,都可以在精心的设计中成为消费的对象和工具,正义的说法消失了,貌似严肃的口号没有了,他们只是挥霍着自由,娱乐着自己,"英雄"不减当年,使自己的生活和家庭都演化为游戏一族,并毫无顾忌地消费和娱乐着别人的生活。由于这方面的内容并不是小说的主旨所在,大体上是点到为止,因此也没有展开相关人物的心理层面,不像赛姆勒的后代们和梅森那样有充分的自我展示。我们只是从这些人的行为表现中看到作家对此类社会现象的持续关注,并以旁观者的嘲讽语调显示着他一贯的批判立场。因此,如果说贝娄在70年代、80年代描写赛姆勒、科尔德这类人物面对"解放的时代"时充满着悲愤与无奈,那些叙述中是浸透着作家深沉的情感浓度的;而在《真情》中,这部写于90年代后期的中篇小说,当再次描写类似的故事和人物时,作家已然是一种居高临下的观察和描述了,理性和嘲讽的语调,使得这些人物既有类型化的清晰度又荒诞无稽,俨然是过往时代留下的一个逗人的笑靥。

二 男女情事的似水流年

无论如何,《真情》的主旨还是关乎感情,而且是初恋经过漫长人生终于成真的故事,如贝娄告诉记者的,该小说是写一个人早期情感如何执着于大半生且最后实现了[①]。小说中有一个细节和《院长的十二月》很相似,即主人公哈里·特雷尔曼一心要回到芝加哥,和科尔德院长一样觉得自己有重要的事情尚未完成。我们知道,回到芝加哥的科尔德犹如堂吉诃德的出征,为了社会公义身体力行,在他作出了相当贡献的同时也差不多牺牲了自己。而哈里·特雷尔曼,作为第一人称的叙述者"我",回到芝加哥不是为了社会性抱负和理想,而是一宗藏在岁月深处的感情,即他的

[①] James Atlas, *Bellow: a biography*, Published in the United States by Random House, Inc. New York, 2000, p. 588.

初恋,用他自己的话说就是,回到芝加哥是"因为我感情的根在这儿","我有些尚未结束的感情事务"。因为他无论在哪里,波士顿、巴尔的摩、远东城市,他仍旧天天想到一个女人,在想象中不断出现和她的对话。为了这份摆脱不掉的青春记忆,他重新回到自己生长的地方,和上边提到的故事交叉遭遇。

关于男女情感问题,贝娄过往的创作中并不缺乏,甚至在很多时候成为小说中十分响亮的主旋律,如印度学者 Quayum 所言,"男女之间的追求和战争,那是老贝娄曾经创造的"①。对此稍稍回顾梳理一下可能有利于看清楚作家在这个关键问题上的态度,以及《真情》在其漫长创作之路上的位置所在。同时,在前边几章涉及类似内容时,本书基本上论述的是作家对人生与社会的种种思考和价值理念,并没有在男女情感角度给予足够的观照和考量,因此这里也算是一个小小的补充。

从40年代《晃来晃去的人》开始,到80年代《更多的人死于心碎》,粗略地分一下类型,其中涉及男女情感问题的约有三类:第一类是无风无浪夫妻状态的,第二类是随聚随散情人状态的,第三类是女人祸害男人状态的。当然,三种状态也只是大略分之,其中也各有各的小情状和男女间的不同感受,其中自然也渗透了人物的文化身份、性格特征以及社会时代语境的各种影响,这里只是择要给予有限的分析。

先看第一类。40年代的两部长篇,《晃来晃去的人》和《受害者》中已经出现这类关系,只是那时的作家对此不大有兴趣,约瑟夫在等待从军的过程中想过做过很多事,每天上班的妻子在小说中只是一个小配角,主要负责解决他的生存来源问题,偶尔也充当一下他生闷气时的发泄口,总体上属于无言的角色。当然,两个人是有感情的,在那个难熬的时间段里大体是互相理解的。而"受害者"利文撒尔的妻子干脆不在场,从利文撒尔的叙事里可以略略窥见妻子的贤良,是他生活中的幸福所在。当然,对他在"受害"和"迫害"的蹉跎事件中也是缺席的,她事实上并没有参与到丈夫"水深火热"的生活当中。这样的描写让人联想到贝娄的第一次婚姻,虽然也有争吵,但开始大体上属于夫唱妇随格局。50年代的《雨王汉德森》有了一点变化,小说虽然涉及夫妻生活的内容不多,但男人和女人都有点问题,男人找不到活着的意义便瞎折腾和虐待妻子,女人似乎已经出现拜金倾向。不过结局还好,他们经过了一番历练后似乎有恩爱重新开始的迹象。然后越过六

---

① M. A. Quayum, *Saul Bellow and American Transcendentalism*, Peter Lang Publishing, Inc. New York, 2004, p. 27.

七十年代到达 80 年代，在《院长的十二月》中，出现了贝娄小说中最为恩爱且处于男女平等状态的夫妻类型，即院长科尔德和天文学家米娜。自然、美丽、优雅、成功的米娜原型来自贝娄的第四任妻子、著名数学家亚历珊德拉，那位和贝娄一起登上诺贝尔领奖台的女人是作家小说中最好女人的原型，本书上一章已经论述之，这里想说的是，贝娄小说世界中的幸福夫妻类型，最为耀眼和成功的便是这对高级知识分子夫妇了。米娜作为妻子和前几部作品中的妻子都不同，她不仅有自己的事业，而且还是丈夫世俗世界里的骄傲和精神世界里的家园，也就是说，他们无论在公众世界还是在私人天地，都是平等的伉俪，让人艳羡。也可以说是贝娄理想中的男女情感关系了，只是对该女人的描写稍显观念化，似乎贝娄着急夸赞之，倒让她在一些场合显得生硬了。接着是《更多的人死于心碎》，植物学家贝恩的家庭幸福已经结束 15 年了，他那位喜欢巴尔扎克的贤良妻子列娜已经去世，为了他们曾经的幸福，贝恩做了 15 年的鳏夫。那些幸福日子都是在贝恩和外甥的只言片语中，在贝恩一直保留妻子房间不允许乱动的心态中得以显现，而去世多年的列娜实质上也是一个缺席者。

　　大体上来看，这些比较明晰的夫妻类型，除了科尔德和米娜，基本是男人一方的独角戏，在场也罢，缺席也罢，大都出现在丈夫的话语场中，因此对这些"好"妻子的塑造显然不大费心，是作家为了男主角的登台演唱而简单设立的一些背影和配音，即属于"他的故事"中的配角。

　　第二类是情人们的愉悦天地，多但不复杂，可以 60 年代的《赫索格》为代表。出现在赫索格两次婚姻期间的女人种类不同，有美丽温柔贤良型的，是赫索格的温柔港湾；也有精明性感暗攻型的，是赫索格的生命魅力挥发之地。很明显，赫索格对她们的态度，尊重和爱都有，逃跑和规避也有，一般按照自己的需求倒换。同样，这些女性形象似乎都愿意为了赫索格而存在，基本上不给他找麻烦。即使一心想要擒住赫索格将他带入婚姻格局的花店老板雷蒙娜，也只是运用着温柔的智慧，并未有"强行打劫"的胡闹行动。这些女人基本上是男人奔波疲累于现实世界之后的世外桃源，钟情于男人而不求回报。因此，她们也是赫索格话语场中的配角，男人需要时就出场了，不需要时就隐藏了。小说男主人公自言自语和意识流动的叙述风格也使这种模式合理化，她们本人是不会自动出场解说自己的。较为明显的还有短篇小说《今天过得怎么样》(1984) 中的那位离婚女人卡特里娜，作为一位知名艺术家的情人，她也是随叫随到并且任由对方需求而随时撤离的。说出贝娄自己在现实生活中也不乏如此体验是没多大意义的，但这样的情事存在确实也是他创作中源源不断的活性源泉，无论是在婚姻期间还是在婚姻的间隙。当然，其中也不乏从情人转为妻子的，比如他的第二任和第三任妻子，都有过如此的转换。毋庸讳言，情人们给作家带来的愉悦曾经充当过其家庭生活疲累时的时空休憩地，然后又转换成新的家庭疲累的凝固地，这是贝娄现实生活中的折腾，放下不提；作家在创作中是真心颂扬了此类呼之即来挥之即去的情人类型，自然也体现了男人对女性一厢情愿的自私期待。站在男女欲求之维度，这样的类型便是男人对女人的欲望乌托邦了。此类角色值得一提的还有《更多的人死于心碎》中叙述者肯尼思的学生情人，那位为了对老师学识的崇拜和爱而整容失败备受肉体疼痛的女学生，给贝娄小说中的女情人们添加了精神世界的分量，让承受着被妻子抛弃的肯尼思终于回首驻足，在照顾这位书呆子女学生的责任和感动中，在目睹舅舅贝恩失败爱情的尝试之后，终于也觉识了爱情的意义场。它在《更多的人死于心碎》中属于一个不起眼的插曲，是一次精神参与的情感回流，也是贝娄小说中很少有的男女对话。有意味的是，这类情人故事在贝娄小说中实质上是不多见的，在叙述表达中也没有多少美感。

以上两类，妻子和情人，大约属于女性主义理论中的"天使"类型，体现了男性中心话语场中对异性的心理期待。

小说中最多见并色彩斑斓的是第三种类型。从50年代开始，贝娄小说中即出现女性"引诱者"和男人"沦陷者"的纠葛，塑造了一系列典型的女性"魔鬼"形象。《奥吉·玛奇历险记》中，青年主人公有不少恋爱时间和事件，从其最灿烂的那场墨西哥之行来看，女主角西亚十足是一个浪漫和放荡的不羁女性，在奥吉的生活中完全充当了引诱和控制的角色，导致奥吉最终在极度懊恼和疲惫中逃跑。而接替西亚的那位斯泰拉女士虽然一副良善模样，但实质上却是傍大款类型，最终也使奥吉试图共建乐园的梦想落空。很明显，西亚和斯泰拉都充当了男性误入歧途的引诱者，尤其是西亚，用美色诱使奥吉跟随她去墨西哥捕蛇、训鹰，使奥吉千疮百孔和元气大伤，活脱脱一个美杜莎的现代翻版。然后到60年代的《赫索格》，70年代的《洪堡的礼物》，一直到80年代《更多的人死于心碎》，这些赫赫有名的小说中出现了一系列美杜莎式的女人，作家几乎像被蜜蜂蜇怕了的养蜂人，战战兢兢地流连在女人诱惑的陷阱边上，一边品尝一边陷入，演奏出了一场场男女交锋的又悲伤又壮丽的交响乐。

正如托尔斯泰所说，不幸的家庭各有各的不幸，这些把男人推进陷阱的战争也各有各的特色，可以上述三部重要作品为例。《赫索格》中的女主角玛德琳性格强悍，主观性强，有名利欲求，如本书第四章所论，是一个以自我为中心的女性：按照自己的意愿牵引着丈夫从城市到乡村，从乡村到城市，在折腾的过程中和赫索格的邻居朋友产生感情，最终把赫索格赶出家门。这个几乎就是一个悍妇的形象使赫索格变成了她手里的一件玩物。但她的美丽、聪明伴随着曾经的深邃迷惑眼神，是赫索格深情陷入的充分条件，让他一度以为自己是这位正在迷途上彷徨的青年女子的引路人和拯救者。也就是说，赫索格看错了人，直到被耍弄的团团转时才认清了对方的真实面目。可问题在于，所有这些事实、感受、描述等，都出于赫索格的视野，或者说属于赫索格的话语，玛德琳即使偶尔发出声来，也是通过赫索格的听觉反映出来，小说没有描写玛德琳自己的心理情状和变化过程，因此也可以说这是一个男人的叙事。由于后来赫索格在目睹了情敌对女儿的柔情关怀之后也产生对自己的反省，即想到自己是否在家庭生活中也有过于主观之嫌，因此稍稍显示出一点男性话语中心的反思，这点放到后边阐述。

与此不同，《洪堡的礼物》中的西特林比赫索格更惨，他一直遭遇着两个女人的围剿和盘剥，一个是既无情又精明的前妻，对西特林的收入比他自己还清楚，一次次在法庭上张开吞噬他的大口，让他的辛勤劳作丧失大半。另一个是情妇莱娜达，一个貌似感性实质也相当会算计的尤物，小说中尽情描写了莱娜达旺盛的生命力和天才般的感觉能力，加上古典式的美貌，让那个整天沉醉形而上的西特林全面沦陷。极富讽刺意味的是，西特林是在完全清醒地知道这个女人是为了他的名位和财富而来，然后还完全倾情于她，因此最后到达的令人啼笑皆非的喜剧性结局就只能说是自作自受了：他被算计得一无所有后，落魄于西班牙一个小旅店，还等待莱娜达飞来与他相聚，一心一意想象着两人异国度假的柔情蜜意；而莱娜达却让母亲给他送来了自己和前夫的孩子让西特林照顾，因为她已经知道西特林破产而抛弃了他，并立即和已经发了财的前夫共度蜜月去了。有趣的是，似乎作家还觉得这样的结局不够狠，便又插了胡闹的一笔：莱娜达那个不靠谱的老妈在把孩子送给西特林后，居然搔首弄姿地试图说服这个曾经的女婿最好能娶了自己，这样就可以心安理得地两人一起为莱娜达抚养孩子了！这个整天思考生与死的哲学问题的西特林，面对这样一个怪诞画面，他只能无奈地去品尝自己沉醉肉欲的苦果了，一点也怨不得别人。小说写他最后总算把孩子的姥姥支走，但还是不得已暂时充当起了照顾孩子的保姆，等待着度完蜜月的莱娜达来领走。作家设想出的这个荒唐后果，也只有恨透了女人（至少在一个阶段内）的男人才会想出来。这里的莱娜达们不像玛德琳那么简单地只是出轨、离婚，而是明确地以财富为目的耍尽手段，而西特林也是在肉欲的层面上沦陷，这样的事实本身已经是将女人和男人的情事彻底地物欲化了。所以他们之间尽管发生了在常人看来十分荒唐的事，倒也谁都不怨恨。这种关系自然体现着贝娄对物质化社会的批判之音，只是从男女角度来看的话，西特林毕竟除了肉欲还忙于诸多精神事宜，而那个莱娜达，却仅仅是一个拖他下水的妖妇了。作家用女人的妖冶解释着男人的下坠，和前边提到的无言好妻子、好情妇叙事有着异曲同工之妙，应该都算是立足男性一维的自保叙述。

介于玛德琳和莱娜达之间的是《更多的人死于心碎》中的玛蒂尔达，这个曾经在巴黎读书镀过文化之金的富豪之女，在个人名位的看重上类似玛德琳，但没有玛德琳实质上的学术诉求，只是需要一些名义上的称号即可；而在物质上的欲求即和莱娜达如出一辙，既要男人的名也要男人的利，而且，莱娜达有个母亲在为她出谋划策，玛蒂尔达则有个父亲为她调兵遣将，整个小说几乎一大半是主人公贝恩面对这个玛蒂尔达家族的圈套被动反映出来的思和行。但这部发表于80年代后期的长篇小说，在对男主人公的描写上突出了其单纯性，同时自然也突出了单纯的受伤和心碎。而在物质结果上，贝恩最后的逃逸致使玛蒂尔达的愿望全部落空，也算是为前边的几个落难男人有了一点小小的复仇。在这部长篇中，除了贝恩和玛蒂尔达之间的诸多战争，还夹杂了肯尼思和其妻子的故事，肯尼思在其中也是个受害者，妻子带着女儿离开他和别的男人同居，无疑在责任、自尊这些方面都给肯尼思带来伤害。当然，如前所述，肯尼思后来有了一个女学生真情追随，该是一种疗伤了。因此，这部小说无疑是，一边对不良女人进行控诉，一边对纯洁男人进行慰藉，叙述立场依然是对男性的明确卫护。另外，贝恩在15年独居生活之后产生爱情，而这份爱又被物质阴谋所戏弄，使得贝恩正常的人的欲求成为战战兢兢的牺牲品，也是作家着意突出的"心碎"意谓，其殇其苦，尽在其中。

第三类男女关系中呈现出的女人之恶，给贝娄带来"厌女症"之类的质疑。这种说法应该没有什么论据，无论是作家的现实生活还是小说世界，女人一直都是男人不可或缺的另一半，哪里有"厌"之迹象？况且，除了这些"妖魔"般的物化女人，尚有不少"天使"类在陪伴着那些失意的男人。但在这些涉及男人和女人的故事中，作家确实没怎么让笔下的女人张口说话却是真实的，她们无论是情人还是妻子，无论是"天使"还是"魔鬼"，也无论处于什么样的状态，基本上都是男人的叙事，女人们应该都是出现在固定的男人视线里的被言说者。而且，直到作家最后一部小说《拉维尔斯坦》中，他还不忘诉说那些和丈夫划清界限的妇女，在不止一次地声称自己的单纯和不懂财务背景上，是怎样地预先偷偷地把银行共同账户中的钱转移走，然后还能够让那个离婚的丈夫付出巨大的离婚费用云云；问题是那部小说中根本没有叙写这方面的内容,因之那种对物质性女人力透纸背的挖苦就显得更是无孔不入了。可以见出作家对此有多么的伤心伤肺。

关于这一点,贝娄研究专家克罗宁教授在 2001 年出版的专著中有过详尽的论述。她认为贝娄的小说实质上是一个男人独白式的世界,他自恋,在孤独的形而上和人文主义的沉思中上演着独角戏,全世界只是作为他的镜子出现;而女性在这出戏中基本上是沉默的,在被说和被看中处于男性中心的边缘[1]。克罗宁在具体分析了贝娄小说中一系列男性主人公之后,断定他们本质上属于 19 世纪欧洲浪漫主义个人英雄谱系,然后延伸到 20 世纪的美国,转型而成冥想者,这些人建构了"维多利亚男性自传的当代版本"[2]。他们在对待女人的问题上,都有一致的价值态度,即女人在叙事中大多是征服类型,男人在那个古战场上成为牺牲者。

此说基本上符合事实,也是我们在前面三种类型中分析过的基本情形,克罗宁在理论和文学谱系上给出了总结概括。当然,女性"征服"和男性"牺牲"之说,应该更符合上述第三种类型。

同时,克罗宁也指出,在这条男性叙事的线索上,作家于 1989 年发表的《偷窃》是一条界线,女性第一次作为主人公出场讲述自己的情爱故事,且在女性形象上延续了《院长的十二月》中米娜的脉络。然后是 1997 年发表的《真情》,作家终于在两性问题上不再只让男人说话了。[3]

---

[1] Cloria Cronin, *A Room of His Own in Search of the Feminine in the Novels of Saul Bellow*, New York: Syracuse University, 2001, pp. 12, 14.
[2] Ibid., p. 150.
[3] 有关类似观点,中国学者也有大体的论述,有的指出贝娄小说中男女关系的权利性质:厦门大学的刘文松先生在 21 世纪之初曾连续发文,从福柯的权利理论入手,讨论贝娄小说中夫妻之间的权利关系,并归纳出存在于夫妻之间的三种模式,即竞争、控制、平等,主要以《赫索格》和《院长的十二月》为例,前两种模式无疑是指赫索格和玛德琳之间的关系,后一种则是指科尔德和米娜的关系。同时,该文指出作家本意是试图批评前两种模式,赞赏后一种模式——详见《厦门大学学报》(哲学社会科学版)2002 年第 5 期。2004 年,其《索尔·贝娄小说中的权利关系及其女性表征》一书英文版出版,在其原来观点基础上,面对贝娄小说中的各种情感关系进行了权利角度的分析和论述,其中涉及的女性形象众多,也可以说是至今中国学界对贝娄小说中女性形象分析最为细致的一部专著。有的研究者强调贝娄的男权中心意识和对女性的曲解,如曹艳艳《弱势男强势女——贝娄作品中的性别身份》,见《牡丹江大学学报》2014 年第 11 期;郑淑萍《解析〈赫索格〉中的两性关系》,见《长江大学学报》2012 年第 7 期。也有文章指出贝娄小说中出现的那些缺乏责任性和消费主义的女性并不是作家的男性中心观念问题,而是贝娄传统观念所致,因为作家一直在批判这种人生态度,在批判女人的同时也包含了对类似男人的批评,详见 2014 年南京大学的硕士论文《索尔·贝娄再现新女性背后的文化动因》,作者付稳。可见国内外学界对贝娄小说中男女关系的关注。

三 相爱之情终于到达彼此

确实，在男女情感叙事这一层面，《偷窃》（A Theft，1989）占据着重要的地位。这部中篇小说改变了作家一贯的男性独一叙事方式和男性角度，让一位优秀女性出场讲述她和情人的爱恋故事。克莱拉·华尔德，一家大公司的高管，在四次平淡的婚姻中深藏着一份刻骨铭心的爱情，那是发生在她青春时代，和华盛顿政治中心的智囊以西尔·瑞格勒之间产生的感情。但聪明、幽默、大气派的瑞格勒整天在世界各地奔波，虽然也对克莱拉有深情，并能理解和欣赏她的纯粹性和真诚品质，还在她的深情"逼迫"下买了祖母绿钻戒作为定情物，但这并不妨碍他也携带其他的女友出差，而且从来也没有表达过要和克莱拉结婚的愿望（这是在两性情感中较为传统的克莱拉的心底愿望）。同样聪明并有尊严的克莱拉终于在忍无可忍的愤怒状况中和他分手，和其他男人走进了结婚、离婚的格局，但在内心情感世界，一直给这位瑞格勒留出了真情天地，祖母绿钻戒一直摆放在她房间中，成为这份情感在克莱拉精神世界中的象征。小说描写了祖母绿两次丢失两次找到的过程，那种丢了魂似的慌乱，那种保存戒指的细腻周到，很深入地表达出瑞格勒在克莱拉精神生活中举足轻重的分量。

这个故事饶有意趣地颠覆了贝娄小说中许多对女性的妖魔化表现，克莱拉出面叙述的情事在男女世界中抹上了一缕女人的悲凉。瑞格勒强大，不专一，没有婚姻诉求，这是对克莱拉致命的打击。但克莱拉也表现出了自己的个性坚韧，一方面是决然地去走自己的婚姻之路，不再充当瑞格勒女友们的之一，哪怕是最重要的那一个；另一方面是她将难以忘却的深爱沉于心底，在岁月的磨砺中最终将爱之切转化为知之深，两人从情人成为知己。这些都需要强大的心理能量，也需要足够的自尊、大度和超越性视野，当然，更需要这个爱本就是来自生命深处不能割舍的那一份，无疑克莱拉都具备了。从两人关系上来看，瑞格勒依然在关键时刻出现在她的生活场景中，延续着她所需求的精神支柱的作用，无论男人还是女人，可以说都对这份感情保持了不同方式的尊重、理解以及爱护。小说以克莱拉的视角进行叙述，可以说为女性开启了一个较为充分的倾诉窗口。在男女情感这列车上，经历了前述各部作品中的诸多纠葛、纠缠、战争，在这里演化为一份真情潜流，定格在女性的忧伤记忆中。当然，小说也十分清楚，作家对瑞格勒没有任何责备，不愿结婚，不忠诚于自己深爱的女人，不过是一种生活方式而已。从克莱拉最后对他的理解和接受来看，或者还可以说是作家对男人的另一种卫护？或者还可以说，不过是对一种生活方式的呈现。

在此铺垫上，我们进入 1997 年，在贝娄 82 岁那年，《真情》发表，我们看到这样的情感潜流冲出浮表，在大半生的萦回牵绕中终于到达彼此。

《真情》的主人公依然是男人，且是第一叙述人，但没有了以前对女性或好或坏的描述，大抵取了一个平和客观的视角。"我"，哈里·特雷尔曼从小由于母亲生病在孤儿院长大，在一所特殊学校学习过汉语，后来到远东工作，在危地马拉、缅甸等地进行过多年商业活动，似乎比较成功。有了这些特殊的经历，使他自我感觉有了一种东亚人的神情，小说特别强调"我"对自己形象的描述，一直觉得自己是一个"中国佬"。这种自我定义和经历，使得叙述者获得了类似"局外人"的身份和语调，对事对人都产生一种距离感，因此任何时候都是理性、淡然的语气，很好地表现了一个阅历丰富的中年人面世待人的透彻与宽和态度。

正是这样一个人，为了 40 年前的感情回到芝加哥，要了却他大半生的衷愿，可见心之诚。"我"的初恋情人，也就是他为之回到芝加哥的那个女人即艾米，他的中学同学，和"我"在青春期有过约会，如前所述，但很快就分道扬镳了。但让他想不到的是，在那些约会中发展起来的感情居然会如此强烈，在半个世纪的幻想中她都栩栩如生，"我保存着她，还像 15 岁时那样"[1]，因此使他不能自已，以至于要在自己生命的后半段里，改变生命列车的方向，穿越轰隆隆的时代隔阂和岁月隔阂，回到芝加哥去寻找续前缘的机会。

小说较为细致地描写了曾经"初恋"的两人重逢后对往事的重新掂量。他们为什么互相错过，这是"我"和艾米都想弄清楚的问题，也可看出这份情感对两人的重量。中年艾米明确地告诉"我"，"我"年轻时候喜欢高谈阔论，学习勤奋，有很高的文化修养，还是个马克思主义者，总是一副"讳莫如深"的样子，让天真的艾米觉得难以接近，所以轻浮的杰伊便捷足先登了。用"我"的话来总结，就是杰伊代表着"现实生活"，总要出现在人们的视线中，表现自己、表演自己，而"我"则"沉默不语"，只是退到时代的后面充当杰伊那些浮华事件的记录人，始终没有尝试和艾米去建立更加亲密的联系。这是性格所致。同时，横亘在两人之间的还有三人共浴事件，这是他们必须面对的尴尬。于是在多年后能够面对面地深刻剖析中，有了一个恍然大悟的心理注脚：两人在参与同浴时都有

---

[1] 宋兆霖主编：《索尔·贝娄全集·第十二卷》，第 108 页。

亲近对方的潜藏动机,只是哈里没有向她发出清晰的信号,艾米隐隐的怨恨被"我"忽视了。就这样,这份少年的未达之情隐藏在两人心底,经年发酵,成为一个个密码长阵,这儿有一个星期,长如百年,那里有一个10年,却被休止成一个瞬间,这些岁月伴随着各种回忆流入了他们的人生河流,在最终的汇流时刻全部被唤醒了。"我"对这种青春爱恋对人生的影响总结说:"它在你17岁时侵袭到你,像小儿麻痹症那样,尽管它是影响到你的心灵,而不是影响到脊髓,它却也能使你成为残疾人。"①

初恋弥惜,历久成殇。终于在杰伊的迁葬墓地,当一页一页的历史翻过去,当心理上的阴错阳差和杰伊的耀眼"成绩"成为笑谈,当时代刻画在他们命运的交叉对错中的粗暴痕迹被时间磨成了几番阅历,当两个成熟的人在坦然接受各自的现实生活之后,他们终于在岁月的流逝中接住并理解了那些改变轨道的信号,在冬天阳光的温暖中驶进真情爱恋的终点站。而贝娄,这位几乎写了一辈子男女战争的老作家,终于在这部中篇小说《真情》中,赋予了男女情感一抹深情的温暖之光。

在感叹这份"真情"的同时,我们再来缕析那个几近于牵线人的老年人西格蒙德·艾德勒茨基,他对小说的结构层面是起着重要作用的。艾德勒茨基是位退休富翁,一位创业巨子,在国内外建造了一个壮观的帝国,经营着大酒店、航空公司、矿山、电子实验室等。由于"我"的东亚经验、敏锐的观察力和博闻强记,被这位老道的商界巨子看中,于是受邀成为他所谓的"智囊团"成员,事实上也就是为老艾德勒茨基提供各种圈子里的内因外事因果解释或者花絮之类,满足他的好奇心,使得这位大富豪退休后的社交生活有趣些。其实,对这个人物的营造,隐隐地也显现出老年贝娄的某种潜心态和语调,折射出一种居高临下的观世智慧和对人对事的温情趋向。他和"我"谈论共同看到的当下现象,分析人们的各种心理,还煞有介事地讨论丘吉尔的晚年生活,那位和罗斯福合作对付希特勒的巨人到了无事可做的时刻会是什么样的心情等。在"我"绵绵不绝的意识流动中,目睹着艾德勒茨基的"老年",不由得想到了被流放在圣赫勒拿岛的拿破仑,这个活生生的意象,似乎在注解着"老年"的万般况味,应该也是贝娄对自己人生的一种感慨。而在小说线索上,老艾德勒茨基首先把有些神秘和知之甚多的"我"召唤到自己的圈子里,在好奇心中揭开了"我"40年的漫长生涯;接着是聘请艾米作为自己新买公寓的家具评估师,由此展开了艾米的离婚故事以及和马奇·海辛格夫妇的交锋,并且

---

① 宋兆霖主编:《索尔·贝娄主编·第十二卷》,第149页。

无意中创造了两个男女主人公重逢的机会。因此，这个老艾德勒茨基成为小说的交叉点，端坐在几个重要人物的故事之上，把本来零散的线索拉在了一起。重要的是，当他终于明白了"我"回到芝加哥的重要目的之后，安排了两人在迁葬墓地中的相聚，一是单身的艾米在这样的怪事中需要帮助，是"我"表现和表达自己的绝好机会；二是杰伊是他们共同的同学，承载着许多的回忆和话题，两人共同去做这件事合乎常情常理。于是，在那个有风雪的阴沉沉的冬天，他派司机将自己加长的豪华轿车开到寒冷的墓地上，供他们乘坐并等待挖掘，"像一艘远洋大轮船"（小说语）将两个人隔绝几十年的距离连接到一起了。轿车中的交流从容深沉，两个拖拉而曾经误解的人，他们都经历过其他的男人、女人，但真实的只有眼前这个人，迁延了40年的恋爱重新启动，他们都触摸到了那道40年光阴的通达开关。小说结尾，当杰伊被重新放到自家墓地母亲的身边后，"我"终于向艾米求婚，一个晚了40年的请求，他们终于越过时代的风浪，人生的诸多磕绊，在晚年有了一个圆满的结局。用"我"的话说就是：一个人返回了自我，结束了多年的放逐。这种圆满由一个老人来促成，应该是作家对岁月累积这件事的温情粉饰。

　　作为中篇小说的《真情》，紧凑的结构中衔接了复杂的情节，各种人物从自己的人生基地上自然登场并表演得淋漓尽致，从写作角度看可谓精致。据说，82岁的作家是在一场大病初愈后，试图证明自己还是可以继续工作而写下该小说的。另外，也该是一个老年人对青春时期的友谊、爱情之类古老故事的一份美丽想象，或者说是一种回望，一辈子的纠葛该有一个了结了，而且让其有一个动人的了结，也是合乎人之常情的。因此，贝娄传记作者认为这篇小说"是贝娄的一个乌托邦"[1]，从贝娄的文学世界中男女情事来看，历经半世坎坷终于到达彼此，确乎有些"乌托邦"的意味；但我们也有理由相信，贝娄于1989年74岁时和最后一位妻子简尼斯·弗里曼结婚，后来一起到了波士顿并度过了他平静幸福的晚年生活，还生下了他唯一的一个女儿，也应该是一份现实真情的演绎了。有关他和弗里曼的情感发展，在他最后一部长篇小说《拉维尔斯坦》中有一些温雅的表达，并以"我心中最美丽的女人，指引我航程的明星"这样的极致句子将小说题献给她。因此，有关这类问题，下一节将在提到小说中这个"最美丽的女人"时延续讨论作家的情爱理念。

---

[1] James Atlas, *Bellow: a biography*, Published in the United States by Random House, Inc. New York, 2000, p. 588.

第四节　生·死·爱的颂歌:《拉维尔斯坦》

贝娄84岁高龄推出最后一部长篇小说《拉维尔斯坦》（*Ravelstein*，2000），众所周知是贝娄为已经去世的老朋友艾伦·布鲁姆写的文学性传记[1]。和上一节提到的背景一样，即90年代之后年事已高的作家对往事的回顾多了起来，尤其是在他离开芝加哥之后，和多年故乡与写作对象拉开了距离，同龄人渐次离去，如他所说"我来自如今大部分已经不在了的一代人"[2]，尽管贝娄性格开朗乐观，但面对生死也隐隐自有忧伤慨叹之情。这种情绪在他后期发表的一些中短篇小说和散文随笔中逐渐多了起来。在一篇回忆老朋友的随笔中他曾如此感慨:"人在年逾古稀之时，谁是你心灵的长期伴侣，谁是你的剧中人物表中固定不变的名字，谁是你确实重视并在感情上接纳的人，谁是你晚年见到会高兴的人——这一切都变得一清二楚了。"[3] 无疑，拉维尔斯坦的原型布鲁姆，就是这样的名单中最为思之若饴的那一个。从贝娄进入芝加哥大学工作开始，作为同事的布鲁姆就成为他的知己和同道，他们俩曾合作开设古典文学课程，一个从文学角度，一个从哲学角度，一起给学生讲授一本本文学名著，诸如《安娜·卡列尼娜》《红与黑》《包法利夫人》《傲慢与偏见》等。思想方面，在对美国现实社会和大学教育方面两人有着观点一致的忧心忡忡，他们都属于20世纪后半期美国保守主义文化阵营中的成员，都对西方古典和人文传统情有独钟。1990年芝加哥市长在艺术院为贝娄举办的75岁庆贺晚会上，布鲁姆特地从巴黎赶来主持庆祝会，在讲话中指出贝娄之于芝加哥正如巴尔扎克之于巴黎。贝娄是一个极其不愿意参加葬礼的人，多年来他一直逃避着葬礼，但1992年布鲁姆不幸去世后，他参加了布鲁姆的葬礼并深情致辞，其中除了提到布鲁姆的著述事业之外，主要陈述了布鲁姆病危之后的一些日常细节，这些细节后来都更为细致地迁移到了《拉维尔斯坦》中。他在

---

[1] Gustavo SáNCHEZ – CANALES, "Bellow's Letters and Biographies about Bellow: A Book Review Article of New Work by Atlas and Taylor", *Comparative Literature and Culture* 14.1 (2012). http://docs.lib.purdue.edu/clcweb/vol14/iss1/. 该文在评价贝娄传记和书信的同时，特别指出贝娄的《洪堡的礼物》中对美国诗人施瓦茨的描写和《拉维尔斯坦》中对布鲁姆的描写的传记品性，认为贝娄小说的自传性质使得其书中人物具备了其现实生活的真实性质。
[2] 贝娄在布鲁姆追悼会上的演讲，见宋兆霖主编《索尔·贝娄全集·第十四卷》，第343页。
[3] 宋兆霖主编:《索尔·贝娄全集·第十四卷》，第348页。

悼词中动情地说,"在我漫长的一生中结识并崇拜过许多非凡的人物,但他们之中没有一个比艾伦·布鲁姆更出色"[1]。而早在 1987 年布鲁姆出版的著名的《美国精神的封闭》一书的序言,也是贝娄所写,他将布鲁姆界定为美国精神界的战士;布鲁姆也在该书前言中提及自己的同事好友索尔·贝娄"以其豁达心胸,深入了解我的思想,鼓励我在过去从未涉足的道路上走下去"[2],这些知己友情言说也都在《拉维尔斯坦》中得以充分表现。重要的是,这是贝娄 60 余年创作的"天鹅之歌",作家在借小说人物说出自己最后的见解,其中的许多言谈和观点即成绝世。如贝娄传记作者所言,为老朋友作传这个使命,让贝娄在自己生命的最后阶段和知己好友一起分享了人生及其对这个世界的诸多认知[3],这应该也是一件幸福的事。

还有一点值得一提,布鲁姆是 1992 年去世的,贝娄受托为他做的文学传记是 2000 年出版的,其间隔了 8 年。小说中为此解释说,对一个人越熟悉越难找到介入点,后来几乎成了作传者的心病。联系到 1982 年贝娄为他另一个好友、著名作家约翰·契佛去世后做的悼念文章,其中提起约翰曾经说过,"我所寻求的永恒的东西,是对光明的热爱和遵循某种人生道德体系的决心"[4],贝娄在该悼文中的最后一段话深情厚谊且意味深长,录此可以作为贝娄写《拉维尔斯坦》的内在注脚:"我发现,随着年事渐高,自己越来越关注那些像约翰那样生活的人,那些选择了这样的事业、投身于这样的斗争的人。是他们为我们创造了全部的生活乐趣,约翰所过的生活,使我们欠了他的人情债,我们是他的负债人,甚至我们因他的死而感受的痛苦都是我们所欠他的。"[5] 从小说内容可以断定,贝娄在写作《拉维尔斯坦》的时候,准确地说是在布鲁姆去世的 8 年之间,心里不断回响着老友的嘱托,这嘱托里渗透的是互相之间深刻的理解与信任,应该也是这样的"负债"心怀,直到小说出版。

《拉维尔斯坦》沿袭了贝娄一贯对当代文化的"精妙分析"[6]、幽默喜剧的风格以及犹太知识分子主人公对人生意义的求索主题,在篇章铺排、

---

[1] 宋兆霖主编:《索尔·贝娄全集·第十四卷》,第 344 页。
[2] 〔美〕艾伦·布鲁姆:《美国精神的封闭》,第 5 页。
[3] James Atlas, *Bellow: a biography*, p. 596.
[4] 宋兆霖主编:《索尔·贝娄全集·第十四卷》,第 338 页。
[5] 同上书,第 339 页。
[6] 诺贝尔文学奖授奖词,见刘文刚等主编《诺贝尔文学奖名著鉴赏辞典》,湖南文艺出版社 1991 年版,第 401 页。

人物对话和性格表现上已是炉火纯青,自然流畅且高屋建瓴。该书发表一个月后即登上《纽约时报书评》畅销书排行榜,被誉为作家的"天鹅之唱"。但与以往作品不同的是,小说同名主人公已经没有那些精神上的困惑、犹疑、徘徊,也没有碎片似的陷落和求索,作为著名的政治哲学教授,拉维尔斯坦乐观、自负、坚定,热心于"安排人类灵魂"[①]的事业,虽然身患绝症,站在生与死的临界点上,但风度依然,在各种场景的切换中,滔滔不绝,妙趣横生,成为贝娄小说中几乎仅有的一位乐观开朗、性格外向、热爱生活、成功有范儿的智者形象。和他相映成趣的,是承诺为他作传的老朋友齐克,作家身份,性格内向忧郁,两个人的对话和齐克的回忆成为全书的主要线索。

一 "哲学王"的幻象和现实批判

在贝娄为《美国精神的封闭》所作的序言中,曾明确指出布鲁姆在进行各种现代批评时,将自己置身于苏格拉底、柏拉图、马基雅维利、卢梭、康德等这一人类精神共同体中,并把他们称为"渴望求知的共同体",他们所作的工作,"是那个不可能的哲学王之谜的意义所在"。

那么,《拉维尔斯坦》中作为原型布鲁姆化身的政治哲学教授拉维尔斯坦,正是这个共同体中的一员。在作家齐克(贝娄化身)的眼里,拉维尔斯坦的书和文章,能够带着读者从遥远的古代到启蒙运动,经由洛克、孟德斯鸠和卢梭直至尼采、海德格尔,在这些伟大人物的思想基础上,再面临当下高科技的美国现实,法人公司、文化娱乐、出版和教育制度、大众民主等展开讨论。他向法国人解释卢梭,向意大利人解释马基雅维利,辨析哈耶克和凯恩斯的地位及其观点,论及《凡尔赛和约》对德国的惩罚问题,希特勒发动战争的目的,英国布鲁姆斯伯里文化圈子里的知识精英情状,苏联间谍和法国街头生活,还有第二次世界大战的巨头罗斯福、丘吉尔、戴高乐等人的活动,都是他每天关心的话题。在他的高级研讨课上鼓励学生对这些问题进行讨论,一对一舌战、辩论,锤炼他们的思辨力。小说有些戏谑地描写他,"顶着一颗光秃秃的聪明的大脑袋的拉维尔斯坦,谈起那些长篇巨论、重大问题、名人逸事来,从容自如,横跨几十年、几个时代和几个世纪"[②]。因此齐克说,他觉得拉维尔斯坦身上运演着两种历史:一种是别人眼里的他,古怪,乖张,盛气凌人,有许多毛病,这是他

[①] 〔美〕索尔·贝娄:《拉维尔斯坦》,胡苏晓译,译林出版社2004年版,第44页。
[②] 同上书,第11页。

的个性张扬和丰富性情，是他表现于外的"自然史"；另一种是他的内在实质，即才华横溢，魅力四射，决心动摇社会科学和大学的根基。

小说全篇没有连贯情节，主要在拉维尔斯坦的老朋友齐克的回忆、评说以及两人的对话中展开，活动场所分别是巴黎、主人公的美国寓所和医院，在不断交错倒换的时间中，拉维尔斯坦交替出现在这三个地方，从各个方面显示了他的性情与思想。他是一个崇尚古希腊文化的大学教授，柏拉图的信徒，30多年来从不间歇地将自己的思想传授给他的研究生，这些学生后来成为历史学家、教师、记者、专家、公务员、智囊团成员，已历经三到四代。他们有的在海湾战争中扮演重要角色，有的在全国重要报刊中占据要位，还有的在国务院供职、在军事院校讲课，或者是重要的政府幕僚。而且，早已走出课堂的学生从未忘记及时聆听老师的教导，给老师通报各种信息，通过电话和他讨论问题，他们将现在华盛顿的政策问题和以前学过的柏拉图、洛克、卢梭、尼采的理论结合起来，探讨政治现实和政治理论的关系及其可行性。在拉维尔斯坦的房间里，"电话键盘复杂，各种小灯闪烁不停"，在复杂的信息中，了解和分析唐宁街和克里姆林宫的动向，掌握世界局势，对那些需要指导的学生传达真理，使自己的理论贯彻到当下现实中去。多少年来他乐此不疲，活力充沛，以自己的方式介入世界和社会政治，即使在他已是重病住院期间，也要给来探访的学生继续传授他的种种观念，并继续讨论相关现实问题。

因此，他的知音齐克说他端坐于房间，用"键盘"操纵着一个"影子政府"。他的学生"信徒们"也将他视作摩西和苏格拉底，而且还是知识界的乔丹，"能够飞起来"，给他们解说古希腊文化的种种细节并指导他们的各种行动。几代学生在自己的重要职位上，不断检验和证实着老师的理论。拉维尔斯坦也会将现代的具体政策和现象融入自己的政治知识史中，一边作出敏锐的批判，一边填充和修改自己的理论系统，同时为自己的学生总能及时提供给他各种信息而由衷高兴。在齐克的描述中，拉维尔斯坦生机勃勃，自由、狂放、敏锐，各种手势充满魅力，对其听众产生感染。

这就是拉维尔斯坦的价值理念形象：一个活脱脱的现代"哲学王"。众所周知，哲学王是柏拉图在他的理想国中设立的制度管理最高等级，代表着人类的理性和智慧，统领着那些保卫国家的战士、创造物质财富的农工商等，形成井然的国家秩序。那么，多少年来不断讲解着柏拉图的这位教授，在某种程度上已经将这个角色内化了。他将柏拉图的理想在自己所涉范围付诸实施，十分卖力地做着"哲学王"的工作。他不仅关心世界政治地图和阴晴趋势，而且关心现代高科技社会中的人性问题、心灵问题、自由和孤独问题，包括那些骇人听闻的暴行问题。他在各种演讲场所会向听众提问："在这个现代民主社会中，你将用什么来满足你的心灵的需要？"① 他说，在多元文化的幌子下，相对主义盛行，现代人的心灵无所归依；大学教育中，文科教育也每况愈下，世界已经被高科技所控制，人没有了灵魂家园。他还对20世纪60年代的反文化事件进行了评论，认为"60年代的罢课和接管校园，使得这个国家严重倒退"。还提到校园里的"自由斗士"，一些研究生成为嬉皮士和赶时髦的人，他们思想解放，把自己视为"革命者"，常常"东拉西扯，语无伦次，扎着马尾辫，留起胡须"，似乎那样就可以摆脱所谓的"资产阶级教养"。这些批评和贝娄《赛姆勒先生的行星》中曾经表达过的观点如出一辙。在有关文学艺术重要性的看法上，他也和作家贝娄非常一致："过去，在我国还有值得注意的文学社团，医学和法律仍然是'需要高深学识的职业'，而如今的美国城市里，你简直不能指望那些医生、律师、商人、记者、政客、电视名人、建筑师或者商品交易员去讨论司汤达的小说和托马斯·哈代的诗歌。"②

因此，他从柏拉图开始直到现代美国，逐一认真地审视着各种政治理论以及现实意义，讨论科技所带来的文化娱乐现象，教育制度迎合着当下物质社会的急功近利现象，并在理论层面和现实层面展开严厉的批判。而且，他曾经受到英国首相撒切尔夫人和美国总统里根的邀请，在唐宁街和白宫做客，这都成为他讲学的资本。

十分明确，拉维尔斯坦所涉足的历史现实领域，依然是作家一贯关注的后现代社会问题。不同的是，这个拉维尔斯坦不仅仅是探讨问题，而且神情朗朗地付诸行动，他试图通过他的讲演、授课、学生的执政，希望尽力纠正和弥补这些时代的错位和漏洞。问题在于，他到底能对现实政治和社会产生多大影响，甚至是否能够有影响，小说并没有交代，而拉维尔斯坦似乎也不怎么关心。或者说，作家和叙述者齐克也不怎么关心，如齐克在小说中所说，他受嘱为朋友作传，朋友那些关于政治理论和社会现实的思想，可以留待学术界去讨论和评价，他的责任是记叙这样一个人，他的独特个性魅力和生命风采，包括他在生活上的大大咧咧等。因此，所有那些思考、讲授和意图，都是一种深度理解之后的欣赏、赞赏，有时还有些许戏谑和调侃，其重点在于对一个优秀生命的展示中表达着对人生世界的

---

① 〔美〕索尔·贝娄：《拉维尔斯坦》，第19页。
② 同上书，第46页。

沉思，表达着齐克对亲密朋友的深切怀念之情。从小说中看，这也是拉维尔斯坦认定由齐克给他作传记时的期待，并且特别欣赏齐克的幽默和调侃，因为他不希望自己的传记那么正儿八经地刻板，那不符合他的性情。因此，在齐克的回忆和叙述中，拉维尔斯坦主要是享受着这样一个形式上的"指挥"过程，或者干脆就是和那些早已毕业的老学生继续着自己的课堂研讨，将他关心的各种问题传达给心目中理想的听众。

所以确切地说，拉维尔斯坦是柏拉图"哲学王"的一个现代幻影。在这些方面，既表达了拉维尔斯坦根本上的悲观洞悟，也在审美的意味上表现了一个现代知识分子的超越情趣。还可以说，柏拉图的"哲学王"本来就只是一个理想的幻影，人类的智慧、理性从古希腊以来的西方历史中穿越过来，经历基督教思想的浸润，在可歌可泣的卓越努力中，尚不能建造起令人满意的"理想国"。正如柏拉图的理想国只是一个属于他自己的乌托邦，拉维尔斯坦这位"哲学王"身份也只是属于他自己的一个幻影，他寓所中"闪烁不停的电话键盘"，承担的真正意义是一种过程价值，有如浮士德的一生追索。

但是，"哲学王"尽管不是现实世界中的真实，但却真实地承载了拉维尔斯坦做人的理念。我们可以拿齐克做参照：齐克是一个内向性的作家，多愁善感，主要是一个万事万物观察者而不是参与者，用他自己的话说，即沉浸在内心"秘密的形而上学"之中感悟生活，属于贝娄过往小说中沉思默想型人物之链中的一个。而拉维尔斯坦则不同，他继承古希腊的公民理念和政治思想，对老朋友的这种生存方式是不赞成的，认为他不应该总是沉湎自我，应该从私人生活中抽开身，把兴趣放到公众生活和政治上来，还鼓励他去研究经济学家凯恩斯，为现实世界的经济状况寻找良策（齐克确实写过这类文章，受到朋友赞赏）。他认为从根本上说，政治根植于人类本性之中，我们不可逃脱，这也是每个人作为群体一分子的一种需求。拉维尔斯坦用具体例子说明这一点：当齐克由于妻子的社交需要，和一个前纳粹分子来往频繁时，拉维尔斯坦认为齐克已经被蒙蔽，因为这位看上去如此优雅的学者，曾经签署过吊死犹太人的各种命令，现在却在利用齐克的犹太人身份和友谊掩盖历史；而齐克却为了讨好太太而不顾犹太人曾经受到的戕害，不顾人类历史曾经的耻辱，无意中帮助那些罪犯抹掉历史记忆。他指出，当你不去关心外界事实时，就会犯这样的幼稚错误。我们知道，每个公民应该承担起关怀城邦的职责，是柏拉图的政治观念，也是雅典的政治文化，拉维尔斯坦将这种职责理念渗透到了生活之中，成为他一生的价值支柱，并努力影响周遭世界。他喜欢席勒的那句话：活在你的世纪,但不要成为它的奴隶。拉维尔斯坦做到了,他是自己所居住的那个世纪的批判者。

而且,他的现实批判涉及面也非常之宽:从美国教育系统的失败(实用主义),到历史进化论的空洞;从欧洲虚无主义的影响,到美国后现代的娱乐文化(小说一开头就描写了美国大众文化歌王迈克尔在法国豪华酒店的派头,粉丝团的喧闹,似乎美国和法国被一个歌星联系在了一起,一幅幅被娱乐文化俘虏的景象);从美国杰出的科技训练,到文科教育的每况愈下等,现代性批判既深入又广泛。他还指出,当高科技控制并改造了现代世界,就出现了哲学系研究生不得不到医院寻找医疗伦理师的工作,这是人类智慧在后现代社会的悲哀。而且,在行动层面,他越过大学教授共同体和学术团体,直接对公众说话,试图影响现实世界。所有这些批判性观点,确实来自布鲁姆《美国精神的封闭》的内容,很有意味的是,这本理论性的书在美国社会中引起了巨大反响,1987年出版后风靡一时,竟达75万册的销售量,登上了《纽约时报》非小说类的排行榜,也就是说获得了畅销书的效果。小说和现实互文一下,拉维尔斯坦作为"哲学王"的幻想虽然不能在国家体制上引领方向,倒也在社会层面起到了话语影响的效果。

二 生死玄思和情爱话语之续

《拉维尔斯坦》中的两个主人公都是70多岁,拉维尔斯坦身患各种并发症,小说写了他离世前一个月在定作的病床、各种治疗仪器和轮椅等包围中度过。但他和往常一样地工作着,希望自己比过往更多地成为一贯的那个自己,乐观开朗,不能容忍情绪低落和意志消沉,依旧精神昂扬地宣扬着人类精神伟大的那部分。最后一次住院时刻,还在病床上召开了一个即兴的专题讨论会,和来看望他的学生们继续着教学工作。同时也不放过自己的娱乐,即使在医院出来后手还哆哆嗦嗦,脚脖子水肿着,当他喜欢的公牛队比赛时仍然要和朋友们举行派对。至于穿着打扮、吃喝讲究诸多日常细节等也都一点不马虎,延续了他一贯的风格,并没有因为死之来临而有半点打折。这些描写和原型布鲁姆应该是一致的,那种对待死神的坦然和从容,是海德格尔哲学理念"向死而生"的一个事实性注脚。

在性情性格上不同的齐克,在拉维尔斯坦被病魔折磨、弥留人世的最后一段时间,也经历了一次生死临界,他和年轻妻子罗莎曼在热带度假时感染病毒差点离世,提前品尝了死的滋味。而且,齐克一边探视着弥留病榻的拉维尔斯坦,一边还进入两个亲兄弟生命的最后时刻,刚参加完一个的葬礼，就走进了另一个的最后一天。因此，齐克说他每三个想法中，就有一个是死亡，"这是整个一代人集中的时间"，他们属于一个"小分队"，每隔一段这个"小分队"中就有人离开了。当齐克接受拉维尔斯坦的嘱咐为他写传记，希望齐克以一种轻松追忆的方式，就像晚餐后先喝几杯葡萄酒，悠闲自在地发表评论那样，天马行空地写下他的一生；这时，比拉维尔斯坦年岁还大的齐克就知道自己不仅得考虑老朋友的死亡，同时也得考虑自己的死亡，这是他们要共同面对的生命大题；而且，齐克还得将他们最后一次见面后发生的各种事情，通过传记去告诉另一个世界中的老朋友。

因此，两个主人公事实上一直笼罩在死亡阴影中，生死问题便成为充斥他们谈话和思考的重要论题。拉维尔斯坦不失一贯的风趣和超然，说"生命飞逝如织布的梭子，或扔向空中的石子"，还说"我们谈笑着死亡，死亡自然增强我们的喜剧感"等。在最后弥留的日子里，作为一个无神论者，拉维尔斯坦还半开玩笑地说齐克不久会和他见面之类的话。这既是他对友谊的真心表达，也是对死亡的调侃性疏离——在坦诚从容面对的同时，也表达着心底里对生的尊重和不由自主的留恋。从这些朗朗笑谈中，我们看到一种生死沉思中的生命张力和辽阔透彻。

关于生死问题，齐克作为一个作家其实早有思虑，用拉维尔斯坦的话来说，即他有自己"秘密的形而上学"。小说描述了他在这方面的沉思冥想：有关"生"的说法，他认为一个人在一个无人知道的黑暗地方等待了几千年，然后轮到了，诞生了，走进了生命，在重归虚无之前，通过观看、触摸、倾听从而看到了世界本身。从无来到有，每个人都在这个真实的存在中学习，把握落在身上的一切事务。他说，这是生的唯一机会，他尊重这样的机会。那么"死"呢？他认为死亡应该就是所有的"画面终止"，即自己所看见的一切都消失了，生命重归虚无。但是，齐克希望画面能够继续，当"生"结束后再次和自己的亲人们走到一起，在表达这样的希冀时，他似乎也在内心暗暗期待这样的事情终会成真。

联系贝娄晚年接受各种访谈时常常谈到死亡问题，齐克的期待显然直接表达着作家的心意。在朋友们一个接一个不断离去的现实中，在不断接受着这样的悲哀事实中，贝娄努力尝试与死亡和平共处，努力调节心绪，同时也不断诉说着自己的直觉：在另一个世界，他将会和自己的父亲、母亲、两个哥哥、亲戚们、朋友们再次相聚。事实上，关于生死问题，他对宗教的解释并不怎么在意，对科学理性观念也持有疑义，据《贝娄传记》记载，直到最后，贝娄对死亡依然是迷惑不安的：

> 肉体回归物质世界，我对这种科学观点很怀疑。有些人是那么有趣，那么聪明，那么温柔，那么美丽，死亡会将他们全部抹去？这让人很难接受。某个人原来在那里，现在那里空了，科学观念迫使你相信他们的死亡是自然的，可我不能接受，我要反抗。于是我想他们，只当他们还依旧活着。然后我又犹疑不决地思虑，当我死后，对他们的记忆如何才能持续下去。①

这些想法和他传统的欧洲犹太家庭出身有关，第一章中阐述过，贝娄最早是通过宗教教义认识世界人生的，因此会在心底留下影像，但多少年的科学理性熏陶还是占据了重要地位，只是作为老年人回想一生中的亲密关系时，必然会有某种心理期待而已。作为贝娄化身的齐克也如斯，于是我们也看到，在齐克关于生命的沉思中，还回忆了童年在加拿大蒙特利尔的街头景象，运货马车、路上的结冰、摔倒的老马、穿着黑色制服的女学生队伍等，即齐克所说的"画面"，那是他对这个世界的最初印象和对生命的顿悟，显然这是老年贝娄在借小说人物重回生命的开端经验。

关于"画面"的说法，也可能是对叔本华和尼采思想的一个借鉴性用词。尼采开始学习哲学时对叔本华情有独钟，认为叔本华是那种能够站在"人生之画"面前解释"全部画意"的大师，他还认为"每一种伟大的哲学所应当说的话是：'这就是人生之画的全景，从这里来寻求你自己的生命意义吧'"。②贝娄青年时期阅读广泛，叔本华、尼采的哲学书籍是其经常津津乐道的书目之一，那时正是现代非理性哲学对青年一代影响深远的年代，贝娄一代人受其影响很正常，在贝娄的小说和各种访谈中也曾时常出现这些名字。

另外，有关死亡的冥想和贝娄对"人智学"的修习也有关系，贝娄一度曾迷恋于此，认为是对现代世界有限性而拓展开的认识精神生命的一个渠道，本书第四章中论述《洪堡的礼物》时曾有介绍，附录中讨论贝娄在1976 年发表的长篇散文《耶路撒冷去来》时对此也有阐述。在贝娄 74 岁发表的短篇《记住我这件事》中，作家也描写过类似的问题，小说主人公是个少年，喜欢读艾略特、庞德的诗歌，也喜欢读一些神秘的书，在去做

---

① 译文来自周南翼《贝娄》，第 351—352 页，个别字句略有改动。
② 转引自周国平《诗人哲学家·尼采：生命的梦与醉》，上海人民出版社 1987 年版，第 204—205 页。

短工的车上即阅读着偶然找到的一个残缺本，一本丢了封面、靠线和糨糊连在一起的仅剩五六十页的书，上边有这样的话：

> 自然在她的规律体系里不能容忍人类这一形态。人类归她掌握之后，就变为泥土。我们是地球上最完美的形态。有形的世界一直养育着我们直到生命结束，然后它就彻底毁灭我们。那么，人类形态究竟来自哪方世界？[1]

少年当时似乎从书中知道了"自然并不创造生命，只是收容了生命"，然后到他老年时讲给自己的独子，说到自己的一生渴求了解彼岸世界，甚至有一种狂热等，似有相托传世的意味。应该说，对人之生命、灵魂和精神、生与死等终极问题的探寻是贝娄的一贯命题，这个短篇在一个时刻突显了该命题的浓度和深意，也可以说第一次将作家一生的相关思考智性地连接到了一起；而齐克在《拉维尔斯坦》中的大片思索便是作家最后一次和读者谈论生与死的大题了。

小说还详细描写了齐克和年轻妻子在加勒比海旅游中的死亡经历，海滩，患热带病登革热，在极度疲倦和易怒的情绪中，几乎是难以控制地一直和妻子讲各种死亡故事，说老年的时间"比织工的梭子还快"，下坠是加速度的云云。还说面对死亡时"艺术是一种挽救，将我们从混乱的加速中挽救出来。诗歌的韵律，音乐的节奏，绘画的形式和色彩。不过我们确实感觉到我们向着地面加速前进，砰然闯入坟墓"[2]。而当他们在死亡恐惧中艰难回国后，接着是几个星期在加护病房里的生死挣扎，他的脑子里装满幻象、妄想、错觉。当终于从死亡线上被挽救回来，他回忆起来的竟是四处漫游的沉重郁闷，在街道上、电影院、广场，甚至还有宽阔的地窖里。这也是小说对濒临死亡情状的奇特描绘。

两个老人，一个濒临死亡，一个经历了死而复生，他们不断言说着生死，由此死亡也成为小说中的重要组成部分。一方面，作家年事已高，又是给死去的老友作传，生死沉思也属正常；另一方面，通过这样的描写也突出了主人公拉维尔斯坦的生命强度和亮度，同时也表达了两位智者站在人生尽头的生死智慧。毕竟，死是生命的最后一幕，是显现于人类世界的那个难以认知的无限，从那个门槛上蓦然回首，也许才能看清楚已经走过

---

[1] 宋兆霖主编：《索尔·贝娄全集·第十二卷》，第266页。
[2] 〔美〕索尔·贝娄：《拉维尔斯坦》，第184页。

去的有限的一生。感慨万千，或悲或喜，或浓或淡，皆思之常。如果稍稍扯开一点，看一眼20世纪现代文学中对死亡的描写，我们可以发现在一个祛魅时代，死亡恐惧曾经是现代主义文学中的重大主题之一，没有了上帝的照亮，无论在战场上，无论在普通场景中，也无论是大人物还是小人物，面对死亡大都迷茫悲观，也因此加缪的西西弗斯精神才显示了一种过程哲学的价值。拉维尔斯坦的性情表现，在某种意义上也具备着西西弗斯的精神向度，齐克的冥思显现的也是智者之思，不同于《洪堡的礼物》中西特林迁葬洪堡之后，面对坟墓想着"出不来了，出不来了"的悲恸之声，该小说中的生死描述大抵上并不灰暗。

正是在这样的背景下，小说写了两个老人对待男女情爱不同的理念和行为，成为小说中和死之思相映照的温暖色调。

拉维尔斯坦对男女爱情的态度在理性认识上是悲观的，他认可柏拉图关于人原本一体，后来由于骄傲被神肢解成两半，于是不断地领受被肢解的痛苦的说法，认为人们需要那个正合适的失去的部分，在互为补充中使自己得到完善。他说，"追求爱情，陷入热恋，乃是渴望寻回你失去的另一半自我"，真正的爱情是对人类最大的馈赠，在文学人物身上，比如安东尼和克莉奥佩特拉、罗密欧和朱丽叶、安娜·卡列尼娜、包法利夫人等，他们都是有这种渴望的人，他们的故事表达了一种强大的但未得到满足的人类需求。但是，现实中的爱情寻找是失败的，他认为多少代过去了，人们始终找不到自己失去的另一半，人们得到的只是性爱，在性爱中暂时忘却被肢解的痛苦。因此，现实中的爱情大多不过是寻找到一个容易相处的替补者而已。在这个问题上，他说人是不可能赢的。于是我们在小说中看到，他本人是一个同性恋，还喜欢各种暧昧的邂逅，用他的说法，是在混乱与无奈中接受替补者。

也因此，小说中提到一对老夫妻，两个人年轻时在一次舞会上相识，一见钟情，很快结束了各自原来的婚姻，走到一起过了大半辈子，一直相亲相爱，却因为年老而厌倦生活计划自杀，但又拿不定主意，特地去请教他们所敬慕的智者拉维尔斯坦。濒死的拉维尔斯坦从容严肃地质问他们："在上百万或上千万人中，只有他们侥幸成功。他们有一段伟大的恋情和几十年轻松的幸福生活。相互之间以自己的古怪癖好来逗乐对方。他们怎么能够忍心用自杀来向生活讨价还价？……"[①] 即在千万人的概率上，他们是侥幸的成功者，怎么可以不知足呢！借一对夫妇的故事，拉维尔斯坦

---

① 〔美〕索尔·贝娄：《拉维尔斯坦》，第149页。

表达了自己对爱情与生命的敬重。

对生命的看重也是犹太文化的一个部分。《旧约》中，上帝造出人之后有个评价是"甚好"，因此犹太一神教文化中把生命看作神的赐予，是神圣的，应该珍惜的。后来出现的供犹太人学习律法的犹太文化典籍《塔木德》中曾明确指出，毁灭一条生命等于毁灭一个世界，拯救一条生命便等于拯救了一个世界①。拉维尔斯坦是犹太人，尽管从事着阐述古希腊哲学的工作，但其文化根子依然有犹太文化的浸染，这点在接下来的部分还会论述到，因此这里对生命的维护应该也有犹太文化的成分。

而齐克则不同，他相信爱情并且拥有了爱情，始终认为"爱情是我们的最高功能——我们的天职"②，按照拉维尔斯坦的说法，他在爱情这件事上也属于"侥幸的"成功者。罗莎曼，是拉维尔斯坦的高才生，能用希腊原文读色诺芬、修昔底德、柏拉图，在齐克眼里是一个美丽、有教养、有礼貌、有智慧的年轻妇女，观察力敏锐，思路清晰，理解力强。这样一个女人爱上了齐克，在婚姻生活中和他琴瑟相和，完全是上一节中提到的贝娄小说中的"天使"类型。小说表现了罗莎曼日常生活中的温雅，和齐克两个人的精神契合，比如在拉维尔斯坦去世后，齐克几年时间一直找不到给老朋友写传记的入口，心底里是焦虑的，而罗莎曼总能够以合适的语词和口吻与他谈论这件重要的使命，既能鼓励他，也不会使他感觉紧迫和局促，甚至还能拓开他的思路。他平时所言所想所感，总会在罗莎曼这里得到透彻的理解。他满怀慰藉地说到这位年轻妻子和自己的相合相通，他觉得自己"永远行走在同一块望不到尽头的高原上"，罗莎曼便是这种行走的好旅伴。从这些描述中，我们可以看到作家的夫妻理念，其实就是基于互相之间的理解、尊重、精神契合，由此映照着他过去作品中写过很多的男女关系的失败案例，也可以看作是《真情》中那一对情人会合之后进入家庭生活的展开版。

当然，站在夫妻、家庭生活角度，我们也难以忽略，无论是小说中的罗莎曼，还是现实生活中作家的第五任妻子简尼斯，她们应该都是因为爱而全力以赴照顾丈夫的年轻妻子，这种照顾包括了精神、工作、情绪和一应日常事务，除了妻子角色，她们还是秘书和护士，可以说大多时候牺牲了自己的社会角色（要知道罗莎曼是拉维尔斯坦的高才生，简尼斯也是学者），而这种牺牲还是在主动选择中感受着由衷的幸福。同时，她们的性

---

① 见徐新《犹太文化史》，北京大学出版社 2006 年版，第 88 页。
② 〔美〕索尔·贝娄：《拉维尔斯坦》，第 134 页。

情似乎也天生能够应和调节丈夫的性情，使之保持平和与安宁。这种情状和那位写出了《荒原》和《四个四重奏》的艾略特十分相似，他一生不幸，身心疲惫，常常内心紊乱，晚年也是娶了多年的秘书从而得以享受幸福和安宁的婚姻。应该说，现实历史中自然也不乏这样的例子。我们不仅疑惑，是否伟大或者说强大的男性确实只有和这样天性具有牺牲精神的温柔伴侣才会获得真正的幸福呢（当然她还得具备相当的聪明智慧）？那么伟大或者说强大的女性呢？她是否也会有类似的诉求，满足一个围绕着妻子转的聪明温情的丈夫呢？这是否是一个重大的家庭生活课题呢？

现实多艰，男女情事复杂，万千个性万千个例，谁能说得清这样的性别差异与和谐真意！还是回归作品中的完满幸福。小说细致地描写了齐克挣扎在死亡之域时罗莎曼的救护和照看，那简直就是以命护命的绝佳例子。她在恐惧与绝望中动用了自己所有的智力和体力，所有的人际帮助，才能够在一个到处放假的时间段里住进了医院并找到了最好的医生。加护病房里的病人是40%的死亡率，20%的终生残废，其余的幸运者会在普通病房中慢慢恢复健康。齐克蹒跚地走进了后者队伍。他活过来后才知道，对于像他这样年龄和病情的人来说，救治过程其实就是一场几乎要失败的战斗，胜算是很少的。为了他能醒过来，那个美丽聪明的女人在不可能中全力以赴，决心要拉住那个已经走到生命终了阶段的丈夫。护士们被这样的努力所感动，为了这份深情而变通了病房的各种规定，让这位女人守护床边，吃着送来的简餐，因为她害怕丈夫突然离去时自己不在身边。目睹她在普通病房中的琐碎护理，齐克说她的大脑里就像"装着一部持续不断地整理归类的仪器"。事实上，齐克当时对生死已经不大在意了，正是为了这位年轻的妻子，他才极力配合治疗，不放弃各种身体机能的训练，"我的放弃将会是对她的侮辱"[1]，说得多么准确和深情！由此他得以战胜自己难以避免的意志消沉，尽力避免陷入"自我忽略的泥潭"，逐渐坚强起来，犹如艾略特在晚年写的一出戏剧《老政治家》中的那首诗：

　　　　甚至死亡也不能使我惊恐与沮丧
　　　　只要处身于永恒的爱情[2]

---

[1] 〔美〕索尔·贝娄：《拉维尔斯坦》，第218页。
[2] 〔英〕彼得·阿克罗伊德：《艾略特传》，刘长缨、张筱强译，国际文化出版公司1989年版，第313页。

在贝娄最后对情爱的颂歌中，罗莎曼自信满满地告诉齐克，他们可以活到很老，直到下一个世纪。现实中，贝娄和他的第五任妻子简尼斯确实做到了，他们在1992年结婚，《拉维尔斯坦》出版于2000年，贝娄2005年逝世。这是多么欣慰的爱与生命的记录啊！贝娄，在他的最后一部小说中，继续了《真情》的情感主调，以这样的方式给他的最后一位太太留下了厚重的礼物。

三　犹太人灾难的世纪追问

让我们从感慨万千的人生问题回到历史现实，继续讨论小说中对20世纪重大问题的理性审视。

拉维尔斯坦是柏拉图的信徒，同时也赞成雅典和耶路撒冷是人类更高存在的两个发源地，如果必须选择的话，他承认自己会选择雅典，同时对耶路撒冷充满敬意。但在他最后的一些日子里，他谈论更多的是犹太人以及他们的种族灾难，因为两个年老主人公都出生于犹太家庭。

其实，作为一个犹太籍知识分子，拉维尔斯坦身上不可避免地掺杂着犹太文化色彩。从他充当"哲学王"的形式来看，很多时候在学生面前他还扮演了严父角色，那些研究生一旦迈进其门下，他就要求他们摆脱家庭，忘掉父母，按部就班地纳入他的科班"体制"，服膺于他的各种规划。甚至于学生的婚配问题他也要参与进去，虽然没有到包办地步，但一定属于他苦心思虑的范围。具有讽刺意味的是，拉维尔斯坦本身有仇父情结，他那个犹太父亲似乎从小到大一直践踏他的自尊，打骂是家常便饭，为了儿子没有成为优等生荣誉学会会员一辈子耿耿于怀，而拉维尔斯坦只要提起父亲也是一贯的耿耿于怀。但他自己，却不自觉地又在学生身上充当了父亲的角色，那个"影子政府"更像一个大家庭，学生们是不允许违背规则的。直到临终，他的门徒还像子女般坐在病房外，一个个等待他的最后召见。这也是犹太家庭伦理的不自觉渗透，让他这个充满雅典精神的智者显露出族类底蕴。正如拉维尔斯坦自己所言，"一个人不可能抛弃你的血统，也不可能改变你的犹太人身份"[1]。

由于齐克也是犹太人，两个好朋友在思想界和现实问题中认真神游着的时候，有关纳粹大屠杀历史及其相关问题便成为他们各种话题中的一个重要部分。尤其是在拉维尔斯坦临终的日子里，小说借另一个朋友概括其对犹太历史的言谈时评论说，"这是他心目中最重要的一件事，因为它关

---

[1]〔美〕索尔·贝娄：《拉维尔斯坦》，第172页。

联着一宗极大的罪恶"①。和一直被大屠杀阴影笼罩的赛姆勒先生不同,他们二人和大屠杀历史都没有直接关系,可以说是那场劫难洪水的岸上客,因此其关注和讨论中虽也渗进了族裔之痛,但更多的还是立足理性认知之维度给予辨析,其政治哲学教授的身份也使得其言谈具备了高屋建瓴的视野和洞察力。联系贝娄之前创作中对大屠杀历史的各种描写,这部小说中有过去作品中相关内容的强调、补充和深化,也有的是第一次提到。概括之,大概有这样几个方面:

其一,"幸存者"的责任问题。小说中写到一个罗马尼亚人格里莱斯库,是研究荣格的知名学者和典型的绅士,文雅有加,彬彬有礼,是齐克夫妇(前妻)的朋友。但他"二战"前是罗马尼亚法西斯政府驻外机关的文化官员,还是希特勒铁卫团的成员。拉维尔斯坦认为,格里莱斯库这类纳粹成员也许并不是一个敌意的仇犹者,但他当时有投票权,在需要表明态度时投了票,实质上成为大屠杀的参与者。他们在"二战"后隐身下来,希望借助与犹太人的友谊关系来掩盖和洗刷自己的历史,逃避了罪责承担。拉维尔斯坦希望和格氏有来往的齐克不要犯糊涂,不能罔顾族裔耻辱,应该和格里莱斯库挑明真相,"你居然还没提过这个问题。你还记得布加勒斯特大屠杀吗?记得他们把人活生生吊死在屠宰场挂肉的钩子上,屠宰他们——活活地扒他们的皮吗?"② 并谆谆教导齐克"犹太人应该对犹太人的历史深感兴趣——感兴趣于他们的正义原则"③,等等。

从作家的认可态度上,很明显,齐克和拉维尔斯坦的态度呈现了作家贝娄不同阶段的认知,从对大屠杀缺乏认识到晚年的不断强化,是作家在《贝拉罗莎暗道》的深刻忏悔之后,到《拉维尔斯坦》中几乎是一大段一大段的直白告诫,在严厉的审视和界限分明的理性批评中告知犹太幸存者应该牢记自己的职责,承担起种族历史记忆的使命。而且,这种态度也和"二战"后犹太人多少年来持续缉拿纳粹战犯的坚定行为具有其思维方式上的一致性,这是贝娄以前作品中未曾提到的。该问题和后边第三点的"个人罪责"问题有相通处。

其二,"大屠杀"产生的文化"土壤"问题。拉维尔斯坦和齐克在对话中谈到大屠杀缘由时说到两点,一是认为"必须在意识形态的基础上,来想一想这些数十万数百万被杀戮的人——就是说,带有一些理性的借

---

① 〔美〕索尔·贝娄:《拉维尔斯坦》,第171页。
② 同上书,第119页。
③ 同上书,第172页。

口。理性作为秩序的表现或者意图的明确,具有不可忽视的价值"。二是20世纪"虚无主义的最狂热的形式,极其彻底地表现在德国军队中",引发了普通士兵的血腥疯狂的谋杀热情,并贯穿于执行命令的过程中①。这样的见解源自作家贝娄和布鲁姆对20世纪的现代性批判,本书在论述作家自20世纪60年代以来的写作时已经强调了相关方面,如现代文化中的虚无主义倾向,缺乏信仰的非人性等;然而说到"理性的借口"问题,即在"意识形态的基础"上国家体制组织的大屠杀,以前作品似未提及。拉维尔斯坦的激愤言辞中隐隐地和阿伦特有关极权体制的意识形态宣传问题②、鲍曼有关大屠杀和现代性技术组织的关系等有着一点相通。笔者未能找到贝娄是否受到阿伦特等人影响的资料,可以肯定的是,作家确实思考了大屠杀和西方文化、西方文化和纳粹制度之间的复杂联系,并托小说人物之口说出,只是在这个方面没有更多地展开。

其三,反犹问题和个人罪责。小说反复提到大屠杀中那些"被选定的人"和掺杂着反犹情绪的欧洲历史,口气比起早期的《受害者》和中期的《赛姆勒先生的行星》等作品更加强硬和坚定:"从来没有听说或感受过这样大量的仇恨和对生存权利的否定,希望犹太人死亡的愿望被广泛集中的意见所确认和辩护。"③ 而且,小说还指认一些历史上著名的反犹事件和名人,如俄国人伪造了《锡安山长老协议》以栽赃犹太人④,吉卜林诽谤爱因斯坦的相对论是企图给物理世界一个虚假的犹太式曲解,伏尔泰也仇恨犹太人等,几乎有一种清算姿态。拉维尔斯坦说:"如此多的其他人,成百万的其他人,希望他们死亡,这意味着什么。其他的人类驱逐他们。希特勒说过,他一旦掌权,就要在慕尼黑的玛丽娅广场立起一排排绞刑架,把犹太人,直到最后一个犹太人,吊死在那里。"⑤ 这些话中渗透了不能抑制的愤怒。

同时,小说还从大屠杀延伸出20世纪的人类世界的暴行和"严酷"性,认为"严酷"这种因素从"一战"后就蔓延到全世界,从个人到统帅,从历史到政治,"你可以在任何成年人身上发现杀人的冲动","表现

---

① 〔美〕索尔·贝娄:《拉维尔斯坦》,第162页。
② 见〔美〕汉娜·阿伦特《极权主义的起源》,林骧华译,生活·读书·新知三联书店2012年版,第458—467页。
③ 〔美〕索尔·贝娄:《拉维尔斯坦》,第171—172页。
④ 《锡安山长老协议》:俄国人虚构的政治讽刺文学,后传到欧洲,被希特勒纳粹解释为犹太人的阴谋,成为消灭犹太人的意识形态宣传品。
⑤ 〔美〕索尔·贝娄:《拉维尔斯坦》,第161页。

为那些广泛分布在俄国、德国、法国、波兰、立陶宛、乌克兰以及巴尔干半岛的无耻暴行"①，从苏联的古拉格群岛到德国的劳改营，"经过战争的老兵是严酷的，政治领导人是严酷的。最严酷的当然要数列宁，下令绞杀和枪杀大批不同政见者。希特勒30年代掌权后加入了竞争"，最终成为"严酷"的集大成者。作家对此的中心观点是，我们"每一个人都在其中有自己的一份"，每个人都有义务面对事实审视自己的内心。

十分明确，贝娄从大屠杀追溯到欧洲的反犹主义，从普通的反犹行为追溯到世纪性屠杀的普遍罪责问题，最后追溯到每个人的自我问责，他认为"人们普遍愿意接受千千万万人的被毁灭。接受它就像是本世纪的基调"，"为什么这个世纪——我不知道应该怎样去表述它——同意承担如此多的毁灭？思考这些事实时，我们全都突然变得软弱无力"②。这里沿袭了《行星》中赛姆勒对人性的严厉拷问和作家长篇散文中《耶路撒冷去来》（见本书附录）中对人类历史的拷问，将世纪性的"严酷"置放到每个人的存在职责上，他要质问的是，每个生而为人的个体，是如何地在情感和理性层面接受了这个"严酷"的世纪的？如果说反犹主义成为纳粹大屠杀的温床，那么是否可以说，许多人的麻木不仁也成为20世纪"严酷"历史的温床？当20世纪被浸淫于"严酷"之海而找不到救赎，那"犹太人便是缺乏救赎的历史见证人"。在这里，贝娄和萨特的名剧《阿尔托纳的隐居者》中对20世纪的审判十分相似③，贝娄尽管非常不喜欢萨特在20世纪中后期的左翼倾向，但他们对20世纪历史中隐藏的罪恶以及对人性的拷问，其理性洞明的价值态度是一致的。

这样的言说也可以视为老年贝娄自我身份之强调，或者如国内学者乔国强先生所说，可以视作其"借写传记这一机会和形式，来总结自己对人生的一些重大问题的思考，特别是为自己对反犹主义和'大屠杀'的认识做最终的定位"④。

其四，大屠杀遗产。相比较以上几点，这点十分类似遗嘱了，或者说是各方面的一个总结。拉维尔斯坦谆谆告诫齐克，"在我们自己的时代，

---

① 〔美〕索尔·贝娄：《拉维尔斯坦》，第163页。
② 同上。
③ 萨特戏剧《阿尔托纳的隐居者》中的主人公弗朗茨，一个德国逃兵，战后把自己关在阁楼上，身着破烂军服，自设法庭，对20世纪和人性本身（包括自己）展开了旷日持久的严厉审判，认为在自己和同类的眼睛深处看到了兽性。最后和父亲一起开车自杀。
④ 乔国强：《从小说〈拉维尔斯坦〉看贝娄犹太性的转变》，《上海大学学报》2011年第3期。

无数的人被杀害了，他们当中的大多数和你一样，和我们一样。我们不应当忽视他们……犹太人曾经被提供给整个人类作为一个衡量人性邪恶的尺度"①。他认为反犹者犹在，接下来不知道还会从哪里冒出来。这些论断继续着《赛姆勒先生的行星》《贝拉罗莎暗道》等作品中对大屠杀记忆的强调，指出了犹太人命运给予人类历史和人性本质的价值参照性。

也许，这一点是贝娄所有大屠杀描写的核心和意义所在。记住历史劫难不是为了清算，明确活下来的人都是"幸存者"也不仅仅是一种历史悲悯，抚触伤痕是为了厘清伤痕造成的缘由，由此而警示并尽力避免灾难的再次发生。雅斯贝斯1961年接受巴塞尔电视台采访时曾经说过：犹太人受害只是一种形式，"要灭绝犹太民族是件史无前例的事件，这必须铭刻在我们的意识中间"②。这也正是索尔·贝娄托小说人物之口郑重地留下的世纪性遗嘱。

应该说，作家在他的最后一部小说中，借自己心仪的人物说出了对生命本身、对社会历史的深刻认知，和对生、死、爱的绵密感悟。整个20世纪后半期，贝娄坐在窗前，俯瞰熙熙攘攘的都市人生，回头一笑，世纪风云在其笔下翻卷，他用自己的写作，将人生这个唯一的生存机会填写得足够丰满；然后潇洒挥手而去，最后给世界留下了一曲"天鹅之歌"和拉维尔斯坦这位生气勃勃的准"哲学王"，伴随着他的自信，他的智性，他的信念，他的丰满个性魅力，他的成功与失败，以及面对一个千疮百孔时代的倔强与洒脱。

---

① 〔美〕索尔·贝娄：《拉维尔斯坦》，第167页。
② 〔美〕汉娜·阿伦特：《耶路撒冷的艾希曼》，第161页。

结语　20 世纪的浮士德

> For I Have Promises to Keep and Miles to Go Before I Sleep.
> ——Robert Frost

> 现在，我明白了过去的错误所在。"没有走过的路"却走过了，而且走过了上百次之多。到现在为止，我朝着睡眠的诺言已经走了许许多多里路，可是，当我鲁莽地到达目的地时，却眼睁睁地醒着。
>
> ——索尔·贝娄

浮士德是歌德用一生才智孕育出来的不安分的宠儿，他穿越形而上追索的迷惘和质询、情感之阈的生死亲验、政治舞台和文化自然领域中的各种尝试和搏击，在成就一部传世诗剧的同时，使得这个形象成为文学世界一个耀眼且深邃的意象，表征着一种路漫修远、上下求索的人类精神。当我们从贝娄的一生创作中艰难穿行过来之后，当本书试图给这位世纪大师一个小小的概括时，浮士德的影像瞬时显现，并从 18 世纪的自负傲慢高峰（自以为可以征服一切）降落，潜行于繁杂的 20 世纪，开始他好奇而全新的探索，在本书的视野中，逐渐和我们费尽心力试图走近的"主人公"——文学世界中的"思想者"——融为一体。

索尔·贝娄生活在 20 世纪，在其 60 余年的小说创作中，创造了一系列在外在和内在世界中不断沉浮的人物，他们在自我个性的历练中，在与现代、后现代社会的冲撞以及沦陷中，在物质与精神的喧哗迷惘中，在现实世界与价值世界的矛盾磕绊中，他们面对如何活着这件事展开重重思索，面对活在这个世纪这件事进行无休止的追问并且行动着自己的行动，面对人类本身和历史现实进行着自己深刻的审视，由此而展现了一个个人生过程和惶然又张狂的世纪风貌。正是在此维度，可以说索尔·贝娄延续了古典浮士德的内在精神，在一种象征意蕴上，可称之为"20世纪的浮士德"。

回溯之，贝娄作为"现代浮士德"，作为文学界和小说世界里的"思想者"，他涉足的场域大抵存在着这样几种思维向度：

第一，忧生之焦迷，即为人生在世、如何安顿自己而忧。这一向度比较集中地体现在贝娄创作的开端时段，即40年代和50年代的作品，包括了《晃来晃去的人》《受害者》《奥吉·玛奇历险记》《只争朝夕》《雨王汉德森》等。在这些作品中，主人公对个人身份、自己在世界中的位置以及人生意义有诸多思考，囊括了哲学上的存在意义问题和社会历史角度的生存问题，包括犹太移民的生存艰难问题等，可谓早期青年阶段的忧生情怀。用习惯性的说法即是："我是谁""我应该是谁""我的梦想和现实"等，在对诸如此类问题的探讨和体验中展开各种叙事。小说主人公对社会的观感是迷乱的，对自我也是不大确定的。我们看到，作家不能自已地在各个角度倾诉着种种生存意义上的艰辛和存在意义上的困惑，青年人约瑟夫、奥吉、马克斯等，中年人利文撒尔、威尔赫姆、汉德森等，他们总是惶惶不安、思虑多多、到处寻找、处处碰壁，在生存和存在的边缘地带演绎着自己迷惘的独角戏。世界很大，自己能够意识到和去认知的只是很小的那一圈，因此觉得迷惘。自我认识也如此，能够做的与意欲做的总也达不到一致；尝试着各种能够尝试的，挫折与失败总是伴随着过程，对自己也缺少把握。于是这里的自我不是这个世界的中心，只是无边无际的世界中的一个模糊的点。在其背后，隐隐有着一种巨大的不安，当然同时，也潜存着一种巨大的进取之欲求。

联系作家来看，贝娄写作伊始也大抵是格林尼治村的小角色，尚处于社会的边缘，他刚刚开始努力，要在自我意识中寻找确切的东西，试图用创作来确定自己在现实世界的位置，并由此而追溯着终极意义。他接受着来自四面八方的思想撞击，对自己所居住世界的认识是纷乱的、无序的、不确定的，有时还是敌意的。对于他个人，尚未弄清自己的位置，生存中诸多艰难，对存在于斯之事有与生俱来的兴趣却又不甚了了，忍受着形而上的磨难，也忍受着形而下的困苦，无论在上还是在下都找不到自己的位置。于是晃来晃去，到处寻找，有时自信满满，有时惶惑不安，有时绝望透顶，有时在心里描绘前方的辉煌图景。因此，小说人物自然也是一直围绕着这样的问题思和行。徘徊中的"自我"约瑟夫，"向上"追索中的"自我"奥吉和汉德森，在生存艰难中挣扎的利文撒尔和威尔赫姆，他们既有欧洲哲学思想的影响，也有美国式个人主义的奠基，还有"受害"的犹太经验，有迷失和茫然，有执着和荒唐，有自尊自负，有羞愧反思，他们在各个角度诉说着年轻作家的躁动不安和青春期冀，大抵是一个容易被碰碎的苏格拉底，初步显现了作家作为思想者对世界与人生的最初的感知经验。

当然，这种忧生式思虑的书写也贯穿和延伸到作家的中后期创作，比如《洪堡的礼物》《拉维尔斯坦》中对生死问题的沉思和玄想，比如《院长的十二月》《更多的人死于心碎》中对生存价值的明察和悲伤，比如《银碟》《贝拉罗莎暗道》中对名利场上的成功进行的意义质询，等等。所有这些都属于生命本身的存在问题，青春期也许更多的是生的迷惘和焦虑，中老年则对历史现实和生死有更多的理性审视和探问。尤其是生死之间，对于人类本身来说本就是生命的一体两面，生死迷茫在思者那里一直是伴随一生的主题回响。反观近代以来的西方文学史，哈姆雷特的"to be or not to be"基本上是每个时代的无解"天问"，以各种方式和不同内容回响在许多大师的经典之作中，同时自然也回应着人类生命旅程每个阶段时不时需要面对的生命大题。

无疑，贝娄早期创作中这类思考和20世纪的西方文化大背景也有重要关系，即宗教衰微、信仰缺席之后个人的无根之感，那种迷茫、迷失、茫然、不安的诸多感受，那种时而浑浑噩噩的嬉皮行为，都是典型的20世纪产物。贝娄虽然出身犹太家族，从小也接受了具有坚定价值理念的犹太教，而且这种理念还常常成为他后来审视历史社会的肯定性根基，但贝娄是没有宗教信仰的。这一点早在他的开山长篇小说《晃来晃去的人》中即有比较清晰的表现，约瑟夫在静心倾听海顿大提琴协奏曲的那段描写中，即展示了传统宗教和现代理性在听者心理纠缠中的落败趋向。这一点在本书第二章第一节中曾有过展开，此处再次提到，只是强调一下贝娄没有宗教信仰这件事，以及没有这个支撑之后的惶然不安。这是烙刻在他身上的世纪之印和族裔之印，也是他早期小说中恍惚不安的重要因素。而在1975年写作的长篇随笔《耶路撒冷去来》中，他直接面对了犹太教和现代理性的对峙，作家既有内心之不安（放弃了族裔宗教和生活习俗），更有现代理性的批判性审视，在说明作家有关信仰这个问题上更为明晰。这一点在本书附录中有更多的论述。

在西方文学史上，与贝娄此类思虑有较多联系的是西方现代主义文学，那些艾略特们、里尔克们、叶芝们、伍尔夫们、超现实主义、表现主义等，在贝娄创作伊始已成经典，他们对宗教信仰坍塌之后的苦恼、恍惚、忧虑聚焦了一个时代的创痛。那些响当当的名字是贝娄早年广泛阅读中的重点，而重要的是他在文化感受上和他们血脉相通。因此可以说贝娄初期创作继续了20世纪初现代主义文学的基本脉象，并以自己的方式探索着有关世纪人生的种种含义，以及作为个人在宏大时代之流中的焦灼不安。但不同的是现代主义文学多有抽象和隐喻之义，而贝娄的小说虽然充满了思想流动和意识流动，但在主干上依然存有着19世纪现实主义小说的因素，主要还是人物与故事撑起了小说的主干，因此其哲学思考也是在人物叙事中展开的。这自然和贝娄对19世纪小说经典的青睐有很大关系，和对现代主义经典作家一样，他也常常对狄更斯、福楼拜、巴尔扎克、陀思妥耶夫斯基、托尔斯泰等古典作家念兹在兹，在他们的文学滋润中自然也接受着那些创作方法的影响。同时也可以说，正是他小说中的这些人物和故事承载着作家绵延不尽的繁复思虑，他们既是时代的产儿，同时也是与时代对话的各种个性主体，而且在很多时候，他们还成为作家的代言人和批判性主体，承载了作家的价值理念和里里外外的内在期冀。而从思考人生意义、追寻人生真谛这一粗线条上来看，贝娄则是但丁、歌德等古典大师的直接延续者。

从美国现代文学支脉来看，贝娄小说中这些主人公和海明威、菲茨杰拉德等"迷惘的一代"也有相似处，尽管贝娄在海明威的耀眼光辉中表现出不屑的姿态，如本书第二章论述《晃来晃去的人》时所提到的"硬汉们""不懂得反省"之类，但他和"迷惘的一代"对于历史社会的基本认知则是相通的，都表现了那种生活在不确定文化语境中的怀疑和不安，以及人物精神世界的惶惶然状态。当然，贝娄有自己的特点，和海明威那一代相比，他大抵上忽略了人生失败或者胜利的二元模式，以及面对悲剧命运是否具有"优雅"姿态之类问题，因此也就不具备主体上的悲剧性元素，自然也没有去触及人类命运的限度问题。如美国批评家斯蒂芬妮所言，贝娄否认非此即彼的二元叙述，他最好的发现是人性的挣扎[①]，因此其语调时有调侃、时有嘲讽、时有悲伤，不像海明威那般字里行间所蕴含的悲剧性。有关贝娄非二元思维方式的问题，在后边讨论其艺术理念时还会深入论述。

第二，忧世之伤怀，也可谓作家的"现代性批判"和社会关怀。从20世纪60年代开始，接下来的20多年，是贝娄创作高峰和鼎盛时期，作家

---

① Stephanie S. Halldorson, *The Hero in Contemporary Ameican Fiction The works of Saul Bellow and Don Delillo*, 2007, pp. 32 – 36.

写出了他一生最为重要的作品,长篇小说有《赫索格》《赛姆勒先生的行星》《洪堡的礼物》《院长的十二月》《更多的人死于心碎》,还有许多著名的中短篇小说。这些作品所蕴含的思想阈限可谓广阔,但其中的主线基本上是对现代科技理性和后现代大众文化的批评之音,以及对60年代反文化潮流的社会乱象与人性揭示。本书第四章和第五章已经做了较为详细的论述,"引论"中也有相关阐释,这里只是做一点总结性补充。

对自己所处时代进行几乎是全方位的关注并发出自己的声音,和贝娄的犹太文化理念、西方人文主义理念以及作为作家的成功地位有直接关系。《赫索格》(1965)是贝娄创作生涯的里程碑,从那时起便确定了贝娄在美国20世纪后半期重量级作家的显赫地位,成为美国社会名流。由此开始,贝娄面对当下社会各种现象时便有了较为自觉的批判和担当意识。那些年也是美国社会文化发生巨大变革的年代,60年代的"反文化"潮流、丰裕社会中人性价值和消费主义的纠葛、现代科技发展和18世纪启蒙理想的错位、后现代大众文化的大肆张扬等,使得作家从较为抽象的意义追问转而面向社会现实,在政治与文化的洪流中主动承担起一个知识者的重任。在他那些沉甸甸的长篇小说中,主人公都是中年知识分子,他们有教授、有作家、有科学家、有欧洲大屠杀幸存者,可以说都是身心披挂着高文化装备,他们穿越在人声鼎沸的现代世界,经历着现代性的两难:一方面给人类带来物质丰裕和精神的解放;另一方面又形成了由物质符号、大众传媒形塑的话语力量,铺天盖地地遮蔽了个体生命的面貌,并由此诱发出了人性中潜藏的破坏性。这些赫索格们、赛姆勒们、洪堡们、西特林们、科尔德们、贝恩们,他们发现着、沦陷着、挣扎着、批判着、斗争着、幸存着,在自己的故事中演绎着现代人的生活,诉说着人应该是什么和难以成为什么,在现代文明的诸多漏洞和冲击中,展现了人性的累累伤痕。

确实,贝娄遭遇了后现代社会的挑战,这和他从小接受的犹太文化、人文主义都有着巨大的冲突,他用自己的创作展示了知识者、文化人与反文化秩序力量的遭遇战,倾听着在种种压力中呻吟着的精神苦难,如美国本土评论中指出的,贝娄的小说表现了个人(或者说人的精神)存活于现代历史巨大压力中之不易[①]。在作家写作的维度,贝娄描写了虚无主义、物质主义、科技体制、现代传媒的喧哗,他也尽心尽力地表达了作为一个现代知识分子和大学教授明确的思想价值倾向,对人之尊严、人性高贵的

---

① C. S. Yadav, *Saul Bellow*, printwell, 1991, preface, p. 9.

精神向度有着深情的呵护。小说中那些中年知识分子，大多都承载着作家自己的理想倾向和现实困境，尽管他们都有自己的弱点或者缺陷，有这样那样的毛病，如赫索格的浪子性情，如西特林对美色的沉溺，如洪堡在物质中的陷落，如贝恩的幼稚，等等，但他们都对人性、尊严、精神生活有着高的要求，这种底气是他们抵御时代风雨的心灵港湾，他们"立足荒原——试图否定他活力的制度——集中力量与自我和控制他的神秘力量斗争，终至存活"①。

是的，20世纪60年代之后的世界，对于贝娄来说，相比之前确实变得清晰了，也可以说是作家在思想上成熟了。那就是：一个人性、诗性缺失的科技体制，物质主义嚣张，虚无主义盛行；而在这个清晰的世界中活动着的个人也是清晰的，他们极端的不适应，或者沦陷，或者批判，或者出击，或者思考，或者逃逸。而在作家叙事层面，价值理念也是清晰的，是与非、丑与美，无论是社会批判还是自我嘲弄，都显现出其明确的价值向度。因此可以概括地说，在贝娄创作中期这几部重量级作品中，贝娄涉及的思想性问题指向两端：一是社会批判，他形象地展现了现代科技体制、官僚主义、大众媒体在制度上的嵌接合谋，是如何地形成了几乎是铁板一块的功利世界，在这里，人性空气稀薄，人类文明传统中的信仰、希望和爱无处置放，诗意、精神、灵魂遭遇放逐。二是对个体的审视，他在几百年的个性解放欢歌中掘出了其极端性维度，描绘了丰裕社会中被刺激起来的物性欲望和性混乱的无限膨胀，用喜剧和嘲弄的态度，描写了那些反文化、表演性、感官诉求等原始主义行为在各个角落的泛滥，他们如何不断地冲击着文明秩序，并且由此下滑到吸毒、犯罪的黑暗流沙层，反过来又如何地毒化了整个社会。

在本书相关章节中，都提到贝娄60年代后回到芝加哥的使命之说，他在《洪堡的礼物》《院长的十二月》《真情》中都以各种方式提过。这也确实是他的实际行为，即着手调查芝加哥的流沙底层。如果说，贝娄从一开始就具备着把握世界的逻辑理念，那就是本书第一章中所梳理的犹太文化传统价值观和西方传统人文理性价值观的结合与渗透，趋向于文明秩序和人性精神，也包含了信仰的元素和质地（并不是纯粹的宗教信仰），形成作家最为基础的坚实根基，而在此根基上，又长出了阶段性的俄国政治理念，使他一直具备着关注现实社会的使命式情怀；那么，根基的坚实

---

① Raymond M. Olderman, *Beyond the Waste Land: A Study of the American Novel in the Nineteen-Sixties*, New Haven: Yale University Press, 1972, p. 18.

性经过了青春期的迷茫之后，逐渐形成作家明确的批判矛头，从而能够给予周遭世界以清晰的价值判断，且常常成为小说人物的护身符号和意义符码。而他青年时代所吸收的美国式个人主义精神，本来是青年约瑟夫、奥吉们用以抗拒浑浊物性世界的个性特征，但在其后来的小说中，这种精神逐渐走进极端状态，在各种嚣张的表现中成为破坏传统文明的虚无元素，张牙舞爪地吸附着现代社会的物质和色情因子，这些东西纠葛在一起，起起落落，在过度和适度中不断地风卷云涌，造就了其后期创作中形形色色的主人公。这些承载着作家思想或者思想冲突的小说人物，都在言说着20世纪的复杂、危机、灾难以及焦灼不安。

因此，这一阶段的创作从思想和价值角度来看，贝娄是较为坚定的，无论是对犹太传统文化中的人道公义信念，还是西方人文传统中人性尊严理念，都有着明确的守护姿态。从时间维度来看，这种态度，在贝娄的小说世界也有一个逐渐清晰的过程：从60年代《赫索格》对现代化现象、现代科技体制的感性批评，到70年代《赛姆勒先生的行星》中对60年代"反文化"的道德审判，再到80年代《院长的十二月》对后现代话语的坚定出击，包括作家对东欧极权统治国家的关注和揭露，作家在其中完成了一个知识分子身份的明确转身，面对整个现代、后现代社会进行了几乎是全方位的理性审视和由此而铺展开的美学叙事，大抵可以界定为一个思想性作家人到中年后的忧世伤怀阶段。

这种"现代性批判"态度，除了其小说创作的故事性展现，在其散文随笔中表现得尤为直接。从60年代谈论经典名著被大众社会所忽视的《尘封的珍宝》、嘲讽政府重物质轻文化的《白宫与艺术家》、70年代批判人为物役的《心灵问题》、批评美国社会中缺乏文艺因素的《自我访谈录》、一直到八九十年代的《芝加哥城的今昔》《作家·文人·政治：回忆纪要》《精神涣散的公众》、包括他对文学界朋友的怀念之作如《艾伦·布鲁姆》《约翰·契弗》《约翰·贝里曼》[①]等，这些散文和随笔有的发表在某些报刊上，有的是在各种场合的演讲，都在直抒胸臆地指出现代世界如何在物质发展中伤害着艺术与人性，并对那些徜徉在诗性世界中的朋友给予极大的赞赏和深情怀恋。这份情怀与20世纪思想界诸多大师的现代性忧虑如出一辙，如早期的施本格勒对西方近代文明的扩张性品质的审视，本雅明对工业机械、城市文化的警惕之心，七八十年代的一些后现代理论的焦虑（本书"引论"中有较为详细的介绍）等，贝娄以文学的方

---

① 以上所提文章，皆见于宋兆霖主编《索尔·贝娄全集·第十四卷》。

式，客观地加入了社会学家、哲学家等为自己所居住时代切脉的大合唱，是谓知识分子对历史现实的拳拳之心。

这里要指出的是，贝娄在对现代社会持批判态度的同时，尽管其小说人物多是陷落，但他并不是一个悲观主义者。他继承了传统人文主义对人本身的理性向往，认为人虽然有很多问题，人类社会出现很多弊病，但人在不断地追求光明，不断改进，人类便还有纠错之希望。因此，他一边批判现代性，一边对西方近代以来的启蒙信念和文明进展持肯定态度。这一点和18世纪的歌德倒也有相似之处，《浮士德》中也借上帝之口说过，人是会犯错的，但最终会回到正路上来，所以在凡俗世界跌打滚爬不断求索的老浮士德最终还是被天使接走了，这是古典诗歌中的宗教式褒奖隐喻。《赫索格》中同名主人公随口说出的那句话，"事实王国和价值标准王国不是永远隔绝的"，也可以看作贝娄的心声；诺贝尔授奖词中也专门提及这句话，并补充说，"意识到价值标准的存在，人们就能获得自由，从而负起做人的责任，产生出行动的愿望，树立起对未来的信念。因此，一向不过分乐观地看待事物的贝娄，实际上是个乐观主义者。正是这句话里的信念之火，使他的作品闪闪发光"①。本书大体上认同这样的说法，只是不大想用关于"悲观主义"和"乐观主义"这样的词语来界定贝娄。一旦"主义"，即显绝对和二元，贝娄是既不"绝对"更不"二元"的，从小说人物来看，无论是那些忧生的约瑟夫们、奥吉们、汉德森们、伍迪们，还是忧世的赛姆勒们、科尔德们、拉维尔斯坦们，以及忧生忧世的赫索格们、洪堡们、西特林们、贝恩们，他们在与世界的纠葛中都不是强者，并且他们大多也不是正义与道德的个性载体（除了科尔德），他们只是20世纪的现代人，伴随着自己的伤痕不断地与现代世界相缠绕，因此在他们的相关叙事中，也是不能够将他们用"二元"方法来划分的。这里只是试图立足作家写作角度，描述他对传统人文信念那种持续的深情和一生的守持，正是这种根底里的守持使得其作品中总是存在着一个"价值标准王国"，断断续续照耀着那些沉浮的人物，同时成为作家"现代性"批判的底气所在。

在此同时，贝娄也常常对各种政治现实和政界要人发表自己的各种见解。1961年3月在《老爷》杂志上刊登的"赫鲁晓夫文学札记"一文中，将赫鲁晓夫定义为列宁和斯大林的继承人，俄国寡头政治的头子，挖苦其

---

① 宋兆霖主编：《索尔·贝娄全集·第十三卷》，第255—256页。

为"自编自演的喜剧艺术家"①，喜欢占据着舞台中心，去中国、巴黎、柏林等地到处演讲，却不说"放逐和清洗"的事，还把他比喻为卡拉马佐夫兄弟中那个龌龊的父亲，厌恶之情溢于言表。1962年刊于《高贵的野蛮人》第5期的《白宫与艺术家》，则描写了美国政治家对艺术家的态度，那是白宫为法国文化部长马尔罗举行的晚餐会，一些作家、画家、演员等应邀出席，大家似乎感到受宠若惊，还感到现在的美国尊重文化了等。但事实却是，国会和政府会拿出百万美元支付那些石油公司继续亏空，却不会拿出一分钱在华盛顿建造一所文化中心。他还写到也是客人的曼哈顿银行的大卫·洛克菲勒，肯尼迪总统和他进行了长时间的谈话，结果导引出后来的信函往来，还发表在《生活》杂志上，里边并没有涉及美国文化问题。贝娄作为一个入世甚深的作家，类似的事件和讽刺语气，在其小说中也是一以贯之，从《奥吉·玛奇历险记》中对托洛茨基命运的描写和感叹，到《赫索格》中对诸多美国名流和政治人物的挖苦，以及《洪堡的礼物》中洪堡对美国总统竞选的期待，作家对各种政治现实及其人物故事有许多描绘，且睿智深刻，见解迭出，幽默讽刺源源不绝，其中见出少年时代俄苏政治影响之深远。

第三，"身份"之苦情，主要表现于其犹太人出身以及由此延展出来的一些历史现实之思虑。从总体上来说，"身份"对贝娄来说是不算一个问题的，不像美国文学中那些黑人作家、亚裔作家等聚焦于双重身份的纠结和两难，也不像其他犹太裔作家对表现犹太人"美国化"路途中酸苦辗转及实现之难的那般专注；正如本书第一章梳理的贝娄之"多维"思想来源，以及每章涉及其每部作品时也大体论述了其中思考的各种理路指向，也如他在多处声明过的，他虽然是犹太人，但并不以描写犹太人生活和命运作为一己职责等；纵观其一生写作，也确实证实了贝娄在文学创作上所具备的普遍性特征，也就是说，作为犹太人这个族裔"身份"，对他来说既不是一个标签也未形成樊篱。早在50年代发表的《奥吉·玛奇历险记》中，一出场即声称自己"是美国人"的奥吉·玛奇生机盎然地穿行于北美大陆，虽然让贝娄在犹太人文化圈子里遭遇麻烦，似乎是对族裔的某种背叛，但其流畅自如的叙事风格所带来的自满自足，小说本身在美国文坛所取得的成功，使贝娄在找到自己叙事方式的同时，自然也就更加坚定了作家不会局限于犹太人命运的创作方向，且终获举世瞩目的成就。可以说，

---

① 宋兆霖主编：《索尔·贝娄全集·第十四卷》，第40页。

作为犹太移民二代，贝娄在"美国化"这条路上，无论是做人还是做作家都很成功。因此，贝娄面对世界、面对写作，"身份"应该不是什么根本问题，至少不是大问题，自然也不是他写作的主要内容。

但这并不说明贝娄本人没有此类问题的困扰。从作家 60 多年创作中寻索之，可以看到其断断续续的"身份"意识之表现。一是写作伊始，这是比较明晰的阶段，贝娄一边在格林尼治村"学习"着来自四面八方的文化文学经典，接受着文艺生活熏陶，一边品尝着犹太人趋向和内化"美国化"的艰辛，于是我们看到其早期创作如《受害者》《只争朝夕》中对犹太人直接和间接的生存艰难的书写。尤其是《受害者》中，犹太人的族类意识非常刺眼，且极为脆弱，面对自己生存于斯的世界充满不安和惶恐，甚至觉得自己上了"黑名单"、正在被谋害云云。不得不说这是贝娄身心中存在着的族裔历史灾难的阴影在小说中的反应，更是 20 世纪大屠杀阴影的一个反射。尽管贝娄生活在美国，远离大屠杀，但他属于这个遭遇灾难的族类是铁定的事实，几乎类似他的"原罪"，他所完成的"美国化"也未能完全去除内心深处的阴影，否则无法解释利文撒尔那种几乎无所不在的"受迫害"感。

二是在中期创作阶段，在 70 年代的《赛姆勒先生的行星》和长篇随笔《耶路撒冷去来》中，这种犹太人的身份意识有所延续。《赛姆勒先生的行星》通过两位过时的老人——赛姆勒和伊利亚——表达了犹太人在美国社会中面对自己那些叛逆的下一代的悲情感受，赛姆勒作为大屠杀幸存者，在喧嚣的 60 年代几乎就是一个伤疤和讽刺，他穿行于纽约这样的大城市中，淹没在反文化的潮流里，只有他的记忆和身心中留下的创伤在诉说曾经的灾难，这些深入骨髓的描写自然也沉浸着作家自身的族裔悲情。而其纪实性散文《耶路撒冷去来》，则是贝娄对现代犹太人生活现状的一次直接关注，也可以说是他在自家门前的一次心灵洗礼。从作家去以色列这件事本身来看，既是他作为知识分子对世界大事的关注，更是他作为犹太人的情感所在。从散文内容来看，在飞往耶路撒冷的飞机上和具有虔诚犹太教信仰的教徒的劈面遭遇，那种放弃了犹太人生活方式给他带来的身份尴尬，算是给他上了第一课。虽然他用现代理性对族裔的传统习俗进行了一番心理审视和褒贬，且现代理性观念在他这里是占了上风的，但其中的难为情和心理触及也是溢于言表，是他难以忽略过去的。接着是他到达耶路撒冷之后的种种超验感觉，那种远望锡安山时的朝圣般感受，那种"无与伦比的温馨"等，也使他发出犹太人"在一起祈祷具有很强的凝聚力"的感慨，说他是来"吸收某种品质的"云云。这都可以看作贝娄对自己族裔信仰力量的一种敬仰，也是他对现代人缺乏信念的一种对比性褒奖。而以色列所取得的建设成就，西方媒体对阿以冲突的不公正舆情，以及回到美国后还去见国务卿基辛格说以色列现状等，这些表述和行为都表现了他作为犹太人内在和外在的情感取向。自然而然，对那块土地上从未停止过的领土争夺战，战争硝烟对犹太人、阿拉伯人的无休止的伤害，他也表达了自己深深的痛心。

对阿以冲突的戚戚之情，在刊于1979年4月1日《每日新闻》的"签约的日子"一文中更显淋漓之痛。那是1979年3月埃及和以色列之间，由萨达特和贝京分别代表阿拉伯和以色列，在当时美国卡特政府的斡旋下签订和平条约的日子。文章中描写了白宫的草坪，天空晴朗，风儿吹着，万里无云，阳光倾泻在一大群来宾和记者身上。贝娄还听见圣约翰教堂的钟声，似乎也在庆贺着这一盛况。多少年来中东地区的战事不断，和平是天大的意义。出席的要人中，几乎没有一个人是逃脱过个人苦难的：萨达特弟弟死于1973年阿以战争，以色列国防部长维斯曼的儿子伤残，外交部长戴杨失去了一只眼睛，还有希特勒死亡集中营的幸存者……正是这些人在那一天，在白宫，他们签订了和平协议！贝娄说，"我们热血沸腾"，出席的人都感动了。这是一个伟大的时刻，尽管那些历尽沧桑的政界要人依然保持着冷静的睿智，但贝娄则感慨万分，由族裔情感延伸到历史之殇，感叹"人类在中东生活了几千年。在此期间，制造了复杂的困难，创立了令人迷惑不解的相似信仰，而也正是由于这一原因，又全然是不同的信仰，也结下了无法用魔法驱除的仇恨和要求"[1]。这种历史现实思虑在《耶路撒冷去来》中也有不少描述。

尽管有这些诉诸笔端的文字表达，但不得不说，这种身份意识和深切感受随着贝娄的美国生活经验之丰盛在逐渐淡化，创作上也随着他耀眼的成功转向对美国社会现实中"现代性"问题的极大关注和忧虑，因此在其创作中期，也就是其鼎盛阶段，他作为美国作家名流和具有西方传统启蒙思想的知识分子在文学界发声时，可以说犹太身份大体上已淡出其审美视界。

三是贝娄创作晚期，即20世纪80年代之后表现出来的心理愧疚和自我身份的强调。从80年代后期到21世纪，贝娄发表了著名中短篇《偷窃》《贝拉罗莎暗道》《真情》《记住我这件事》，散文随笔集《集腋成裘集》，长篇小说《拉维尔斯坦》等。在这些大抵上属于晚年的作品中，忧

---

[1] 宋兆霖主编：《索尔·贝娄全集·第十四卷》，第285页。

生忧世情怀依然，但多了怀旧和温情中浓浓的族裔情感。叙述方式也多是倒叙和回忆，人生世界，岁月年轮，男女情事，世界还是那个世界，人逐渐老去，对人性与世界的认识和感怀既更为深刻，也从容达观。唯独在作为犹太人这件事上逐渐显出一些固执，这主要表现在 1989 年发表的中篇《贝拉罗莎暗道》和 2000 年最后一部长篇《拉维尔斯坦》之中，本书分别在第六章中对这几部重要作品已经做了详尽论述，这里再次提及，是想强调一下犹太族裔出身给贝娄带来的深层情结和心理之痛，在经历中年的忽略之后，越到晚年越感觉到一种与生俱来的重量。

也正因了这份沉在心底的族裔情感，使得他在高龄之际，为自己作为作家一直没有直接描写大屠杀事件而愧疚，也就是他曾说过的"不知道为什么"一直忙于美国生活，尽管去过奥斯维辛，却忽略了大屠杀云云，并在与朋友的通信中也屡屡谈到这个问题对他的困扰。于是有了 1989 年《贝拉罗莎暗道》中的审美性自我救赎，小说将大屠杀提升到"记忆"与"忘却"的哲学高度，在小说人物身上，在叙事人口气上，都将那种忘掉族裔灾难的现实状态置放于犹太人第二次被屠杀的级别上，而且也置放在人类如何面对人类自身历史灾难的级别上，对此应该采取什么样的态度，是在"记忆"中清醒着，还是在"忘却"中湮灭着，可以说贝娄淋漓尽致地表述了自己的价值态度。正是有了这个中篇，使得贝娄自己也稍稍松了口气，似乎觉得终于让自己作为犹太人对自己多灾多难的种族有了一个小小的交代。

这种心理也真有点让人唏嘘。其实，写什么，怎么写，对于作家来说是属于自己的自由选择，正如贝娄自己也曾有过的类似声称；但事实上却是，他的"身份"意识在心底是如此之深，给他造成了如此的深度困扰，也是他始料不及的。他曾在和罗马尼亚朋友马内阿的访谈中提到自己和同样属于犹太人的菲利普·罗斯的区别，罗斯十分反感别人认为他在美国是处于"散居之地"，他说："什么样的散居之地？我不是在任何的散居之地。我是在自己的国家，我在这里，我是自由的，我可以成为任何我想成为的人。"[1] 贝娄认为罗斯是出生于美国的年青一代，无论在感性上还是理性上从来都是没有自我怀疑的美国人，不像自己年长一些，自己的父母是彻头彻尾的欧洲人，给了自己太多的影响，因此虽然自己也可以宣称自己是自由的美国人，却"不得不带点儿虚张声势的勇气，因为取舍对我而言过于清晰"，不像罗斯那般"不那么清晰"。确实，贝娄是带着"清晰"

---

[1] 〔罗马尼亚〕诺曼·马内阿：《索尔·贝娄访谈录》，第 55 页。

的种族印记到了美国,同时受到多方面的文化熏陶尤其是美国文化的滋润,由此而成为"美国作家"的,所以他一边做着作为完成了"美国化"的犹太裔美国作家的工作,一边心里不能够对犹太族裔"完成"割舍,于是便产生了上述苦恼。

这种存于心底的苦情延续到晚年,逐渐生成为责任。到了 2000 年发表的"天鹅之唱"《拉维尔斯坦》中,同名主人公那种不断强调自己作为犹太人职责的语调,几乎可以看作作家贝娄要对自己的身份给出最后的决断了,正像莎士比亚经过悲剧阶段对人性之恶的淋漓展现之后,最后在传奇剧《暴风雨》中继续了其对人之美的赞叹之歌,贝娄也在其最后一部长篇中,在两个老人的智性对话中,常常提到自己作为犹太人应该如何,犹太人的灾难应该如何看待,面对纳粹余孽应该持何态度,20 世纪中出现的大屠杀该如何认识等;无论如何,充斥长篇中的有关犹太族裔问题的书写,都有点老年寻根的浓浓深意,也可以借用贝娄在对自己一生写作回顾时用的那句话:"在我离去之前结清我的账目。"① 在《拉维尔斯坦》中,他在借用和自己最为知心的老朋友进行的文学对话中,对自己与生俱来不可更改的"身份"做了最终的情感式确认。

在贝娄的这些"身份"意识中,无论是小说还是访谈以及散文随笔,和此连接到一起的,除了对大屠杀作为 20 世纪大事件的历史性认知,还有对欧美政治家、左翼知识分子的尖锐批评,尤其是对萨特的批评,认为萨特只知道挑动阿拉伯人仇视以色列,客观上加深了中东问题的复杂性等;而欧美大国的政治家们很多时候只是考虑自己的实质性利益,并不能立足人道和公义立场上去促进世界争端的解决。在这些质问中,贝娄既表述着自己作为犹太人的沉痛担当,更有作为人文学者、文学作家的职责担当,他有意识地在自己的文学世界留下一份份警世醒言,记录着他所活过的世纪发生的那些反人类的事件,是如何地伤害了人类文明本身。因此我们也可以说,在其犹太族裔的身份意识中,由于犹太人历史灾难的特殊性,由此而延伸出了他对 20 世纪和人类历史文明的广泛质问。这是其胸襟所在。

第四,"艺术救助"之执着,这是贝娄贯穿一生的文学理念。这一理念和其"现代性"批判相连接,正如 19 世纪现实主义作家们为其批判的世界开出人道主义药方类似,贝娄为迷失在科技理性体制和大众文

---

① 〔罗马尼亚〕诺曼·马内阿:《索尔·贝娄访谈录》,第 67 页。

化中的人们开出了艺术这一"药方"。这里的"艺术"泛指文学艺术，是贝娄在写作中常用的概念。这种理念在其随笔散文中十分明确，很多时候甚至具有着宣言的意味；而其一生创作，也可以看作其文学理念的践行。

我们可以从时间顺序上对其观点择要梳理一下：

早在50年代，贝娄那次伊利诺伊州旅行之后留下了两篇文章，其中一篇以"尘封的珍宝"为名发表在1960年7月1日的《泰晤士报·文学副刊》上。作家在文章中形象地描述了经历现代机械化之后的乡镇生活，有日常生活的轻松，也有轻松中的娱乐粗鄙化，他忧心忡忡地想到人的精神与生机是否被现代方式"吸收净尽"了。后来在公共图书馆偶然发现了一个使他惊异并大为欣慰的奇迹：居然有些人在借阅柏拉图、托克维尔、普鲁斯特、弗罗斯特、托尔斯泰、莎士比亚等古典作品。贝娄觉得自己发现了一个类似"乌托邦"的精神之地，认为这是读者们以私人形式"十倍封藏起来的珍宝，也是她力量的源泉"（大多是女性读者），他认为如果"没有某种与生俱来的同情心，就读不了莎士比亚和塞万提斯的作品。在我们自己同时代的小说中，这种理解伟大人性的力量似乎消散了，变形了，或者说，给埋葬了"[1]。他还提到詹姆斯·斯蒂文斯在给俄罗斯哲学家罗扎诺夫的《孤独》一书写的序言中说过，"小说家在用人为的手段，试图让现代世界已经死去的情感和存在状况保持其生命力"。贝娄赞同这种说法，他说，"翻开19世纪和20世纪最优秀小说家的作品，很快就能发现，他们利用种种方法，是想替人性确立一种定义，替生活的继续和小说创作，来进行辩护"，他还引用了陀思妥耶夫斯基、托尔斯泰谈论人性、真理在文艺创作中的渗透，"看来，作家的艺术，是在为生活的无助和卑劣找到一种补偿"[2]，"在这个世界上，我们能够成为的唯一东西，是人性的东西"[3]。

这是他最早把艺术和人性联系到一起的言论。到了60年代，即明确提出有关文学艺术中蕴含人性、阅读和写作是对人性的保存与呵护的看法，他认为这是工业化过程中人被机械化、丰裕社会中人走向肤浅娱乐化等现状的一种精神对抗。也可以说，他也是在为自己的阅读和写作作出了高规格的注解。当然，他对自己提出的"人性"一词也没有太多的

---

[1] 宋兆霖主编：《索尔·贝娄全集·第十四卷》，第74页。
[2] 同上书，第75页。
[3] 同上书，第78页。

界定，大抵上雷同于文艺复兴以来对人的情感、生命的丰富、个体的尊严等方面的肯定，当然，其中也掺杂了看重精神、心灵方面的类宗教意味。

70年代，他在《戏剧新闻》一刊发表《心灵问题》一文，继续批评美国现代化过程中粗鄙的一面，同时对美国大学也表达了其失望心情，他认为大学的文学课堂大多时候在玩弄理论，灌注知识，唯独没有将人的情感注入对小说和诗歌的解析中，"它们没有义不容辞地培养出评论家、读者和观众"。马克斯·韦伯在讨论现代社会时也讽刺过类似现象："纵欲者没有肝肠，这种一切皆无情趣的现象，意味着文明已经达到了一种前所未有的水平。"[1] 贝娄与此说类似，认为"一个年轻工人从杂货铺的架子上取下福克纳、麦尔维尔或托尔斯泰的一部平装小说时，他所带来的希望，要比文学学士更大"，因为他真正触及了文本中的人性。因此，美国大学文科教育失职，审美教育失职，社会中的低级趣味也就成为自然而然的现象，如司汤达所说，"低级趣味通向罪恶"[2]，贝娄则说，"一个没有艺术的世界将是一个堕落的世界"[3]。

这一点，贝娄和古典美学家如席勒的"审美教育"是相通的，和他同时代的马尔库塞用审美解放心灵之说[4]也有一致处，也类似19世纪的马修·阿诺德用"文化"（艺术、诗歌、哲学等人文积累）来对付英国中产阶级的功利主义、物质崇拜，实现人的内在"完美"，让心智和精神获得丰富和成长的说法[5]，也即用文艺对人的内在精神、人格的培养来克服现代文明的弊端。贝娄阅读广泛，有可能受这些理论学说的影响，但更可能是一种共识，面对相类似的情形给出的相类似的解决途径。那么，这里的"人性"，则加进了审美因素。

有了这些零散的积累，到1976年获得诺贝尔文学奖时，已经是很坚定清晰的思想理念了。他在受奖演说中，首先谈到康拉德对他的影响，因为自己是移民，康拉德则是一个背井离乡的波兰人，终年漂泊在远离国土

---

[1] 〔德〕马克斯·韦伯：《新教伦理与资本主义精神》，彭强、黄晓京译，陕西师范大学出版社2002年版，第176页。
[2] 宋兆霖主编：《索尔·贝娄全集·第十四卷》，第94页。
[3] 同上书，第96页。
[4] 〔美〕马尔库塞："随着对主观内心的肯定，个人跨出了交换关系和交换价值的罗网，摆脱了资产阶级社会的现实，进入了另一种生活境界。"见马尔库塞《美学方面》一书，转引自《马克思主义文艺理论研究》第二卷，文化艺术出版社1984年版，第445页。
[5] 〔英〕马修·阿诺德：《文化与无政府状态》，韩敏中译，生活·读书·新知三联书店2002年版，第11页。

的海洋上,说的是法语,写的是英语,一个属于斯拉夫人的英国船长,现实家园缺失,与贝娄有相通处;但康拉德相信海上守则的力量,相信艺术的力量,在其著名小说《水仙号上的黑家伙》序言中曾明确指出:艺术是给可视世界以最高公正的一种尝试,而艺术家的工作,正是深入自己生命深处,在这个孤寂的领域中寻找感人言辞,艺术家感动的"是我们生命的天赋部分,而不是后天获得的部分,是我们的欢快和惊愕的本能……我们的怜悯心和痛苦感,是我们与万物的潜在情谊,还有那难以捉摸而又不可征服的与他人休戚与共的信念,正是这一信念使无数孤寂的心灵交织在一起……使全人类结合在一起——死去的与活着的,活着的与将出世的"①。于此,艺术便成为康拉德的精神家园。

贝娄在演说中引用了康拉德这段细腻深情的话,对康拉德致以崇高的敬意,表达了自己深深的赞同。在他借用康拉德对文学艺术明确的价值肯定和赞美的同时,也表达了他对人之天性的某种情感性认可——又类似浪漫主义诗人的人学观念。他回顾了美国文学曾经过海明威一代的怀疑,他自己也曾抵制过康拉德,"我们既为个人生活而不安,又被社会问题所折磨",但经过年岁积淀,当我们还能对一切进行鉴别并深切地感受着,是因为人们还在写书和读书,"我们正试着和这些把我们打翻在地的事实共处"。因此,现在他则可以确定地认可康拉德的文学理念,"穿过喧嚣到达宁静的地带还是可能的。……探索本质问题的愿望随着精神混乱的加剧而增强"②,真实、自由、智慧,是人们所珍惜的美好,是文学艺术所承载的真理,使人们有力量穿过谋实利的行为到达存在的直觉。因此,他认为在这个时代要放下教育和理论意识的陈词滥调,求助于我们的天赋部分。他要在自己的创作中阐明人类究竟是什么,我们是谁,活着为什么等。他称这种理念为作家的中心地带,"这或许可以说是一种现代的小木屋,是一种精神在里面能得到庇护的小茅舍","它使我们对于真谛、和谐以及正义,有了指望。还是康拉德说得对:艺术试图在这个世界里,在事物中以及在现实生活中,找出基本的、持久的、本质的东西"③。

在这篇演讲中,贝娄较为明晰地阐释了自己对现代世界的看法(危机,混乱),自己对这个世界的态度(并不绝望,还需努力),他对艺术富

---

① 宋兆霖主编:《索尔·贝娄全集·第十四卷》,第112页。
② 同上书,第118页。
③ 同上书,第123页。

于感情的珍视（艺术具备救助人性的功能），坚定明确地提出了自己的文学价值理念，在诺贝尔领奖台上，面对世界听众倾诉了用艺术救助现代心灵和人性的深切愿望。这也可以看作他的一个文学宣言，蕴含着作家对真善美的执着追求。而从其不断谈到的"本质"一词来看，我们也可以看出贝娄继承了柏拉图以来的哲学思想，认为人、世界都是有其本质的，物质性、大众文化模糊了人的本质，因此人们感受着漂泊与孤独，迷失了本性，而正是文学艺术，提供和存有了这些现实中失去的东西，给每个人的孤苦心灵以救助，从而成为现代世界风雨飘摇中的"小木屋"。这一点，和丹尼尔·贝尔对现代主义文学是宗教消亡之后的替代物和有关"文化"的说法也有其一致处："真正富有意义的文化应当超越现实，因为只有在反复遭遇人生基本问题的过程中，文化才能针对这些问题，通过一个象征系统，来提供有关人生意义变化却又统一的解答。"[1] 贝尔的"象征系统"中自然包含了文学艺术，当然他更倾向于提供人生意义方面。贝尔和贝娄，在美国激进的六七十年代，确实都属于保守和精英主义阵营一边，这点本书在第四章中有过较为详细的论述。应该说，这些宣示也是20世纪以来现代主义文学中所蕴含的共识。

获奖之后，贝娄依然延续着这方面的思考：1982年12月在美国文学艺术学会年会上宣读的对作家约翰·契弗的悼词（后以"约翰·契弗"为名刊于1983年2月的《纽约书评》）中，提到契弗在写作中投入热诚，为这个世界提供着诗意，曾说过"我所寻求的永恒的东西，是对光明的热爱和遵循某种人生道德体系的决心"[2]，这是值得活着的作家永远记住的箴言。1990年5月，在牛津大学的讲座上，以"精神涣散的公众"为题，在陈述了许多后现代信息社会的散乱状况后，再次郑重地提出了艺术的意义：艺术品是让人们摆脱了普通的劳作世界之后，通过开放另一个世界，携带着幻想之国的消息，以自己的作品诱发着读者的全神贯注，在一个审美极乐的领域凝聚着生命中的人性信息："在这些现代世纪里，作家变成了与社会，与金钱势力，与暴力等作战的、严阵以待的艺术家。"[3] 那些伟大的经典作品对精神涣散作出了自己的贡献。1992年《波斯塔尼亚》杂志春节号上，刊登贝娄在1991年意大利佛罗伦萨纪念莫扎特200周年忌辰大会上的演讲，一开始贝娄就说明，在自己的生涯中，"有些角落，从

---

[1] 〔美〕丹尼尔·贝尔：《资本主义文化矛盾》，第24页。
[2] 宋兆霖主编：《索尔·贝娄全集·第十四卷》，第338页。
[3] 同上书，第206页。

一开头就是由莫扎特布置起来的"①。他提到幼年时家人对音乐的看重,贝娄学过小提琴,当过大剧院的引座员,因此他的精神世界中一直保存着音乐的重要位置。在现代人缺少睿智的理性秩序中,莫扎特让那种与生俱来的神秘感得到表达;在现代人被科学技术导致的傲慢中,莫扎特那种光明中携带黑暗的元素使"我们识别出了启蒙运动、理智和普遍性的踪迹——同时,也认出了启蒙运动的局限性"②,因为启蒙运动导致的解放带来纵欲狂欢,那种破坏性正是启蒙思想应该反思的大问题。我们所居住的这个世纪,诞生了最完善的厨房和洗澡间,但同时也出现了原子弹、大屠杀、古拉格群岛、奴役制度等,莫扎特正是在此意义上,他作为一个个人,尝到了失望、背叛、苦难、无能、愚蠢和血肉之躯的虚荣,犬儒主义的空虚,在其音乐的神秘深处和人性相通,与爱和美相通,在科技文明和世纪苦难之海中捞起了沦陷的一颗颗心灵。

在这些文章和演讲中,贝娄不断强调着的,其实就是这样一个命题:文学艺术,近现代以来一直是人性、灵魂的驻足地;而在人性遭遇裂解的后现代语境中,艺术更加体现了其精神救助的强大功能。贝娄不是理论家,其表述有其散乱之处,他也说过自己的用词并不严格,他只是想描述审美愉悦对人性本质的认知和重新发现。他认为,对于作家,关注人类本质是一个使命③,作家单单表现一种现实状况是无意义的,生活的琐碎人们每天都在经历,不用再在文字中去体会,文学应给人类存在的正当性提供呼唤,或者在嘲讽中以示警醒;对于读者,阅读中会听到一个个体的语气,那是独一无二的鲜明人性,是灵魂特有的铭记。当作家和读者在艺术中相知相遇,本质则得以恢复,涣散和碎片化便得以凝聚,情绪会圆满,理解尽溢,人性便在碎片化的现实世界中被救助和复活。

这些表述,或曰文学理念,在其小说中也有直接表达:

其开端作品《晃来晃去的人》中,那个弄不清自己到底是谁和世界到底是何种模样的青年约瑟夫,非常清楚的是对艺术的尊崇,为了给整天被淹没在物欲海洋中的亲侄女以精神养育,每年给她的生日礼物便是古典音乐唱片,用以滋养其精神上的贫乏。小说中详细描写的那段听海顿大提琴协奏曲一节④,涉及约瑟夫在理性和宗教信仰方面的挣扎和思考,其沉醉之状也是贝娄对人的精神丰富性的一种呈现;正是这种音乐中呈现出来的

---

① 宋兆霖主编:《索尔·贝娄全集·第十四卷》,第5页。
② 同上书,第16页。
③ 同上书,第212页。
④ 宋兆霖主编:《索尔·贝娄全集·第九卷》,第51页。

丰富与广阔，这种约瑟夫深深为之陶醉的精神世界，在他自己膜拜的同时，也试图去感染那个由于自己的富有而傲气十足浑身是刺的亲侄女。当然，结果是失败的，但约瑟夫的"企图"则是真诚的，这段叙事在小说中也是熠熠生辉的。而在直接写了两代作家的《洪堡的礼物》中，则干脆由西特林费尽财力精力去创办《方舟》一刊，在一个几乎是四面受敌的物质、肉欲世界中，西特林试图用这样的努力去救助人类精神，即其办刊理念："在《方舟》上，我们打算发表一些天才的杰作。我们到哪里去找这种东西呢？我们断定必然会有的。要说没有，那将是对一个文明的国度、对全人类的一种侮辱。得采取一切可能的办法去恢复艺术的信誉和权威，恢复思想的严肃、文化的诚实和风尚的尊严。"① 一方面是对人类文明的基本信任，另一方面则是要身体力行地去照亮混浊的人世间，可谓可歌可泣。小说中洪堡遗留下的信件中也有对艺术的终极礼赞，本书第四章第三节曾详细论述，诸如"坚持艺术之路"，唱出俄耳甫斯之歌超越人类之沉沦云云，在此不再赘述。

另外，这里依然要再次强调一下，贝娄在孜孜不倦地强调艺术救助和现代人沦陷的同时，也并不是一味否定近代以来尤其是 20 世纪的科技进步，他并不一概反对西方几百年来的启蒙理性和科技带来的物质丰盛，他为之忧虑的是其压抑和忘却人性的一面，因此希图用艺术来填补这个真空地带，唤醒逐渐麻木起来的精神之国。在这个点上，贝娄依然不是简单的二元思维，不是要肯定就全盘肯定，要否定就全盘否定，他不过是目睹了林林总总的现实状况后尽力给出一个类似光明的补救方式，因此本书用"艺术救助"，而不用"艺术救世"。这是贝娄的拳拳心事。正如社会学家丹尼尔·贝尔在分析了资本主义经济和文化艺术之间的深刻矛盾后指出的宗教回归之路，诗人艾略特也在写出荒原之乱象后走向宗教，悲剧大师奥尼尔在自己的剧作中也常常显示着宗教的拯救力量；而贝娄指出的是艺术之路，他和许多现代主义作家诸如普鲁斯特、伍尔夫夫人、超现实主义作家②等相似，对艺术在显现人的生命构成、激活原有的生命元素、吸纳诗性力量这些功能上，有着甚为一致的地方，这也可看作其文学创作的自我阐释。

当然，贝娄关于艺术的见解和理念并不是他的独创，确切地说，是存

---

① 宋兆霖主编：《索尔·贝娄全集·第六卷》，第 319 页。
② 可以参考武跃速《西方现代主义文学的个人乌托邦倾向》第一章"诗与思的建构"中的相关论述，第 26 页。

在于 20 世纪审美文化中的一个音部，也是古典美学的一个延续。无论是理论家还是作家，相关的论述比比皆是。席勒的审美教育，康德的美学思想，都在论述着艺术对人、对主体个体身心的滋润和丰满作用。同样生活在美国消费社会的马尔库塞，在其《审美之维》中也谈到艺术想象力对表达人性潜能、保存人之感性的功能，是抗拒现代科技理性的力量，在戏剧和诗歌中，"这种人（格）观念在戏剧中是如此接近，以至于在他们之间，似乎没有什么东西在原则上是不可言喻、不能名状的。而诗歌又使得那种在散文世界中曾经不可能的东西成为可能。人在诗歌中，可超越所有社会的孤独和距离，谈及任何东西。这些文学作品用崇高而优美的语词，战胜了现实中的孤寂，它们甚至可以把孤寂表现为一种形而上的美"[1]。"在艺术中，肯定文化展示出被忘却的真理，而这种真理在现实生活中却被'现实主义'所战胜。真理靠美的帮助，恢复了自身的光彩并摆脱了当下境况"[2]。马尔库塞较为深刻地谈到了具备超越能量的艺术形式即美的形式对现实的救赎意义，当然他的指向在于唤醒革命的力量，他和英国的奥威尔在《一九八四》中赞赏的无产者在歌声和日复一日的劳动中所保有的感性生机相似，都是指向政治现实，奥威尔面对的是极权专制扼杀人性的语境，马尔库塞面对的是科技理性扼杀人性的语境，他们都寻找到人的感性生命这块生机勃勃的土地，试图栽种反抗和革命的树林；而贝娄则是指向对人性完满之救助，人性完满本身即是目的。米兰·昆德拉在谈到欧洲艺术时也说，"小说的艺术教读者对他人好奇，教他试图理解与他自己的真理不同的真理"[3]，他指的是人们通过阅读而扩展人类以及人性的经验，人性丰满也是目的。而早在 19 世纪狄更斯的《艰难时世》中，也描写过功利主义教育对感性生命的破坏性，最后正是靠了马戏团（艺术）富于人性的帮助，小说中的悲剧才得以化解。这都是作家、理论家们各自的表达和表述。贝娄无论在人性的概念上，还是在"救助"甚或"救世"的概念上，和上述作家理论家都有其交集处，可以说，他也是古往今来圣贤中坚执艺术对人类文明和人性完满具备重大作用这一理念的同路人。

贝娄的一生创作，承载着他的思想厚度和深度，那是作家对自己所生活着的 20 世纪以及整个人类文明的不绝如缕的苦思和审美表达。如果仔细寻索其林林总总的思想散射，也是有着不少矛盾和困窘的：比如作家在

---

[1] 〔美〕赫伯特·马尔库塞：《审美之维》，李小兵译，广西师范大学出版社 2001 年版，第 13 页。
[2] 〔美〕赫伯特·马尔库塞：《审美之维》，第 24 页。
[3] 〔法〕米兰·昆德拉：《被遗忘的遗嘱》，孟湄译，上海人民出版社 1995 年版，第 6 页。

进行深刻透彻的现代性批判时,又对建构了现代科技文明的近代启蒙理性不绝口地赞赏着;比如不乏刻薄地嘲讽斯宾格勒、艾略特等人对西方文明的"荒原"描述,自己却在用力地批评着现代文明之虚无性;比如在物质主义和精神信仰方面的描写上,陷入现实中缺乏一个价值确定性的哈姆雷特之问;比如一边表达着对犹太传统的敬仰,一边也赞赏着和其难以协作的现代理性,并为此徘徊不安;比如一直慨叹着人性理性之丧失,却又一直在揭示着人性黑暗处的可怕情景等,诸如此类,这些矛盾和困窘使他在自己的文学世界常常散发出"无处置放的乡愁",且弥漫成殇。这是本书在论述其小说文本时不断论及的,也曾努力地试图在思的层面给以一个逻辑上的贯通。在这里想指出的是,也正是在此情境中,贝娄不断地回到艺术的梦乡,在救助自我的同时提炼出其艺术救助的理念,念兹在兹,不断穿越着那些丛生的矛盾之林,终成其颇为清明坚实的根本性价值地基,不仅使作家,同时也使读者,终于在那些千绊万索"难以理顺"(贝娄语)的人世纠葛中,感到一缕慰藉之光照。

贝娄曾经说过,"一个人不得不保护自己的梦想空间"①。他的梦想空间即是自己的小说世界,即其心心念念的"艺术"空间。他感慨地说,现在的文学界,没有了斯泰恩的沙龙,没有了布鲁姆斯伯里的晚间聚会,也没有了叶芝们创办剧院、发表演说、撰写评论的快事,没有了乔治·桑和福楼拜希望彼此互相批评的通信,这些消失了的古典高雅聚会,是他所向往的往昔梦幻世界。那么,在90岁高龄之际,贝娄身体力行地和老朋友一起创办文学刊物《文坛》,更是他"保护自己的梦想空间"的事实性行为,也是他为这个缺乏诗意的世界所做的最后努力。

胡塞尔认为,最伟大的历史现象是为自我理解而拼搏的人类②,而这种"拼搏",是不为书写大事件的历史学家所注意的,只有在文学艺术世界,这种现象才成为可歌可泣的人类精神交响乐,显现其"伟大"。20世纪,是人类历史中一个充满各种转折的时代,世界大战、金融危机、大屠杀、冷战、科技信息革命、大众文化、信仰危机……贝娄居住其中,在生活和思想上裹挟其中,以文学的方式四面出击,涉足其中,源源不断地在

---

① Robert Kiernam, *Saul Bellow*, The Continuum Publishing Company, 1989, p.1.
② 〔德〕马丁·布伯:《人与人》,张健、韦海英译,作家出版社1992年版,第221页。布伯在解释胡塞尔的哲学时说:"人类精神遇到了巨大的困难,遭到了来自它所竭力理解的有问题之物——来自它自己的存在——的强大抗拒。有史以来精神就一直与这些困难和抗拒拼搏,这种斗争史乃是所有历史现象中最伟大的历史。"

思的领域、在情的领域、在社会文化和体制领域,用文学的方式探索了人性挣扎的深渊,瞥见了光明与黑暗的纠结,在光明与黑暗交集的灰色地带希冀着、追问着,并且幽默、智慧,给予审美之光照和超越,由此而铸造了一个思性四溢的小说王国,在为人性"自我理解而拼搏"的文学谱系中,写下了具有时代烟火气息的辉煌一页。

附录　无处置放的乡愁
——论索尔·贝娄的《耶路撒冷去来》

　　1975年秋,索尔·贝娄随同应邀赴希伯来大学作系列讲座的妻子,在以色列做了为期三个多月的访问和考察,倾听了许多有关中东问题的纷纭众说,目睹了这块土地上的冲突给犹太人和阿拉伯人带来的苦难,回美国后发表长篇散文《耶路撒冷去来》(1976),在批评界产生很大反响。批之者认为其访谈对象有局限性,作家在政治问题上缺少统一视角[1];赞之者则认为文章以魏玛德国、西班牙内战、英帝国、俄国革命等作为观察和评说现实的历史参照点,显示了丰富的历史知识;贝娄传记作者詹姆斯在2000年出版的《贝娄》中,认为贝娄通过该散文,在世界文坛上确立了他关怀中东政治局势的形象。[2] 可以看出,人们对这篇散文的关注点大多是围绕着政治历史层面做文章。

　　本文认为,《耶路撒冷去来》本质上是一个文学文本,而且是作家散文随笔中唯一一篇长篇散文,其政治视点固然重要,但更重要的是,这篇散文在对人类历史政治风云的描绘和思考中,既体现了一个大作家的情怀,也集中显露了纠葛他一生的问题和矛盾:"我尽力去总结,去'理顺',但是这次的主题难以理顺。"[3] 这并不奇怪,中东政治风云翻卷,阿以冲突,西方大国的介入,历史与现实,军事扩张与宗教习俗,等等,这些因素交缠成各种矛盾甚至死结,不仅作家当时难以索解,进入了21世

---

[1] http://www.Saul Bellow Saciety, Critical Overviews To Saul Bellow's Novels, The Official Saul Bellow Website.

[2] James Atlas, *Bellow: a biography*, Published in the United States by Random House, Inc. New York, 2000, p. 450.

[3] 〔美〕索尔·贝娄:《耶路撒冷去来》,王誉公译,收入宋兆霖主编《索尔·贝娄全集·第十三卷》,第183页。后文出自同一著作的引文,将随文在括号内标示出该著名称首字和引文出处页码,不另作注。

纪的世界依然难以索解。而贝娄的问题实质上在于，他在审视上述事实的时候，"自我"身份和道德依据纷乱纠结，他既是现代美国人、传统犹太人，也是讲究审美的作家、具有使命意识的知识分子，他不情愿地在这些元素间滑动着，被撕扯着，以至弥漫成无处置放的乡愁，找不到坚实的立足点。这些纠结在一起的各种元素一方面或多或少地通向人类历史和文明进程中的难题，具有一定的普泛性；一方面又以各种方式散落于作家的小说创作中，是贝娄小说人物的重要精神特点，因此，《耶路撒冷去来》也是理解作家整体写作的特殊资源。

一 文化身份：美国人和犹太人的纠结

也许，"美籍犹太人"这一身份，是贝娄心底深处难以"理顺"的一个最为基本的既存状况。作为犹太人，生活准则关乎信仰和习俗层面；作为美国人，遵循的是现代文明与科学理性。贝娄作为完成同化的移民二代，曾多次表述自己在写作上倾向于诉诸人类的普遍性，不属于真正意义上的犹太作家①，其绝大部分小说也证明了此说可谓事实；但这并不等于说他不关心犹太人的遭遇，更不等于说他不会遇到作为美国犹太人在内在价值理念上的诸多纠结。尤其是在耶路撒冷这块特殊的土地上，面对自己祖先曾经的圣地，多少代流散族人的精神故乡，盘根错节的历史现实让他无疑会有更多的深度触动。《耶路撒冷去来》开端便描写了这样一种尴尬情景：在英国机场和飞往耶路撒冷的飞机上，贝娄和犹太教中严格遵守教规的哈西德教徒劈面相遇，二百多个教徒从各自居住地出发奔赴以色列，参加他们拉比儿子的割礼仪式。其中一个小伙子恰好和贝娄邻座，除了要求换座位以免和贝娄妻子挨着坐（经书禁止他和没有任何关系的女子坐在一起），还对会说意第绪语的贝娄吃鸡肉十分激动，以自己的犹太食物和以后给贝娄发周薪为条件，劝说贝娄下半辈子再也不准吃"不干净的食品"，以此"拯救"贝娄。贝娄从小生活在犹太人社区，对类似的种种禁忌和规则十分了然且敬重，认为那种单纯的宗教生活，对现代物欲主义有一定的免疫力；但他又是在美国现代文明中成长的知识人，看到教徒们在

---

① 见 Alan Berger, "The logic of the heart: biblical identity and American culture in Saul Bellow's The old System", *Saul Bellow Journal* (11: 2/12: 1), 1993/94, pp. 133–45。参见 Chirantan Kulshrestha, "A Conversation with Saul Bellow", *Chicago Review*, 23.4–24.1 (1972), pp. 7–15。

生活细节上如此恪守经书规定，衣服边上还镶着穗子①，还是有种古怪感。他自然没有答应关于以后吃什么的要求，理解归理解，在行为层面上他觉得还是难以折中。下飞机时，面对着哈西德教徒的遗憾，"我们彼此看了最后一眼。他看到的是现代社会制造出的亚伯拉罕子孙后代中的畸形产物。我发现的则是一段历史，一件古董"（《耶》：13）。

一个美国化的犹太人，在以色列的入口处，被迫上了一课极为刻板的犹太规训，算是自家人的一个见面礼。沃尔特·拉克在其《犹太复国主义史》中曾提到那些生活在欧洲而且认同居住国文化的犹太人，他们本身认为自己是欧洲人，但外界常会把种族的形象投射到他们身上，打乱其内心平静。②贝娄即此类型，我们看到，无论观念还是行为方式都倾向于"美国人"的他，虽然果断地撕开了与哈西德教徒的族类联系，但心理上依然觉得尴尬、难为情，以至于最后离开耶路撒冷那天，在飞机上还庆幸般地说了一句"星期六的飞机上没有哈西德人"（《耶》：148）。在理性层面，贝娄在很多事实面前明确地坚持现代价值观，散文写到一位以色列法官不顾教义之规与自己所爱的一位离婚女人结婚，贝娄对他在当地所遭到的非难、艰难曲折的婚姻经历感慨万分并深表同情；而对哈西德青年居然不知道数学家、物理学家这样的概念也感到震惊；在提到犹太复国主义运动领袖古里安访问美国、呼吁美国犹太人"放弃对非犹太民主的幻想，尽快移民到以色列去"时，贝娄则讽刺他对美国的无知，"好像美国二百年的自由民主的历史毫无意义似的"（《耶》：22），这无疑是对美国民主体制的肯定。正是类似的现代理念引发一位希伯来学者的批评，认为在贝娄眼里，不仅哈西德人是"好笑的、滑稽的"，耶路撒冷也很糟糕，这篇散文不过和麦尔维尔、马克·吐温在19世纪对耶路撒冷的丑恶描写一样，是美国文学中蔑视以色列的一贯作风③。

这就言重了。如果说贝娄对哈西德教徒有"好笑、滑稽"之感，对犹太人的某些刻板教规和封闭性也不怎么认同，但把贝娄提升到美国文学传统中对耶路撒冷的"蔑视"位置上，则纯属误读。之所以有此看法，还因为贝娄描绘自己在耶和沙法山谷的游历时，引用了麦尔维尔1857年游记

---

① 上帝指示摩西对以色列的子孙们说，"要他们在衣边上饰以流苏"。详见《旧约·民数记》第十五章第三十七节至第三十八节。
② 见沃尔特·拉克《犹太复国主义史》，徐芳等译，生活·读书·新知三联书店上海分店出版社1992年版，第42页。
③ Emily Miller Budick, "The Place of Israel in American Writing: Reflections on Saul Bellow's to Jerusalem and Back", *South Central Review*, Vol. 8, No. 1 (Spring, 1991), pp. 59–70.

中的一段描写，该段文字描述了当地的荒芜和霉气，说几乎是"在坟墓间穿行"，像"魔鬼缠身"。要命的是，贝娄在引用该段描写后没有褒贬，几可视作默认。但是，如果考虑上下文，即会显现出更深的意义来：那是贝娄在耶路撒冷之夜，阅读了有关历史上层出不穷的反犹事件的书籍，沉浸于自己种族的悲惨遭遇，又想到一位哈佛教授曾对他说过："如果犹太人集聚在一个国家，只是为了便于迎接第二次大屠杀，岂不是最可怕的讽刺吗？"（《耶》：24）接着是第二天游历耶和沙法布满坟墓的山谷，在描写景物时便流露出一种晦暗心情，事实上并无"蔑视"和不敬之意。

其实，散文中处处流淌着的倒是贝娄对耶路撒冷的深厚情感。在那段被人误解的记述之前，当贝娄和朋友一起参观古城时，曾有过相反的描写：

> 我知道这里的空气肯定有它的特殊意义。柔和的光线也令我心动。我的目光越过起伏不平的岩石和鳞次栉比的小房子，投向了死海。岩石和房顶都跟土地一个颜色，融融的空气就像一个人的体重那样压迫在一片奇怪的死寂之上。这些颜色传递着一种易懂而非懂的信息。宇宙在你眼前，在乱石巉岩的山谷及其尽头的死水的空廊中诠释自我。在其他地方，人死而瓦解；在这里，人死而融合。(《耶》：18)

这是贝娄进入耶路撒冷后的第一次灵魂悸动，几乎就是一种朝圣，应该是他作为犹太人对圣地的某种认同感和灵魂还乡。况且，他写哈西德教徒时不仅有"惊异"与不适，也有深层次的理解，说其"在一起祈祷具有很强的凝聚力。几千年来，正是这种凝聚力把犹太人团结在一起"（《耶》：12）。后来在和以色列总理拉宾见面时，贝娄还表露过"我不是来抢独家新闻的。我是来观察体验某种状态，或者吸收某种品质的"（《耶》：121）等。

早在1970年夏天，贝娄曾应希伯莱大学英语系邀请，和其他的诗人、小说家等一起到以色列讲学，他的演讲话题是关于美国社会的变化和自己移民经验中"美国梦"的变化。他说，犹太人父辈艰苦挣扎，子辈在同化过程中接受了"新世界"并走向自由，但20世纪60年代的反文化和社会混乱使他产生悲观之感，也间接地使他身上的犹太元素增加了[①]。同年出版的《赛姆勒先生的行星》，其中一些情节便是这种观念的感性注解。同

---

① James Atlas, *Bellow: a biography*, p.401.

名主人公是大屠杀中的幸存者，参加过"六日战争"，面对美国年青一代的嚣张行为十分悲哀，常常感到文明正在被破坏殆尽。此外，贝娄的《雨王汉德森》《赫索格》《更多的人死于心碎》等小说也反思和批判了现代物欲的泛滥和精神的虚无，《耶路撒冷去来》在内在理路上与这些小说一脉相承，后半部分也描写了作家回到芝加哥后对现代文明物质性一面的茫然和反感。因此，即使贝娄作为现代美国人从行为方式上有些许"蔑视"哈西德教徒，他也不可能"蔑视"耶路撒冷，这是他的根系所在地，是他深陷现代物化秩序和精神混乱时刻的救赎资源。因此，当他再次来到耶路撒冷，说要"吸收某种品质"时，即是指犹太文化中所蕴含的精神与信仰品质。正像美国的"锡安山骑士团""青年犹太"等组织，其成员大都是成功的美国犹太人，其复国运动主席还被任命为美国最高法院法官，这些人自然也都承载着美国现代文明的责任意识，但他们竭力支持建立犹太国，用实际行动救助纳粹占领下的欧洲儿童到巴勒斯坦，这些行为都来自内心深处的民族家园情感。

在一个祛魅时代，现代人最大的痛苦就是信仰问题，没了信仰，家园即废墟，因此文学艺术中会有那么多的"荒原""漂泊"主题，贝娄的小说亦然。他从小生活在犹太人文化圈，4岁开始学希伯来语，读《旧约》，曾自述觉得上帝是最初的父亲，那些先知祖先则是自己的家庭成员。但后来到了芝加哥，在公共图书馆开始阅读各种书籍，融入了"美国化"大潮，犹太信仰无疑失落了。不过，内心积淀的宗教质素和感情，还是会在特定的时刻和地方被唤醒。耶路撒冷于贝娄就是这样的地方，他注定要在这里有一番婉转纠结的灵魂叩问。散文还记述了一次他早晨远望锡安山[①]的深情体验，他说，在辛格的作品中贯穿着犹太先验论的因素，其小说人物会在以色列的天空中看到安琪儿、六翼天使和上帝的天堂；而他曾经认为自己情愿抵制这种想象力的扩张，但那天早晨"我也觉得，耶路撒冷的光具有净化功能，过滤血液和思想。我禁不住认为这光线可能是上帝的外衣"（《耶》：103）。正是在这种体悟中，他走进希腊人区一个石板铺成的院子，在枝繁叶茂的葡萄架下，光线透过叶子闪烁着，"那一天我再也不想往前走了。我不由自主地坐下来，在无与伦比的温馨中一动不动"（《耶》：104），身心感觉到了"美的回归"。

---

① 锡安山，这座位于耶路撒冷城南的圣山，对世世代代辗转流散无国无家的犹太人来说，是一个渗透希望和信心的爱之地，是家园的象征符号，在犹太复国主义运动中，俄国曾经有过"热爱圣山运动"，维也纳犹太学生办有名为《锡安》的杂志，美国犹太人建立了"锡安山俱乐部"等，由此可见锡安山在犹太民族传统文化中的重要性。

这里需要提到他对"人智学"的修习。1973年,贝娄在纽约参加了斯特纳"人智学"小组活动,参加者进行沉思练习,意欲在默思中达成生命与宇宙的互识共融,以期把握生命之真谛。据贝娄解释,这也是一种信仰,是在以科学为首位的现代世界,为转化人类知识经验的有限性而架起通向精神生命的无限性的桥梁。① 在他到耶路撒冷之前不久刚出版的《洪堡的礼物》中,主人公西特林在一个物质世界历经磨难后,"落难"西班牙一个偏僻的小旅馆,最后也是在沉思中到达类似的精神苏醒。作为一个现代美国人,贝娄一边感觉着锡安山的灵气,一边在理性领域评判"泛灵论"问题,一边又为自己片刻与圣灵之交流而欣慰。他最终把宗教感情、民族文化和艺术美感融为了一体,在一个静谧瞬间,脱开了现代人的喧嚣和重压,脱开了满世界的动乱和战争,身心敞开,和宇宙自然相融合。

这些交缠在一起的精神质素,虽然无法分清主次,但无疑都与犹太精神相契合。正是拥有着这样的精神资源,才可能使他看到以色列的力量和生气,散文中也引用了被希伯来学者所批评的马克·吐温《傻子国外旅行记》中对巴勒斯坦的描写,如"田野枯萎,活力消失""荒凉而丑陋",但这次引用之后贝娄接着写道,"在这片丑陋的梦幻之地上犹太复国主义者种植果树、开垦土地,建立了欣欣向荣的社会。'二战'后新生的国家很少有这般成功的,以色列便是其中之一"(《耶》: 168)。如果说面向死海和锡安山的感动属于纯粹的精神维度,是贝娄与生俱来出自身心的文化心魂,那么正视以色列的发展则是一种切实的事实性赞赏。这些都和他的现代美国人价值视角混为一体,是贝娄身上难以磨灭的文化交合之产儿。

不过,这种交合元素也常常使贝娄思绪紊乱。散文写到,他在耶路撒冷读到福克纳《喧哗与骚动》中"意大利犹太佬的土地"一句,这个不恭的称谓让他很难过,"如果是在芝加哥读这样的东西,我则毫不觉得奇怪;但今天是在耶路撒冷,我便不由得一怔,遂将书放下了"(《耶》: 22)。这段文字很形象地表现了贝娄在两种身份之间的摇摆,就像菲利普·罗斯小说《波特尼的抱怨》中的同名主人公在美国觉得自己是犹太人,和别人格格不入;到了以色列又被当作典型的美国人一样,感觉自己谁都不是。其实,类似的感受在黑人文学、华裔文学中都是常见的主题,这是具有双重甚至多重文化根源的人们的宿命和永无着落的乡愁,也是贝娄小说中那些犹太主人公总是惶惑不安的深层原因之一。

---

① James Atlas, *Bellow: a biography*, pp. 436–437.

二　社会身份：作家与知识分子的纠结

耶路撒冷之行，贝娄的明确身份是作家，在他遭遇到的各种问题中，无论是犹太人态度、美国政策、以色列现状，他大都以自己不是这方面的专家保持了观察和中立的立场，这也是他作为犹太人遭致批评的一个原因。但贝娄也表现了他对这些问题的矛盾纠结，这亦可看作其族裔情感在政治社会问题上的延伸。

贝娄认为，作家、文人经常弄不清诡异复杂的政治现实，会在一厢情愿的理论思维中导致简单化的错误判断，因此不适宜担当介入现实的知识分子角色，更不能引领媒体和思想界。《耶路撒冷去来》用大量篇幅批评了萨特对苏联问题和阿以冲突的介入态度，成为其观点的典型例证。贝娄对萨特的不满由来已久，早在1948—1950年，贝娄从法国《现代》杂志上了解到萨特对苏联义无反顾地支持，当时就很惊异为什么萨特对苏联的清洗现实如此无知或装作"无知"，后来他还在文章中把萨特称作"马基雅维利式"的人[①]。而在以色列问题上，贝娄认为萨特一如既往地信口开河，攻击以色列和美国，居然下结论说只有阿拉伯社会主义才能带来和平与正义云云。

贝娄对萨特的批评，一方面涉及萨特有关帝国主义的概念，贝娄认为，在萨特眼里，世界上有两个超级大国，但只有美国是邪恶的，这种概念来自列宁1916年的小册子《帝国主义：资本主义的最后阶段》，当萨特把此概念当作法宝到处使用，很容易形成一种片面的思维模式，把复杂的阿以冲突简单化；另一方面，也和贝娄的感情态度和立足点有关。贝娄作为犹太人感觉受到伤害，族类的历史劫难使他无比心伤，最有力的证明就是1967年"六日战争"爆发，他认为在1/4世纪里犹太人再次受到灭绝威胁，毅然以记者身份奔赴以色列作战地报道。可以说，那是他作为犹太人生命历程中的华彩时刻，但也是他作为作家第一次亲眼看到了战场的残酷，在人性视角里出现的是人的生命和文明的毁坏，震惊之余他对人类之争端深感悲哀。《耶路撒冷去来》重现了这些情景和他彼时的感受。在此背景上，他用了讽刺、挖苦的修辞，不无偏见地把萨特写成一个自以为

[①] 〔美〕索尔·贝娄：《作家·文人·政治：回忆纪要》，李自修译，见宋兆霖主编《索尔·贝娄全集·第十四卷》，第135页。

是、缺少自知之明、仅凭一点粗陋的知识就对那些身处悲苦之海的人指手画脚的大老粗。

公平而论，萨特对以色列和犹太人问题还是比较公允的，甚至很人性化地说过阿以冲突不能说哪一方是正义的，哪一方是不正义的，贝娄也在散文中提到萨特对阿以冲突总体上的同情立场，但就是掩饰不住自己的厌恶。这和他一贯对法国左派知识分子的看法有关，贝娄认为那些思想精英不知珍惜几百年来的启蒙成果，在反思和批判西方民主现实时走极端，不惜为集权主义鼓噪和铺垫理论温床，萨特是其中的翘楚。无论作为对美国自由民主持信任态度的美国人，还是作为拥有民族感情的犹太人，贝娄在面对阿以问题时是相当敏感的，因此就把萨特当作了靶子。由于萨特对世界政治的一贯"介入"立场，贝娄也就由此引出自己对作家介入政治的怀疑态度。1993年，贝娄还在《国民权利》上发表文章论及此，提到他和德国作家君特·格拉斯的一次相遇：格拉斯是现实政治的热衷分子，曾经为布拉特总理竞选卖力，贝娄在晚餐会上问及此事并暗示了自己的观点，"是什么原因？作家应该参与政治吗？他一声不吭，朝我瞪了一眼，仿佛让他坐在格林尼治村的一个白痴旁边，激怒了他似的"①，这虽是自我嘲弄但也立场鲜明，嘲讽之意溢于言表。在《耶》一文里，他说，"我们不像法国人那样，期望思想在道德领域、政治领域中要有结果。在美国要成为知识分子，有时意味着幽闭在私人的生活中思索，却又多少羞愧地觉得思索于事无补"（《耶》：236）。

一是事实混杂、难以弄清，二是"于事无补"，贝娄对历史风云可谓洞察于胸。然而富有意味的是，在耶路撒冷，尽管他一再声明自己的作家和观察者身份，却在不少时候也观点鲜明且挺身而出，扮演的恰就是他一直不认可的介入型知识分子角色，而且，如果反观一下，会发现他在现实中也常常会有一些认真的"介入"行动。

1973年，贝娄曾写信给法国的《世界报》，指出法国传统中对犹太人的两种态度：一种是革命的态度，使得犹太人在法国获得了公民权；另一种是反犹主义的，具体表现在20世纪初的德雷福斯事件和维希政府对犹太人的迫害。在当年的中东战争中，法国外交部长又提出了巴勒斯坦的阿拉伯人渴望返回家园的正当性，贝娄认为这是对以色列犹太人的不公谴责。他说，《世界报》自1973年以来，公开站在阿拉伯人一边，支持阿拉

---

① 〔美〕索尔·贝娄：《作家·文人·政治：回忆纪要》，见宋兆霖主编《索尔·贝娄全集·第十四卷》，第134页。

伯恐怖分子，还说以色列是殖民主义者，这是极不公正的，他希望法国不要抛弃另外那种人性态度，能够对历史有正确的判断。但此信发出后一直没有回音。这次在耶路撒冷亚美尼亚大主教的宴会上，贝娄巧遇法国《世界报》国际新闻的编辑米歇尔·达都，于是适时地讽刺了达都主菜后抽烟的缺少教养，并借这篇散文发出了责备《世界报》的声音。从这点上来看，贝娄事实上也在"介入"现实政治，而且，当年他的信是由荒诞派剧作家尤内斯库和小说家马内斯分别交给编辑们的，作家们一起在一桩关乎世界公义的公案中担当了明确的角色。

散文由此谈及媒介的倾向性问题，散文中提到在埃及总统萨达特访问美国时，他曾经复印了萨达特给希特勒的颂歌并交给了《纽约时报》，希望提醒美国政界对萨达特曾经的纳粹倾向给予关注。更有意味的是，贝娄在耶路撒冷和以色列总理拉宾见面时，还出主意让拉宾对美国媒介和知识界用些心思，在正义和战略方面争取赢得美国公众舆论的支持，因为他认为阿拉伯世界对欧洲的宣传是卓有成效的。耶路撒冷之行结束后，贝娄回到美国，去华盛顿拜见基辛格，后者在会面中貌似随意地说到希望美国犹太人不要给自己太多压力之类的话，显然是把贝娄也当作施加"压力"的一员；且贝娄是犹太人，文坛名流，在耶路撒冷人们一直问起他美国对以色列的态度，因此他去见基辛格，不能说内心没有"促进"美国援助的愿望。所有这些，明确的都是"介入"行为。

事实上，贝娄对世界政治局势的关怀是从骨子里带来的。他出身俄裔移民家庭，青少年时期，家庭饭桌上经常的话题就是沙皇、战争、列宁、布尔什维克。20世纪30年代，芝加哥移民知识分子站在肥皂箱上发表演说，宣传马列主义，是贝娄激进教育的肇始；他周围的朋友大都是《党派评论》的撰稿人，不是马克思主义者，就是托洛茨基派，当时贝娄正在念大学，虽然对文学情有独钟，一心要成为作家，但和那时许多的西方青年男女一样，为自由和正义而激动，还成了托洛茨基的崇拜者。1940年托洛茨基在墨西哥被暗杀，贝娄当时正在墨西哥游历，一心希望与托见面，但约见的那天清晨他见到的已经是尸体。这些细节都写入了长篇小说《奥吉·玛奇历险记》，他说，从那里他懂得了面对极权制度无限延伸的生杀权利，历史哲学、思想、目标和意志是"多么微不足道"[①]。20世纪60年代，已成著名作家的贝娄，在核武器、民权、越战等激动美国公众的问题

[①]〔美〕索尔·贝娄：《作家·文人·政治：回忆纪要》，见宋兆霖主编《索尔·贝娄全集·第十四卷》，第128页。

上也都曾表达过自己的立场，还给芝加哥《太阳报》写信论及自己对一些群众集会的看法等，这都体现了他的公共知识分子情怀，在一些如《赫索格》《赛姆勒先生的行星》《院长的十二月》等重量级长篇小说中，也都在人物的曲折经历和社会思考中，深入地表达了自己的忧世伤怀。因此，在耶路撒冷这个处处是政治的敏感地带，触目所见的族类困境使贝娄不由自主地想有所改变，但又深知自己以及许多献身此道的学者、知识分子的无能为力，这种心态添加了他的烦恼。

三 "事实王国"和"价值标准王国"的纠结

在使得贝娄声名大噪的小说《赫索格》中，同名主人公曾随意地说过一句话："事实王国和价值标准王国不是永远隔绝的。"表明他对那些把他打翻在地的烦恼"事实"的超越，且在"已然"的事实世界心存"应然"的价值理念。诺贝尔文学奖授奖词中引用了这句话，并和哲学家沃尔夫冈·克勒的一本书《价值标准在事实世界中的地位》相提并论，看作贝娄对世界的根本性乐观态度（《耶》：256）。此言甚确，在贝娄的大多部小说中，尽管成堆的烦恼、不幸、人性陷落、现代弊病等，但总有一些精神价值持有者和对精神价值的探寻，使灰暗的天空洒下阳光，在特殊时刻托起了"价值标准"的照耀。但在耶路撒冷这个特殊地方，这两个维度常常会掺杂在一起，成为贝娄最难"理顺"的深层纠葛，并由此指向人类生存的悖论。

借用两个"王国"概念，贝娄在耶路撒冷的"事实王国"内容有：第一，灾难生活。他看到以色列的每一个家庭都在失去儿子，阿拉伯难民成堆，恐怖的爆炸声会突然响起，犹太人和阿拉伯人都在自认为神圣正义的大小战斗中书写各自的悲剧。第二，犹太人的命运。历史上不断地反犹主义，让犹太人在现实中依然难以建造安全的立足之地，他们从纳粹的死亡集中营中幸存下来，却没有一块世界公认的属于自己的家国之地。贝娄悲叹，"在世界各民族中，只有犹太人没有能够在自己的出生地建立起毫无疑问的天赋人权"（《耶》：36）。第三，众声喧哗。在阿以冲突中，西方大国都在权衡自己的利益，阿以之间互相仇恨，政治家、知识分子、普通人在各种话语聒噪中喋喋不休又难以对话。贝娄说，"我仔细地听，贴近地听，全神贯注地听，我一生还从未这般认真地听过，但我还是时常感到我好像坠入无边无际的大海"（《耶》：34）。

在这大堆的事实中,贝娄的痛苦是和平之遥遥无期,其心理困难则是在道德、人性价值和历史维度上的难以统一,即"事实"和"价值"之纠结,主要表现为两个向度:

一是犹太民族建国问题,这是所有问题的起点。从19世纪犹太复国主义运动以来,犹太人步履维艰。不用说,1947年联合国决议建立以色列国家,是犹太人的一个福音,但伴随着建国过程引起了长期战争,这中间孰是孰非,贝娄认为复杂难言。他借用一个中东学者的话说,所有民族都有其血腥历史,以色列的建立也难以例外,"一个民族国家几乎从未在没有暴力和不公正的情况下创立起来"(《耶》:119),阿拉伯人几百年前也是作为征服者来到这里的,这是人类追求生存的历史悖论,是人类之大不幸。但问题在于唯独以色列受到很多谴责。贝娄质疑这是否由于犹太人喜欢讲道德,而弱小者的过失尤其引人注目的原因,因为萨特说过,正是因为犹太人遭受了可怕的迫害,"以色列国家才必须树立一个榜样;我们对这个国家比对别的国家要求得更多"(《耶》:134)。贝娄认为这很不公平,在20世纪这个凌乱的时代,世界到处是难民,而只有巴勒斯坦人的情况永远受到道德关注:

> 只要牵扯到以色列,世界就充满了道德良知。在欧洲,道德标准是个幽灵,一涉及以色列和巴勒斯坦,就变成了一个血气方刚的巨人。这是不是因为以色列被赋予了自由民主的责任,还是因为其他原因?瑞士作为冬天的度假胜地,达尔马提亚海岸作为夏天的旅游胜地,以色列和巴勒斯坦满足了西方道义上的需要,是一种道德上的度假胜地。(《耶》:144)

贝娄对西方舆论界的讽刺直指人性弱点——对别人进行道德绑架以表示自己的道德高度。但退一步讲,是否为了生存就可以获得战争正义性,由于苦难就可以模糊人性的底线?这是贝娄无力面对的历史学难题。1961年,纳粹罪犯艾希曼在耶路撒冷法庭受审,起诉书带着浓重的悲情色彩控诉纳粹对犹太人的迫害,为此,汉娜·阿伦特曾从法理角度指出这种修辞方式"不是充满伸张正义的要求,而是为了满足被害者的报复欲望及这种权利",不是"法律优先"而是"原告优先"[1]。阿伦特强调的是,纳粹大屠杀是一桩反人类罪行,是任意改变人类多样性的行为,是触犯了人类生

---

[1] 〔美〕汉娜·阿伦特:《耶路撒冷的艾希曼》,第29页。

存之"法";但如果仅仅站在犹太人灾难角度,会偏离人性正义而突出民族仇恨,使狭义报复披上公义色彩。这是以色列的难题。使贝娄深感不安的也正是这样的困境,他阅读了大量的历史政治文献,追问犹太人在这块本就纷乱的土地上建立国家的最初愿望,他也看到历史车轮的前行出现了难以控制的偏差,于是引出了第二个向度:

文化与宗教褊狭问题。散文详细引用了希伯来大学教授拉姆的观点,后者认为以色列复国主义在"拯救"和"解放"中迷失了方向。所谓拯救,是把一个流散困厄的民族集中在一片疆土之内,以便把握自己的生存命运,结束几千年的无国无家之情状,这是早期复国者的求生诉求,也是联合国决议成立以色列国家的初衷;所谓解放,则是依靠军事力量扩展领土,占领祖先曾经定居过但现在已有大批阿拉伯人居住的所谓犹太人的"希望之乡",这是后期复国者的神圣宗教旗帜。本来"拯救"的实现就很艰辛,而"解放"的行动则带来更大困境。正是后者引来许多道德谴责,拉姆因此希望以色列能够重回起点以寻求和平。从上下文的叙述来看,贝娄是赞成拉姆观点的,他不仅看到"解放""希望之乡"的宗教褊狭,许多极端分子狂热地要占领《圣经》中所说的"应许之地";也看到了阿拉伯人的宗教褊狭,宣称他们对圣地的永久权利,对以色列"即使拥有阿拉伯地区的百分之一的六分之一都不能容忍",于是两个阵营都在所谓的圣战中陷入泥沼。

贝娄在此感到深深的无奈与悲哀。巴勒斯坦这块土地自近代起就一直是奥斯曼帝国的殖民地,第一次世界大战后又被英国托管,那里生活着犹太移民、阿拉伯基督徒、穆斯林,几大宗教信仰都在起作用,且在互为因果的纠缠中互相损害。美国实用主义哲学家胡克在20世纪40年代曾说过,"从来没有一次显著地改变事件进程的群众运动,其参加的个人不是为某种信仰所鼓舞的"[1],西方历史上的宗教战争频繁,他认为这种原教旨信仰导致歧途是人类的特点和历史证词,引发了许多不幸。而贝娄在耶路撒冷面对着千万生命的牺牲,作为作家的他也不可避免地将目光投向了争端的深层心理与文化刻度,他认为各种文化和宗教信仰都应该有能力拥有仁慈和宽容的灵活性,为生存而包容,但事实上各民族都在褊狭中剑拔弩张。他谈到在做人类学研究生时,曾经想去研究爱斯基摩人部落,据说他们宁愿饿死也不吃属于禁忌的食物,他想搞搞清楚,人类在多大程度上屈

---

[1] 〔美〕悉尼·胡克:《理性、社会神话和民主》,金克等译,上海人民出版社1965年版,第3页。

从于文化偏见？在哪一个刻度上，需要生存的动物可以打破习俗和信仰的界限？贝娄怀疑在原始社会客观现实可能所占的分量更少，但当前文明人是否有进步，他很茫然，至少在犹太人和阿拉伯人中，他看到的还是文化偏见和宗教习俗之昌盛。他和朋友探讨此事，说到犹太人经受劫难之后，只有犹太教堂给他们的生活带来凝聚力，但这也同时使得犹太教权主义在以色列大行其道，犹太民族主义分子正在使用神圣战争的语言，这就是宗教的悖论。

这是贝娄作为美国作家、犹太族裔面对满目疮痍之地的悲情思考。尽管他不断为族类没有自己的祖国而悲伤，尽管他为世界舆论对族类的道德批评而愤愤不平，但他在那些由信仰带来的极端言行面前，无论是阿拉伯人还是犹太人，他都是持反对意见的。当然，贝娄无意也绝不会对这块土地上的冲突去做道德评判，这是他一直刻意规避的；但他又带着自己族类刻骨铭心的创痛，难以避免情感"介入"地去追根溯源。正是被这种情感驱动，贝娄着意描写了他在耶路撒冷看到的那些大度和气的建设者，比如在以色列和阿拉伯人之间努力建立和解的诗人兼记者钱姆·古里，在黄沙野地创建了科研中心的魏茨格尔，还有"以色列最有价值的政治人物"（《耶》：102）、为犹太人和阿拉伯人的生活需求而日夜奔忙的科勒克市长等，散文细致地描绘了这些人物和故事，它们成为散落在沉重无解的"事实王国"中的阳光，在人性与文明的角度铸造着《耶路撒冷去来》中的"价值标准王国"。这也是贝娄思想情感和价值纠结中的一缕慰藉。

长篇散文结尾，贝娄写他身在芝加哥翻看报纸，世界各处几乎都是有关轰炸的报道。他透过窗户望着诺大的密歇根湖，想到所有的问题只不过是人类历史中的一些片段，他无限感慨地说，杀戮的历史还在世界各地以各种形式继续，不仅仅是犹太人和阿拉伯人，当然也不仅仅是宗教习俗缘由，"为了政治原因杀人的热望像以往一样迫切，或许政治目的可以使杀人合法化"（《耶》：190）。耶路撒冷之"去来"（go and bank），对于作家来说也不过只是一个过程、一次旅途，这篇散文也只是作家一生众多鸿篇巨制中的一页，但耶路撒冷的惨痛现实却恰恰成为人类历史争端的某种象征，让他陷在"杀人"的意象中不得安宁，驱使他在政治、宗教、人性的磕磕绊绊中，竭力想缕析出一个价值园地而终于未果，这是散发在长文骨子里的悲伤。在去耶路撒冷之前，贝娄和《纽约时报》有一个访谈，其中谈到20世纪现代主义作家在审美层面上的小众性，19世纪经典人道主义作家对社会正义关怀的大众性，而他的文学理想介乎中间[1]。应该说，贝娄实现了他的理想，其一生创作，一直是在不乏现代手法的写作中伤世忧人：为不断地杀戮带来的源源不绝的人类伤害，为人性在各种冲突中的僵化与扭曲，为仇恨一直在世界各处弥漫而不得终止。这种乡愁和沉痛，正是其在耶路撒冷之"去"与"来"中各种纠结的中心点所在。

（本文原载于《外国文学评论》2012 年第 4 期）

---

[1] James Atlas, *Bellow: a biography*, pp. 448 – 449.

主要参考文献

中文相关文献：

宋兆霖主编：《索尔·贝娄全集》（1—14卷），宋兆霖、汤永宽、蒲隆等译，河北教育出版社2002年版。

〔美〕索尔·贝娄：《拉维尔斯坦》，胡苏晓译，译林出版社2004年版。

〔罗马尼亚〕诺曼·马内阿：《索尔·贝娄访谈录》，邵文实译，中信出版社2015年版。

〔美〕沃农·路易·帕灵顿：《美国思想史》，陈永国、李增、郭乙瑶译，吉林人民出版社2002年版。

〔美〕艾伦·布鲁姆：《美国精神的封闭》，战旭英译，译林出版社2007年版。

〔美〕戴维·斯泰格沃德：《六十年代与现代美国的终结》，周朗、新港译，商务印书馆2002年版。

〔美〕欧文·白璧德：《文学与美国的大学》，张沛、张源译，北京大学出版社2004年版。

〔美〕莫里斯·迪克斯坦：《伊甸园之门》，方晓光译，上海外语教育出版社1985年版。

〔美〕伊哈布·哈桑：《当代美国文学》，陆凡译，山东人民出版社1982年版。

〔美〕大卫·里斯曼：《孤独的人群》，王崑、朱虹译，南京大学出版社2002年版。

〔英〕齐格蒙·鲍曼：《现代性与大屠杀》，杨渝东、史建华译，译林出版社2011年版。

〔美〕马泰·卡琳内斯库：《现代性的五副面孔》，顾爱彬、李瑞华译，商务印书馆2010年版。

〔美〕汉娜·阿伦特：《耶路撒冷的艾希曼》，孙传钊译，吉林人民出版社2011年版。

〔法〕让·鲍德里亚：《消费社会》，刘成富、全志钢译，南京大学出版社2008年版。

〔美〕塞缪尔·亨廷顿：《文明的冲突与世界秩序的重建》，周琪等译，新华出版社1998年版。

〔美〕杰姆逊：《后现代主义与文化理论》，唐小兵译，北京大学出版社1997年版。

〔英〕罗杰·斯克拉顿：《保守主义的含义》，王皖强译，中央编译出版社2005年版。

〔美〕罗兰·斯特龙伯格：《西方现代思想史》，刘北成、赵国新译，中央编译出版社2005年版。

〔德〕埃里希·弗洛姆：《逃避自由》，陈学明译，工人出版社1987年版。

〔美〕宾克莱：《理想的冲突——西方社会中变化着的价值观念》，马元德等译，商务印书馆1994年版。

〔美〕丹尼尔·贝尔：《资本主义文化矛盾》，赵一凡等译，生活·读书·新知三联书店1989年版。

〔美〕丹尼尔·贝尔：《后工业社会》，彭强编译，科学普及出版社1985年版。

〔美〕赫伯特·马尔库塞：《单向度的人》，刘继译，上海译文出版社1989年版。

〔美〕赫伯特·马尔库塞：《审美之维》，李小兵译，广西师范大学出版社2001年版。

〔法〕利奥塔：《后现代状态》，车槿山译，生活·读书·新知三联书店1997年版。

〔美〕希尔斯：《论传统》，付铿等译，上海人民出版社1991年版。

〔英〕阿伦·布洛克：《西方人文主义传统》，董乐山译，生活·读书·新知三联书店1997年版。

〔美〕卡尔·贝克尔：《十八世纪哲学家的天城》，何兆武译，生活·读书·新知三联书店2001年版。

〔美〕戴维·艾伦菲尔德：《人道主义的僭妄》，李云龙译，国际文化出版公司1988年版。

〔美〕艾德勒：《六大观念》，郗庆华译，生活·读书·新知三联书店1991年版。

〔美〕埃里希·弗洛姆：《占有还是生存》，关山译，生活·读书·新知三联书店1989年版。

〔美〕W. 考夫曼：《存在主义》，陈鼓应等译，商务印书馆1987年版。

〔法〕昆德拉：《小说的艺术》，孟湄译，生活·读书·新知三联书店1992年版。

〔法〕米兰·昆德拉：《被背叛的遗嘱》，孟湄译，上海人民出版社1995年版。

〔英〕丹尼斯·斯密斯：《后现代性的预言家：齐格蒙特·鲍曼传》，萧韶译，江苏人民出版社2002年版。

〔德〕马克斯·韦伯：《新教伦理与资本主义精神》，于晓、陈维纲译，生活·读书·新知三联书店1987年版。

〔英〕海伦·加德纳：《宗教与文学》，江先春、沈弘译，四川人民出版社1998年版。

〔德〕斯宾格勒：《西方的没落》，齐世荣等译，商务印书馆1995年版。

〔美〕汉娜·阿伦特：《极权主义的起源》，林骧华译，生活·读书·新知三联书店2008年版。

〔法〕托克维尔：《论美国的民主》，董果良译，商务印书馆1991年版。

〔英〕齐格蒙·鲍曼：《立法者与阐释者——论现代性、后现代性与知识分子》，洪涛译，上海人民出版社2000年版。

〔德〕埃利亚斯·卡内提：《群众与权力》；冯文光等译，中央编译出版社2003年版。

〔美〕萨克文·伯科维奇：《剑桥美国文学史·第七卷》，孙宏主译，中央编译出版社2005年版。

〔英〕沃尔特·拉克：《犹太复国主义史》，徐芳等译，生活·读书·新知三联书店1992年版。

〔美〕悉尼·胡克：《理性、社会神话和民主》，金克等译，上海人民出版社1965年版。

〔德〕里奥·拜克：《犹太教的本质》，傅永年、于健译，山东大学出版社2002年版。

〔英〕马修·阿诺德：《文化与无政府状态》，韩敏中译，生活·读书·新知三联书店2008年版。

〔德〕马丁·布伯：《人与人》，张健、韦海英译，作家出版社1992年版。

陈春文：《回到思的事情》，武汉大学出版社2007年版。

乔国强：《索尔·贝娄学术史研究》，译林出版社2014年版。

周南翼：《贝娄》，四川人民出版社2003年版。

刘文松：《索尔·贝娄小说中的权利关系及其女性表征》，厦门大学出版社

2004 年版。

乔国强：《美国犹太文学》，商务印书馆 2008 年版。

刘兮颖：《索尔·贝娄小说研究》，华中师范大学出版社 2011 年版。

张军：《索尔·贝娄成长小说中的引路人研究》，上海外语教育出版社 2014 年版。

刘海平、王守仁主编：《新编美国文学史》，上海外语教育出版社 2002 年版。

徐新：《犹太文化史》，北京大学出版社 2006 年版。

刘洪一：《走向文化诗学：美国犹太小说研究》，北京大学出版社 2004 年版。

虞建华等：《美国文学的第二次繁荣》，上海外语教育出版社 2004 年版。

英文相关文献：

Alan Berger, "The logic of the heart: biblical identity and American culture in Saul Bellow's The old System", *Saul Bellow Journal* (11: 2/12: 1), 1993/94, 133 – 45.

Assad Jamal, "From possession to exorcism: acting and interpretation in Bellow's Henderson the Rain King", *Saul Bellow Journal* (20: 1) 2004, 33 – 46.

Assadi Jamal, "Roleplaging and pedagogy in Saul Bellow's The Bellarosa Connection", *Saul Bellow Journal* (18: 1) 2002, 3 – 14.

Alan Bilton, "The colored city: Saul Bellow's Chicago and images of Blackness", *Saul Bellow Journal* (16: 2/17: 1/2) 2000/01, 104 – 28.

B. Robert, "Moving quickly: an interview with Saul Bellow", *Salmagundi: a quarterly of the humanities and social sciences* (Skidmore College, Saratoga Springs, NY) [Summer 1995].

Ben Siegel, "Confusion under pressure: Saul Bellow's comic look at society and the individual", *Saul Bellow Journal* (18: 2) 2002, 3 – 22.

Ben Siegel, "Saul Bellow as novelist biographer and subject", *Saul Bellow Journal* (19: 2) 2003, 3 – 7.

Binu George, "Betriending Death: Death, Soul and Eternity in Saul Bellow's Humboldt's Gift", *language in India* www. Languageinindia. com Vol. 13: 9 September 2013.

Chirantan Kulshrestha, "A Conversation with Saul Bellow", *Chicago Review*, 23. 4 – 24. 1 (1972), 7 – 15.

Compiled and Edited by Dorothy Nyren. Maurice Kramer, *Modern American Literature*, New York: Frederick Ungar, 1976.

Cardon Lauren, "Herzog as 'survival literature'", *Saul Bellow Journal* (20: 2) 2004, 85 – 108.

Codde Philippe, "Here on strange contingencies: The Adventures of Augie March are prewar French existentialism", *Saul Bellow Journal* (20: 2) 2004, 3 – 17.

C. S. Yadav, *Saul Bellow*. printwell, 1991.

Daniel Fuchs, "Saul Bellow and the Modern Tradition", *Contemporary Literature* 15. 1 (1974), 67 – 89.

Daniel Fuchs, "*Saul Bellow and the Example of Dostoevsky*", Duke University Print, 1984.

David Galloway, *The Absurd Hero in American Fiction*, University of Texas Press, Austin, 1966.

Donald Weber, *Haunted in the New World: Jewish American Culture From Cahan to Goldbergs*, Indiana University Press, 2005.

Daniel Walden, "Saul Bellow's paradox: individualism and the soul", *Saul Bellow Journal* (12: 2), 1994, 59 – 71.

David B. Clarke, *The Consumer Society and the Postmodern City*, New York, Routledge, 2003.

Eugene Goodheart, *Saul Bellow: Remember a Literature Pioneer*, http://brandeis. edu/new/item? news_ item_ id = 103699.

Editer by Glorial Cronin and Ben Siegel, *Conversations with Saul Bellow*, University Press of Mississippi Jackson, 1994.

Edited by Benjamin Taylor, *Saul Bellow Letters*, Viking Penguin Group (USA) Inc. , 2010.

Edited by Alan L. Berger and Gloria L. Cronin, *Jewish Ameican and Holocaust Literature Representation in the Postmodern World*, State University of New York Press, 2004.

Edited and Introduced by Thomas Docherty, *Postmodernism A Reader*, New York: Columbia University Press, 1993.

Fiona Kate Barlow, Chris G Sibley and Matthew J Hornsey, "Rejection as a call to arms: Inter-racial hostility and support for political action as outcomes of race-based rejection in majorrity and minority groups", *British Journal of Social Psychology* (2012), 51, 167 – 177.

Faruk Kalay, "A Complecated Personality in *Seize The Day* By Saul Bellow", *Advances in Language and Literary Studies* Vol. 6, No. 1, February 2015.

Gloria Cronin L, "Herzog: The Purgation of Twentieth Century Consciousness", *Interpretations: A Journal of Ideas, Analysis and Criticism* 16. 1 (1985).

Gustavo Sanchez-Canales, "'Recover the world that is buried the debris of false description': The Influence of Romantic Poetry on Soul Bellow's Dean's December", *Partial Answers*. Jan. 2016, Vol. 14, pp. 18, 141 – 158.

Gustavo Sanchez-Canales, "Bellow's Letters and Biographies sbout Bellow: A Book Review Article of New Work by Atlas and Taylor", *Comparative Literature and Culture* 14. 1 (2012). http://docs.lib.purdue.edu/clcweb/vol14/iss1/.

Hart Jeffrey, "Bellow's Best", *National Review* 5 Mar (1990), 52 – 54.

Hana Wirth-Nesher, "Jewish and Human Survival on Bellow's Planet", *Modern Fiction Studies*, 25: 1 (1979: spring), p. 59.

http://www.Saul Bellow Society. The Official Saul Bellow Website.

Ihab H. Hassan, "Saul Bellow: Five Faces of a Hero", *Critique*, 3:3 (1960: Summer).

James Atlas, *Bellow: a biography*, Published in the United States by Random House, Inc. New York, 2000.

Joe Scotchie, "Saul Bellow: an appreciation", *South Carolina Review* (38: 1) 2005, 60 – 1.

J. P Steed, "Can death be funny? humor, the Holocaust, and Bellow's The Bellarosa Connection", *Saul Bellow Journal* (19: 1) 2003, 30 – 44.

Jane Howard, "Mr. Bellow Considers His Planet", *Life* 68 (April 3, 1970).

Jamal Assadi, *Acting, Phetoric and interpretation in selected novels by F. Scott Fitzgerald and Saul Bellow*, New York, peter lang Publishing, Inc., 2006.

Judie Newman, *Saul Bellow and History*, New York: ST. Martin's Press, 1984.

Joel Salzberg, "The importance of being Saul Bellow: narcissistic narrative and the parodic impulse in Ravelstein", *Saul Bellow Journal* (19: 2) 2003, 36 – 52.

James W Flath, "Schooling in grief: Effects of Suffering in Saul Bellow's The Victim and Chaim Potok's The Chosen", *Partial Answers*, Jan. 2016, Vol. 14, Issue 1, pp. 16, 83 – 98.

Joyshree Deb, "Materialism Precedes Murder: Saul Bellow's Seize the Day", *Journal of Humanities And Social Science* (*IOSR-JHSS*), Volume 19, Issue

1, Ver. 1 (Jan. 2014), pp. 59 – 64.

Keith Michael Opdahl, "*The Crab and the Butterfly*": *The Themes of Saul Bellow* (University of Illinois, Ph. D. 1961).

L. H. Goldman, "Saul Bellow and the philosophy of judaism", *Studies in the Literature Imagination* (17: 2) (1985), pp. 81 – 95.

L. H. Goldman, "The Holocaust in the Novel of Saul Bellow", *Modern Language Studies* (Winter. 1986), pp. 71 – 80.

Malcolm Bradbury, *Contemporary Writers*, *Saul Bellow*, London and New York: Methuen, 1982.

M. A. Quayum, *Saul Bellow and American Transcendentalism*, New York: Peter Lang Publishing, Inc., 2004.

Maggie Simmons, "Free to Feel: Conversation with Saul Bellow", *Quest* Feb-Mar. 1979: 32.

Melvyn Bragg, "Off the Couch by Christmas: Saul Bellow on His New Novel", *Listener* 20 Nov. 1975: 675.

Melvin J Thorne, *American Conservative Thought Since World War 2*: *The Core Ideas*, Greenwood Press, 1990.

Michiko Kakutani, *A Talk With Saul Bellow*: *On His Work and Himself*, http: // www. nytimes. com/books 1981, 12. 13.

Mark Sandy, "Saul Bellow's Romanticism", *Romanticism* (14: 1) 2008, 57 – 67.

Morris Hounion, "Bellow's People: How Saul Bellow Made Life into Art", *Library Journal*, Vol. 141, Issue 10, p. 88. Jun. 2016.

Patrick Smith, "Saul Bellow's Heart: A Son's Memoir", *Library Journal*, Vol. 138, Issue 5, pp. 107 – 108. Mar. 2013.

Rechard C. Hertz, *The American Jew in Search of Himself*, A Preface to Jewish Commitment, New York: Bloch Publishing Company, 1962.

Raymond M. Olderman, *Beyond the Waste Land*: *A Study of the American Novel in the Nineteen-Sixties*, New Haven: Yale University Press, 1972.

Robert Dutton, *Saul Bellow*, G. K. Hall and Company, 1982.

Robert Kiernam, *Saul Bellow*, The Continuum Publishing Company, 1989.

Ruth Miller, *Saul Bellow*, *A Biography of the Imagination*, New York: St. Martin's Press, 1991.

Ruth R. Wisse, "Saul Bellow the Rain King", *Commentary*, Vol. 139, Issue 5, pp. 40 – 44. May 2015.

Saul Bellow, *Made in Ameiraca*, Keith Botsford/1990, *Conversations with Saul Bellow*, Edited by Glorial L Cronin and Ben Siegel, University of Missjissippi, 1994.

Saul Bellow, "How I Wrote Augie March's Story", *The New York Times*, January 31, 1954.

Saul Bellow, "The Civilized Barbarian Reader", *The New York Times Book Review* (March 8, 1987).

Sukhbir Singh, *The Survivor in Contemporary American Fiction*, Delhi: B. R. Publishing Corporation, 1991.

Sarah Blacher Cohen, *Saul Bellow's Enigmatic Laughter*, the Board of Trustees of the University of Illinois, 1974.

Sophia Lehmann, "Exodus and Homeland: The Presentation of Israel in Saul Bellow's 'To Jerusalem and Back' and Philip Roth's 'Operation Shylock'", *Religion and Literation*, Vol. 30, No. 3, *Jewish Diasporism: The Aesthetics of Ambivalence* (Autumn, 1998), pp. 77 – 96.

Sven Birkert, A Conversation with Saul Bellow, http: //osdir. com (On March 21. 1997, Boston).

Stephanie S. Halldorson, *The Hero in Contemporary Ameican Fiction The works of Saul Bellow and Don Delillo*, 2007.

Simon During, "Patrick White, Saul Bellow and the Problem of Literary Value", *Australian Literary Studies*, 2012, Vol. 27, Issue 2, pp. 1 – 17.

Victoria Aarons, "Faces in a of Suffering: The Human Predicament in Saul Bellow's The Victim", *Partial Answers*, Jan. 2016, Vol. 14, Issue 1, pp. 63 – 81.

Vidyan Ravinthiran, "Race, Style, and the Soul of Saul Bellow's Prose", *Essays in Criticism*, Oct. 2016, Vol. 66, Issue 4, pp. 488 – 517.

Willis Salomin, "Saul Bellow on the Soul: Character and the Spirit of Culture in Humboldt' Gift and Ravelstein", *Partial Answeres*, Jan. 2016, Vol. 14, Issue 1, pp. 127 – 140.

Zachary Leader, *Life of Saul Bellow: To Fame and Fortune*, 1915 – 1964, Publisher: Knopf New York 2015.

Zachary Leader, "Cultural Nationalism and Modern Manuscripts: Kingsley Amis, Saul Bellow, Franz Kafka", *Critical Inquiry*, Vol. 40, Issue 1, pp. 160 – 193. Sep. 2013.

后　　记

　　知道贝娄是在20世纪90年代，忘记在什么地方看到他的两句话："事实王国和价值标准王国不是永远隔绝的""我们正试着和把我们打翻在地的事实共处"，顿觉心里一动。当时正是自己生存上辗转艰难时段，尽管不知道贝娄的原意和具体所指，但这两句话却几近光亮之照射。于是按图索骥找到其著名的《赫索格》来读，小说中那位现代书生酣畅淋漓的挫折之旅，顺理成章地打开了我走进贝娄世界的一扇门。2002年，当看到河北教育出版社出版了《索尔·贝娄全集》十四卷的信息时，真是欣喜满溢，并以最快速度邮购到手，开始了以后数年间时而沉浸、时而间断的阅读。

　　真正开始研究贝娄，是在2008年获得国家基金委资助赴美研修时。那一年，主要是收集、阅读、整理资料，实地体验美国社会生活和文化风俗等。2009年回国后陆陆续续地写点研究文章，同时开始构设本书框架。其间，又插进了和同道朋友酝酿多年的《20世纪西方文学主题研究》一书的完稿出版工作。因此，拖拖拉拉，本书的写作直到2017年10月才算画上一个句号。算得上十年寒窗，在这拖拉着的时空中，努力跟上大师思路，跟随贝娄一起在各种思想资源中穿梭往来，在各种人生情怀中感慨万千，面对着20世纪历史——我们共同的居住时空——心有戚戚，并尽力与之对话，倾听其痛心疾首地批评社会与时代之流弊，并时时感受着他对艺术孜孜不倦大半生如一日的思性守持。时日流转，笨拙有加，冥思渐甚，自己在这充溢和惶惑的过程中也逐渐走进职业之路的最后一程。约翰逊博士（Samuel Johnson，1709—1784）曾经说过，一个作者只是开始了一本书，一个读者则完成了它。作为贝娄的铁杆读者，我以自己的方式对其诸多作品进行了一次有限的完成，并以此给自己的职业生涯一个私心交代。至于是否如己所愿理解并阐释了贝娄，还望专家及同行多以指教。

　　感谢国内学界熟悉贝娄的学者和朋友们，他们多年来给予我的帮助是完成本书的基础。苏州科技大学的祝平教授，在学术会议上因交谈贝娄相识，之后，就常常拿贝娄作品中的语言理解问题、资料来源问题等请教他，甚至有过夜半电话扰之，总是能得到其耐心解答。厦门大学的刘文松教授和周南翼教授，在从未谋面的情况下即去信索要其贝娄研究专著，他们即刻寄我，在外文文献和贝娄生平大事等诸多方面助我大力，其各种见解给我启发多多。后来也是在学术会议上得以认识年轻的周南翼女士，和她在各方面的交流、她的热情与活力常使我感到快意和欣慰。在这里，还要特别感谢华东师范大学的张弘教授，张先生是我多年的良师益友，在他退休移民澳洲之后，依然一如既往地鼓励着我的研究工作，邮件往来，常和我讨论有关贝娄的思想取向问题，现代和后现代等问题；在完成这部书稿后，他也是第一个帮我看初稿，提建议，使我及时纠偏补漏；而张先生自己在学术研究和文学写作上的多思多产，对我的研究工作一直是一种鞭策和指引。

同时，感谢在澳洲工作的师弟范圣宇博士，他回国时带着刚出版的《贝娄书信集》作为礼物送我，师妹郝岚教授、王楠教授也在本书写作上给予助力，温暖的师门情谊使我欢欣。还要感谢我的学生王一平，她在英国访学时帮我收集贝娄研究资料，还发我一些有助于理解美国文化的书籍和文化信息，而且，她近年来近似井喷的学术文章也常给我启发和激励。还有尚未毕业的研究生张扬同学，在外文资料整理、注释校对等方面常常助我一臂之力，已经毕业的孙利亚同学也提供过有关贝娄和美国犹太文化的研究资料，教学相长，师生情谊，在这里一并表达谢意与感动。

难以忘怀的自然还有美国学者和友人之相助，The University of The Taxes at Austin 比较文学系教授 Seth Wolitz，他曾是贝娄的朋友，不仅为我翻译了贝娄书信中的手写体意第绪语，还在我访学回国后的书信往来中，为我提供了不少有关贝娄生活情趣、犹太人习俗等诸多鲜活资料，这些最为接近贝娄的交谈和材料曾使我激动不已，成为我走近贝娄的一块块基石。感谢我的访学导师、得克萨斯州大学英语系 Brian Bremen 教授，他一开始即为我的研究提供资料导向，并不断鼓励着我的研究进程，他变换着的教书风格和现代生活风姿令我羡慕。感谢圣地亚哥的中国友人萧昆，这位在美国工作了几十年依然热爱中国文化的优雅成功者，陌路相逢，在我对美国文化、宗教的理解上给予了很多帮助，还帮我译出英语文献中的一些疑难句子，那些半英半中的邮件曾经带给我豁然开朗的感觉。在这里，尤其要感谢我的英语老师、神学博士 Chuck Peek，IBM 公司的退休高工，难以忘记与他的诸多对话，关于宗教信仰、美国政治、社会风俗、人生意义等无所不谈，他的种种介绍和见解帮我打开眼界，我将每次外出拍到的照片展示出来，他总是一幅幅讲解，各种地方风貌、建筑风格、历史沿袭等，在他博学风趣的娓娓评介中使我大为受益。这些异国情谊，常常像一组组镜头滑过，如昨之时，如画定格，我已经用另外的方式记载抒写，并希望有面世的时候。

在这样的记忆画面里，最为深刻的是我的师妹郭绍华博士和她的丈夫宋建平博士。他们在美国学习和工作，我在美国访学一年，几乎就在他们的关照中走过每一步，从机场接送到公寓租定，从收集研究资料到买菜做饭，从中美文化的讨论到美国风土人情的介绍，我曾经开玩笑地把绍华封为"副导师"，从表到里的"掠夺"着他们的美国资源。不忘绍华开着一辆大车带我穿过瓢泼大雨到 Chuck 家里研习英文诗歌，不忘建平热情送票带我去看美国中部大学橄榄球联赛，不忘在夕阳山头一起品尝得克萨斯州风味的玛格丽特酒，不忘夜晚盘坐在地毯上探讨各种学术问题……和他们在美国相处的一年是我一生的特殊记忆，也是和本书写作一路相伴着的固定的异域助力。

感谢我的导师刘象愚教授，从开始产生研究贝娄的想法便得到他的鼓励。先生是贝娄研究领域的先驱者，他在 20 世纪 80 年代发表的《试论索尔·贝娄的创作》一文，其大眼界和语言风采早已给我启示。本书写作过程中也一直得到先生的关心和鼓励，书稿完成后，他在不断的中外南北迁徙旅途上阅读我的书稿，提出修改建议，提供最新的外文资料，使我得以不断完善自己的写作。先生最后为书稿作序，给本书添加了光彩。借此机会感谢老师多年来在各方面的切实关怀，这份师生情谊是我学术生涯中的温暖阳光。

感谢国家基金委的后期资助和江南大学的一贯支持，还有中国社会科学出版社责编罗莉女士、刘艳女士的热情相助，是她们的认真工作使本书得以顺利出版，自己的多年心得终于面世，欣喜与感激之情无以言表。

最后，衷心感谢丈夫与儿子，多少年默默支持着我的书斋生活，他们是我人生路上的支撑，我的点滴收获，都伴随着他们的付出与宽容。

完成书稿，和贝娄多年的相处也告一段落了。窗外正是春分小雨，江南烟雨朦胧，春寒尚未退去，而各种花卉已是红紫黄蓝悄然开放了。我既感到欣慰，多年劳作终得收获；也有不安，自己学力才力之浅之薄，许会愧对贝娄，愧对他面对诸多 20 世纪问题心心念念的不断探索和质询，而那些探索和质询，曾经使同样生长于 20 世纪的我多么醍醐灌顶，感同心受！同时还有隐隐的失落和散乱，告别贝娄，不知何时何地，能够再次找到心向往之的中心点所在。生命依然，生之路在这陌生的21世纪悄然延续，扑面而来的一切，或相遇相知，或淡然流逝，都付与时间的无声流淌了。

谨以此书表达我对自己40年学院生涯的回眸相谢，以及对所有关心我的朋友的真诚感谢。

武跃速

2018年3月